Morgan Sportès

TONKINOISE...

ROMAN

Éditions du Seuil

TEXTE INTÉGRAL

ISBN 2-02-031188-7
(ISBN 2-02-021103-3, 1re publication)

Aux tirailleurs sénégalais

... ou bien on peut interroger, non pas en vue de la réponse, mais pour épuiser par sa question le contenu apparent, et laisser ainsi un vide...

(S. Kierkegaard, *Le Concept d'ironie*.)

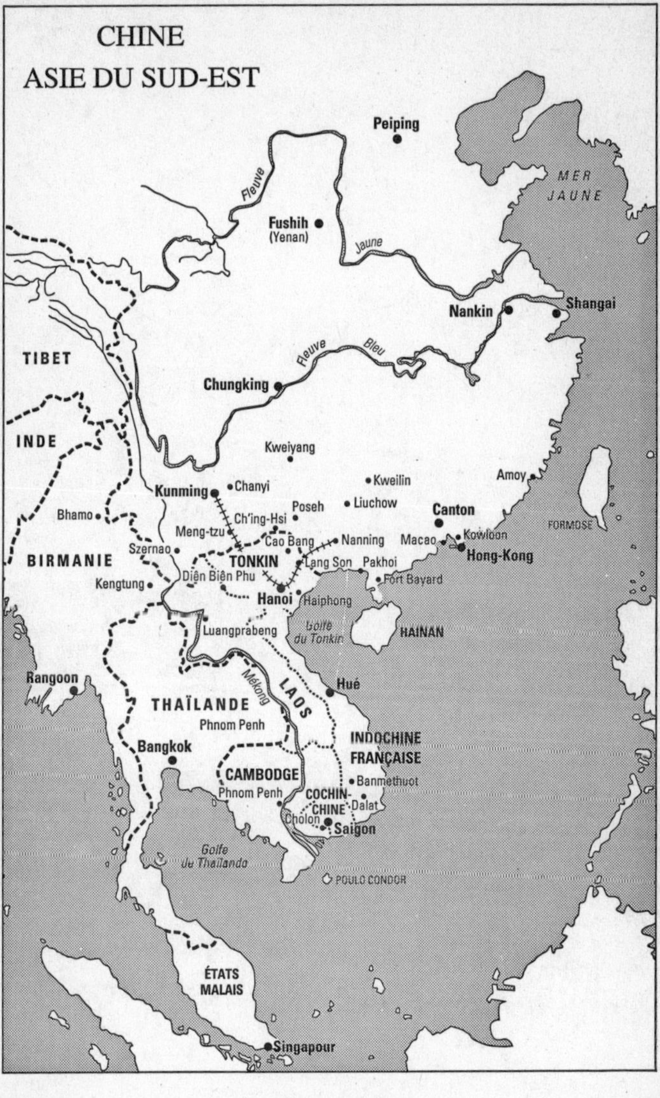
CHINE
ASIE DU SUD-EST
Peiping
MER
JAUNE
Fleuve
Fushih
(Yenan)
Jaune
Nankin
Shangai
TIBET
Fleuve
Bleu
Chungking
INDE
Kweiyang
Amoy
Kweilin
Kunming
Chanyi
Liuchow
Poseh
Canton
Bhamo
Ch'ing-Hsi
FORMOSE
Meng-tzu
Kowloon
Cao Bang
Nanning
Macao
Szernao
Hong-Kong
BIRMANIE
TONKIN
Lang Son
Pakhoi
Diên Biên Phu
Fort Bayard
Kengtung
Hanoi
Haiphong
Golfe
du Tonkin
Luangprabeng
HAINAN
Mékong
LAOS
Rangoon
Hué
THAÏLANDE
Phnom Penh
INDOCHINE
FRANÇAISE
Bangkok
CAMBODGE
Banmethuot
Phnom Penh
COCHIN-
CHINE
Dalat
Cholon
Saigon
Golfe
du Thaïlande
POULO CONDOR
ÉTATS
MALAIS
Singapour

Aux poubelles de l'Histoire...

Un soir de 1973, comme je venais d'achever au Vietnam une mission très spéciale (sur laquelle je ne m'étendrai pas), je m'étais fortement enivré au bar du Conti (l'hôtel Continental) que les amoureux de l'Asie connaissent bien.

Je ne sais trop combien de vodkas j'avais avalées en compagnie d'un Américain qui se présentait comme un ethnologue.

On ne sait jamais ce que c'est, un ethnologue. Surtout quand il s'agit d'un ethnologue américain, que ledit ethnologue se trouve à Saigon et que c'est en 1973 qu'il s'y trouve !...

Mais je ne vais pas vous raconter sa vie, ni ma vie.

Passons !

Le fait est que j'étais ivre.

Je sortis de l'hôtel. Dans la rue Catinat, je butai, au terme d'un zigzag éthylique, sur une poubelle. Je m'affalai au sol, avec tout le contenu de la poubelle, sous les yeux des cyclo-pousses garés là.

C'est ainsi que je découvris, au milieu d'un amoncellement de bouteilles de bière Carlsberg et Tiger, un épais manuscrit qui devait compter plus de six cents pages dactylographiées.

Trop ivre je ne pris pas la peine, sur-le-champ, d'y jeter plus qu'un coup d'œil. Mais, curieux des choses écrites, je l'emportai jusqu'à mon hôtel, le Majestic, au bord du fleuve de Saigon.

C'est ce manuscrit – que je pourrais appeler *« Manuscrit trouvé dans une poubelle »* – que je présente ici.

Non pas qu'il ait aucun intérêt littéraire, ni même historique, mais, dirais-je, parce qu'il constitue une curiosité : il traite en effet d'une période fort mal connue, celle qu'a vécue l'Indochine, de 1940 à 1945, sous la tutelle vichyste et la botte japonaise.

Quel en est l'auteur ? Je l'ignore… Ce qui est certain c'est que c'est un témoin direct de ces événements, qu'il les a vécus, on le sent à l'intonation de certaines phrases, à l'emportement colérique du style. Néanmoins on relève ici et là des erreurs dans la chronologie et la localisation des faits. Mais ne sont-elles pas voulues ? Les témoins passionnés ne distordent-ils pas l'Histoire ?

J'enquêtai, le lendemain de ma cuite, auprès des employés de l'hôtel Continental, pour tenter de savoir qui avait pu jeter ce manuscrit à la poubelle. Cette enquête n'aboutit à rien. Sinon peut-être aux questions sans réponse qu'a suscitées en moi leur silence apeuré, suspect… L'auteur, donc, demeure inconnu.

Le texte ne peut-il pas nous en apprendre sur son compte ? Sur ses opinions politiques et ses engagements, pendant cette période pour le moins trouble où s'affrontaient Américains, Anglais, Japonais, Français vichystes et gaullistes, Chinois communistes et nationalistes, Vietnamiens communistes, trotskistes, nationalistes, cao-daïstes, etc., sans compter, aux frontières, les Siamois, alias Thaïlandais, qui jouaient un peu sur tous les tableaux…

Eh bien, étrangement, je dirai que ce texte – qui ressemble à un jeu carnavalesque de masques ou de miroirs – ne m'a rien appris sur celui qui l'a… ou l'aurait écrit. Est-il bien français ? S'il est français, est-il vichyste, gaulliste, bolchevique ? Est-ce quelque provocateur anarchiste vietnamien, jouant au Français pour s'en mieux moquer ? Est-ce un nippophile ? Un fasciste ? Un membre de la secte panasiatique du Dragon noir toujours vivace ? Un tenant du Kuo-min-tang ? Un membre de la Triade ?… Est-ce un Juif cosmopolite se dissimulant sous certaines vannes antisémites ? Un nazi se parant de quelques beaux sentiments humanitaristes ? Est-ce un être borné, insensible au raffinement du monde indochinois ? Ou tout au contraire un esthète ?…

Je ne saurais me prononcer.

D'autant qu'on doit ajouter une chose : le texte lui-même n'est pas « pur ». Du fait de l'étrange et peu noble endroit où je le découvris, on imagine qu'il était fortement détérioré, maculé de taches de sauce tomate, de moutarde, de niokman, pour ne pas dire le reste…

Nombre de passages donc en étaient indécryptables. Pour faciliter la lecture, j'ai dû faire des raccords. Par ailleurs, je dois aussi signaler que le manuscrit comportait des rajouts, écrits à la plume, et manifestement par des personnes différentes… Quatre très précisément : ces rajouts se distinguant commodément les uns des autres, du fait non seulement de l'écriture mais aussi de l'encre utilisée : rouge, violette, bleu clair ou noire.

Si la personnalité de l'auteur du texte dactylographié est mal déterminable (si tant est que ce texte dactylographié n'ait qu'un auteur, cela comment en juger ?), celle des auteurs de rajouts est, en revanche, manifeste : les addenda en rouge sont d'une plume communiste ; ceux en noir, d'une plume anarchiste ; ceux en bleu d'un gaulliste ; ceux en violet d'un vichyste plus que fascisant.

Ces rajouts apparaissent, en général, dans ce livre par le biais de l'italique.

Pour les spécialistes que cela peut intéresser, j'ai déposé le manuscrit aux Archives d'outre-mer, à Aix-en-Provence. Il est classé sous la cote X B 328 Q.

R. G. Hergé, critique littéraire de deuxième classe,
3e échelon, aux Renseignements généraux.

Tableau I

Mais quand on acquiert des États dans un pays différent de langue, de coutumes et d'institutions, c'est là qu'il y a des difficultés...

(Machiavel, *Le Prince.*)

Sept années plus tard, comme il comparaîtrait devant la Haute Cour de justice pour atteinte à la sécurité intérieure et extérieure de l'État, l'amiral Louis Toudebout, ex-gouverneur de l'Indochine et haut-commissaire au Pacifique, se souviendrait, non sans une amère nostalgie, de cette après-midi chaude et dorée de la fin d'automne 1942 où, au sommet de sa puissance et de sa gloire, il se tenait immobile, en spencer blanc et casquette chamarrés d'or, sur le balcon de pierre ocre du palais Puginier : siège à Hanoi du gouvernement général et somptueux spécimen d'architecture pompière début de siècle.

Sûre était sa cause et aussi solide que cette balustrade sur laquelle il appuyait ses mains puissantes, promenant sur la pelouse du parc, en contrebas, ses yeux plissés qu'agitait à la paupière droite un tic spasmodique.

A l'ombre des flamboyants et des hibiscus aux fleurs écarlates et or, commençait, dans la lumière déclinante du jour, à se défaire sa garden-party. On voyait les invités – comme les acteurs à la fin d'une pièce se désassemblent après avoir salué le public, et rejoignent la coulisse – lentement se désamarrer des longues tables blanches où s'amoncelaient à profusion vins, fruits, gâteaux, pour regagner à l'entrée du parc, le boulevard Tissot.

Autour d'un énorme monument dressé là (une mâle femelle de bronze incarnant *La France protectrice de l'Indochine*, chef-d'œuvre de Théodore Rivière) tournait et tournait sans cesse le manège de superbes voitures officielles, noires à chromes rutilants, Juva Quatre, Supastella, Packard, Opel Kapitan, qui venaient chercher les hôtes de l'amiral : crissements de pneus, joyeux klaxons, rires de femmes grisées de champagne qui s'étouffaient dans le jour tombant. Mais la fête n'était pas terminée, loin de là. Le « Tout-Hanoi » s'en allait maintenant au théâtre municipal où devait se « produire » un grand ténor de la propagande du régime, le si séduisant capitaine de vaisseau Rouhaut dont les conférences étaient plus courues qu'au XVIIe siècle les sermons de Bourdaloue et autres abbés de Cour. Rouhaut était la coqueluche des Hanoiennes et Saigonnaises. Non moindre coqueluche le capitaine de vaisseau Ducossard devait donner, après la conférence, un spectacle *stupéfiant*, à ce que promettaient *La Volonté indochinoise* et *L'Action du Tonkin.*

... C'est vrai qu'il y avait quelque chose de théâtral, de magique, dans le défilé de ces femmes aux robes d'été, indigo, jaunes, vermillon, satinées, qui, portant les unes à la main, les autres sur la tête encore, leur chapeau de paille à large bord, dérivaient lentement, d'une allure hanchée de goélette, vers la sortie du parc. L'amiral, à son balcon, comme d'une loge de spectacle, les regardait s'en aller dans l'ombre envahissante. Quel rôle de quelle pièce jouaient-elles ? Et de quelle opérette ces mandarins enturbannés, ces prêtres vêtus de noir, ces officiers de marine à tenue immaculée, ces soldats de la coloniale en kaki, ou ces quelques étranges militaires japonais en sobre uniforme vert, traînant leur sabre anachronique de modernes samouraïs, étaient-ils les figurants ? L'orchestre, au fond du parc, violons, cuivres et piano, égrenait un air de Ray Ventura : *Vous qui passez sans me voir...* Les boys annamites, en veste blanche à boutons dorés, commençaient à desservir les tables où la nourriture, trop abondante, avait à peine été entamée.

C'est que l'Indochine était riche et si douce à vivre aux Français. Malgré le blocus anglais verrouillant le Cap et le canal de Suez (blocus qu'on comptait bien faire sauter un jour prochain), rien n'y manquait encore, même pas le vin. Dans ce monde en guerre, à feu et à sang, l'amiral Toudebout (qui n'en était pas peu fier), grâce à son habileté politique et au prix, il est vrai, de concessions parfois douloureuses (mais la politique n'est-elle pas l'art des possibles ?), avait su maintenir ce pays en dehors du conflit mondial. C'était, comme on s'accoutumait à le dire, « un havre de paix », une « Thébaïde », une « oasis »... que de partout cernait un océan de sang.

Cependant l'amiral n'eût pas pu – comme Lucrèce, bien à l'abri sur sa falaise, s'esjouissait au spectacle d'une galère naufrageant dans la tempête – réciter le doucement cynique : *Suave, mari magno*... Il avait dû travailler, lutter pied à pied, pour « maintenir le cap » au milieu des éléments déchaînés.

Car « son » Indochine (ne l'aimait-il pas comme une femme ?), il l'avait gouvernée à la façon d'un de ces multiples vaisseaux dont, naguère, il avait eu le commandement. La France meurtrie, la France battue, la France humiliée – la France de l'armistice – lui en avait donné la charge, juste après juin 40, et cette charge il l'avait héroïquement assumée. Qui osera dire le contraire ?

Flanqué des ombres de ses proches collaborateurs, officiers et fonctionnaires qui se tenaient en retrait derrière lui, sur le balcon du palais, il avait moins désormais le sentiment de se trouver à la loge d'un théâtre que sur la passerelle de quelque cuirassé immense. Levant les yeux vers l'horizon que commençait d'ensanglanter le couchant, tout là-bas, par-delà l'océan infini des toits de Hanoi, par-delà l'énorme bras boueux du fleuve Rouge, jamais si rouge, que d'un bond d'acier noir vertigineux enjambait l'architecture du pont Paul-Doumer (encore une superbe réalisation de la France !), ça n'était pas tant d'est en ouest, mais de « bâbord » en « tribord » que, de son esprit sinon de son regard impérieux et impériaux, il semblait vouloir embrasser tout ce pays : Annam, Laos, Cambodge. En « poupe », adossé à la Chine, se tenait le Tonkin ; en « proue », enfonçant son étrave dans la mer de Chine : la Cochinchine.

Notre France d'Asie.

Un pavillon tricolore immense, claquant dans l'air du soir, se déployait face au balcon du palais, à la hampe d'un mât de marine que l'amiral avait fait dresser au milieu du parc. Chaque matin, à 8 heures précises, au son du clairon, un des vingt matelots de sa garde personnelle (bonnet à pompon rouge et guêtres blanches) le hissait solennellement. Cérémonie sacrée, bouleversante, à laquelle l'amiral ne manquait jamais. Car n'était-ce pas un miracle que de voir encore et toujours, ces trois glorieuses couleurs, le rouge, le bleu, le blanc (un blanc que n'entachât nul emblème de dissidence, nulle croix dite de Lorraine) flotter sur cette terre menacée, convoitée, cette terre que par notre sueur, notre sang – NOTRE AMOUR – nous avions méritée et faite nôtre ?

Tant que lui, amiral Toudebout, serait vivant, ce vivant témoignage de la présence française en Orient continuerait de claquer au vent de toutes les moussons. Et que tremblent ces semeurs de division, ces traîtres stipendiés par l'étranger qui – sous le regard attentif des Indochinois et des soldats japonais – cherchaient sournoisement à semer l'anarchie dans son gouvernement. Pour eux, il serait sans pitié (ils en savaient déjà quelque chose !). Ils ne l'empêcheraient pas de réaliser son « œuvre » et, au terme de cette guerre qui finirait bien un jour, de ramener au port, c'est-à-dire à la France, aussi intact qu'il le pourrait : le navire Indochine.

Aussi fallait-il qu'il fût, à ce bord, le seul et unique maître.

Il était. Il le serait.

Après Dieu.

Qu'aboient les cabots judéo-gaullistes de Radio Londres, Radio Calcutta, Radio Delhi et autre Radio Madagascar qui le traitaient de « traître », de « paillasson des Nippons » ou, jouant sur les mots, d'« amiral Tout-Couché » !

Lui, Il CONSTRUISAIT.

Comme le chef de l'État français, Philippe Pétain – ce magnifique vieillard, ce grand soldat, ce héros – avait fait don de sa personne à la France en signant avec l'Allemagne nazie un armistice qui, du fond de notre déshonneur lui permettrait de nous rendre l'honneur et de transmuer en victoire notre défaite ; lui, l'amiral Toudebout, avec l'accord de Vichy, avait accepté semblablement que s'installât en Indochine l'armée japonaise. Mais l'administration de ce pays restait française et nos troupes, quatre-vingt-dix mille hommes, français et asiatiques, avaient conservé leurs armes. Certes – les cabots des radios alliées le lui reprochaient assez – l'Indochine avait servi de tremplin aux Nippons pour envahir d'un coup le Siam, la Birmanie, la Malaisie, etc., quand eut sonné le glas de Pearl Harbor. Mais eût-il fallu « résister », comme prétendaient qu'il eût dû le faire les héros du micro de Radio Londres ? Eût-il fallu vainement opposer nos pauvres armes, nos trois ou quatre coucous pourris, aux hordes du Soleil-Levant déferlant de la Chine déjà à demi subjuguée ? Nous n'en eussions pas moins été envahis – mais après combien d'horreurs, de tortures, de viols, dont témoigne assez le sac de Hong-Kong, de Singapour, de Manille qui s'étaient écroulés après quelques semaines à peine de combat. Ah, ah, comment il avait détalé de Corregidor, le fier général MacArthur… Nulle puissance occidentale du Pacifique n'avait su résister à cette marée déferlante. Américains, Britanniques, Hollandais avaient rendu les armes et baissé pavillon.

Partout sur leurs territoires d'Asie claquait la bannière du Grand Nippon.

Sauf en Indochine.

Les yeux fixés toujours sur le drapeau tricolore, l'amiral ne prêtait plus attention aux derniers figurants retardataires qui – en l'espèce de quelques dames en chaleur revenant de se faire trousser dans un recoin du parc – finissaient de s'en aller. Quand soudain retentit une sonnerie de clairon. Vingt personnages fantomatiques, tout de blanc vêtus, entrèrent lentement en scène, sortant des obscures coulisses du bois, en double rangée, et marchant au pas cadencé jusqu'au mât de marine. C'était les matelots de sa garde.

Ils s'alignèrent et, comme l'un d'entre eux s'avançait pour amener les couleurs, tous saluèrent. L'amiral, sur son balcon, salua ; les ombres, debout derrière lui, saluèrent. Seule une grande silhouette élancée, à ses côtés, ne porta pas sa main à son front : Mme l'amirale Louis Toudebout, née Charlotte Lacour, qui, de sa haute stature, dominait de plus d'une tête le corps carré, trapu, de son époux.

Des notes aigrelettes de clairon retentirent à nouveau. L'ombre finissait d'envahir le monde.

Dans le crépuscule ensanglanté s'abaissait le fier étendard de la France.

– Messieurs, allons-y ! lança l'amiral dont la paupière droite, reprise par son tic (sous l'effet de l'émotion sans doute) s'était à nouveau mise à papillonner nerveusement.

Suivi de sa femme et de ses collaborateurs, il pénétra par la porte-fenêtre du balcon à l'intérieur de son cabinet de travail, une pièce immense aux murs couverts de boiseries acajou et de bibliothèques. Sur le sol, un tapis persan de teintes vives, ocre et vertes ; au fond un vaste bureau « art déco » en macassar qu'une lampe d'acier chromé posée dessus éclairait d'un faisceau de lumière tiède et dorée. L'amiral aimait l'art déco, ses lignes droites, ses angles cassants. Cela correspondait à son caractère hautain et tranchant. Ce n'était pas aussi une mince couleuvre à avaler pour lui que d'avoir à séjourner dans ces espèces de grotesques pâtisseries art nouveau – avec leurs campaniles à la gomme, leurs pignons, leurs torsades, leurs colonnades néo-corinthiennes ou pseudo-ioniennes (il y en avait même de khméro-doriques !), sans compter ces cariatides et autres atlantes bedonnants – que la IIIe République, ce régime pourri de ploucs « rad-socs » et « francs-macs », avait semées un peu partout dans le pays : le palais Puginier de Hanoi, l'Hôtel de Ville de Saigon et autres opéras, musées, palais de justice en étant sans doute les plus éloquents « fleurons ». Mais ces sentiments l'amiral les gardait pour lui. Il n'était pas question, ici, à l'autre bout du monde, de critiquer aucune réalisation de la France, même les pires : cela donnerait des aliments à la propagande communiste, nationaliste… et japonaise (car tout amicaux qu'ils se prétendissent les occupants japs, en sous-main, excitaient les indigènes, comptant sans doute un jour les retourner contre les Français, si nous ne nous montrions pas assez… souples).

Derrière le bureau de l'amiral, au mur, encadré par deux drapeaux français, était accroché un énorme (trois mètres sur trois) portrait du maréchal Pétain dont le beau regard bleu azuré, sévère mais bienveillant à la fois – paternel pour tout dire –, redoublait et renforçait en quelque sorte le regard de l'amiral quand celui-ci, assis à son bureau, recevait un visiteur. L'artiste peintre – un jeune métis franco-indochinois « plein d'avenir et de talent » que les services culturels du Gougal (gouvernement général) poussaient en avant (certain Nguyen Du, 26 ans) – avait, avec une étonnante maestria, su rendre la fraîcheur du teint de ce vert vieillard de 86 ans, le rose carminé de ses joues de nourrisson et l'argent vif de ses épaisses moustaches gauloises de nouveau Vercingétorix. Dans cette représentation du Maréchal, l'amiral, qui la contemplait régulièrement, longuement et méditativement, puisait l'énergie, le courage, la persévérance qui lui permettaient de poursuivre son combat.

Ses collaborateurs et son épouse faisaient cercle autour de lui. C'était quasi tout l'appareil de son pouvoir qui se trouvait là : le capitaine de vaisseau Martial, chef du service économique ; le capitaine de vaisseau Belafesse, chef du cabinet militaire ; le capitaine de vaisseau Fosse, chef du service IPP (Information, Presse, Propagande) ; le capitaine de vaisseau Aurillette, cabinet politique ; le capitaine de vaisseau Galtier, secrétaire général. Et, dans le rôle du larbin-scribe ou porte-plume, le maigrichon-moustachu-lunetté capitaine de vaisseau Pipaud qui, un gros cahier de cuir roux rehaussé d'or éternellement sous le bras et un stylo Parker toujours à la main, collait, tel un fidèle caniche, aux semelles de l'amiral dont il avait charge (à la façon du disciple cueillant aux lèvres du prophète ses sourates) de noter toutes les sentences et apophtegmes. Un jour l'amiral les rassemblerait pour écrire ses Mémoires. Pipaud, qui se piquait d'avoir une bonne plume (il écrivait à ses heures des « romans d'amour »), était aussi le principal rédacteur des discours de Toudebout. Une dizaine d'autres capitaines de vaisseau occupaient, dans son gouvernement, des places importantes. Le capitaine de vaisseau Rouhaut, par exemple, qui allait faire ce soir cette conférence où tous s'apprêtaient à se rendre. Il était chef de la Légion-des-combattants-et-de-la-Révolution-nationale-du-maréchal-Pétain et chef du service de liaison franco-japonais.

L'amiral n'avait confiance que dans les marins.

Ça n'était pas sans créer quelques jalousies.

Il y avait cependant des civils dans son équipe, non des moindres son épouse qui, avec l'impératrice d'Annam et la sœur Marie des Douleurs, supérieure des bénédictines, dirigeait l'Association pour la défense de la femme et de l'enfance annamites. Citons aussi son secrétaire au cabinet diplomatique, fonctionnaire frais émoulu du Quai d'Orsay, le jeune, blond et élégant M. de Belangel. Abandonnant à San Francisco un poste agréable d'attaché culturel, celui-ci s'était retrouvé parachuté – juste quelques jours avant Pearl Harbor – en Indochine (une « foutue galère » où risquait bien de sombrer sa carrière).

Notons encore – sans doute le plus puissant soutien du gouverneur général – Louis Larsouille : un tout petit bonhomme ventripotent, rougeaud, vêtu toujours de tussor blanc, arborant dandesquement une canne à pommeau d'argent, des guêtres et – à son cou engoncé dans le carcan d'un col cassé – un agressif nœud papillon noir : toutes choses qui, prétendant au comble du chic, parvenaient à lui donner la distinction amidonnée d'un garçon de café de palace. Cependant, à la base de son pif écarlate vermiculé par l'abus de pastis, deux gros yeux rusés, bestialement cruels, réticulés de sang, démentaient l'allure plutôt grotesque du personnage. L'homme était redoutable. Il savait tout sur tous, prétendait-on du moins. C'était l'intendant de police. Dans ses bureaux, à la Sûreté de Hanoi, chacun avait « sa fiche » : où figuraient tous vos hobbies, manies, sexuels et autres, mais particulièrement vos penchants politiques. On aimait à le taquiner là-dessus, surtout les dames qui, lui lançant des œillades coquines, lui demandaient : « mais quand » il leur montrerait « leur fiche », qu'elles lui promettaient de « compléter » au cas où il y manquerait quelque chose ? « Oh, je voudrais tant voir *ma fiche* ! »

– Larsouille ! lança l'amiral.

Larsouille vit la paupière droite de Toudebout s'agiter de nouveau… Il avait appris à différencier, dans ces clignements d'œil, ceux qui étaient purement mécaniques, donc sans signification, et ceux qui étaient intentionnels. Ils l'étaient en l'occurrence. Le policier leur trouva même un quelque chose d'égrillard.

Sous les yeux des autres collaborateurs, l'intendant trotta avec zèle vers l'amiral qui l'entraîna au fond de la pièce, près du portrait du Maréchal et, lui glissant un coup de coude complice dans la hanche, lui souffla à l'oreille :

– Dis-moi, Larsouille, ça n'était pas Mme Coutrais cette poule qui a couru derrière le capitaine Rouhaut pendant toute la garden-party, une poule en robe cloche rouge…

Larsouille renvoya à l'amiral son coup de coude complice (il était le seul à avoir le privilège de lui décocher des coups-de-coude-complices) et lui murmura :

– Cette « cloche »-là, soit dit entre nous, j'aimerais bien en être le battant… C'est en effet Mme Coutrais. Il paraît qu'on ne s'ennuie pas avec elle.

– Elle a pas l'air d'être coulée dans le bronze en effet, renchérit l'amiral qui, à ses heures, savait user du franc-parler « gaillard » des « vieux loups de mer ».

C'est ce qui lui valait sans doute le surnom de « Pacha » qu'attribuent les équipages à leur commandant de bord.

Et ce fut soudain, sous les yeux des assistants médusés, une frénétique pluie de coups-de-coude-complices que le policier et le Pacha s'entréchangèrent. Là-bas, exilés près du portrait du Maréchal, on eût dit deux espèces de gros pingouins entrecognant rageusement leurs ailes trop courtes.

Mais ce n'était là qu'une de ces brèves facéties que se permettait parfois, rarement – et avec seulement les plus intimes et les plus sûrs de ses collaborateurs –, l'amiral Toudebout qui ne tarderait pas à se recomposer (on disait alors qu'il prenait « son air ») ce masque figé et majestueux qui, étrangement, de quelque côté qu'il fût perçu, et même de face, semblait ne montrer au spectateur qu'un seul unique hiératique profil d'antique médaille, à la manière peut-être de ces peintures cubistes où nombre d'artistes « dégénérés-dits-modernes » s'ingénient stupidement à présenter le même sujet sous plusieurs angles à la fois. Cette espèce de vivant « Picasso », qu'incarnait ainsi l'amiral, quitta son bureau et commença de descendre le bel escalier intérieur du palais Puginier. Sa femme, et le cercle de ses collaborateurs lui emboîtèrent le pas, formant à ses côtés et derrière lui une suite admirative, obséquieuse et toute murmurante, toute bourdonnante de jubilante adulation : vol fantomatique de papillons de nuit enivrés par la flamme d'une lampe. Une lampe qui leur distillait sa chaleur, sa lumière, généreusement, une lampe d'Aladin, une lampe magique à qui ils devaient tout, leur poste, leur salaire, leurs primes, leur maison et voiture de fonction (sans compter les pots-de-vin afférents), mais une « lampe » qui pouvait aussi, sur un... claquement de doigts (c'est-à-dire un bref télégramme envoyé au ministère des Colonies à Vichy), vous exiler d'un coup loin de son chaleureux foyer, dans les ténèbres épouvantables de quelque poste obscur de sous-résident à Lang Son, à Lao Cai, sur la frontière du Tonkin, ou, pire, dans les marches reculées du Siam, au milieu d'une jungle pourrie de fièvres, de paludisme, de dysenterie et de guérilleros communistes.

L'amiral, du haut du mât de misaine de sa fierté, méprisait l'argent. Il n'en avait d'ailleurs jamais sur lui, cela lui eût sali les doigts et les poches. Il avait fait sienne la maxime du Maréchal : *J'entends que mon pays soit débarrassé de la tutelle la plus méprisable, celle de l'argent...* Aussi tenait-il en piètre estime ses « collaborateurs » qui, pour la plupart, avaient choisi la « Collaboration » non par idéal, mais par faiblesse, par veulerie, par intérêt.

L'Indochine, en juin 40, avait un instant failli rejoindre comme la Nouvelle-Calédonie, Pondichéry et d'autres possessions d'Outre-Mer, le camp de ceux qui, se disant « Français libres », s'étaient placés avec l'ex-général de Gaulle (ce Ganelon !) sous la férule anglo-américaine de la livre sterling et du dollar. Une conjuration s'était tramée lorsque Vichy avait nommé Toudebout au gouvernement général. Des officiers, des civils, des fonctionnaires avaient projeté de l'enlever et de l'emmener prisonnier à Singapour : chez les Anglishes ! L'amiral avait su, d'une poigne de fer, écraser les mutins. Certains iraient croupir au bagne, pour haute trahison ; d'autres seraient renvoyés en France, pour un sort similaire ; quelques-uns parvinrent à fuir l'Indochine ; mais la plupart, séduits par les postes administratifs hautement rémunérés qu'il sut avec doigté leur proposer, tournèrent prestement leur veste.

« A nous les gouvernes ! », ce fut le cri unanime de ces nouveaux convertis.

Ils n'eurent pas à regretter leur choix. L'Anglais, sous la bannière duquel ils avaient failli avoir la sottise de s'engager, ne tarda pas à montrer sa « face hideuse » en coulant à Mers el-Kébir, sous un feu d'enfer, notre flotte convoitée par l'Allemagne ; et sa couardise en détalant lamentablement devant les Japs à Singapour, Hong-Kong, Rangoon, etc. Les Nippons, qui tenaient toutes les côtes de Chine, domineraient bientôt l'ensemble de l'Asie du Sud-Est ; l'Allemagne et ses alliés s'arrogeaient déjà l'Europe jusqu'aux portes de Stalingrad. Le monde allait changer de base. Un Nouvel Ordre s'instaurait.

Ils « en » seraient...

Ils avaient misé sur le bon cheval.

Le « cheval » en question, lui, descendait majestueusement les escaliers intérieurs du palais Puginier. Il ignorait les regards amoureux, quasi lascifs, dont le couvaient ses « collaborateurs ». C'était par d'autres yeux qu'il se sentait observé, pesé, jaugé, ceux des Constans, des Richaud, des Piquet, des Lanessan, des Rousseau, des Doumer, des Beau, des Klobakowsky, des Albert Sarraut, des Van Vollenhoven, des Maurice Long, des Martial Merlan, des Alexandre

Varenne, des Pierre Pasquier, des René Robin, des Jules Brévié, tous ces grands gouverneurs de l'Indochine dont les bustes de marbre, barbus ou moustachus, montaient une garde solennelle de part et d'autre de l'escalier, et du hall en contrebas. Depuis le début de la conquête, au mitan du XIXe siècle, ils s'étaient passé le flambeau : le flambeau de la France, de la civilisation, dont s'éclairaient ces lointaines terres d'Asie, et c'était à lui, maintenant, Toudebout, lui, « le Pacha », de prendre la relève, de tenir ferme la barre. Il ne démériterait pas d'eux. Certes il fallait accepter des compromis. Mais était-ce s'abaisser que d'acheter ces veules vils petits courtisans qui faisaient autour de lui leur mesquine ronde ? Ils n'étaient que des instruments, les moyens misérables de ses augustes fins.

Une bonne dizaine de ces « instruments »-là, vêtus de costumes blancs, une orchidée jaune finissant de faner à leur boutonnière, cheveux et moustaches pommadés, à la façon de danseurs de tango, l'attendaient sur le perron du palais, flanqués de leurs jeunes croquantes épouses en robe couleur criarde à décolleté vertigineux. Ils étaient attroupés là, devant un double rang de marins arborant une hallebarde de cérémonie. Pleins de zèle, ils avaient attendu l'amiral après la fin de la garden-party, sans doute pour essayer de lui glisser quelque supplique que les charmes charnus et appétissants de leur conjointe avaient charge de mieux mettre en valeur. Les épouses trépignantes des petits fonctionnaires exilés au fond d'ennuyeuses provinces, et avides d'une promotion à Hanoi ou Saigon, étaient prêtes à tout, c'est-à-dire à pas grand-chose au fond, pour accélérer la carrière de leur mari. La solde de ces petits Blancs était maigre et l'inflation due à la guerre n'allait pas tarder à la rendre squelettique…

Des flashes éclaboussèrent l'amiral et sa femme qui aussitôt se blottit contre lui câlinement : la presse l'attendait, photographes et journaleux : MM. Lassaire, Lasmata, Alain Gour, entre autres pisse-copies de *L'Action* ou du *Légionnaire du Tonkin*, sans compter quelques postillonneurs de Radio Saigon.

Cette soirée, en effet, devait marquer un grand coup, avait

dit l'amiral. Il fallait entendre par là que les incroyables succès militaires de nos « amis » japonais, dans le Pacifique, commençaient à sérieusement faire de l'ombre aux Français, particulièrement aux yeux des « indigènes » qui, nous comparant avec l'occupant, se mettaient – opportunistes et fourbes comme ils le sont ! – à nous regarder avec on ne sait quelle commisération ironique. Il se trouvait d'ailleurs parmi les courtisans, sur le perron, quelques vieux mandarins chenus en robe de soie qui, comme intimidés, semblaient ne pas oser s'approcher du Pacha. Allez savoir ce qu'ils pensaient !

– Messieurs, lança l'amiral, je n'ai rien pour l'instant à déclarer. Je parlerai après la conférence du capitaine Rouhaut. Allons-y !

Au bras de sa gigantesque femme, il dévala l'escalier du perron suivi par la tourbillonnante volte de ses marins fidèles et zélés fonctionnaires.

L'Indochine est toujours sous l'entière et intégrale souveraineté française et le demeurera : Sa Majesté l'empereur du Japon en a donné personnellement et directement l'assurance au Maréchal de France, Philippe Pétain, chef de l'État français. Et des engagements de cette sorte personne n'a le droit d'en douter…

(Radio Saigon,
« Messages et Causeries »,
Légion des combattants et des volontaires
de la Révolution nationale, Saigon, 1942.)

Ce même jour, mais quelques heures plus tôt, sur la fin de l'après-midi, le « Génésup » Paul Mouche, c'est-à-dire le général-commandant-supérieur de toute l'Indochine, nouait sa cravate noire sur le col relevé de sa chemise coloniale kaki où était épinglée une belle francisque d'argent, sans doute la plus illustre décoration du nouveau régime de Vichy.

Fines moustaches sombres ; gros crâne albâtre (type brachycéphale) impudiquement mis à nu par une copieuse calvitie ; petites lunettes d'écaille rondes ; épaules étroites ; haut comme trois pommes (ce qui lui valait, dans les chambrées, le surnom de Nimbus)…

C'était pourtant avec une jouissive délectation que, à la façon un peu du médecin-major examinant une recrue au conseil de révision, il passait en revue son reflet dans un grand miroir en pied placé près d'une fenêtre de son vaste palais, sis au bord du fleuve Rouge. Il venait tout juste de s'éveiller d'une longue sieste tropicale et, n'ayant pas encore enfilé sa culotte, il pouvait voir, non sans quelque mâle fierté, baller sous les pans de sa chemise, entre ses jambes courtes, maigres et poilues, sa longue, noueuse kékette de général-commandant-supérieur. Cette grosse-petite-là avait bien fait son travail. Elle avait mérité de la Patrie ! La sieste du général-commandant-supérieur avait en effet été agrémentée d'une gâterie. Dans le miroir il voyait se refléter le lit aux draps défaits qui se trouvait derrière lui : un champ de bataille plutôt qu'un lit où, vaincue par ses armes, reposait nue, menue, une adorable toute jeune Annamite, recroquevillée (« comme un gros chat », songea le Génésup, ou « une petite panthère ») autour du minuscule triangle noir poinçonnant le bas de son ventre presque impubère. Les striures, sinon les tigrures d'or et d'ombre que projetaient sur son corps endormi les rais de soleil filtrant à travers les jalousies, dans l'obscurité, ajoutaient à son apparence féline (« Ah, les Françaises étaient loin d'avoir cette finesse racée ! »)... Sa chevelure de « jais », longue, épaisse, s'auréolant sur l'oreiller autour du bel ovale pâle de son visage, ondulait légèrement, telle une algue sous-marine, sous le souffle tiède que suscitait, dans le clair-obscur, l'énorme ventilateur plafonnier qui, hélice de vieux cargo poussif, brassait en vain la masse humide, chaude, musquée, poisseuse d'un air quasi aqueux.

« Ah, les Françaises étaient loin d'avoir cette élégante fragilité, ce teint de porcelaine... »

Il l'avait vaincue, elle avait « gémi » sous lui, elle avait demandé grâce, et cette grâce, généreusement, il la lui avait accordée (« Les Françaises étaient loin d'être aussi chaudes ! »). Près de la soixantaine, déjà au bord de la retraite – et frappé de troubles prostatiques qui, régulièrement, l'obligeaient à des replis stratégiques vers les toilettes –, le Génésup Mouche ne s'en était pas moins récemment découvert non seulement des talents de maestro de l'amour physique, mais aussi des capacités de séduction qu'il n'avait jamais jusque-là soupçonnées... C'était l'Indochine, où il avait débarqué un an auparavant, qui avait agi sur lui –

comme sur bien des mâles européens – à la façon d'un révélateur. Il avait pour ainsi dire suffi qu'il posât le pied sur cette terre d'Asie, pour qu'en lui se produisît quelque obscure mutation génétique autant que psychologique, au terme de laquelle il se découvrit BEAU. Tout cagneux, tout cacochyme qu'il *parût*. Ne fallait-il pas qu'il le fût, BEAU, ou que quelque chose de sa beauté morale jusque-là offusquée ait fini par affleurer à la surface de son être grâce à la magie du climat indochinois, puisque, à peine avait-il occupé son fauteuil de Génésup, au palais du commandement général (quartier de la Concession, Hanoi), il avait vu tourner autour de sa personne – lui que les femmes jusqu'ici dédaignaient – la ronde enjôlée des épouses de petits fonctionnaires annamites ou de sa domesticité féminine indigène. Une jeune « boyesse » fraîchement débarquée de sa rizière et qu'il employait comme bonne à tout faire l'avait un jour (c'était trois semaines après son arrivée en Indochine) regardé avec deux gros yeux écarquillés tout noirs et tout pleins d'admiration : sans doute avait-elle été impressionnée par l'allure martiale que lui donnait son fringant uniforme de la coloniale... Ils se trouvaient, par hasard, en fin d'après-midi – alors que l'ensemble du pays s'adonnait aux jouissances de la sieste – dans la chaude intimité ancillaire d'une arrière-cuisine isolée. Magnétisé par le teint frais et l'air naïf de la jeune fille qui épluchait de gros ananas à la chair jaune et juteuse, il avait approché sa main du nœud tentateur qui, à hauteur du nombril, nouait son pagne. Pfuiiit. Il suffit que dessus il tirât pour que se dénouât moins cette légère étoffe sous laquelle elle apparut dans son plus simple et délicieux appareil que l'effrayant carcan moral fait de préceptes militaires et religieux dans lequel il avait vécu jusque-là. Sur-le-champ ce fut une « brutale brûlante étreinte » qui pendant cette « torride après-midi » s'était renouvelée bien cinq fois, à ce qu'il en confierait plus tard. Le Génésup, il faut dire, avait des années de quasi-abstinence à rattraper, des années d'amours bâclées le plus souvent vénales (il était célibataire). Bientôt la petite bonne, trop inexperte, ne lui suffit plus. Il essaya la cuisinière, plus fessue ; il lui fallut ensuite la femme du jardinier,

« bien charnue », une « charmante luronne » qui en « savait un bout » ; puis ce fut la repasseuse, croupue du diable, et la lingère. Remontant peu à peu l'échelle sociale, il séduisit la conjointe d'un fonctionnaire annamite de troisième classe (employé aux postes), puis d'un fonctionnaire de deuxième classe (transmissions). Il ne s'était pas encore hissé à la première classe. Cependant son majordome chinois, M. Li (nom idoine), lui fournissait toutes sortes de fort jolies femmes, chinoises, laotiennes, khmères, thaïes, dont certaines, assurait-il, étaient filles de hauts mandarins. Il y avait donc « droit », lui aussi, à l'Amour !... Bien sûr il devait verser au passage une petite commission, mais il n'y avait aucune comparaison à faire avec les amours tarifées occidentales. Ici (en Indochine), à la différence de là-bas (en métropole), les femmes, quand bien même il fallait leur faire quelque cadeau nécessaire, vu les restrictions croissantes dues à la guerre, mettaient du « cœur à l'ouvrage ». Rien à voir avec les « descentes de lit » de là-bas. Et puis, qui pourrait dire que toutes ces chatteries, ces irrésistibles agaceries, ces mignardises dont étaient capables les femmes d'ici ne fussent pas spontanées et pour tout dire gratuites. Ah, comme elles savaient vous mordiller coquinement le bout de l'oreille avec leurs quenottes !... C'était peut-être qu'il avait un charme tout spécial qui n'agissait que sur les femmes asiatiques ? Non qu'il ne reçût parfois des avances de telle ou telle jeune secrétaire « blanche » du palais du Commandement supérieur ou autres épouses de ronds-de-cuir français, mais ces avances étaient trop manifestement intéressées et il ne s'intéressait pas aux femmes qui le fussent. Il n'aimerait désormais que celles qui l'aimassent. D'ailleurs, en ce moment, il était amoureux. D'une représentante d'une des seules races asiatiques sans doute qu'il n'eût pas eues (pourtant il s'était fait livrer jusqu'à des femmes de tribus Moï qui vivent nues dans la jungle !). Cette femme était japonaise. C'était l'épouse de l'attaché culturel de la Mission de Hanoi, M. Omiya, en fait un agent secret selon les rapports de la Sûreté. Elle s'appelait Kikou. Il l'aurait cette « poupée fragile ». Il le sentait : avec les Nipponnes aussi son charme agissait. Et puis faire cocu un de nos « amis » japs relevait du devoir.

Finissant de nouer sa cravate devant la glace en sifflotant, il vit la jeune Annamite (qui ne se doutait pas qu'il l'observait dans le miroir) doucement, silencieusement, se lever du lit, nue, et se diriger vers lui, sans doute pour s'adonner à ses dépens à quelque facétie dont elle avait la délicieuse spécialité (elle aussi était une joyeuse luronne ; c'était une Thaïe que M. Li lui avait livrée « quasi vierge », pour reprendre son expression). Comme elle s'avançait dans son dos, à pas de loup, ou plutôt de tigresse, les rayures d'ombre et de lumière filtrées par la jalousie, toutes velouteuses de poussière en suspension, glissaient en caressantes ondulations sur ses formes, ses seins, son ventre, ses hanches, félinement... Jouant toujours celui qui ne la voyait pas, le Génésup sembla s'absorber dans la mise en place de son nœud de cravate qui ne devait pas être encore au point, jusqu'au moment où, le profil au nez menu et mutin de la jeune « tigresse » apparaissant au-dessus de son épaule droite dans le miroir (manifestement elle s'apprêtait à lui mordiller l'oreille, c'est une manie chez les Asiates), il se retourna brusquement et cloua la jeune bouche agressive d'un gros baiser humide et moustachu plein de dents en or qui les fit bientôt verser sur le lit, au fond de la pièce, pour une nouvelle étreinte passionnée que, témoin impudique, reproduirait le miroir : espèce d'écran dressé là, pareil à celui des cinémas Majestic ou Éden à Hanoi où, malgré la tentative du gouvernement général de franciser au maximum notre culture (« France d'abord » était un de ses slogans), continuaient de se projeter – sans doute parce que avec le conflit mondial et le blocus il était impossible de renouveler le stock de films – diverses saloperies de l'industrie hollywoodienne d'avant-guerre, comme le stupide *Impossible M. Bébé* de Howard Hawks avec Katharine Hepburn et Cary Grant ; *Suez* du métèque Darryl Zanuck ; ou l'inénarrable *Chevauchée fantastique* de Ford avec John Wayne entre autres, qui semblaient fasciner notre belle jeunesse française et dangereusement séduire les Annamites de tous âges dont certains, malgré les trois poils de leurs lèvres imberbes, s'échinaient à essayer de se laisser pousser une moustache à la Clark Gable... Quand l'Axe aurait gagné la guerre, l'Europe pourrait vraiment entreprendre une politique culturelle qui éradiquerait définitivement ces sous-produits faisandés de l'impérialisme économique et spirituel judéo-anglo-saxon.

Toc toc toc, on frappa à la porte.

Le Génésup qui sentait que son irritation prostatique l'empêcherait de parvenir à une nouvelle éjaculation (mais n'aurait-ce pas été la troisième de la journée à 60 ans) prit prétexte de cette interruption pour ne pas achever l'offensive qu'il avait entreprise (d'ailleurs ne devait-il pas lui aussi se rendre, comme Toudebout, à la cérémonie qu'au Théâtre de la Ville devaient concocter Ducossard et Rouhaut ?). Se séparant de Thi-Bi (elle s'appelait Thi-Bi, n'ont-elles pas des noms croquants), laquelle Thi-Bi fit une mine boudeuse qui en eût bouleversé d'autres, il se leva, toujours en chemise et cul nu, et lança :

– Quoi encore ?

– Mon général, le général Astier, le colonel Chaballier, le capitaine Tortu et un sergent viennent d'arriver. Ils vous attendent. Je les ai installés dans votre bureau, dit la voix élégante et stylée de M. Li, le majordome, derrière la porte.

– Je suis au lit, Li ! Quelle heure est-il ?

– 17 heures, mon général.

– Bon Dieu, je ne m'y habituerai jamais à ces foutus pays, on voit pas le temps passer !

Il se mit à courir dans toute la pièce à la recherche de son short, criant « mon short, mon short », à la manière de Richard III promettant, au beau milieu d'un combat, son royaume pour un cheval. Il trouva son short accroché à une espèce de bizarre patère dont le pied, en bois sculpté, figurait deux amants qui se donnaient un baiser, un peu à la Rodin, à cette différence près que la main coquine de la jeune amoureuse saisissait le sexe brandi de son partenaire. C'était justement à ce sexe que pendait *le short*. Mouche portait toujours *le short*, même le soir. Il trouvait que *ça* lui allait bien, ayant de fort beaux mollets entés sur des jambes courtes virilement poilues. Il l'enfila et se remit à courir en rond dans la pièce, « mon casque », hurla-t-il cette fois, interpellant Thi-Bi qui s'était assise sur le lit, jambes croisées, à la Bouddha.

– Casque-général-posé-par-terre-posé-tapis.

Le casque-général, un beau casque colonial kaki frappé de cinq étoiles dorées, gisait en effet sur le sol, sur le bas-ventre d'une rose naïade batifolant dans une source cascadante, qui illustrait la descente de lit. Mouche ramassa le casque et se le vissa sur le crâne.

Le casque colonial, quoiqu'il ne fût plus guère à la mode, du moins chez les civils (il n'y avait plus que les vieux de la vieille qui y tenaient encore), était son couvre-chef favori et, à l'exception de rares occasions, il l'avait définitivement préféré au képi pourtant seyant. Avec ce casque à larges ailes, son short flottant, ses abondants mollets et ses chaussettes blanches montantes, il ne pouvait qu'avoir bel air malgré sa toute petite taille.

Il jeta un dernier coup d'œil au miroir et quitta la pièce. De l'autre côté de la porte, dans une sorte de hall, il trouva son majordome, le grand, fin et racé M. Li qui arborait sa tête de Bouddha impassible coulée dans le bronze au-dessus d'un nœud papillon et d'un archétypique gilet à rayures noires et jaunes.

– Et la demoiselle Thi-Bi ? demanda le majordome.

– Parfaite, parfaite, une vraie petite sal… (Et le reste de sa phrase, Mouche le gloussa avec un ricanement frétillant, dans l'oreille de son serviteur pour lequel il n'avait pas de secret : ça n'était pas un homme, que M. Li, c'était un coffre-fort.)

Le Génésup entra dans son bureau de travail…

Autant sa chambre, son nid d'amour, par ses tapis et ses miroirs néo-Louis XV, ses estampes pseudo-japonaises ou inspirées de Boucher et Fragonard, était un appel à tous les sens et à leur ivresse (comme il le disait à ses intimes) autant le cabinet de travail ne faisait référence, lui, qu'à un seul sens, un sens pourrions-nous dire unique : celui de l'Honneur, de la Rigueur, celui de la Patrie, celui du Devoir.

Non seulement, bien sûr, à cause de son inévitable portrait du Maréchal, qui occupait le mur principal de la pièce, juste en face du meuble-bureau, mais à cause aussi de ces bouquets d'étendards tricolores jaillissant d'un écu énorme armorié d'une francisque, qui flanquaient, dans cette immense pièce, chacune des six hautes fenêtres ouvrant sur le majestueux spectacle du fleuve Rouge coulant en contrebas. Armures, hallebardes, collection de fusils anciens. Sans compter, trônant en bonne place, un *Sabre d'honneur* offert par la Mission nipponne, au nom de l'amitié franco-japonaise… Aux murs de grandes cartes représentaient la France, mais aussi l'Asie, l'Afrique, l'Atlantique et le Pacifique, avec, coloriées de bleu-blanc-rouge, nos colonies : colonies qui, nombreuses malheureusement, étaient tombées dans l'escarcelle anglo-saxonne, grâce à la trahison des *gaullards* (gaullistes), comme le Tchad saisi par le pseudo-général Leclerc à la tête de tirailleurs nègres et arabes (« une poignée de sauvages », avait dit le chancelier Hitler qui « ne mâche pas ses mots »). Sur la carte de France le Génésup, faisant preuve d'un courageux sens national, avait fait peindre en noir – le noir du deuil – l'espace occupé par l'Alsace et la Lorraine saisies en 70 par le Boche, récupérées en 14-18 sur le Boche, et reratiboisées par le Boche en 40 ! C'était une façon de signifier à Herr Doktor Neumann, à Herr Doktor North, sinon à Frau Anna Luba, représentants du Reich en Indochine, que nous n'avions pas renoncé à ces territoires à cent pour cent français ; non plus que nous n'avions renoncé (et une tache noire endeuillait pareillement les frontières occidentales de la carte d'Indochine) à plusieurs territoires khmers et laotiens que les *fourbes Siamois* (il n'y a pas peuple plus fourbe que les Siamois alias Thaïlandais) nous avaient extorqués en 1941 après une courte guéguerre d'opérette, s'appuyant avant tout, pour aboutir à « cette amputation inique » de l'espace colonial, sur la diplomatie de nos amis japonais qui firent sur nous une très cordiale et menaçante pression afin que nous rendissions à leurs frères de race ces territoires qui, historiquement, à ce qu'ils prétendaient, leur revenaient (tintin !).

Sous le portrait du Maréchal (un Maréchal en pied portant au-dessus de sa tête la devise *On ne passe pas*, souvenir de sa victoire contre le Teuton à Verdun) étaient assis, qui sur un fauteuil « grand siècle », qui sur un canapé : le grand-blond-grisonnant-élégant général Astier, en uniforme kaki (il était chef de la division du Tonkin) ; le colonel Chaballier, responsable des transmissions et, officieusement, des services secrets de l'armée ; le capitaine Tortu (subordonné du précédent). En position debout, un peu en retrait, se tenait un sergent rougeaud qui, malgré l'uniforme, sentait son paysan d'Ardèche ou du Berry. A ses pieds, gisait au sol un grand paquet, plat, de un mètre à peu près sur cinquante centimètres, enveloppé dans du papier kraft et ficelé. Quand entra le Génésup, tous ceux qui étaient assis se levèrent comme un seul homme : salut, claquement de talons, « général », « général » s'entredécochèrent Astier et Mouche tandis qu'accrochées à leur poitrine respective se faisaient écho leurs francisques scintillantes. Après ces chaleureuses salutations, on s'assit, autour d'une table basse du coin salon (sauf le sergent qui, muet, respectueux, resta debout).

Mouche héla une servante (« Thuy, Thuy ! ») qui ne tarda pas à débarquer en tablier blanc et jupe courte noire (il y avait tâté à celle-là aussi). Elle apporta sur la table basse une bouteille de pastis, de l'eau glacée et des amuse-gueules.

– Je me suis laissé dire, dit Mouche goguenard, que ce pastis, acheté au marché noir, aurait été raflé par les Japs aux Anglishes de Hong-Kong, quand ils ont mis la ville à sac. Leur butin de guerre, les Japs le refourguent à Hanoi, en se dissimulant derrière des intermédiaires, surtout chinois… Messieurs, remercions donc les Anglishes ! A leur santé !

Les verres s'entrechoquèrent.

Astier croisa et décroisa plusieurs fois ses longues jambes, aristocratiquement, comme pour chercher la position qui permît aux pans de son pantalon en souple étoffe beige de composer le plus élégant drapé. Ce faisant il sourit derrière sa moustache en brosse avec un-petit-air-ironique-supérieur (petit air que détestait Mouche), et exprima ses doutes les « plus sérieux » sur le fait que ce pastis pût venir de Hong-Kong.

– Du porto peut-être, du whisky sans doute, du sherry très certainement, mais du pastis, général ! (Il éclata de son rire agaçant, imité par ses subordonnés.) Comment voulez-vous que nos Japonais aient jamais trouvé, à Hong-Kong, du pastis ! Ah, ah, autant chercher un ours polaire dans le désert ! Avez-vous jamais vu un rosbif british boire du pastis !

Et ce fut une explosion d'esclaffements à laquelle Mouche eut tôt fait de mettre fin. Le général n'aimait pas qu'on le contredise, quand bien même on eût de bonnes raisons pour le faire. Ne se pouvait-il après tout qu'il y eût à Hong-Kong des amateurs de pastis ?

Pour arranger les choses peut-être (mais avec le personnage en question on ne pouvait jurer de rien), le capitaine Tortu suggéra que, si tant est que ce pastis vînt bien de Hong-Kong, il était fort probable que les samouraïs nippons l'eussent trouvé, tout simplement, dans les caves du consulat de France : il avait été pillé, c'était chose connue, et l'ensemble de son personnel féminin copieusement violé.

Les glaçons cessèrent de tinter dans les verres.

Le pastis ne passait plus.

Mouche trépigna.

– Les… les Japonais, s'exclama-t-il, la face turgescente, ont toujours été corrects avec les Français, corrects. Il y a eu des débordements, c'est possible, des débordements, mais à quelques débordements près, ils ont été…

– Corrects, dit (« cette fouine de ») Tortu.

Tortu, que médaillait entre les yeux une grosse verrue poilue flanquée d'épais sourcils charbonneux d'homme du Midi, arborait en permanence un « air fourbe et mystérieux » qui lui servait en quelque sorte d'uniforme : sans doute parce que les services secrets, auxquels il appartenait, n'en avaient pas. Qu'il vous proposât de boire un verre, au bar du Métropole, ou même une simple partie de pêche à la ligne, ça n'était jamais qu'à voix très basse et après qu'il eut, à plusieurs reprises, jeté un œil autour de lui pour vérifier si quelque oreille ennemie ne cherchait pas à surprendre ses confidences. Son langage était à double entente et on ne savait jamais trop (le savait-il lui-même ?) s'il fallait prendre ses propos au propre ou au figuré. Tant de précautions juraient aussi avec cette brusque foucade, qu'il venait de balancer, au sujet des atrocités japonaises à Hong-Kong. D'autant qu'au fond de la pièce, son plateau à la main, en tablier, et jouant les « petites imbéciles » qu'elle n'était sans doute pas, se tenait debout, aux ordres, la jolie servante Thuy An. Allez savoir si (dans cette Indochine où il fallait se méfier jusque de l'ombre de son chien, même d'un chien à pedigree) cette garce ne travaillait pas pour les Chinois, les Nippons ou les Américains, ou les trois à la fois peut-être ? N'irait-elle pas, dès ce soir, faire aux Japs un rapport circonstancié où il serait dit qu'en présence du commandant général supérieur avaient été prononcés des propos… hostiles à l'empire du Soleil-Levant ? Et tout ça finirait… (Mouche se caressa le cou en jetant un œil sur le *Sabre d'honneur* accroché au mur), « couic », c'est comme ça, « couic », qu'ils « tranchent » la question, les Japs, quand le saké leur monte au nez. Ce Tortu était-il un imbécile ? Ou agissait-il à escient ? Était-ce un provocateur ? Cherchait-il à brûler le Génésup ? Ne travaillait-il pas pour les gaullards ? Moscou ? Serait-ce un *garance* ? (On appelait *garances* les officiers « rouges ».) Il faudrait le faire espionner, et se faire remettre sur son compte une fiche détaillée.

Mouche se caressa à nouveau le cou (« couic », songea-t-il encore) et, hum, lança :

– Quant aux Anglishes, ces bravaches en peau de lapin, ils n'ont eu que ce qu'ils méritaient… Ah ah, je vais vous en raconter une bien bonne (ah, ah) à propos de Hong-Kong. (Le Génésup était spécialiste des blagues antianglaises.) Approchez, approchez !

Les chaises des officiers, par petits bonds successifs, convergèrent vers la table basse dont, tout pareillement, par petits-bonds-successifs (on eût dit un ballet de kangourous), se rapprocha la chaise du Génésup. De sorte qu'au-dessus de ladite table les kangourous s'entrecognèrent bientôt le museau.

– Ah ah, souffla à voix basse le Kangourou-Génésup, voici l'anecdote : alors que l'attaque jap sur Hong-Kong était imminente, et qu'il était plus que jamais nécessaire d'y renforcer retranchements et fortifications, ne voyez-vous pas que nos gentlemen (Mouche prit ironiquement un air snob, assurément des plus « british »), que nos gentlemen donc, s'opposèrent fermement à ce que, sous prétexte de creuser des tranchées, on abîmât la magnifique pelouse verte, si soigneusement entretenue, de leurs terrains de golf ! Ah, ah ! *Shocking !* Vous appelez ça des soldats ! Ça sait peut-être manier le « club » mais pour la baïonnette ! Ah, ah !

Mouche tapa d'une bourrade dans l'épaule d'Astier, ah ah, qu'est-ce que vous en dites, hein ?

– Ah, ah, fit Astier, forçant son petit rire agaçant.

Et hop, le Génésup versa une nouvelle tournée de pastis. Tel un calice, il leva son verre et se mit à chantonner :

– Buvons un verre, buvons en deux
A la santé des amoureux...

Et le colonel Chaballier d'achever :

– Et merde pour le roi d'Angleterre
Qui nous a déclaré la guerre !

Le colonel Chaballier, derrière sa blonde moustache gauloise roussie par la nicotine, était un « rude guerrier », amateur de « franche gaudriole » et de cette « franche camaraderie d'armes » qui, à ses heures, sait transcender les hiérarchies.

– Dites-moi, Chaballier, lança Mouche (en lui lançant une « franche bourrade » dans l'épaule), il paraît que votre DCA en a fait de belles, ah ah, sacré gaillard !

Chaballier, supervisant les transmissions, avait la responsabilité du déclenchement des alertes aériennes, et conséquemment du tir des batteries de DCA.

– Il paraît, poursuivit Mouche, en décochant une nouvelle bourrade, que vous avez fait un sacré tableau de chasse, sur la frontière, ah ah !

– Deux Liberators, avant-hier ! s'exclama Chaballier, brandissant deux doigts en « V de la Victoire », sous le nez de Mouche, si près qu'il sembla un instant qu'il voulût, comme deux fiches électriques, les enfoncer dans les larges narines poilues de son supérieur hiérarchique.

– Et un Curtiss P40 la semaine passée, ajouta négligemment Astier, braquant son cyranesque nez pointu vers le plafond, et recroisant élégamment ses longues jambes.

– Et voici le sergent Porchon, le « héros » de l'affaire, renchérit en postillonnant Chaballier qui désignait, debout toujours, à quelques mètres de là, le gros sergent qui, à côté de son grand paquet, toujours posé au sol, se balançait bêtement d'un pied sur l'autre comme si, confusément, il cherchait du bout de ses orteils, dans ses chaussures militaires trop étroites, l'espace confortable chaudement rembourré de paille de virtuels sabots berrichons.

– Il a apporté avec lui, poursuivit Chaballier, trois petits cadeaux pour votre collection.

A ces mots, et sur un signe de tête de son supérieur, le sergent ramassa par terre le lourd et encombrant paquet (« il est-y point léger », murmura-t-il) et le posa sur la table basse, après qu'on y eut fait un peu de place. De la poche arrière de son pantalon kaki, il sortit un canif Opinel que, avec ses doigts rugueux de paysan, il déplia, pour couper les ficelles du paquet. Cependant il ne déchira pas le papier kraft laissant au Génésup le plaisir, délicieusement enfantin, d'enlever l'emballage-cadeau. Ce qui fut prestement fait.

– Superbe, ma-gni-fique ! s'exclama bientôt Mouche.

Il n'y avait rien pourtant, à première vue du moins, de « superbe » et encore moins de « magnifique » dans le paquet en question. Il contenait trois gros morceaux de tôle froissée, gondolée, qu'on avait manifestement découpés au chalumeau. Ils étaient de couleur gris argent. L'un d'eux était noirci, comme si on l'eût exposé au feu. Ce n'était pas tant cette ferraille aussi, que les dessins aux vives couleurs peints à sa surface, qui avaient provoqué les cris admiratifs du Génésup :

– Un Tigre Volant, bon Dieu, je l'avais pas celui-ci, poursuivit-il, savourant du regard un de ces morceaux de tôle artistiquement armoriés, qu'il tenait à bout de bras, des deux mains, tout en éloignant un peu en arrière sa tête et en plissant par instants les yeux – à la façon d'un esthète examinant une délectable toile de maître.

Le motif qui y figurait représentait, au milieu d'un « V » de la victoire, un tigre roux arborant deux ailes blanches. C'était l'emblème des Flying Tigers, ce « ramassis de mercenaires américains », aventuriers, soûlards, têtes brûlées, pendards, qui, dès la fin des années trente (alors que la France refusait de se compromettre dans ce conflit), s'étaient engagés dans l'aviation de l'armée nationaliste de Chiang Kai-shek pour combattre les Japs entrés en Chine. Les Flying Tigers, depuis peu, avaient commencé de bombarder notre Indochine sous prétexte que les Nippons y avaient pris pied. « Une poignée de voyous ! disait Mouche, des cow-boys !... et-qui-nous-appellent-vous-savez-comment ?, ajoutait-il furieux, des *Vichy-men* ! »

L'emblème des Flying Tigers (qui figurait sur chacun de leurs avions dont le nez par ailleurs était orné de dents de requin peintes en blanc) avait été inventé par Roy Williams, un des meilleurs crayons de la firme de bandes dessinées Walt Disney, bastion répugnant de la *sous-culture* américaine. Ce symbole de la *Moderne Barbarie* était donc un trophée de choix, plus gratifiant que les plus énormes défenses arrachées au plus répugnant rhinocéros ! Malheureusement il avait été légèrement endommagé par les flammes, au moment où l'avion, entré par effraction dans notre espace aérien, avait été abattu par nos courageuses DCA ! En revanche, les motifs décoratifs émaillant les deux autres tôles étaient absolument intacts. Si, techniquement, à ce qu'en jugea, à la façon d'un expert, le Génésup, ces dessins n'étaient pas aussi réussis que le précédent (il y manquait le « coup de patte », assura-t-il), ils n'en constituaient pas moins des « pièces à conviction », « qui auront un jour leur place dans les musées de l'Europe nouvelle, parce qu'elles mettent parfaitement en évidence non seulement la vulgarité et la puérilité profondes des pilotes yankees qui les arborent sur leurs zincs, mais du peuple tout entier auquel ils appartiennent, si tant est qu'on puisse donner aux Américains, ce pot-pourri de toutes les races, ce conglomérat de métèques, le nom de peuple » ! L'un des motifs décoratifs représentait, de façon qui « se voulait humoristique », une jolie fille nue arborant deux oreilles de Bunny Lapin et, au bout de ses seins énormes, deux hélices de bombardier. En légende : « *Double trouble* », ce qui, en amerloque comme en french, signifie la même chose. N'est-ce point drôle ? L'autre motif figurait une jolie blonde, à poil encore, et dotée cette fois d'oreilles de Mickey Mouse, qui essayait pudiquement de se dissimuler derrière son drap de lit. En légende : « *Surprise attack* » (attaque surprise). Voilà le niveau ! Tels étaient ces « héroïques Flying Tigers », dont le rouleau compresseur de la presse-à-sensation-anglo-saxonne (cette presse-citron !) vantait, à longueur de colonnes, les *extraordinaires exploits*, tels étaient ces preux minus habens, ces fiers arriérés mentaux qui, non contents de bombarder en Indochine les bases de nos hôtes japonais, ce que nous eussions pu leur pardonner, se permettaient de détruire nos ponts, nos routes, nos voies de chemins de fer, bien français, eux ! Bientôt ils s'attaqueraient à nos villes mêmes !

– Venez, venez ici, sergent !

Mouche, se levant, alla donner une chaleureuse accolade au sergent Porchon, toujours debout. Il le pressa amoureusement, quasi lubriquement, contre sa poitrine.

– C'est vrai, c'est vous qui les avez eus, sergent ?

Mouche le traîna vers un canapé, où il le fit asseoir à ses côtés, tout près. Il répéta :

– C'est toi qui les as eus, sergent ?... Tu permets, n'est-ce pas, qu'on se tutoie, entre... frères d'armes ?

Le sergent, intimidé, répétait « euh, euh », en regardant le bout de ses pieds.

– Porchon, poursuivit, emphatique, le Génésup... que dirais-tu d'un (il lui donna un coup de coude en clignant de l'œil) bon coup de pastis !

Le Génésup lui en versa une généreuse rasade que Porchon, un peu effaré, avala cul sec.

– Quel gaillard ! s'exclama Mouche, admiratif. Avec quelques milliers de gaillards comme toi, Porchon, les Allemands ne seraient jamais entrés en France, Porchon, ni les

Japs en Indo, Porchon, tu entends, Porchon. Bois encore un coup, Porchon.

Porchon regarda son verre vide, que Mouche, malgré son exhortation, ne sembla pas vouloir à nouveau remplir, le pastis étant sans doute trop rare et coûteux.

– Alors, Porchon, tu les as donc descendus, et tous les trois, Porchon ?

– Euh ! dit Porchon, j'en ai eu un, pour sûr, et ça, c'est sûr, même que j' l'ai vu s'enflammer dans ma mire, c'est çui là qu'avait la bonne femme avec des hélices sur les nichons, pardon, sur les... nibards, euh, quoi, j'veux dire, sur les seins, quoi !... Y a des témoins !... Les deux autres zincs on ne sait pas trop, général. C'est qu'on s'était mis à dix pour leur tirailler dessus, y a litige, y a litige ! On se serait cru, faut dire, au tir aux pigeons !

– Et avec ça honnête ! s'exclama Mouche, en levant vers le plafond deux gros yeux invocateurs, et avec ça... modeste !

Il croisa les bras et répéta ce mot, « modeste », comme pour mieux goûter la saveur de ses phonèmes. Comme on suce encore le noyau d'un délicieux pruneau longtemps après que la chair en a fondu dans la bouche.

Puis il se mit à triturer, de sa pogne puissante, la cuisse grasse de Porchon, sous l'étoffe kaki de son pantalon militaire.

C'était avec des gens comme Porchon que le Maréchal pourrait un jour construire la France nouvelle ; les Porchon devaient être encouragés, récompensés, promus ! Et pourtant, ces humbles, ces petits, ces modestes, ces sans-grade restaient dans l'ombre tandis que les arrivistes, les parvenus, les Rastignac sans idéal ni scrupule, se pavanaient et s'en mettaient plein les fouilles jusque sous les lambris de l'hôtel du Parc, à Vichy, et du palais Puginier de Hanoi ? Savait-il, lui, Porchon, ce que les Porchon méritaient pour de pareils exploits ? (et d'un doigt impérial il désigna les deux nibards à hélice de la vamp), pour de pareils exploits les Porchon recevraient LA CROIX DE GUERRE !

Porchon, ému, stupéfait, n'en croyant pas ses oreilles de Porchon, resta muet, bouche bée.

Le général Mouche tiendrait parole. Quelques semaines plus tard, le temps que l'administration militaire se mît en branle, Porchon eut sa médaille. Quoique entre-temps il y eût eu des protestations. Une cinquantaine d'artilleurs français se placèrent en effet sur les rangs, chacun prétendant de son côté que c'était lui et lui seul le seul et unique responsable du tableau de chasse, quand certains mauvais esprits feraient par ailleurs courir le bruit que les zincs yankees avaient en fait été descendus par les Japs. Il plut des pétitions et des dénonciations anonymes... En vérité, les DCA françaises et japonaises tirant de concert, il était difficile de rendre à César, sinon au Mikado, ce qui lui appartenait de droit. De toute façon la palme de cette éclatante victoire ne devait-elle pas nous revenir d'office, puisque le système de guet (du colonel Chaballier) donnant l'alerte en cas d'attaque aérienne était, absolument, exclusivement, à cent pour cent, entre des mains françaises ?

La nuit même, et sans attendre la remise de sa médaille, Porchon s'en alla « arroser ça » dans tous les bars et bordels de la rue du Grand-Bouddha. En début de soirée, c'était un Liberator qu'il avait abattu, sur les minuit il en comptait cinq à son actif, à l'aube blême il hésitait entre trois ou quatre escadrilles « descendues en flammes ».

– Et les équipages des zincs ? demanda le Génésup.

– Quatre survivants ! commenta sèchement le général Astier. Deux pilotes et deux mitrailleurs. Ils sont à l'hôpital Lanessan, au pavillon des grands brûlés.

Mouche appela le digne M. Li, son majordome, afin qu'il emportât ces trois trophées arrachés aux cohortes yankees, et qu'il les fît artistiquement encadrer. Ils figureraient dans son petit musée personnel, avant d'orner celui de la Grande Europe.

M. Li se plia quatre fois en deux avant d'emporter son précieux colis.

– Messieurs, on nous attend au théâtre. Mais auparavant je vous emmène pour ma tournée d'inspection.

Son « tour d'inspection » le général commandant supérieur le faisait chaque soir, quasi sans exception, vers les 17 heures, dans son cabriolet Renault Viva grand sport, six cylindres, bien assis (le dos raide, le crâne « chaussé » de son casque colonial) sur la banquette arrière en cuir rouge du véhicule, et flanqué – debout sur chacun des marchepieds et accrochés aux portières – à droite par un splendide tirailleur sénégalais de près de deux mètres de haut, ceinture et chéchia écarlates, tenue beige, bandes molletières, et, à gauche, par un magnifique goumier marocain, à djellaba blanche ceinturée de vermillon, enturbanné et harnaché d'une vaste et trop chaude cape brune en poils de dromadaire, laquelle – seigneurialement – commençait à se déployer et claquer au vent quand la voiture démarrait. Ça vous avait « de la gueule », du « panache », disait Mouche... Suivait un camion Peugeot saturé de tirailleurs de toutes origines : Sénégalais, Marocains, Algériens, Malgaches, Antillais, Tahitiens, Kanakes, Pondichériens, Khmers, Laotiens, Guyanais, sans compter divers Auvergnats, Bas-Bretons ou Alsaciens-Lorrains. Tous en armes, baïonnette au canon.

C'est que, chaque jour, à la façon de Pénélope retissant sans cesse sa tapisserie, il fallait, aux-yeux-du-peuple-indochinois qui verrait ce fier cortège tourner dans toutes les rues de la ville, selon un itinéraire préétabli, toujours identique, ravauder le *prestige* français pour le moins écorné par la déconfiture de nos armes. Mouche voulait montrer qu'il était là, lui, le Génésup, qu'il avait « la situation en main » ! Et qui témoignerait mieux de la grandeur persistante de la France que ces vivants symboles de la toute-puissance de son Empire en la personne de ces tirailleurs d'Afrique et d'ailleurs qui, en 14-18 et en 40, avaient fait preuve, contre « le Boche », de leur fidélité et de leur bravoure ! Comme l'amiral Toudebout était toujours flanqué d'une garde prétorienne de matafs à tenue blanche et pompon rouge, Mouche (qui voulait lui en mettre plein la vue, car il y avait une rivalité entre ces deux chefs, le « marin » et le « terrien ») s'entourait pour sa part d'anges gardiens africains à belle chéchia écarlate, avec une prédilection certaine pour les « Nègres ». Il avait le sentiment en effet que le « Nègre », pour on ne sait quelle raison psychologique obscure, impressionnait fortement les Asiatiques, et même ces « terribles reîtres » que sont les soldats japonais. A cet égard, la première étape du tour d'inspection du général commandant supérieur consistait, après avoir longé le fleuve Rouge jusqu'à l'hôpital Lanessan, à braquer brusquement vers l'est en remontant le boulevard Gambetta, afin de passer, très lentement, mais cependant sans ostentation, devant l'ex-bâtiment de la Shell à la façade duquel ondoyait, blanc frappé d'une tache ronde sanglante, le drapeau de l'empire du Soleil-Levant. Devant ce bâtiment, des gendarmes au crâne rasé montaient la garde, sabre au côté. Les Japs avaient réquisitionné la Shell pour y installer leur redoutable service de police, la Kempetaï, une sorte de Gestapo, très efficace, qui avait déjà purgé le pays, prétendait-elle, de tous les agents et autres espions du général Chiang Kai-shek *(cette marionnette de Roosevelt !)* qui pullulaient dans la nombreuse communauté sino-annamite de Hanoi et Saigon. On disait que dans les caves de la Kempetaï les salles de torture ne désemplissaient pas. Plusieurs pilotes américains abattus, livrés aux Japs par la police française (dans le respect des accords signés entre Tokyo et Vichy), y avaient fait des stages dont on ignorait d'ailleurs la conclusion, la plupart d'entre eux n'en étant jamais ressortis. « C'est-ce-que-l'amiral-Toudebout-appelle-le-maintien-de-la-souveraineté-française-en-Indochine », s'exclamait alors, à cette étape de son tour d'inspection, le général Mouche offusqué (en l'occurrence son confident fut le général Astier, qui l'accompagnait dans sa voiture). L'amiral Toudebout et lui seul n'était-il pas en effet responsable de l'emprise toujours croissante des Japs sur ce pays ? C'était lui qui leur avait ouvert les portes, précédé, il est vrai, en ce domaine, par le gouverneur général antérieur, Goitroux… Mouche, lui, à cette époque (septembre 40), n'était pas encore en Indo. Il s'était contenté, en France, dans les Flandres, de recevoir, à la tête de sa division de troupes coloniales, une dégelée de la part des Teutons qui lui bottèrent le cul jusqu'au-delà de Paris. C'est pour son attitude néanmoins « ferme et héroïque », dans la débâcle, qu'il avait reçu de Vichy sa nomination au poste de Génésup d'Indochine, en remplacement du général Maritain qui, de son côté, aux antipodes – et comme en écho à ce qui se passait en Europe – avait pris une dérouillée de la part des Japonais. Car si l'installation des Japs en Indo (bien avant Pearl Harbor) s'était faite à l'amiable – à la suite d'accords de collaboration dûment signés –, ça n'était pas cependant sans qu'ils eussent montré aux troupes coloniales, qui jusque-là n'avaient exercé leurs talents que contre quelques nationalistes annamites mal armés, de quel bois ils se chauffaient. Il n'avait fallu que quelques heures, en effet, aux généraux Mikokuni et Ando pour forcer, avec leurs troupes venant de Chine, la frontière du Tonkin. Nos régiments, paniqués, avaient lamentablement détalé sous les yeux mi-apitoyés, mi-ironiques de nos « protégés » indigènes. Oh, ça n'était pas que quelques-uns de nos légionnaires et officiers de la coloniale n'eussent pas vaillamment fait le coup de feu (Mouche, qui était arrivé en Indochine *post festum* en mars 41, s'était fait raconter toute cette affaire par le menu), mais il y avait eu des traîtrises… « des coups de poignard dans le dos »… Comme en France, en juin 40 !… Ici, comme là-bas, nous n'avions pas été vaincus – non ! –, nous avions été *TRAHIS* !… Là-dessus Mouche était d'accord… Francs-maçons, Juifs, communistes, bolcheviques, sympathisants des Anglo-Saxons – la *« 5e COLONNE ! »* – avaient miné le moral de nos troupes, semé l'anarchie chez celles-ci par des ordres contradictoires. On en était même arrivé, à Lang Son, sur la frontière du Tonkin, à ce que deux bataillons français, s'entreprenant l'un l'autre pour des Japs, se tirent dessus. Sans compter ce régiment de tirailleurs tonkinois qui, noyauté sans doute par les communistes, avait refusé le combat et déserté… et ne parlons pas des « renseignements » fournis par notre inénarrable 2e Bureau : ses sbires avaient affirmé catégoriquement que nous ne devions pas craindre d'attaque après le coucher du soleil, car – du fait de leur alimentation – les Japs n'y

VOIENT PAS LA NUIT ! Oui, tel quel !... Des fautes avaient été commises certes, mais il y avait aussi du louche là-dessous, des mains dans l'ombre avaient tiré des ficelles... L'ex-Génésup Maritain, comme plusieurs membres de son état-major, n'étaient-ils pas francs-maçons ? On avait renvoyé tout ce beau monde en France, où il rendrait des comptes !

– *5e Colonne ! 5e Colonne !* s'exclamait Mouche, prenant au poignet le général Astier, assis à ses côtés, la *5e Colonne* est partout, espions, indics, provocateurs, *garances*, agents doubles, racketteurs, maîtres chanteurs, youpins, *5e Colonne* !...

A chaque fois qu'il prononçait, comme une formule magique ou liturgique, ce *5e Colonne*, les yeux de Mouche, derrière les petits verres ronds de ses lunettes, s'illuminaient d'une noire, soupçonneuse et inquisitive clarté. « *5e Colonne !* » s'exclamait-il encore quand, tout à propos, s'érigèrent devant eux, au bout du boulevard Borgnis-Desbordes, les hauts murs de la prison centrale. Là-dedans moisissaient assassins, sadiques, maquereaux, bolcheviques, sans compter cinq sympathisants gaullards qui avaient voulu quitter l'Indochine, et des agents de la France-dite-libre qui, inversement, avaient essayé d'y pénétrer pour organiser des réseaux de soi-disant « résistance ».

Avec ces « zigotos » (Mouche les appelait aussi « énergumènes »), il fallait avoir une poigne d'acier. Ne risquaient-ils pas de déclencher la colère des Japs ? D'ailleurs Mouche avait fait la leçon aux juges de la cour martiale, qui avaient été « coopératifs », leur donnant un « barème » de peines (les plus sévères) à appliquer contre ces « pauvres types » : de quinze ans de travaux forcés jusqu'à perpète, et même la peine capitale (par contumace, il est vrai, pour ceux qui avaient réussi à s'enfuir). Cela en ce qui concerne les Blancs ; les Jaunes, les services spéciaux se contentaient souvent de les liquider d'une balle dans la tête. C'est qu'il faut aussi accepter de se « salir les mains ». Cela, l'« exercice du pouvoir » (en prononçant ces mots Mouche enflait ses joues) le lui avait appris, tout comme à l'amiral Toudebout d'ailleurs. Il assumait, oui, il assumait !

Le cabriolet-Renault-Viva-grand-sport-six-cylindres, du général commandant supérieur, avec son tirailleur sénégalais sur le marchepied droit et son somptueux goumier toute cape déployée sur le gauche, passa place Neyret, où se trouvait une reproduction de la statue de la Liberté, de Bartholdi, en miniature ; devant l'édifice de la Régie de l'opium ; derrière le palais de justice, perle de l'architecture début de siècle ; à côté de la cathédrale Saint-Joseph, épouvantable tas de briques néo-gothique inauguré en 1886 ; le long du Petit Lac, où les amoureux tonkinois aiment à se retrouver ; devant le poilu de bronze du monument aux morts de 14-18, érigé face à la Citadelle… A toutes ces étapes, sinon ces stations, du tour d'inspection du Génésup, se dressait, encadré de bleu-blanc-rouge, un grand portrait du Maréchal qui, de son regard azuré, veillait bienveillamment sur les passants ; et ces portraits, avec tous leurs pareils semés jusque dans les derniers des villages de la colonie, semblaient constituer une sorte d'armée protectrice symbolique : face aux appétits chinois, anglo-saxons et japonais.

Un seul chef Pétain, un seul devoir obéir, une seule devise servir ! disait la légende.

Seul Pétain pouvait sauver la France et son Empire !

Là-dessus Mouche et Toudebout étaient d'accord. Cela n'empêchait pas ces deux-là de se détester cordialement. Quand la Viva grand sport eut roulé jusqu'à l'avenue Brière-de-l'Isle, Mouche se leva, comme il le faisait toujours, dans la voiture en marche et, croisant les bras, il jeta un regard plcin dc haine vers les murs jaunes du palais Puginier : où s'achevait à peine d'ailleurs la garden-party de l'amiral.

« IL » ne l'avait pas invité.

« IL » ne l'invitait d'ailleurs plus jamais nulle part.

« IL » l'avait rayé de ses listes.

« IL », « IL »…

L'amiral méprisait Mouche.

Mouche haïssait l'amiral.

Pour Toudebout, Mouche était un imbécile inculte, un plouc. Trois jours à peine après que le général eut débarqué en Indo, pour remplacer l'ex-Génésup Maritain, le Pacha l'avait jugé. « On est tombé de Charybde en Scylla », avait-il confié à ses proches. Très vite les « encongayages » de Mouche (c'est-à-dire ses amours avec les « congaïs », ou indigènes) avaient été la risée du Tout-Hanoi-Tout-Saigon. Mais là où, vraiment, l'éclat de rire – qui résonne encore dans les jungles de l'actuel Vietnam, quarante ans plus tard – fut unanime, c'est quand on apprit le contenu des dix pesantes cantines (il avait fallu quatre coolies pour transbahuter chacune d'elles) que le nouveau Génésup avait apportées avec lui de France, sur son bateau : des boîtes de conserve, en prévision du rationnement, six cents boîtes de conserve, et pas n'importe quelle conserve : du cassoulet !

Pour Mouche, Toudebout était un snob arrogant – il ne portait même pas de moustache, c'est tout dire ! –, un prétentieux, un m'as-tu-vu-ma-chère, un pète-plus-haut-que-son-cul (« et j'en passe », ajoutait-il). Mais... pire que tout, c'était UN MARIN ! Ah, ah ! C'est qu'ils s'y croyaient, en 1942, les marins, c'est qu'ils ne manquaient pas d'« air », les marins (« si je puis dire, ah, ah »), ils se sentaient plus, vraiment, les marins ! Vous ne savez pas ce qu'ils prétendaient, les marins ? Ils prétendaient que si la France n'avait pas gagné la guerre les marins, eux, ne l'avaient pas perdue ! Ah, ah ! Ceusses qui l'avaient prise, la déculottade de juin 40, c'étaient les biffins, l'aviation peut-être aussi, mais avant tout les biffins ! A preuve, la flotte était encore intacte – à part les vaisseaux coulés par ces crapules d'Anglais à Mers el-Kébir ! Ah ah ! Mais comment aurait-elle pu souffrir, la flotte, puisqu'elle n'avait jamais eu un coup de canon à tirer contre les Boches, la flotte ! Elle se l'était toujours « coulée douce », la flotte (« ah, ah, si j'puis dire »), c'était une flotte de plaisance que la flotte française ! Oh, qu'est-ce qu'il ne fallait pas entendre sur ses *héroïques combats* dans le golfe du Siam, à Koh-Chang, où elle avait coulé trois rafiots thaïlandais ! Cela faisait deux ans qu'on nous en rebattait les oreilles de la fameuse fumeuse victoire de Koh-Chang. On avait même nommé contre-amiral le commandant Spadasse qui l'avait remportée !… Ils manquaient pas de front, vraiment, les marins !… Ces marins qu'on retrouvait dans tous les coins du quinconce de l'administration indochinoise, ces marins qui avaient « arraisonné » tous les postes les plus lucratifs, et pris d'abordage même les plus humbles petits strapontins de la plus petite sous-préfecture, ces marins enfin qui n'avaient laissé aux biffins que les miettes, les arêtes, du grand Festin indochinois.

Des marins, ça ?

Des pirates d'eau douce, oui !

En tant que Génésup, Mouche eût dû avoir sous son commandement toutes les armées de la colonie, même les matafs ! Or cette crapule de Pacha, manœuvrant insidieusement (en le poignardant dans le dos par des télégrammes envoyés à Vichy où il avait le-bras-long), était non seulement parvenue à le priver de la flotte, mais encore de l'aviation, sans compter la garde indochinoise qui, prétendait-il, dépendait de la police, donc du gouvernement général, et point de l'état-major !

Ne lui restait que les rampants !

Le cabriolet Viva grand sport, où Mouche se tenait toujours debout, bras croisés, s'arrêta (halte habituelle de son tour d'inspection) aux pieds du monument à *La France protectrice de l'Indochine*, de Théodore Rivière, juste en face du palais Puginier. Le Génésup, bloquant sa respiration, toisa les fenêtres du premier étage, où l'ignoble-Toudebout avait son bureau – un bureau dont la bibliothèque comportait les œuvres complètes de Shakespeare et de Kipling, deux Anglishes !, Mouche le tenait de source sûre : ses services de renseignements !… Shakespeare, Kipling !… Mais « tout ça » et « bien d'autres choses » se sauraient un jour ! Un jour, « en haut lieu », on saurait qui est le Pacha, quel est son réel visage, on arracherait son masque, on dénoncerait ses traîtrises !

Et ce jour-là, ce jour de gloire, ce jour de triomphe où la Marine baisserait pavillon – ce serait le jour du Génésup Mouche.

Il nous a semblé entendre ces derniers temps quelques aboiements des roquets gaullards... des radios des Indes. Oh ! Rien de bien grave, rassurons-nous, car ces toutous-là manquent encore de métier, à moins qu'ils n'aient pas été aussi grassement nourris que leurs congénères de Hong-Kong, Manille et autres lieux où les niches de luxe retentissaient récemment encore de jappements joyeux avant que tout le monde n'aille à la fourrière. Quant à ceux de Singapour, ils aboient encore...

(Radio Saigon, émission antérieure
à la chute de Singapour,
« Messages et Causeries »,
Saigon, 1942.)

Le martial convoi du Génésup passa devant la belle façade d'architecture coloniale blanche, percée de fenêtres à jalousies vertes, de l'hôtel Métropole, le rendez-vous « chic » du « Tout-Hanoi » (l'équivalent, à Saigon, du Continental : notre Ritz des Tropiques), et déboucha bientôt dans la rue Paul-Bert, cœur de la vie européenne du Tonkin (notre rue de la Paix). Étendards, banderoles, oriflammes étaient dressés un peu partout. Une foule inhabituelle, française et annamite, y bouillonnait comme dans un fantastique et étouffant chaudron. On sentait que « quelque chose allait se passer ! ». Les Européennes avaient mis leurs plus beaux atours, et les jeunes femmes indochinoises, en *ao-daï* roses, bleus, verts, leur chapeau conique sur la tête, ou coquettement rejeté derrière la nuque, retenu au cou par un ruban clair, semblaient moins marcher qu'onduler ou louvoyer sur l'asphalte.

La Viva grand sport de Mouche s'arrêterait bientôt, au bout de la rue Paul-Bert, devant le perron du Théâtre de la Ville qui dressait vers la nue ses huit superbes colonnes néo-grecques (ionico-doriques) et son toit ardoisé fléché de fiers campaniles. Question théâtre, les Hanoiens n'avaient rien à envier aux « Parisiens » : 850 places, une salle de 25/20 mètres, une scène de 21/16 mètres ! Construit au début du siècle sur un sol marécageux, son édification avait nécessité qu'on réquisitionnât une corvée de plusieurs milliers de coolies. Trente-cinq mille pieux, enfoncés dans le sol instable et recouverts d'une chape de ciment de 90 centimètres, avaient servi de fondation... Que n'y avait-on pas joué ? *La Vie parisienne, La Fille de madame Angot, La Fille du tambour-major, Mam'zelle Nitouche, L'Arlésienne, Mireille, Le Pays du sourire, Le Roi d'Ys, La Périchole, Phi-Phi, Un chapeau de paille d'Italie*, Lalo, Gounod, Offenbach, Lecocq, Feydeau, Labiche ! Le meilleur répertoire avec les meilleurs artistes venus de métropole. Mais nous en avions aussi d'excellents en Indochine... Toute la belle joyeuseté de la France avait su, semble-t-il, et sans rien perdre de sa vivacité, et peut-être même en y gagnant un je-ne-sais-quoi de créolement langoureux, se transplanter aux antipodes. D'ailleurs cette joyeuseté-là, elle escaladait, en ce moment même, les escaliers du perron (devant lequel tournait une ronde infinie de voitures) en la personne de ces vivants Van Dongen femelles et mâles en robes du soir moulées et satinées ou en smokings blancs ornés d'une orchidée à la boutonnière : les invités de la garden-party de l'amiral qui se rendaient en bandes papotantes et riantes à ce nouveau « divertissement ».

L'immense tirailleur sénégalais à chéchia écarlate ouvrit la portière de la Viva grand sport d'où, casque colonial vissé sur le crâne, sortit le Génésup, impeccable dans son ensemble short et jaquette kaki. Astier et Chaballier le flanquaient. Du haut de son mètre cinquante-trois (hauteur des talons comprise), Mouche toisa cette foule « écervelée » qui entrait au théâtre, cette foule qui prenait « son bon temps », voulant tout ignorer des souffrances de la France asservie, des horreurs du monde en guerre, et des malheurs, très prochains sans doute, qui lui pendaient au nez : car « cette paix artificielle », qui régnait en Indo, « ça ne pouvait durer ». Un jour ou l'autre, « ça allait barder ». D'où tomberait la foudre : des Japs, des Américains, des Chinois ? Cela, Mouche, à cette époque du moins, n'en savait trop rien encore, mais ce dont il était sûr – et c'était en vain qu'il avait essayé de mettre en garde l'arrogant Pacha ! – c'était… « C'est pour bientôt ! » A peine avait-il débarqué en Indo, d'ailleurs, début 1941, il avait été outré par tant de luxe tapageur, par tant d'abondance, par tant d'inconscience ! Bals, salles de jeu, restaurants bondés, marchés regorgeant de fruits et de viandes, donzelles folles de leur corps… quand la « mère patrie » humiliée se serrait la ceinture ! Ne fallait-il pas stocker les vivres, fourbir nos armes ! Mais les joyeuses cigales d'Indochine lui ricanaient au nez. Officiers et soldats vivaient en famille. Femmes et enfants batifolaient dans la cour des casernes, on allait à la plage le dimanche, on pique-niquait (oui, on pique-niquait !) ! Était-ce ainsi que nous défendrions notre colonie ? Un soldat peut-il bien se battre, quand il craint pour ses proches ? On sait comment les Japs en ont agi avec les Européennes dans les territoires qu'ils ont conquis !… Mouche avait décidé de renvoyer en France, ou à la rigueur à Madagascar, les épouses et les marmots de ses hommes. On poussa des hauts cris, « briseur de familles, bourreau des cœurs ! ». Voulait-il semer le désarroi dans la colonie, déstabiliser les Français, casser le moral de l'armée ? Les Japs jusqu'ici n'avaient-ils pas été réglos ? N'appliquaient-ils pas, à la lettre, les accords signés, respectant notre *Souveraineté* ? Mouche n'était qu'un pessimiste. Pire, un défaitiste. Un gâche-sauce.

– Cessez de jouer les Cassandre, lui lança un jour Toudebout, qui fit une nouvelle plainte à son sujet auprès de Vichy.

Ledit Toudebout d'ailleurs, flanqué de son épouse, et suivi par la cohorte de ses matelots-gardes du corps, arrivait justement au théâtre, lui aussi. Et commençait de monter les marches de l'escalier, à l'extrême gauche du perron ; Mouche, avec ses Sénégalais, se trouvait à l'extrême droite, de sorte qu'il était mathématiquement prévisible qu'ils allaient se rencontrer, nez à nez, au moment où ils voudraient franchir le seuil de la porte, à moins que l'un ou l'autre, refusant l'affrontement, préférât lambiner un peu de façon tactique, sans donner cependant l'impression (humiliante !) de céder le pas. Avec la promptitude d'un Napoléon (Mouche admirait Napoléon) prenant, à l'aube d'une bataille décisive, une décisive décision, le Génésup passa ses troupes en revue.

– Yaoundé, lança-t-il.

Le Sénégalais salua, claquant des talons.

– Ali, lança-t-il.

Le goumier du Maroc salua...

– A l'assaut ! lança-t-il.

Et, à la façon d'un Bonaparte se jetant, malgré la mitraille, sur le pont d'Arcole, toute calvitie au vent, il monta quatre à quatre les marches, suivi par ses officiers et ses tirailleurs ceinturés d'écarlate.

C'était aussi, aux yeux de l'observateur qui pouvait se trouver en face du théâtre et en regarder le perron, un spectacle digne à tout le moins de l'opéra-comique que de voir foncer l'une vers l'autre ces deux vaillantes armées, la première, celle des marins, à dominante blanche ; la seconde, celle des biffins, dans les tons bruns et rouges. L'observateur en question existait d'ailleurs. C'était une délégation japonaise qui, toute de vert vêtue (à deux civils près), grimpait prestement les marches du perron : en la personne du très arrogant général Mikokuni (casquette vert olive sur le crâne : notre vainqueur à Lang Son) ; du général Sumita ; du colonel Omiya (l'époux de la dulcinée du Génésup, la douce Kikou, qui, en kimono bleu, lui tenait le bras) ; du colonel Kuga, lequel arborait un brassard blanc frappé d'un idéogramme rouge sur sa manche droite (c'était le chef redouté de la Gestapo jap, la Kempetaï), et quelques autres officiers. Tous traînaient de longs sabres à longue poignée incrustée d'ivoire et d'argent. Étrangement, comme les femmes d'autrefois qui relevaient sans cesse, mécaniquement, leurs jupes trop longues, pour ne pas les crotter, ils tiraient régulièrement leur ceinturon vers le haut, afin d'empêcher sans doute que leur sabre – d'autant plus grand et encombrant qu'ils étaient petits de taille – ne bringuebalât trop sur les marches. En uniforme encore, mais avec je-ne-sais-quoi de moins martial (sinon d'un peu fantaisiste), se trouvaient deux peintres fameux, messieurs les colonels Fujita et Sekiguchi, accompagnés de deux écrivains, les capitaines Okasu et Kawamura, qui avaient surtout fait leurs armes, avant-guerre, au Flore, aux Deux-Magots, boulevard Saint-Germain, sinon à la Closerie des Lilas, en compagnie de la plus-*trouble-et-décadente-bohème-dégénérée*, Modigliani, Scott Fitzgerald et autres Man Ray. Admirateur du *« pitre-crypto-communiste-Malraux »,* le susdit Kawamura avait traduit d'ailleurs *La Condition humaine* !

C'est qu'à Hanoi, centre culturel et administratif de l'Indochine, les « Japs », pour séduire l'« ami » français, s'étaient mis en frais. Ils y avaient importé tout ce que l'empire du Soleil-Levant comptait de francophones… L'ambassadeur lui-même, qui faisait partie du groupe, M. Yoshizawa, parlait parfaitement notre langue. En costume gris perle, pochette et cravate blanches, petit, maigre, fragile, élégant, cheveux argentés, un éternel cigare à la bouche, il flanquait l'énorme général Mikokuni, formant avec lui une sorte de couple, de Janus bifrons qui incarnât les deux faces, martiale et raffinée, du Japon.

Lorsque les « Japs » arrivèrent au sommet de l'escalier du perron, le général Mikokuni, très autoritairement, leva une main pour faire signe à sa troupe de s'arrêter. Devant eux en effet, Mouche, sur la droite, et Toudebout, sur la gauche, forts chacun de leur garde prétorienne, se trouvaient face à face (séparés tout juste par un espace d'un mètre), immobiles, silencieux, comme deux lutteurs, au début du match, s'observent en silence, cherchant chez l'adversaire le point faible, la faille, sur quoi diriger leurs coups. Cela tenait aussi de l'affrontement de figurines kitsch « en biscuit » sur un dessus de cheminée. La scène, au demeurant, était prenante et impressionnante car, se trouvant devant l'entrée unique du théâtre, ils empêchaient qu'y pénétrât un public nombreux mais qui, tout impatient qu'il fût, n'osait prendre à partie ces deux « poids lourds » du gouvernement de l'Indochine, de sorte qu'à mesure qu'affluait la foule, elle s'agrégeait sur le perron en grappes compactes et toujours grossissantes.

– Amiral ! dit le général.

– Général ! dit l'amiral.

Ils se saluèrent.

Claquement de talons des soldats, de part et d'autre. Puis silence, encore, pendant lequel les membres de chacun des partis, matafs et tirailleurs, semblaient chercher, dans le parti adverse, son « homme », celui, en quelque sorte, qu'il se réservait, pour le premier direct du droit, au cas où on en vînt aux hostilités.

L'immense Mme Toudebout, pendue au bras de son trop court époux, se pencha rapidement sur son oreille et lui susurra, ironique : « Mon chéri, reluque un peu les poils de ses jambes, il a encore mis son short ! »

Charlotte Toudebout (Mouche ne savait qui il haïssait le plus de monsieur ou de madame l'amirale), avec toute la méprisante politesse dont ce genre de belle jument (élevée à l'École de la légion d'honneur !) est capable, avait un jour, à l'époque où elle recevait encore le Génésup, entrepris de faire à celui-ci, entre deux petits fours picorés, l'éloge de sa « subtile élégance », et particulièrement de la beauté de ses mollets et de ses genoux si bien mise en évidence par le judicieux port du short, éloge que dans sa naïveté, sinon son épaisseur, le Génésup avait tout d'abord pris au pied de la lettre et que, pendant toute la soirée, croyant avoir esquissé les prémices d'une conquête, il avait bu, avec force coupes de champagne, comme du petit lait. Sous le sourire narquois d'une dizaine de snobinardes amies de la Toudebout.

La scène se passait à Dalat, au nord de Saigon, sur les

hauts plateaux. Un site magnifique, couvert de pins, où le Pacha et sa Pachatte s'étaient fait construire, comme leurs plus fidèles courtisans, une somptueuse maison (affreuse !) tout en angles et en lignes droites (pouah), avec des meubles et des lampadaires à l'avenant, inspirée du style des architectes Loos et Wagner (des Boches !) : de l'art déco pour tout dire ! Les Pachas y passaient quasi la moitié de l'année pour éviter les « rigueurs de la saison chaude », insupportable à Hanoi comme à Saigon, madame *dixit*. Le climat de Dalat était en effet exceptionnel, comme l'indiquait d'ailleurs le nom des hôtels et restaurants de la ville : Climat de France, ou Comme là-bas, ou Comme-chez-nous, ou Métropole, ou Ma Normandie, ou La Canebière ou... L'amiral comptait bien faire un jour, de Dalat, la capitale administrative de toute l'Indochine... Le prix des terrains aussi, malgré la guerre et ses incertitudes, y était monté en flèche, ce qui n'aurait pas appauvri, disait-on, nombre d'« initiés » proches du gouverneur général (l'intendant de police Larsouille, entre autres) et (disait-on encore), par circulation occulte de commissions, notre parangon de vertu l'amiral soi-même. Mais n'étaient-ce pas des ragots ? Tous les Français voulurent avoir à Dalat un pied-à-terre ! Ce fut bientôt une floraison de maisons normandes, mas cévenols, chalets savoyards, fermettes berrichonnes, pavillons corses avec vérandas, treilles, loggias, volières, bassins à poissons rouges, et de coquets jardinets où la fraîcheur du climat permettait qu'on cultivât des roses, des marguerites et même, sophistication suprême, des géraniums.

Quand, enivré par le champagne et les éloges de la Pachatte, Mouche s'en était allé rejoindre sa chambre à l'hôtel Palace, le palace du coin, et qu'avant de se coucher il se fut regardé dans un miroir, avec son short et son casque, il fut soudain pris de l'ombre de l'esquisse d'un premier doute. Il se souvint du sourire que lui avait décoché, de ses lèvres vermillonnées de rouge-baiser, cette... « grosse-vache » et ses « grosses-vaches-d'amies » (« Ah, qu'elles étaient loin d'avoir la finesse des Annamites et leur délicatesse ! »). Comme il s'était allongé sur son lit, tout nu, le doute, en son âme déjà douloureuse, étendit son empire. Il ferma les yeux, s'endormit : mais elle resurgit dans son sommeil, la vache, une énorme vache normande, noire et blanche, avec deux énormes cornes, qui, tout en broutant de l'herbe, levait vers lui des regards moqueurs, c'est ça, oui, elle ricanait, elle ricanait, la vache !... Dans tout l'hôtel retentit alors ce cri déchirant : « SALOPE ! VIEILLE PUTE ! » Il avait compris soudain : c'était bien ça, elle s'était permis, et publiquement !, de tourner en dérision le général commandant supérieur !

Comme tels artistes dégénérés de Montparnasse avaient revendiqué le qualificatif de « surréalistes » dont, pour se moquer, la critique « bourgeoise » les avait épinglés, le Génésup, se contrefichant du qu'en-dira-t-on, revendiqua son SHORT qu'il porta – qu'il ARBORA – plus que jamais, et jusque dans des occasions où il ne l'eût pas fait auparavant, comme ces soirées dites habillées où la petite société hanoienne, si provinciale au fond, essayait de se donner l'illusion du grand monde.

Ce dont les historiens n'ont pas pris mesure, en tout cas, c'est que cette scène fut le coup de gong fatal qui annonça le premier round du combat fatidique et sans merci que l'amiral et le général se livreraient, combat fratricide, combat fanatique, combat frénétique qui se conclurait par la perte de notre belle Indochine française.

Le général Mikokuni, ayant fendu la foule attroupée sur le perron du théâtre, se trouva bientôt entre les deux « pugilistes », à peu près dans la position de l'arbitre. Fort grand pour un Japonais, musclé, carré, aussi large que haut, crâne rasé et gueule glabre, il se cassa en deux, à la manière nipponne, devant Mme l'amirale (dont il baisa la main), son buste traçant avec ses jambes chaussées de bottes noires scintillantes un parfait angle droit, de sorte que son sabre de samouraï (un sabre de famille datant du XVIe siècle) passa quant à lui de la position verticale à l'horizontale, en décrivant dans son dos un brusque mouvement ascensionnel au terme duquel il s'en alla heurter Mouche (qui se trouvait juste derrière) entre les deux jambes, extirpant de la gorge dudit un râle de souffrance. Mikokuni, insensible à ce cri (ce reître n'avait-il pas présidé aux massacres de Nankin sans sourciller ?), se cassa alors en deux en face de l'amiral ; puis, respectant la hiérarchie, fit une superbe volte-face pour se casser en deux devant Mouche lequel, de douleur, s'était déjà, quant à lui, plié en deux, de sorte que, ni une ni deux, leurs crânes se heurtèrent violemment. Le Géné-sup étant casqué, et les soldats japs, comme chacun sait, ayant la tête dure, la collision ne fut pas fatale. D'ailleurs Mouche eut tôt fait d'oublier la double douleur de son entrejambe et de son front, un baume miraculeux s'étant soudain sur lui déversé avec le regard plein de douceur, sinon d'amour peut-être, dont le baigna Kikou, Kikou, Kikou (Mme Omiya, femme de l'attaché culturel) : une Kikou que, pour la première fois (elle portait en général des habits européens), il voyait en kimono et coiffée à la nipponne, les cheveux relevés en bandeaux et chignon, et percés de grandes épingles d'écaille. Il rougit. Les pâles ivoirines pommettes de Kikou rosirent… Ça n'était plus une femme qu'il avait devant lui, mais l'incarnation même d'une des figures d'estampes coquines émaillant les murs de son « nid d'amour ». C'était Madame Butterfly, c'était Madame Prune, c'était Madame Chrysanthème. Geishas, mousmés, cerisiers en fleur, mont Fuji-Yama jaillissaient en son esprit avec les plus belles pages de Loti et Claude Farrère. Kikou, Kikou, ces deux syllabes coulaient en lui comme un nectar enivrant, un rude bol de vivifiant saké !

L'adorable Kikou sortit sa petite main blanche d'une des vastes manches de son kimono de soie bleue et la lui tendit, à « l'occidentale ». C'est que Kikou, avant son mariage, avait longtemps vécu en France où elle fréquenta la Sorbonne et Montparnasse (« une drôle de cocotte ! »). Elle avait écrit pour *Le Figaro* et *La Revue des Deux Mondes* des articles sur le sumo, l'art des bouquets ou la cérémonie du thé, mais, plus subtilement encore, sur l'impact du Japon dans la peinture impressionniste. Elle avait même fait un recueil des passages de l'œuvre de Proust où figuraient des allusions à son pays. Ce travail, elle le poursuivait en Indochine, à la radio, par des conférences ou des expositions, invitant dans le pays, des artistes nippons, et, inversement, envoyant au Japon des artistes, savants, littérateurs et étudiants français et indochinois. Beaucoup avaient profité de sa manne, car elle ne manquait pas de fonds. Elle dirigeait aussi une école où l'on enseignait sa langue aux jeunes indigènes. D'aucuns diront plus tard que c'était en fait un centre de propagande où se diffusait l'idéologie impériale de la *Sphère de coprospérité de la plus grande Asie orientale*, sphère d'où le « Blanc » devait être éjecté.

Kikou, à soi seule (et sans qu'elle fût sans doute tout à fait consciente de son rôle), valait quinze des escadrilles qui pilonnèrent Pearl Harbor. Mais elle avait une si délicieuse façon de nous faire la guerre que c'était un plaisir de se rendre aux « armes de son charme », pour reprendre une expression, sentant son théâtre cornélien, du Génésup Mouche (Mouche adorait Corneille). Bien sûr, lorsque les Japs tentaient de séduire sinon d'embrigader les paysans annamites, c'était avec des moyens plus rudimentaires. Quelle stupéfaction ne fut pas celle du Pacha quand il apprit de ses espions pourquoi l'armée du Soleil-Levant faisait une gargantuesque consommation d'œufs de poule : aux spectateurs de ses films de propagande, qu'elle projetait dans tous les villages de la colonie (films portant en général sur ses brillantes victoires du Pacifique), elle servait, paraît-il, des « œufs brouillés ». « Voyez, disaient les agents nippons aux *nha quê* (paysans) qui en ouvraient d'énormes yeux, on casse un œuf, on mélange le blanc et le jaune, qui l'emporte ? Le jaune ! » La démonstration était irréfutable.

Dans le cœur aussi du Génésup Mouche le « jaune » l'emportait, du moins le jaune au féminin (car il méprisait les Asiates mâles), et parmi toutes les Jaunes celles qui avaient sa prédilection étaient les Japonaises, et parmi toutes les Japonaises (il y en avait une centaine à Hanoi), c'était Kikou.

Kikou n'était pas sans s'être rendu compte que le Génésup avait le béguin pour elle (il était amoureux fou, oui !). Pour une raison ou pour une autre (politique ? simple coquetterie ?), elle en jouait, et en plaisantait même quasi ouvertement avec ses meilleures amies françaises toutes très « écervelées » : avec, entre autres, Mme Arlette Coutrais (celle en robe cloche rouge qu'avait repérée l'amiral, et qui venait justement de se joindre à l'attroupement de plus en plus énorme rassemblé sur le perron du théâtre) ; Mme Aurillette, femme du secrétaire de l'amiral ; Mme Martial, femme du conseiller économique ; et Mme Belangel, du conseiller diplomatique. Kikou trouvait Mouche « très chou » (terme à la mode avant-guerre dans la bohème de Montparnasse). « Tu sais pas, avait-elle confié un soir, jubilante, à la délurée Coutrais, il paraît qu'au petit déjeuner, avec son café, il mange du roquefort ! » Ce trait, qui en eût dégoûté de moins subtiles (ou moins tordues), ravissait littéralement Kikou, comme s'il lui eût fait toucher, par-delà la rustique rudesse de Mouche, à son essence éternelle, et à la quintessence même de la France. « Du roquefort, n'est-ce pas chou ? » Elle sentit le bras de la rousse Mme Coutrais enlacer sa taille. Toutes deux pouffèrent. Kikou jeta à Mouche un sournois : « A très bientôt, général, j'espère ! », et l'on vit le couple formé par le kimono bleu et la robe cloche rouge passer entre Mouche et Toudebout, et entrer dans le théâtre, entraînant à sa suite, avec l'amiral, le général et les Japonais, l'ensemble du public attroupé sur le perron.

« Il est tout à fait chou. »

Le Théâtre de la Ville comptait, nous l'avons dit, huit cent cinquante places, mais il était loin, ce soir-là, de faire salle comble. Les invités en effet étaient triés sur le volet. Il y en avait quatre cents tout juste. Ils devaient présenter à l'entrée un carton d'invitation nominal de l'IPP (information, presse, propagande) ou de la Légion du Maréchal, cartons distribués au compte-gouttes. Non pas qu'on tînt pour secret d'État les choses-qui-allaient-se-dire ; mais ces-choses-qui-allaient-se-dire ne devaient pas l'être devant n'importe qui, des Annamites « non évolués », par exemple, qui pourraient « mal interpréter ». La langue d'un orateur peut toujours fourcher et certains « couacs » ont des conséquences politiques désastreuses. De toute façon, le lendemain, presse et radio, auxquelles le service IPP avait déjà donné de strictes consignes, se chargeraient de faire un compte rendu « adéquat » de la soirée, afin que le « grand public » en eût pour son compte. Nombre de journalistes d'ailleurs – du Tonkin, mais aussi de toute l'Indochine – se trouvaient là, sans doute pour capter la couleur locale, le petit détail qui parle, car ce qu'ils auraient à écrire, ils le savaient déjà.

Au premier rang, parmi les rares Annamites présents, on trouvait le Premier ministre d'Annam, M. Pham Quynh, son adjoint, M. Phan Ky, deux spécialistes de la pensée de Charles Maurras et du Maréchal ; on trouvait par ailleurs l'intendant de police Larsouille ; le général Mikokuni ; Herr Doktor Neumann et Frau Anna Luba, pour les Allemands ; le consul italo-mussolinien Tonio Marireri, en costard croisé à rayures de truand sicilo-hollywoodien ; Léance Wagner, louche gigolo gominé arborant à la boutonnière un œillet rouge. Ce Wagner, avec quels fonds ? (ceux, disait-on, de la firme Mitsui, obtenus grâce à la diligente Kikou), venait de lancer une douteuse luxueuse revue bilingue, franco-japonaise : *Trait d'union* (la Sûreté l'avait à l'œil). Notons encore la présence du nonce apostolique monseigneur Cassoune ; du procureur général Leblé ; du Génésup et de ses acolytes. Dans les rangs suivants, on trouvait nombre d'officiers et de fonctionnaires, et quelques représentants de la société civile, gens de la finance et du monde des affaires : Albert Badin, directeur de la Banque d'Indochine ; Paul Baby, de la Banque d'Extrême-Orient ; Sasashi, de la Yokohama Specie Bank ; Dumarcel, de la société Dumarcel Frères, import-export, et son adjoint, Paul Parth, par ailleurs chef de la légion du Tonkin ; Albert Dupont, de la société Dupont Frères, import-export ; Pierre Dupuis, de la société Dupuis Frères, import-export ; Jean Durant, de la société Durant Frères, import-export ; Matusita, de la Daïnan-Koosi, import-export ; Machijiri, de la société Hayashi, import-export ; autant de firmes, françaises et nipponnes, qui s'en étaient mis plein les poches, grâce à la guerre, fournissant vivres et matières premières au Japon, et à ses innombrables armées lancées à la conquête du monde. Pour financer tout cela, la Banque d'Indochine, qui en avait le privilège, faisait joyeusement fonctionner la planchc à billets. Les piastres pleuvaient à gogo…

Jusqu'à ce que déluge-inflation nous balayât !

Mais, pour l'instant du moins, tout le monde (c'est-à-dire les élus de Toudebout) faisait son beurre, sinon son niokman. Le riz, exportation principale du pays (avec le caoutchouc), était acheté aux paysans à des taux dérisoires, fixés par l'administration, laissant aux intermédiaires les plus copieuses marges (et quoique *émargeassent* auprès d'eux nombre de fonctionnaires marrons). On investissait les bénéfices et les pots-de-vin dans la pierre et la terre, à Dalat, Sonla ou Cap-Saint-Jacques, des stations balnéaires, puisqu'il n'était plus possible de le faire à Nice ou Neuilly. Certains, usant de canaux financiers occultes, avaient réussi à placer leurs piastres dans des investissements plus prometteurs : Tokyo, Nagasaki, Hiroshima.

Douce aux *piastriotes* était l'Indochine en cette fin d'automne 1942.

Pour ce qui était des journalistes présents, à côté des pisse-copies et postillonneurs de Radio Saigon, de *L'Action du Tonkin*, du *Légionnaire* ou du *Courrier de Haiphong*, on trouvait M. von Delinghausen, de l'agence allemande Transocean, archétype du hobereau prussien, immense, yeux bleus, cheveux et rouflaquettes blondes ; et Kasuga, de l'agence Domei, minuscule, petites lunettes rondes, regard halluciné. C'était un propagandiste forcené de la *Sphère-de-coprospérité-de-la-Grande-Asie-orientale*, qui, par sincère esprit d'équité, militait passionnément pour que l'Asie fût « rendue aux Jaunes », c'est-à-dire au Japon.

Ajoutons à cela force plus ou moins jolies dames, et nous aurons le public.

Quant aux « acteurs », ils étaient installés, sur scène, derrière une très longue table, recouverte d'un drap blanc, où étaient posés micros, carafes d'eau et ventilateurs. Tel le Christ à la Cène, l'amiral Toudebout trônait au centre, avec à sa droite le capitaine de vaisseau Jean Rouhaut, et, à sa gauche, le capitaine de vaisseau Georges Ducossard, tous trois en splendide tenue blanche immaculée, dont on ignorait s'il s'agissait de l'uniforme des marins ou des fonctionnaires, quasi similaires. Les marins aussi n'avaient-ils pas eu à se changer, quand, raflant tous les postes de l'administration en quittant leur navire, ils avaient « changé de casquette », ce qui, assuraient les mauvaises langues, aurait permis à l'amiral-gouverneur général de conséquentes économies de tissu.

Comme pour mieux évoquer cette impression de Cène – et plus particulièrement *La Cène* de Léonard de Vinci – quelque plaisantin peut-être (ou la 5e Colonne ?) s'était arrangé pour que la nappe blanche, recouvrant la table des conférenciers, fût assez courte, de sorte que le public qui les observait pouvait avoir le sentiment étrange d'assister à un double spectacle : au-dessus du niveau de la table les bustes blancs, marmoréens, émaillés de médailles, paradaient glorieusement, pontifiaient même ; tandis qu'au-dessous – comme dans le célèbre tableau – leurs pieds, dont on distinguait très clairement les chaussettes (rouges pour Toudebout, vertes pour Rouhaut, jaunes pour Ducossard, avec porte-chaussettes noirs), semblaient se livrer à un étrange ballet comique, tel d'entre eux, se débarrassant de sa trop chaude chaussure, grattait par exemple du bout des orteils la cheville de son « conjoint » ; tel autre livrait à son « confrère » un fratricide combat, le piétinant, lui grimpant dessus, à moins qu'animal en rut il ne cherchât incestueusement à s'y accoupler.

Au fond de la scène, au milieu d'une forêt de drapeaux annamites, laotiens, khmers et japonais, où dominaient nos couleurs françaises, s'érigeait un immense portrait du Maréchal, tandis qu'au plafond de la salle s'éternisait la somptueuse et immense fresque de Vollet représentant – c'était un leitmotiv sous ces latitudes – *La France protectrice de l'Indochine* : ladite France étant figurée par une pulpeuse-rose-jeune-femme-brune dont on voyait pendre, en trompe l'œil, quasi à pic sur la tête des spectateurs, une blanche nourricière mamelle et qui, de ses vastes voiles bleus ondoyant autour d'elle sur un fond de ciel aux lourds nuages menaçants, semblait en effet *protéger* (de quel orage ?) quatre messieurs asiatiques au torse nu, musclé, auxquels l'artiste, respectant les scientifiques critères physiognomoniques du début du siècle, avait donné les traits très spécifiques – avérés par les croquis de nombre d'anthropologues et phrénologues – des races laotienne, khmère, annamite et chinoise (le Chinois incarnant sans doute la population de nos concessions de Shanghai et Kouang-Tcheou-Wan). Ces quatre indigènes, exilés chacun aux quatre coins du plafond, offraient à leur accorte protectrice, dans un geste emphatique, qui un sac tout débordant de riz immaculé, qui des feuilles dorées de caoutchouc, qui une panière d'ananas, qui un énorme rouleau de soie (de mauvaises langues, la 5e Colonne encore, avaient laissé entendre un jour, par voie de tract, qu'à ces richesses, on eût dû ajouter l'opium qui avait pu constituer jusqu'à 50 % du budget de la colonie. Mensonge, désinformation, on sait d'où vient le coup !). De part et d'autre du plafond, deux immenses créatures de rêve toutes nues, pulpeuses, capiteuses, l'une blonde l'autre rousse – dont les membres inférieurs semblaient se confondre avec une luxuriante et luxurieuse végétation d'algues dans l'efflorescence de laquelle s'ébattait un indescriptible grouillement écailleux de crabes, anguilles, serpents et crocodiles –, symbolisaient le Mékong et le fleuve Rouge qui, de leurs fangeuses eaux nourricières, nourrissaient les populations indochinoises qui nourrissaient la *France protectrice* qui les protégeait. La racaille judéo-gaullarde de Radio Delhi et Radio Calcutta, commentant trois jours plus tard cette soirée, suggéra à l'« amiral Tout-Couché » de rajouter, dans le dos de la gironde donzelle incarnant la *France* (vichyste) *protectrice*, quelque graveleux samouraï qui, la prenant par-derrière, la « protégeât » à son tour... Trait éloquent s'il en est de la vulgarité profonde de ces laquais de l'Angleterre !

Derrière le buste-à-pattes des conférenciers vint se ranger bientôt, sortant des coulisses, le cœur des jeunes filles du Couvent des oiseaux, françaises et annamites, délicieusement couronnées de blanches fleurs virginales ; et le juvénat des enfants de troupe de la garde indochinoise, portant « crânement » sur la tête un énorme béret noir de chasseurs alpins, les deux groupes étant dirigés par la belle figure du révérend Vacherin, des Missions étrangères, jovial colosse arborant une mine rose de silène et une énorme jupitérienne barbe blonde. La fanfare du 5e régiment d'infanterie coloniale ne tarda pas à entrer en scène elle aussi… Au signal du père Vacherin (qui, dans une envolée blanche d'éloquentes manches de soutane, éleva au ciel ses bras), retentirent soudain les premiers accents d'une fervente *Marseillaise* qui provoqua dans l'assistance, assura le lendemain *L'Action du Tonkin*, chez les Français aussi bien que chez les Indochinois, les Japonais et les Allemands, une « exaltation extrême » où on eut l'impression que « par-delà toute barrière géographique et raciale », soudain, « les mêmes idéaux partagés » avaient « rassemblé tous les cœurs ».

Sous la table de conférence, les pieds à chaussettes rouges (Toudebout), comme ceux à chaussettes vertes (Rouhaut) et jaunes (Ducossard), cessant leurs puérils manèges, se mirent comme au garde-à-vous, talons joints, muets, orteils et lèvres serrés.

L'assistance, surtout l'assistance féminine, était en état d'électrique frémissement à l'idée que le capitaine de vaisseau Rouhaut (chaussettes-vertes) allait bientôt prendre la parole. Assis à la droite du père, ou plutôt du Christ-fils (c'est-à-dire Toudebout-chaussettes-rouges), Jean Rouhaut paraissait tout à fait écrasé par l'anthropophagique attente de ce public femelle qu'il craignait de ne pas satisfaire. La trentaine, belle gueule burinée et carrée sous sa casquette blanche galonnée d'or, larges épaules musculeuses et taille fine, Rouhaut, quoique bien découplé, avait un je-ne-sais-quoi de désarmé, de désarmant, de désabusé sinon de lymphatique presque, dans ses grands yeux bleu clair qu'entouraient de larges cernes de viveur, ce qui, assuraient d'aucunes, le rendait plus séduisant encore, par l'appel à un amour maternel qu'inspirait cette faiblesse apparente, où se mêlaient des sentiments plus impurs, dus au beau bâti de son corps. Mme l'amirale n'y eût pas été insensible, disaient les mauvaises langues, nombreuses en Indochine. Mensonges : la Pachatte était aussi pure et irréprochable que la femme de César !

Ducossard-chaussettes-jaunes, assis à la gauche du Christ-chaussettes-rouges-Toudebout, était l'antiportrait de Rouhaut. Beau gosse lui aussi, c'était, physiquement et moralement, une poudrière, un volcan en perpétuelle éruption, sur le qui-vive toujours, toujours la blague au bec, farfelu pour tout dire. Avec ses cheveux noirs, bouclés, presque crépus (qu'il portait assez longs, chose peu courante à l'époque, et qui lui donnaient une allure bizarroïde, surtout quand, la casquette sur la tête, ses boucles rabattues lui recouvraient entièrement les deux oreilles), il semblait incarner quelque bouffon de farce : d'aucuns l'appelaient le « Falstaff de Toudebout ». L'histrion, au demeurant, ne manquait pas d'efficacité. Commissaire à Sport et Jeunesse, il avait, à bord de son cabriolet décapotable, parcouru toute l'Indochine, du nord au sud et d'est en ouest, y faisant construire des stades, des piscines, y organisant des équipes de football et de basket (il introduisit même en Indo la pelote basque !) et réussissant, grâce à son incroyable charme, à obtenir des plus austères mandarins, et des bonnes sœurs les plus pudibondes, que leurs filles ou écolières s'adonnassent cuisses nues, en short, à des pratiques sportives. *Mens sana in corpore sano*, c'était sa devise… C'est lui qui avait eu la géniale idée du « Tour cycliste d'Indochine » (il fallait voir ça, ces pauvres bougres d'Annamites, poussant sur la pédale, par 30 degrés à l'ombre, dans la poisseuse humidité des tropiques !) ; et l'idée « absolument sublime » de l'inoubliable « Course au flambeau », Angkor-Hanoi, au terme de laquelle une dizaine de zigotos marathoniens, après plus de mille kilomètres sous un soleil de plomb, avaient porté, jusqu'aux pieds d'une immense statue du maréchal Pétain, la flamme sacrée symbolisant d'une part l'union de l'Annam, du Cambodge et du Laos et, d'autre part – n'en déplaise aux provocateurs japs –, leur soumission à la France éternelle. « *Ô vénéré Grand Chef ! Ô maréchal Pétain/Si vous pouviez la voir, dans toute l'Indochine/Cette unanimité virile, j'imagine/Que vous diriez "bravo, l'avenir est* certain"/*... Et l'on perçoit déjà la grandeur du succès !/Des athlètes tout neufs aux formes olympiques/Tous veulent la grandeur de l'Empire français* », avait déclamé du haut d'une estrade pavoisée, pour accueillir les héroïques coureurs touchant au but, le superbe poète Marcel Dambrine, collaborateur direct de Ducossard.

Ducossard-Falstaff était aussi un homme précieux, terriblement efficace, sous ses airs loufoques, et dont l'amiral pouvait bien tolérer certains défauts véniels, comme son goût pour les jeunes gens et les jeunes filles... L'amiral d'ailleurs n'avait-il pas pardonné à son cher subordonné (son « chouchou », disaient les envieux) le plus grave de tous les crimes, plus infamant que la pédophilie même, le crime absolu, le crime contre la Patrie : le GAULLISME, c'est-à-dire la TRAHISON ! En juin 40, en effet, alors qu'ils se trouvaient tous deux, en rade de Saigon, à bord du vieux croiseur *La Motte-Picquet*, dont Toudebout, qui venait d'être nommé gouverneur d'Indochine, avait encore le commandement, Ducossard s'était laissé séduire par les sirènes trompeuses de l'Appel du 18 juin. Refusant l'armistice, il avait pris la tête d'une conjuration (une *mutinerie* !) visant à kidnapper le Pacha et à le conduire à Singapour, *bâillonné et ficelé comme un saucisson* (selon le rapport de police), avec tous les bateaux de guerre disponibles, afin, faute impardonnable, de les mettre au service des Anglishes, ces cuistres, qui avaient l'incroyable présomption de vouloir poursuivre seuls (sans nous !) le combat contre le Boche.

Toudebout passa l'éponge. Son intransigeance de surface n'avait de bornes en effet que son pragmatisme, ou son « florentinisme », disaient certains. Et puis, sur-le-champ, il avait vu combien son futur « chouchou » était un homme précieux... Comment parvint-il à le retourner et comment Ducossard réussit-il à son tour à retourner la plus grande part des mutins ? Le salaire mirobolant qui fut proposé à l'« intéressé », pour le poste de commissaire Sport et Jeunesse ; la somptueuse villa qu'on lui offrit, sur les bords du Grand Lac d'Hanoi ; et cette non moins somptueuse Packard 120 décapotable, avec essence à gogo (quand bien des hauts fonctionnaires roulaient sur des vélos sans pneus !) en disent assez long. Sans oublier que la Sûreté possédait de copieux rapports concernant les habitudes sexuelles complexes de ce marin à voile et à vapeur, rapports qui pouvaient à tout jamais lui fermer les portes de l'armée, quelle que soit d'ailleurs l'issue de la guerre.

Pour ce qui était de convaincre les mutins, le chouchou-du-Pacha avait du charme et du bagout de réserve.

Rouhaut s'était trouvé lui aussi, en juin 40, aux ordres de Toudebout sur le *La Motte-Picquet*. L'annonce de l'armistice ne lui avait fait ni chaud ni froid, tout comme l'appel de l'obscur futur-ex-général de Gaulle. « Après tout, avait-il dit à qui voulait l'entendre, nonchalamment accoudé au bastingage du croiseur, la guerre pour nous est finie. On n'a plus qu'à compter les points en regardant Boches et Anglishes s'entre-tuer. La situation est savoureuse… » (Et il crachait dans l'eau, rêveusement.)

C'était sans trop de scrupules qu'il avait accepté, lui aussi, une somptueuse villa, elle aussi sur le bord du Grand Lac ; et lui aussi une somptueuse Packard 120 décapotable avec, lui aussi, essence à volonté. Quels talents lui avaient valu ce pont d'or ? Son absence, peut-être, de tout talent. Mais plus encore le fait qu'il ne paraissait concerné par rien, et encore moins par son « avenir », sa « carrière ». Le poste qu'on lui avait proposé, beaucoup avant lui, même de fervents pétainistes, s'étaient arrangés pour le refuser. Devenir secrétaire aux relations franco-japonaises, n'était-ce pas s'exposer à tremper dans les plus sales histoires, où il tremperait en effet : Ne livrerait-il pas aux Japs, qui les réclamaient instamment, ces pilotes américains abattus au-dessus de l'Indo ; ne leur livrerait-il pas encore ces énormes stocks de riz, quand la population commencerait d'être frappée par la disette…

Toutes choses dont il pourrait un jour avoir à rendre compte…

Et c'était justement ce qui plaisait à l'amiral Toudebout, chez Rouhaut, comme chez Ducossard : tous deux avaient accepté de se « mouiller », et jusqu'au cou, dans sa politique – quand la grande majorité des fonctionnaires et officiers essayaient toujours, en conservant néanmoins leurs prébendes, de se réserver un petit coin de « parapluie » pour se protéger des averses d'un imprévisible futur. Et cela, le catégorique Pacha ne le supportait pas : noir c'est noir, blanc c'est blanc ; de Gaulle n'est pas Pétain, ni Pétain de Gaulle, c'est ce qu'il affirmait, en public en tout cas… Il avait déjà fait, en 1941, une implacable épuration de l'armée et de l'administration, virant Juifs, francs-maçons et socialistes, éliminant les tièdes et les timorés ! Il recommencerait s'il le fallait !

Jean Rouhaut avait quand même un talent, celui d'orateur, chose étonnante pour un personnage apparemment aussi terne. Mais il en était pour lui de la parole comme du sexe. Il suffisait qu'il se laissât entraîner par les mots, ou le désir, pour que dans son corps athlétique, plus ou moins assoupi, se déclenchassent d'insoupçonnés mécanismes : le micro, ou la croupe d'une femme en main, il devenait « autre », les slogans ou les baisers jaillissaient de sa bouche de soudaine pythie, d'imprévisible satyre, sa chaise ou sa couche s'incendiaient, il s'oubliait lui-même, se perdait de vue, se mettant à gesticuler en tous sens, comme un autre Führer, comme un faune bestial, subjuguant les foules et ses maîtresses (il lui arrivait d'en consommer plusieurs à la fois), se transmuant pour ainsi dire de pied en cap : d'âme et de corps.

Et déjà, depuis quelques minutes qu'il avait commencé de postillonner dans le micro, le public, féminin surtout (mais tout public n'est-il pas femelle ?), se trouvait littéralement « accroché à ses lèvres ». Tino Rossi, Jean Sablon, Charles Trenet n'eussent pas si bien que lui captivé la salle... Ça n'était pourtant pas des chansonnettes qu'il entonnait, ou du moins avaient-elles d'inhabituelles paroles : il y était question en effet du « salut-de-la-France » qui résidait dans la « victoire-de-l'Allemagne-sur-le-bolchevisme-et-l'américanisme », le tout accompagné de violents coups de poing dont l'orateur martelait la table, à en renverser les verres et carafes d'eau qui y trônaient... L'armée allemande qui en ce moment même se jetait sur El-Alamein et sur Stalingrad, dans la chaleur la plus torride ou dans l'Enfer du Froid, n'était-elle pas en train de verser « pour NOUS FRANÇAIS », son sang vaillant et généreux afin que se construisît une Europe nouvelle libérée du joug financier de la City et de Wall Street, comme de la terreur moscoutaire ; une Europe débarrassée de l'emprise économique et culturelle des judéo-anglo-saxons ; une Europe lavée du prosaïque pragmatisme de leur civilisation-technicienne-oublieuse-de-l'Être-et-de-l'âme semblable au fond à ce qui fait l'essence de cet univers qu'avec le communisme s'acharne à vouloir préfabriquer le tsar-sanguinaire-Joseph-Staline ! (Sous la table de conférence ses pieds à chaussettes vertes trépignaient, shootant inconsidérément à droite et à gauche, au point qu'involontairement ils cognèrent les pieds-à-chaussettes-rouges de l'amiral qui fit un bond.) Que signifierait une victoire des Anglais et des Américains, sinon la victoire des bolcheviques sans lesquels ils ne sauraient vaincre, c'est-à-dire l'asservissement de la France et la destruction définitive des millénaires valeurs chrétiennes qui la fondent, comme elles fondent tout l'Occident ! L'Angleterre « dans-son-île », les États-Unis « protégés-par-l'Atlantique » pourraient alors se goberger du naufrage de l'Europe ! Seule l'Allemagne, par la victoire de ses armes, était présentement en mesure de nous sauver – et de créer, à l'abri des appétits de la haute finance internationale, un espace européen autarcique (culturel autant qu'économique d'ailleurs) où nous ferions entrer aussi notre bel Empire. « De cela ne veulent ni l'Angleterre, qui a toujours rêvé de nous ravir nos colonies, ni les États-Unis dont le but est d'abattre toutes les frontières afin que sur le monde trône le Tout-Marchand, où leur puissance industrielle leur permettra de triompher, de régner : comme le porc sur sa bauge ! Alors adviendrait la tyrannie hideuse du dollar !... (Rouhaut s'épongea le front puis reprit aussitôt :) C'est pourquoi je puis ici m'exclamer, applaudissant à l'héroïsme de la Wehrmacht à l'assaut de Stalingrad : JE SOUHAITE LA VICTOIRE DE L'ALLEMAGNE ! »

Un ouragan d'applaudissements et de petits cris femelles hystériques explosa sous les voussures du théâtre, cependant que les pieds à chaussettes rouges de Toudebout, sous la table de conférence, se mirent « en dedans » (talons écartés, mais pointes jointes) dans une attitude témoignant d'un certain malaise. Parallèlement les pieds à chaussettes vertes de Rouhaut glissèrent au sol sur les talons en direction du public, quand simultanément le corps de leur propriétaire, épuisé par son discours sans doute, s'affaissait sur sa chaise. Rouhaut, suant, malgré le ventilo placé juste en face de lui, n'en revenait pas, il se stupéfiait lui-même : devant cette facilité – « maladive » – qu'il avait à se laisser emporter et enivrer par son verbe ; comme il se laissait emporter et enivrer par l'amour. N'eût-il pas dû être aussi lassé des femmes, dont il avait tant abusé, que de ce type de « conférences-à-la-gomme » qu'il avait répétées mille fois déjà, en termes quasi identiques. Eh bien, non ! C'était plus fort que lui, dès qu'il avait amorcé la « pompe », la logorrhée pythique, le foutre priapique jaillissaient...

« Bravo, bravo », continuait de hurler la foule, battant des mains et tapant des pieds. Magnifique enthousiasme auquel l'amiral Louis Toudebout, toussotant dans son micro, devrait se résigner à mettre un terme, pour prendre la suite du tour de chant : il se chargerait de préciser bientôt quelques points de « la brillante allocution du capitaine de vaisseau », enfonçant certains clous, mais tentant aussi de gommer plusieurs « dérapages » fâcheux qui, malgré les applaudissements frénétiques d'une partie du public, n'avaient pas laissé de jeter en lui-même, comme dans le reste de la salle, un... malaise : la chute du discours de

Rouhaut, empruntée à de récentes déclarations du bras droit de Pétain, Pierre Laval (son « Je souhaite la victoire de l'Allemagne »), n'avait pas été convenue à l'avance. Rouhaut l'avait improvisée. Ce n'était pas que l'amiral ne songeât lui-même que la victoire allemande, « dans une certaine mesure », fût souhaitable, mais « il est d'autres façons de dire cela ». D'une voix nette, ferme, brutale, spartiate, le Pacha expliqua que tout démontrait désormais que l'Allemagne, vis-à-vis de la France, s'était montrée un « généreux vainqueur ». *Comme l'Allemagne avait su dominer sa victoire, la France apprendrait à dominer sa défaite !...* (Il fit quelques instants silence, afin de permettre au public de savourer pleinement ce beau « parallélisme » rhétorique si bien « balancé » par la plume de son nègre, le petit Pipaud.) « La France doit PROFITER de sa défaite ! asséna-t-il d'un coup, tapant du poing sur la table. Sa défaite, dirais-je, c'est sa victoire ! » (Nouveau coup de poing sur la table.) « L'Italie a su créer le fascisme ; l'Allemagne le national-socialisme ; le Japon, par son patriotisme, s'est élevé au rang de grande puissance ; la Russie elle-même, oui la Russie – et je le dirai au risque de vous choquer –, sous le masque de l'idéologie communiste qui n'est plus désormais pour elle qu'un levier visant à semer le désordre en DEHORS de ses frontières, a réussi, à l'INTÉRIEUR de celles-ci, à imposer un système totalitaire qui lui a permis de faire décoller son industrie ; l'Espagne de Franco s'est lancée sur la voie fasciste ; le Portugal de Salazar aussi... Seule la France, pour les raisons que l'on sait (entendre : "la gangrène du Front populaire"), a échoué dans cette noble tâche, se condamnant à la décadence... et, inéluctablement, à cette défaite de juin 40 dont, miraculeusement, a pu nous relever un Homme, et quel homme !, par le sacrifice qu'il a fait de sa personne ; par l'énergie nouvelle qu'il a su, malgré son âge avancé, nous insuffler ; par les chemins jamais explorés qu'il a défrichés (la Révolution nationale) ; par les moyens qu'il s'est donnés pour la mettre en œuvre (la Légion !)... Cet homme, est-il besoin de le nommer ?, lança le Pacha en se tournant un peu vers le portrait derrière lui, cet homme, c'est le maréchal PÉTAIN ! »

A ces mots (qu'étouffa un déluge d'applaudissements enivrés) explosa, au son des fanfares, un hymne tétanisant entonné à gorge déployée par les jeunes vestales du Couvent des oiseaux et le juvénat de la garde indigène, dirigés par le père Vacherin, hymne d'amour d'autant plus émouvant qu'articulé surtout par des bouches annamites, les syllabes en étaient vaguement déformées :

– *Mareçang* (Maréchal), *nou ouala* (nous voilà), *devant toi le sauveur de la France/Nous jurons, nous tes gars/De servir et de suivre tes pas...*

Et toute la salle de poursuivre, avec la jeune chorale, hommes et femmes confondus dans la même ferveur :

– *Mareçang nou ouala/Qui nous as redonné l'espérance/ Mère patrie nous dira/Mareçang, Mareçang nou ouala…*

Mais ce qu'il y eut de plus extraordinaire encore (et c'est alors qu'on vit le capitaine Ducossard agiter ses bras comme des ailes de moulin ivre à côté de l'amiral : car c'était là la surprise qu'il avait imaginée, le clou du spectacle, le bouquet final), ce qu'il y eut, donc, de plus extraordinaire encore, c'est que, d'on ne sait où, comme au-dessous de ces centaines de voix de spectateurs glorifiant le Vainqueur de Verdun, on entendit sourdre, tout bas d'abord, mais avec un volume toujours croissant, le même hymne, mais clamé cette fois par des milliers et des milliers de voix.

Les pieds aux chaussettes jaunes de Ducossard, sous la table, trépignaient.

– Allons-y, allons-y, dit-il, faisant tourbillonner ses bras plus vite encore… le spectacle commence !

Il prit l'amiral par le gras du bras et, suivi de Rouhaut, il l'entraîna vers les coulisses. Ils grimpèrent un escalier jusqu'au premier étage, où se trouvait une vaste loggia ouvrant, face au théâtre, sur la perspective de la rue Paul-Bert. Flanqué de ses deux chouchous, et rejoint bientôt par son épouse, l'amiral contemplerait alors, de la balustrade de la loggia, l'extraordinaire cérémonie qui commençait de s'y dérouler… La rue était tendue d'une multitude de banderoles où étaient inscrits : « France d'abord », « Avec le Maréchal, ou sans la France », « Révolution nationale », « Indochine terre de France »… Mais, plus magnifique encore, ce fut, du fond des ténèbres de la rue que, volontairement, on avait peu éclairée, ce défilé énorme qui commençait de s'approcher du théâtre, des milliers et des milliers de Français et d'Indochinois, d'hommes et de femmes, d'enfants et d'adultes, jambes et bras nus, en short, marchant d'un pas lent et régulier, en brandissant des étendards tricolores, des torches enflammées ; ou leur seule main droite tendue en avant, à l'imitation du salut fasciste ou olympique. C'était l'ensemble des sportifs du mouvement Sport et Jeunesse, qui, venus de tous les coins de la colonie, avaient été rassemblés à Hanoi. Alignés sur plusieurs rangées, ils s'avançaient solennellement jusqu'au perron du théâtre où leur masse se séparait soudain en deux, et venait, de part et d'autre, se placer sur les trottoirs, attendant que vienne s'y adjoindre le reste du défilé. Tous clamaient, unanimes, l'hymne au Maréchal : *Une flamme sacrée/Monte du sol natal/Et la France enivrée/Te salue Mareçang/Tous ses enfants qui t'aiment/Et vénèrent tes ans/A ton appel suprême/Ont répondu présent…*

Chaque sportif portait un maillot sombre avec, cousu sur le buste, un grand V de la victoire qui, fabriqué dans on ne sait quelle matière phosphorescente (l'idée était de Ducossard), brillait à la lueur des torches, de sorte que sur ces milliers de poitrines, qui toutes s'enflaient fiévreusement pour chanter le même hymne, le même signe de triomphe semblait dire – à tous les ennemis de la France, et peut-être surtout à ses « amis équivoques » en la personne par exemple de l'ambassadeur Yoshizawa qui avait rejoint Toudebout, à sa « tribune » – que la défaite de la France n'était qu'une étape, un marchepied, un tremplin même qui lui permettrait de rebondir vers une nouvelle victoire : « Une victoire qui, d'abord, sera une *victoire sur nous-même* ! »

– Vive l'amiral, vive l'amiral ! hurlaient les membres du défilé en se séparant sous le balcon de la loggia.

L'amiral, bouleversé, hurla de toute la puissance de ses bronches :

– Vive le Maréchal !

A cet instant, sur un écran géant qu'on avait dressé sur un côté du théâtre, un peu de biais, de façon à ce que le public comme l'amiral à son balcon pussent le contempler, une caméra jusque-là invisible projeta, aux accents cette fois de *La Marseillaise*, un film où l'on put voir le chef de l'État français recevant d'une petite fille blonde, avec des rubans dans les cheveux, un énorme bouquet de roses ; puis c'était un paysan rugueux en veste de velours, qui tendit vers lui un panier empli d'énormes œufs de canne et de saucissons ; et puis des artisans qui, chacun, lui apportaient le fruit de leur labeur, menuisiers, ébénistes, souffleurs de verre, forgerons, vignerons, toute la France, tous ses métiers et toutes ses provinces (en la personne de jeunes femmes arborant des coiffes alsaciennes, bretonnes, auvergnates, bourguignonnes), était présente, la France éternelle, la France de toujours. Et puis, moustachu, la mèche noire barrant son front, on vit le chancelier Adolf Hitler s'adonnant à de semblables activités, recevant de semblables roses, de semblables petites filles ; et puis, comme par contraste, ce furent les visages honnis des Georges Mandel, des Léon Blum, des Salengro et autres farfadets de la IIIe République, qui jaillirent sur l'écran, visages auxquels se superposèrent, par un savant effet technique, des visions d'émeute (ouvriers en casquette, marlous, apaches s'attaquant, dans Paris, aux forces de l'ordre ; barricades ; usines fermées gardées par des piquets de grève arborant des pancartes appelant à la « lutte des classes »). Toute l'anarchie, la pagaille, la chienlit du parlementarisme et de sa fille aînée, le Front populaire ; et puis on en vint à la guerre, aux Panzers, aux Messerschmitts se ruant sur l'Union soviétique ; aux Zéros fonçant, dans le golfe du Siam, sur le *Repulse* et le *Prince of Wales*, fiers cuirassés anglais qui seraient coulés en quelques minutes à peine par les bombes nipponnes ; et puis l'assaut des vaillants samouraïs contre l'« imprenable » Singapour qui s'écroula comme un château de cartes ; et bientôt les soldats de Winston Churchill, maigres, hâves, les joues caves, l'œil égaré, balayant humblement les rues de Singapour sous l'œil goguenard de leurs ex-sujets malais ou chinois et de leurs garde-chiourmes japonais.

Ducossard (qu'avait rejoint Auguste Fosse, chef du service IPP) jetait des regards fébriles tout autant sur le film et la foule en contrebas que sur l'indéchiffrable profil de l'amiral qui, baigné par la phosphorescence argentée réfractée par l'écran, ressemblait, accoudé comme il l'était à la balustrade de la loggia, muet, presque pétrifié, à quelque figure de gargouille qui parut soudain (sa paupière droite reclignotait) vouloir s'arracher à son minéral immobilisme. Ses lèvres pierreuses, au terme, sembla-t-il, d'un effort prodigieux et douloureux, finirent par s'écarter, et sa bouche s'ouvrant toute grande, comme une véritable gueule d'ombre, se mit à hurler :

– Bordel-de-couille-de-testicules-de-mes-deux, Ducossard-de-ma-bitte, vous viendrez demain aux aurores, vous et votre acolyte Rouhaut, et l'autre hurluberlu de la Propagande, le petit père Fosse, à mon bureau, foutu Dieu !

Arrimant sa femme par la main, ni une ni deux, il vida les lieux.

Et cependant, en contrebas, la foule continuait de chanter :

– Tu as lutté sans cesse/Pour le salut commun/On parle avec tendresse/Du héros de Verdun/En nous donnant la vie/Ton génie et ta foi/Tu sauvas la patrie/Une seconde fois !

Il est de nos jours bien porté de donner à la jeunesse comme suprême exemple des vertus patriotiques et morales les jeunesses italienne et allemande, dont je me garde certes de nier les magnifiques qualités, mais chez lesquelles je ne découvre ni la grandeur morale, ni la souplesse, ni les traditions, ni la persévérante continuité, ni la foi de l'élite de la jeunesse française...

(Révérend père Vacquier, Jeunes Élites, conférence à la jeunesse de Hanoi.)

– Peut-être que tu as fait un peu fort !

Assis sur un tabouret du beau bar de cuivre de l'hôtel Métropole, sous les pales tourbillonnantes d'un énorme ventilateur plafonnier, Jean Rouhaut, la cravate défaite, sa casquette de marin-fonctionnaire gîtant vaguement sur la droite, semblait écrasé, à la façon d'un Atlas sous son globe, par quelque métaphysique puissance : il buvait un verre rubis de sherry, à près de dix piastres pièce (les derniers stocks de sherry raflés par les Japs à Singapour étaient en train de s'épuiser, à ce que prétendaient du moins les arnaqueurs du marché noir pour faire monter les prix). Assis à ses côtés, plus débraillé encore, sa casquette de fonctionnaire-marin rejetée quasi sur la nuque, le sportif-dynamique Ducossard, lui qui ne buvait jamais d'alcool, naufrageait son pif dans un verre de Johnny Walker sauvé du naufrage de Hong-Kong.

– Le Pacha, vraiment, n'avait pas l'air content ! souffla-t-il.

Ils arrivaient tout juste du Théâtre de la Ville, que l'Amiral, fou furieux, venait de quitter, sans expliquer sa colère. Quelle mouche l'avait piqué, « bordel de merde » ? Il s'était pourtant foutument cassé les roustons, Ducossard, à organiser avec Fosse cette foutue cérémonie !

– Des semaines de boulot, oui, mon vieux, des semaines ! Tu crois qu'on fait venir comme ça de tous les coins d'Indo des milliers de sportifs ? s'époumonait à expliquer Ducossard que n'agaçait pas peu l'attitude amorphe d'un Rouhaut plongé dans la contemplation d'un reste de sherry, au fond de son verre.

– Des semaines ! s'énerva Ducossard en secouant Rouhaut à l'épaule. Et voilà comment le Pacha dit merci : il m'insulte, il me tourne le dos, il se calte avec sa poule sans explication, il… il me méprise, Rouhaut, si tu veux que je te dise. Si tu veux que je te dise, Rouhaut, eh bien, il ne m'aime plus le Pacha, il ne m'aime pas ! Peut-être ne m'a-t-il jamais aimé.

Les yeux éteints de Rouhaut, cependant, passaient en revue les rangées de bouteilles au garde-à-vous, sur des étagères, derrière le barman : la Suze jaune, le Curaçao bleu, la rose Framboise et le Piperminth vert qui scintillaient dans le clair-obscur. Pastis, Pernod, White Horse, Marie-Brizard, Cognac Courvoisier, Bénédictine, Grand-Marnier… Jusqu'à quand nous en resterait-il encore à boire ? Évidemment si les Japs, comme ils s'en vantaient, envahissaient l'Inde et l'Australie… Ses yeux bientôt amorcèrent une lente giration vers la salle : au fond, derrière son piano, un vieux Chinois en smoking, tempes argentées, cigarette au bec – se donnant des airs d'élégance désabusée à la Fred Astaire – égrenait, comme du bout des doigts, les notes de *The man I love* : « *May be I shall meet him sunday, may be monday, may be not...* » (« Tu m'écoutes, eh, Rouhaut, tu m'écoutes ? » lançait Ducossard d'une voix harcelante.) Mais les yeux de l'indifférent Rouhaut exploraient maintenant le côté droit de la salle, où, sur des fauteuils Chippendale, trois Chinoises à longs cheveux noirs s'attachaient, méditativement, à croiser de temps à autre leurs belles jambes, tout en faisant semblant de converser, laissant jaillir ainsi régulièrement, dans les lumières tamisées du bar, par la fente de leur robe shanghaienne en satin sombre, l'éclat captivant d'une cuisse ivoirine. Arlette Coutrais était là aussi, avec sa cloche rouge de robe, assise en compagnie de Kikou (elles arrivaient tout juste du Théâtre), de l'intendant de police Larsouille, en éternel costume de tussor blanc, et de Suzanna Praskova, une somptueuse Russe blonde, dont la paradoxale présence en Indo prêtait à toutes les suppositions et aux plus téméraires ragots. Arlette Coutrais, un croquant petit bout de rousse au nez retroussé, décochait vers Rouhaut, qu'elle avait déjà harcelé à la garden-party de l'amiral, des coups d'œil excités et papillonnants... Depuis un mois – depuis que Pierre Coutrais (« mon cornichon de mari ») avait rejoint en Chine les gaullards – les mauvaises langues de Hanoi (qui n'en manquait pas) l'appelaient « la veuve joyeuse ». Elle ne cessait en effet de s'envoyer en l'air avec qui bon lui semblait. Non pas qu'elle ne l'eût fait avant que son traître d'époux eût lâchement « déserté » (et certains se demandaient si c'était pour rejoindre la France-dite-libre ou pour fuir sa femme qu'il avait plié bagage), mais désormais, elle n'avait plus de bornes. « Je suis libre, disait-elle à ses amants. Je fais ce que je veux, vous faites ce que je veux ! » Arlette Coutrais avait « disjoncté », songeait Rouhaut, elle avait largué les amarres, sans savoir qu'elle n'avait pas de gouvernail ! Elle dérivait. Mais qui ne déraillait pas dans cette Indochine coupée du monde extérieur, baignant dans cette « drôle de paix » chloroformante, anéantissante, avilissante. Nous étions, au sein de cet univers en guerre, comme protégés par les vitres d'un aquarium, qui arrêtassent, miraculeusement, les vagues de la tempête environnante, et nous permissent parallèlement de regarder au-dehors, au travers d'un verre sans doute déformant, les images lointaines du Malheur. Nous en parvenaient les échos étouffés, distordus, par voie de presse et d'ondes, avec l'officielle Radio Saigon et, dans un brouhaha de parasites, avec Radio Londres, Calcutta, Madagascar, Chungking.

Autres créatures marines de ce glauque aquarium, plusieurs femmes européennes, assises seules, dans le clair-obscur, à des tables isolées, comme chaque soir. Elles ressemblaient à de jolis coquillages soudés à leur fauteuil comme à un roc : la petite dame Pasquiette, une ex-prostituée qu'un jeune officier amoureux avait rachetée à prix d'or à la puissante mafia corse locale pour l'épouser, avant de s'en séparer après trois semaines tout juste de problématique vie conjugale ; ou encore l'actrice Rosine Day (nom de scène), de la revue Griserie, avec sa si croquante « indéfrisable » blonde, encadrant son visage de petite fille : elle végétait depuis fin 41 à Hanoi, où, de passage avec sa troupe, elle avait été surprise et bloquée par l'éclatement de la guerre du Pacifique : « Je m'emmerde dans ce trou ! disait-elle, ajoutant : Ah, Paris occupé par les Boches, ça a une autre gueule que l'Indo sous la botte nipponne ! » Elle regrettait Paris, son Paris, qui ne lui avait jamais paru si beau sans doute que depuis qu'elle « croupissait » au Tonkin. « Ah, les cocktails à la Propagandastaffel, c'était autre chose ! Les Boches, eux, c'est des occupants, des vrais... ils s'occupent bien de nous ! » Elle bossait à l'Étrier, le meilleur (« tout à fait minable ») cabaret de Hanoi. Des Rosine Day et des Pasquiette, il y en avait beaucoup en Indo... Au milieu de cette faune interlope, Kikou comme Suzanna Praskova avaient l'air beaucoup mieux dans leur peau. De Suzanna (que les yeux de Rouhaut s'étaient mis à détailler), radio bambou (la rumeur) disait qu'ayant fui la révolution russe elle s'était engagée comme taxi girl à Shanghai où elle eût trouvé un « riche protecteur » chinois appartenant à la société secrète du Dragon bleu. De là à en inférer qu'elle travaillait pour les services secrets du général Tai Li, bras droit de Chiang Kai-shek, il n'y avait qu'un pas, qu'on s'empressa de franchir. Allez savoir qui était qui en Indo ? Au demeurant, elle n'en était pas moins reçue, à cause de sa beauté peut-être, de sa richesse aussi (l'argent lui brûlait les doigts) jusque dans les plus hautes sphères de la société hanoienne. Sans doute devait-elle distiller aux services de Sûreté de l'intendant

Larsouille quelques miettes des masses d'informations dont elle disposait par ailleurs.

« May be I shall meet him tuesday, may be thursday », continuait de pianoter le sosie asiatique de Fred Astaire. Cependant, le barman annamite en veste blanche, sous le regard baladeur de Rouhaut, semblait cueillir moins des bouteilles de Suze, de Curaçao ou de Piperminth, sur les étagères, que les rubans multicolores d'un magique arc-en-ciel qu'il déversait, non sans y adjoindre de la glace pilée, dans un shaker chromé, agitant bientôt le tout, fiévreusement, au-dessus de sa tête – entre ciel et terre – comme quelque Jupiter sa scintillante foudre.

Devant le bar, allaient, venaient des personnages fantomatiques, journalistes marrons, gouapes, marlous, agents doubles, triples, gigolos, rastaquouères, indics, provocateurs, maîtres chanteurs, tantouzes : comme le tennisman-woman Joe de Brienne (il s'appelait en fait Pierre Broutard) qui venait justement de débarquer dans le hall du Métropole au bras de la journaleuse-de-mode Coco Grancour (en fait Francine Martin)... Sans compter cet autre Russe, de nationalité française, Louis Solovieff, un « agent d'assurance » (! ! !), qu'on disait l'ambassadeur officieux de Staline en Indo.

– Mais « IL » nous l'avait bien dit qu'« IL » voulait qu'on frappe un grand coup ! Eh bien, j'ai frappé fort ! Et voilà maintenant qu'« IL » se dégonfle. Si tu veux que je te dise, Rouhaut, postillonnait Ducossard, le Pacha : il en a pas, ou il n'en a plus ! Qu'il change un jour son fusil d'épaule, en nous laissant dans la panade, ça m'étonnerait pas. C'est un mou, Rouhaut, une chique ! Et ce qu'il nous faut en Indo, c'est « une poigne ».

Comme Rouhaut, bienveillamment, se laissait secouer par la « poigne » de Ducossard, sans doute ne s'était-il jamais senti aussi « mou ». Il lui semblait que son énorme corps n'était que la carcasse impressionnante d'un mollusque sans ossature. Apparence vide d'Être, intérieure liquéfaction... Au-delà de la salle du bar, on pouvait apercevoir, par une large porte, la salle à manger de l'hôtel, qui était comble, toute bourdonnante de rires, de cliquetis de verres, de couverts, d'éclats de voix. Au premier plan, autour d'une longue table ovale, étaient assemblés officiers français et japonais de l'aviation. Au haut bout trônait le général Pierre Barbara soi-même, chef suprême des forces aériennes. Avec, à sa droite, le commandant de l'air japonais, Kohno. Ces messieurs, n'étant qu'au début du repas, avaient dû vider déjà plus d'un litre d'alcool pur chacun (« à la japonaise »). Il n'était pas rare en effet de voir les officiers du Soleil-Levant s'envoyer chacun, pour apéritif, un litre de vodka ; comme boisson d'accompagnement du dîner, un litre de whisky ; avec un litre de cognac comme pousse-café. La compagnie était joyeuse. Ce banquet visait en effet à réconcilier pilotes nippons et pilotes français, et à passer l'éponge sur un « malheureux incident » qui avait coûté la vie à quelques-uns d'entre eux... Des aviateurs japs avaient été descendus par la DCA française. Un « regrettable » accident... En fait certains artilleurs, qui, contrairement à Porchon, refusaient traîtreusement de descendre des avions US, se contentaient de tirer « sans viser ». Il arriva un jour que des avions US, étant pris en chasse par des Zéros, à 400/500 kilomètres/heure, ce furent les Zéros qu'involontairement on abattit pour n'abattre pas les Américains. Par représailles, les pilotes japs, de sang-froid, descendirent en vol trois de nos avions. Ce n'était guère difficile, nous ne possédions que de vieux Potez 25, des « biplans » complètement dépassés. L'un des nôtres ayant sauté en parachute, les Japs n'avaient pas hésité à le mitrailler... Bilan : deux Français morts.

Mais tout cela était oublié. Désormais Japonais et Français voleraient aile dans l'aile : face aux Flying Tigers sino-américains. Promis, juré !

– De toute façon, dit Rouhaut, s'extirpant de sa rêverie, on est « mouillés », toi et moi, mon pauvre Ducossard, on est dans le bain jusqu'au cou, avec le Pacha. Il reste plus qu'à... nager.

Non loin du bar, assis à « sa » table (c'était quasi son bureau de travail), devant un bock de bière et une masse de feuilles de papier, où il griffonnait sans conviction, se trouvait le Négus, c'est-à-dire Paul Lasmata, pisse-copie de *L'Action du Tonkin*. On ne savait trop à quoi il devait son surnom. A sa vague allure de « marchand de loukoums levantin » peut-être ?... Le bonhomme était gros, à demi chauve quoique tout juste quadragénaire. Il suait d'abondance. Dans l'oreille gauche, il avait encore, depuis l'aube, des restes de savon à raser. Son costume beige clair était fripé, déformé, maculé de taches grasses au col et au bas des manches. Face à la « page blanche », le stylo en main, il semblait en proie aux plus mallarméennes angoisses.

– En panne d'inspiration, le Négus ? lui lança Rouhaut du haut de son tabouret.

Lasmata leva vers Rouhaut, qui était tout proche, moins un visage qu'un naufrage de visage : deux bajoues verdâtres, barbelées de poils mal rasés, qui pendaient comme celles d'un bouledogue. Au bout de son nez huileux et long, moucheté de points noirs, étaient posées des lunettes en demi-lune. Les yeux ressemblaient à deux flaques verdâtres d'où on s'étonnait que ne surgissent pas soudain quelques grenouilles coassantes. Les cheveux rares, rejetés en arrière, collaient au crâne, autant sous l'effet de la transpiration que d'anciennes strates de gomina rance.

Il travaillait depuis quelques mois à *L'Action*, journal qu'avait créé de toutes pièces l'amiral Toudebout, au début de 1942, lors de ce qu'il appela sa « reprise-en-main-de-l'information ». La moitié des capitaux investis dans ce quotidien venait du gouvernement général ; l'autre de sociétés commerciales, comme Dumarcel Frères, qui n'avaient rien à refuser audit gouvernement général qui ne leur refusait rien. Par ailleurs, certains actionnaires-hommes-de-paille eussent servi de couvertures à de l'argent japonais. Mais cela restait à prouver…

Les journaux qui existaient avant-guerre, quand ils n'avaient pas voulu se soumettre aux diktats de la Nouvelle Politique, on les avait peu à peu étouffés, réduisant leurs quotas de papier, et favorisant outrancièrement les concurrents qu'on leur suscitait. De sorte que la presse ne parla bientôt que d'une seule voix : celle de l'amiral. Seul maître à bord.

Le Négus devait rédiger un article sur la conférence qui venait d'être donnée au Théâtre de la Ville. Mais c'était tout juste s'il avait pondu trois ou quatre lignes de hiéroglyphes, trempant de temps à autre ses lèvres dans son bock de bière tiède, comme pour y chercher l'inspiration. Et, comme pour chercher l'inspiration encore, il jetait un œil à la fois coupable et effaré sur une liasse de papiers dactylographiés posée devant lui. Rouhaut y reconnut (en en-tête) le sigle IPP, qu'il connaissait fort bien.

– Je croyais, dit Rouhaut, que les services de M. Fosse vous les fournissaient tout mâchés, vos articles à la gomme ? Qu'il n'y avait pour ainsi dire qu'à recopier…

Un éclair d'effroi, et de soupçon, glissa dans les flaques vertes qui servaient de regard au Négus. (« Ce Rouhaut faisait-il de la provoc ? Voulait-il sa peau ? »)

Lasmata bredouilla :

– J'peux plus, tu comprends, même… même recopier je pourrais plus ! (Sa voix couina comme celle d'un porc à l'abattoir.)

Il avait été autrefois un journaliste « progressiste » ; fortement teinté de socialisme, et puis, petit à petit, il s'était laissé grignoter. Parce qu'il fallait « bouffer », et nourrir sa « petite famille », il avait consenti à écrire un peu de tout, et bientôt n'importe quoi. Pourquoi, désormais, n'écrirait-il pas pour *L'Action* ? Était-ce lui, Lasmata, qui écrivait, après tout ? Qui était-il : lui ? Existait-il encore ? N'était-il pas une ombre qui avait perdu son corps ? Il signait ! Mais avait-il un nom ? Et quelle réalité recouvrait ce nom ? En vérité, c'était un autre que lui qui pondait ses articles, un double, une sorte de scribe mercenaire… le problème c'est que cet « autre » se mettait lui aussi à avoir des états d'âme et à ne plus vouloir écrire…

– Je… je… j'peux plus ! répéta-t-il.

Rouhaut sauta souplement de son tabouret, ramassa la

liasse IPP sur la table du Négus, et lui lança en éclatant de rire :

– Je vais t'aider, fraternellement t'aider, Négus !

Le papier IPP, rédigé plusieurs jours à l'avance par le service Propagande du gouvernement général, comportait un schéma, très détaillé, où les points principaux à développer dans l'article se trouvaient exposés. Ce type de schéma était télégraphié, par le bureau « IPP central » de Hanoi, à tous les bureaux « IPP locaux » de province, lesquels les distribuaient aux journaux sous leur dépendance. Dans le document que Rouhaut parcourait, en sirotant un nouveau sherry, rédacteurs en chef et journaleux étaient fermement « invités » à mettre l'accent sur une phrase essentielle du discours prononcé par Toudebout au Théâtre de la Ville : *Comme l'Allemagne avait su dominer sa victoire, la France dominerait sa défaite*. Il fallait faire sentir au lecteur que la débâcle constituait en quelque sorte une « chance » pour la France : car elle lui donnait la possibilité de réviser complètement sa politique, qui, depuis à tout le moins près de deux siècles, s'était stupidement inspirée de celle de l'Angleterre, nous aliénant l'Allemagne. N'était-ce pas l'Angleterre – bouquet final – qui nous avait poussé à déclarer la guerre à Hitler, avant de se défiler « vaillamment » dans son île…

– Eh bien quoi ! s'exclama Rouhaut, brandissant le document au plafond, vers le ventilateur qui, de son souffle, en fit frémir et claquer les feuilles comme les ailes de mouettes folles. Quoi de plus facile, quoi de plus enfantin : tout est dit, Négus, tout est écrit ! Tu veux, Négus, que je te le fasse ton article, Négus ? Eh bien, prends ton stylo, Négus.

Se mettant à marcher de long en large dans le bar, tout en continuant d'agiter en l'air son document aux ailes déployées, Rouhaut, repris par la folle mécanique de sa logorrhée verbale, commença (avec le ton catégorique d'un Napoléon donnant ses consignes à son état-major) à dicter l'article au journaleux – sous les regards ravis de Kikou et fanatiquement envoûtés d'Arlette Coutrais, là-bas, au fond de la salle.

– Mais pourquoi on vous paie, pisse-copies, tout est là,

là-dedans ! clamait Rouhaut montrant la liasse IPP. Y a qu'à broder un peu autour, rajouter de la pâte, de la sauce, tu veux que je te dise, Négus… (Rouhaut, se penchant sur le journaliste, lui posa sa main droite sur la nuque.) Au fond, Négus, tu n'y crois pas à ce que tu écris. (Rouhaut crispa sa main sur la nuque grasse.) Tu n'y crois pas non (il secoua un peu la tête de sa victime), tu ne crois pas à la politique de l'amiral, du Maréchal, de la Révolution nationale… Tiens, c'est bizarre, tu as remarqué, tout cela rime en « al ». Négus, tu as remarqué ?…

Ce que remarquait le Négus, c'était que tous les clients du bar, et particulièrement l'intendant de Police, avaient leurs regards braqués sur lui. Cette scène allait être commentée, rapportée sans doute à l'amiral qui, curieux des moindres ragots, avait partout des armées de mouchards. Comment allait-il interpréter… Rouhaut pouvait s'amuser, mais ce serait lui, Lasmata, qui trinquerait.

– Je te soupçonne, tu vois, Négus, au fond, d'être un gaullard. Un radical-socialiste, peut-être. Peut-être même un marxiste, non ? Négus ?

Le Négus se débarrassa de l'emprise de Rouhaut, et, se levant, lui arracha la liasse IPP des mains.

– Attends, attends, Négus ! lança Rouhaut, debout face au scribe, et jouant à essayer de lui reprendre ses papiers, je vais te le dicter comme promis ton article. Tiens, tiens, voilà la première phrase…

Tirant sur la liasse de papiers, qu'il avait réussi à saisir par une extrémité tandis que le Négus tirait sur l'autre, Rouhaut clama : « Après-le-superbe-exposé-que-nous-a-donné-au-Théâtre-de-la-Ville-le-capitaine-Rouhaut, l'amiral-Toudebout, en-reprenant-les-points-principaux, pour-les-mieux-mettre-en-évidence… euh… »

La liasse, sur laquelle chacun continuait de tirer, finit par se déchirer.

Il y eut un éclat de rire dans le bar.

Un éclat effaré dans les yeux verts de Lasmata.

Lequel lança :

– Tu dépasses les bornes, Rouhaut, les bornes, Rouhaut…

Et Lasmata, soudain, avec une moitié de sa liasse IPP dans la main, s'en alla vers le hall de l'hôtel, pathétique épouvantail harnaché de son costume blanc crasseux et fripé, pendouillant à l'entrejambe.

Se retournant une dernière fois vers Rouhaut, qui s'était reperché en riant sur son tabouret, au bar, à côté de Ducossard, le Négus répéta, bizarrement, ce mot :

– Bornes, bornes, bornes.

Et la porte à tambour de l'hôtel le happa.

Ducossard lui-même, oubliant les soucis qu'il se faisait au sujet de Toudebout, était tordu de rire.

– J'aurai toujours une place à me faire dans la presse, après guerre, si la marine ne veut plus de moi, dit Rouhaut. Journaliste ! Ah, ah ! Je crois que j'ai la fibre, la patte, le virus ! Grand reporter à *Life* peut-être, ou à *Marianne* ?

La croquante Arlette Coutrais, qui ne quittait plus Rouhaut des yeux, toute rayonnante et rosissante, fronça un peu du nez, comme sous l'effet d'un « décision » qu'elle venait de prendre. Elle souffla quelque chose à l'oreille de Kikou qui « pouffa » et, sous le regard un peu contrit de l'intendant Larsouille, elle se leva, se dirigeant vers le bar dans un grand mouvement de sa robe cloche rouge qui se mit à osciller « à toute volée » autour des longs « battants » fuselés de ses jambes blanches. Blonde-rousse, cheveux courts « à la garçonne », un petit nez semé de taches de son, de grands yeux verts pleins d'enfance.

– Capitaine Rouhaut !

Rouhaut sourit.

Elle se percha, entre les deux marins-fonctionnaires, sur un haut tabouret.

Rouhaut sentit l'odeur acide, un peu aigrelette, de sa peau blanche, que mâtinait un parfum sucré. Les tropiques avaient la vertu, parfois malheureuse, de mieux exhaler en l'épiçant la senteur des femmes européennes.

– Capitaine, je voulais vous dire, dit-elle avec ferveur… Tout à l'heure au théâtre, vous… (Elle posa sa main potelée, aux ongles vernissés d'incarnat, sur l'avant-bras de Rouhaut.) … vous avez été for-mi-dable ! Le public, li-tté-ra-le-ment, buvait vos paroles. Même le gros Boche von Delinghausen.

Du bout de son nez elle désigna le chef de l'agence allemande, qui, lui aussi, était venu se rabattre sur le bar du Métropole, après sa sortie du théâtre. Il buvait de la bière dans un coin, avec Pierre Lecerf, dit le Glaoui, journaliste à *L'Action*. A quelques bribes qu'il avait entendues de leur conversation, Rouhaut avait cru comprendre que Lecerf célébrait les succès de la Wehrmacht devant Stalingrad.

– Et comment va monsieur l'intendant de police ? demanda Rouhaut à la jeune femme.

Il détestait Larsouille. C'est que l'amour et l'harmonie ne régnaient guère entre les plus proches collaborateurs du « sérail » de l'amiral : c'était à qui écraserait son rival.

Les petites oreilles et le front de Mme Coutrais s'empourprèrent… Elle avait passé quelques jours en prison, après la fuite de son mari en Chine. Pour essayer de déterminer les complicités dont celui-ci aurait pu bénéficier, Larsouille avait fait subir à la jeune femme un implacable interrogatoire : sans résultat d'ailleurs, elle ne savait apparemment rien. Mais il était homme, c'était chose qui se disait, à « abuser de toutes les situations », avec les dames du moins, utilisant à cette fin chantage, menaces – leur promettant par exemple des séjours à la prison centrale ou aux bagnes de Poulo-Condor, Bara, Long-Xuyen et autres, en compagnie des putes, des militantes communistes et des moustiques. Les détenus y crevaient par dizaines, chaque mois, du paludisme et de dysenterie… Il n'était pas difficile de manipuler et d'affoler la fofolle Coutrais… Quoiqu'il ne s'en fût pas vanté auprès de l'amiral, il y avait fort à penser que le gros lard Larsouille avait tout de bon servi de « battant » à cette robe cloche-là.

La « robe cloche » avait deux jolis genoux ronds, blancs, nus. Elle cogna l'un d'eux, avec une adroite maladresse, à la cuisse de Rouhaut.

– Et le lieutenant Coutrais ? s'enquit celui-ci pour la taquiner.

Elle leva vers le ventilateur plafonnier des yeux de Vierge florentine prenant le ciel à témoin de l'égarement des hommes.

– Ce cornichon ?... (Elle haussa les épaules.) Il faut toujours que Pierre (son mari) se mette dans des situations impossibles. Allez savoir quelle mouche l'a piqué de ficher le camp comme ça ?

Elle trempa la pointe de sa langue rose dans un verre de liqueur de framboise qu'elle venait de commander : Pierre (le Cornichon), expliquerait-elle, avait été au mieux avec l'amiral. S'il avait fait quelques efforts, comme elle l'y avait exhorté, il eût pu décrocher en moins d'un an un poste de résident-maire dans une grosse ville de province. Deux ans plus tard, il aurait été résident-maire de Hué... ou même de Saigon, avec grade de fonctionnaire de première classe et les primes avenantes ! Encore un an et...

– Dans un mois... dans un an... où en serons-nous ? dit Rouhaut, qui sait s'il n'a pas fait le bon choix ?

Il éclata de rire, comme pour désamorcer son assertion qui « sentait le fagot gaullard » en la tournant à la dérision (après tout le barman, qui les écoutait, était peut-être un mouchard et le problème, avec les mouchards, c'est qu'ils n'ont pas le sens de l'humour, qu'ils prennent tout au pied de la lettre, ce qui donne souvent d'étonnants rapports). Ducossard rit à son tour.

– Ah bon ? dit Arlette avec une moue sucrée de liqueur de framboise.

Arlette Coutrais, comme une girouette battue par le vent, tourna à droite, à gauche, nerveusement, son joli visage. Quelque chose y passa, comme une expression d'effarement, qui soudain l'avait rendue momentanément laide, lui conférant un vague air de petit-veau-égaré. Mais un sourire de sa bouche étroite et charnue fit se réépanouir sa beauté.

– Ah bon, répéta-t-elle.

Rouhaut lui tourna le dos :

– On va à l'Étrier ? dit-il à Ducossard.

Ducossard rabattit sa casquette sur son front.

– Histoire d'oublier l'engueulade du Pacha ? C'est une bonne idée. On aura toujours le temps d'y repenser demain, au palais Puginier.

Tous deux sautèrent de leur tabouret.

– Vous venez ? demanda Rouhaut à Arlette Coutrais.

La bouche de la jeune femme s'ouvrit sur un grand « oh » tout couronné, tout emperlé de jolies quenottes blanches.

– A… à l'Étrier ? Vous croyez ?

– Je crois bien.

Rouhaut cligna de l'œil.

Comme si elle fût son reflet, et sans savoir pourquoi, elle cligna elle aussi de l'œil.

L'Étrier avait fort mauvaise réputation chez les dames de la bonne société hanoienne qui en parlaient d'autant plus qu'elles n'auraient jamais osé y mettre les pieds. On disait que, dans des arrière-salles, il s'y fumait l'opium, et s'y déroulait toutes sortes de… saletés « scabreuses ».

Quelque chose sembla s'affaisser dans le visage et le corps de Mme Coutrais. Ses épaules rondes, mouchetées de son, que sa robe laissait nues, retombèrent. On eût dit une marionnette d'où la main du montreur se fût soudain retirée. Un instant – avant qu'un nouvel éclat de rire ne refît pétiller sa beauté – elle se remétamorphosa en laid-petit-veau-égaré.

Bientôt elle sauta de son tabouret, comme elle se fût jetée à l'eau, à la piscine du Cercle sportif.

– Ça fait des mois que je rêve d'y aller, dit-elle avec une forfanterie de lycéenne, sans trouver personne pour m'y conduire, même pas notre intendant de police qui, lui au moins, eût été de bonne garde.

Elle prit au bras le capitaine Rouhaut et de son autre main envoya de loin un « au revoir » à Kikou (qui repouffa, c'était une manie chez elle) et à Larsouille, dont la trogne rouge vira au vert.

La porte à tambour de l'hôtel les happa à leur tour.

Sous le porche, un petit vendeur annamite, assis devant un estanco où s'étalait tout un choix de cartes postales à l'effigie du Maréchal, en agita une dans leur direction :

– Pétain, Pétain, une piastre !

Après cette citation, vous comprendrez, chers jeunes auditeurs, que les démarches aveulies et glissantes, le parler lâche et gouape, la cigarette au coin des lèvres, les mégots rougis par le fard des lèvres de femme, tout ce qui hélas est signe de descente et de déchéance et que des films de cinéma vous laissaient soupçonner être l'image de la jeunesse française n'étaient qu'exception ou caricature...

(Révérend père Vacquier, Jeunes Élites, conférence à la jeunesse de Hanoi.)

Devant le Métropole, qui debout, qui assis sur le trottoir, à côté de leur véhicule, attendait une multitude de pousse-pousse. La Packard de Rouhaut était garée non loin, toute rutilante de ses chromes à la lueur des réverbères. Le chauffeur indochinois, derrière le volant, roupillait à demi. Quand, levant un œil, il aperçut de loin le capitaine, il se précipita obséquieusement pour lui ouvrir la porte, se cassant en deux, en guise de salut. La jeune femme s'installa sur la banquette arrière entre les deux officiers. Rouhaut se laissa glisser sur son siège, qui sentait bon le cuir bien nourri. Il regarda le ciel nocturne, au-dessus de lui. On n'y voyait aucune étoile. Il sortit un paquet de cigarettes, des Cottab, mais des Cottab spéciales, que lui accommodait un de ses domestiques : le tabac en était imbibé d'opium. Il en offrait à Mme Coutrais et Ducossard, comme, dans un profond et sourd ronronnement, le moteur bien huilé de la voiture se mettait en marche. Une flamme jaillissait de son briquet : leurs trois cigarettes rapprochées s'y allumaient en même temps. Un magique nuage de fumée les enrobait… Rouhaut se laissait, comme il aimait à dire, « emporter-par-les-événements »… tout au long du boulevard Henri-Rivière (héros de la conquête du Tonkin). Sur des estancos, au bord du trottoir – comme sur les rives d'un fleuve où il avait l'impression de glisser –, s'amoncelaient des fruits tropicaux, bouillonnaient des marmites de soupe chinoise que des marchand annamites, à vieux chapeau conique troué, proposaient aux passants, à la lumière jaune et indécise de lampes à pétrole. Tout cela semblait plus ou moins irréel. On eût dit les images de quelque film hollywoodien d'avant-guerre, portant sur l'Extrême-Orient, mais tourné en studio, dans des décors de fantaisie, cousus d'archétypiques clichés. La main gauche de Mme Coutrais, depuis combien de temps ? (le temps semblait indéfiniment se distendre, comme un accordéon qu'on étire), était posée sur le genou droit de Rouhaut ; le genou gauche, blanc et rond, de Mme Coutrais étant par ailleurs la proie de la grosse main velue de Ducossard qui le palpait, le malaxait, avec une application de kinésithérapeute… Rouhaut la regarda, de profil : elle avait un gros menton rond, et aux lèvres cette éternelle moue, un peu stupide, la moue d'une enfant punie, qu'on eût mise « au coin », mais qui, muette et n'en pensant pas moins, médite quelque gourmande vengeance. Ses dents mordirent sa lèvre inférieure : la patte de Ducossard grimpait sous la « cloche » rouge entre les cuisses blanches. La main de la jeune femme s'aventura plus haut, jusqu'au bas-ventre de Rouhaut qui se laissa glisser un peu plus sur son siège en cuir… L'Étrier était tout à côté du Métropole, à quelques centaines de mètres. Il suffisait de remonter un peu la rue Paul-Bert vers le Petit Lac… mais cette « traversée » lui avait paru durer des heures.

Jusqu'à ce qu'une enseigne de néon clignotant, figurant justement un étrier, annonçât l'arrivée « au port ». Ils débarqueraient de leur chaloupe décapotable. Les bras de Mme Coutrais saisirent, de part et d'autre, les deux hommes à la taille, sous leur veste blanche de marins-fonctionnaires :

sa robe cloche rouge se balançant entre eux. C'est dans cet équipage, sinon cet attelage, qu'ils entreraient dans le cabaret.

Cet « antre de l'Enfer » n'avait rien que de vulgaire. Dans l'obscurité, des Européens, flanqués d'entraîneuses asiatiques ou métisses, ganguées dans des fuseaux de satin scintillant, étaient arrimés à une trentaine de table où trônaient, à la lueur de chandeliers, champagne et autres alcools. Au fond, sur une scène fortement illuminée : une superbe pulpeuse métisse, aux cheveux noirs, courts, seins nus, bas résilles et porte-jarretelles, comme il se doit, jonglait avec un canotier de paille dorée que, par instants, elle reposait sur son crâne, crânement, à la façon un peu de Maurice Chevalier dont, en chantant, elle imitait d'ailleurs la gouaille parigote « canaille », ce qui n'était pas peu savoureux, car elle n'en avait pas pour autant perdu son accent tonkinois :

– *Pour qu'finisse/Mon service*, éructait-elle, *Au Tonkin j'suis parti/Ah quel beau pays mesdames/C'est l'paradis des p'tites femmes...*

On vit alors débarquer sur scène et courir autour de la chanteuse deux acteurs clownesques déguisés l'un en soldat de la coloniale, short, bandes molletières et casque kaki ; l'autre en officier jap, traînant son sabre derrière lui, dans un tintamarre de ferraille.

Rouhaut et ses deux compagnons se laissèrent choir à une table drapée de blanc. Il commanda du « champagne » ! Combien de centaines de piastres pouvait bien alors coûter une bouteille de veuve-clicquot ?... Mais combien vaudraient dans quelques mois ces centaines de piastres ? Même plus une bouteille de limonade sans doute ? L'argent et la valeur des choses s'effritaient entre vos doigts, rien n'était plus vraiment saisissable. Alors...

Sur scène, le Jap et le colonial avaient pris, de part et d'autre, la métisse par la taille et c'est à trois, jetant leurs jambes en avant dans une sorte de french cancan endiablé, qu'ils poursuivirent la chansonnette :

– *Elles sont belles/Et fidèles/Et j'suis dev'nu l'chéri/ D'une p'tite femme du pays/Qui s'appelle Mé-la-o-li/J'suis gobé d'une petite/C'est une Anna, une Annana, une Annamite/Elle est vive, elle est charmante/C'est comme un z'oiseau qui chante...*

Sur sa droite, Rouhaut voyait la Coutrais qui avait quasi « fondu » entre les bras de Ducossard contre lequel elle se blottissait tandis que celui-ci, profitant de l'obscurité propice, la fourrageait sous la robe. Rouhaut entendait, par instants, un gloussement qui s'arrachait à la moue appétissante de la jeune femme, dont le visage avait repris son expression de « petit veau », mais de petit veau effaré, cette fois, de petit veau sentant l'abattoir où on le traîne.

Rouhaut incendia une nouvelle Cottab spéciale.

Sur scène, la métisse, le canotier rabattu sur l'œil droit, avait posé sa cuisse droite sur la cuisse gauche du colonial assis à ses côtés, au milieu d'un canapé ; elle tournait le dos au soldat japonais lequel, apparemment furieux, s'occupait à affûter son sabre :

– *Je l'appelle ma p'tite bourgeoise*, chantait la métisse, *Ma Tonkiki, ma Tonkiki, ma Tonkinoise-e/Y en a d'autres qui m'font d'doux yeux/Mais c'est elle que j'aime le mieux...*

Ducossard fit un vague signe de la main (« convenu ») en direction de Rouhaut et se leva soudain, en saisissant Arlette Coutrais par le bras. Elle se laissa haler, légère, fantomatique, évanescente presque, comme une de ces noyées qu'on tente de tirer vers la rive, au bout d'une gaffe. Elle glissa dans l'ombre, à la remorque du capitaine de vaisseau Ducossard, vers la droite du cabaret, là-bas, où tout initié savait que se trouvaient les arrière-salles. Quelques instants, Rouhaut aperçut le visage de la jeune femme, un visage lunaire, quasi phosphorescent qu'elle tenait tourné vers lui, jusqu'à ce que l'ombre abyssale la happât.

Il se versa une coupe de champagne.

Dans la salle du club, il crut reconnaître, assis à une table, au fond, le flic métis Luigi Tomato, borsalino sur le crâne, en grand conversation avec Albert Bléno, un des hauts responsables de la Banque d'Indochine. On trouvait beaucoup de métis chez les flics, leur double appartenance leur permettant de se faufiler dans les deux communautés raciales – dont ils étaient en même temps rejetés.

Sur scène, l'« autre » métisse, celle en bas résilles, pleurait à chaudes larmes, tandis que, sous le regard du Jap qui brandissait son sabre, le soldat de la coloniale, un mouchoir blanc porté aux yeux, achevait sa chansonnette :

– Mais tout passe/Et tout casse/En France je dus rentrer... Ne pleure pas/Si j'te quitte, ma p'tite Annana, ma p'tite Annamite/Dans mon cœur j'gard'rai toujours/Le souv'nir de nos amours.

Au fond de la boîte avait resurgi de l'ombre l'immense silhouette blanche de Ducossard, tout seul. Sourire aux lèvres, mais un peu désabusé. Il se laissa tomber sur une chaise à côté de Rouhaut.

– Et Mme Coutrais ? demanda celui-ci.

– Chambre 13, va-z-y-donc. Un bon coup, mais un coup tordu…

– Elle m'attend ?

– Qu'est ce que j'en sais, une dingue !

Il se versa une coupe et ajouta :

– Est-ce que je sais, moi, quel virus elles ont attrapé en Indo toutes ces… (Il hésita et dit :) Toutes ces « Blanches » !

Rouhaut se leva à son tour, traversa la salle obscure du night-club jusqu'à une porte occultée par un lourd rideau de velours sombre. Derrière s'étendait un long corridor où s'ouvraient, de part et d'autre, une dizaine de chambres. La porte de la « 13 » était entrouverte. Sans frapper, Rouhaut la poussa. Il aperçut la Coutrais, debout, de dos, cul nu, en train de se regarder dans un miroir. Elle avait de jolies longues jambes, mais les cuisses un peu maigres. Un cul maigrichon aussi, un cul de petite fille fragile, délicieusement pathétique. Elle se retourna.

Sa chatte rousse, large, bouffait son ventre plat presque jusqu'au nombril. Elle portait un soutien-gorge noir sur des seins apparemment inexistants.

– Le salaud ! se contenta-t-elle de dire, avec une moue méprisante.

Son visage était pourpre.

Elle répéta :

– Un sale salaud (brandissant son poing vers Rouhaut) !

Rouhaut fixa la mine vaguement ahurie du « petit veau » dont les grands yeux verts s'écarquillaient, hallucinés. Son front, ses joues se vernissaient d'une fine couche de sueur.

Rouhaut écrasa sa cigarette dans un verre vide, qui traînait là.

– Tu sais pas, dit-elle. (Elle se mordit la lèvre inférieure.) Eh bien… il m'a baisée !

Elle blottit sa tête aussitôt contre la poitrine de Rouhaut, qu'elle se mit à marteler de petits coups de poing rageurs, comme on frappe à la porte de quelque hôpital pour demander du secours.

– Ah bon ? fit Rouhaut, qui ne crut pouvoir rien dire d'autre.

Elle débloquait ?

– Je voulais pas baiser avec lui, je voulais baiser avec toi, pas avec lui ! Tu comprends.

Rouhaut dit :

– Ah bon ?

– Avec toi, ni avec toi ? Tu comprends ?

– Et alors, dit Rouhaut, pourquoi tu as baisé avec lui ?

– C'est lui qui m'a baisée, lui ? C'est pas moi ? Tu comprends pas.

La Coutrais avait saisi Rouhaut au col de sa veste et s'essayait à le secouer toute suante, toute embaumante de son odeur acide de bébé.

– C'est pas moi, ni moi ! Et merde merde merde ! ajouta-t-elle, en tapant de son pied nu sur le plancher.

Rouhaut lui fourra sa dextre à l'entrejambe. La chatte rousse était pleine encore de semence. Il la bascula sur un lit défait, tout à côté, au-dessus duquel veillait l'œil aveugle d'un miroir oxydé.

– Qu'est-ce que tu fais ? elle dit.

– Puisque c'est avec moi que tu voulais… il dit.

– Ni avec moi ! elle dit.

N'y comprenant rien, il lui refourragea son bas-ventre ensemencé.

– Tu as pas peur de te faire engrosser ? il dit.

– Merde, merde, merde ! elle répéta.

Il la prit.

Il vit, presque aussitôt, ses grands yeux verts comme se retourner sur leur orbe, découvrant le blanc des globes. Et avant même qu'il eût à peu près commencé d'esquisser les gestes de l'amour, elle poussa une sorte de râle rauque... Il sembla à Rouhaut que, sous lui, elle se « désossait », comme une carcasse à l'équarrissage, ou qu'elle se démantibulait plutôt, à la façon d'une automate au mécanisme brisé. Son parfum de petite fille mal grandie s'exhala plus encore. Ses yeux étaient clos. Elle s'était évanouie : défaite, diluée, évaporée. Rouhaut souleva le soutien-gorge noir. C'était à peine si elle avait des seins, deux petits boutons roses plutôt, deux cerises cousues sur une peau nacrée, diaphane, en transparence de laquelle on voyait se ramifier un délicat réseau de veinules vertes et violettes. Il se souvenait d'un des derniers couplets qu'avait chanté, sur scène, la métisse au canotier : *« C'est la fille d'un mandarin très fameux/C'est pour ça qu'sur sa poitrine/Elle a deux p'tites mandarines... »*

Quelques secondes plus tard elle s'était réveillée de son bref évanouissement. Elle repoussa Rouhaut qui se trouvait toujours sur elle et en elle.

– Qu'est-ce que tu fais là toi ?

Elle se leva. Passa sa culotte rose.

– Merde, merde, merde, répéta-t-elle.

Puis, à destination de Rouhaut qui, vaguement ahuri, commençait à remettre son pantalon.

– Toi aussi, toi, tu es un salaud, tu comprends, toi, quoi, moi ?

Elle renifla. Essuya une larme au coin d'un de ses yeux. Renfila sa robe cloche. Du bout des pieds elle chercha ses chaussures à hauts talons, qu'elle essaya d'enfiler, ainsi, debout, s'y prenant à plusieurs reprises, manquant perdre à chaque fois l'équilibre, y parvenant enfin. Devant la glace elle se donna quelques coups de peigne. Ajusta un peu ses fringues. Satisfaite elle dit à son reflet :

– C'est bon, ni vu ni connu, j't'embrouille !

Elle prit Rouhaut, qui avait fini de se rhabiller lui aussi, par le bras et le tira vers la salle du night-club.

Où il y avait de l'orage dans l'air.

Un soldat de la coloniale, qui venait d'y entrer, complètement ivre, avait pris à partie, à sa table, le flic métis Tomato et son compagnon de la Banque d'Indochine. Debout, jambes écartées, le buste penché au-dessus des deux consommateurs, l'ivrogne brandissait sa main droite, aux cinq gros doigts écartés, sous le pif du flic :

– Cinq que j'en ai eu descendu, comme j'te dis, cinq Liberators, et en flammes, que je te dis, et que même le commandant gé… (il eut un hoquet), que même que le général commandant supérieur, la croix de guerre qu'il va me donner, cinq.

L'artilleur Porchon avait fini de faire tous les bars de la rue du Grand-Bouddha et commençait la tournée de ceux de la rue Paul-Bert. Il lui faudrait encore les quelques dernières heures de cette nuit tonkinoise pour achever d'abattre l'ensemble des escadrilles de l'aéronavale américaine.

– On s'en va, ram'nez-moi chez moi, j'en ai marre ! dit la Coutrais.

– Autant se tirer avant que débarque la police militaire, dit Rouhaut.

Quelques instants plus tard, la jeune femme s'était retrouvée assise sur la banquette arrière de la Packard décapotable, entre les deux fonctionnaires-marins. Ils avaient roulé tout au long de l'avenue Borgnis-Desbordes, jusqu'à l'ombre du temple de la Littérature (appelé pagode des Corbeaux par les Européens), un des derniers antiques monuments de style chinois ou indochinois qui existât encore dans cette ville de Hanoi dont s'étaient effacées peu à peu, après plus de soixante ans de présence française, toutes ou presque toutes traces de son appartenance à un monde asiatique *rétrograde*. Pénétrée, jusque dans ses plus profonds tissus, par notre vivifiante tâche civilisatrice, Hanoi avait fini par prendre l'allure ordonnée et cossue de quelque fière sous-préfecture de Provence ou du Bas-Languedoc… Ils remonteraient l'avenue Puginier, dépasseraient la haute bâtisse de la Régie de l'opium, longeraient les murs de la Citadelle tout autour de laquelle s'érigeaient les luxueuses villas de la plupart des officiers et fonctionnaires de la cité. Leur voiture s'arrêterait devant une grande maison normande à colombage qu'avait indiquée la Coutrais. Elle fit mine de se lever. Ducossard la prenant à la cuisse, sous la jupe, essaya de la retenir.

– Une belle baraque, dit Rouhaut, cigarette au coin du bec.

– Qui n'a pas fini d'être payée, elle dit.

Rouhaut refit son :

– Ah bon ?

– Et l'autre… Pierre (son « cornichon de mari ») qui s'en va en Chine jouer les cornichons de résistants, en me laissant en plan ! Et votre cornichon d'amiral qui me coupe les vivres… (Elle posa ses deux mains à sa taille, outrée.) Votre amiral des cornichons a suspendu la solde de mon cornichon-déserteur ! Et moi, je bouffe avec quoi ?

– Ah bon, répétait Rouhaut bouche bée, tandis que Ducossard continuait de fourrailler sous la robe cloche.

– Mais arrête-toi, imbécile, corni-cochon ! lança-t-elle, en essayant de se débarrasser de cette patte aventureuse… Plus un sou, vivres coupés ! Et mon Pierre-cornichon qu'ils viennent de condamner à mort par contumace, oui, et votre flic-cornichon Larsouille qui essaie de me manipuler, pour que j'essaie de trouver une filière pour renouer le contact, je sais pas trop pourquoi, avec mon mari…

– Ah bon, répétait Rouhaut.

Il bâilla.

Soudain il se rendait compte qu'il s'ennuyait. Ou plutôt il prenait conscience que, pendant ces dernières heures, il n'avait jamais fait que se « distraire » d'un ennui fondamental qui ne lui quittait jamais le crâne…

– Tout cela est pascalien, dit-il à Mme Coutrais.

– Cornichon, lui rétorqua-t-elle du tac au tac.

S'arrachant aux embrassements de Ducossard, elle sortit de la voiture, en claqua la portière et, s'accoudant de ses bras nus à celle-ci, elle regarda les deux officiers, côte à côte, sur la banquette arrière. Plus que jamais elle avait cet « air ailleurs », cet étrange minois de gamine extraterrestre.

– Vous savez à quoi vous ressemblez ? elle leur demanda.

– A deux cornichons ! coupa Rouhaut.

Les grands yeux verts d'Arlette Coutrais étincelèrent d'une insensée jubilation. C'était comme s'il eût touché, en plein dans le mille, aux plus secrets rouages de sa mécanique… Elle éclata d'un rire extatique. Puis, se rassérénant, elle tendit sa main devant leur visage, comme une sébile :

– Cornichons, j'ai plus un sou pour payer les traites de ma maison. A votre bon cœur de cornichons.

Rouhaut tira une grosse liasse de piastres de la poche de son pantalon, la plaqua violemment dans la main tendue de la Coutrais. Il avait le très clair sentiment que l'idée de leur demander ce fric n'était venue à la jeune femme qu'au tout dernier moment, comme une soudaine inspiration d'hallucinée. Ils la virent aussitôt bondir avec son « trésor » vers le portillon du jardin de sa maison à colombage. Une armée de hauts cocotiers l'entourait. Et l'on ne savait trop ce qui était le plus paradoxal : de cette bâtisse à la normande, ou de ces arbres tropicaux qui autour d'elle, nuit et jour, montaient la garde.

– On s'en va, *maolen*, vite ! lança Rouhaut à son chauffeur annamite.

De loin, sur le perron de sa villa, ils virent Arlette Coutrais leur faire signe de la main. Ils crurent entendre une bribe de mot qu'elle leur criait :

– … rnichons !

Rouhaut déposa Ducossard à son domicile et revint à son tour chez lui, dans sa villa, sur le bord du Grand Lac. Son gardien lui avait ouvert la grille du jardin : un immense jardin émaillé dans la nuit par les phosphorescences mauves et blanches de bouquets de bougainvilliers et de jasmins ; un jardin tout crépitant du cisaillement des criquets, des musaraignes, du coassement des crapauds-buffles ; et du roucoulement des fontaines ; une sorte de tropical Éden…

Il était capitaine mais vivait comme un rajah. Construite au début du siècle par un planteur d'hévéas de Cochinchine, sa « villa » était une sorte d'immense « palais à la crème », hérissé de statues de Bouddha meringuées qui, tenant lieu de cariatides, supportaient un fronton en stuc nougaté où était gravée, en lettres d'or, la dure devise évoquant sans doute la fatale condition des *« saigneurs »* du caoutchouc : *DURA LEX SED LATEX…*

Il alluma une dernière Cottab opiacée, pénétra dans la maison. Il traversa le salon : tapis du Moyen-Orient, meubles coloniaux en teck incrusté de nacre, vases et paravents japonais (cadeaux très raffinés du chef de la Mission nipponne, M. Omiya)… Les Japs n'avaient-ils pas plus d'une raison de le remercier !… C'était à leurs pires ennemis pourtant, les Chinois, qu'il devait ces belles porcelaines Ming, sur la commode, là-bas, à droite, présent somptueux du général Lu, bras droit du général Lung Yun, qui, tenant le Yunnan, à la frontière du Tonkin, avait la haute main sur le trafic d'opium qui y transitait…

Y avait-il, dans cette pièce, un seul meuble, un unique tapis, ne serait-ce qu'un humble cendrier qui, d'une façon ou d'une autre, ne symbolisât quelque bonne affaire, quelque dessous-de-table prestement et courtoisement attribué (à l'asiatique !) ; quelque « tasse de thé » (comme ce service à thé shanghaien justement, sur cette étagère à gauche !) délicieusement versée ; quelque commission, quelque pot-de-vin ; quelque ristourne. Possédait-il au moins un bibelot qui ne matérialisât pas un mensonge ; une assiette, une cuillère peut-être où ne se concrétisât pas quelque renoncement, quelque démission… quelque trahison ?

C'était l'influence surtout que lui donnait son rôle de chef-de-la-Légion-des-anciens-combattants-et-de-la-Révolution-nationale-du-maréchal-Pétain qui lui permettait non tant d'organiser des trafics que de percevoir son pourcentage sur les trafics que d'autres organisaient : le trafic du riz et du sel, en particulier, achetés à des tarifs « fixes » tout à fait dérisoires aux paysans et sauniers par l'administration française et qu'on pouvait revendre (pour peu qu'on fût assez influent pour faire pression sur certains fonctionnaires compréhensifs afin de détourner une partie des stocks) à prix d'or, de l'autre côté de la frontière de Chine (par exemple), aux armées de Chiang Kai-shek (nos « ennemis » ?) qui en avaient le plus grand besoin et qui, financées par les USA, regorgeaient de dollars.

Entre autres trafics…

La Légion du Maréchal, « ce-bel-instrument-de-rénovation-nationale », était devenue, « aux mains de gens sans scrupules », une organisation redoutable. Tous les fonctionnaires, obligatoirement, devaient y adhérer et cotiser. Elle avait été créée, originellement, pour doubler la police et surveiller l'armée (entendre l'armée de terre) dont le Pacha se méfiait. État dans l'État, elle pousserait bientôt un peu partout ses antennes, établirait ses propres réseaux d'espionnage, s'appuyant à ses heures sur la Sûreté, qui, contre services rendus, lui laissait souvent (donnant donnant) consulter ses fichiers. Elle avait jusqu'à ses propres tribunaux, les tribunaux d'honneur, devant lesquels, concurrençant la justice, elle pouvait convoquer tel ou tel personnage pour juger de sa moralité. En fait, il lui était loisible de briser la carrière de qui elle voulait, pour autant du moins qu'elle en eût l'aval du Pacha auprès de qui, seul, et à l'exclusion de toute autre institution, elle avait à rendre des comptes.

Ainsi l'amiral, unique maître à bord, pouvait-il faire jouer la Légion contre la Sûreté ; et contrebalancer l'armée par la Légion. Il n'y avait pas jusqu'aux domaines artistiques où la Légion ne légiférât, s'attribuant la majorité des places dans les jurys : ainsi dans le fameux prix de littérature Alexandre de Rhodes que l'amiral, qui l'avait créé – étant *grand ami de la Culture* –, appelait le *Goncourt indochinois*. La Légion avait aussi ses journaux, ses émissions de radio…

Redoutée, elle pouvait exercer ses chantages sur quiconque ; influente, elle s'immisçait dans toutes les bonnes affaires (raflant ses commissions), quand elle n'en prenait pas la direction. Ainsi avait-elle réussi à éliminer du fructueux commerce Indochine-Japon tous les indésirables. C'était l'administration qui attribuait les quotas d'import-export, et l'administration elle l'avait noyautée…

Depuis deux ans, Rouhaut, chef suprême de la Légion, avait bénéficié de cette manne. Elle lui était tombée dessus, plus qu'il ne l'avait recherchée, s'étant jeté tête la première dans la collaboration, avec cette espèce d'enthousiasme aveugle dont il était capable, et qui le surprenait lui-même quand il lui arrivait d'y songer. Propulsé à ce poste de pouvoir, les piastres, menacées de dévaluation, avaient afflué. Il avait acheté de l'or (une dizaine de lingots étaient enterrés dans sa cave) et, comme « tout le monde », de la terre et de la pierre. Il était même propriétaire de plusieurs… rizières !

Mais il s'était fort compromis, pour cela, ayant, de toute bonne foi à vrai dire, mais sur l'incitation cependant de l'amiral, régulièrement écrit des articles et fait des conférences à la gloire du Japon. C'est qu'il fallait, chaque jour, sans cesse – afin qu'ils ne « fissent pas de bêtises » – rassurer les méfiants Japonais sur les bonnes intentions à leur égard des autorités françaises d'Indochine. Tel était son rôle !

Dans l'orchestre, magistralement dirigé par Toudebout, Rouhaut était l'« instrument » projap ; mais il existait par ailleurs des violons proallemands (Belafesse, son chef du cabinet militaire) ; des contrebasses vichyssoises de tendance Laval (Premier ministre de Pétain) ou de tendance Darlan (direct rival de Laval) ; n'introduirait-il pas un jour dans ce concert quelque stradivarius proaméricain sinon tout de bon gaulliste ?…

Quitte, au gré des circonstances, c'est-à-dire des aléas du conflit mondial, à se débarrasser des instruments devenus inutiles, ou trop compromettants. Et dans cette symphonie-là Rouhaut était sans doute celui qui avait joué, en virtuose, les « solos » les plus extrémistes.

Assis sur un tapis de son salon, le capitaine de vaisseau regardait tous ces précieux objets d'art assemblés autour de lui, objets dont, néophyte en la matière, il était bien incapable d'apprécier la réelle beauté, et d'épuiser la richesse, ne serait-ce qu'historique, qu'ils recelaient. Il les aimait bien, simplement. Il aimait les contempler. Mais ce soir-là, sans doute parce qu'il se laissait glisser dans une de ses habituelles « phases de dépression », il avait l'impression que c'étaient ces objets (statues de Bouddha, tronçons de bas-reliefs khmers, vases de Chine et du Japon) qui s'étaient mis à le regarder, à le jauger, le juger, comme les témoins à charge de son infamie, les jurés implacables d'un tribunal métaphysique.

Il caressa la fesse d'une danseuse cambodgienne pétrifiée depuis plus de mille ans dans sa contorsion de grès, effleura du bout des doigts le buste de bronze lisse d'un Bouddha d'Ayuthya décapité…

Il se caressa le cou comme s'il fût lui aussi exposé à perdre la tête…

Tout ce beau bazar-là serait fort difficile à déménager si les Japs, comme on les en soupçonnait, se décidaient à faire un clash, pour virer les Français et prendre directement en main les rênes de l'Indochine ; ou si les Chinois, soutenus par les Américains, se décidaient à nous envahir par la frontière nord…

Il se leva, franchit une porte-fenêtre et marcha jusqu'à une balustrade de sa véranda. Elle s'ouvrait sur le Grand Lac dont les eaux scintillaient à l'infini dans la nuit. La lune apparaissait, disparaissait dans le ciel, derrière d'épais et mouvants nuages, se redoublant par instants sur la surface plane des eaux. L'Indochine aussi ressemblait à cette cosmique partie de cache-cache…

– Jean ? s'entendit-il soudain appeler.

Il eut à peine le temps de se retourner que la bouche vorace, quasi anthropophage – la bouche entre toutes reconnaissables de Mme Toudebout –, se plaqua sur ses lèvres qu'elle mordit sauvagement.

– Viens vite, je te veux, grand-mauvais-garçon ! J'ai peu de temps… !

... La France, qui aspirait à employer ses trésors de bonté et d'intelligence, a appliqué dans ses colonies tout ce qu'elle tenait à la disposition de l'Humanité...

(Marguerite Donnadieu alias Duras, Philippe Roque, *L'Empire français*, NRF, 1940.)

... Qu'ils aient été marchands de soupe ou pions dans des lycées, une fois arrivés dans la colonie nos civilisateurs mènent une vie de prince...

(Nguyên Ai Quôc, alias Hô Chi Minh, *Le Procès de la colonisation française*, 1926.)

Si l'on en croit les livres d'histoire des Lycées-et-Collèges concoctés par la IIIe République, nos Grands Rois seraient de bien piètres Paillasse : Louis XI n'aurait rien inventé d'autre que ces cages où il enfermait ses opposants ; Henri III serait un paltoquet jouant au bilboquet ; Henri IV un paillard ; Louis XIII le paillasson d'un cardinal ; Louis XIV un bigame ; Louis XV un libertin ; Louis XVI ce gros benêt qui gaspillait son temps à son hobby : la serrurerie... Voilà la belle image de la France qu'on donne à nos têtes blondes ; voilà, comment, dans l'œuf, on empoisonne l'âme d'une nation ; voilà comment on la démobilise ; voilà comment on la conduit à la décadence, à la défaite : à juin

40 !… Il était très sérieusement question, en Indochine, de remanier totalement les livres scolaires, afin que notre jeunesse ne fût plus pourrie par-les-fadaises-des-messieurs-Homais-du-radical-socialisme-et-de-la-franc-maçonnerie !

Et autres Mallet-Isaac !

S'il était un de nos grands rois auquel le Pacha s'identifiât, c'était Saint Louis, neuvième du nom. Ne pouvant cependant, comme lui, recevoir « sous son chêne » (d'autant qu'il n'y a pas de chênes au Tonkin), l'amiral Toudebout se contentait d'accueillir les gens, même les plus humbles, qui désiraient lui faire connaître une supplique dans son cabinet de travail du palais Puginier. Assis derrière son bureau avec, à sa gauche, le petit-Pipaud-à-lunettes-et-nœud-papillon, son nègre-écrivaillon, cahier de notes sur les genoux, et, à sa droite, son conseiller diplomatique, le jeune-blond-élégant Belangel, il écoutait, avec bienveillance et patience, sous la tout aussi bienveillante protection du portrait de Pétain accroché au-dessus de sa tête, les doléances de telle dame apothicaire de la rue Paul-Bert à Hanoi ; de telle marchande de fleurs de la rue de la Soie ; de tel petit planteur des provinces de Ban-Houei-Saï ou Diên Biên Phu… Chacun, en général, lui apportait quelque cadeau, fruit de son labeur, des corbeilles de légumes, des œufs ou telle extraordinaire potion rhumatismale que Mme Toudebout (car un haut fonctionnaire digne de ce nom ne peut accepter de cadeau pour son usage personnel) s'empressait d'offrir à une institution charitable. Ce matin-là il avait déjà reçu une délégation de la Pétanque toulonnaise du Cap-Saint-Jacques (Cochinchine) qui proposait que fût organisé un vaste concours de boules à l'échelle de toute la colonie avec demi-finales et finale car « rien n'est fait dans ce pays pour la pétanque » ; une délégation des Bretons du Sud-Tonkin désirait que fussent donnés dans les collèges français et annamites des cours de biniou qui rappelassent aux populations « leurs vraies racines » culturelles ; une délégation Saigon/Biarritz se félicitait de ce que le capitaine Ducossard eût introduit la pelote basque en Indo, mais déplorait que les frontons qui permissent d'y jouer fussent encore en nombre tout à fait insuffisant (en fait il n'y en avait qu'un, à Saigon) ; un Normand de la province de Vinh proposait qu'on industrialisât sa très extraordinaire invention : du « cidre de banane » qui (« les pommes n'étant plus importées de France et pour cause ! ») pouvait constituer un substitut des plus avantageux au cidre traditionnel qu'il équivalait en goût et supplantait « pour les qualités nutritionnelles » ; la délégation de l'amicale corse de Cochinchine était moins bon enfant. Ses représentants, MM. Panzani, Pizzini et Patchouli, déploraient que ni à Hanoi ni à Saigon on ne trouvât de rue Napoléon quand pullulaient les rues Lord-Kitchener (un Anglishe), Edith-Cawell (une Anglishe) et Rudyard-Kipling (un Anglishe encore !). Après ce que les Anglais nous avaient fait à Azincourt, à Rouen (Jeanne au bûcher), à Waterloo, à Sainte-Hélène, à Fachoda et plus récemment à Mers el-Kébir, c'était le comble vraiment !

La paupière droite du Pacha cligna.

– Notez-moi ça, Pipaud, c'est à étudier, lança-t-il à l'écrivaillon qui nota.

– Sans compter, poursuivit avec arrogance le sieur Pizzini (lequel était manifestement le chef de la délégation), le lycée Albert-Sarraut de Hanoi qui porte le nom d'un des plus grotesques représentants de la IIIe République ; et cette espèce de ridicule miniature de la statue de la Liberté de New York, place Neyret *(La Liberté éclairant le monde de son flambeau)*, symbole franc-maçon s'il en est (qui-ne-saurait-donner-que-de-mauvaises-idées-aux-indigènes-qui-n'en-ont-déjà-que-trop) et qu'un monument équestre figurant l'Empereur remplacerait très avantageusement.

Belangel, qui avait aussi appris à déchiffrer les clignements de paupière de l'amiral, comprit que la « séance était levée ». Il se leva, il remercia ces messieurs Panzani-Pizzini-Patchouli de leurs suggestions dont l'amiral avait pris « bonne note » (le petit Pipaud en effet n'arrêtait pas de griffonner). Les Corses, dignement, sortirent, la main droite passée sous le gilet, comme l'Empereur.

Dans la salle d'attente, cependant, les capitaines Ducossard, Rouhaut et Fosse (de l'IPP) faisaient le pied de grue – depuis l'aube, c'est-à-dire depuis au moins trois heures (le sieur Rouhaut, notons-le au passage, semblait absolument épuisé, n'ayant d'ailleurs pas voulu en donner les raisons à ses compagnons). Ils avaient déjà vu leur « passer devant » une bonne dizaine de délégations, et non des moins baroques : cette vieille paysanne annamite à chapeau pointu qui était entrée dans le saint du saint du sanctuaire du bureau du Pacha avec un énorme couffin où s'agitaient en couinant deux canards. Il n'était nul besoin de leur faire un dessin, ils connaissaient la musique : l'amiral les faisait poireauter pour se venger de la faute qu'ils auraient commise la veille, au Théâtre de la Ville. Quelle faute ? On allait le savoir. Bientôt… Ils n'avaient pas intérêt en tout cas à montrer de l'impatience, ou cela barderait pour leur cul et matricule !

Cette « méthode », au début, l'amiral en avait usé même avec les Japonais qu'il avait ainsi laissés souvent se morfondre dans sa salle d'attente quand ils le harcelaient pour qu'il signât « au plus tôt » le détail des modalités de l'Accord de défense commune passé entre Tokyo et Vichy. C'était fin 1940. La comédie avait duré un an, jusqu'à Pearl Harbor. Le soir même de l'attaque sur Hawaï, les Japs avaient déboulé dans son cabinet de travail, bousculant l'ordonnance qui prétendait leur barrer le chemin. Ils avaient posé sur le bureau du Pacha stupéfait le texte du traité, et, à côté dudit texte, leur sabre, lame nue. Jambes écartées, bras croisés, debout, face au Pacha, ils avaient attendu qu'il s'exécutât. Ce qu'il n'avait pas tardé à faire d'ailleurs, et d'un stylo très empressé.

C'est que les Nippons avaient encerclé Hanoi de leurs troupes, plaçant par ailleurs à chaque carrefour barbelés et automitrailleuses.

Ainsi avait commencé l'amicale collaboration de l'Indochine et de l'empire du Soleil-Levant.

Évidemment ni Rouhaut, ni Ducossard, ni Fosse n'avaient les puissants arguments des Japs. Ils n'avaient pas de sabre non plus.

Aussi se contentèrent-ils d'attendre.

Sur les 12 h 30 (après trois heures et vingt-deux minutes de pied de grue), la tête de fouine-moustachue-à-lunettes-et-nœud-papillon de Pipaud, le nègre-scribouillard de Toudebout, apparut dans l'entrebâillement de la porte capitonnée du cabinet de travail.

– Messieurs, clama Pipaud (avec ce petit air ravi du nabot qui s'esjouit à voir ses rivaux avaler des couleuvres qu'il eût bien été incapable de leur faire ingurgiter tout seul), l'amiral vous attend !

Les trois capitaines s'entre-regardèrent, se levèrent et, en file indienne, se glissèrent silencieusement dans la pièce.

Ils aperçurent le buste marmoréen du Pacha, blanc, immobile, chamarré d'une somptueuse collection de médailles, et comme posé sur l'immense « socle » de son bureau en macassar.

– Un instant encore, Pipaud, espèce d'imbécile, t'ai-je dit de faire entrer ! hurla-t-il.

Pipaud, dont les petites lunettes rondes étincelaient de stupéfaction, se retourna vers les trois capitaines qui lui déboulaient dans le dos, essayant, de ses mains faiblardes de rond-de-cuir, d'arrêter leur « déferlement ».

– Quoi encore ? ronchonna Ducossard, qui se serait presque mis en colère.

– Euh, euh, dit Pipaud, un petit instant… regagnez…

Ils « regagnèrent ».

La salle d'attente.

Où ils attendirent :

Une bonne heure encore.

Rouhaut piqua un somme.

Le Pacha, tout de bon, devait en avoir sur l'estomac. Il n'avait jamais poussé aussi loin ce type de farce.

Pipaud referma la porte et se tourna vers l'amiral.

– C'est bon, Pipaud… dit celui-ci. C'est bien… bien…

Il soupira, puis il plissa les yeux, puis il se leva, puis il braqua son nez vers le plafond, puis il commença à marcher, lentement, de long en large, entre son bureau et l'une des hautes fenêtres donnant sur le parc du palais. De temps à autre, il y jetait un regard, du type de ses regards que Pipaud, qui les avait étudiés, qualifiait de « rêveurs ». Le nègre de Toudebout eut tôt fait alors de conclure qu'ils se trouvaient soudain précipités dans ce qu'il avait fini par appeler « le quart d'heure littéraire » de l'amiral. Pipaud s'empressa de s'asseoir, de sortir son stylo Parker, d'ouvrir sur ses genoux son cahier relié de cuir cramoisi, et d'attendre, plume en main, dans l'attitude à peu près du SCRIBE telle que les sculpteurs de l'ancienne Égypte l'ont éternisée, et qu'on peut l'admirer aujourd'hui dans l'aile des antiquités du musée du Louvre.

Le Pacha avait posé son front, mélancoliquement, contre un des carreaux de la fenêtre. Son œil contemplait, là-bas, au fond du parc, le faîte des hibiscus que doucement agitait le vent, spectacle qui ressuscitait en son esprit ce si beau passage des *Mémoires d'outre-tombe*, sur « la cime indéterminée des forêts ». Lui aussi, un jour, dans un style semblablement somptueux, il immortaliserait sa « Geste » en Indochine.

– Hier soir, dit-il à Pipaud, avec une voix pleine de soupirs… Hier soir…

Cependant, Belangel, comme un « qui eût déjà donné », croisait ses jambes en s'absorbant, muet, dans la contemplation d'un coin de tapis.

– … au milieu de la nuit, poursuivait le Pacha, je me suis soudain éveillé d'un rêve, et cette formule m'a sauté à l'esprit… formule que vous trouverez sans doute banale, plate…

– Non, non ! s'exclama Pipaud, levant le nez de son cahier.

– Si, si, plate, vulgaire même…

– Non !

– Je vous prierai cependant de la noter car elle me semble contenir, sous sa pauvre apparence, tout un monde de richesses…

– Oui ! s'exclama Pipaud, relevant à nouveau le nez.

– … que je m'attacherai plus tard, en temps voulu, à développer…

Il toussota, comme pour « essayer » ses cordes vocales, puis, théâtral, la main sur le cœur, enflant sa poitrine, et se tournant vers son scribe, il déclama sa formule :

– *La guerre est...* euh… (Il sembla hésiter soudain.)… *La guerre est à la paix ce que...* euh… *l'ombre est à la lumière !*

L'amiral se tut, croisant les bras, comme pour voir l'effet de sa maxime sur son auditoire.

Pipaud jeta un preste regard vers Belangel ; qui jeta un preste regard vers Pipaud.

– Fort beau ! s'exclamèrent-ils de concert.

Puis Belangel :

– Pascalien ce parallélisme !

– Avec quelque chose de La Rochefoucauld aussi ! renchérit Pipaud.

Et le scribe nota, de rage : *« La guerre est à... »*

Sa main tremblait… la plume glissa soudain, cassa, étalant sur la page un gros pâté bleu de nuit. Et avec cela le réservoir qui se mit à fuir…

Pipaud…

Pipaud n'en pouvait plus. Pipaud était à bout !… Que n'eût-il pu être, lui, Pipaud ? Il eût pu être un Giraudoux, un Brasillach, un Rebatet ! Il eût pu écrire une œuvre d'envergure, comme *Les Hommes de bonne volonté*, de Jules Romains, ou *Les Thibault* de Martin du Gard ! Il eût pu être un Paul Morand, un Drieu La Rochelle, un Chardonne ! Il eût pu même concurrencer les Jean de la Varende, les Abel Hermant et les Joseph de Pesquidoux !… Et il se retrouvait là, dans ce bled paumé, à Trifouilli-le-Tonkin, à noter les… les fadaises de… de cette enflure… C'est ça, c'est une « enflure ».

Et comme il la regardait, Pipaud, cette enflure qui, le dos à la fenêtre, à contre-jour, le regardait, lui, Pipaud, il eut l'impression, Pipaud, que cette « enflure » enflait, enflait, comme une énorme baudruche, une montgolfière, un zeppelin, qui obstrua bientôt tout l'espace de la fenêtre, lui dissimulant le soleil : « son » soleil. Et la source même de toute vie !

Car n'était-ce pas son énergie vitale qu'il sacrifiait au Pacha comme on offrait jadis du sang aux idoles païennes, n'était-ce pas sa force qu'il dilapidait, sa jeunesse, sa fraîcheur, sa spontanéité, sa… Ne puisait-il pas pour écrire tant de discours ampoulés et d'articles insipides qu'oublierait la Postérité dans la substance même – sacrée – du secret sanctuaire de son âme, qu'il violait, qu'il pillait, qu'il mettait à sac, pour un AUTRE qui lui ravissait ses MOTS galvaudés ? !… et pour quel salaire en plus (il n'avait même pas touché de prime cette année !). La retrouverait-il un jour, quand il en aurait besoin, cette matière première spirituelle qu'il mercenarisait ? La fée imagination qu'il prostituait ne lui dirait-elle pas un grand « niet » quand il voudrait, pour lui seul, chercher ses faveurs… Ne lui tournerait-elle pas le dos ?… Elle lui tournait le dos, déjà, chaque soir quand, s'arrachant à l'emprise du Pacha, il se retrouvait chez lui, au pied du mur, face à la page blanche. Rêvant de commencer son Grand Œuvre !

Ce n'était pas qu'il n'eût réussi à écrire déjà deux romans (et un essai de commande contre de Gaulle), mais il avait le douloureux sentiment que *Douleur* et *Brisure* (le nom de ses romans, publiés aux Presses du Tonkin, avec subvention de la société Dumarcel Frères et du gouvernement général) n'avaient pas l'ampleur, le suc, la chatoyance qu'il eût pu leur donner s'il eût été libre des chaînes du Pacha, et que sa plume eût volé de ses propres ailes d'aigle amoureux des hautes sphères : dans cette absolue Liberté, cette absolue Indépendance, cette absolue Insouciance, cette absolue Gratuité, qu'exige tout ART AUTHENTIQUE… Il achevait, en ce moment, un nouvel ouvrage (un roman encore) – un peu à la hâte il est vrai, car il souhaitait le faire concourir au prix Alexandre de Rhodes, ne désespérant pas de l'obtenir, ayant plusieurs amis sûrs, de la Légion du Maréchal, parmi les jurés. Son livre aurait pour titre : *Angoisse*.

Mais, une fois encore, ce texte était-il vraiment « à sa mesure » ?

– Vous avez noté, Pipaud ? demanda l'amiral en s'approchant.

– Euh, oui, m'n' amiral ! bafouilla le scribe qui essayait, avec des gestes fébriles et malhabiles, de dissimuler l'encre qui avait dégouliné sur le cahier, sur ses doigts, et jusque sur une jambe de son pantalon blanc.

Mais l'amiral, perché tout en haut du grand cacatois de

son inspiration, n'avait rien vu de ce désastre. Il alla se placer, debout, derrière son bureau, ses deux mains posées sur le plan de travail, puis lança :

– Maintenant, faites venir ces messieurs !

Une demi-heure encore s'était écoulée.

Les trois capitaines refirent leur entrée.

Ils se rangèrent en ligne, face au bureau de macassar, comme des condamnés à mort affrontant le peloton d'exécution. C'est en vain qu'ils attendirent qu'on les priât de s'asseoir.

La poigne, l'énorme poigne poilue de l'amiral – lequel depuis quelques secondes était redescendu de l'empyrée de sa méditation – s'abattit furieusement sur le bureau, faisant sauter en l'air stylos, encriers, cendriers, lampe de travail.

– Foutu-bordel-de-triple-couilles-de-mes-deux ! Qu'est-ce-qui-m'a-foutu-pareil-trio-de-sous-raclures-de-bidet-de-lupanar-shanghaien-de-quatrième-catégorie ? Hein ? Dites-le-moi un peu ? Où a-t-on-jamais-vu-pareille-brochette-de-mongoliens-baveux-qu'on-n'engagerait-pas-même-comme-substituts-de-gorilles-au-jardin-zoologique-d'Hanoi ? Hein ? Dites-le-moi ?

Ducossard, qui voulut sans doute « le dire », avait fait un pas en avant en bafouillant. Ce qui provoqua devant lui le numéro de cabaret artistiquement stupéfiant d'un Pacha qui, démultipliant sur le bureau les coups de poing, à un rythme effréné, parut soudain, à la semblance de quelque statue de Shiva, être pourvu d'une quinzaine de bras agités par un parkinsonisme tourbillonnant…

– Et merde, conclut l'amiral qui, enfournant tout à coup les mains dans les poches de sa veste, comme dans une camisole de force, braqua à nouveau son visage vers la fenêtre, sur sa gauche (recontemplant au loin la-cime-indéterminée-des-apaisants-hibiscus), de sorte qu'il ne présentât plus aux trois officiers qu'un implacable granitique profil de divinité cubisto-aztèque.

Rouhaut paraissait absent. Il sentait ses paupières ensommeillées lui retomber sur les yeux. Toute cette scène, ce cirque, c'était à peine si ça le concernait. Comme Pipaud était spirituellement « pompé » par Toudebout, Mme Toudebout vampirisait physiquement Rouhaut. La visite qu'elle lui avait rendue la veille au soir sur la minuit (profitant que son époux, fou furieux, s'était enfermé dans son bureau pour « travailler ») avait, quoique brève, mis le capitaine sur les genoux. Ça n'était pas une femme que cette virago, c'était une goule. Lors de cette courte-coupable-ultra-secrète étreinte (la Pachatte avait la clef d'une porte dérobée qui lui permettait d'entrer chez Rouhaut en toute discrétion), elle n'avait rien pu lui dire sur le pourquoi de la rage du Pacha, qui ne s'en était pas expliqué auprès d'elle…

Ducossard, persuadé qu'il était le « préféré » de Toudebout (le chouchou des chouchoux), osa esquisser une nouvelle tentative de dialogue :

– Euh ! dit-il.

– Ta gueule, tantouze ! rétorqua du tac au tac la divinité aztèque. Tes foutreries, tantouze, on s'en contrefout !… Quoiqu'on ait sur ton compte un copieux dossier, et même des photos, qui pourraient servir un jour. Mais ce dont on ne se contrefout pas ici, au gouvernement général, ce dont je ne me contrefous pas, moi, haut-commissaire au Pacifique, c'est qu'on fasse joujou avec mon… (il se reprit), avec l'Indochine !

Braquant alors ses yeux vers le troisième larron, la divinité aztèque lança :

– Fosse !

Le capitaine Fosse fit un pas en avant.

Court, membru, empâté, Auguste Fosse, débarqué de Chine en Indochine fin 1941, s'était vu confier par Toudebout une double casquette : la Propagande, avec la direction de l'IPP qui dictait aux journaux l'orientation de leurs articles ; et la Censure ! De sorte que la « boucle était bouclée », les services de Fosse, c'est-à-dire le gouvernement général, se chargeant de donner l'imprimatur à des textes qu'ils avaient, auparavant, directement inspirés (après consultation, il est vrai, des Japonais), ce qui ne laissait d'autre liberté aux journaleux que de réchauffer et assaisonner vaguement des plats précuisinés.

Fosse avait charge aussi de la radio, de l'édition et du cinéma. Il se trouvait donc, avec Ducossard, organisateur du spectacle de la veille, directement impliqué dans ce que Toudebout qualifiait de « scandale ».

Vieux marin de la mer de Chine, Fosse avait toujours vécu « trop loin du soleil », comme il disait, pour escalader les degrés de la hiérarchie militaire. A 50 ans, avec ses cheveux gris, il n'était encore que capitaine de vaisseau. Aussi la double fonction, dont l'avait chargé l'amiral, était-elle pour lui une aubaine, une chance inespérée. Quoique personne d'autre – là encore – n'eût voulu de son job : travailler à la propagande est chose compromettante. Les écrits restent ! Sans doute n'y avait-il aussi que cette vieille épave de marin chenu et enchinetoqué pour ramer de bon cœur dans pareille galère…

– Euh ! dit Fosse.

– Euh, répéta l'amiral. C'est tout ce que vous avez à dire : euh !

Toudebout se tourna vers son scribe :

– Pipaud !

– Oui, m'n' amiral !

– Mais, Pipaud, qu'est-ce-ke-c'est-ke-ça ? s'exclama-t-il en découvrant les multiples taches maculant les mains et le pantalon blanc de son nègre…

– De l'encre, m'n' amiral !

L'amiral le mitrailla des yeux et lança :

– GNOUFANIER !

Qu'était-ce qu'un *gnoufanier* ? songeait Pipaud. L'amiral parlait parfois, lorsque la colère l'emportait, une incompréhensible langue. Peut-être celle du flibustier des Caraïbes qu'il eût été dans une vie antérieure ?

– Viens ici, gnoufanier !

Le Pacha chuchota trois mots à son oreille. Le gnoufanier, aussitôt, traversa le bureau, et alla ouvrir une porte, tout au fond de la pièce, à côté d'un immense coffre-fort. Par cette porte surgit soudain, tout de blanc vêtu, guêtres aux pieds, gants immaculés, moustache cosmétiquée, canne à pommeau d'argent dans la dextre, l'intendant de police Louis Larsouille qui, tout frais de teint, tout rosissant, fit une entrée aussi spectaculaire peut-être que celle – inénarrable – du Brésilien d'Offenbach débarquant de « Rio d' Janeir » sur le plateau de *La Vie parisienne*. D'une démarche sautillante, printanière et guillerette, il s'en alla se ranger, derrière le bureau, au côté de l'amiral, et face aux trois officiers coupables.

– L'intendant, qui a travaillé toute la nuit, m'a donné un rapport qui contient des documents accablants, lança l'amiral.

– Et j'ai de nouvelles pièces, renchérit le « Brésilien », l'œil brillant et triomphant, tout en serrant quasi amoureusement sous son bras droit, avec sa canne, une serviette en beau cuir noir.

Larsouille tirait des pouvoirs qu'il possédait, tout autant que de ceux qu'il s'imaginait posséder, une sorte de jubilatoire ivresse de présomption. Il avait l'impression d'être le *deus ex machina* de l'Indochine, celui qui, grâce à ses fichiers et à son inextricable réseau d'indics et de provocateurs, en tenait en main toutes les ficelles, comme un coche tient les rênes de son nombreux attelage. Depuis vingt ans qu'il vivait dans le pays, il avait appris à pénétrer les multiples sectes et organisations révolutionnaires qui y sévissaient, corrompant les uns, effrayant les autres, ou les faisant abattre tout crûment.

Susciter à telle organisation nationaliste, trotskiste, caodaïste, une concurrente, pour l'affaiblir ; ou susciter, à l'intérieur d'une de ces organisations, une rivalité entre chefaillons, en soutenant les plus stupides et corruptibles ; jouer des contradictions du corps social colonial, comme on joue des contradictions d'un individu, pour le mieux pénétrer, l'envoûter, le manipuler, utilisant, dans ce but, toutes les touches du clavier de l'âme humaine, sexe, vénalité, jalousie, narcissisme, orgueil, arrivisme… telle était la tâche exemplaire qui lui incombait, et qu'il mettait en œuvre non sans y éprouver une jouissance qu'il pensait méphistophélique. Tant qu'il pourrait opposer les bouddhistes aux catholiques, les cao-daïstes aux bouddhistes, les trotskistes aux cao-daïstes et aux communistes, les nationalistes pro-Chiang Kai-shek aux nationalistes projaponais, les Khmers aux Laotiens et les Laotiens aux Cochinchinois, etc., il parviendrait, lui, Larsouille, à maintenir dans ce pays la *Souveraineté française.* Et de cela il avait persuadé Toudebout, sur lequel il exerçait – l'abreuvant d'histoires de noirs complots, parfois imaginées, car il « en rajoutait » souvent, pour « se faire mousser », et de croustillants secrets d'alcôve – une fascination grandissante. Ses activités de police n'avaient été entravées que lors de l'avènement au pouvoir, en 1936, du Front populaire qui, « par stupide et dangereuse démagogie », avait ouvert aux prisonniers politiques les portes des bagnes d'Indochine... Mais avec l'éclatement de la Seconde Guerre mondiale, il avait pu reprendre en main les fils de son inextricable toile d'araignée. Et refaire du « bon travail ». A la liste de ses victimes s'étaient ajoutés récemment les gaullards...

Fosse, Ducossard, Rouhaut étaient-ils des imbéciles ou des vendus ? A ce sujet, il n'avait pas encore de certitude, mais ça ne saurait tarder...

– Certains extraits du film que vous avez présenté hier soir, lança-t-il sèchement aux trois officiers, appartiennent à l'arsenal de la propagande nipponne. Entre autres, les images tournées à Singapour...

– Euh... certes... euh... dit Fosse, il y a eu... euh... une certaine collaboration et même, euh, une collaboration certaine avec la Mission japonaise...

– Certes, euh ! répéta Ducossard.

– Ah, ah, s'exclama l'amiral, vous « collaborez », ils l'avouent, ils osent l'avouer, ils « collaborent » !

– Mais euh, dit Rouhaut, s'éveillant à demi, ne « collaborons »-nous pas ?

– Nous ne collaborons pas, dit Toudebout, nous « tolérons ». Les Japs sont tolérés...

– Ils occupent cependant l'Indo... crut pouvoir murmurer Ducossard.

– Ils ne l'occupent pas, hurla rageusement l'amiral, en retapant du poing sur le bureau, ils y STATIONNENT !

Semblant assez fier de ce terme, qu'il venait apparemment de découvrir, il se tourna vers Pipaud et lui lança :

– Notez-moi ça, Pipaud, « stationner ». Les Japs « stationnent en Indo… »

– Mais, euh, dit Fosse, qu'importe si les images sont japonaises, puisqu'elles ne disent rien que nous ne soyons autorisés à dire ? Ne fallait-il pas montrer comment la baudruche Singapour s'est dégonflée à la première piqûre d'épingle ?

Larsouille et Toudebout s'entrechuchotèrent à l'oreille sous les yeux interrogateurs des officiers-fonctionnaires.

L'amiral prit alors un ton mi-ironique mi-pédagogique.

– Dites tout le bien que vous voudrez du Japon, qu'il nous faut rassurer, c'est une chose ; faites autant que vous voudrez l'éloge des soldats allemands se ruant sur l'URSS pour tordre le cou à l'hydre communiste, c'est une chose aussi ; crachez sur les gaullistes et feue la IIIe République, c'est une chose encore ; incendiez les rosbeefs-britishes et cassez de l'Amerloque, c'est une chose toujours, MAIS, MAIS, MAIS je ne veux aucune interférence entre ces choses-là !

– Plaît-il ? se permit de demander Ducossard qui, non plus que les deux autres, n'entendait rien au développement algébrique du Pacha.

– Je veux dire-têtes-de-mule-greffées-sur-un-corps-d'âne-bâté-métissé-de-bourricot qu'il n'est pas permis quand on n'a pas une foutue cervelle de tête-de-mule-greffée-sur-un-corps-de… de montrer un soldat de l'armée britannique en train de balayer les rues de Singapour sous les yeux goguenards d'un Malais ou d'un Jap !

« Ça y est, il tourne anglophile, songea Ducossard, un mou c'est un mou ! »

– Parce que foutus résidus-d'eau-de-vidange-d'arrière-cuisine-de-boui-boui-tonkinois, vous êtes-vous demandé un instant ce qui peut passer dans la tête d'un Indochinois quand il voit, lui, l'Indochinois, un Anglais balayer les rues de Singapour devant un Jap ou un Malais ?

– Euh, dit Fosse, il voit un foutu British dans la panade !

– Non ! hurla l'amiral, ce que l'Indochinois voit (pas toi, vomissure de cancrelat), ce que voit l'Indochinois, et ça nos manipulateurs japs l'ont bien saisi, pas vous, ça n'est pas un foutu Anglais avec un foutu balai à la main, jouant les foutues bonniches des foutus Japs, ce qu'il voit, vous m'entendez (étrons de ver de terre !), c'est un BLANC, comprenez-vous, un BLANC, un BLANC comme moi, comme vous, un BLANC tout BLANC qui s'abaisse, non pas devant un Jap ou un Malais, mais devant un JAUNE ! Vous comprenez maintenant, morves de scarabées !

– Euh, dit Fosse.

– Vous avez été manipulés, ou peut-être même… (Il se tut.) En attendant ces MM. Omiya et Kawamura de la Mission jap doivent boire du saké à notre santé avec la belle Mme Kikou ! Ils ont marqué un point contre nous ! Et c'est vous qui leur avez tendu les verges pour nous battre, ah ah !

L'amiral reprit son souffle et, rejouant son numéro de Shiva parkinsonienne aux innombrables bras, il martela à nouveau de coups de poing son splendide bureau art déco.

– Pourquoi croyez-vous, déjections de ragondins, que j'aie refusé récemment (à cette délégation de clitoris-à-pattes qui se fait appeler le « Club-des-admiratrices-de-Hitler », rien que ça !) d'imposer comme elles l'exigeaient le port de l'étoile jaune aux trois ou quatre pelés de Juifs qu'on trouve en Indochine ? Parce que j'aurais un penchant pour les youpins, comme certains l'ont ensuite insinué ? Foutre non !… Mais parce que les Juifs, du moins aux yeux des Asiates, sont des BLANCS, et que ça n'est pas à nous de casser l'image du BLANC, même si ces BLANCS-là ne sont pas tout BLANCS ! Ah, ah ! Avec ça, laissez-moi rire, leur faire mettre une étoile… JAUNE, ah ah.

Et ce fut soudain, de la part de tous les assistants, un unanime éclat de rire, qui détendit considérablement l'atmosphère.

– JAUNE, JAUNE ! répéta-t-on.

Seul le conseiller diplomatique Belangel, toujours

absorbé (depuis une bonne heure maintenant) dans la contemplation de son coin de tapis, semblait bouder cette belle et saine euphorie.

– Hum ! soupira-t-il.

Partout où la femme est fidèle à la terre,
l'homme s'enracine…

(Joseph de Pesquidoux,
de l'Académie française,
Pour la terre, 1942.)

La Pachatte était langoureusement allongée sur son canapé, drapée dans une longue élégante toge blanche « sculptée » de souples plis (elle l'avait fait couper par des « petites mains » annamites, d'après un modèle d'avant-guerre de chez Maggy Rouf). Ses beaux longs bras immaculés étaient délicieusement découverts. De part et d'autre de son décolleté mettant en valeur ses seins pulpeux et pigeonnants, brillaient deux clips style Van Cleef en forme de francisque (elle arborait partout des francisques, en médaillon, brodées sur ses mouchoirs, et même sur son linge de dessous, disaient certains). Ses pieds, nus, dissimulés aux trois quarts par le bas de sa robe, étaient posés sur le canapé…

L'ensemble de son attitude – savamment composée – rappelait aux amateurs d'art la « pose » de Mme Récamier dans le fameux tableau de David.

Parfois, dans un froissement d'étoffe, elle laissait balancer un de ses pieds jusqu'au ras du sol, comme si elle eût voulu « pêcher » ainsi une des babouches dorées Perugia qui y étaient posées. Mais ce n'était là qu'une façon, subtilement coquette, de faire admirer ses beaux petons, dont elle était fière, quoiqu'ils fussent peu petits.

Elle avait en effet une forte ossature. C'était ce qu'on

appelle « une belle femme » : taillée dans le marbre, comme une Vénus antique, ou une guerrière d'Arno Breker. Certains historiens ont cru que c'était à cette puissante stature qu'elle devait le surnom dont on l'épingla : « la Vache ». Ce sobriquet, à vrai dire, a une tout autre origine : son teint de lait, qu'elle sut conserver malgré le soleil tropical, la Pachatte le devait à un « verre de lait frais », justement, qu'elle consommait chaque matin, chose qui n'était pas toujours évidente quand elle devait suivre son époux dans ses longues tournées d'inspection en province, les « bonnes laitières » n'étant pas nombreuses en Indochine. Aussi avait-elle fini par se faire accompagner toujours, dans les convois officiels sillonnant le pays, par une grosse belle vache normande installée dans une camionnette spécialement équipée…

D'où son surnom.

Mais ne le devait-elle pas aussi à ce qu'elle n'était point tendre : combien de petits fonctionnaires, dont les épouses n'avaient pas su lui faire la cour, avait-elle impitoyablement cassés !

Tout près du canapé de « la Vache », autour d'une table basse où étaient disposés des gâteaux et un service à thé en craquelé, neuf ou dix personnes se trouvaient installées sur des fauteuils en acajou que d'habiles ébénistes du quartier indigène avaient su parfaitement imiter de Ruhlmann, à partir des photos d'un catalogue qu'elle leur avait présenté *(piètres créateurs, les Annamites sont de parfaits copistes !).*

Le Premier ministre Pham Quynh, bras droit de l'empereur d'Annam, tout comme ses adjoints Phan Ky et Pham Huynh faisaient partie des hôtes de la Pachatte. Nommons encore l'inévitable scribe, Pipaud ; le révérend Vacherin, en longue soutane blanche ; M. Aurillette, secrétaire particulier de l'amiral, avec sa femme ; M. de Belangel, conseiller diplomatique ; M. Boucherou, résident-maire de Lang Son qui, chouchou (encore un) de Toudebout, passait la majeure partie de son temps à Hanoi, « à la cour », ne se rabattant avec sa « mijaurée de femme » (la Pachatte *dixit*) sur sa province que lorsque quelque catastrophe s'y produisait (disette, inondation, émeutes), à quoi il savait prestement et rudement remédier, pour retrotter au plus tôt auprès du trône… L'amiral, en grand uniforme, se tenait debout, derrière le canapé, sa main droite amoureusement posée sur l'épaule nue, sculpturale, de sa somptueuse épouse.

Tout au fond de l'immense salon au parquet de teck roux, et sous les hauts plafonds à caissons dorés, un orchestre de musiciens indochinois en habits et perruque poudrée Louis XV interprétait la mélancolique sonate pour piano et violon de César Franck.

N'étaient ces disgracieux, mais inévitables, ventilateurs, pendant du plafond, ou disposés çà et là sur tables et commodes ; n'était l'humidité de cette atmosphère « épaisse à couper au couteau », on se fût cru dans quelque salon choisi de Neuilly. Et ça n'était pas les invités indochinois de « la Vache » qui eussent en rien contrarié cette agréable impression. A l'aspect exotique près de leur faciès au nez trop court et de leur longue tunique de soie, on les eût pris pour les meilleurs garçons de la meilleure société parisienne. Et, certes, cela changeait singulièrement de la grossièreté des officiers, même supérieurs, de l'état-major français, et non des moindres : du général commandant supérieur lui-même que Mme l'amiral avait dû renoncer – dé-fi-ni-ti-ve-ment – à recevoir, sauf bien sûr lors des soirées absolument officielles où on était obligé, vu son rang, de l'inviter.

Il était d'une im-bu-va-ble vulgarité !

C'était en vain que la Pachatte, par des allusions, des mises en garde discrètes, avait essayé d'éduquer un peu cet in-dé-crot-table rustre !… La goutte avait vraiment fait déborder le vase quand, lors d'un dîner à Dalat (où étaient présents le si subtil ambassadeur du Japon, M. Yoshizawa ; le peintre Fujita ; M. Yokoyama, de la Mission culturelle, avec son épouse française, et le ministre Pham Quynh), le Génésup, non content d'être venu « en short », s'était laissé aller, après avoir vidé quelques coupes de champagne, à tenir ce qu'il appelait des « propos gaillards » qui, avait-il dit en entrée en matière, ne pouvaient effaroucher de « fiers samouraïs de l'empire du Soleil-Levant » (le Génésup aimait s'exprimer ainsi, par formules toutes faites). Sans doute confondait-il ces élégants diplomates et artistes nippons avec les soudards japs qui, plus d'une fois, l'avaient invité à de graveleuses agapes arrosées de saké. La Pachatte était d'autant plus furieuse contre le Génésup qu'il avait interrompu, avec sa tirade, le peintre Fujita, qu'elle recevait pour la première fois, et qui lui avait proposé galamment de poser pour lui, dans l'attitude de la *Maja* de Goya (sans préciser cependant s'il s'agissait de la Maja nue ou de l'habillée). Sans s'étendre trop longtemps sur la nature des propos que proféra le Génésup ce soir-là, signalons simplement qu'entre autres expressions choisies qu'il employa, on trouva un : « chaude mousmé », un « goulue geisha », le tout enrobé d'allusions « salaces » aux « estampes japonaises » et de romantiques débordements sur les « nuits de Chine, nuits câlines ».

– Certes, disait souvent Mme Toudebout, avec l'imprimatur de son époux (et en général à des interlocuteurs annamites qui s'en trouvaient flattés), c'est chose avérée que les meilleurs représentants de la France en Indochine ne sont pas français !

Sans doute y avait-il aussi une part de « démagogie » dans ce type de déclaration, le gouvernement général en effet (face à la propagande japonaise, qui cherchait à séduire les Indochinois) s'étant lancé dans une vaste campagne visant à « reconquérir » le cœur de ses « sujets indigènes » : ainsi, pour commencer, ce mot même d'« indigène », qu'on jugeait péjoratif, avait-il tout récemment été proscrit, par décret de l'amiral, des documents officiels, comme de la presse et de la radio, le mot « autochtone » devant lui être substitué. Ce qui constituait un net progrès. Il ne fallait plus, recommandait-on encore, tutoyer les autochtones quand on ne les connaissait pas, et il était fortement conseillé, quand on s'adressait à l'un d'entre eux, de faire précéder son nom d'un « monsieur » ou d'une « madame ». On imagine combien tout cela, après quelques lampées de pastis, a pu faire rire les rustres qui constituent la clientèle habituelle du Métropole à Hanoi, ou du Continental de Saigon : c'était à qui, interpellant un petit cireur, lui envoyait du « monsieur le boy, veuillez me décrotter les pompes » ; ou, harponnant une congaï : « madame la pute, prendrez-vous la peine de me faire une pipe »... Comme quoi le bel esprit français ne s'étiole jamais, même sous les tropiques.

Superbe exemple du miracle français en Asie : M. Phan Ky, bras droit du ministre Pham Quynh, qui avait étudié à l'École normale de la rue d'Ulm à Paris, en compagnie de brillants esprits, comme Robert Brasillach et Thierry Maulnier. Il venait de publier, dans la gazette de Hué, une brillante série d'articles où il démontrait la profonde parenté qui existait entre les idées du maréchal Pétain et la pensée du plus grand des philosophes chinois : Confucius lui-même... Il expliquait par ailleurs que les théories élitistes de Charles Maurras n'entraient nullement en contradiction avec ce qui faisait l'essence profonde de l'organisation, si hiérarchisée, des sociétés asiatiques. A vrai dire, la France et l'Indochine n'étaient-elles pas aussi liées, par leur spiritualité, que la mère et sa fille, une fille encore trop « jeune » et qui a besoin d'une « main aimante pour la guider » ?

Quand ils entendaient « ce charmeur de M. Phan Ky » s'exprimer ainsi, la Pachatte et son Pacha, plus bercés par la musique de ses paroles que par les derniers échos de la sonate de César Franck que finissaient de débiter, là-bas, les instrumentistes en perruque Louis XV, dodelinaient doucement, amoureusement, voluptueusement de la tête, si confortés qu'ils s'en trouvaient dans cette roborative idée que « nous » étions si proches, désormais, en Indochine, de « toucher au but » ! Quel précieux joyau la France, avec cette colonie peuplée de gens si subtils, n'avait-elle pas pris en charge, joyau qu'à tout prix il fallait protéger des horreurs de la guerre, de la vulgarité du mercantilisme américain et de la sauvagerie du terrorisme marxiste-léniniste !

M. Phan Ky aimait profondément la France. Reprenant

le mot de Joséphine Baker, il disait souvent : « J'ai deux patries, mon pays et Paris. » Il aimait la France tout entière, ses élites autant que son peuple. A preuve cette anecdote que ce jour-là il raconta : Un soir qu'il prenait le thé à Paris aux « cinq heures » de la baronne de Pontillac… (« Reprendrez-vous un peu de thé ? » l'interrompit Mme l'amirale, versant une ondée de ceylan dans la tasse du jeune mandarin qui, plus par politesse que par soif, y trempa le bout des lèvres…) « Donc, chez la baronne de Pontillac, où je prenais le thé dans la meilleure compagnie, débarqua, sans crier gare, un jeune postier ou télégraphiste, une de ces belles-figures-populaires-parisiennes, la casquette rejetée sur la nuque, la veste mal boutonnée, la chemise débraillée. Il balança, désinvolte, en montrant son pli : "C'est là qu'crèche la dame Pontillac ?", laquelle dame Pontillac, bien connue pour son bel esprit, lui tendit de loin sa tasse de thé, le priant, coquettement, de s'asseoir à ses côtés… Le jeune homme, poursuivit alors M. Phan Ky, prenant soudain conscience de sa grossièreté – évidemment inspirée par la basse démagogie égalitaire de la propagande socialiste – se mit comme au garde-à-vous, posant d'aplomb sa casquette et, tout rougissant et se confondant en excuses, donna à la baronne la lettre qui lui était destinée avant de s'éclipser discrètement. »

Le vernis artificiel du socialisme en lui s'était soudain effrité, avait expliqué M. Phan Ky, et ce qui avait resurgi dans son âme c'était la vraie belle politesse et le sens du respect qui font l'essence du peuple français.

Les yeux mi-clos, le Pacha et sa Pachatte continuaient de dodeliner de la tête, tandis que M. de Belangel (c'était sans doute une manie chez lui) avait recommencé de se plonger dans la tantrique contemplation d'un coin de tapis.

– Certes, certes, expliquerait l'amiral, la France avait encore beaucoup à faire, en Indochine, changer les esprits, transformer les hommes ; mais, malgré la guerre, n'avait-il pas déjà bien avancé ce travail, avec ces stades si nombreux qu'il avait fait construire, cette université… Un jour, on bâtirait une Très Grande Bibliothèque où tous, autochtones et Européens, pourraient égalitairement avoir accès à notre belle culture française.

Un domestique annamite en livrée à boutons dorés resservit des gâteaux. Cependant, au fond du salon, l'orchestre commençait d'interpréter *La Suite algérienne* de Saint-Saëns. L'amiral voulut alors, renvoyant la balle à M. Phan Ky, raconter à son tour sa petite anecdote, une « délicieuse anecdote » prouvant combien la France était ancrée profond dans le cœur même des enfants indochinois.

M. de Belangel se concentra un peu plus sur son coin de tapis, où il repéra un aventureux petit cafard qui était venu s'inviter là.

C'était… expliqua l'amiral en palpant *quasi lubriquement* l'épaule de sa femme laquelle, quittant la position, un peu rigide, de la Récamier de David, adopta celle, plus langoureuse, de la Récamier de Gérard (bras ballants, l'épaule droite appuyée contre le dossier du canapé)… C'était lors d'un tour d'inspection des écoles qu'il faisait l'an passé avec son épouse.

– Nous étions entrés dans une classe d'un cours élémentaire de Tien Yen où se trouvaient une trentaine d'adorables petites écolières tonkinoises. Choisissant la plus jolie d'entre elles… elle avait un air malin et coquin du diable, avec deux adorables nattes enrubannées de rose… Je lui ai demandé, montrant, accroché au mur, le portrait du Vainqueur de Verdun : « Qui c'est ce monsieur-là ? » La petite fille, pas timide, de répondre : « C'est l'Maréchal ! » Moi : « Et comment s'appelle-t-il, le Maréchal ? » Elle : « Nous voilà ! »

– Ah, ah !

Tous les hôtes s'esclaffèrent, comme s'ils eussent entendu pour la première fois cette histoire qui tournait depuis des mois déjà dans tous les salons et bistrots de Hanoi et Saigon.

M. Phan Ky s'étendit alors longuement sur la politique culturelle salutaire du maréchal Pétain qui finirait par totalement éradiquer de l'âme française la pensée franc-maçonne ; laquelle, importée d'Angleterre (Albion la perfide !) par des agents plus ou moins conscients (sinon dûment stipendiés) comme Voltaire et tous les encyclopédistes, avait irrémédiablement abouti à la barbarie de la Révolution de 1789… Que seraient Voltaire, Diderot, Rousseau, d'Holbach, s'ils n'avaient pillé la substance de leur œuvre dans Locke, Hume, Hobbes, Swift, Richardson !… L'Encyclopédie n'était qu'un sous-marin de Londres et du Grand-Orient ! Et c'était ce poison que les instituteurs rad-socs et barbus dépêchés aux colonies par la IIIe République étaient venus semer dans l'âme des Indochinois, y semant simultanément les graines de la rébellion, de la haine de classe, fomentant des générations de semi-intellectuels ratés, de pseudo-marxistes aigris, de trotskistes demeurés !

– Qu'est-ce que ça veut dire, la LIBERTÉ ? ! s'exclama soudain M. Phan Ky, les yeux brillants, exaltés, levant au ciel ses deux belles longues mains blanches ; qu'est-ce que ça veut dire l'ÉGALITE, ah, ah, l'É-GA-LI-TÉ ! Qu'est-ce que ça veut dire la FRATERNITÉ ! Foutaises, billevesées, vile démagogie maçonne !

L'amiral, qui avait fait effacer des frontons de tous les établissements publics cette ridicule devise de la feue République, avantageusement remplacée par « Travail, Famille, Patrie », s'apprêtait déjà à applaudir quand, d'un pas feutré, un de ses domestiques chinois, en impeccable veste blanche, vint jusqu'à lui et murmura quelque chose à son oreille. Le Pacha, à son tour, murmura quelque chose à l'oreille de la Pachatte.

Tous deux se levèrent.

La petite réunion était terminée.

L'orchestre s'interrompit. Il y eut force salamalecs, et l'on se sépara.

Mme Toudebout lança à son mari, d'un ton d'élégance précieuse :

– Louis, pendant ce temps, si vous (elle le vouvoyait) n'y voyez pas d'inconvénient, j'irai nager !

– Allez donc, ma naïade, répondit câlinement l'amiral-triton.

Il lui baisa la main.

Elle s'envola…

Comme la salle s'était déjà vidée de tous les invités, le gouverneur général passa dans une pièce connexe où il était attendu par ce que l'Indochine comptait de peintres les plus célèbres : cheveux longs de rigueur, un peu crasseux comme il se doit, barbus pour beaucoup, ils se tenaient, chacun flanqué de son chevalet, en cercle silencieux autour d'une chaise vide qui n'attendait que l'amiral, pour qu'ils se missent à travailler.

C'était son hebdomadaire séance de pose. Il salua « ces messieurs » et, n'ayant pas de temps à perdre (« ces messieurs l'en excuseront ») en longues palabres (« les devoirs de l'État !... Il était surchargé... »), il s'assit aussitôt sur le siège vide, devenant simultanément la cible d'une dizaine de regards braqués sur lui, qui, bientôt, dans le frémissement du poil dru des pinceaux léchant la toile, le grincement des fusains s'écorchant sur le papier, chercheraient, par-delà l'apparence de cette pauvre défroque de chair et d'os qu'est le corps humain, l'essence de ce qui constituait l'individualité profonde de l'amiral-gouverneur-général-d'Indochine-haut-commissaire-aux-Possessions-françaises-de-l'Inde-et-du-Pacifique.

Il avait ainsi disposé les choses qu'il présentât aux artistes qui étaient ses élus son profil préféré (le droit !), celui qu'il voulait que la Postérité retînt ; les « mal aimés » se trouvant quasi derrière lui, de sorte qu'ils ne percevaient, à peu de chose près, que la nuque de leur modèle (mais c'était toujours sa nuque !). Parmi ces réprouvés se trouvait Nguyen Du (ce jeune métis « plein d'avenir ») qui avait peint le portrait de Pétain figurant dans le bureau de l'amiral. C'est que Toudebout, qui se piquait de finesse florentine, faisait un distinguo très net, par-devers lui, entre ce que d'aucuns appellent l'art hiératique et l'art démotique, l'art démotique, comme son nom l'indique (aux non-analphabètes du moins), étant destiné à la populace ; l'art hiératique à l'élite !

Il admirait Pétain, mais s'intéressait peu, il va sans dire, aux innombrables portraits qu'on avait pu en tirer, pauvre nourriture destinée au *vulgum pecus*. L'« art de gouverner » implique cette stratégique vulgarisation ; mais « le prince », dans son privé, se réserve d'autres plaisirs.

En fait, dans la quinzaine de barbouilleurs qui l'entouraient, il n'y en avait qu'un, un grand escogriffe quadragénaire barbu et boutonneux, qui eût quelque talent ; il peignait « à-la-Dunoyer-de-Segonzac » (un genre non dégénéré donc). Malheureusement, il était juif. Mais c'était « son Juif ». Le Pacha en avait adopté ainsi deux ou trois, entre autres à l'École d'Asie extrême, ayant fourni à certains des « certificats d'aryen », afin qu'ils ne tombassent pas sous le coup des lois raciales (ce qui en avait fait murmurer plus d'un en Indo, qui se mirent à penser que l'amiral avait un drôle de gros pif bourbon pas catholique !)... C'est que l'amiral n'était pas à proprement parler « raciste ». Il trouvait des plus « grossières », et pour tout dire « lourdement teutonnes », les théories de Rosenberg qui n'étaient que « du Gobineau mal assimilé ». Quel pensum le *Mythe du vingtième siècle* ! Ne parlons pas de *Mein Kampf* !... Pour lui, vieux maurrassien, la nation était un fait linguistique et culturel. Elle était constituée de l'ensemble des morts qui l'avaient construite et dont nous devions maintenir l'œuvre et la mémoire. Les Juifs étaient des « étrangers » : qu'ils s'assimilent ! Mais ils ne le voulaient pas. S'insinuant partout, s'emparant des postes stratégiques, ils demeuraient tels qu'en eux-mêmes. Et c'est ce que leur reprochait l'amiral. « Au fond, concluait-il (et c'est la formule qu'il avait fait passer aux services de Propagande afin qu'ils la diffusassent par voie de presse et de radio), *ce sont les Juifs qui sont racistes* ! »

Toudebout était un « antisémite raisonnable ».

Aussi détestait-il les « excès » des Céline et autres « aboyeurs » !

Les Juifs, songeait-il, tant qu'on les excluait de l'administration, de l'armée, de l'enseignement, du commerce, de la banque, de la médecine, de la pharmacie, de la magistrature, du barreau, de l'industrie, de l'édition, du journalisme, du cinéma, de la radio, on pouvait les tolérer partout ailleurs, pourvu qu'ils se montrassent discrets et pointassent une fois par semaine à la police. Un peintre et deux spécialistes de l'Extrême-Orient ne pouvaient pas nuire à l'Indochine française, d'autant qu'on les avait à l'œil.

Une mouche agaçante ne cessait de vrombrir autour du pif de l'amiral. Une grosse mouche verdâtre qu'il s'apprêtait à écrabouiller, « rompant la pose », et quoiqu'il sentît bien, à la teneur du silence qui l'entourait, que le travail artistique auquel s'adonnait son collectif de peintres avait atteint une intensité paroxystique.

Le dilemme auquel il se confrontait se trouva subitement dénoué par un cri, un cri ridicule, qui provoqua l'indignation de l'ensemble des artistes.

– Amiral, amiral ! hurlait une espèce d'énergumène aux cheveux ébouriffés, qui, sans se faire annoncer, était entré dans la pièce comme un boulet de canon.

Les yeux écarquillés, suant, haletant, il courut vers le Pacha, renversant au passage plusieurs chevalets, et brandit bientôt sous le nez de l'intéressé un télégramme bleu.

L'intrus n'était autre que M. Georges de Ponthieu, l'ordonnance de l'amiral, jeune homme du meilleur monde, sorti tout droit de Saint-Cyr. Son désarroi aussi ne pouvait être l'effet que de quelque terrible catastrophe.

Comme l'amiral lisait le message, les artistes assemblés purent observer, sur son visage, une étonnante grimace de colère et de rage, que seul quelque peintre dégénéré teuton, type Georg Grosz, eût su rendre.

Blême, le Pacha se mit à rugir :

– Enculerie, enculerie !

Il n'y a pas un exemple dans l'histoire d'une initiative heureuse [...] qui ait été prise par des majorités...

(Charles Maurras, *Nos raisons contre la République*, 1931.)

Ce même jour, au même moment à peu près, le général commandant supérieur Mouche savourait, plus qu'il ne l'avait jamais savourée (et tout en savourant une menthe à l'eau qu'il aspirait par une paille), la si tendre et si suave douceur de l'Indochine.

Installé sur une chaise longue, en peignoir de bain écarlate, à l'ombre d'un grand parasol vert armorié de la réclame *Dubonnet, vin tonique au quinquina*, mais n'en arborant pas moins son casque colonial kaki, il regardait au loin les corps athlétiques et bronzés de tel ou tel de ses officiers plonger et replonger dans l'eau bleu améthyste de la piscine du très sélect Cercle sportif, sis sur l'avenue du Grand-Bouddha, à Hanoi, non loin du palais Puginier.

Son regard passait de la contemplation plus ou moins onirique de ces nageurs (la chaleur ne semblait-elle pas tisser toutes choses de l'étoffe même du rêve) au spectacle de ses deux gros pieds nus, poilus, dont les orteils sybarites s'écartaient d'aise. Derrière lui, au garde-à-vous et en grand uniforme, malgré le soleil, se tenaient son tirailleur sénégalais et son goumier du Maroc. A ses côtés, de part et d'autre de la chaise longue, étaient assises, ou agenouillées il ne savait trop, Mmes Omiya (Kikou) et Coutrais, en maillot deux pièces, ce qui, venant de la Japonaise du moins, montrait combien elles étaient en avance sur leur temps. N'avait-elle pas fait ses armes (la Kikou !) à Montparnasse (ah, ah, et on sait ce que c'est, Montparnasse, les caves enfumées, le jazz nègre… ça doit être une drôle de cocotte KIKOU !). Jouant les geishas (elles n'arrêtaient pas de pouffer coquinement), les jeunes femmes lui faisaient de l'air en agitant sous sa moustache, en guise d'éventail, les feuilles repliées de *L'Action du Tonkin*.

L'une et l'autre étaient délicieusement bien faites, quoique fort menues il est vrai, surtout Kikou qui avait aussi des « pattes » un peu courtes, mais néanmoins ravissantes. Surtout ses pieds, « deux bijoux » !

Le Génésup se sentait l'âme d'un Pacha, d'un Sultan, d'un Sardanapale, d'un Hannibal qu'asservissent les charmes d'une nouvelle Capoue. De temps à autre, se penchant sur la conque nacrée de l'oreille de Kikou, il lui répétait, à voix basse, les paroles de la chanson de Jean Sablon que, dans un grésillement de parasites, débitaient les haut-parleurs : *Vous qui passez sans me voir/Sans même me dire bonsoir/Donnez-moi un peu d'espoir, ce soir…*

Et Kikou de glousser : « Ô général, ce que vous êtes chou ! »

Elle approcha son petit nez court du gros nez du général, comme si elle eût voulu l'embrasser, et, le fixant soudain par la fente noire – la meurtrière ! – de ses indécryptables yeux, elle s'exclama :

– Mais ça, vraiment, c'est pas chou, général ! N'est-ce pas, Arlette ? ajouta-t-elle à destination de Mme Coutrais.

Celle-ci vint placer à son tour son petit nez en trompette, en face du pif de Mouche, et à côté de celui de Kikou donc.

– Pas chou du tout ! renchérit Mme Coutrais.

– Mais, qu'est-ce que… bafouilla-t-il.

Les deux ravissantes geishas lui expliqueraient qu'il avait trois sales méchants pas choux poils noirs qui lui sortaient des narines et qu'elles étaient déterminées (chacune déjà avait brandi, tel un chirurgien son scalpel, une pince à épiler) à les lui arracher, qu'il le voulût ou pas.

Il fit semblant de se défendre, se trémoussant sur sa chaise longue, en poussant des « Oh non ! » et des « Vraiment, vraiment ! » auxquels restaient sourdes les deux chirurgiennes qui déjà avaient enfoui dans chacune des narines du patient leur instrument de torture chromé. Les pas-choux poils adventices avaient à peine rendu les armes (scène sublime que se fût complu à peindre quelque moderne Fragonard) que l'apparition soudaine d'une espèce de Victoire de Samothrace à lunettes noires – arborant sur le crâne un bonnet de bain jaune frappé de francisques vertes, et sur son corps sculptural un large peignoir par l'entrebâillement duquel on pouvait apercevoir deux longues jambes blanches musclées et fuselées et un ventre impeccablement plat – vint troubler la paix infinie de ces divines minutes d'indochinoise éternité.

C'était Mme l'amirale qui, débarquant tout juste au Cercle sportif, s'avançait, menaçante figure de proue, toutes voiles déployées, tous les canons de ses sabords chargés, vers trois jeunes Grâces, épouses sans doute de petits fonctionnaires, installées près de la piscine, sur des chaises longues bleu outremer, à l'ombre du vert feuillage d'un manguier.

Manifestement, la Pachatte était furieuse (il n'y avait plus une seule chaise longue libre dans la piscine !) et elle semblait tout à fait déterminée (c'est ce qu'elle hurlait à un petit Annamite en veste blanche qui la suivait en trottinant) à ce que ces trois « pétasses » sur-le-champ « décampassent ». Qui étaient-elles ? Elle ne les connaissait pas ! Comment les avait-on laissées entrer au club ? (Le club était réservé à une élite, officiers supérieurs, hauts fonctionnaires et riches civils.) Qui les avait autorisées à venir ici « exposer leur bidoche » ? Où se croyaient-elles ? Qui se croyaient-elles ? Savaient-elles qui elle était ? Elles entendraient parler d'elle !

L'Annamite en veste blanche (un des larbins en chef du club sans doute) muet, blême, était littéralement atterré ; moins cependant que les trois « pétasses » qui, essayant d'occulter sous une serviette éponge leur demi-nudité, eussent préféré se trouver sans doute en ce moment, avec leur fonctionnaire d'époux, dans son poste de jungle perdu à Trifouilli-les-Tamariniers. Mme l'amirale leur eût-elle fait signifier, gentiment, par un domestique, qu'elle désirait leurs chaises longues, les « pétasses » se fussent empressées de les céder ; c'eût été même à celle qui, la première, se fût fait l'honneur de lui offrir son siège. Mais Mme l'amirale, comme monsieur d'ailleurs, aimait, quand l'occasion s'en présentait, faire sentir sa poigne (« Pour qui se prend cette greluche fille d'un sous-off de la marine marchande ? » disaient certains). Humilier ces pétasses, qui étaient d'ailleurs fort jolies, était un plaisir dont elle n'allait pas aussi se priver !

L'Annamite à veste blanche se cassait de mille excuses, se cassant en deux en même temps, tandis que les larmes aux yeux les pétasses essayaient, non sans confusion, d'expliquer que c'était grâce au colonel untel, et au commandant tel autre, et à M. machin-chose directeur de la branche Hué de Michelin-Caoutchouc, qu'elles avaient eu leur « entrée » au club, que c'était vérifiable vraiment, mais qu'elles allaient, oui, tout de suite partir, qu'elles étaient vraiment désolées, que leur chaise longue elles n'en voulaient plus, non, non, que plus jamais nulle part au monde elles ne s'assiéraient sur une chaise, longue ou pas ! Que…

Les « pétasses » déguerpirent.

Otant son peignoir, Mme Toudebout révéla son corps aux formes magnifiques (les flatteurs la comparaient à Marlène Dietrich) et comme, flanquée de deux chaises longues vides, elle s'asseyait, dos à la piscine, sur celle que sa seigneuriale croupe avait élue, son regard occulté par ses lunettes solaires ornées de strass tomba sur le spectacle « inénarrable », dirait-elle plus tard, le spectacle « chaplinesque » (« digne de Daumier ») qu'à ses yeux offrit soudain (elle ne l'avait pas jusque-là remarqué tant sa colère l'aveuglait) le Génésup Mouche soumis aux assauts de ses deux geishas.

Et ne voilà-t-il pas que ce plouc faisait entrer des « Jaunes » au club ! (Aucun Annamite ne pouvait être client de la piscine, chacun sa place !) Elle toisa Kikou, qu'elle finit par reconnaître. Évidemment cette « Jaune » était japonaise, les Japonais n'étant pas des Jaunes comme les autres. Mais les Japs n'avaient-ils pas « leur jour » à la piscine ?

Entre autres accords partageant ports, aéroports et matières premières de la colonie, il avait été décidé que la piscine serait utilisée les jours pairs par les Japs, et impairs par les Français. Les Japs, de même (à quelques établissements près, comme le sélect Métropole), avaient leurs bars, restaurants et bordels séparés. On voulait éviter tout incident inutile entre soldats des deux armées. Le Tanaka, dancing nippon de luxe, rue Mongrand, avait réputation de posséder les plus extraordinaires taxi-girls de la ville. Les Japs y avaient importé en effet un nombreux cheptel de leurs territoires récemment conquis, Birmanes, Chinoises, Javanaises, etc. Cependant seuls quelques officiers français, qui avaient tissé, avec la Mission dite culturelle, des liens spécialement amicaux (comme Rouhaut et Mouche lui-même) y avaient eu accès, encore que dans de très discrètes salles réservées. Sans doute aussi était-ce le souci du secret qui avait dicté à l'état-major japonais cette ségrégation, sachant combien de tout temps les dames, les courtisanes en particulier, ont constitué d'efficaces agents de renseignements. Des secrets, les Japs n'en avaient que trop à cacher !

Pour ne plus voir « ça » (cette Jap de Kikou !), Mme l'amirale, après avoir décoché de loin au Génésup un petit bonjour de la main tout juste poli, dressa entre « ça » et elle la muraille de Chine de son journal déployé : *Le Légionnaire du Tonkin*, numéro du 8 novembre 1942, qui titrait sur les brillantes victoires remportées par les Nippons, au sud de la Chine, contre les armées nationalistes de Chiang Kai-shek, et, au nord, dans le Shan-Hsi, contre les troupes communistes d'un obscur Mao Tsé-toung.

C'est alors que, nouvel ange de malheur, plus suant que jamais, en uniforme, mais débraillé, accourut au milieu des baigneurs jusqu'au parasol vert du Génésup, M. Georges de Ponthieu, l'aristocratique ordonnance du Pacha.

– Général ! s'écria-t-il, cela fait deux heures que je vous cherche dans tout Hanoi. L'amiral vous demande. Une catastrophe… terrible… est arrivée.

Un mot, je vais le dire, chantait Jean Sablon dans les haut-parleurs, *je vous aime/C'est ridicule c'est bohème/ Vous qui passez sans me voir/Me donnerez-vous, ce soir, un peu d'espoir ?*

Tableau II

– Ne crois pas un seul instant, Elliott, que des Américains seraient en train de mourir ce soir, dans le Pacifique, s'il n'y avait pas la cupidité à courte vue des Français, des Anglais et des Hollandais... Quand nous aurons gagné la guerre, je travaillerai de toutes mes forces pour que les États-Unis ne soient amenés à accepter aucun plan susceptible de favoriser les ambitions impérialistes de la France ou d'aider, d'encourager, les ambitions de l'Empire anglais.

(Elliott Roosevelt,
Mon père m'a dit, 1947.)

L'Histoire depuis longtemps a prouvé que feu le président Roosevelt n'était qu'un crypto-judéo-communiste, ridicule marionnette du tsar rouge Joseph Staline.

Or c'était ce pantin de Roosevelt et son complice le bouledogue Winston Churchill, qui venaient, ce 8 novembre 1942 que Dieu maudisse, de lancer en Algérie et au Maroc, sans même en avertir leur laquais de Gaulle, un considérable débarquement de troupes, avec chars d'assaut, half-tracks, etc. : nouvelle qu'avait tout juste apprise le Pacha, avec ce télégramme apporté par son ordonnance M. de Ponthieu, et qu'il ferait aussitôt communiquer au Génésup Mouche, lequel, insoucieux, se prélassait alors à la piscine du Cercle sportif.

Qui osera rappeler aujourd'hui l'héroïsme de nos fiers

soldats d'Afrique, français et maghrébins, qui opposèrent leur poitrine à l'armada US se lançant à l'assaut de Mogador, Bouznika, Casablanca, Oran, Alger, Arzew ; qui chantera la geste du cuirassé *Jean-Bart* et de tant d'autres belles unités qui, du feu de leurs canons, stoppèrent pendant plusieurs jours l'avance des colonnes blindées ennemies avant de succomber – refusant de hisser le drapeau blanc – sous un déluge de fer et de feu ; qui louera la mémoire de nos milliers de morts abattus lâchement par l'Anglo-Saxon ?… Les bouffeurs de hot dogs, les thuriféraires du dieu Frigidaire et du Dollar Roi, les chantres de Bugs Bunny et de Coca-Cola prenaient pied sur NOTRE Afrique du Nord !

« C'est la fin du commencement », ironiserait le porc Churchill.

Le Pacha bavait, rugissait, hurlait, postillonnait, tapant du poing sur le bureau de macassar sombre derrière lequel il était assis, lançant sans cesse des coups de fil à ses services de Propagande, dictant des messages et télégrammes à droite, à gauche, aux multiples secrétaires mâles et femelles qui défilaient sans interruption devant lui, consultant régulièrement, côté bâbord, Belangel, son conseiller diplomatique, côté tribord, Belafesse, son conseiller militaire ; et plus loin, vers la proue, Galtier, son conseiller politique.

La tempête était rude. Ça secouait ferme !

Il fallait tenir bon la barre !

Pendant plus de deux semaines, la même pièce, chaque jour plus frénétique, se rejouerait dans son cabinet de travail…

Le scribe Pipaud, dans son coin – la tête rentrée dans les épaules, comme un qui entend siffler les balles à ses oreilles –, n'arrêtait pas de gribouiller les « sentences définitives » et les « consignes fondamentales » que, dans ce « moment historique capital », l'amiral, entre deux appels téléphoniques, lui débitait. Même Fosse, Ducossard et Rouhaut étaient là, journellement, face à son bureau, au garde-à-vous, « aux ordres ». Pour une fois, pour cette fois, on passait l'éponge sur leurs « âneries ». L'heure était trop grave. Il fallait-se-serrer-les-coudes !

Et lancer une contre-offensive fulgurante, pas militaire certes – pas encore du moins, le moment n'était pas venu ! –, mais idéologique, et vite, vite !

Car – en ce domaine – les gaullards occupaient le terrain !

Le poste TSF en effet, qu'il avait fait installer sur son bureau, et dont il tournait sans cesse, fébrilement, furieusement, les boutons, n'arrêtait pas (sauf Radio Saigon pour sûr !) de pousser de jubilatoires et obscènes « hourrah » à l'annonce du débarquement (« l'inqualifiable agression ») américain en Afrique du Nord. Les séides de Radio Madagascar ; les sportulaires de Radio Londres ; les larbins de Radio Sidney ; les putains de Radio Chungking ; les paillasses de Radio Delhi ; les paillassons de Radio Calcutta... (et bientôt les chacals de Radio Alger où les Yankees installeraient une antenne)... TRIOMPHAIENT !

Mais de quoi triomphaient-ils, qu'était-ce que ce nouveau front, ce « second front » que venaient d'ouvrir en Afrique les USA, sinon un front au rabais, un front à bon marché, une parodie de front ? C'est en Italie, en Sardaigne, qu'ils eussent dû débarquer s'ils avaient voulu pour de bon tenir la Méditerranée ! Que cherchaient-ils, sinon, tout simplement, à affamer la France en la coupant des riches ressources de notre Algérie. Notez, Pipaud !

Et Pipaud notait.

Combien de nos enfants, combien de nourrissons sous-alimentés n'en périraient-ils pas !... Assassins !...

Et cependant quelles seraient les premières mesures que prendraient au Maghreb les Amerloques et leur ludion de Gaulle qui ne tarderait pas à les y rejoindre : supprimer les lois antijuives, abolir la Légion du Maréchal, rétablir le Grand-Orient et le multipartisme, ouvrant toute grande la porte aux socialistes et communistes !... Ah ah, on voit donc bien tout ce qui se cache là-derrière, ça crève les yeux : la City, Wall Street, Moscou et la Synagogue, même combat !... Et demain, l'anarchie étant rétablie en France grâce à la bouffonnerie du suffrage universel, les sbires de Staline pourront y instaurer leur tyrannie, retirant du feu les marrons qu'y plaça leur dupe de Gaulle !

Notez, Pipaud.

Et Pipaud, changeant de stylo, comme à la poste jadis on changeait de cheval, à chaque fois que l'encre venait à lui manquer (il avait une bonne dizaine de Parker au réservoir plein à ras bord dans sa poche revolver), notait… notait… notait.

Et cependant l'amiral continuait de tourner les boutons de sa radio qui, spasmodiquement, entre deux explosions effarantes de parasites, ou deux bribes de chansonnettes hachées menu (*Viens poupoule*, par Maurice Chevalier, sinon *Lili Marlène*, par l'innommable apostat Marlène Dietrich), crachait un flot d'ordures et de sarcasmes à son égard : « Que tremble l'amiral Tout-Couché et l'armée fasciste de ses suiveurs, son heure a sonné !… Ah ah, aujourd'hui c'est l'Afrique du Nord (après l'Afrique équatoriale, les Nouvelles-Hébrides, la Syrie !) et demain, demain viendrait le tour de l'Indochine ! Il faudra alors que tous ces salauds de collabos, ces caniches de garde du Japon, rendent des comptes ! »… En Chine, aux Indes, en Algérie déjà se fourbissaient les armes et s'aguerrissaient les troupes qui « libéreraient la colonie » et la rendraient à « l'Empire libre » de la « France libre », c'est-à-dire la vraie France, la seule France, la France éternelle !

– L'Anti-France ! s'exclama Toudebout, frappant à nouveau du poing sur son bureau, faisant sauter en l'air le poste TSF. Notez, Pipaud ! An-ti-France !

Pipaud nota.

Belangel, le conseiller diplomatique, fit « hum ».

– Quoi « hum » ? explosa l'amiral.

Ce Belangel commençait à l'agacer avec ses « hum ». Était-ce pour ça qu'on le payait : dire « hum » ?

– Je… heu, balbutia Belangel, en épongeant son haut beau front avec un mouchoir immaculé.

– Fermez-la ! cracha Toudebout, qui se remit à tourner les boutons de sa radio.

Après une réclame vantant les vertus de l'apéritif *« Du Beau, du Bon, Dubonnet »*, et un immonde slogan « Radio-

Paris-ment-Radio-Paris-est-allemand », il tomba sur la scandaleuse interview d'un tirailleur tonkinois qu'on avait réussi à dénicher dans les casernes d'Alger : « Approche, mon brave, n'aie pas peur, viens plus près du micro, il va pas te manger, disait le *speaker-gaullard-félon*... Alors que penses-tu de l'Indochine, veux-tu y retourner pour te battre, veux-tu libérer ton pays du joug vichyste et japonais ? – Oui, moi vouloir retourner Indochine, voir village-moi, voir femme-moi, voir enfants-moi, papa-moi, maman-moi, rizière-moi », répondait le brave tirailleur. « Et que penses-tu de la France vichyste ? » demandait le *gaullard-speaker-félon*. Et le tirailleur, qui s'était battu en France en 40, de répondre : « France très froid, France beau mais France froid. Moi retourner Indochine chaud ! » ... « Ainsi, concluait le *félon-gaullard-speaker*, on voit avec combien d'enthousiasme soldats indochinois et français s'apprêtent, côte à côte et cœur à cœur, à verser leur sang pour rendre à l'Empire libre de la France libre la libre Indochine française ! »

– Les imbéciles, les imbéciles ! s'exclamait l'amiral. Voici que des Français excitent nos sujets indochinois contre des Français, faisant ainsi le jeu des Anglo-Américains qui, après avoir liquidé la moitié de notre marine, ne rêvent que de nous arracher nos colonies : arrachant ainsi à la France les deux derniers atouts qui lui restent !

Que serait-elle, la France, sans son Empire ? Un misérable petit hexagone exilé au bas bout de l'Europe, une principauté, un dominion de la haute finance anglaise, un appendice ridicule, un confetti !... Ah ah, mais la partie n'était pas encore perdue, la guerre n'était pas encore perdue ! Dans la Tunisie toujours française, c'est-à-dire fidèle au Maréchal, les troupes allemandes et italiennes débarqueraient pour barrer la route aux barbares d'outre-Atlantique ! Bizerte, Gabès, Tunis formeraient d'imprenables têtes de pont !...

Hélas ! Bientôt sonnerait le glas de Toulon ! L'armée

allemande, justement alarmée par les manœuvres yankees en Afrique, envahirait le Sud de la France resté jusque-là inoccupé, mettant la main sur notre port de guerre ! Toulon, Toulon, tais-toi, Toulon !

Héroïque – comme toujours ! – notre belle marine, refusant tout autant de se soumettre aux Teutons qu'aux gaullo-amerloques d'Alger, choisirait, somptueusement, de se saborder ! Chantons la gloire des cuirassés *Dunkerque*, *Strasbourg*, *Provence* qui, préférant la mort à la honte, commirent *ce suprême hara-kiri* !

Ô douleur terrible pour le cœur d'un Français, mais douleur doublement cruelle pour celui d'un marin !...

Toulon, tais-toi, Toulon !

– Les salauds !

L'amiral, tête nue, en nage, écarlate de désespoir et de rage, donnait à la foule fiévreuse de ses subordonnés qui, affolés, affluaient dans son cabinet de travail ordres et consignes, comme s'il fût non point derrière son bureau, mais à la passerelle d'un cuirassé, jumelles en main, au milieu des tirs, des explosions, des crépitements de la plus terrifiante bataille navale. Il se sentait terriblement éprouvé, blessé, torpillé... Une « voie d'eau » s'était ouverte sous la ligne de flottaison de son cœur. S'il était à ce point touché, combien devaient l'être les Français d'Indochine, et ses plus proches collaborateurs même !

Le DOUTE, malgré la campagne de propagande qu'il mettait en œuvre pour les rassurer, n'allait-il pas s'insinuer insidieusement dans leur âme ? N'allaient-ils pas perdre la foi dans le Maréchal ?

Depuis déjà plusieurs jours que, se bourrant de café et ne dormant pas trois heures par nuit, il avait lancé sa « contre-offensive », il avait cru repérer autour de lui l'ombre de l'esquisse de quelques premiers signes inquiétants : à la hauteur des... oreilles, oui... des oreilles, de ses proches. Celles de Belangel, le conseiller diplomatique ; du nabot-Pipaud et de tant d'autres !... Ça n'avait été d'abord qu'une vague impression... Il avait cru à quelque trouble de la vue dû à la fatigue, ou peut-être à un effet de son imagination surmenée... Et puis « la chose », là, au niveau des… oreilles… avait commencé à se montrer de façon plus précise… C'était une sorte d'auréole, comme on en voit aux saints d'icônes, mais, en l'occurrence, une double auréole qui dessinait, de part et d'autre de la nuque des intéressés, juste derrière les oreilles, deux grands disques sombres, presque noirs. Et bientôt « la chose » devint criante… Ce que la moitié de son personnel arborait déjà derrière le crâne, c'était deux immondes, deux horribles, deux obscènes oreilles de Mickey Mouse !

Les oreilles de Belangel (l'homme qui fait « hum ») étaient immenses. C'était quasi des oreilles d'éléphant.

Déjà le jour même de l'annonce du débarquement – l'amiral, maintenant, rétrospectivement, en avait la certitude –, l'ébauche encore imprécise, il est vrai, d'une de ces paires de répugnantes esgourdes ornait les tempes du Génésup Mouche quand, la gueule tout enfarinée encore de crème solaire, il avait rappliqué au trot de la piscine du Cercle sportif dans son cabinet de travail, au palais Puginier. Les acolytes qui accompagnaient Mouche en arboraient aussi : le général Asticr et le capitaine Tortu, dit la Fouine, des services secrets. Pourtant rien, et loin de là, dans les propos que le Génésup tint alors ne témoignait d'un quelconque penchant proaméricain. Solennellement – et la main sur le cœur – il avait déclaré que les « Amerloques » n'étaient pas de « vrais soldats » ; qu'avec l'appui des Allemands et des Italiens nous aurions tôt fait de « bouter à la mer » ces « cow-boys » tout juste bons à massacrer les Peaux-Rouges !… Comme Scipion l'Africain (il s'était lancé alors dans une vaste tirade historique), comme Scipion, donc, avait chassé de Byrsa les vils mercantis phéniciens, le général Rommel virerait du Maghreb ces marchands de soupe sans courage. D'ailleurs, expliqua-t-il, l'ouverture de ce « deuxième front bidon » n'était qu'une « opération de Wall Street et de la City » visant à nous imposer « leur dollar et leur livre » respectivement « à 50 et 200 francs ! ».

Le Pacha n'était pas sûr de comprendre ce que ça voulait

dire, ni que le Génésup lui-même le comprît. Sans doute avait-il pêché tout ça dans quelque article de presse mal assimilé…

Du moins Mouche réaffirmait-il sa fidélité au Maréchal : pointant son index sur la francisque qu'il arborait au col de sa veste, il avait lancé cette formule, digne d'être gravée dans le marbre : « Plutôt périr que pourrir ! »

Mais il y avait aussi ces « oreilles » qu'il avait…

Un soir Toudebout crut en voir à sa femme. Il crut même s'en voir une paire dans son miroir.

Il déciderait de se mettre au lit. Après quatre jours de repos, toute cette mascarade « pleine d'oreilles » s'évanouirait. Pures hallucinations dues au surmenage.

N'empêche… Il avait l'œil !

A vrai dire « l'inqualifiable agression » américaine contre l'Afrique du Nord, malgré les campagnes de presse et les innombrables tournées de conférences où Rouhaut et Toudebout soi-même montèrent « en première ligne » pour « raffermir » la population dans sa fidélité au Maréchal, bouleversa du tout au tout les pusillanimes Français d'Indochine… C'était un tournant dans la guerre, capital ! C'était le début du second round ! A l'avantage des Alliés ! Tout d'un coup, quatre siècles après Christophe Colomb, les Français découvraient l'Amérique : et son incroyable puissance économique, et militaire donc ! On commença à s'interroger sérieusement sur les Accords de défense commune que nous avions passés avec le Japon, et sur l'attitude que nous adopterions si, comme au Maroc et en Algérie, les Américains se décidaient à débarquer dans la colonie :

– Alors on va leur tirer dedans nous aussi ? s'exclamait-on à la terrasse du Métropole après deux pastis.

– Peuchère, on leur tirera dedans !

C'était apparemment l'intention de Toudebout.

Il n'y avait pas que les Français que tout cela perturbât. Les Japs y trouvaient matière à se faire du souci : l'amiral

Toudebout, malgré toutes ses déclarations qui n'étaient peut-être que pure comédie, n'allait-il pas retourner sa veste en faveur des Américains ? Nombre de vichystes d'Alger ne l'avaient-ils pas fait ? Et non des moindres : l'amiral Darlan, proche de Pétain !… Toudebout ne poignarderait-il pas dans le dos les troupes nipponnes ? Comment se fier à cette armée coloniale amollie, découragée, divisée, pourrie de paludisme et de pastis, ne sachant plus à quel saint se vouer et dont on apprenait presque chaque jour – quoique l'état-major français fît tout pour le dissimuler – qu'un de ses membres avait déserté vers la Chine ? « Pour rejoindre de Gaulle ! » Tel s'enfuyait à dos de bourricot, tel en jonque, tel autre, certain Paul Mitron, entomologiste impénitent, prétendit partir sur la frontière pour « chasser le papillon ». Il s'envola…

Plus grave, deux pilotes avaient récemment joué les filles de l'air à bord de leur Potez 25, comme si nous possédions trop d'avions !… Le chef des forces aériennes françaises, le général Barbara, n'avait trouvé d'autre solution pour stopper cette hémorragie que de faire accompagner en vol les pilotes célibataires de copilotes mariés, gardant ainsi en otage la femme et les enfants de ces derniers… « Pour les déserteurs, avait proposé le général Xénophonius, chef de la Légion étrangère, j'ai une solution radicale : leurs femmes au poteau, leurs enfants à l'orphelinat ! » « Purgeons, purgeons l'armée de l'air ! » renchérit Mouche, qui, humilié par les marins, se défoulait contre les aviateurs.

Ça n'est pas ce qui encourageait nos pilotes à s'affronter aux Flying Tigers… Quand on les envoyait en mission, ils tournaient en rond pendant des heures dans des zones aériennes qu'ils savaient non fréquentées par la chasse sino-américaine, contrevenant aux ordres formels qui étaient d'« attaquer ». Ils n'en tombaient pas moins, parfois, sur l'ennemi. Et se faisaient alors immanquablement descendre en flammes : leurs pauvres coucous, Potez 25 et autres Moranes essoufflés, armés de minables mitrailleuses, n'étant pas de taille face aux Curtiss P40 de leurs adversaires…

Tout cela tenait du vaudeville, sinon de la totale confusion mentale ! Mais les Français, il est vrai, sont friands de vaudeville !… A cet égard, leur système d'espionnage valait leur aviation : n'avaient-ils pas, pour chacune de leurs armes – en plus de la Sûreté et de leur 2e Bureau –, des services de renseignements concurrents ? Ceux de l'armée de l'air, de terre et de mer, avec la flopée d'agents indigènes concomitante. Ces services, travaillant chacun pour son compte, avaient chargé leurs agents respectifs de surveiller les allées et venues des troupes nipponnes, ce qui n'avait pas manqué d'attirer l'attention de la Kempetaï qui s'était étonnée de voir, aux portes des casernes et des bases de son armée, des dizaines de pseudo-marchands de soupe chinoise qui, s'ajoutant aux marchands de soupe véridiques, s'agglutinaient là ostensiblement. Tout ce beau monde, un soir, dans un vaste coup de filet, avait été arrêté par les Japs, et Tokyo avait porté plainte, à Vichy, auprès du « chef du gouvernement » Laval qui sur-le-champ télégraphia à Toudebout de stopper ces sottises et d'entamer désormais avec les Nippons une franche et sincère collaboration.

De ces problèmes on discutait fort, à l'état-major japonais, qui était divisé sur les solutions à envisager : les uns, comme l'ambassadeur Yoshizawa, optant pour le *statu quo* (l'administration française, même peu fiable, ne gérait-elle pas les affaires d'Indochine au bénéfice des Nippons qui profitaient ainsi des richesses du pays sans avoir à l'encadrer ?) ; les autres, les « révolutionnaires », les « excités » de la « Sphère-de-coprospérité-de-la-Grande-Asie-orientale », tels Kasuga de l'agence Domei, ou Kawamura et Omiya de la Mission culturelle, ne rêvant que d'abattre « le dernier gouvernement BLANC d'Asie du Sud-Est », et de susciter un gouvernement annamite (JAUNE !) tout à la dévotion de Tokyo.

Pour noircir ce tableau, un beau soir de cette fin de l'an 1942, le ciel du Tonkin s'obscurcit derrière les carlingues grises de plusieurs escadrilles de Liberator US et autres forteresses volantes. Des tonnes de bombes, plusieurs jours de suite, croulèrent sur Haiphong. Jamais bombardement si puissant et visant des villes n'avait été perpétré contre l'Indochine. Les Américains très – … trop ? – bien renseignés (mais par qui ?) frappèrent des points stratégiques essentiels du réseau de défense franco-japonais : batteries de DCA, stocks de riz et d'essence cramèrent dans d'épouvantables incendies.

C'en était fini de l'« oasis », du « havre de paix indochinois ».

– *Les Américains nous apportent LEUR guerre*, protesta Radio Saigon.

Et Radio Calcutta de répliquer aussitôt :

– *Vous avez reçu les Japs, maintenant vous recevez des bombes !*

– Et toi tu reçois une tarte, hurla le Pacha qui, hors de lui, balança un terrifique uppercut gauche dans le poste TSF posé sur son bureau, lequel poste, dans une éructation de parasites, s'en alla valser à l'autre bout du ring… ou plutôt du cabinet de travail, au pied d'un buste en marbre du Maréchal.

– Tu l'auras voulu, lança l'amiral à la TSF, qui, K.-O., gisait en miettes sur le parquet…

La guerre des ondes avait une allure de transcontinental match de boxe.

Vaguement rasséréné, le Pacha dicta à Pipaud ce nouveau mot d'ordre :

– *Se taire et faire taire !*

Tout propos favorable aux Anglo-Saxons, même le plus anodin, serait désormais considéré comme criminel ; toute personne le proférant serait, sans autre forme de procès, internée dans les camps de Bara ou Long-Xuyen (des mouroirs !). Un jour le chef de Long-Xuyen, certain Godichon, avait dit à un médecin éberlué : « Vous n'êtes pas ici pour soigner les malades mais constater les décès ! » L'écoute des radios ennemies était un acte de trahison. On devait avoir confiance dans les médias officiels… Seul l'amiral savait : car l'amiral était la voix du Maréchal qu'il fallait écouter… aveuglément !

– Faire taire et se taire !

Une irresponsable prof d'anglais du lycée Albert-Sarraut, qui avait fait chanter à ses élèves *It's a long way to Tiperary*, eut droit à une semaine de gnouf. Une pétition l'en fit sortir, sous prétexte qu'elle était enceinte. Plusieurs journalistes suspects seraient envoyés au bagne…

Il y eut d'inévitables « excès » : un des « clitoris-à-pattes » (comme disait l'amiral) du Club-des-admiratrices-de-Hitler, pénétrant dans une boutique de musique de la rue Paul-Bert, avait demandé à la vendeuse l'ensemble des disques anglishes et amerloques qu'elle possédait. La vendeuse, croyant à une bonne affaire, avait posé une pile d'une trentaine de ces disques en ébonite sur son comptoir, blues et variétés. La clitoris-à-pattes alors, jubilante, précipita au sol les disques « dissidents » et, furieusement, les piétina. Ce fut une hécatombe de Sidney Bechet, Louis Armstrong et autres Mahalia Jackson.

– Voilà ce que j'en fais de votre musique de Nègres !

Ce type de « réflexe patriotique » se produisait cependant de moins en moins. Cela scandalisait même les âmes versatiles. N'alla-t-on pas jusqu'à pousser des hauts cris parce que le chirurgien de l'hôpital Lanessan, Paul Legus (qu'on appelait Von Legus, à cause de ses sympathies proboches), avait livré à la Gestapo jap deux de ces *« criminels pilotes amerloques »* fraîchement abattus par nos DCA alors qu'ils nous flanquaient leurs bombes sur la gueule ? La Kempetaï les avait pris en charge à la sortie de la salle d'opération. Legus, ce faisant, n'écoutait-il pas que son devoir, respectant pleinement les Accords de défense commune Vichy-Tokyo, contresignés par Toudebout ?… Certes… mais… il eût pu – excès de zèle encore – éviter de s'exclamer « La vidange est faite » au moment où, sur des civières, les Japs emportaient les Yankees moribonds. Ces choses ne se disent pas… Plusieurs infirmières, mal aguerries, en furent ulcérées.

On commença à regarder d'un œil nouvellement apitoyé ces prisonniers australiens, anglais, américains, hollandais, que les Japs, pour montrer leur puissance aux Indochinois, avaient fait venir récemment des territoires conquis de Birmanie, de Malaisie et des Indes néerlandaises, et qu'ils faisaient régulièrement défiler, rue Catinat à Saigon, ou rue Paul-Bert à Hanoi, troupeau de géants blonds en short, crasseux, déguenillés, torse nu, maigres, que de minuscules samouraïs verts, tels des chiens de garde, poussaient en avant, de la pointe de leur sabre, comme on mène des bœufs à l'abattoir, tout en aboyant des cris rauques. On obligeait ces « coolies blancs » à s'adonner, sous un soleil d'enfer, à d'humiliants et épuisants travaux de terrassement…

Chacun son tour ! N'était-ce pas des coolies jaunes qui avaient construit les infrastructures des colonies ? Tel était le message !

Toudebout, et même Herr Doktor North, représentant du Reich, protestèrent : on ne traite pas ainsi des Blancs, anglo-saxons ou pas… du moins quand on est jaune !

Il y a des limites…

L'amiral n'en approuvait pas pour autant ces dames et petites filles françaises qui envoyaient en douce des clins d'œil complices aux prisonniers, leur glissant même des friandises entre les barbelés des camps en chuchotant quelque *« hello », « good luck »* et autre niaise expression récemment puisée dans un dictionnaire.

Ils nous balançaient des bombes, on leur donnait des bonbons !

Il fallait arrêter tout ça : s'étant rendu à Haiphong pour l'enterrement des trois cents et quelque victimes (à 90 % tonkinoises) des derniers raids, le Pacha avait véhémentement pris à partie les USA, du haut de sa tribune, et face aux cercueils pathétiquement alignés sur la place Pottier, autour d'un grand catafalque drapé de tricolore. Il avait dénoncé l'« ignoble sauvagerie » de cette « inqualifiable agression ».

L'amiral aimait l'adjectif inqualifiable…

Avec un investissement aérien relativement faible nous pûmes empêcher les Japonais de récolter les avantages économiques et stratégiques que leur offraient leurs peu enthousiastes « alliés » français...

(Général Claire Lee Chennault,
chef des forces aériennes
américaines de Chine,
Way of a Fighter, 1949.)

Se séparant du capitaine Tortu, qui l'avait accompagné jusque-là, le Négus, épaules basses, plus misérable que jamais dans son costard blanc crasseux qu'avait détrempé la pluie fine tombant sur Hanoi, franchit la porte du 114 rue Jules-Ferry où se trouvait son journal, *L'Action du Tonkin*.

Il n'avait pas le moral : depuis quatre jours qu'on l'avait chargé de concocter un article à la gloire d'un écrivaillon du régime, M. Phan Khiem, auquel le Pacha songeait à faire accorder le prix de littérature Alexandre de Rhodes (car il fallait flatter les indigènes en montrant que la France savait reconnaître leur talent), il n'avait pas encore pondu une ligne... Lasmata ne comprenait pas ce qui lui arrivait. Il se mettait à avoir des scrupules, des états d'âme (« Comme une gonzesse ! »), des « états de dame » ! Et qu'est-ce que ça lui foutait donc que la prose de M. Phan Kiem ne fût qu'un fatras de truismes truffé de quelques jolies images plagiées de la poésie classique annamite ? Est-ce qu'il était payé, lui, Lasmata, *pour dire ce qu'il pensait* ? Pour qui se prenait-il ? Où se croyait-il ? Il avait envie de s'envoyer à lui-même des coups de pied au cul… avant que son rédac chef ne lui en envoyât un bon et définitif, coup de pied au derche, pour le virer du canard ! Et de quoi vivrait-il alors, avec quoi nourrirait-il son chien, son nourrisson, sa femme, et la congaï que par ailleurs il entretenait ? Une croquante croqueuse de piastres !

Est-ce que Rouhaut se posait ce type de questions à la gomme, lui qui venait de rédiger, en prévision du prochain anniversaire de Pearl Harbor, un article à la gloire du grand stratège Tojo et des vaillants pilotes de l'aéronavale nipponne qui avaient surpris sous leur feu, un beau dimanche de décembre 1941, ces-soldats-d'opérette-amerloques-qui-croyaient-faire-la-guerre-en-se-faisant-bronzer-sur-les-plages-d'Honolulu-pendant-que-les-cajolaient-au-son-languissant-des-guitares-hawaïennes-de-pulpeuses-vahinés-couronnées-de-fleurs !… *Les Japonais peuvent être fiers !* concluait Rouhaut. Mais lui, du moins, *pensait ce qu'il disait* !… Encore que…

Le Négus, passant sous l'énorme portrait de Pétain suspendu par des chaînes, comme un lustre, au plafond du hall du journal, entra bientôt dans l'énorme foutoir enfumé de la salle de rédaction où, retranchés chacun derrière son bureau, comme derrière un créneau, une vingtaine de scribouillards mâles et femelles tapaient vaillamment sur leurs Underwood qui crépitaient à la façon de furieuses mitrailleuses. Il y avait là, en tailleur rose fuchsia, fumant le cigare et, comme si ça ne suffisait pas, arborant *dandesquement* un monocle vissé dans son orbite gauche, la pétasse-journaleuse Coco Grancour, grande prêtresse de la rubrique mode-chienchiens-potins ; un peu plus loin se trouvait l'énorme et suant Lecerf, dit le Glaoui, une pinte de bière Hommel posée sur son bureau. Proboche de service, il avait savamment expliqué naguère, lorsque les chars de la Wehrmacht s'embourbaient en Union soviétique, qu'avec l'hiver les marécages allaient geler, et que les panzers voleraient alors comme des hirondelles jusqu'à Moscou et Stalingrad… Le problème c'est qu'à moins 40 degrés l'huile aussi avait gelé dans les moteurs ; un peu plus loin encore, tapant comme un pianiste fou, échevelé, sur sa machine à écrire, se trouvait l'antianglais de service, surnommé « Azincourt » (il s'appelait en fait Alain Gour). On lui devait quelques superbes sarcasmes sur ces foutus Britishes qui, bien à l'abri derrière les énormissimes canons de leur forteresse de Singapour, avaient attendu les Japs « côté mer », se croyant parfaitement protégés, « côté terre », par l'épaisse jungle malaise réputée infranchissable. Que les Japs, néanmoins, avaient franchie… Mais d'aucuns disaient que c'étaient des singes, embauchés et armés par les Japs, qui avaient accompli cet exploit. Les Anglishes de la fière Singapour eussent donc été vaincus par des bataillons de macaques, ah ah !… On trouvait encore, installés derrière une dizaine d'autres bureaux, l'antijuif de service, l'antigaullard de service, l'antichinois de service, l'antisiamois de service, l'antiaméricain de service, l'anticommuniste de service. Sans oublier le pro-Pacha de service qui tenait l'encensoir à chaque cérémonie officielle du gouverneur général.

Les ventilateurs plafonniers, encroûtés de chiures de mouches, faisaient vaguement frémir sous leur souffle les plus célèbres « premières pages » du canard, épinglées derrière les rédacteurs, sur les murs : en grands caractères gras les noms de Pearl Harbor, Mers el-Kébir, Singapour, Toulon, figurant dans des « titres à sensation », égrenaient les principales étapes de la guerre. Accrochées aux murs encore, des pancartes blanches, suintantes d'humidité, arboraient en lettres bleues ou écarlates des citations du Maréchal (choisies par le directeur du journal, M. de La Chèrefeuille soi-même, qui voulait que ses scribouillards les eussent toujours sous les yeux afin qu'ils s'en inspirassent) : *Chassez le doute de vos âmes et bannissez en vous, si vous le pouvez, l'acerbe critique* ; ou bien : *J'ai souffert bien souvent en constatant qu'au lendemain de la défaite trop de Français n'avaient point su s'élever à la hauteur de leur devoir*, ou bien : *Restez dignes dans le malheur.*

Au moment où Lasmata, le front dégoulinant de sueur et de pluie, était entré dans la salle de rédaction, un silence immense, soudain, s'y était installé, les mains des journaleux, comme par magie, se suspendant au-dessus des claviers tandis que leurs regards se braquaient d'un coup vers l'intrus.

Il y avait comme un malaise.

Le Négus, balançant d'un coin à l'autre de la salle son regard globuleux, n'eut pas de mal à comprendre pourquoi : assis à SON bureau, là-bas, sur la droite, juste au-dessous de la citation du Maréchal annonçant *Voici venu le temps des élites*, se trouvait... se trouvait... un... individu, un individu qui n'était pas LUI, lui-le-Négus, LUI-Lasmata, un individu qui n'était même pas son double, même pas son reflet, son ombre, son pseudonyme, non, un individu qui était tout de bon AUTRE, et qu'il connaissait d'ailleurs fort bien, cet individu – immonde, cet individu sournois, cet individu méprisable, avec son costard jaune de bellâtre d'opérette ; cette fleur de gigolo à la boutonnière ; cette moustache cosmétiquée ; ces cheveux ondulés de maquereau de luxe : le sieur Léance Wagner.

Et que foutait-il à SA place, ce foutriquet, en train de taper sur SA machine. Était-ce que La Chèrefeuille s'était enfin décidé à le virer, LUI, Lasmata ; était-ce qu'on avait embauché ce jean-foutre pommadé pour le remplacer ? (C'était la première chose qui avait traversé l'esprit du Négus.) Les poings serrés, il se dirigea précipitamment vers le bureau – SON bureau – où l'intrus avait eu l'audace de s'installer, posant son cul allogène sur SA chaise à LUI (pas la SIENNE à LUI, l'AUTRE ! – mais la SIENNE à LUI... LUI) !

– Qu'est-ce que tu fous là, Wagner, tes employeurs japs t'ont viré ?

La douteuse revue *Trait d'union*, créée par Wagner, avait en fait été interdite sur ordre de l'amiral, tout juste après la sortie de son premier numéro, car elle était à cent pour cent financée par des firmes nipponnes, Matsui et Daïnan Koosi entre autres, ce qui n'était pas tolérable.

– C'est MA place, dégage ! hurla Lasmata, tapant du poing sur le bureau auquel, instinctivement, le bellâtre, comme si on eût voulu le lui arracher, s'arrima des deux mains.

Simultanément, l'ensemble des journaleux, qui avaient cessé de travailler, imitèrent ce geste désespéré de naufragés s'accrochant à une épave au milieu d'un océan déchaîné. On eût dit que leur casse-croûte à tous était soudain menacé. Ça n'était plus une salle de rédaction. C'était le Radeau de la Méduse…

Le Négus tourna partout autour de lui des regards de girouette effrayée, de soldat traqué pris au piège dans une imparable embuscade.

– Qu'est-ce qui se passe ici, bordel de Dieu, parlez : on m'a viré c'est ça ?

Nul ne répondait.

Coco Grancour levait vers le plafond son monocle, en tirant rêveusement sur son énorme cigare ; le Glaoui naufrageait son gros pif huileux dans son bock de bière ; Azincourt faisait mine de se limer les ongles…

Toujours amarré des deux mains à son bureau – c'est-à-dire au bureau du Négus –, Léance Wagner lança sur un petit ton aristocratique exaspérant :

– Mon pauvre Négus, tu ne crois quand même pas que j'aie des visées, moi (il eut un haut-le-cœur), sur ton pauvre minable turbin de pisse-copie ?… Non ? (Il fit le geste de s'étirer en bâillant.) Mon ami, M. de La Chèrefeuille, m'a simplement demandé de trousser, à titre gracieux, un billet d'humeur et d'humour sur un petit chef-d'œuvre de film qui sortira sur les écrans à Noël ; le premier film, à cent pour cent de chez nous, produit par l'industrie cinématographique de la France nouvelle…

Il s'agissait d'*Un chapeau de paille d'Italie*, avec le si drôle et si sympathique Fernandel. De mauvaises langues diraient plus tard (pure calomnie) que ce film avait été envoyé en Indo par un de ces énormes sous-marins allemands qui, forçant le blocus, venaient charger régulièrement à Saigon, et en secret, les stocks de caoutchouc naturel destinés à l'industrie militaire du Reich. La Pachatte, par le même moyen, se faisait livrer des exemplaires de *Marie Claire*, pour rester au courant de la mode ; et le Pacha des bouteilles d'eau de Vichy, pour son foie, et les derniers livres parus en métropole, comme le bel ouvrage de Thierry Maulnier, *Révolution nationale.*

– Dégage ! s'exclama le Négus.

– Mais, bafouilla le bellâtre, je ne fais que t'emprunter quelques minutes ta place et ta machine, je…

– Dégage !

– Je suis ici par la volonté du directeur et je n'en sortirai que par la force de…

– Mon pied au cul, l'interrompit en rugissant le Négus qui se rua sur Wagner, le saisit, par-dessus le bureau, au col de sa veste, et le souleva quasi en l'air.

D'un côté et de l'autre partirent gifles, coups de pied et coups de poing. Le bureau, avec sa machine à écrire, s'ébranla, pencha dangereusement, et finit par se renverser au sol avec les deux pugilistes.

C'était la lutte des places.

Quand…

– Qu'est-ce-ki-s'passe-ici-nom-de-Dieu-esse-k'on-est-dans-un-lucanard-ou-un-panard ?… euh, un-lupanar-ou-un-canard ?

C'était M. de La Chèrefeuille qui entrait ainsi en scène : grand, cheveux argentés coiffés en arrière, cravate et col cassé, costume blanc, élégant.

Tous les journaleux se levèrent d'un coup (posant celle-ci son cigare, celui-là sa lime à ongles ou son bock de bière). Ils se mirent quasi au garde-à-vous derrière leur bureau respectif, imités presque aussitôt par Wagner et le Négus qui braquèrent vers le « patron » leurs visages aux cheveux hérissés portant symétriquement, l'un un coquard à l'œil gauche, l'autre à l'œil droit. On eût entendu voler une mouche, s'il n'y en eût eu deux cent cinquante au bas mot qui s'ébattaient joyeusement dans la touffeur de l'air enfumé… C'est que le patron, depuis quelque temps, n'était pas à prendre avec des pincettes, ayant vu s'accumuler sur son crâne une multitude de problèmes professionnels et conjugaux. Il avait été en effet fortement critiqué par la Mission japonaise parce qu'il s'était permis (vu les difficultés rencontrées par les Nippons face aux Amerloques dans les îles Salomon) de mettre au conditionnel telle dépêche de l'agence Domei affirmant que « le Japon EST d'ores-et-déjà-en-mesure-de-soumettre-l'Australie »... Les Français croyaient-ils les Japonais incapables de comprendre les nuances de la langue de Descartes ? Pensaient-ils qu'ils ne peuvent pas faire le distinguo entre un présent de l'indicatif (le Japon EST en mesure) et un conditionnel (le Japon SERAIT) ? L'Australie, l'armée du Soleil-Levant n'en ferait qu'une bouchée ! Comme elle l'avait fait des Philippines et de Singapour !

Le responsable jap de la commission de censure, qui avait laissé passer la « correction inamicale » de La Chèrefeuille, avait été fouetté, sur ordre de ses supérieurs, et aussitôt invité (selon radio bambou du moins) à se faire *seppuku* (hara-kiri). Fosse, accusé d'être « de mèche » dans le « complot », en perdrait sa casquette de chef de la censure, conservant cependant l'IPP. Tout cela avait fait grand bruit, et le Pacha qui n'aimait pas qu'on « excitât le cul du tigre jap avec un cure-dent », pour reprendre son expression, avait piqué une terrible colère.

Parallèlement, La Chèrefeuille – ce que tout le monde en Indochine savait, mais en ce genre de circonstance c'est toujours l'intéressé qui l'apprend en dernier – venait à peine de découvrir qu'il était cocu, et pas par n'importe qui, par le commissaire Sport et Jeunesse Ducossard. Il avait reçu anonymement une photo montrant son épouse assise, à poil, sur le dos du capitaine de vaisseau qui, à poil aussi et à quatre pattes, avait dans le cul une grosse bougie éteinte. Mme de La Chèrefeuille, un martinet à la main, dirigeait le cul de Ducossard, lequel marchait donc à reculons, vers un chandelier enflammé tenu par une jeune Annamite vêtue seulement d'un tablier blanc. D'évidence, ce jeu – si bon enfant, si piquant, si « XVIIIe » – consistait à allumer la bougie éteinte ornant la croupe de la « monture » aux bougies incendiées du chandelier. Cette photo (volée sans doute par la branche-bolchevique-de-la-Cinquième-colonne aux services très spéciaux de Larsouille) serait un peu plus tard tirée à des centaines d'exemplaires et répandue dans toute l'Indochine. En vue de salir les BLANCS, bien entendu. La Chèrefeuille avait lancé une action en justice « pour adultère » contre sa femme et le capitaine. L'amiral lui avait demandé de la retirer, pour stopper le scandale et « par solidarité blanche ». La raison d'État n'eut pas raison de La Chèrefeuille : il refusa. Ce qui le rendit immédiatement suspect. Son « conditionnel » antijap et son « inconditionnelle » action en justice n'étaient-ils pas des provocations ? Ce cocu ne virait-il pas sa cuti côté gaullard ? Ou…

On mit son téléphone sur écoute.

On ouvrit son courrier.

On le fit suivre partout.

Hors de lui La Chèrefeuille s'apprêtait à vertement vitupérer cette-pauvre-épave-impuissante-de-Lasmata-qui-n'était-même-plus-capable-d'écrire-trois-lignes-qui-se-tiennent, quand déboula sans crier gare sur la scène de la salle de rédaction un nouveau personnage, non des moins cocasses, lequel s'annonça par un « m'sieur, m'sieur » lancé à l'adresse du directeur du journal. C'était Pipaud qui brandissait la dernière liasse des instructions IPP. Mais un Pipaud méconnaissable, les cheveux et la moustache en bataille, son costume clair trempé de pluie, crotté et arborant aux bas des jambes du pantalon deux pinces à vélo qu'il avait oublié d'ôter. N'étant pas chouchou du Pacha, bien loin de rouler en Packard, il faisait « comme tout le monde » : il pédalait. Les instructions dont il était porteur (concernant le dernier bombardement US de Haiphong) étant « brûlantes-urgentes » (*dixit* l'amiral), il avait préféré faire à bicyclette le tour des rédactions pour les porter lui-même aux journalistes de façon à ce qu'il en pût faire de vive voix le commentaire.

La Chèrefeuille emmena d'office le petit Pipaud dans son cabinet de travail, jouxtant la salle de rédaction. Il s'assit à son bureau, jeta un œil sur le document IPP, blêmit, verdit, dit :

– C'est vous, Pipaud, qui avez écrit ça ?

– Avec l'aval de l'amiral, répondit la Voix de son Maître, et l'assentiment de Fosse !

La Chèrefeuille lui envoya un regard soupçonneux puis,

prenant son téléphone, il appela le directeur de *La Volonté indochinoise*, puis celui de *L'Entente tonkinoise*, puis celui du *Courrier de Haiphong*, puis celui de *La Voix d'Indochine*. Avec chacun d'eux il tint à peu près le même dialogue : avaient-ils consulté le dernier document IPP sur les bombardements US ? Oui ? Ce qu'ils en pensaient ?... Eh oui !... La même expression lui était venue à l'esprit, à lui aussi !... *C'est fort de café !*

Après avoir ainsi téléphoné pendant une bonne longue demi-heure, La Chèrefeuille, qui avait bien craché une trentaine de fois la formule *« C'est fort de café »* dans le combiné, finit par raccrocher, et, levant les yeux vers Pipaud assis, muet, en face de lui, il dit d'une voix calme et autoritaire :

– Toutes les rédactions sont du même avis, Pipaud, c'est...

– *Fort de café*, acheva le scribouillard.

La Chèrefeuille se mit alors à crier, afin d'être entendu à côté, dans la salle de rédaction :

– Lasmata, viens ici !

Presque aussitôt le Négus, dont le coquard à l'œil avait viré du rouge au violâtre, fit irruption dans la pièce.

– Regarde ça, lui dit La Chèrefeuille, lui tendant la liasse IPP.

Le Négus la parcourut : il y était question de l'« inouïe sauvagerie » de ces pilotes américains qui, ne sachant se battre qu'à dix mille mètres d'altitude, à bord de leurs forteresses volantes, bien à l'abri de nos DCA, balançaient au hasard leurs bombes, faisant, comme en France d'ailleurs, où Le Havre, Le Creusot et même Paris avaient été pilonnés, des milliers d'*innocentes victimes*. Entre autres qualificatifs dont les Américains étaient épinglés, on trouvait ceux de racaille, de robots sans âme, de mercenaires-des-marchands-de-canons, d'ouvriers-sanglants-d'une-nouvelle-forme-de-guerre-technicienne-sans-panache-et-sans-gloire, d'émissaires-d'un-univers-inhumain-oublieux-de-l'Être, de gangsters, de nervis, de séides, de... Ce schéma d'article, dont devait s'inspirer la presse, avait pour titre « Leurs exploits ».

– Qu'en pensez-vous, le Négus ? demanda La Chèrefeuille, les bras croisés.

– C'est… euh… bredouilla le Négus en croisant les bras… *c'est un peu fort de café* !

Décroisant puis recroisant les bras, La Chèrefeuille, l'air triomphant, se tourna alors vers Pipaud, lui disant :

– Lui aussi l'a dit, et vous ne direz pas que je lui ai dit de le dire : *c'est fort de café !*

Prenant la liasse IPP, La Chèrefeuille se leva, passa dans la salle de rédaction, suivi de Pipaud et du Négus, et tendant le document à Coco Grancour qui, tout comme les autres journaleux, s'était remise debout, il lui demanda de le lire et de lui dire si elle ne trouvait pas ça *fort de café*. Coco Grancour, cigare au bec, y jeta un coup de monocle et s'écria presque aussitôt : « Ça l'est tout à fait, *fort de café*. » Elle passa le document au Glaoui, qui le jugea « *fort de café* en effet ». Il le passa à Azincourt, qui fut du même avis, tout comme l'antichinois de service, l'antijuif de service et même l'antiaméricain de service. Levant au plafond l'une son cigare, l'autre son bock de bière, tel autre sa lime à ongles ou sa pipe de bruyère, ils entonnèrent alors une sorte de chorale, que dominait la voix de La Chèrefeuille, clamant haut et fort, sous les poussifs ventilateurs plafonniers gangués de merde-de-mouche, que tout cela était définitivement *fort de café*, tandis qu'en sourdine et en contrepoint la voix bourdonnante de Lasmata murmurait, à la manière de quelque contrebasse, « *ca-fé, ca-fé, ca-fé* ».

Plein d'assurance alors, La Chèrefeuille, portant sa main à son cœur tel un ténor entonnant son grand air, lança à l'adresse du petit Pipaud qui se faisait tout petit :

– Allez dire, monsieur le Missi Dominici, à ceux qui vous envoient que nous devons… (il baissa un peu la voix) quelque peu édulcorer cette prose. Le sort de la guerre tourne. Ça n'est pas que j'aie de la sympathie pour les assassins que nous délègue Roosevelt, mais l'avenir n'est à personne et sans doute serait-il mieux avisé d'employer un style un peu plus… ou plutôt un peu moins… *fort de café*…

Comme tout responsable de l'information, La Chère-feuille ignorait l'essentiel des choses…

Cette violente campagne antiaméricaine avait en effet, dans l'esprit du Pacha, des motivations politiques qui l'emportaient, et de loin, sur le mépris bien naturel qu'il éprouvait (comme tout « bon Français ») à l'égard de « ce peuple de mâcheurs de bubble-gum ».

De ces motivations il débattait justement en ce même instant avec l'intendant de police Larsouille et M. de Belangel, dans son salon fumoir du palais Puginier.

Un salon fumoir dont il n'était pas peu fier, l'ayant fait rénover tout récemment par un architecte qui s'était inspiré de ses dessins, eux-mêmes inspirés de Le Corbusier et Adolf Loos. L'éclairage y était indirect, dissimulé derrière des corniches placées au haut de murs tapissés de francisques vert foncé sur fond vert clair. Les fauteuils, sur lesquels les trois hommes, fumant la pipe ou le cigare, se trouvaient installés, étaient en cuir noir tendu sur des tubulures d'acier chromé. Un grand paravent en miroir travaillé à l'acide occultait le fond de la pièce décoré par ailleurs d'étagères (suprême audace) en duralumin. Il n'y avait que ces ridicules caissons dorés, au plafond, qu'il n'avait pas eu le temps encore de faire enlever.

Cette campagne de presse antiaméricaine (expliquait le Pacha) avait pour but primordial de « rassurer les Japs » sur nos intentions, le « capital de confiance » qu'il avait accumulé auprès d'eux, pendant ces dernières années, ayant été dangereusement entamé par la trahison de l'amiral Darlan qui, en Afrique du Nord, avait pris le parti des envahisseurs yankees. Darlan, par son autorité, avait réussi à faire passer dans la « dissidence » nos plus belles colonies d'Afrique occidentale, le Sénégal, etc., ce à quoi s'étaient vainement essayés « l'ex-général de Gaulle et son séide le pseudo-général Leclerc ».

Or Darlan, la chose se savait en Indo, était le protecteur de Toudebout. C'était Darlan qui avait conseillé à Pétain de mettre le Pacha à la tête de la colonie en 1940. Le Pacha, à d'innombrables reprises, depuis le débarquement US au Maroc, avait publiquement déclaré qu'il respecterait, dans l'esprit et dans la lettre, les Accords de défense commune signés avec le Japon. C'est-à-dire qu'il se rangerait aux côtés des Nippons contre les Sino-Américains si ceux-ci attaquaient la colonie. Belles promesses ! Qui y croyait ? Pas les Japs… Selon les rapports de l'intendant Larsouille, les bellicistes, dans l'état-major du Soleil-Levant, étaient en train de l'emporter sur les partisans du *statu quo*. Certains voulaient simplement, par des pressions exercées sur Vichy, faire nommer à la tête de l'Indo un gouverneur plus à leur goût, comme l'ambassadeur au Japon, M. Cosme, le résident de Hué, Grandjean, ou même leur petit chéri le capitaine de vaisseau Rouhaut ; d'autres, plus extrémistes, voulaient carrément virer du pays les Français, et y instaurer un gouvernement indigène à leur solde. L'empereur d'Annam affilié, disait-on, à la secte panasiatique du Dragon noir, eût été dans le coup.

Cela pour la stratégie.

Tactiquement la campagne anti-yankee de l'amiral avait un but à court terme bien précis : contrer les bruits que, le soir même du bombardement de Haiphong, les services de désinformation nippons (Kasuga, Kawamura, Kikou and Co) avaient propagés par le biais de leurs innombrables agents annamites : *Les Français supportent bien les bombardements américains surtout quand ce sont les Indochinois qui meurent*, disait ce bouche à oreille savamment et fourbement orchestré. Les Japs essayaient d'enfoncer un peu plus le coin entre Français et indigènes… euh… autochtones ! A la bonne heure ! Eh bien, nous, nous Français, nous clamerions notre haine vis-à-vis des tueurs amerloques sous les bombes desquels NOUS mourions AUX CÔTÉS des indigènes… euh… autochtones… car des Français aussi, qu'on se le dise, étaient morts sous ces bombes (on en exagéra le nombre)… et ce sang, ce sang versé EN COMMUN par les indigènes… euh… autochtones et les Français, scellerait pour jamais l'immortelle amitié unissant la colonie et la métropole. Cette campagne de presse se concluant par une formule adressée aux gaullards qui, asservis aux Anglo-Saxons, nous accusaient de servir les Japs : *La France n'a d'autre ami que la France.*

Cependant si, en surface, l'amiral essayait de rassurer les Nippons, il n'en cherchait pas moins, par des activités occultes ou « sous-marines », à torpiller leurs traîtresses intrigues. Comme eux, il mit en branle les secrets mécanismes de ses services de désinformation. Il fit circuler, sous le manteau, une multitude de bobards et semi-bobards antijaps. Ces bobards, concoctés par Fosse, Pipaud, Rouhaut et autres, étaient envoyés, par télégrammes chiffrés, aux résidents-maires des principales villes du pays, qui avaient ordre de les transmettre à trois ou quatre de leurs collaborateurs, lesquels les transmettaient à leur tour à leurs propres collaborateurs (sans qu'aucun maillon de cette chaîne ne sût qu'il s'agissait de fausses informations), de sorte que, rapidement, du sommet à la base de la pyramide, et jusqu'aux villages les plus reculés du Cambodge ou du Laos, ces bobards, enrichis d'incessants commentaires (si l'on n'avait été sous les tropiques on eût parlé de « boule de neige »), se disséminaient et s'imposaient, insidieusement, dans l'esprit des gens qui n'y soupçonnaient pas l'ombre d'une machination. Ainsi fit-on savoir qu'un officier japonais avait tranché d'un coup de sabre les deux mains d'un malheureux pousse-pousse dont le seul crime était d'avoir réclamé le modique prix de sa course qu'on refusait de lui payer ; un commerçant chinois n'avait-il pas été cousu tout vif dans le ventre évidé d'un cheval mort, parce qu'il eût vendu à la cavalerie nipponne de l'avoine à laquelle il eût mêlé de la sciure, ce dont crevèrent les animaux ? Sans parler de ce Tonkinois qu'on eût obligé à boire le gallon d'essence qu'il avait osé voler à l'occupant !... Il faut dire qu'il n'était pas toujours nécessaire d'inventer ces histoires, les soldats japs ne manquant pas d'imagination question « horreur ». Tout juste, parfois, les embellissait-on...

Ce système occulte de guerre psychologique s'appelait *la chaîne parlée*.

L'amiral s'en prévaudrait quand, sept ans plus tard, « ignominieusement traîné » devant la Haute Cour de justice pour crime de trahison, il expliquerait son « magnifique combat de résistant ».

Toc toc toc !

On frappa.

Presque aussitôt le visage du majordome annamite de l'amiral se montra dans l'entrebâillement de la porte du fumoir.

– M. Pipaud est là ! annonça le domestique. Il veut vous voir de suite, il dit que c'est « brûlant-urgent ».

– Faites entrer !

C'est un Pipaud encore plus crotté et trempé qui se présenta aux regards du Pacha et de ses deux compagnons, un Pipaud aux yeux hagards qui lançaient des éclairs de désespoir derrière les verres miroitants de ses petites lunettes rondes.

– M'n' amiral ! dit-il, tout essoufflé encore de sa course à vélo. Y veulent pas !

– Y veulent pas quoi, gnoufanier ?

L'énigmatique sobriquet de gnoufanier était resté au scribe.

– Ils disent que c'est *fort de café*, c'est leur expression à tous, *fort de café*, on dirait qu'ils se sont passé le mot, à *L'Entente*, à *L'Action*, à *La Dépêche*…

– Qu'est-ce qui est *fort de café* ?

– Vos… nos… mes… instructions… Les instructions IPP… Ils trouvent ça trop « antiaméricain ».

Dans un bref instant hallucinatoire, l'amiral crut voir se multiplier autour de lui une armée d'oreilles de Mickey.

– Ils pensent que… poursuivit Pipaud.

– Est-ce qu'on demande aux journalistes de penser ! s'exclama l'amiral.

Il y avait deux sortes de journalistes pour le Pacha, *ceux qui disent ce qu'ils pensent* (il les avait tous fichus au bagne), et *ceux qui pensent ce qu'ils disent*, et qu'il payait pour ça. S'inspirant de Lénine (« un fin politique, mais dévoyé »), il les appelait « les imbéciles utiles ».

Évidemment il y avait toujours un moment où ceux qui pensent ce qu'ils disent, ne pensant plus ce qu'ils continuaient de dire et s'en faisant scrupule, rejoignaient (en tôle) la catégorie de ceux qui prétendent dire ce qu'ils pensent. On n'a pas d'état d'âme en politique.

– Y en a même, dit Pipaud, des larmes plein les yeux et sautillant sur ses pieds comme pour s'ébrouer, y en a même…

– Oui, mon Pipaud ?

– Y en a même qui m'ont tout raturé tout mon texte !

Pipaud, d'une main outragée et tremblante, sortit d'une de ses poches les instructions IPP qu'avec amour et style, y mettant tout son art, son « jus », sa substance, il avait fiévreusement rédigées. Des mains barbares, à l'encre rouge, les avaient annotées et raturées.

– Y m'les ont cochonnées. Toute la nuit j'y ai travaillé !

(Et cette nuit-là il avait dû renoncer, quoique approchât la date du prix Alexandre de Rhodes, à poursuivre la rédaction de son grand roman : *Angoisse*. Il n'en était encore qu'au chapitre cinq, page 95, où le héros, Paul de Boulin, un grand écrivain incompris, est abandonné par Ilda de Vagenende, une coquette qui, incapable d'apprécier son art et sa belle âme, se marie avec Roger Goitrou, un vulgaire marchand de chevaux qui lui offre la sécurité. Ilda de Vagenende est en effet l'héritière ruinée d'une grande famille française mise sur la paille par la Révolution… L'action, faut-il ajouter, se passe dans les quelques années qui suivent 1789, c'est-à-dire le début du règne du Prosaïsme bourgeois…)

– Pipaud ! dit l'amiral.

S'essuyant une larme au coin de l'œil, Pipaud le regarda.

– Un timonier, s'il reçoit l'ordre de son capitaine de virer tribord, vire-t-il bâbord ?

– Euh… non, capitaine… euh, pardon, m'n' amiral !

– Un colonel, si son général lui ordonne l'assaut, reste-t-il avec ses hommes au fond de la tranchée ?

– Euh… non, général… euh, pardon, m'n' amiral.

– Eh bien, va dire à ces messieurs les journaleux que ce qu'ils *pensent* je m'en torche foutument, que ce sont des ordres que je leur donne… et, par ma personne, c'est le Maréchal qui les leur donne !… Tout cela relève d'une politique qui… (Il se tut puis reprit :) Je veux que demain la presse d'Indochine tout entière, vous m'entendez, Pipaud, se lance sur le sentier de la guerre, qu'elle brise le calumet de la paix, qu'elle brandisse le tomahawk de la révolte, je veux que nos journaleux soient autant d'Œil-de-Lynx, d'Aigle-Noir, de Sitting-Bull, de Poney-Sauvage, qu'ils se fassent des âmes d'Abencérages, de Sioux, de Mohicans, d'Apaches rêvant d'orner leur totem ou leur tipi du scalp immonde du grand Sachem visage pâle Roosevelt, z'entendez, Pipaud ?

– Hugh ! dit Pipaud.

L'amiral, plus serein, ajouta qu'il pourrait fort bien réduire, à tel ou tel de ces messieurs les directeurs de canard (en particulier ce cocu de La Chèrefeuille), leur quota de papier, supprimer les abonnements gracieux et nombreux que payait l'administration, mettre fin aux commandes d'imprimerie surfacturées faites par le gouvernement général auprès de tel ou tel journal (les romans de Pipaud, entre autres, n'étaient-ils pas imprimés à grands frais sur les presses de *L'Action du Tonkin* ?), etc.

– Z'avez compris, gnoufanier, quel dessin faut leur faire ? conclut l'amiral.

– Hugh ! répéta Pipaud.

Claquant les talons, il entrechoqua, tels de martiaux éperons, ses pinces à vélo.

Et bientôt, mousquetaire-sioux, il avait renfourché sa bécane.

Dans l'exode rural vers la ville, la femme fut la première à quitter la terre, usant de ses charmes pour entraîner son compagnon : éternelle tentatrice qui lui tend le fruit défendu...

(Joseph de Pesquidoux,
de l'Académie française,
Pour la terre, 1942.)

Une multitude de somptueuses voitures officielles, en ce soir de Noël 1942, tournaient devant les grilles du parc de la Maison de la Légion du Maréchal, place Foch (un autre Maréchal), larguant leur cargaison d'officiers et de fonctionnaires en uniforme, de civils en smoking, et de créatures de rêve superbement moulées dans leurs légères robes de satin moiré, ornées de fleurs multicolores.

Une nuée de bambins de tous âges (les plus jeunes roupillant dans des poussettes poussées par des nurses à toque blanche) couraient en piaffant ou larmoyant entre les belles gambettes ganguées de soie de leurs jolies mamans. Des boyesses et des boys en livrée essayaient de cornaquer ces marmots piaillards, laissant ainsi tout loisir à leurs flamboyantes génitrices de s'adonner à l'artistique exercice consistant à balancer harmonieusement leur opulente poupe-de-croupe au rythme hésitant d'une démarche rendue insûre par les hauts et périlleux talons de leurs chaussures.

Les robes de ces bacchantes étaient vertigineusement échancrées, sur la poitrine et dans le dos : certaines jusqu'à la naissance de la fente fessière. Tout cela – dans cette nuit de Noël tropical – fleurait le musc, les fragrances de chairs trop épanouies, la sueur et les sucs capiteux élaborés au secret alambic des aisselles et des aines, les élixirs enivrants distillés par l'épaisseur équatoriale de la jungle fauve des toisons.

Les fesses, les hanches coulissaient sous l'étoffe ; la chair blanche des seins frémissait dans l'encorbellement des corsages comme gelée de pâtés à l'étal du boucher. C'était, plus que des femmes, un défilé de cuissots affriolants, de râbles rissolés, de contre-filets juteux et d'aiguillettes aiguillonnantes... Une ronde cannibale de fraîches carcasses exhibant la splendeur scandaleuse de leur carnation.

Non moins fascinante dans sa robe tunique inspirée d'un modèle Lucien Lelong d'avant-guerre, ornée, au décolleté, d'une broche-francisque style Arpel, Mme l'amirale sortit d'une immense berline Renault grand sport au bras de son époux, lequel, du haut de sa courte taille, contemplait plein de fierté le spectacle de cette foule joyeuse. Sa paupière droite en clignait d'aise.

Jamais sa cour, ou sa basse-cour, n'avait semblé si frivole. On avait déjà oublié les morts de Haiphong (en majorité jaunes, il est vrai) et les bombardiers US n'étaient plus réapparus dans le ciel. L'Indochine, pendant toute la durée de la guerre, ne pourrait-elle pas vivre en paix ? Et... jusqu'à la paix, échapper à la guerre ?

« Tiens, c'est pas mal, cette formule-là, faudra que je la retravaille », songea-t-il.

Pour cette soirée il avait passé un somptueux uniforme blanc, à brandebourgs d'or, et coiffé son bicorne de gouverneur général, hérissé de plumes de cygne immaculées qui, dans la brise tiède du soir, flottaient majestueusement. Il avait ordonné à tous les officiers supérieurs et hauts fonctionnaires de mettre leur habit de cérémonie. C'était un éblouissant carnaval de képis, de calots, de shakos à casoar et bicornes empanachés ; un festival de poitrines bardées de médailles d'or, d'argent, de bronze, de platine, à rubans multicolores. L'amiral avait épinglé sur son spencer le grand ordre du Soleil-Levant que lui avait accordé l'empereur Hiro-Hito soi-même, non qu'il en fût vraiment fier, mais il eût irrémédiablement vexé les Japs s'il ne l'eût arboré (à ce sujet, Vichy, qui – dans son funambulisme diplomatique – voulait maintenir de bons rapports avec les USA, tout en n'en maintenant pas de mauvais avec Rome, Berlin et Tokyo, l'avait vertement engueulé pour avoir accepté cette décoration qui chagrinait Washington... faudrait savoir aussi !).

Flanqué sur sa droite par sa longue blanche pulpeuse épouse, coiffée (il faisait nuit pourtant !) d'un large chapeau de paille orné d'orchidées roses, et, sur sa gauche par l'intendant de police Larsouille, l'amiral, tout esjoui, susurrait à l'une de douces chatteries, et à l'autre, en secret, de grivoises questions sur telle ou telle de ces accortes dames qui, au milieu de leur ribambelle de marmots, nurses et bonniches, tourbillonnaient dans le parc de la Maison de la Légion.

Et avec qui, demandait l'amiral à voix basse au policier, « était » en ce moment Mme Aurillette, la femme de son conseiller politique, laquelle, une brune capiteuse, venait tout juste de les croiser laissant derrière elle une traînée caudale envoûtante de parfum caramélisé ? Ah ? Elle n'était plus avec Belangel ? Il le croyait ? Elle se serait « mise » avec... non !... le petit Pipaud ? (Pipaud qui clabaudait d'ailleurs en ce même moment dans les talons de l'amiral.) Mais que pouvait-elle faire avec ce nabot ? Du tricot ?... Et la plantureuse Mme Belangel ? Tout de bon, elle couchait avec le général Xénophonius (chef de la Légion étrangère) ; la femme de Xénophonius, quant à elle, couchant avec le général Barbara dont l'épouse couchait avec le conseiller économique Martial, dont l'épouse couchait avec le général Astier, dont l'épouse couchait avec le colonel Albert (chef du 2e territoire militaire, zone Cao Bang), dont l'épouse couchait avec le résident-maire de Lang Son, Boucherou, dont l'épouse coucherait (la chose n'était pas encore prouvée) avec le capitaine de vaisseau Rouhaut (« Si ça n'est pas fait, ça ne saurait tarder, j'ai une copieuse fiche à leur sujet »).

– Qu'est-ce que vous êtes en train de comploter ? lança Mme Toudebout qui, bien plus grande que les deux hommes, plongea son beau pif blanc « grec » entre la pointe du bicorne emplumé de son époux et la bouille framboisée de pastis de Larsouille.

– Vous ne le croiriez pas, mon amie ! s'exclama l'amiral. Il paraît que Rouhaut couchaillerait avec la Boucherou !

– Cette pétasse ! rugit la Pachatte qui, tentant de cacher son émotion, serra les poings.

« Son » Rouhaut (elle l'appelait « Monmatou », en un seul mot, dans l'intimité) la cocufiait donc avec… « ça », une pimbêche corrompue, qui avec son cocu de mari s'en fichait plein les poches dans le trafic du riz, et, qui plus est… maigre, mais maigre, pas de cul, pas de fesses, une seiche toute sèche !

– Il ne couche plus avec la Coutrais ? dit l'amiral.

– Il couche aussi avec elle, avec qui ne couche-t-il pas ? Il paraît même qu'il la partagerait avec Ducossard. Ils feraient « ça »… « à trois » !

– A trois ! pouffa l'amiral, décochant un coup de coude complice à Larsouille qui lui en décocha un de son côté, de sorte qu'ils rejouèrent leur numéro dit des pingouins s'entrecognant-leurs-ailerons.

– Qu'est-ce que vous entendez par « à trois » ? demanda, glaciale et impériale, la Pachatte. Qu'est-ce qu'ils font « à trois » avec cette pétasse-maigrasse de Coutrais ? (Ce fourbe de Monmatou aime donc les maigrasses !)

Se ressaisissant, l'amiral se statufia soudain dans sa « pose », ne présentant plus à ses compagnons, et quoiqu'ils se trouvassent chacun sur l'un de ses flancs, qu'un impossible unique profil où tous les angles de son visage picassesque parurent s'« écraser », de sorte qu'incompréhensiblement ses deux yeux perçus de face cohabitaient dégénéresquement avec un nez, une joue et une oreille contemplés « de côté ».

Insensible à cette étrange métamorphose de son image, il lança à son épouse :

– Ma chérie, vous ne pourriez comprendre ces choses qui sont… trop basses pour être à votre… hauteur.

Et ce disant il leva les yeux vers le visage suspendu au-dessus de lui de sa géante « moitié ».

« Pauvre con », songea-t-elle, en serrant à nouveau les poings. « Ah, ils font ça “à trois”... eh bien, à nous deux mon Monmatou ! »

A cet instant justement, elle aperçut le capitaine de vaisseau Monmatou en compagnie de Ducossard et de la pétasse Coutrais (laquelle arborait un béret noir et – encore ! – sa robe cloche rouge... cette traîne-savate ne devait avoir que ça à se foutre sur son absence de cul !). Tous trois entraient dans un des innombrables stands installés sur la pelouse du parc de la Maison de la Légion, stands où étaient exposés des peintures, des sculptures, des objets d’artisanat des diverses régions d’Indochine, mais où l’on jouait aussi, comme dans une quelconque fête foraine, à la loterie, aux fléchettes, au tir aux pigeons, aux cartes, au mah-jong... Mon Dieu, comme tout cela était vulgaire, on se fût cru au Grand Monde, à Saigon, ce lupanar ! La Légion du Maréchal, il est vrai, était tombée entre les mains des truands et des ploucs !... Il fallait cependant l’accepter. Elle était « politiquement nécessaire » ! Mais si la Pachatte fichait ses beaux pieds (armés de hauts talons) dans ce foutoir, c’était bien parce que son rôle officiel l’y obligeait ! Par-devers elle, elle méprisait ces légionnaires (sauf Monmatou) puant la sueur et la vinasse, si bornés, d’un antisémitisme si bestialement instinctif, d’un racisme si dépourvu de tout raffinement intellectuel !

– Quant au chef du cabinet militaire Belafesse, disait Larsouille, qui reprenait sa conversation secrète avec l’amiral, il couche avec Mme de La Chèrefeuille, qui ne couche plus avec Ducossard mais couche avec le médecin-major de Lang Son Kerneviau qui couche avec la femme du médecin-major (et médecin particulier de Mouche) Foutu-Bousquet qui couche avec la femme du général Froisseau-Broussard lequel, ce cul béni, ne couche avec personne, sinon peut-être avec l’archevêque de Hanoi monseigneur Castagne, à la soutane duquel il est toujours collé...

Cette « carte du Tendre » indochinoise que dressait ainsi l'intendant de police aux yeux du gouverneur général était, il faut le préciser, un instantané – tout éphémère donc – représentant, à ce moment précis de l'espace et du temps (24 décembre 1942), l'équilibre des relations amoureuses qui s'établissaient dans la petite société blanche hanoienne, équilibre fragile qui, d'un moment à l'autre, pouvait être remis en question – par un nouvel échange de partenaire –, lequel, perturbant l'ensemble du système (comme le bris d'un fil ébranle toute la toile d'araignée), amenait souvent une totale dislocation de la précédente situation, la formation d'un nouveau couple, issu nécessairement de la destruction de deux couples, amenant les partenaires délaissés à détruire d'autres couples afin de se procurer un nouveau partenaire… C'est que les femmes blanches étaient en nombre relativement limité dans le vivier indochinois et la demande, à leur sujet, plus forte que l'offre. Situation à laquelle on eût pu remédier en puisant dans l'inépuisable « armée de réserve » des femmes « jaunes » si celles-ci – ce qui explique cette franco-française frénésie d'endogamique cocuage – n'étaient pas exclues du système. Les « Blancs » en effet, s'ils ne se privaient pas de coucher avec des « Jaunes », ne pouvaient s'afficher en leur compagnie, l'« encongayage » excluant définitivement l'« encongayé » de la « bonne société » hanoienne qui tolérait l'adultère mais point la mixité. On n'avait pas de vraie liaison avec une « Jaune ».

Le Pacha, la Pachatte et Larsouille flânèrent au milieu des stands. Les plus beaux lots, aux jeux de fléchettes et du tir aux pigeons, étaient des figurations multiples du Maréchal : cendriers en coquillage, dont la nacre était gravée aux traits de l'illustre vieillard ; *item* les briquets en ferraille ; *item* les santons de terre cuite ; *item* un pied de lampe en bakélite ; *item* une natte tressée de rotin multicolore (« le chef de l'État sur une natte ! protesta le cœur de l'amiral, n'était-ce pas là, de la part de l'artisan tonkinois auteur de cet objet sacrilège, quelque trait de secrète ironie ?

Il faudra faire une enquête ! ») ; *item* les tentures ; les abat-jour ; les mouchoirs de poche (se moucher dans Pétain !), etc. On put admirer aussi un portemanteau de teck en forme de francisque.

Plus loin se trouvaient les stands japonais. Dans l'un se projetait un film, *La Symphonie pastorale*, inspiré d'André Gide, avec la délicieuse Setsuku Hara comme héroïne principale ; dans un autre une exposition des dernières œuvres de Fujita, lequel, tout petit, avec sa frange et ses lunettes rondes, semblait assez mal content de lui dans son uniforme de colonel. Il n'était pas sûr non plus qu'il fût content des tableaux de propagande qu'il était obligé de peindre depuis le début de la guerre : on put voir, entre autres, telle représentation de soldats amerloques, blonds, échevelés, en haillons, fuyant, dans une barcasse bringuebalant sur les flots d'une mer déchaînée, Pearl Harbor ou Manille en flammes, symboles, s'il en est, de la déroute blanche devant la puissance nipponne ; et autres tableaux à l'avenant.

Comme la Pachatte faisait une mine un peu contrite, Fujita, la prenant à part, lui glissa à l'oreille quelques mots galants qui la firent rire, et l'entraîna au fond du stand où il lui montra, éclairée par des projecteurs, une peinture moins officielle : un nu, une nue plutôt, allongée sur un grand lit, les mains posées derrière sa nuque appuyée sur un gros oreiller, dans la position, fort reconnaissable (qu'imiterait aussi le « dégénéré Matisse ») de la *Maja* de Goya.

Cette Maja-là avait une minuscule toison brune très asiatique.

Fujita remurmura quelques mots à l'oreille de la Pachatte qui rerit. Il voulait, lui avait-il expliqué, faire un « pendant », mais « blond », « occidental », à cette orientale Maja brune. On aurait ainsi, s'incarnant dans ces deux femmes « couchées », d'un côté le « Levant » de l'autre le… « Couchant ».

– N'eût-il pas fallu alors faire poser votre Asiatique… debout, dit en riant et minaudant Mme l'amirale. Avouez qu'un « Levant » couché, ça la fout mal…

– Eh bien, nous ferons poser l'Occidentale « levée », histoire d'embrouiller les symboles, rétorqua le peintre.

Madame l'amirale lui ferait-elle l'honneur de lui servir de modèle ?

– Nue ? s'exclama-t-elle, effrayée.

– Nue… ou en déshabillé, au saut du lit !

– Monsieur Fujita, quel artiste, quel bohème, quel charmant voyou vous êtes !… Suis-je une Kiki de Montparnasse pour poser ainsi… nue !

Elle réfléchit puis ajouta :

– Un jour peut-être, à la fin de la guerre…

Puis elle lui demanda (« mais mon Dieu ») pourquoi, bizarrement, il avait entouré son tableau d'un cadre en vulgaire papier peint blanc et rouge.

– C'est de la « toile de Jouy », n'est-ce pas ? ajouta-t-elle.

Et soudain, hi hi, comprenant, au moment même où elle prononçait ce mot, « Jouy », le subtil, libertin calembour linguistico-pictural qu'il recelait, elle pouffa.

– Hi, Hi ! Monsieur Fujita, vous êtes un vrai voyou !

Elle s'en retourna aussitôt vers l'entrée du stand admirer un autre tableau officiel représentant une patrouille de Japs, luttant héroïquement, à la baïonnette, contre des barbares yankees dans on ne sait quelle île du Pacifique hérissée de cocotiers.

– Hi, hi !

Le bicorne noir du Pacha, rejoint par une dizaine d'autres bicornes noirs portés par des hauts fonctionnaires de son équipe, mettrait bientôt le cap vers l'entrée de la Maison de la Légion. On eût dit une flottille de gondoles naviguant derrière la gondole amirale, sinon des canetons barbotant aux trousses de leur mère canne. Bien avant de franchir le seuil de cette haute bâtisse leurs oreilles et leur nez furent simultanément assaillis par une puissante exclamation animale (quelque chose comme « aaaahhhh ! ») et un non moins puissant répugnant remugle de pisse et autres déjections tel qu'il n'en émane que de la pire porcherie.

Ce « aaaahhhh » enthousiaste avait été clamé par une

phalange d'au moins trois cents capiteuses mamans en robe du soir qui, toutes frémissantes d'impatience, attendaient depuis une heure l'arrivée du Pacha et de sa Pachatte, les unes berçant contre leur poitrine décolletée leurs morveux nourrissons (auxquels certaines, le corsage obscènement ouvert, donnaient le sein) ; les autres surveillant leur progéniture parquée, comme autant de porcelets dans les stalles d'un marché à bestiaux, entre les hautes barrières de bambous d'une vingtaine de parcs à bébés disposés sur le sol carrelé de l'immense salon. On pouvait compter à tout le moins deux cents ou deux cent cinquante marmots en barboteuse gambadant à quatre pattes, braillant, chialant, chiant, rotant, pissant, pétant, vomissant : responsables directs, sans doute aucun, de cette puanteur qui avait saisi l'amiral au nez et à la gorge au moment où il entrait dans le bâtiment avec sa suite. Au demeurant, bien loin de dégoûter les mamans, cette fermentation ammoniaquée et acide semblait les enivrer, les exalter, comme les vapeurs éthyliques d'une cave à vin qui eussent pénétré leur corps, leurs vibrantes veines, se suffusant en onde fiévreuse jusqu'à l'épiderme de leurs joues empourprées.

La Légion, pour ce joyeux Noël de guerre, avait eu la lumineuse idée d'organiser un concours-du-plus-beau-bébé, dont le lauréat recevrait une belle médaille. Le jury s'était réuni déjà et on n'attendait plus que le gouverneur général pour remettre la récompense. La salle tout entière était décorée de guirlandes multicolores, de lanternes chinoises en papier. Aux fenêtres on avait collé des morceaux de coton figurant d'improbables flocons de neige qui fussent tombés sur Hanoi. Des cocotiers de Noël, dressés un peu partout dans la pièce, autour des parcs à bébés, étaient ornés de cheveux d'ange scintillants et de boules de verre rouges, jaunes, vertes. En musique de fond, un phonographe hoquetant distillait : *Mon beau sapin, roi des forêts*...

Autant de pathétiques symboles qui faisaient naviguer notre esprit vers la mère patrie malheureuse, affamée, frigorifiée...

L'amiral, se frayant un passage entre les mamans, les nurses, les boyesses et les bébés, parvint, avec son épouse, à une vaste table, hérissée de micros, où se trouvaient assis les membres du jury, en la personne du père Vacherin, en soutane blanche, d'une bonne sœur à cornette, et d'une dizaine de mères Noël (des mamans qui, pour la circonstance, avaient revêtu une longue robe à capuchon, écarlate, se collant aux lèvres et au menton moustache et barbe blanches postiches).

Le Pacha et la Pachatte s'assirent aux côtés du père Vacherin, lequel leur montra, sur la table, un petit coussinet de velours cramoisi, où étaient épinglées deux médailles à ruban bleu blanc rouge, l'une en plaqué or, l'autre en plaqué argent, portant l'effigie du maréchal.

– Mais pourquoi deux médailles ? demanda l'amiral, intrigué.

– N'avez-vous pas exigé que le concours fût mixte ? dit le missionnaire.

Et une mère Noël d'ajouter, sous sa moustache :

– Il y a une médaille pour un bébé de souche française, et une pour un bébé de souche indochinoise.

Le concours en effet était multiracial. Au milieu des trois cents et quelque mamans européennes, on pouvait remarquer, isolées dans un coin du salon, une dizaine de timides mamans tonkinoises serrant leur marmot contre leur poitrine. C'étaient des épouses de fonctionnaires indigènes « évolués », ou « civilisés », sinon « européanisés ».

Le nez braqué vers le coussinet cramoisi, l'amiral avait blêmi.

Il chuchota quelques mots à sa femme, puis à l'oreille du père Vacherin dont le visage, d'un coup, dans le cadre de sa belle barbe blonde, vira au violet. C'est que le Pacha venait de vertement l'engueuler !

Quand il avait exigé que le concours fût « mixte », il était évident pour lui (mais pas pour ces imbéciles de légionnaires !) que bébés jaunes et bébés blancs « courraient » dans la même « catégorie », sans discrimination aucune donc, afin que fût publiquement attestée la profonde alliance des deux communautés. Or ses ordres, une fois encore, avaient été déformés, vidés de leur substance. Tout l'effet recherché faisait long feu, foirait, comme un pétard mouillé. Foutus connards ! Et – fort évidemment – ces foutus connards avaient réservé la médaille plaquée or au bébé blanc (et blond) et la médaille plaquée argent au bébé jaune !

Bientôt les deux mamans victorieuses vinrent tour à tour, la Blanche puis la Jaune, présenter au Pacha leur morpion respectif, sur la barboteuse duquel, d'un geste sec et désabusé, il épingla une décoration. La Pachatte se sentit obligée, pour compenser le déséquilibre, de faire au bébé jaune des guili-guilis plus chaleureux qu'au bébé blanc.

Le père Vacherin put alors monopoliser le micro pour chanter un air dont il était friand, sur la famille, cellule de base de la société, dont la femme, en tant que mère et ménagère, constituait l'âme même. Certes, on avait vu des femmes réussir dans toutes sortes de profession, le barreau, les affaires et la science, comme Marie Curie. Mais c'était une minorité. Qui confinait au zéro quand on abordait le monde artistique, peinture, musique, littérature, sauf à considérer comme un bon écrivain femelle la poncifiante et mâle George Sand !... C'est que Dieu avait créé la femme non pour créer, mais pour procréer ! Perpétuer la race, tel était son véritable métier !... Choses que s'attachaient à nier tous ces films-de-cinéma de l'Industrie hollywoodienne avec leurs stars sophistiquées, immorales, maquillées... « Voilà les modèles qu'on donne à notre jeunesse ! »

Le père Vacherin avait voulu lancer une croisade contre le cinéma américain qui, justement interdit sur les écrans de la métropole, continuait à sévir dans toutes les salles obscures de l'Indochine. Les propriétaires de ces salles, qui comptaient écouler leurs stocks de films, yankees ou pas, avaient rapidement coupé les ailes à son zèle ! D'autant que le plus puissant d'entre eux, membre éminent de la Légion et ami personnel de Rouhaut, se faisait, selon radio bambou, livrer par contrebande des films américains venant rien moins que de la base de Kunming, *via* la frontière chinoise, cette base même d'où décollaient les bombardiers US qui canardaient nos villes.

C'est ainsi qu'à côté du bien français *Chapeau de paille d'Italie* (avec Fernandel), nous eûmes droit, pour cette nuit de Noël, à *Swiss Miss* (Laurel et Hardy), *The Westerner*

(Gary Cooper et Samuel Goldwyn) et *Stanley and Livingstone* (*the adventure that thrilled the world*, avec Spencer Tracy).

D'ailleurs quoiqu'on affichât en Indochine une américanophobie militante (qui s'était atténuée avec le débarquement US en Afrique du Nord, nous l'avons dit), il n'y sévissait pas moins, depuis toujours, un indécrottable, un indéracinable snobisme pro-anglo-saxon. Ces messieurs et dames de la bonne société jouaient au bridge, au golf, buvaient du whisky, émaillaient leurs propos de *« of course »* et en pinçaient pour Rita Hayworth, Jean Harlow et autres John Wayne !

Américanisme infâme qui sévissait même, comme on le verra, en cette nuit de chrétien Noël 1942 : dans la salle de bal.

Vers laquelle – après avoir confié leur marmaille à leur valetaille – toutes nos mamans-ménagères, prestement reconverties en vamps outrancièrement maquillées, firent voile en tanguant de la croupe.

Sous un immense chapiteau dressé dans le parc, où se tenait le bal, la pancarte énorme, disposée au-dessus de l'estrade de l'orchestre, annonçait en effet la couleur : *Hanoi's jazz band !* Pour pousser le vice, les musiciens (en fait la fanfare du 5e régiment d'infanterie coloniale) s'étaient outrancièrement agrandi la bouche, en la redessinant avec du rouge à lèvres, et passé la face au cirage brun. Soufflant dans leur saxo, crachant dans leurs clarinettes, suant sur leurs batteries et contrebasses, on les eût dits arrachés à quelque caricaturale affiche de la Revue nègre, ou à on ne sait quel sarcastique triptyque du peintre dégénéré teuton Otto Dix. Ces messieurs semblaient d'ailleurs plus métamorphosés moralement que physiquement par leur sinistre mascarade. C'était en effet à la façon simiesque de sauvages africains qu'ils se dandinaient dans leur smoking, qu'ils frétillaient, sautillaient, gesticulaient, au rythme des swings, fox-trot, rumbas et autres musiques barbares que crachaient leurs instruments.

Il est difficile d'imaginer ce que pouvait penser de cet obscène carnaval l'immense tirailleur sénégalais qui, flanqué du goumier du Maroc, se tenait debout, derrière une table, proche de l'orchestre, où était installé leur chef, le Génésup Mouche, en compagnie d'Astier, Chaballier et Tortu. Mouche qui, à la demande de Toudebout, avait troqué, pour la circonstance, son casque colonial contre un bicorne de cérémonie emplumé n'en avait pas moins gardé « son short ».

A une table voisine figuraient la belle Kikou, dans une robe verte Molyneux, souvenir de son séjour à Paris, flanquée de son colonel d'époux, le sieur Omiya ; du petit excité Kasuga, de l'agence Domei ; de l'écrivain (traducteur de Malraux) Kawamura ; de Kuga, chef de la Kempetaï ; et de deux officiers de la 39e armée, venus en permission de Shanghai, les lieutenants Sukiyaki et Tatami qui semblaient déjà tout à fait pris de boisson, deux bouteilles de scotch vides, victimes de leur soûlographie, reposant au milieu de la table, mortellement couchées sur le flanc. Rosine Day, et la dame Pasquiette, l'air tout à fait désabusé, et on ne sait quel rictus de mépris au coin des lèvres, leur tenaient compagnie. Rosine laissait retomber, comme privées de force, ses belles épaules rondes et nues. Du bandeau rose vif ceinturant son front et son indéfrisable blonde, jaillissait une aigrette blanche, épuisée. Aussi épuisée que les deux fleurs jaunes piquées de part et d'autre de son décolleté. La poudre trop rouge, dont elle avait barbouillé ses pommettes, ne faisait qu'aggraver la pâleur maladive désespérée du reste de son visage.

– Ah, soupirait-elle à l'adresse de Kikou, c'te bled ! C'te galère ! C'que c'est plouc ! C'que c'est moche qu'j'en crois pas mes mirettes ! Tiens… ça m'en coupe les gambettes, j'pourrais même point guincher !… Si tu veux qu'j'te dise, Kikou… (« Hic ! », Rosine, qui avait trop bu elle aussi, ravala son hoquet et ajouta :) Si tu veux qu'j'te dise, vous, les Japs, z'êtes pas à la hauteur ! Vous f'rez jamais de bons « occupants » !… R'gardez les Boches, r'gardez Paname aujourd'hui, c't' autre chose qu'Hanoi. Les fêtes chez Otto Abetz !… Y avait d'quoi s'occuper… y avait qu'du beau linge, des écrivains, des artistes... Des poètes : Jean Costaud.

– Jean Cocteau, corrigea Kikou.

« Elle m'énerve, cette tête de citron, songeait Rosine Day, elle croirait pas qu'elle connaît mieux Paname que ma pomme ! »

– Il est quelle heure ? demanda Rosine pour changer de conversation.

Kikou regarda sa Seiko.

– 22 heures.

– Eh ! tu rigoles ! C'est quoi comme came ta toquante... Il est près d'11 heures du soir, ouais. T'f'rais mieux d'te payer une Cartier ! Z'êtes vraiment pas à la hauteur, vous les Japs !

Kikou, vexée, dégrafa sa Seiko et la mit dans son sac (c'était la troisième qu'elle jetait depuis un mois. L'industrie horlogère du Soleil-Levant n'était pas encore à l'heure).

L'amiral et sa femme s'installèrent non loin, avec Larsouille, Pipaud et plusieurs hauts fonctionnaires. La Pachatte portait sur « tout ça », cette fête populacière, un regard méprisant. Prêtant une oreille inattentive aux considérations de son époux sur l'échec inévitable, à son avis, de l'offensive alliée en Afrique, elle s'attachait, de toute son énergie concentrée, à dessiner, sur ses belles lèvres encarminées, une moue ennuyée.

Jusqu'au moment où elle aperçut, à une table, dans un coin, devant un seau à champagne, son Monmatou de Rouhaut, en compagnie de Ducossard et de la pétasse-maigrasse Coutrais, avec son drôle de béret noir enfoncé à mi-front et sa robe cloche. Ils avaient l'air pas mal joyeux et éméchés, « tous les trois », ils avaient l'air de bien s'entendre « tous les trois », elle serait bien curieuse de savoir ce qu'ils fricotaient « à trois » tous les trois !

La Coutrais, avec ses yeux verts, avait vraiment « un regard de veau » ! Et avec ce regard de veau, elle reluquait stupidement le « lot » qu'elle avait gagné quelques instants auparavant au stand de tir aux pigeons : un énorme buste, en plâtre blanc, du Maréchal. Elle l'avait posé devant elle, sur la table, et semblait causer avec lui. Rouhaut-Monmatou, se sentant désagréablement dans la ligne de mire de la Pachatte, arracha Arlette (Coutrais) à la conversation du Maréchal, pour l'entraîner sur la piste de danse. Ah, il fallait voir comment cette traînée trottait sur le rythme du fox-trot ! La façon dont elle balançait de tous côtés ses jambes : ça, elle avait de jolies jambes. D'ailleurs, cette traînée, elle le faisait savoir, qu'elle en avait de jolies : le public pouvait le constater vu que toutes les cinq minutes elle vous remontait ses bas en déroute, de la cheville jusqu'au haut du genou, se dénudant jusqu'à mi-cuisse !... La tache rouge de la robe cloche et l'habit blanc de Rouhaut disparaissaient, resurgissaient, de la masse une et multiple des danseurs, énorme mouvant agrégat de tissu et de chair, frémissant collage cubisto-dégénéré de képis, de casquettes, de tronçons d'épaules et de bras nus, de fragments de visages disparus aussitôt qu'apparus, d'éclats de poitrines explosées ; magma tourbillonnant de mains posées sur la pulpe des fesses, de doigts arrimés au tesson d'un cou coupé...

– Darlan est mort ! dit froidement l'amiral.

Il venait d'apprendre cette nouvelle. Ponthieu, son aide de camp, qui avait brusquement surgi dans la salle de bal, tel un oiseau de malheur, la lui avait à l'instant murmurée à l'oreille.

– Pauvre chou, dit distraitement la Pachatte qui continuait de fixer au loin, dans la masse océanesque des danseurs, la petite tache rouge de la robe cloche qui, telle une ludionante bouée sans cesse submergée, se montrait un instant avant de se réengloutir.

– Mort comment ? demanda Larsouille, braquant ses yeux réticulés sur le Pacha.

– Assassiné !

– Un coup des gaullards !

Pour Larsouille, les gaullards craignaient que les vichystes leur coupassent l'herbe sous les pieds en retournant leur veste, comme Darlan, en faveur des Amerloques. Ils seraient alors bien avancés les gaullards ! Ils auraient l'air malin ! Doublés sur la ligne d'arrivée !

Le Pacha lança un œil inquiet vers la table des Japs où Rosine Day semblait s'engueuler avec le lieutenant Sukiyaki, de plus en plus ivre.

– L'heure est grave… dit-il. Comment les Japs vont-ils prendre la chose ? La tension est déjà intenable en ce moment… Je ne veux, pour l'instant, aucun commentaire sur cette affaire. *Se taire et faire taire !* Vous avez compris, Larsouille.

– Chérie, vous me pardonnerez, dit l'amiral en se tournant vers son épouse, il faut que je rentre au palais. Mais vous… restez… je ne vais pas gâcher votre Noël. J'ai une nuit de travail devant moi.

Il regarda Pipaud.

– Oui, m'n' amiral, dit celui-ci, avant qu'on lui eût rien demandé.

– Allons-y, Pipaud.

L'amiral, suivi de son scribe lui trottant dans les pattes, quitta aussitôt la salle de bal.

Abandonnant un moment son immonde répertoire américain, l'orchestre accompagna un *crooner*… euh, un chanteur de charme, au visage tout encirage de noir, qui interpréta la belle chanson de Léo Marjane : *Je suis seul ce soir/Avec mes rêves/Je suis seul ce soir sans ton amour*...

La Pachatte, voluptueusement, caressait de sa longue belle main ornée d'un diamant le plumet blanc, doux, du bicorne que l'amiral, dans sa précipitation, avait oublié sur la table. Elle lança un regard, à la fois câlin et autoritaire, vers Rouhaut, qui avait regagné sa table. Celui-ci se leva aussitôt, comme s'il se fût mis au garde-à-vous, et, quittant Ducossard et la Coutrais, à qui il balbutia quelques mots, vint inviter la Pachatte à danser.

– Je suis seul ce soir, avec ma peine/J'ai perdu l'espoir de ton retour... poursuivait le crooner.

Ils dansaient.

– Alors c'est vrai, Monmatou ? demanda la Pachatte, se

pressant discrètement mais voluptueusement contre la poitrine du capitaine de vaisseau.

– Quoi ? dit le capitaine de vaisseau Monmatou.

– Que tu aimes jouer aux osselets ?

D'un bref mouvement du nez, elle désigna, là-bas, la maigrasse Coutrais qui, le front posé contre le front de plâtre du Maréchal, dont elle enlaçait le buste aux épaules, regardait mélancoliquement vers Rouhaut et « c'te garce de Pachatte ».

Ducossard, à ses côtés, faisait la gueule en sirotant du champagne.

– Quand tu la bécotes, poursuivait la Pachatte, t'as pas l'impression parfois de ronger un os ?

Rouhaut, continuant de danser, haussa les épaules.

– Et en plus de ça il paraît que tu partages, comme s'y en avait trop ! Ah ah !

Elle désigna du bout du nez, au loin, Ducossard.

– Qu'est-ce que tu racontes ? dit Monmatou.

– Vous faites ça « à trois » !

– Comment ça, à trois ?

– Ça suffit, Monmatou, dit la Pachatte enfonçant ses griffes dans la chair du bras de Rouhaut, à travers l'étoffe de sa veste. Cesse de jouer les niais ! On m'a fait un rapport circonstancié, je sais tout : « à trois, à trois, à trois », répéta-t-elle trois fois, interrompant la danse et tapant du pied.

Puis, relâchant l'emprise de sa main droite, elle lui mit trois doigts, trois longs doigts blancs aux ongles vernissés de rouge, sous le nez. Elle les replia alors l'un après l'autre en disant : Primo, toi, l'amateur d'os. Deuxio, elle, l'ossuaire ! Troisio, l'autre, l'ostéologue Ducossard ! Ensemble... A trois !

Elle retapa du pied.

– Je... dit Rouhaut.

– Mais avec moi, Monmatou, t'es tombé sur un... os ! Ah, ah ! Vous allez me larguer ce squelette et... On va faire ça « à trois ». J'ai jamais fait ça « à trois ». J'veux faire ça « à trois » !

Stupéfait, Rouhaut s'arrêta de danser.

– Capitaine Rouhaut, ajouta d'un ton ferme la Pachatte,

je vais de ce pas chez vous. J'ai la clef ! Larguez l'... l'« Osso buco » (elle désigna Coutrais) et venez m'y rejoindre avec l'autre... (Elle désigna Ducossard.) J'ai peu de temps devant moi. (Elle regarda sa montre Cartier.) L'amiral travaillera toute la nuit, mais je ne puis me permettre de rentrer après... 1 heure du matin. Nous n'avons donc que (elle regarda sa montre) quarante-huit minutes et trente-deux secondes. Soyez diligents et discrets.

Rompez !

Elle planta là le capitaine, rejoignit sa table, prit congé de Larsouille et autres, ramassa le bicorne et quitta bientôt la salle de bal.

– *Et pourtant je t'aime et pour toujours/Ne me laisse pas seul sans ton amour*... chantait le crooner.

Le capitaine Sukiyaki, casquette de travers et sabre entre les jambes, en était à son second litre de whisky. D'un air ahuri, il regardait, fasciné, les dégoulinures de sueur qui, faisant fondre le cirage sur le visage d'un des faux nègres de l'orchestre, y dessinaient de blanches arborescences. Il regardait aussi, promenant ses yeux de l'un à l'autre, le visage, toujours impeccablement noir, lui, du « vrai Nègre » (le tirailleur sénégalais à chéchia montant la garde derrière la table du Génésup).

A chaque va-et-vient de son regard, Sukiyaki, incrédule et halluciné, avalait un nouveau verre d'alcool. Le spectacle de ces Nègres, vrais et faux, vrais ou faux, semblait, littéralement, l'hypnotiser. Par instants cependant, s'arrachant à sa contemplation, il approchait sa bouche de la petite oreille nacrée de Kikou, assise à ses côtés, et lui murmurait quelque chose qui, immanquablement, la faisait « pouffer ».

– Lieutenant Sukiyaki, ce que vous êtes chou ! Ce que c'est chou ce que vous dites là.

– C'est pas un vrai ! disait Sukiyaki.

– Si. (Kikou.)

– Non ! (Sukiyaki.)

– Si !

– C'est un faux !
– Vous êtes chou !

Le colonel Omiya, époux de Kikou, n'avait pas l'air, pour sa part, de trouver « chou » l'attitude – honteuse pour l'armée impériale – de ce soûlard qui n'était même pas capable d'avaler deux litres d'alcool pur sans perdre les pédales : Omiya en avait avalé trois et pas le moindre rictus cependant ne frémissait à la surface de sa face lisse et glabre. Tout juste quelques gouttes de sueur perlaient-elles à la racine de ses cheveux ras.

Sa main gauche arrimée à la poignée de son sabre, la droite accrochée à son verre de scotch, il restait impeccablement impassible.

D'un ton méprisant il récita à ce méprisable ivrogne quelques maximes du code des samouraïs, le *Hagakuré* :

– *Quand il boit le samouraï doit toujours rester sur ses gardes.*

Kikou enfla les joues, bâilla, souffla. Ça y est Omiya nous remettait son « Code des samouraïs », ce qu'il pouvait être fastidieux avec son « Code des samouraïs », depuis le début de la guerre il n'avait plus que ça à la bouche, le « Code des samouraïs ». Elle le reconnaissait plus, son Omiya. L'armée l'avait métamorphosé… Fallait voir quelle dégaine il se traînait, jadis, quand elle l'avait connu à Paris, à la Sorbonne, et qu'ils zigzaguaient d'un soir à l'autre, entre la Closerie des Lilas, à Montparnasse (où ils rencontraient Fujita, Sekiguchi, Man Ray, et où ils avaient même croisé Hemingway), et le Flore ou les Deux-Magots à Saint-Germain-des-Prés. Il avait les cheveux longs son Omiya, il ne jurait que par Guillaume Apollinaire ! Maintenant c'était le *Hagakuré* ! Il était devenu un curé du *Hagakuré* !… Et ce sabre à la gomme qu'il traînait partout ! Tout juste s'il couchait pas avec. Qu'est-ce qu'ils avaient tous avec leur sabre à la gomme ! Même les pilotes des Zéros, ils l'emportaient avec eux, leur sabre. Paraît que l'un d'eux, un jour, prenant son sabre pour le manche à balai, s'était gouré dans la manœuvre et fracassé au sol !

Omiya avait rejeté l'Occident et sa culture. La seule chose qu'il en conservait, c'était l'opéra de Puccini, *Madame Butterfly*. Il s'en passait quasi tous les soirs, sur son phonographe, la scène finale. Celle où la Geisha, abandonnée par le sale Blanc, se fait hara-kiri !

– *La voie du samouraï, c'est la mort !* répétait-il toujours, citant ses classiques.

Il était devenu invivable, imbuvable. Vous voyez pas qu'un soir, en 1941, lors d'un dîner d'officiers français bien arrosé, il s'était exclamé, le rustre, au spectacle de leur belle humeur :

– *Vous êtes de joyeux vaincus !*

Ça avait jeté un froid, mais un froid ! Si vous aviez vu la tronche du Génésup qui était présent à table ! La tronche !… Ces choses-là ne se disent pas !… Omiya méprisait les Français, qui ne s'étaient battus ni contre les Japonais ni contre les Allemands. Et alors, répliquait Kikou, ils s'en battaient l'œil de se battre, les Français ! Ils avaient bien raison ! Ils étaient choux, les Français !

Vraiment, Omiya n'était plus « sortable » !

Le capitaine Sukiyaki, s'empêtrant les jambes dans son sabre, finit par le décrocher de sa ceinture et le poser sur la table. Il ravala une lampée de whisky et, se penchant à nouveau sur le croquant petit coquillage qui servait d'oreille à Kikou, il lui murmura quelque chose :

– Non ! dit-elle.

– Je te dis que c'est un faux ! dit-il.

– Ouais, l'moricaud là, c't' un faux ! lança Rosine Day, s'entremettant dans leur dialogue.

Sukiyaki, une dernière fois, examina le faux Nègre de l'orchestre, puis le vrai ou prétendu tel, incarné par le Sénégalais. Vacillant sur ses jambes, il se leva alors, esquissant un pas vers le « vrai ».

– 行くな ! lança le mari de Kikou ! (Ce qui, en french, veut dire « Sukiyaki, reste ici ».)

– Sukiyaki, je t'en prie ! dit Kikou.

Mais Sukiyaki, titubant, continuait d'avancer vers le Sénégalais qui se tenait raide derrière le Génésup (lequel, lancé dans une vive discussion avec Astier, n'avait rien perçu du manège).

Sukiyaki, pendant sa marche, brandissait, tel le fer d'une baïonnette, son index droit en direction du Sénégalais. Qui ne bougeait pas d'un poil. Bientôt, le doigt tremblant de Sukiyaki ne se trouva plus qu'à quelques centimètres du pif du Sénégalais qu'il finit par toucher. Sukiyaki se mit alors, avec une soudaine frénésie, et tout en ricanant bêtement, à frotter de sa main le nez, les joues, le front, le cou du Nègre, comme pour voir s'il n'avait pas lui aussi recouvert sa face de cirage. Il n'eut pas procédé quatre secondes à ce manège qu'un gigantesque poing, un poing tout noir, jailli d'on ne sait où, s'abattit en pleine poire du Nippon, lequel se retrouva du coup, d'un coup, terrassé au sol, et tout de bon dans… le cirage.

Impassible toujours le Sénégalais remit son poing dans sa poche.

Mais déjà, Kikou avait bondi auprès de Sukiyaki. Se mettant à genoux, elle essuya, du bas de sa splendide robe Molyneux (oubliant qu'elle valait de l'or), les lèvres ensanglantées de l'officier.

– Mon p'tit chou, disait-elle, t'es dans les choux !

Cependant un autre personnage avait bondi sur les lieux du crime, le général Mouche lui-même, le plumet blanc de son noir bicorne au vent. Qui avait osé toucher à son Yaoundé (le Sénégalais) ? hurlait-il. Comment avait-on osé ? Les Japs se croyaient-ils tout permis ! (Ces mots s'adressaient au malheureux Sukiyaki, qui, au sol toujours, n'en pouvait mais.) Les Japs étaient-ils capables de comprendre qui est Yaoundé ? Yaoundé l'avait sauvé, lui le Génésup, en juin 40, lors de la débâcle ! Et Yaoundé, en sauvant le général, avait été grièvement blessé par une balle boche. Savez-vous ce qu'avait dit Yaoundé, croyant rendre l'âme dans les bras du Génésup ? Yaoundé avait dit : « Généwal, y a bon mourir pour la France ! » Un Jap pourrait-il jamais comprendre cette fidélité à l'Empire ! Non, les Japs ne seraient jamais dignes de… de… servir notre Empire !

Tenant à la main un pan de sa robe ensanglantée, Kikou, qui s'était relevée, lança au Génésup :

– Général, soyez chou, regardez-le le pauvre, il est très mal ! Faudrait un docteur…

En guise de docteur, Omiya, l'époux de Kikou, déboula. Il eut avec le Génésup un échange de regards haineux. (Mouche n'oublierait jamais son : « Vous êtes de joyeux vaincus ! », ça lui était resté dans la gorge, ce « joyeux vaincus »-là ! Mais il lui revaudrait ça, à Omiya. Il en ferait un « joyeux cocu » !)

Ignorant l'assistance, et les supplications de sa femme, Omiya flanqua trois coups de botte dans les côtes de l'ivrogne, qui retrouva conscience. Et c'est à coups de botte au cul que, suivi des autres Japs et d'une Kikou toute bouleversée, il fit sortir ce « soldat indigne » de la salle de bal.

On ne revit plus à Hanoi le lieutenant Sukiyaki. Selon radio bambou, il aurait été invité par son état-major à se faire hara-kiri.

– Si tous les Japs se font hara-kiri, concluraient les buveurs de pastis du Métropole, on n'aura plus besoin de prendre les armes pour les virer d'Indo !

Quelques quarts d'heure plus tard, l'« Osso buco » en robe cloche rouge, les larmes aux yeux, braquait un regard vide sur les danseurs et l'orchestre. Minuit avait sonné, tout le monde s'était embrassé, et elle, seule, toute seule, n'avait pu baiser que la moustache de plâtre du buste de Pétain posé sur sa table.

Son béret, ses épaules nues, sa robe étaient jonchés de tristes confettis multicolores, de tristes serpentins qui tissaient entre son visage, celui du Maréchal et sa bouteille de champagne des liens fragiles et éphémères.

Elle remonta une bretelle de sa robe, qui retomba aussitôt, entraînant dans sa chute un pan de corsage : surgit la fraise émouvante d'un minuscule minable mignon petit sein tout blanc.

Elle se versa une coupe de champagne.

De *champaign* plutôt (un « California 1940 » de contrebande).

Sur scène, devant l'orchestre, un chœur de pathétiques pères Noël sautillait en chantant *« Ding a bell ding a bell, ding a ding... »*.

La Coutrais explosa en sanglots :

Elle était seule, seule. Le soir de Noël, ces deux malpropres de Rouhaut et Ducossard l'avaient laissée choir ! Ah, ah ! Il paraissait que l'amiral Darlan à Alger avait été assassiné ! Ah ah, et qu'est-ce qu'elle s'en fichait, elle, de l'amiral Darlan ! Et il paraissait que l'amiral Toudebout les avait convoqués à son bureau ! Tu parles ! C'était Mme l'amirale, ouais, qui les avait convoqués... dans son lit ! Et en bons matafs disciplinés ces deux zigotos s'étaient lancés à l'abordage ! Ils aimaient ça les gros culs, les gros nichons ! Les grosses vaches ! Elle avait repéré tout le manège, elle, l'Osso buco !

Elle rembrassa la moustache de Pétain.

Y laissant une belle empreinte de rouge-baiser.

– Qu'est-ce que t'en penses, toi, hein, Philippe ? demanda-t-elle au buste. Tu appelles ça des bons Français, toi, ces vicelards !

Elle porta sa coupe aux lèvres serrées du buste qui ne desserrait pas les dents. Elle lui renversa sur le menton le *champaign* California 1940 pétillant.

– Tu te tais, Philippe ! Tu es à ce point outré par leur comportement que tu préfères la boucler. Je te comprends. Moi aussi ! J'ai pas de mot pour le dire...

Elle cogna câlinement son front au front de « Philippe », puis elle jeta un œil à nouveau sur le Hanoi's jazz band. Y en avait plus un de noir, de musicien, leur maquillage à tous avait fondu, ç'avait été la grande fonte des Nègres, une débâcle, une débandade, un déluge, une débine, une déconfiture, une totale désertion, une... Tout juste si, au lobe d'une oreille, à la fossette d'un menton persistait, comme l'eau de la marée descendante recueillie par le creux d'un rocher, quelques traces de « sang nègre ».

Un jeune Annamite arborant un énorme sombrero, et une impressionnante moustache postiche de pistolero mexicain, s'avança alors sur scène. Il interpréta l'*Hymne à l'Infidèle*, de Tino Rossi. Il s'agissait d'une Gitane traîtresse, avec de grands yeux bleus (une Gitane ?) « comme un ciel d'été » qui, « un triste soir d'hiver à El Dorado », avait largué son « muchacho » nommé « Pedro ». Il la suppliait de revenir, cet « enamorado », mais non, elle en aimait un autre, un « hidalgo » de « El Rio » du nom de « Romero »...

... Eh oui ! Telle était la vie, se disait la Coutrais, avalant une nouvelle coupe.

– Telle est la vie ! dit-elle, caressant du dos de sa main la joue du Maréchal. La vie n'est faite que de trahisons. Toi aussi, Philippe, on t'a trahi, toi qui t'es sacrifié à la France. Les gaullards t'ont trahi ! Et mon cornichon de Pierre (son mari) m'a trahi en rejoignant les gaullards. Au fond, Philippe (elle lui reversa une coupe sur le menton), nous avons tous les deux été trahis par les mêmes traîtres !

Elle lui rembrassa la moustache, les joues.

Y laissant des traces de rouge innombrables... On eût dit qu'il en rougissait de plaisir ce vieux libertin de Pétain.

Sur la piste de danse, Mme de La Chèrefeuille croyait se pâmer dans les bras d'Astier ; Mme Astier dans les bras de Chaballier ; Mme Chaballier dans les bras du colonel Albert ; Mme Albert dans les bras de Boucherou ; Mme Boucherou dans les bras de M. de La Chèrefeuille... Énorme pulpeux polype de chair polymorphe, agitant ses innombrables culs et tentacules, cette masse de carne suante et dansante prenait aux yeux de la Coutrais on ne sait quelle apparence obscène et monstrueuse. « Ah, elle était belle l'humanité ! Parlez-m'en de l'humanité ! »

– C'est ça, Philippe, l'humanité, regarde...

Elle fit pivoter le buste, braquant les globes blancs de ses yeux vers les danseurs.

Et pendant ce temps, en ce même moment déjà, la Pachatte devait se faire empachatter !

A côté de la table du Génésup (toujours coiffé de son bicorne emplumé), une dizaine d'officiers de marine naufrageant dans le pinard semblaient tanguer, vaciller, comme installés sur un radeau à la dérive…

Ils n'arrêtaient pas de reluquer, en ricanant et s'envoyant des coups de coude, le crooner asiate en sombrero. Sous les quolibets qu'ils lui envoyaient, celui-ci essayait de conserver son calme, continuant de débiter l'Hymne à cette garce d'infidèle (la Gitane qui se faisait enfiler par l'hidalgo). « Un soir d'automne » son « muchacho » délaissé (« Pedro ») avait décidé de se donner la mort…

A cet instant, un des marins ivres, ôtant de son pied une chaussure, la balança à la gueule du chanteur, faisant tomber au sol son sombrero. Il lui cria en même temps :

– Ta gueule cocu, tu la reverras ta pute !

Il y eut alors une incroyable mêlée. Ce fut comme un énorme amas, une énorme « boule » de corps, s'agrippant l'un à l'autre dans une furieuse bagarre, une « boule » qui sembla rouler en tous sens dans la salle et sur la piste de danse, renversant tables et consommateurs. Cette boule devait rassembler en elle au moins une cinquantaine de marins, biffins, aviateurs, s'entrenvoyant des baffes dans la gueule. De cette boule baladeuse, on voyait parfois surgir une chaise brandie, un pied, un poing. On crut même repérer, qui surnagea un moment à son instable sommet, le bicorne noir empanaché du commandant général supérieur… Dehors, déjà, hurlaient les sirènes des jeeps de la police militaire.

Tout cela était dégoûtant. La Coutrais était dégoûtée. Elle attrapa au goulot sa bouteille de *champaign* et hop, au goulot, elle en finit le contenu. Elle se leva, un peu titubante. Reremonta la bretelle de sa robe qui reretomba. Essaya de s'épousseter, de se débarrasser surtout de ces foutus confettis qui lui collaient aux bras, aux aisselles ! (« Avec c'te chaleur, c'est fou c'qu'on transpire ! ») Elle rereleva aux cuisses ses bas « tire-bouchonnés ». Jeta un œil au miroir de son poudrier : se mit un peu de rouge… Du bout de ses pieds nus, elle chercha sous la table ses chaussures à talon. Elle les avait retirées (toujours parce qu'« on crève d'chaud ! »). Puis…

– Viens, Philippe, on s'en va ! dit-elle.

Elle prit sous son bras le léger buste de plâtre et, gîtant sur ses hauts talons, fit voile, dans un grand balancement de sa robe cloche, vers la sortie.

Les Nègres blancs du Hanoi's jazz band entonnaient : *Stormy weather.*

Un taxi l'avait larguée devant sa maison « normande » à colombage (aux traites toujours impayées). Elle eut du mal à glisser sa clef dans la serrure de la porte. Elle fut tout à fait incapable de trouver l'interrupteur pour éclairer. Somnambule, elle se dirigea dans l'obscurité vers sa chambre. Le parquet de teck craquait sous ses talons. Elle aperçut le lit qu'enrobait, comme un blanc cocon, la moustiquaire. Elle en écarta les voiles, marcha à quatre pattes sur le matelas. Elle « coucha » alors Philippe, qu'elle avait gardé sous le bras, la nuque contre un oreiller et rabattit le drap jusqu'à sa moustache.

– T'es bien, là, Philippe ?

Elle commença alors de se déshabiller, se dépiautant de sa robe, ses chaussures, ses bas. Bientôt, elle fut nue (à part ces confettis bleus et jaunes qui, çà et là, marquetaient sa peau humide).

Elle se blottit contre Philippe.

Se rendant compte qu'elle avait gardé son béret, elle l'ôta, l'enfonça sur le crâne de Philippe, en guise de bonnet de nuit.

– Faut pas qu't'attrapes un rhum de cerveau, Philippe. La France a besoin de toi. Bonne nuit…

– Bonne nuit, Arlette ! rétorqua une voix. Et joyeux Noël…

Effarée, la Coutrais se mit sur son séant, secoua le buste du Maréchal.

– C'est toi, Philippe, qu'as causé, blague pas Philippe ?
– C'est moi, dit une ombre se dessinant en transparence à travers la moustiquaire.
– Le Cornichon ! s'exclama-t-elle.
Le Cornichon, déjà, s'asseyant sur le lit, l'avait prise dans ses bras, l'embrassant passionnément sous l'impassible regard de Pétain.
– Ma Cornichonne, dit-il.

Pierre Coutrais était de retour de Chine.
Ce bref échange linguistique fut suivi d'une furieuse étreinte, ce cocu de Cornichon en pinçant toujours pour la Cornichonne… et quoi qu'il en eût. Le festival dura une bonne heure au terme de laquelle, allongés sur le dos, en sueur, de part et d'autre du buste demeuré là malgré la tourmente, ils commenceraient à causer. Les premiers mots de la Cornichonne furent des reproches :
– Tu m'as laissée choir sans le sou, trois mois sans le sou ! Qu'est-ce que t'avais besoin d'aller jouer les héros quand t'avais ici un avenir en or, l'amitié du Pacha… Tu sais qu'ils t'ont condamné à mort !
Le Cornichon, se penchant hors du lit, prit dans sa veste jetée au sol une grosse enveloppe en papier argent, enrubannée de rose. Il la posa au milieu du lit, sous la moustache du Maréchal.
– C'est quoi, dit la Coutrais.
– Ouvre… c'est ton cadeau de Noël !
Elle ouvrit.
Trouva dedans une liasse de billets de banque.
– C'est quoi, c'te fric, c'est quoi comme fric ?
Elle alluma la lampe de chevet en pâte de verre qui distilla sa lumière orangée.
– J'en ai jamais vu du fric comme ça !
Les billets étaient petits, verts.
– C'est pas des dollars chinois, j'espère, ça vaut rien.
– C'est des dollars…
– Chinois ?
– Américains.

Une énorme liasse de coupures de cent dollars.

– Mais dis donc… c'tune fortune. Y sont riches les gaullards ? T'es pas si cornichon que ça, au fond. Ils paient en dollars les gaullards !

– C'est pas les gaullards qui paient, les gaullards, c'est du vent. En Chine, ceux qui tirent toutes les ficelles, ce sont les Américains ! Dans quelques mois, moins peut-être, ils vont envahir l'Indochine à la tête des troupes de Chiang Kai-shek ! Y a des centaines de milliers de fantassins, armés jusqu'aux dents, chinetoques et US, massés sur la frontière, des tanks, des avions ! Tu peux pas imaginer… Le Pacha sera balayé, les Japs, les Français seront balayés. Y aura plus jamais de Français en Indo…

– Y aura quoi alors, des Amerloques ?

Nous reproduirons ici, à peu près dans son intégralité, le discours misérable que tint cette nuit-là à son épouse le misérable Pierre Coutrais à qui, manifestement, les services secrets yankees, très habiles en la matière, avaient totalement lavé le cerveau, le transformant en robot, en un de ces pions sans âme et sans pensée qu'ils commencèrent à avancer, dès cette époque, sur l'échiquier asiatique. En trois mois à peine, ils avaient fait de ce jeune homme de 24 ans, bon Français (quoique dévoyé par la propagande gaulliste), un de ces zombies, si pertinemment décrits par Alexis Carrel, grand penseur du régime de Vichy : zombie à la semblance de cette stupide jeunesse américaine pour qui l'idéal humain n'est plus incarné par Cervantès, Barrès, Drumont, Maurras, Pesquidoux, mais par messieurs Rockefeller, Morgan et autres rats de finance.

… Il n'y aurait bientôt plus de Français en Indochine, dirait donc à sa femme ce « nouveau converti » du « prêt-à-penser yankee », mais les Américains ne s'y installeraient pas pour autant. Ce qui triompherait en Indochine, ce serait la Liberté, c'est-à-dire la liberté du marché, le business, le fric, *money* ! Le colonialisme était dépassé ! Parce que, depuis longtemps (Roosevelt l'affirmait !), il n'était plus *rentable* ! Le colonialisme était non seulement odieux, mais, crime suprême, il était *inefficace* ! Le monde désormais ne serait plus divisé par les frontières, quadrillé par les protectionnismes, encombré par toutes ces « chasses gardées » des vieilles puissances impériales qui étaient à l'origine des deux guerres mondiales (on voit combien la pensée crypto-communiste rooseveltienne est inspirée par Lénine !). Le colonialisme portait en lui la guerre comme la nuée l'éclair, récitait ce pauvre Cornichon manipulé. Le monde allait changer de base ! ajoutait-il. Le temps d'un nouveau *« deal »* était venu ! Pétain autant que son pseudo-rival de Gaulle n'étaient que de vieilles lanternes désuètes, obsolètes, *outdated* ! Ouvrons les fenêtres, les portes de la planète, *Let's the door be open* ! Aérons le monde, laissons circuler le capital, déferler les monnaies, s'entrechoquer les intérêts, s'égaliser profits et salaires, *freedom, freedom, freedom* !… euh…

Comme il s'exaltait de plus en plus, en récitant sa leçon, le Cornichon faisait tourbillonner autour de lui ses bras, comme de folles ailes de moulin.

Cependant la Coutrais, tout à fait sourde aux élans oratoires du Cornichon (« cause toujours ! »), comptait et recomptait les billets verts, humectant de salive régulièrement son petit index droit.

– Cent trente billets de cent dollars, pas possible !… Vu le cours de la piastre et du franc qui se cassait la gueule, ça devait valoir tout ça… euh… au bas mot une Packard 120 décapotable, une villa de quatre pièces sur le Grand Lac, une dizaine de robes en soie, coupées sur les meilleurs modèles parisiens et avec ça… euh…

Elle se mit à sucer son index, comme pour vérifier si, l'argent n'ayant pas d'odeur, il n'eût pas par hasard un goût.

– T'en auras plus encore ! dit le Cornichon. Je t'ai trouvé un « job ». Chez Gordon et au SACO.

– Késaco ?

– Sino American Cooperative Organisation, du commandant Miles, US Army, et du général Tai Li, des services secrets de Chiang Kai-shek. Ton nom de code est X 27 !

– C'est ça, dit-elle, croisant ses bras maigres sur sa minuscule poitrine, pourquoi pas Mata-Hari, ça va pas la tête ! (Elle se frappa la tête.) J'entre pas dans votre combine, moi, j'tiens à ma peau ! (Elle se tâta la peau du ventre autour du nombril.) D'ailleurs je refuse de m'appeler X 27, c'est moche. Je préfère B 29 !

– C'est déjà pris, c'est le nom d'une forteresse volante !

– Ah… si c'est pris.

Un voile de fatigue couvrit son visage, qui retrouva son air vaguement ahuri de petit veau.

Elle ressourit :

– Dis donc, s'exclama-t-elle, passant son doigt sur la lèvre supérieure de son époux. Tu l'as…

– Oui.

– Rasée ?

– C'est plus la mode aux USA.

– Clark Gable, il en a une dans *Gone with the wind*.

– Pas Bogart. Faudra qu'tu voies son dernier film : *Casablanca*. Il passe en ce moment au Majestic, à Kunming !

S'asseyant les jambes croisées sur le lit, l'agent X 27 prit entre ses deux mains le visage de son mari qu'elle rapprocha de la lumière de la lampe de chevet diffusant à travers la moustiquaire son halo orangé. Les cheveux du jeune homme inhabituellement courts et la disparition de sa moustache métamorphosaient complètement sa belle gueule bronzée et carrée, lui donnant un air plus assuré, plus viril.

– T'es chou comme tout. T'es le portrait craché de Gary Cooper dans *The Westerner*, ça joue en c'moment à l'Éden !

Elle l'embrassa à pleine bouche.

Et ces deux jeunes égarés, corrompus par l'immonde fallacieux éclat du miroir aux alouettes de l'impérialisme économico-culturel yankee, s'étreignirent à nouveau, fougueusement.

– T'es complètement chou, Cornichon. Et en plus t'as du blé !

– *I love you !* dit-il.

Darlan était mort.

C'était une lutte à mort qui commençait.

Qui l'avait abattu ? Les Américains ? Les gaullards ?

L'amiral, après toute une nuit passée à dicter des ordres, à envoyer des directives de presse, regardait, le front posé sur un montant de fenêtre de son cabinet de travail, se lever le jour. Dans la lumière fauve de l'aube, les marins immaculés de sa garde avaient déjà, au son sourd des tambours et éclatant des clairons, hissé les couleurs : les couleurs de la France qui – pour combien de temps encore ? – flotteraient sur notre terre d'Indochine... En quoi consisterait le prochain round ? Une prise de pouvoir par les Japs ? Une invasion sino-américaine ? Il fallait empêcher l'une et l'autre, tirer sur toutes les ficelles de la diplomatie, ruser, louvoyer !

JE MAINTIENDRAI ! Telle était sa devise.

Déjà la blanche fantomatique garde marine s'éloignait, après un dernier salut aux couleurs, se dirigeant là-bas, vers le bouquet d'hibiscus... Soudain, devant les grilles du parc, l'amiral vit s'arrêter un taxi noir. Un drôle de personnage en sortit. Une femme en longue robe de soie verte moirée, décolletée, qui portait sur la tête, mais de travers, un bicorne à plumes blanches. Elle s'avança vers le palais Puginier, en titubant. Les tirailleurs, à l'entrée du parc, n'avaient pas un instant essayé de lui barrer le passage. Tout au contraire, ils lui avaient présenté les armes.

Cette étrange silhouette vacillait sur ses hauts talons, marchant lentement, en zigzags, sur la pelouse qui, dans la lumière indécise de l'aurore, avait l'étrange couleur bleu cobalt qu'on voit aux végétaux dans certaines toiles du dégénéré Ernst Ludwig Kirchner.

– Charlotte ! s'exclama l'amiral, stupéfait.

Il courut au balcon. Il eut l'impression, s'appuyant au balustre, qu'il tremblait, qu'il s'effritait, sous le poids de ses deux mains, que les pierres commençaient de s'en desceller.

– Charlotte ! répéta-t-il.

Charlotte, qui s'était avancée jusqu'à l'aplomb du balcon,

salua l'amiral en ôtant son bicorne, le faisant tourbillonner devant elle dans une majestueuse révérence.

– Hello, Louis ! cria-t-elle d'une voix avinée.

Bouleversé, l'amiral, quittant le balcon, traversa à toute allure son cabinet de travail, dévala, sous le regard des bustes barbus des Paul Doumer, René Robin et autres Van Vollenhoven, l'escalier intérieur du palais au pied duquel il se retrouva face à face avec Charlotte laquelle, sa blonde chevelure toute défaite sous son bicorne, lui tomba dans les bras.

– Louis, s'exclama-t-elle, lui postillonnant au nez une haleine copieusement imbibée de Marie-Brizard, quelle soirée fastidieuse j'ai passée, vous ne sauriez imaginer ! Sachant que vous travailleriez toute la nuit je me suis laissé entraîner par cette pauvre Mme Aurillette et cette pauvre Mme Martial à une partie de belote, oui, ces dames ne savent jouer qu'à la belote, et « à trois » en plus de ça, car on n'a pas trouvé d'autre partenaire ! Quoi de plus ennuyeux !... La partie s'est traînée jusqu'à l'aube, ces dames, plaquées par leur mari, ayant à ce point le vague à l'âme que je n'osais pas les quitter ! Drôle de Noël, j'vous jure ! C'pas un cadeau !

Après avoir récité cette tirade, élaborée à l'avance, la Pachatte, ivre morte, s'écroula par terre. Le Pacha, la saisissant aux bras et aux cuisses, ho-hisse, la hissa sur ses épaules, à la façon d'une carcasse d'agneau, et il la monta ainsi jusqu'au second étage où ils avaient leur chambre.

Il la jeta sur leur vaste lit à moustiquaire, en palissandre de Rio.

– Charlotte ! lui dit-il. Qu'est-ce qui vous arrive ?

– Louis ! dit-elle, lui passant ses bras au cou.

Elle l'embrassa.

– Charlotte ! souffla-t-il le souffle coupé, après s'être arraché aux lèvres succionnantes de la Pachatte, cela fait si longtemps que vous ne m'avez pas embrassé comme ça !

Il commença de la dévêtir, car elle en était incapable. Prenant la robe par le bas, il la retroussa jusqu'au visage.

Le sculptural corps blanc apparut alors, dans toute sa praxitélienne beauté, et sa plus totale nudité (tout juste occultée, à l'embranchement des cuisses, par le fourrageux triangle blond sombre de la toison).

– Mais... Charlotte... balbutia l'amiral. Votre... vos... vous... Vous n'avez pas de culotte... ni de soutien-gorge !

Ouvrant à demi ses lourdes paupières, elle murmura, dans sa demi-ivresse :

– Oh, il faisait si chaud aujourd'hui, savez-vous. J'ai préféré n'en pas mettre... Venez, Louis...

Le Pacha enlaça la Pachatte qui, presque complètement dégrisée par une soudaine angoisse, se demandait « où bon Dieu elle avait bien pu foutre sa foutue culotte », une culotte en dentelle, ornée de francisques bleu-blanc-rouge que l'amiral (qui l'avait fait broder par une boyesse « aux doigts de fée ») lui avait offerte à leur dernier anniversaire de mariage !... Elle se souvenait vaguement, dans un tourbillon brumeux d'images aux formes distordues, des mains de Ducossard et de Monmatou troussant sa robe, défaisant son... A l'aube, absolument effrayée par l'idée qu'elle avait découché « toute la nuit », elle s'était rhabillée à la hâte, trop ivre encore (Marie-Brizard et Cottab opiacées), pour s'inquiéter de ses introuvables soutien-gorge-et-culotte. Le soutien-gorge, c'était pas grave, c'était un Scandal, comme il en existe à des milliers d'exemplaires, mais la culotte ! C'était une culotte unique ! Une culotte incomparable, inimitable, un chef-d'œuvre de culotte !

Et tellement... identifiable !

Comme l'amiral jonchait de baisers gourmands le long corps de la Pachatte, toute chaude comme un chausson aux pommes sorti du four, elle regardait, sur le carré de ciel rose que découpait l'embrasure de la fenêtre, flotter, au haut de leur hampe, les trois couleurs, bleu, blanc, rouge, du drapeau de la France. La France d'aujourd'hui et de toujours, la France de Barrès et de Chateaubriand, la France de Michelet et de Maurras, la France de Renan et de Drumont, la France de Gobineau et de Proudhon, la France de Lyautey et de Flora Tristan, la France de Courbet et Francis Garnier, la France de Bouguereau et de Renoir, la France de De Gaulle, la France de Pétain, la France de Labiche.

Rappelez-vous où nous sommes. En France, chez une nation changeante et inconstante…

(Shakespeare, *Henri VI*, acte IV, scène 1.)

Si l'on veut comprendre les Français, il faut, par-delà les superficiels oripeaux de leur latinisation et de leur germanisation, aller chercher l'amande profonde du noyau caché du substrat enfoui de leur essentielle essence : Le Gaulois !

Et qu'est-ce qu'ils faisaient – hein ! –, les Gaulois, quand les Romains occupaient leur pays ? Ils s'entre-déchiraient, les Gaulois, ils s'entremettaient des bâtons dans les roues, les Gaulois !… Les uns, les purs, se rangeaient vaillamment derrière Vercingétorix ; les autres, les faibles, les pleutres, les lâches, les traîtres, faisaient risette à Jules César, ah ah !… Comme j'en connais aujourd'hui, en Afrique du Nord, qui font des ronds de jambe devant Churchill et Roosevelt !

Les Gaulois n'ont jamais su s'unir !

Et cette comédie s'est perpétuée avec les luttes entre Bourguignons (vendus aux Anglais) et Armagnacs ; entre protestants (vendus aux Anglais) et catholiques ; entre dreyfusards (vendus au Cosmopolitisme) et antidreyfusards ; entre Français-dits-libres (les gaullards vendus aux Britishes et les autres, les partisans de l'obscur général Giraud, aux Amerloques)… Quand l'incorruptible Maréchal, telle une nouvelle Jeanne d'Arc rassemblant derrière lui, fière bergère, le peuple vaillant de ses blancs moutons, brandit la sainte bannière de l'union !...

Ces fratricides divisions on les retrouvait en Chine, à Chungking, où gaullistes, giraudistes et pétainistes avaient leurs représentations rivales...

Si les Français sont gaulois ; les Chinois sont un rien français. Eux-mêmes, en effet, n'étaient-ils pas divisés entre le nationaliste Chiang Kai-shek (au sud), qui, sous les auspices de Roosevelt, avait fait alliance avec le communiste Mao Tsé-toung (au nord), contre Wang Ching-Wei (à l'est) allié aux armées d'invasion nipponnes. Certains « mauvais-Français » appelaient Wang Ching-Wei le « Pétain chinois ».

Jusque-là Vichy – craignant le déferlement sur l'Indochine des « hordes de Chiang Kai-shek » – avait maintenu avec lui des liens diplomatiques.

Mais en cette magnifique journée du début de l'été 1943 nous venions d'apprendre, non sans effroi, que Chiang Kai-shek, « ce fantoche de Washington », avait rompu avec le gouvernement du Maréchal. Qu'entendre là ? Sinon que « ce nouveau Gengis Khan », appuyé par les forces aériennes yankees, s'apprêtait à nous submerger de ses troupes « avides de vol et de viol » !...

Sombre était cette lumineuse matinée ; sombre l'azur du ciel de Dalat ; sombre était le visage du Pacha installé, sous un grand parasol jaune vif, au bord du lac de la Grenouillère ; sombre était le sombre regard de la Pachatte derrière ses noires lunettes solaires ; sombre le resplendissant visage cuivré de soleil du conseiller Belangel ; sombre la bouille rubiconde de Larsouille ; sombre la mine blême de Pipaud et de Boucherou, installés tous, côte à côte, sur des chaises longues, au bord de l'eau.

Ils étaient en tenue de bain.

Studieusement, ils sirotaient dans de grands verres rendus

opaques par la vapeur fraîche des glaçons, du du Beau, du du Bon, du Dubonnet.

Ils regardaient au loin un spectacle navrant – qui eût paru comique en de moins tragiques circonstances : le capitaine Tortu (services secrets), debout sur une aquaplanche, au milieu du lac, se faisait tirer, au bout d'une corde, par une vedette rapide, tout en portant, assis sur ses épaules, le général Mouche. Quoique en maillot de bain, le Génésup, craignant l'insolation, avait gardé sur la tête, étrangement, son casque colonial kaki.

Tout cela avait – en apparence du moins – l'air bonhomme d'une estivale réunion de famille.

L'air des hauts plateaux, où se trouvait Dalat, était pur, et incroyablement frais. On se fût cru, au printemps, sur la Côte d'Azur, dans une élégante station balnéaire. Impression que venait corroborer la haute silhouette blanche du Palace Hôtel (quasi-sosie du Negresco, à Nice) qui se dressait derrière eux, sur une colline fleurie, entourée d'une multitude de villas méditerranéennes et (chose plus surprenante encore sous ces latitudes) de pins parasol qu'on eût crus dessinés en trompe l'œil sur le grand miroir incompréhensible du paysage indochinois.

– Ah qu'il eût été bon de vivre ici, s'il n'y eût pas eu de guerre !

– Ni de Chinois qui nous menaçassent.

– Ni de Japs qui nous occupassent.

– Ni d'Américains qui nous bombardassent.

– Ni d'Indochinois qui se révoltassent.

– Ni d'Indochinois.

Ainsi devisaient-ils, funèbrement, entrechoquant, d'un geste las, blasé, leurs glaçons au fond des verres. On but, pour noyer toutes ces déceptions que nous avait apportées l'an 1943 : primo, ces « incapables de Boches », bien loin d'écraser l'Hydre bolchevique, comme ils le trompetaient, avaient ravalé leur choucroute à Stalingrad ! (Hitler n'était qu'un matamore !) ; deuxio, ces « incapables d'Italiens », bien loin d'expulser d'Afrique les Anglo-Saxons et leurs trusts pétroliers, avaient bouffé par la racine leurs spaghettis bolognèses d'El-Alamein jusqu'en Sicile tombée aux mains alliées (Mussolini n'était qu'un garçon coiffeur !) ; troisio, quant à ces « incapables de Japs », qui devaient rayer de la carte d'Asie tous les Blancs (… sauf les Français !), les Ricains étaient en train de leur faire passer le goût du saké, aux îles Salomon et dans la mer de Chine ! (Le Mikado n'était qu'un zigoto !)

« Sombre dimanche », chantait la voix de Damia distillée par les haut-parleurs du bar de la Grenouillère. Le Pacha héla un serveur annamite en blouse blanche, qui apporta une nouvelle tournée de Dubonnet.

Il n'y avait que la Coutrais, présente aussi à cette réunion de famille, qui ne parût pas triste. Cette tête de linotte, du bout de la paille qu'elle avait retirée de son cocktail Blue Lagoon (elle détestait le Dubonnet), s'amusait à taquiner l'oreille de Belangel, installé à ses côtés sur un pliant. Toute menue et toute blanche, dans son maillot deux pièces vert phosphorescent, elle arborait sur le nez d'énormes verres solaires en forme de cœur et, sur le crâne, étrangement enfoncé jusqu'à mi-front, son béret. Depuis qu'elle était devenue (à l'insu de tous) l'agent sino-américain X 27, elle ne quittait plus ses lunettes et ce couvre-chef.

C'était sa tenue d'espion.

Marlène Dietrich en avait une comme ça dans… dans elle ne savait plus quel film.

X 27 roulait sur l'or désormais. Ou sur les dollars US, travaillant simultanément pour le SACO (sino-américain) ; l'OSS (américain) ; l'AGAS (américain) ; et Gordon (réseau privé dirigé par un aventurier canadien qui négociait ses tuyaux avec les plus offrants, Anglais, Chinois, Américains, Français-libres). Les gaullards étant à sec, il n'était guère en bons termes avec eux. C'était en quelque sorte une PME du renseignement. Premier réseau d'espionnage installé en Indochine depuis 1942, Gordon fournissait aux bombardiers US les coordonnées des cibles les plus intéressantes, militaires et économiques. Il avait su recruter, chez les indigènes et les Français, et chez les officiers vichystes même, une multitude d'agents, dûment rémunérés, à qui il avait fourni des émetteurs-récepteurs B2 extrêmement puissants et peu détectables. Le trafic de renseignements ne procurait à Gordon qu'une faible partie de ses ressources, le commerce de l'opium y pourvoyant aussi (en complicité avec la mafia corse locale qui, sympathisante de Vichy, essayait de se ménager les Alliés, car on n'a jamais trop de fers au feu). Mais la plus vaste partie des énormes fonds dont disposait cet étrange personnage (si symbolique de la « dégénérescence démocratique ») provenait d'une association internationale bidon, le Carrefour du développement et des libertés, CDL, qui dissimulait en fait les manœuvres de plusieurs grands trusts industriels et pétroliers, dont Texaco. C'est que les marchands de soupe US voyaient loin : ils rêvaient, pour l'après-guerre, de s'ouvrir l'Asie, et particulièrement l'immensissime marché chinois. Colonialisme, Communisme, Fascisme étaient aussi pour eux de vieilles lunes qui entravaient leur expansion !

Pour le SACO, agent X 27 (à qui on ne demandait pas de comprendre tout ça) avait commencé d'enjôler le général Mouche et le conseiller Belangel, ne désespérant pas un jour prochain de mettre « dans sa poche », sinon dans son lit, l'amiral lui-même. Les Américains cherchaient en effet à retourner en leur faveur – et dans le dos des gaullards – les personnalités vichystes les plus importantes.

Mouche, par X 27 (et son mari le Cornichon), avait pris contact avec les Sino-Américains : à l'insu de Belangel qui, à l'insu de Mouche, était entré lui aussi en rapport avec ce réseau… *via* la fourbe X 27 toujours.

C'est que, tout vichyste qu'il fût, Belangel, grand lecteur de Machiavel et Talleyrand, et pur produit par ailleurs du Quai d'Orsay, se disait un « réaliste ». Et le « réalisme » voulait qu'on jouât aujourd'hui la carte américaine.

« Réaliste », il avait misé hier sur le Japon qui ne pouvait qu'attaquer l'URSS, de concert avec Hitler : le Japon avait attaqué Pearl Harbor, conservant des liens diplomatiques avec Staline. « Réaliste », il avait pensé que les Anglais, restés seuls à se battre dans la tourmente européenne, finiraient par s'allier à l'Allemagne pour mettre un coup d'arrêt au communisme ! Churchill avait tenu bon sur ses positions. « Réaliste », il était persuadé que Chiang Kai-shek, qui, dans l'indifférence générale, s'affrontait depuis 1937 au rouleau compresseur japonais, finirait par s'écarter de Washington et jouer sur Tokyo. Chiang Kai-shek continuait sa lutte.

Et venait de rompre avec Vichy...

– Il faut être « réaliste », dit soudain Belangel après avoir vidé d'un trait son Dubonnet.

La paupière droite du profil hiératique de Toudebout se mit à battre ! Belangel nous remettait encore une fois son « réalisme » sur le tapis !...

Aguicheuse, la Coutrais glissa le bout de sa paille dans une narine de Belangel lequel, excédé par ces minauderies, hurla :

– Ah, ça suffit !

Ces petites bonnes femmes qui fricotaient dans tous les coins devenaient de plus en plus irritantes ! Elles se croyaient tout permis ! Un jour, comme les indigènes, elles réclameraient le droit de vote !

– Qu'entendez-vous par « réaliste » ? dit sombrement l'amiral, dont le visage, encadré par des cheveux grisonnants trempés par une récente baignade, se découpait, tache opalescente, sur la toile vert pomme de sa chaise longue.

– Ne l'avons-nous pas toujours été, « réalistes » ? souffla Larsouille.

– Le problème, c'est que la réalité ne l'est plus... réaliste, murmura Boucherou. Stalingrad, qui aurait imaginé...

– Être « réaliste », reprit Belangel avec un petit air agacé qui fit frémir le bout de son nez, c'est tout simplement reconnaître une chose...

– Laquelle ? dit Toudebout.

– NOUS AVONS PERDU LA GUERRE !

– Ah ah ! (L'amiral explosa de rire avec tous les autres.) Vous avez trouvé ça tout seul, Belangel. C'est ça qu'on apprend au Quai d'Orsay !

Croisant ses longues jambes maigres hérissées de frisures blondes, Belangel ajouta, exaspéré :

– Laissez-moi finir ma phrase !

Il se fit un long silence, que le conseiller diplomatique se délecta de prolonger. On entendait crisser les grillons. On se fût cru en Provence. Il reprit :

– NOUS AVONS PERDU LA GUERRE, MAIS IL NOUS FAUT GAGNER LA PAIX !

A ces mots, le visage de Toudebout, d'un coup, s'empourpra, enfla, ses yeux bleus hallucinés s'écarquillèrent. On l'eût dit frappé d'apoplexie.

– Ah çà ! Ah çà ! gloussa-t-il, le souffle coupé, comme un boxeur qui a reçu un coup sous l'abdomen.

– Pipaud, Pipaud ! hurla-t-il, se tournant vers le scribe assis non loin.

Pipaud se dressa d'un bond (douloureux : à cause du lumbago qu'il avait attrapé à écrire assis, pendant des nuits, les nouveaux chapitres de son roman). Il entrecogna ses talons nus, se mettant au garde-à-vous et saluant.

– Ah çà, Pipaud, souffla rageusement l'amiral. J'aimerais bien parfois que vous m'en concoctassiez de pareilles : ... formules !

« L'ingrat ! » songea le scribe.

– Notez-moi ça, poursuivit le Pacha : *Nous avons perdu la guerre, il nous faut gagner...*

Oubliant qu'il était en maillot de bain, le petit Pipaud tâta fièvreusement ses menus pectoraux, y cherchant dans on ne sait quelle virtuelle poche on ne sait quel fantomatique stylo Parker.

– Un pur chiasme, dit le Pacha, en goûtant toute la saveur, comme on tourne et on retourne dans sa bouche une goulée de vin fin.

Trouvant le Parker et son cahier en maroquin sous sa chaise longue, Pipaud nota.

... Peut-être, songea-t-il, pourrait-il la placer dans son

roman, cette formule ? Bien sûr c'était un roman d'amour, mais l'amour n'était-il pas une sorte de guerre ? Son héros principal, l'écrivain maudit Vassili (oui, il s'appelait maintenant Vassili, il avait changé son nom), n'avait-il pas décidé, quasi comme un militaire dressant un plan de bataille, de repartir à l'assaut de l'infidèle Mlle de Vagenende pour l'arracher au rustre marchand de chevaux qu'elle allait épouser ?

– Gagner la paix ? Mais comment ? demanda Toudebout.

– Hum ! fit Belangel.

– Ah non, pas « hum » ! s'exclama l'amiral. J'en ai ras le bol de vos « hum », maintenant il va falloir que vous parliez…

– Je parlerai donc… Je vous dirai ce que depuis quatre mois déjà je… hum…

Instinctivement, mécaniquement, il chercha sur le sol un introuvable coin de tapis, puis son regard se porta sur le lac où…

Où cette fois c'était le général Mouche qui, la tête chaussée toujours de son casque, se tenait sur l'aquaplanche, serrant entre ses dents, comme il l'avait vu faire au cinéma, la corde le reliant à la vedette rapide. Il avait quelque chose de la superbe athlétique de John Weissmuller dans *Le Triomphe de Tarzan*. Il était à genoux et (c'était son tour) il portait sur ses épaules Tortu, dit la Fouine (des services secrets). Le jeu consistait (les deux hommes avaient fait un pari) à ce que, au moment où la vedette prendrait une bonne vitesse, le Génésup se mît brusquement sur les pieds, par la grâce d'un bon coup de rein, tout en gardant bien sûr son fardeau sur les épaules. Observé par le Pacha et la Pachatte, et surtout cette jolie petite garce vicieuse de Coutrais, il tenait à réussir son exploit…

Cependant c'était chose plus facile de relever un défi que de se relever sur l'aquaplanche, avec ce foutu balourd de Tortu assis sur la nuque. Il déplia une jambe, posa un pied devant lui et au moment où il fallait donner le fameux coup de rein, ses vertèbres sexagénaires… craquèrent.

Il s'écroula dans la baille.

Avec Tortu.

Au milieu des éclats de rire triomphants des spectateurs.

Les deux tritons resurgirent bientôt du fond des abysses, s'accrochant chacun d'un côté de l'aquaplanche en dérive. Tortu cracha l'eau qu'il avait avalée à la façon d'un phoque, disant soudain à Mouche qui crachait l'eau qu'il avait avalée, à la façon d'un phoque :

– Général, je…

– Je sais… souffla Mouche, vous vous excusez… ça n'était pas la peine, ça n'est pas de votre faute si vous êtes si gros, ça doit être glandulaire. Et puis… mon pied a glissé…

Mouche s'ébroua. Le casque colonial, qui, fermement retenu par sa bride, se trouvait toujours sur son crâne, dégoulinait de toutes parts…

– Ça n'est pas ce que je voulais dire, dit Tortu. Je voulais vous dire que j'avais quelque chose de capital à vous dire, quelque chose que je vous cache depuis quatre mois…

Accroché toujours à l'aquaplanche, Mouche, pissant de la flotte par les oreilles et le nez, hurla :

– Vous croyez vraiment, Tortu, que c'est-le-moment-de-me-dire-quelque-chose-de-si-important-que-vous-me-cacheriez-depuis-quatre-mois ?

Et cependant il agitait ses pieds dans l'eau, comme un canard ses palmes, pour se maintenir à la surface.

Les fourbes et noirs sourcils de Tortu-la-Fouine se froncèrent fourbement avant de se mettre à battre comme des ailes de part et d'autre de la verrue poilue fichée entre ses yeux.

– C'est que, dit-il, ça m'a pris tout d'un coup. Au moment où je refaisais surface, ouais. Je me suis dit : faut que j'lui parle, faut que…

– Que ?

– J'me jette à l'eau !

A terre aussi Belangel s'était jeté à l'eau. Une scène toute similaire s'y produisait :

– Hum... Ces choses que j'ai à vous dire, dit le conseiller diplomatique en recroisant les jambes, sont de la plus pressante importance.

– Ah, ah !

Toudebout s'esbaudissait encore avec la Pachatte de la chute de ce nabot de « Nimbus » (Mouche). Il ajouta :

– Vous croyez que c'est le moment, Belangel ?

– La chose est urgente... hum !

– Pas de hum !

– Maintenant il faut passer aux actes.

L'amiral le regarda soudain avec un regard noir, soupçonneux. Sa paupière droite clignota.

– Parlons donc !

Toudebout se mit debout.

Il passa un peignoir en éponge jaune, orné de francisques vertes, tandis que Belangel en passa un vert, orné de francisques jaunes. Ainsi vêtus, ils s'éloignèrent, pour plus de discrétion... Ils allèrent jusqu'à l'extrémité de l'espèce de véranda sur pilotis du café de la Grenouillère, qui s'avançait sur les eaux limpides du lac. Ils s'accoudèrent à la rambarde, regardant, là-bas, le phoque Mouche et le phoque Tortu, accrochés toujours à leur planche, comme des naufragés à une épave, tandis que la vedette rapide amorçait un tournant pour venir les récupérer.

– Que ne se sont-ils noyés ! soupira Belangel.

– Comme vous y allez ! s'exclama Toudebout, qui ne portait pourtant pas dans son cœur Mouche et sa clique de rampants.

– C'est eux ou nous ! dit Belangel.

Il ajouta après un silence plein de chants de grillons :

– Nimbus intrigue ! Je le soupçonne d'être entré en contact avec les services secrets sino-américains. Avec les gaullistes de Chungking et d'Alger peut-être même... La tentation est trop belle pour lui, vu la tournure de la guerre, de s'appuyer sur les Alliés contre vous... et de réaliser son rêve : vous virer du palais Puginier ! Prendre votre place...

– Croyez-vous que je ne me pose pas aussi ces questions ? L'intendant Larsouille m'a fourni des rapports… Mais a-t-on besoin d'un fin limier pour se faire une idée à ce sujet ? Suffit d'écouter radio bambou. Ou de tendre l'oreille au bar du Métropole ou du Continental… A Saigon, à Hanoi et ailleurs, tout le monde parlote, crapote, complote ! Ah ah, il n'y a pas de Grenouillère qu'à Dalat, toute l'Indochine est une vaste grenouillère, un immense panier de crabes où les rats prêts à quitter le navire se préparent à s'entre-dévorer les uns les autres comme des requins !… Ah ah ! On se demande cependant encore dans quel sens on va tourner sa veste : Gaullistes ? Giraudistes ? Angli-shes ? Cao-daïstes ? Communistes ?… Qui sait si vous-même, Belangel ?

– Justement !

De sa poigne puissante, l'amiral saisit son conseiller diplomatique au gras du bras et se mit à le secouer comme un prunier.

– Justement quoi ?… Toi aussi… Brutus ?

– Amiral, il faut être… hum…

– « Réaliste », je sais, je connais le refrain !

– On m'a tendu une perche, il faut la saisir !

– Qui ? Quoi ? Quand ? Quelle perche ?… Avec qui me faites-vous des enfants dans le dos, Belangel ? Avec ces gaullards qui chaque jour sur Radio Calcutta me traînent dans la boue, abaissant, en ma personne, l'image de la France… aux yeux des indigènes, nous causant de ce fait, en l'esprit de ceux-ci, un dommage irréparable ! Pourra-t-on demain gouverner ce peuple si on lui a appris à nous mépriser ? Frayez-vous avec ces traîtres, qui, bien à l'abri derrière leur micro, à des milliers de kilomètres d'ici, appellent nos sujets à l'émeute, au sabotage, à la… résistance ! Ah ah ! C'est mon travail que ces imbéciles sabotent… (Le visage de Toudebout s'illumina comme celui, extatique, d'un mystique voyant Dieu lui apparaître.) C'est mon… MON ŒUVRE qu'ils veulent abattre !… Moi, moi (il se tapa du poing la poitrine), moi qui depuis trois ans, trois ans de ruse et de louvoiement, ai réussi à maintenir sur ce pays de toutes parts menacé, de toutes parts convoité, la SOUVERAINETÉ DE LA FRANCE.

Il chercha des yeux, à l'horizon, un introuvable drapeau français.

Puis secoua à nouveau Belangel.

– Les gaullards, poursuivit-il, sont des fous, des fanatiques ! S'ils s'emparent jamais du pouvoir, ils me passeront par les armes, ou ils m'élimineront, comme Darlan ! Et vous aussi, Belangel ! Trois balles dans la peau !

– Il y a des… gaullistes raisonnables… et des giraudistes plus que convenables. De Gaulle d'ailleurs n'est rien, et, en Chine, il est moins que rien…

– C'est donc avec les Amerloques que vous voulez que nous traitions ? Ces Amerloques qui n'hésitent pas à se liguer avec les communistes et les Chinois pour nous virer d'ici ! Les Amerloques qui, par leurs trusts, s'apprêtent à imposer au monde leur Empire, l'empire de la Texaco, l'empire de Mobil Oil, l'empire des Rockefeller, des… c'est-à-dire l'empire du fric, des Juifs, des métèques, c'est-à-dire l'empire de l'égoïsme, de l'individualisme, du parlementarisme ! Ils appellent ça DÉMOCRATIE ! Vous savez ce que Maurras en disait, de la démocratie. C'est une maladie, ou on en sort, ou…

– On en meurt ! acheva Belangel, qui connaissait ses classiques.

– Et vous voudriez me faire entrer dans ce lupanar, vous voudriez que la France retombe dans le piège à cons des élections, dans la manigance des assemblées, dans la chienlit de la IIIe République. Vous voudriez voir remonter à la surface du marigot tous ces instits socialistes barbus, ces députés francs-macs, toute cette racaille de sous-préfecture ! MM. Homais de la politicaille, MM. Prudhomme de la combine, MM. Jourdain du pot-de-vin, MM. Loyal de la tasse de thé, Falstaff et Sancho Pança de la prébende, toute cette armée de César Birotteau, d'illustre Gaudissart, de Nucingen : maires marrons, parlementaires pourris, fonctionnaires véreux, ministres prévaricateurs !… *Bon appétit messieurs ! Ô ministres intègres !* conclut-il, citant Ruy Blas…

L'amiral s'accrochait à la rambarde de la véranda comme

quelque capitaine au bastingage du navire naufrageant avec lequel il a décidé de périr.

– Voulez-vous, monsieur Belangel, que je pactise avec le DIABLE ?

– Si nous ne le faisons pas, ILS le feront ! dit Belangel en montrant d'un geste de la main méprisant le Génésup et Tortu qui, dans la flotte toujours, se disputaient leur morceau d'aquaplanche... Et puis les choses ne se présentent pas de façon aussi absolue. Soyons... dialectiques. Jouons des uns contre les autres, les giraudistes contre les gaullistes, les Américains contre les Anglais, sans compter les Chinois, les Russes même... Et, surtout, surtout, faisons mieux connaître votre politique en cessant d'abord sur les ondes toutes ces vaines polémiques !

– Cessez les premiers, messieurs les Anglais ! Radio Delhi m'accuse de collaborer... Monsieur Belangel, je n'ai jamais travaillé ni pour l'Allemagne, ni pour le Japon, je n'ai jamais travaillé que pour la FRANCE !

En faisant sonner les phonèmes fricatifs et spirants de ce mot-là, France, ce mot sacré, le visage de l'amiral s'illumina à nouveau, comme d'un saint d'icône.

– FAIRE est une chose... FAIRE SAVOIR en est une autre ! dit Belangel. La guerre de l'information vaut celle des canons ! Faites connaître votre politique, expliquez-la ! Il y a chez les gaullistes de bons Français, même égarés, et aucun de ceux-ci ne saurait vous reprocher d'avoir maintenu sur cette colonie, en dépit des Japs, notre drapeau, de lui avoir conservé son administration, d'avoir conservé ses infrastructures... que s'acharnent à détruire aujourd'hui les bombardiers US ! Mais il y a plus important encore...

Feignant de ne plus écouter, Toudebout s'était figé, bras croisés, le visage braqué vers le lac, dans la pose du Commandeur, mais n'en jetant pas moins en coin des coups d'œil interrogatifs et soupçonneux vers son « conseiller ».

« Ce maraud-là ne chercherait-il pas à entrer en dissidence... et à m'y entraîner ? »

– Je ne trahirai pas le Maréchal ! lança-t-il alors d'un ton tranchant. Je ne trahirai pas son lumineux exemple. Que je sache, il tient toujours le pouvoir ! L'Allemagne ni le Japon ne sont vaincus, quand bien même ils ont subi des revers ! Je veux bien, comme vous dites, *gagner la paix*, mais nous n'avons pas perdu la guerre… Voulez-vous mon opinion à cet égard, Belangel ? Cette guerre finira SANS VAINQUEURS NI VAINCUS ! L'Allemagne et le Japon sont puissants et pleins de ressources ! Le conflit pourra durer des années… Il faudra bien que tous se mettent à une table de négociation et en viennent à une PAIX DE COMPROMIS ! Le Japon demeurera une puissance prépondérante en Asie ! C'est nous l'aliéner que de contacter les gaullistes aujourd'hui ! Si les Japs l'apprennent, ils feront ici un coup de force ! Et si la France perd le pouvoir en Indochine, elle ne le retrouvera plus jamais ! Le jeu est dangereux !

– Plus dangereux sont les Chinois ! S'ils déferlent dans la colonie, qu'ils considèrent comme une de leurs provinces, nous serons submergés, engloutis, à jamais !

Mieux valait les Japs que les Chinetoques ! Cet argument, l'amiral n'y avait que trop songé déjà. Les Chinois installés en Indo seraient indélogeables.

– Il faut s'assurer de Chiang Kai-shek, s'exclama Belangel qui, sentant qu'il gagnait du terrain dans l'esprit de l'amiral, commença à prendre son petit-ton-prétentieux-très-Quai-d'Orsay. Il faut lui assurer que nous n'appuierons jamais les Japs s'ils attaquent la Chine par le Tonkin ; mais en revanche lui faire comprendre que, si les Chinois nous attaquaient, nous nous défendrions et… avec l'aide des Japs s'il le faut.

Cette fois le petit air prétentieux de Belangel atteignit son zénith. L'amiral avait certes déjà songé à tout ce qu'il avait dit, mais sans l'articuler aussi bien dans son esprit.

– Hum ! dit-il à son tour.

Il n'allait pas se faire faire la leçon par ce freluquet.

– Restez ici. Je vais réfléchir à cela un instant… et vous donner ma décision.

L'amiral sifflota un petit air. Puis, pieds nus, drapé dans son peignoir éponge à francisques, il se mit à faire de vastes tours méditatifs sur la véranda, insoucieux des regards croisés que portaient sur lui d'un côté son conseiller ; de l'autre la Pachatte, la Coutrais et autres Pipaud.

Après dix bonnes minutes de ce manège, il se précipita – ou quasi fondit, tel un vautour – sur Belangel et lui jeta au visage, avec hauteur :

– Comme je vous le disais tout à l'heure, nous sommes en train de *perdre la guerre ; il faut gagner la paix* !

Belangel, tel un cocher tirant sur les brides de son attelage devenu fou, retint tous ses nerfs, tous ses muscles afin que, sur son visage, ne se dessinât pas l'esquisse du soupçon d'un sourire d'ironie. Ça n'était pas la première fois que cette vieille ganache de Pacha reprenait à son compte ses formules.

– Ce que vous n'avez pas compris, poursuivit l'amiral en s'appuyant d'un bras négligent à la rambarde de la véranda, tel un milliardaire oisif au parapet de son yacht... Ce que vous n'avez pas compris, c'est que le danger primordial ne vient pas des Japs mais des Chinois massés à la frontière...

Et maintenant la vieille ganache lui reprenait ses arguments, songeait Belangel.

– Il faut donc expliquer à Chungking notre politique ; et à Alger aussi. Vous enverrez par la Chine un émissaire au général... Giraud, en Algérie !

– Pas à ?... demanda Belangel.

Toudebout blêmit.

– Non pas... à... ! dit-il. (Il haïssait de Gaulle d'une haine irrationnelle.) Faites en sorte que cessent ces attaques des radios alliées contre ma personne, expliquez qu'elles ne peuvent que nuire aux intérêts supérieurs de la France en Indochine. Faites en sorte aussi que cessent ces inutiles bombardements...

Courtisan accompli, Belangel prit alors un ton doucereux :

– Je me trompais en effet, amiral, mais vos arguments m'ont convaincu. Je suis à vos ordres.

La bouille du Pacha s'empourpra de triomphe. Envahi d'une chaude, brûlante, quasi amoureuse reconnaissance, il prit Belangel par l'épaule, paternellement (« c'est un brave bougre au fond ! ») :

– Et si on piquait une tête ?

Ni une, ni deux, ils balancèrent par-dessus les moulins leurs peignoirs à francisques et se jetèrent à l'eau.

Dans l'eau où Tortu et Mouche, son casque sur la tête, se trouvaient toujours, agitant des pieds pour surnager. Installés de part et d'autre de leur aquaplanche (comme à une table, au café du Commerce), ils discutaillaient ferme. Inconscients de la proche présence du conducteur du bateau rapide, un gros Chinois, qui, les bras croisés, ayant coupé le moteur de sa vedette, attendait que ces messieurs voulussent bien achever leur conversation et monter à son bord.

– Vous êtes un traître ! hurlait Mouche en tapant sur l'aquaplanche.

– C'est notre unique planche de salut, je vous le répète, rétorquait Tortu.

La « planche de salut » en question n'était autre que le général félon de Gaulle. Et l'aveu que Tortu avait fait au Génésup (qui crut s'en étrangler), c'était que cinq mois auparavant (après la chute de Stalingrad : signal du grand-retournement-des-vestes) il avait envoyé à Alger, sans en aviser ses supérieurs, un émissaire : le lieutenant Mitron (le chasseur de papillons)… Or… or ce Mitron était de retour d'Alger. Il était en Chine… Il avait même fait passer à Tortu, par la frontière, un poste émetteur-récepteur puissant et des instructions des gaullards, instructions fort vagues, il est vrai : L'état-major des troupes coloniales d'Indochine, disaient-elles, devait organiser en secret la résistance, se préparer au combat et fournir des renseignements sur les Japs à la MMF, mission gaulliste résidant en Chine (Mission militaire française).

Le front de Mouche dégoulinait de flotte autant que de sueurs froides. Il ôta son casque colonial, le posa sur l'aquaplanche, entre lui et Tortu.

Que faire de Tortu ? Le foutre au gnouf ? Le faire passer en cour martiale ? Charger les services spéciaux de le liquider en douce ?... C'est que ce Tortu, avec ses sourcils épais et sa verrue poilue, avait un air malin du diable (il devait avoir du sang juif, pour être si malin. Question Juifs, Mouche avait le nez !). Et puis, sous ses airs modestes, il semblait avoir le bras long et en savoir beaucoup... A ce qu'il disait, de Gaulle allait virer Giraud et mettre les Américains dans sa poche !... L'occasion était belle aussi ! Avec l'appui des Alliés, Mouche pourrait écrabouiller Toudebout, le virer du palais Puginier... ! Mais...

– Vous savez ce que ça peut vous coûter, Tortu, votre petite intrigue ?...

Tortu, trop occupé à agiter ses pieds pour surnager, ne répondit pas.

– Le peloton d'exécution, pan ! Et sans jugement !... Cependant (et vous vous en souviendrez en temps voulu, Tortu), je... passe l'éponge !... Vos instructions à la gomme sont trop vagues. Faites savoir à qui de droit qu'avant de prendre aucune décision je veux une lettre personnelle de De Gaulle, une lettre manuscrite avec sa SIGNATURE !

Soudain le Génésup frissonna.

– Cette eau est glaciale, dit-il.

Il se rendit compte alors de la présence, toute proche, du Chinois, au volant de sa vedette. Un gros Chinois qui braquait sur lui les fentes étroites de ses yeux de Chinois.

« Et si ce foutu Chinetoque avait tout entendu ? Et si ce foutu Chinetoque était un partisan du Pétain chinetoque Wang Ching-Wei, c'est-à-dire des Japs, et si... » Couic ! Mouche sentit le fil tranchant d'un sabre nippon sur son cou.

Il s'appuya alors, comme à une table, sur l'aquaplanche, se penchant en avant vers l'oreille de Tortu, de l'autre côté :

– C'est une planche pourrie que votre de Gaulle !...

Mais… j'attends néanmoins sa lettre : MA-NUS-CRITE !… En attendant, préparons-nous… au combat, organisons la résistance… On a beaucoup de pain sur la…

– Planche ! hurla Tortu en éclatant de rire.

Et tous deux se mirent à taper sur leur esquif en répétant :

– Planche planche planche.

Et Mouche alors de s'exclamer :

– Ah ça, Tortu, je me suis trompé sur votre compte. Vous êtes un sacré bon Français, ami de la gaudriole. Un vrai Gaulois !

A Saigon et à Hanoi, tout en vivant dans la perspective d'un coup de force subit de l'occupant japonais, on ne doute maintenant, pas plus qu'ailleurs, de la victoire finale des Alliés...

(Charles de Gaulle, *Mémoires*, tome II.)

Voilà bien les Français : on les tourne et les retourne comme on veut...

(Shakespeare, *Henri VI*, acte III, scène 4.)

Le capitaine de vaisseau Rouhaut avait le moral en dessous de la ligne de flottaison. Amarré au bar de cuivre du Métropole, à côté de Ducossard, il regardait, l'œil morne, la salle autour de lui…

Au plafond, le ventilo déprimait aussi : il tournait poussivement, comme par une vieille immémoriale habitude, sans que la masse épaisse de l'air ne daignât pour autant s'en mouvoir ou s'en émouvoir.

Rouhaut sirotait un Dubonnet, quoique l'heure de l'apéritif eût depuis longtemps trépassé. Il était 16 heures. Mais question alcool, le choix était désormais restreint. Les bouteilles innombrables, rangées sur les étagères, derrière l'impassible barman annamite, Marie-Brizard, Scotch, Suze et le reste, n'étaient plus désormais que des bouteilles factices, emplies d'eau colorée. A part l'alcool de riz, bien sûr…

C'est que ces « incapables » de Japs, qui ne faisaient plus aucune conquête, approvisionnaient fort mal le marché noir…

Les Japs, on commençait de moins en moins à les prendre au sérieux, en Indo. Ils nous avaient impressionnés au départ, mais au fond c'était de braves singes hargneux peu redoutables ! D'ailleurs pourquoi ne s'étaient-ils pas emparés de l'Indochine, comme ils l'avaient fait de la Malaisie ou de la Birmanie anglaises ? C'était parce que les Français leur en imposaient ! Par leur fierté ! Leur prestige ! N'étions-nous pas le peuple de Louis XIV, de Napoléon ! *France des preux qui fut si crainte*, chantaient souvent les scouts dans la rue, *Nous voici tous sous ton drapeau/Pour rallumer la flamme sainte/De ton foyer à son flambeau !…*

Les gamins français n'hésitaient plus, quand ils croisaient dans la rue un de ces samouraïs déconfits, à lui faire des pieds de nez ! On riait devant le hall d'information de la rue Paul-Bert, où les Japs et les… « collabos » de l'IPP, sur d'immenses cartes du Pacifique accrochées aux murs, piquaient de petits drapeaux blancs, frappés du rond rouge, symbolisant « les incessantes victoires » de l'armée nipponne ; on se tenait les côtes lorsque les haut-parleurs de ce hall annonçaient, toutes les heures, aux badauds passant par là, le dernier décompte des porte-avions, cuirassés et sous-marins US coulés ! Ah ah ! A les en croire, ils détruisaient chaque quinzaine l'intégralité de la flotte yankee ! Les plus ironiques cependant, c'étaient les femmes, qui avaient encore moins froid aux yeux qu'où je pense ! L'une d'elles, un soir, s'esclaffant devant un officier de la Kempetaï avait reçu une volée de gifles.

Ces Nippons n'ont aucune galanterie.

Au demeurant, ça n'arrangeait pas pour autant leurs affaires sur le plan militaire. Dans le Pacifique, ils perdaient leur suprématie aéronavale. On ne parlait plus déjà que de *l'empire du Soleil-Couchant* !

Avec ce « crépuscule » avait commencé celui du pion projaponais du Pacha : le capitaine Rouhaut. On l'avait mis sur la touche. On l'avait viré simultanément du commandement de la Légion du Maréchal et du bureau de liaison franco-jap (à la fureur des Japs qui l'appréciaient), lui donnant, comme os à ronger, un misérable petit emploi au ravitaillement. Il supervisait entre autres les réquisitions de riz exercées contre les paysans tonkinois au profit de l'administration française, laquelle fournissait les Nippons. Il avait fort à faire, car les Japs en voulaient toujours plus… On lui avait réduit sa solde, on lui avait repris sa voiture de service (sa belle Packard décapotable) ; et la Pachatte, n'aimant que les « gagneurs », l'avait laissé choir. Au demeurant, il avait un magot de côté, qui lui permettait de vivre sur un grand pied.

Il n'en était pas moins dans ses petits souliers. Comme Ducossard d'ailleurs, qui avait gardé son « job », mais perdu la foi. Ducossard buvait du paddy-soda (un infâme cocktail jaunâtre à base d'alcool de riz). Non qu'il aimât le paddy-soda, mais il détestait plus encore le Dubonnet. Le Dubonnet, ça lui restait en travers de la gorge. Il pouvait plus l'encaisser, le Dubonnet… depuis que ces foutus cabots de Radio Calcutta, pour se foutre de sa gueule, avaient détourné la réclame de l'apéritif et chantaient, à longueur de journée, sur l'air de *Du beau, du bon, Dubonnet* : « DU CO, DU CON, DUCOSSARD ! »

Au dire des radios gaullardes, le commissaire Sport et Jeunesse, avec ses manifestations monstres « dignes de Nuremberg ! », n'était rien d'autre qu'un « Goebbels français » ! Un chantre du fascisme qui cherchait à embrigader la jeunesse, jeu dangereux d'ailleurs, car en bourrant le crâne des indigènes avec cet hyper nationalisme mal contrôlé, ne pouvait-on pas leur donner de mauvaises idées ? Toudebout les avait autorisés à avoir un drapeau local, un hymne national local ! Khmer, lao, annamite ! Donnez-leur un doigt, ils voudront tout le bras ! D'aucuns – détournant à leur profit Charles Maurras, comme ce fourbe de Phan Ky – ne parlaient-ils pas de « patrie annamite » ? Et même de Vietnam ? Toudebout jouait avec le feu…

– On m'allume sur toutes les radios, mais le Pacha, lui,

on n'y touche plus. C'est pas louche, ça ? s'exclamait Ducossard en avalant son paddy-soda.

C'est que Belangel avait trouvé des « arrangements » avec les Alliés. Depuis son entretien avec Toudebout à Dalat, deux mois auparavant, il n'avait pas chômé. Certes l'émissaire qu'il avait envoyé à Alger y fut mal accueilli. Il s'était adressé aux giraudistes – en perte de vitesse – s'aliénant du coup les gaullistes. Mais les arguments qu'il avait évoqués avaient fait le tour de tous les états-majors : il fallait ouvrir une porte de sortie aux Français d'Indochine, civils et militaires, pour qu'ils pussent négocier, sans perdre la face, leur rupture avec le vichysme. Les attaques des radios devaient cesser : désormais les troupes coloniales n'avaient plus « chié dans leur froc » à Lang Son, quand les Japs, en 1940, avaient forcé la frontière ; elles s'étaient même vaillamment battues, et n'avaient-elles pas remporté à Koh Chang une héroïque victoire contre les rafiots siamois ? On ne traita plus Toudebout d'« amiral Tout-Couché », ni de « chien-couchant-du-Soleil-Levant », ni de « toutou-du-Mikado ». On ne lui dressa pas pour autant des couronnes de laurier. Mais le fait qu'on se mît à déclarer soudain que c'était un « bien » que notre administration se fût maintenue (sous la botte jap) dans la colonie – lui évitant le sort tragique de Singapour – n'était-il pas un éloge implicite de sa politique ?

Un jour, bientôt peut-être, n'allions-nous pas tous nous entendre, nous, les Gaulois ? Nous unir ? Pour qu'à la France fût gardée l'Indochine.

Le vent tournait. Les vestes se retourneraient-elles ?

Partout on complotait.

Au bar du Métropole plus qu'ailleurs. Une sorte de « résistance », informelle encore, commençait à se créer. On s'assemblait par affinités d'origine, Corses, Auvergnats, Bretons ; par affinité de profession, planteurs, professeurs, journalistes, infirmières, étudiants, maquereaux ; par « armes » : marins, pilotes, biffins. Chaque groupe avait sa « table » quasi attitrée... Là-bas, près du piano, où le sosie de Fred Astaire égrenait *Roses of Picardy* (une mélodie anglishe), la Coutrais-X 27 semblait haranguer sa tablée de journaleux : Coco Grancour, monocle à l'œil ; le Négus, plus suant et crasseux que jamais ; le Glaoui, qui avait oublié ses articles proboches ; Azincourt ; Léance Wagner, le projap de service et l'antijuif attitré. Même La Chère-feuille était de la partie ! Ce groupe, vaguement sympathisant des Amerloques, était incendié par les regards furieux d'une tablée de gros planteurs installée plus loin. Faisant leur beurre dans le caoutchouc, les planteurs – fervents gaullistes – appréciaient peu les généreuses tirades anticolonialistes de Roosevelt ! La belle blonde Suzanna Praskova régnait (près de la porte du bar) sur une portée de banquiers et d'exportateurs qui, enrichis par Toudebout, proposaient déjà de mettre leur puissance financière au service de… la « résistance », mais laquelle ? Porchon, quant à lui (qui n'avait jamais au grand jamais abattu aucun avion américain), présidait un « séminaire » d'artilleurs auxquels était proposé de résoudre une équation à tout le moins complexe : comment, sans s'attirer les soupçons de nos « alliés » japs, qui n'ont pas les yeux dans les poches, mitrailler à la DCA, sans les abattre, les avions de nos « ennemis » américains ?

Tous ces groupes rivaux semblaient tomber d'accord cependant pour percer d'œillades méprisantes une tablée de Nippons, là-bas, assis autour d'une bouteille d'alcool, le sabre, sinon la queue, entre les jambes *(Væ Victis)* ; et d'œillades ironiques ces deux « collabos » de Rouhaut et Ducossard avachis au bar *(Væ Vichystes !)*.

Quoique tous ces groupes de résistants affichassent spectaculairement des comportements « pleins de mystère » (courbant l'échine, clignant des yeux, se penchant l'un vers l'autre pour s'entrechuchoter à l'oreille), de trompetants éclats de voix – quand le Dubonnet ou le paddy-soda avaient trop coulé – n'en jaillissaient pas moins des espèces de denses grappes que constituaient leurs corps agrégés autour d'une table. En général, les bribes de phrases qu'on pouvait percevoir alors (et qui ne tombaient pas toujours dans l'oreille d'un Jap sourd) étaient du type : « Toudebout est un mou » ; ou bien « Qu'attend-il pour virer les Japs ? » ; ou bien : « Virons Toudebout pour virer les Japs » !

« Qu'attend-on pour virer les Français ? » s'entrechuchotaient, beaucoup plus discrètement quant à eux, les officiers de la tablée nipponne : Kawamura, Omiya, Kuga de la Kempetaï et Yokoyama, collaborateur de l'ambassadeur Yoshizawa. Doctoral, l'écrivain Kawamura, qui avait une bonne culture militaire, expliquait que l'armée française d'Indochine était au Mikado ce que les mercenaires saxons furent à Napoléon. Les Saxons avaient trahi l'empereur à la bataille de Leipzig, passant à l'ennemi au dernier moment, les Français agiraient de même en Indo : ils rejoindraient les rangs alliés. Les Japs devaient donc les liquider, pour n'être pas poignardés dans le dos !

Kawamura et Omiya étaient les plus fanatiques partisans de cette solution. Ils avaient organisé déjà, en secret, des groupes d'Indochinois antifrançais, les Yasubataï, prêts à faire le coup de main le jour J ; ils avaient élu aussi un leader nationaliste autochtone, certain Diêm, un catholique, qui prendrait la tête du mouvement indépendantiste. Kawamura (admirateur de Malraux) insistait – ce qui lui attirait de croissants soupçons de la part de ses compatriotes – pour réunir en une seule force l'ensemble des mouvements indigènes antifrançais, même les communistes !… Là, il exagérait ! Ce Kawamura était louche ! Ne fréquentait-il pas trop cet « agent d'assurance » d'origine russe, Solovieff, un espion de Staline en fait… Il est vrai que Staline n'était pas mécontent de voir les Japs botter le cul aux « impérialistes français ». Il leur fournissait même du pétrole, Staline, aux fascistes japs. Souvent on avait vu un de ses navires mouiller à Shanghai et Saigon : le *Maïakovski*.

A quoi ne servent pas les poètes ?

Yokoyama, porte-parole de Yoshizawa, trouvait inutile de mobiliser des troupes pour mater les Français, quand elles étaient si utiles ailleurs, en Chine, en Birmanie, où ça guerroyait dur. Autant maintenir le *statu quo* ! Cependant les provocations japonaises ne s'en multipliaient pas moins. Récemment, le général Matsui, qui avait présidé au massacre de la population chinoise de Nankin, n'en avait-il pas appelé, lors d'une conférence à Saigon, où il était de passage, à la « lutte des races » : Jaunes contre Blancs, ses propos ayant été reproduits à des milliers d'exemplaires par tracts ? De même pour le leader indien nationaliste Chandra Bose, qui, à Hanoi, rameuta ses compatriotes contre le colonialisme blanc, et anglais en particulier…

Il y avait de l'orage dans l'air.

De cela, le tout-venant des Français avait peu conscience, n'en étant pas informé bien sûr par les journaux. D'où leur insouciance !

Quelqu'un cependant n'en ignorait rien : l'intendant de police Larsouille qui, en ce même moment, flanqué de Boucherou, entrait dans le bar du Métropole. Ils revenaient tous deux de Lang Son, dont Boucherou était résident-maire. Il leur avait fallu régler là-bas quelques « troubles » provoqués dans les campagnes par les réquisitions de riz.

De loin, Larsouille, qui arborait sur la tête un borsalino blanc, fit un petit signe de la main à la Coutrais qui le toisa des verres noirs de ses lunettes d'agent secret, puis il s'en alla tout droit au bar trouver Rouhaut.

– J'ai rendez-vous à la Sûreté dans un quart d'heure avec… (Se penchant à l'oreille de Rouhaut, il chuchota :) Avec la Pachatte. Est-ce que vous avez ce que vous savez ?

– Je l'ai, répliqua Rouhaut avec une grimace.

Il sortit d'un geste coléreux une enveloppe en kraft de la poche de sa veste et la tendit au policier.

– Allons voir ça, dit celui-ci.

Laissant Boucherou au bar avec Ducossard, il entraîna Rouhaut vers les toilettes. A l'abri des regards, il ouvrit l'enveloppe.

– Jolie pièce, dit-il, l'œil pétillant, égrillard.

Entre les doigts boudinés, sertis de bagouzes d'or, de ses deux grosses pattes, il tendit l'élastique de la plus affriolante culotte de dame, toute blanche, en dentelle, et portant brodée, tout juste à l'endroit de la toison, une énorme francisque bleu blanc rouge, flanquée de deux lettres cousues en fil d'or : C. T. (Charlotte Toudebout, les initiales de la Pachatte).

– Ah ah ! Je comprends maintenant qu'elle tenait tant à la récupérer, dit Larsouille, en clignant à nouveau de l'œil, porcinement, vers Rouhaut qui, blême, restait immobile, un rictus méprisant figé au coin des lèvres.

Au lendemain de la fameuse et fumeuse nuit de Noël 1942 (la nuit « à trois »), et après que la Pachatte, suivie par Ducossard, eut quitté la maison de Rouhaut-Monmatou, celui-ci avait trouvé la petite culotte sous son lit. Quand, un jour plus tard, Mme l'amirale s'en était enquis, il avait joué les imbéciles : non, il ne l'avait pas vue, sans doute sa boyesse l'aurait-elle trouvée et gardée pour elle. En fait, il l'avait enfermée dans son coffre-fort : « Ça pourrait être utile. »

– Monmatou, avait-elle dit, verte d'angoisse, mais si… si quelqu'un s'en servait…

– Que vous importe qu'on s'en serve ?

– S'en servir… contre moi !… Gros balourd !

Rien n'advenant, elle avait oublié la chose.

Jusqu'au jour où, tombé en disgrâce, viré de son poste par le Pacha, plaqué par la Pachatte, Rouhaut avait sorti de son coffre son « arme secrète ». Ou la Pachatte se débrouillait pour le rabibocher avec le Pacha, ou il révélait le « pot aux roses ». La Pachatte ne sut les réconcilier. Avant que Rouhaut ne réalisât sa menace elle décida d'ouvrir son cœur de « femme coupable mais repentante » à l'intendant de police. N'était-il pas un « gentleman », ne l'aiderait-il pas, « chevaleresquement », à « conserver son honneur » qu'elle avait « fourvoyé », il est vrai, dans des… « mains » bien « indignes »… « si mon mari l'apprend »… et… euh…

Tout frétillant, cambrant ses reins, caressant sa moustache, Larsouille promit « tout ». Oui, pour le seul regard de ces beaux yeux, il récupérerait, et dans le plus grand secret, cette culotte convoitée… Il serait son chevalier servant, son Don Quichotte, son Roland furieux ! Comme d'Artagnan – bravant tous les dangers – avait arraché à des intrigants les ferrets de la reine, il forcerait cet être dégénéré (Monmatou) à rendre gorge de… ce frêle morceau de tissu que, au terme d'autant de travaux qu'Hercule avait pu en réaliser, il déposerait humblement aux pieds de son Omphale !, etc.

D'ailleurs, ajouta-t-il, n'était-ce pas aussi son devoir de Français que de récupérer cet « objet ». Quel usage ne pourraient pas en faire les Japs s'ils mettaient la main dessus, ce qu'à Dieu ne plaise !

En fait, pour Larsouille, l'affaire était dans le sac. Il avait sur Rouhaut de fort copieux dossiers : en particulier (affaire récente), sur ces cargaisons d'opium que, bafouant le monopole d'État, il achetait en secret aux tribus montagnardes pour les revendre, avec une bonne marge bénéficiaire, à ses amis de la Kempetaï qui l'exportaient à Shanghai où il était écoulé, auprès des Chinois, dans les fumeries.

Lucratif trafic sur lequel d'ailleurs (Rouhaut l'ignorait) Larsouille touchait lui-même des pots-de-vin, *via* un de ses flics qui, contre monnaie trébuchante, savait quand il le fallait fermer les yeux. L'arme secrète de Rouhaut était donc un sabre de bois.

Il dut rendre à d'Artagnan les ferrets de la reine.

Larsouille, après avoir longuement admiré la petite culotte sous tous ses angles, avec un gros œil lubrique de gras verrat en rut, la roula en boule avant de la porter à son nez. Il la huma d'un groin vorace.

– Elle embaume encore ! s'exclama-t-il, théâtralement.

Rouhaut, bras croisés, se retenant de lui envoyer son poing dans la figure, observait le manège.

D'un geste se voulant gracieux, Larsouille glissa la coupable culotte en guise de pochette, dans la poche extérieure de sa veste.

– Quel beau cadeau vous me faites là, Rouhaut ! Puissé-je un jour goûter au contenu de ce contenant, hi hi !

Il tapota du bout des doigts sa nouvelle « pochette ».

Rouhaut lui tourna le dos, quitta les toilettes, et s'en retourna au bar broyer du noir sous les impuissantes pales du poussif ventilateur qui, avec des hoquètements d'antique moulin à café, s'essayait en vain à broyer l'air torréfié par la canicule.

Sortant à son tour des toilettes, Larsouille héla de loin Boucherou, installé au bar lui aussi, avec Rouhaut et Ducossard :

– Monsieur le résident-maire, allons donc voir vos ouailles à la Sûreté.

Sortant tous deux par la porte tambour de l'hôtel, ils se cognèrent à un fantôme, maigre, blême, en costume blanc fripé, à la moustache blonde en débandade, aux cheveux hérissés, aux petites lunettes rondes embuées par les larmes dégoulinant sans cesse de ses yeux d'animal traqué :

C'était Pipaud.

– Ça va pas, petit Pipaud ? demanda distraitement Larsouille, comme par politesse.

– Y m'l'ont pas donné, larmoya le scribe en tapant du pied droit par terre. Ils l'ont donné à un nul... à... à... Ils ont dédaigné...

– Quoi !

– *Angoisse !*

– Qu'est-ce qu'il chante ? souffla Larsouille à l'oreille de Boucherou.

Pipaud venait d'apprendre son recalage au grand prix du roman Alexandre de Rhodes.

A la porte du Métropole, le petit vendeur de cartes postales à l'effigie du Maréchal, toujours posté là, interpella Larsouille et Boucherou :

– Eh, M'sieurs ! Pétain, deux piastres !

Le prix avait doublé, depuis quelques mois ; mais la valeur de la piastre diminué de moitié…

Oh ! C'est alors que la route qu'on poursuit, le pays qu'on traverse, vous apparaissent sous un tout autre angle...

(Lyautey,
Le Rôle colonial de l'armée, 1890.)

La Juva 200 décapotable de l'intendant de police, insoucieuse des cruautés de la vie littéraire et du cours des monnaies, dévalait joyeusement l'avenue Henri-Rivière puis, braquant soudain vers l'est, remonta l'avenue Gambetta en direction de la gare. Son borsalino sur le crâne et tout aussi insoucieux que sa voiture des malheurs de Pipaud, Larsouille jubilait. Il penchait régulièrement son gros groin vers sa « pochette », la humant avec ferveur et, comme enivré par ce parfum, il fredonnait l'air de *La Vie parisienne*, qu'il aimait tant : *Je suis brésilien/J'ai de l'or/Et je r'viens de Rio d'Janeir...*

– Ah ah ! A nous deux, Mme l'amirale, ma chatte, ma Pachatte !

Un magnifique soleil jonchait d'or lumineux les flamboyants aux fleurs écarlates bordant partout les rues de l'enchanteresse Hanoi. Cependant, les Tonkinois – peuple prosaïque dépourvu de tout sens artistique – ne semblaient pas capables d'apprécier la qualité esthétique extrême de ce moment plein de douceur, tout occupés qu'ils étaient à transporter sur leur dos on ne sait quel chargement profane de riz, d'épis de maïs et autres terrestres nourritures.

Boucherou, assis à côté de l'intendant, sur la banquette arrière de la voiture ne semblait pas non plus sensible à ces minutes d'indochinoise éternité. Il faisait la gueule. Il faisait la gueule comme chaque fois qu'il revenait de sa « résidence » de Lang Son. Moins il y foutait les pieds, à sa mairie, mieux il était. Mais cette fois, cette fois, ç'avait été le bouquet, vraiment !

Cinq jours auparavant en effet, comme il revenait avec sa femme, en tenue de soirée, d'un magnifique concert (des mélodies de Gabriel Fauré) donné au kiosque à musique du Petit Lac par la Philharmonique du 5e régiment d'artilleurs tonkinois, il avait reçu, dans la chambre de l'hôtel Métropole où il séjournait d'habitude, un coup de fil de son adjoint de Lang Son. Il fallait qu'il rapplique de toute urgence, disait l'adjoint ! Dans on ne sait quel bled, en effet, Yenla, ou quelque chose comme ça, les *nha quê* (ploucs), piqués par on ne sait quelle mouche bolchevique, s'étaient opposés aux réquisitions de riz et d'animaux domestiques ! Il y avait eu des bagarres. Des blessés ! Les « niaks » avaient mis en déroute une escouade de la garde indochinoise envoyée pour les mater ! Ils faisaient maintenant un « sit-in », devant la mairie ! Ils étaient… plus d'un millier !

C'est que les Japs attigeaient aussi ! Cette année, ils avaient exigé de l'amiral la fourniture de cent trente mille tonnes de riz rien que pour le Tonkin ! Où allait-on trouver cent trente mille tonnes ! Tout le surplus de la région allait y passer ! Et fallait en plus de ça leur fournir des canards, des cochons ! Pourquoi pas du caviar !

En smoking, éméché encore par les coupes de paddy-soda qu'il avait bues après le concert, Boucherou avait sauté au volant de sa Packard sport, obligeant sa femme Alberte (une mijaurée) à l'accompagner (cette petite garce en aurait profité sinon pour s'envoyer en l'air avec le général Astier !).

– Mais laisse-moi m'changer d'abord, avait-elle dit, j'vais cochonner ma robe de soirée.

Un beau modèle imité de Maggy Rouf.

Pas question, le temps pressait.

Ils arrivèrent à l'aube – une aube grise et froide – à Yenla, un bled paumé, mais alors vraiment paumé, au creux d'une vallée, des rizières, des rizières, et encore des rizières, et puis un village, si on peut appeler ça un village, des baraques en bois… Jamais de sa vie, il avait foutu les pieds dans pareil bled, on se serait cru dans l'Oise, pire ! Et, sur la place du village, une multitude de niaks, assis, en pantalon et en veste marron, délavés par la pluie et le soleil, un chapeau de paille pointu sur le crâne, le visage tavelé…

Sautant de sa Packard pour rejoindre son adjoint, qui se trouvait là, debout, avec une dizaine de « gardes indochinois », fusil au poing, Boucherou s'enfonça dans la boue jusqu'aux chevilles…

– Merde, merde !

– J'reste dans la voiture, dit Alberte, décidée à bouder.

Elle s'alluma une Cottab.

Pataugeant dans la gadoue, il rejoignit son adjoint. Boucherou était épuisé par la route, et à demi ivre encore. Sortant son mouchoir, il épongea son front où s'était déposée une croûte jaunâtre constituée par la poussière du chemin mêlée à sa sueur.

Il avait l'impression d'être comme « décalé »…

Il regardait ces centaines de gens, là, assis sur le sol, muets. Qu'est-ce qu'ils voulaient ? demandait-il à son adjoint. Ils n'avaient qu'à parler ! Mais ils ne parlaient pas ? Comme dans un rêve, Boucherou avait l'impression que la voix de son adjoint (un petit gros marseillais avec une moustache noire) lui parvenait de loin, très loin : l'adjoint parlait de riz… Il disait aussi que les niaks, ces fourbes, avaient tourné les nouvelles consignes de réquisition du gouvernement : le gouvernement avait classifié en deux catégories les paysans, les riches et les pauvres, les riches étant ceux qui avaient des maisons au toit de tuiles, à qui on demandait de fournir trois cochons par an et une quantité donnée de riz, et les pauvres ceux qui avaient un toit de feuilles, à qui on ne demandait qu'un cochon et moitié de riz… Un mois après la promulgation de ces consignes, il n'y avait plus un seul toit de tuiles dans la région de Lang Son !

– Ces niaks sont des fourbes, disait l'adjoint,…

– Qu'est-ce qu'on fait ? demanda Boucherou, tournant

un peu partout des regards de girouette affolée. (Il ajouta :) Tiens bon, faut que je voie le Pacha, j'reviens.

Il se mit au volant de sa Packard, refonça vers Hanoi.

– T'appelles ça du tourisme ! râla Alberte, crachant un nuage de fumée de sa Cottab.

Il y avait eu aussitôt une « conférence d'urgence » dans le cabinet de travail de l'amiral, réunissant, autour de son bureau en macassar, et sous le portrait du Maréchal, Belangel, le Génésup, Astier, Larsouille, Boucherou et quelques autres.

– Un bon millier, ils sont ! avait dit Boucherou, affolé. (Il parlait des « niaks ».) J'les ai jamais vus comme ça, et ils étaient armés.

– Armés ? demanda Larsouille. Avec quoi…

– Quelques fusils, des râteaux, des coupe-coupe, et des faucilles, je crois…

– Des faucilles ?… Et ils n'avaient pas non plus de marteaux ? demanda, soupçonneux, Larsouille.

Larsouille avait ses renseignements ! Ces braves ploucs étaient manipulés par les communistes ! Les communistes n'étant eux-mêmes qu'une poignée d'excités tenus en main par les Chinois qui venaient de leur inventer un leader, avec les Américains bien sûr : Ho Michin ou Ho Muchin, un machin comme ça ! Le reste de la population, au demeurant, était pacifique et aimait la France ! Il fallait donc protéger cette population des terroristes qui voulaient la dévoyer, et pour bien la protéger, il fallait sévir ! Faire un exemple ! Faire une bonne saignée !

– D'ailleurs, renchérit Belangel, les Japonais ne toléreraient pas que nous ne les approvisionnions pas en riz. Si on ne le fait pas, ils le feront, et s'ils le font, on est refaits : c'en est fait de notre souveraineté !

– Envoyez la garde indochinoise ! hurla le Pacha tapant sur le bureau.

– Ils l'ont repoussée.

– Envoyez l'aviation ! hurla Mouche en tapant sur son genou. Au moins elle servira à quelque chose l'aviation !

L'idée était lumineuse.

Retourné en catastrophe à Yenla avec l'intendant de police cette fois (Alberte, cette pute vicelarde, ayant réussi à se faire porter pâle), Boucherou pourrait vérifier de loin, à la jumelle, que nos vieux Potez 25, ces biplans à la gomme, étaient encore efficaces. Le village fut rasé. Les « meneurs » en fuite arrêtés, et envoyés aussitôt à la Sûreté de Hanoi…

Tout pâle dans la Juva 200 de Larsouille (qui continuait de humer sa pochette en chantonnant l'air du Brésilien qui a de l'or et revient de Rio d'Janeir), Boucherou murmurait :

– C'est une responsabilité quand même ! (Songeant aux marmots fuyant en tous sens les cases du village enflammé par les bombes incendiaires… aux corps déchiquetés jonchant le sol…)

Larsouille continuait de chantonner.

– C'est une culpabilité quand même…

Agacé, Larsouille se retourna alors vers Boucherou et, croisant les bras, lui balança une formule qu'eût rêvé d'avoir inventée Pipaud :

– *Nous sommes responsables mais pas coupables !*

La voiture entra bientôt dans le parc et se gara au pied de l'énorme bâtiment jaunâtre, aux volets grenat, de la Sûreté.

D'un bond léger Larsouille sauta hors du véhicule, lançant à Boucherou :

– Allez voir où en sont les interrogatoires de vos protégés. J'ai moi-même un petit interrogatoire très privé à mener auparavant !

Il courut en fredonnant dans le labyrinthe des couloirs de l'immense bâtisse. De temps à autre, malgré les portes capitonnées, on entendait jaillir d'une pièce quelque hurlement ; parfois, une porte s'ouvrant d'un coup, on voyait surgir dans le couloir le corps désarticulé de quelque pantin indigène qui s'en allait s'écraser au sol, un peu plus loin.

Un gros inspecteur en tenue kaki venait le rechercher pour lui faire réintégrer le bureau.

Bientôt Larsouille aurait rejoint son cabinet de travail, au dernier étage d'un bâtiment annexe, loin de tout ce remue-ménage. L'endroit était tout à fait « cosy ». Au bureau près, derrière lequel se trouvait une porte blindée et un portrait du Maréchal, on eût dit quelque garçonnière de jeune viveur. Un canapé douillet de velours vieux rose, capitonné, large, profond, où tous les ébats étaient envisageables. Non loin, un meuble-bar où l'on trouvait tous les alcools ailleurs introuvables, gin, scotch, pastis, à côté d'une glacière marquetée de palissandre. Aux murs de jolis lavis chinois « de l'époque Ming », prétendait l'intendant, qui se disait amateur d'art.

En entrant dans la pièce, il avait tout de suite aperçu, installée sur le canapé, la Pachatte, lunettes noires sur le nez, cigarette au bec. Elle l'attendait. Elle portait un élégant tailleur rouge vif, inspiré de Worth, très cintré, avec des épaules larges, et orné au bas des manches par de la fourrure brune. Il s'ouvrait sur un chemisier échancré. A son cou, un collier « serpent » en or. Au col de son tailleur, une broche-francisque tricolore en rubis, diamant et améthyste.

Tout fredonnant et guilleret, Larsouille fit devant la Pachatte une série d'entrechats, sautillant sur ses escarpins vernis, avec une souplesse surprenante, vu son bide proéminent. A la fin de ce manège, il se pencha en avant et, ôtant son borsalino, il esquissa une ironique révérence.

– Madame, vous enfin… et seule… enfin… Pour la première fois vraiment seule avec moi. Ô… ange du Paradis/Te voici donc à ma merci !

– Plaît-il ? s'exclama-t-elle, éberluée.

Sans lui demander aucune autorisation, il vint s'asseoir, ou plutôt il se laissa quasi choir, à côté d'elle, sur le canapé, de sorte que, d'un coup, elle fut absolument envahie, cernée, circonvenue par l'étonnante senteur d'eau de lavande mâtinée de sueur qui émanait de lui.

– Rêve éphémère/Douce chimère/Qui troublait ma raison/Te voici donc en ma maison !… déclama Larsouille, braquant vers elle ses gros yeux globuleux résillés d'écarlate. Charlotte !

– Mais, monsieur ! s'offusqua-t-elle, montant sur ses grands chevaux, sans pour autant ôter sa croupe des douillets coussins du canapé.

Procédant à un glissement stratégique, Larsouille se rapprocha de sa proie.

Elle fit mine de se lever.

Tortillant sa moustache, Larsouille dit alors, quittant la veine poétique :

– J'ai ce que vous cherchez, Charlotte !

Elle se rassit.

Il donna une pichenette de sa main droite à la pochette-culotte qui, enfoncée presque entièrement dans la poche extérieure de sa veste blanche, n'était pas identifiable.

Puis il s'aventura à poser sa grosse main surbagouzée d'or sur le genou gauche de la jeune femme.

– Charlotte, dit-il. Ange infernal/tu connais ma douleur et mon mal/mon amour et ma flamme/le secret de mon âme/Mais tu m'as ignoré/pendant des années !...

Muette et blême, Charlotte se réfugia au fond du canapé.

– Et moi, dit-il, portant emphatiquement sa main à son cœur, moi je taisais cette peine mortelle/muet plus qu'une tombe/Te croyant pure comme la tourterelle/et plus blanche que la colombe/... La femme du gouverneur ne devait-elle pas être irréprochable, plus irréprochable que la femme de César, et pourtant...

La Pachatte laissa glisser ses lunettes noires au bout de son beau nez long et droit, révélant deux grands yeux gris-bleu aux sourcils épilés, redessinés au crayon brun.

– Monsieur, dit-elle, glaciale, vous délirez.

– Oui, je délire, Charlotte/Oui je suis fou/Fou de toi qui me rends fou/au point que j'en tremblote/Rêvant de te toucher toi l'intouchable que d'autres pourtant touchaient, hein, garce, que d'autres tripotaient, malaxaient, léchaient, broutaient, suçaient, gnougnoufaient ! Ô Charlotte que j'eusse respectée si tu te fusses respectée. Mais tu t'es prostituée ! Rêve impossible/Beauté inaccessible/Tombée dans le ruisseau/au fond du caniveau !

Charlotte croisa les bras puis, avec la gouaille d'une fille des rues, elle lança :

– Cesse ton cirque, mon poulet, et accouche !

Larsouille bondit sur ses pieds, trottina vers la porte du cabinet de travail qu'il ferma de l'intérieur, enlevant la clef de la serrure, jonglant un instant avec, puis, l'enfournant dans une poche de son pantalon, il se retourna vers la Pachatte et déclama :

– Quand, ô Charlotte, venant ici me voir à l'insu de l'amiral, vous me demandâtes de retrouver, pour éviter tout scandale, votre culotte adorée (sans m'expliquer, cependant, la façon dont vous l'aviez perdue, ô femme perdue !), j'ai joué la comédie du professionnel impassible et chevaleresque, qui fait son « job » sans s'y impliquer. Je t'avais juré de la retrouver ta culotte. La voilà !

– Déjà ?

Dressé devant la Pachatte, qui se trouvait toujours assise, Larsouille sortit de la poche de sa veste, tel un prestidigitateur, la culotte puis, en étirant des deux mains l'élastique, il la présenta sous le nez de sa propriétaire afin qu'elle la pût identifier. Telle une tigresse, la Pachatte, d'un geste preste, voulut l'arracher au policier. Mais, plus preste encore, il la cacha derrière son dos, la roulant en boule dans sa dextre.

– Tu l'auras, Charlotte, mais je t'aurai avant !

Il s'assit précipitamment sur le canapé, enlaça la Pachatte, glissa une de ses pattes dans son corsage en extirpant rudement la blanche chaude amande d'un sein... Quand, avec toute sa puissance de sportive, la Pachatte lui décocha une tarte à lui démantibuler la mâchoire qui le fit choir au sol et rouler jusqu'au fond de la pièce.

Telle une furie elle se leva.

Le cul par terre, le policier se frottait la joue.

– Quelle fougue, belle Amazone/J'en frissonne/de toute ma personne !

Il se mit à genoux, vacillant, et parvint bientôt à se relever.

Il plaça la culotte en sûreté dans une poche de son pantalon.

– Sois mienne, ô ma Charlotte/Ou sache que ta culotte/ Atterrira fissa/Sur le bureau du Pacha !

– Vous n'oserez jamais, crapule. D'ailleurs cette seule culotte, si elle peut être un indice, n'est pas une preuve. Et vous êtes trop lâche pour, sur ce seul indice, affronter l'amiral et m'affronter moins encore.

Elle ferma le poing et fit mine de vouloir l'en frapper.

On frappa.

Larsouille, sortant sa clef de sa poche, ouvrit la porte. Dans l'entrebâillement, la Pachatte aperçut deux flics moustachus et couperosés, leur borsalino rejeté en arrière sur la nuque et portant, pour protéger leur costard clair, un tablier blanc maculé de sang.

– Qu'est-ce qu'il y a, le Moko ? demanda Larsouille au plus gros.

– Y a oun problèmé technik ! répondit ledit Moko avec un accent du Midi fleurant l'aïoli.

– J'arrive !

Il sortit, ferma la porte à clef de l'extérieur.

Il descendit avec ses hommes dans les caves.

Il y avait là, tout au long d'un obscur couloir éclairé par de mauvaises loupiotes, une multitude de salles où des policiers et des soldats, penchés sur des lits en acier, examinaient sur le corps ficelé des *nha quê* les effets de décharges électriques d'intensités diverses. Sur des brancards, des Indochinois, mâles et femelles, à demi moribonds, côtes cassées, nez écrasé, gémissaient doucement, comme des enfants endormis.

Larsouille et ses hommes entrèrent dans une pièce où l'on pouvait voir le flic métis Luigi Tomato, en costard blanc et borsalino, assis sur le ventre d'un patient, lui-même allongé sur un lit, bras et jambes liés. Un autre flic, une théière à la main, en versait le contenu sur le nez du patient.

Apercevant Larsouille, Luigi Tomato lui dit, avec un accent du Sud fleurant le patchouli :

– Ça fait oune heure qu'oun essaie, patron, ça marché pas votre truc jap !

La Sûreté inaugurait une méthode nipponne dont le chef de la Kempetaï, Kuga, avait fait une démonstration, une semaine auparavant, devant Larsouille, dans ses locaux de la Shell, rue Paul-Bert.

– Ça loui fait plous d'plaisir qu'autre chose ! dit Luigi Tomato. Ça le rafraîchit.

– Beuh… râla le patient.

C'était un des « meneurs » de Yenla.

– Imbécile, cria Larsouille, vous comprendrez jamais rien ! Faut pas lui verser l'eau à même le visage. Faut recouvrir le nez et la bouche avec un mouchoir, j'vous l'ai dit cent fois.

Le supplice de la théière, apparemment simpliste, était des plus raffinés. Quand on verse un filet d'eau sur une bouche et un nez couverts d'un mouchoir, le patient, chaque fois qu'il veut respirer, aspire de l'eau et s'étouffe !

– J'ai pas d'mouchoir, dit Tomato…

Larsouille en chercha un dans sa poche… sortit quelque chose… non, merde… c'était la culotte… Il fouilla dans une autre poche. Donna un mouchoir à Tomato.

– Et maintenant me dérangez plus.

– Beuh ! râla le patient.

Larsouille fut bientôt de retour dans son bureau-boudoir.

– Me prends-tu pour un imbécile, Charlotte ! (Il reprenait la conversation là où il l'avait laissée : ils étaient tous les deux, debout, au milieu de la pièce.) Je ne suis pas un débutant ! Penses-tu qu'un homme de métier, comme moi, n'a pas su accumuler les faits, les témoignages, depuis que tu m'as chargé de cette « mission-culotte ». J'ai dans mes fichiers, sache-le, un copieux dossier sur ton compte, classé « A 69 », A pour amour et 69 pour… hi hi, il ricana lubriquement.

Il ouvrit alors un tiroir de son bureau d'où il sortit une liasse de photos. Il les jeta sur le buvard, une à une, tout en les commentant :

– Celle-ci a été prise par un agent, chargé par moi depuis longtemps de surveiller Rouhaut : C'est à Bel-Air, dans les montagnes tonkinoises, où vous batifoliez pendant que l'amiral était en tournée au Laos. (Sur la photo, elle figurait, en maillot de bain, tendrement enlacée avec Monmatou, sur le bord d'un lac.) Cette autre fut prise par le même agent à Diên Biên Phu, pendant que l'amiral faisait une tournée d'inspection sur les frontières du Tonkin. (Elle était cette fois en compagnie de Rouhaut et Ducossard tenant la main de l'un et de l'autre.)

La Pachatte ramassa les photos et blêmit en les examinant...

– Vous m'espionniez donc.

– Non, personne n'eût songé à le faire... Nous espionnions Rouhaut ! Lui seul intéressait mes hommes... Ces photos viennent de m'être communiquées.

La Pachatte d'un coup les déchira.

– Gamine ! Crois-tu que j'ai perdu les négatifs ? Les veux-tu ? Tiens...

Larsouille se pencha sur la serrure de la porte blindée placée sous le portrait de Pétain. Il en fit tourner la combinaison. L'ouvrit toute grande :

– Regarde, ô Charlotte, c'est là que se trouve ma caverne d'Ali Baba, mon trésor, mes fiches...

Derrière la porte s'étendait une sorte de couloir, éclairé par une veilleuse. De part et d'autre, sur des étagères, étaient empilés des dossiers, des dossiers, des dossiers, des milliers de dossiers.

– Cherche le tien ! dit-il.

Elle jeta un œil.

Autant chercher une aiguille dans dix bottes de foin.

Non sans fierté, Larsouille glousse :

– Ce ne sont que mes archives personnelles. Ne s'y trouvent que les affaires de mœurs... La politique, c'est en bas. Dans les caves !

Du bout de son escarpin, il poussa la porte blindée qui claqua sous le nez de la Pachatte.

Il lui prit la main.

– Avoue-toi vaincue/C'est en vain que tu/Résistes à cet amour que j'ai trop longtemps tu !

– Ta gueule.

Ce disant, elle repoussa ce poussah.

– Laisse-moi sortir de cette pièce, tu ne feras rien je te l'ai dit, tu n'as pas le cran !

Offensé, Larsouille cabra ses reins, ce qui fit ressortir son ventre. Il marcha jusqu'à la porte du bureau, qu'il avait refermée à clef. L'ouvrit :

– Va-t'en, s'il t'en dit ! Mais réfléchis ! Si tu ne te donnes pas à moi maintenant, c'est à quatre pattes demain, cul nu, que tu viendras me supplier de te l'enfiler ta petite culotte ! Et peut-être alors dirai-je à un larbin de le faire…

Sans rien dire, elle franchit le seuil de la porte.

– Réfléchis/Chérie/Dont je suis si épris/Que j'en perdrai la vie !

Elle se retourna.

Il crut lire du désarroi dans ses grands yeux gris-bleu.

Il la tenait. Elle reviendrait. Cette brebis égarée. Cette déesse évaporée. Qui l'avait ensorcelé !

Il rouvrit le coffre-fort. Sortit le dossier A 69. Sur un morceau de carton, il étala la jolie culotte frappée de la francisque, essayant de l'y fixer avec plusieurs trombones. Mais l'étoffe de la culotte était trop épaisse. Il se résolut alors à utiliser du papier collant. Il passa sa grosse langue rose et baveuse sur le côté « colle » du papier collant, non sans quelque lubrique délectation, et non sans quelque obscène jubilation il colla avec le papier collant la culotte sur le support de carton qu'il glissa ensuite dans le dossier, enfermant le tout dans le coffre.

Il s'en alla alors se vautrer sur le canapé et, regardant ses deux pieds chaussés d'escarpins vernis posés sur un des accotoirs, il s'amusa à les agiter comme des marionnettes, en chantant l'air de *La Vie parisienne* qu'il adulait :

– *Et je r'viens de Rio d'Janeir/Plus riche aujourd'hui que naguère/Paris je te retrouve encore !*

Pipaud, la cravate défaite, les lunettes de guingois sur le pif, la moustache en déroute, était accoudé au bar du Métropole, tournant le dos à Rouhaut et Ducossard.

– Me ferez-vous la grâce de me bailler un paddy-soda, monsieur l'autochtone, lança-t-il au barman, respectant, malgré son ivresse, les strictes consignes de l'amiral concernant l'attitude courtoise qu'il fallait désormais adopter vis-à-vis des indigènes.

Il se jeta le paddy-soda derrière la cravate, non sans y avoir jeté avant un comprimé de quinine (... retour de manivelle d'un vieux coup de palu).

Il en avait déjà vidé une dizaine, de paddy-soda, à la suite les uns des autres, c'était bon, le paddy-soda, c'était meilleur qu'*eux tous*, le paddy-soda.

Il les regardait, ces comploteurs, ces mutins, là, agrégés autour de leurs tables, dans le clair-obscur du bar, sous l'épée de Damoclès des ventilos : le groupe des journaleux, le groupe des Corses, le groupe des planteurs, le groupe des banquiers, le groupe des Japs là-bas !

– Pouah !

Il ravala un coup.

Quand on pense que c'était pour ces gens-là – le public, ah ah ah ! – qu'il écrivait, lui, qu'il s'échinait à chantourner les phrases, à faire chanter les mots, ah ah, ces porcs sans âme, sans idéal, sans... sans... transcendance !

Angoisse avait été dédaigné, *Angoisse* avait été rejeté, *Angoisse*, paraissait-il, était un livre qui sentait trop le *renfermé*, le *coupage-de-cheveux-en-quatre-talmudo-proustifiant*, la psychologie macabre *slavo-dostoïevskienne* née de *l'aveulissement et de l'avilissement du monde corrompu des villes* ! Ce que voulait la Révolution nationale, en littérature, c'était le *grand air*, l'aventure, celle qui *trempe* les hommes, celle qui *forge les cœurs* et *virilise les esprits* ! La Nature ! La Terre ! La Mer ! Les Montagnes ! L'espace infini des Pâturages ! Les Bocages ! Les Herbages ! L'élevage ! Les Plages !... Lisez Giono que diable ! Lisez Joseph de Pesquidoux ! Lisez *Premier de cordée* !... Le prix Alexandre de Rhodes, ils l'avaient donné à qui ? A deux nuls, deux nouilles, deux navets, deux raves… Parce qu'ils l'avaient « partagé en deux » le prix Alexandre de Rhodes.

Comme pour le Concours de bébés !

Ils avaient attribué une récompense de mille piastres à Michel Cresson, pour *Aventure sur les hauts plateaux* (une histoire à la gomme, pleine de feux de camp et de cavalcades au milieu des montagnards sauvages moï !), et cinq cents piastres à Phan Kiem, l'Annamite de service…

– Pouah !

Il s'enfila un nouveau paddy-soda à la quinine.

Un autre.

Puis un autre.

Il se hissa sur un tabouret du bar.

Il les haïssait.

Tous.

Il haïssait Michel Cresson, il haïssait Phan Kiem, il haïssait la Révolution nationale, il haïssait l'amiral, il haïssait… Oui (il réfléchit, hésita), oui, il haïssait même le Maréchal, le Vainqueur de Verdun : Philippe Pétain !

Brandissant son verre vers le ventilo plafonnier, il laissa alors jaillir, du tréfonds de son être, cette vague de rage qui trop longtemps y avait mariné, trop longtemps s'y était encavée, encagée, et cette vague, soudain, déferla hors de sa bouche dans ce cri, ce cri de suprême révolte qui, en trois mots, la résumait toute :

– VIVE DE GAULLE !

On n'insistera jamais trop sur ce point, il n'y a pas telle colonie, ni même tel ou tel groupement de colonies, il n'y a qu'un empire, un et indivisible...

(Marguerite Donnadieu alias Duras,
Philippe Roque, *L'Empire français*,
NRF, 1940.)

L'Indochine demeure avec l'Algérie, le Sénégal, le Maroc, le plus brillant témoignage du génie du peuple français...

(François Mitterrand, *Aux frontières de l'Union française*, 1953.)

Arlette Coutrais, une cigarette Cottab au bec, faisait une drôle de tronche. Gisant sur le ventre, nue, au milieu de la couche bouleversée du Génésup, elle baladait autour d'elle ses yeux verts de petit veau, reluquant aux murs les « estampes libertines » japonaises : un festival de cuisses écartées et de braquemarts vermillon enfourraillant des vulves béantes et boursouflées.

Ses lèvres framboisées de rouge-baiser dessinaient une moue tout à fait dégoûtée.

– Pourquoi tu tires cette mine ? s'exclama le général Mouche.

Il faisait des mouvements de gymnastique (« une, deux », soufflait-il, pliant les jambes, puis se redressant) au rythme hoquetant d'un vieux gramophone débitant *Nuits de*

Chine… Exercice auquel il s'adonnait, nu lui aussi, devant son miroir en pied où la jeune femme, placée dans son dos, se reflétait.

– J'en ai marre de ces *shit* Cottab de merde ! rétorqua-t-elle en crachant vers Mouche une bouffée de fumée.

Mouche, cependant, poursuivait devant sa glace ses exercices. Il écartait les bras puis ramenait d'un coup ses mains sur le plexus solaire, avant de s'accroupir un instant…

– Une, deux !

« … Cette belle garce de rouquine avait joui ; comme une belle garce de rouquine, se dit-il. Les rouquines sont des jouisseuses. Elle jouissait encore plus que Thi-Bi, la petite Thaïe que lui avait fournie M. Li, et c'était pas peu dire, car Thi-Bi… »

La Coutrais semblait fascinée par le cul nu du Génésup dont les fesses, selon la position que leur imposaient les mouvements de gymnastique, se creusaient, maigres qu'elles étaient déjà, de profondes fossettes (station debout) ou tout au contraire se bombaient, au point qu'elles en arrivaient presque à acquérir une certaine plénitude (station accroupie). Quand il se trouvait en station accroupie, les cuisses écartées en « V », elle pouvait voir en perspective, pendouillant en dessous de la croupe, deux testicules et un bout de kékette ballants.

– Tu es un drôle de petit zèbre ! dit le Génésup, détaillant dans la glace le corps de la jeune femme allongée que les rais de soleil, perçant à travers les jalousies, découpaient en « zébrures » d'or et d'ombre. Pour Arlette, c'était des « zébrures » ; pour Thi-Bi, des « tigrures ».

Étrangement, la jeune femme, qui arborait ce jour-là une frange frisée couleur cuivre au ras des yeux, avait gardé aux pieds, pendant leurs ébats, ses chaussures rouge vif. Vautrée paresseusement sur le ventre, elle agitait en l'air ses deux belles guibolles fuselées et jouait à joindre ses pieds en suspension au-dessus de ses reins cambrés et de son cul rebondi, entrechoquant, comme des fleurets, ses talons acérés.

– T'as gardé tes chaussures ? dit Mouche en s'accroupissant à nouveau (une, deux), tu aimes faire ça avec des chaussures ?

– Avec toi, *my pussy*, j'aime tout, dit la Coutrais, crachant un nouveau nuage de fumée de cigarette où les jeux d'ombre et de lumière dessinaient comme d'éphémères et ondulants barreaux de prison.

– Tout... *everything* ! ajouta-t-elle en refaisant la moue... sauf les Cottab. *Goddam*, vivement que les Amerloques débarquent qu'on puisse smoker enfin des Chesterfield... Ou des Camel... Je *dream* d'une bonne Camel ! *The finest of Virginia !* Tu sais pas ce que je ferais, *just for* une Camel !

– Qu'ils débarquent ? Ça fait un mois que tu me dis qu'ils débarquent et on ne voit rien venir.

– Ils débarquent ! La chose est désormais certaine ! *That's sure !* Les services secrets sino-américains l'ont clairement fait savoir à Pierre qui m'a chargée de te le transmettre. Tout le monde le sait désormais !... Les Ricains sont allés jusqu'à prendre des renseignements sur la largeur de nos ponts et de nos routes, à la frontière du Tonkin, pour voir si leurs tanks et leurs camions pourraient y passer ! Il y a, en Chine du Sud, dix mille soldats des troupes de choc US, fraîchement arrivés des States ! Sans compter les trois cent mille fantassins de Chiang Kai-shek ! *The hell !* On parle par ailleurs de mouvements de la flotte de l'amiral Nimitz en direction des côtes de Cochinchine. Tout le monde est persuadé qu'ils attaqueront à la fois au sud et au nord ! *It's clear !...* Et à l'ouest peut-être même, car *ces fourbes de Thaïlandais* sont en train de retourner leur veste contre les Japs, et en faveur des Alliés ! Tout le monde sait ça, même ces pauvres crève-la-faim de gaullistes qui en font une maladie ! *Poor boys !*

– Tu peux pas causer en *french*, non ? s'irrita Mouche.

Depuis que X 27 travaillait pour les Sino-Américains, elle s'était remise à potasser ses vieux manuels d'anglais datant du lycée, truffant les « leçons » apprises par cœur, que les services US la chargeaient de « réciter » au Génésup, d'expressions tirées de cette langue-sans-âme-de-marchands-de-soupe. On avait promis à X 27 – cette malheureuse égarée manipulée, comme son mari, par l'OSS et consorts – un magot de 40 000 dollars au cas où elle retournerait Mouche. Qu'est-ce qu'on pouvait se payer avec 40 000 dollars : une villa à Los Angeles, non ?… avec une piscine rose, en forme de cœur, comme celle de Rita Hayworth ?…

– Faute de Camel, je cracherais pas sur une Lucky Strike, ajouta-t-elle, crachant une nouvelle bouffée de fumée.

Elle poursuivit :

– Faut maintenant que tu te décides. Les Amerloques veulent savoir de quel côté tu es.

Il continua, « une, deux », sa gymnastique (cette fois il essayait de toucher des mains l'extrémité de ses pieds, présentant à la jeune femme une raie fessière entrebâillée).

– Je suis contre les Japs et Toudebout ! dit-il.

Il savait fort bien que ça n'était pas ça que les Américains de Chungking attendaient qu'il dise à leur agent X 27.

C'était entre les anglo-gaullistes de Chine (mission Emblanc) et les giraudo-américains (mission Meynier) qu'il lui fallait choisir.

Entre la City et Wall Street !

La peste ou le choléra ! songeait par-devers lui Mouche qui, tout prêt qu'il fût (« tactiquement », se disait-il) à retourner sa veste, n'en restait pas moins fidèle en son cœur à la pensée du Maréchal. Livrerait-on l'Indochine aux Anglishes ? Aux Sino-Amerloques ? Ou résisterait-on comme le général Noguès, au Maroc ; ou le général Dentz en Syrie ? A cet égard, l'amiral Toudebout avait adopté une position intransigeante lors d'une récente conférence secrète où avaient été convoqués les chefs des trois armes : Spadasse (marine) ; Barbara (air) ; Mouche et Astier (terre) : L'armée coloniale se battrait contre tout « envahisseur » qui mettrait le pied en Indo, arborât-il la bannière étoilée !

– Faut-qu't'tu t'décides, *my pussy* ! répéta la Coutrais… J't'ai dit, j'en ai marre des Cottab ! D'ailleurs, le temps presse ! Et y en a qui disent que tu serais pas irremplaçable !

Que le général Saboté serait mieux que toi à la tête de la résistance !

Mouche eut un haut-le-cœur.

– Ce pitre !

– Ou Xénophonius !

– Ce margoulin !

– Dessuc !

– Ce porc !

Il s'assit par terre, fit des ciseaux pour ses abdominaux…

– Ou même… dit-elle.

– Ou même ?

– Y en a qui disent qu'au fond *the* vrai *right man in the* vraie *right* place, ce serait en fait l'amiral Toudebout en personne. N'a-t-il pas en main toutes les rênes de l'Indochine ? Il suffirait qu'il retourne sa veste…

Mouche, blême, regarda la sienne, de veste, accrochée à un portemanteau.

– Toudebout ? Mais ils sont fous ! Toudebout est un projap convaincu ! Un proboche, un traître, un collabo, un… un… un VICHYSTE !

La Coutrais fixa la francisque brillant au col de la veste de Mouche.

– Darlan aussi était vichyste, elle dit, les Amerloques se sont bien servis de lui à Alger !

Mouche blêmit plus encore.

– Jusqu'au jour, ajouta-t-elle, où *they decided* de le liquider.

Mouche, toujours allongé sur le sol, éleva en l'air ses jambes poilues et courtes, faisant « la chandelle » (c'est bon pour la circulation sanguine). Son sang n'en circulait pas pour autant. Il avait gelé dans ses veines !… Lui aussi, comme Darlan, pourrait être « liquidé ». Il y avait cent raisons pour que cent lobbies différents désirent un jour le supprimer ! Les gaullistes parce qu'il avait été vichyste ; les vichystes s'il passait au gaullisme ; les Américains et les Chinois, s'il continuait de flirter avec les Japs ; les Japs s'il commençait à flirter avec les Américains et les Chinois.

Ajoutez à cela les communistes… Et comment choisir là-dedans ? Du moins, avant de choisir, il aurait voulu recevoir LA-LETTRE-DE-DE-GAULLE que lui avait promise ce fourbe de Tortu. Mais cela faisait six mois qu'il l'attendait cette foutue lettre-de-De-Gaulle et qu'il ne voyait rien venir. Ce fourbe de Tortu n'était-il qu'un pitre ? Un mythomane ? D'ailleurs que représentaient les gaullistes ? Du vent ! Les Américains, par contre… Cruel dilemme !… Il y avait une troisième solution qu'il envisageait de plus en plus : sa BOTTE SECRÈTE !

– *What's that !* s'exclama soudain la Coutrais, se remettant, fiévreusement, à faire de l'escrime avec ses talons, au-dessus de son cul nu.

– Quoi encore ? Je t'ai dit de causer en *french* !

– *That !*… Là-bas ! dit-elle, en montrant une armoire, au fond de la pièce.

Par la porte entrebâillée, elle apercevait des centaines de boîtes d'acier empilées les unes sur les autres.

Cigarette au bec, elle sauta du lit, manquant se casser la figure à cause de ses talons hauts. Sa petite croupe maigre, tanguante, dériva vers l'armoire dont elle ouvrit les deux battants.

– C'est… euh… rien… dit Mouche. *Nothing*, comme tu dis !

Il alla, jouant l'indifférence, s'allonger sur le lit, jetant un œil sur un numéro de *L'Action du Tonkin*, posé près de l'oreiller, et à demi chiffonné par les derniers ébats auxquels, *volens nolens*, il avait participé.

Il y était question de l'accueil magnifique qu'avait reçu à Paris le maréchal Pétain venu se recueillir sur les tombes des victimes des bombardements US : deux cent mille Français frénétiques l'avaient acclamé sur les Champs-Élysées…

– *That !* hurla la Coutrais, furieuse qu'il ne lui répondît pas.

Elle montrait une énorme boîte d'acier kaki, sans inscription, qu'elle venait de sortir de l'armoire. Aussitôt la boîte, lourdissime, atterrit sur le lit, entre les jambes du Génésup, manquant de peu ses pudenda.

– Alors toi aussi tu bombardes ! C'est une manie, ma parole !

– Y a au moins cinq cents boîtes, *God* ! C'est quoi ?...

Elle jonglait avec deux de ces boîtes.

– De la conserve, de la bonne conserve de France, dit le Génésup.

– Des conserves de quoi ?

– De cassoulet !

Il s'agissait des stocks qu'il avait ramenés de France, en bateau, en 1940.

– *Sky ?* Paul ! Du cassoulet. Ça fait trois ans que j'ai plus mangé de cassoulet, gros gourmand, et tu m'en as jamais proposé... quand est-ce que tu me fais un petit dîner aux chandelles au cassoulet ! Y en a marre du riz, du riz, du riz !

Depuis plusieurs mois les Français avaient dû se mettre à la cuisine annamite (pouah !). On avait bien essayé de faire du pain avec de la farine de riz, mais ça n'était pas ça. Finis les steaks-pommes frites, les fondues savoyardes ! Commençait le temps des vaches maigres et des rouleaux de printemps !

– Tu me fatigues, dit Mouche, ce cassoulet appartient à l'armée. On l'a stocké en cas de coup dur ! Impossible d'en disposer ! C'est du *cassoulet stratégique* !

Il se replongea dans son journal...

On frappa.

– Qu'est-ce que c'est encore ?

– Vous avez des visiteurs, dit, à travers la porte, la voix stylée de M. Li.

– Je lis, Li, rétorqua Mouche, excédé.

– C'est le général Astier et le colonel Chaballier... Ils disent que c'est de la plus extrême importance, dit Li.

– C'est bon, j'arrive... Fais-les passer en attendant au salon-musée.

Un nouvel obus, chargé de cassoulet stratégique, tomba sur le lit, à côté de Mouche.

– Alors tu accouches, Paul ! lança la Coutrais. *We are in a hurry !* Tu marches avec nous ?

– Je marche avec les Alliés, dit-il en enfilant son short traînant au sol.

Le short était un peu chiffonné. Il le rejeta, prit dans une armoire, à côté de celle au cassoulet, un autre beau short tout blanc, un short de cérémonie. Il devait se rendre en effet, en fin d'après-midi, à la fête de Jeanne d'Arc organisée par les étudiants de l'université de Hanoi au Théâtre de la Ville.

– Le SACO et l'OSS attendent que je leur communique de ta part un engagement ferme ! *You get it !*

Un nouvel obus-cassoulet manqua de peu le Génésup.

Celui-ci finit de nouer sa cravate, enfila sa veste ornée de la francisque, « vissa » sur son crâne son casque colonial.

– Je m'exprimerai là-dessus, et précisément, dans quinze jours, dit-il.

« Une fois que j'aurai mis au point ma BOTTE SECRÈTE », songea-t-il.

– *So long !* lui lança la Coutrais.

En sortant de la pièce, il jeta vers elle un regard : elle se tenait debout, toute zébrée d'ombre et de lumière, une boîte de cassoulet dans sa dextre, brandie, menaçante, tandis qu'un rayon d'or, léchant voluptueusement son bas-ventre, semait d'étincelles fauves les barbelures cuivrées de sa chatte incendiée.

– Salut, petit zèbre ! dit-il.

Comme il pénétrait dans son salon-musée, Mouche murmura quelque chose à l'oreille de la petite domestique Thuy An qui se tenait là, debout, en jupe courte noire et tablier blanc.

Dans la pièce, Astier (fine moustache élégamment retroussée) et Chaballier (grosse moustache nicotinisée) devisaient, nonchalamment assis sur des fauteuils autour d'une table basse, fumant… eux aussi… d'inévitables Cottab.

Aux murs, encadrés, on pouvait admirer toute une collection d'emblèmes stupides, découpés sur la tôle des avions US abattus : en plus de la vamp à oreilles de Bunny

Lapin, et de celle aux oreilles de Mickey Mouse, déjà évoquées, on trouvait toute une collection de Grand-Loup…

Mouche soupira à ce spectacle. Se disant intérieurement ce que ses deux hôtes lui déclarèrent tout de go :

– Ce serait peut-être plus avisé, vu la tournure des « événements », de faire disparaître « tout ça »

Et les trois hommes de regarder à nouveau « tout ça », Grand-Loup and Co.

– Il le faudra bien ! souffla Mouche, avec le désespoir d'un esthète voyant, au crépuscule du VIIIe siècle, des hordes iconoclastes briser les chefs-d'œuvre de l'art sacré.

Astier croisa les jambes, pour mettre en évidence l'élégant drapé de son pantalon en belle étoffe, et dit, avec son éternel-petit-ton-précieux-agaçant :

– Vous savez ?… Un nouvel avion américain a été abattu… Le pilote est à l'hôpital Lanessan, en petits morceaux… Aux trois quarts dans le plâtre. Ça n'a pas empêché l'immonde colonel Kuga, de la Kempetaï, de venir le réclamer hier. Un « soviet » de trois à quatre infirmières lui ont opposé « la muraille de leur corps », pour reprendre leur expression, lui lançant au visage : « Pour avoir le lieutenant Wahrol (cet Américain s'appelle Wahrol en effet), il faudra d'abord nous passer sur le corps. » Le Jap, qui semblait n'avoir rien contre le fait de leur « passer sur le corps », a été intimidé !… Un monstre de la Kempetaï intimidé par trois femelles ? Allez comprendre ! Il semble que les Blanches les impressionnent plus que les Blancs !

– Ça ne durera pas longtemps, dit Chaballier. Kuga va revenir à la charge.

– Il faut faire quelque chose, souffla Astier… On ne peut plus livrer ces pilotes !

Mouche était blême. De tout cela il partageait, avec Toudebout, la responsabilité. Il avait même, naguère, offert des primes à qui capturerait un pilote. Le chef de la 14th US Air Force, le général Claire Lee Chennault, résidant dans la base chinoise de Kunming, avait promis de terribles représailles contre Hanoi, si les *Vichy-men* continuaient de livrer aux Japs ses aviateurs…

– Il faudra « aviser », dit Mouche.

Puis il ajouta :

– Au demeurant… Qu'aviez-vous de si important à m'annoncer ?

– Ça ! dit Chaballier.

A ces mots, il posa sur la table basse une enveloppe en toile imperméabilisée brune, frappée d'une croix de Lorraine et du sigle CFLN, le Comité français de Libération nationale d'Alger, et adressée au Génésup.

Mouche approcha sa main tremblante d'émotion de l'enveloppe.

– C'est ?… dit-il.

– Oui c'est !… dit Chaballier. Un avion l'a larguée avant-hier soir en colis lesté dans les montagnes au nord de Cao-Bang. Les services du capitaine Tortu l'ont récupérée…

– C'est de… de LUI ? demanda avec emphase et émotion Mouche en posant l'ongle jaunâtre de son index droit sur l'enveloppe.

– Oui, LUI ! s'exclama Chaballier.

– Lui ! répéta Mouche.

– Lui ! confirma Astier.

A cet instant, on entendit un trottement.

– Shut, shut ! souffla Mouche, vert d'effroi, en retournant sur la table l'enveloppe afin que la croix de Lorraine ne fût plus visible.

C'était Thuy An. La petite servante posa sur la table, juste à côté de l'enveloppe, un plateau avec des verres, des amuse-gueules et… une bouteille de pastis.

– Sans doute la dernière bouteille qu'on puisse encore trouver dans ce pays, messieurs ! s'exclama Mouche. Elle tombe bien. Il faut fêter ça.

Il reposa son doigt jaunâtre sur l'enveloppe.

Il se tut et, se tournant vers Thuy, il lui lança :

– C'est bon, petite, dégage ! *Maolen*, vite !

La « petite » (une garce d'espionne, c'est sûr !) battit retraite dans un bouleversant trottinement.

Mouche prit alors dans ses mains profanatrices l'enveloppe, qu'il décacheta. A l'intérieur, il trouva des photographies d'un document manuscrit, au sigle CFLN. Portant immédiatement ses yeux au bas du dernier des quinze clichés composant les quinze pages de la lettre, il vit, large, emphatique, la signature : CHARLES DE GAULLE.

– C'est bien LUI ! gloussa Mouche d'une voix chevrotante.

Ce fut alors avec une fébrilité panique que les trois hommes lurent ces quinze feuillets, Mouche en passant un, dès qu'il avait fini de le parcourir, à Astier qui, lorsqu'il l'avait achevé, le passait à Chaballier.

Au quinzième (la lecture fut très rapide, ils lisaient moins qu'ils ne dévoraient), ils s'entre-regardèrent, pâles, blêmes, muets :

– Ouais, dit Mouche.

Il versa une tournée de pastis. Ils burent tous ensemble. Puis se reregardèrent, muets.

– Encore un coup, dit Mouche.

Ils reburent.

– Encore, redit Mouche.

Ils rereburent.

Puis il ajouta :

– Il faut que je relise !

Ils relurent, reburent, rerelurent, rereburent.

Épuisés bientôt et à demi ivres, ils posèrent les feuillets sur la table. Mouche lança :

– Ouais !

Astier et Chaballier en écho :

– Ouais !

– C'est du vent tout ça ! conclut Mouche.

Que déclarait la lettre de « l'ex-général Ganelon-de-Gaulle » ? Que, promis, juré, cinquante mille soldats français (sortis d'où ?) seraient, promis, juré, prêts à « intervenir » en Indo dès le premier semestre 1945 (« Dans un an, rien que ça, mais dans un an, on sera tous morts sans doute, hachés menu par les Japs ! Ou les Américains depuis longtemps auront fait main basse sur la colonie ! »). De Gaulle promettait encore que nos forces navales (les restes de Mers el-Kébir et Toulon) interviendraient aussi *quand-l'évolution-de-la-guerre-le-permettra* ! (« Ah, ah ! Ça c'est précis ! » s'exclama Mouche.) Au demeurant, cette lettre, par la façon dont elle s'adressait à Mouche, le désignait très manifestement comme le chef de la résistance d'Indochine (« J'ai rien demandé, moi ! »). Responsabilité de taille car, expliquait encore la lettre, *c'est-de-l'efficacité-de-cette-résistance-intérieure-de-l'Indochine-que-dépendront-non-seulement-pour-une-grande-partie-la-libération-militaire-du-territoire-de-la-fédération-mais-encore-son-retour-incontesté-à-l'Empire-français*... Et la lettre de conclure, conclusion que le Génésup déclama à voix haute, pleine d'emphase, de sourde ironie et de secrète panique aussi : *Il-est-nécessaire-que-tous-en-Indochine-soient-pénétrés-de-l'importance-capitale-et-de-la-grandeur-de-la-mission-nationale-qui-leur-incombe-Il-est-indispensable-qu'ils-soient-prêts-à-consentir-tous-les-sacrifices-que-la-patrie-est-en-droit-de-leur-demander-y-compris-le-sacrifice-suprême*...

– Comme il y va ! souffla Mouche qui, sur la chair tendre de son cou, sentit la morsure froide du tranchant d'un sabre jap.

Et d'ajouter :

– Tiens, je vous sers une nouvelle tournée !

Ils achevèrent la bouteille de pastis.

Mouche la renversa, vide, sur la table, la laissant rouler sur le parquet de teck. Il la regarda dériver jusqu'au fond de la pièce, aux pieds d'une statue en stuc du Maréchal.

– *Y compris le sacrifice suprême !* Ah, ah, s'exclama Mouche. Il est généreux de notre sang... Il promet des renforts, mais dans un an ! Heureusement que les Américains sont plus pressés !

– Vous pensez vraiment ? dit Chaballier, mi-interrogatif, mi-dubitatif.

– Chiang Kai-shek a massé trois cent mille de ses soldats sur la frontière, avec dix mille hommes des troupes de choc US appuyés par des chars et l'aviation ! Je tiens ça (il eut la vision de l'énorme chatte rousse de la Coutrais)... de source sûre !

– Bobards, s'exclama Chaballier, le 2e Bureau le saurait !

– Oh, votre 2e Bureau, parlez-m'en ! soupira Mouche qui avait en mémoire les rapports dudit Bureau affirmant que les Japs ne voyaient pas la nuit.

– Nous avons des agents indigènes de l'autre côté de la frontière, poursuivit Chaballier, imperturbable. Il y a certes quelques troupes chinoises massées là, mais rien de sérieux. Quant aux troupes de choc américaines, il n'y en a pas plus que de fil à couper le beurre en branches ou de midi à quatorze heures dans la semaine des quatre jeudis, ah ah !

– Et pourquoi ces bobards ? demanda Mouche.

– Désinformation ! souffla Astier, en caressant ses moustaches pointues.

– Manipulation ! affirma Chaballier, en frottant sa moustache hérissée.

– Dans quel but ? demanda Mouche, en torturant sa moustache clairsemée.

Tous trois s'entrenvoyèrent des regards noirs de conjurés.

– Les Américains, poursuivit Chaballier, veulent semer la panique en Indochine pour que Japs et Français s'entrégorgent. Ils pourront alors instaurer, à nos dépens, leur influence. Roosevelt l'a mille fois déclaré, il ne veut plus de nous ici ! Cet émissaire des Trusts compte se réserver les marchés d'Asie !

– Les Américains veulent nous envoyer au carnage ! renchérit Astier.

– Mais de Gaulle aussi nous envoie au carnage ! Il ne roule pourtant pas pour l'Amérique !

– De Gaulle et Roosevelt veulent la même chose, dit Chaballier, mystérieux.

– Mais dans des buts opposés, poursuivit Astier, plus mystérieux encore.

– Les Américains pour nous virer d'Indochine ! dit le premier.

– De Gaulle pour nous y maintenir, renchérit le second.

Mouche, muet, stupéfait, promena de l'un à l'autre ses yeux écarquillés comme deux grosses soucoupes que n'arrivaient plus à contenir ses petites lunettes rondes.

– Là, messieurs, il faut m'expliquer !

– De Gaulle veut qu'on se batte ! dit l'un.

– Les Américains qu'on se fasse battre, ajouta l'autre.

– Mais si on se bat, on se fera battre ! s'exclama Mouche, désespéré.

– Ça, de Gaulle s'en bat l'œil ! Battus ou pas, l'important pour lui c'est qu'on se soit battus ! Et c'est au nom de ce combat qu'il pourra revendiquer plus tard les « droits-imprescriptibles-de-la-France-sur-l'Indochine ». Au nom du « sang versé » ! Notre sang !

Chaballier fit alors un clin d'œil « entendu ».

Que Mouche crut entendre.

Le Génésup se gratta la gorge puis replaça les quinze clichés de la lettre dans leur enveloppe.

– Il faut attendre et voir, dit-il. De Gaulle n'est pas grand-chose aujourd'hui. Et demain il ne sera peut-être rien !

– On va vous demander une réponse à cette lettre, dit Chaballier.

– Cette lettre ? répondit Mouche. Je ne l'ai pas reçue. Vous l'avez vue, vous, cette lettre ?

Dans son for intérieur, il songea : « Ou ces deux-là se trompent, ou la Coutrais me trompe, ou les Américains la trompent pour me tromper ? Autant ne pas tromper… euh… tremper là-dedans, pas encore ! Roosevelt ou de Gaulle, c'est pas le moment de choisir, comme dirait Charybde à Scylla. »

D'ailleurs il avait toujours une troisième issue : sa BOTTE SECRÈTE.

Il s'approcha d'une cheminée, ramassa des paperasses et autres morceaux de carton, les disposa contre les chenets, posant dessus la lettre de De Gaulle. Il y mit le feu avec son briquet.

Les soucis du Génésup se consumèrent dans une joyeuse éphémère flambée !

Tournant le dos à la cheminée, il rejoignit ses compagnons.

– Il faut gagner du temps, dit-il.

– Mais le capitaine Tortu SAIT ! dit Astier. Ce sont ses hommes qui ont récupéré la LETTRE.

Dans l'esprit de Mouche, les fantomatiques sourcils noirs du gaullard Tortu battirent des ailes de part et d'autre de son obscène verrue poilue.

– Vous « chambrerez » Tortu... Et vous lui ferez fermement comprendre, par tous les moyens et s'il le faut les plus... extrêmes, qu'il doit se taire. D'ailleurs cette lettre de De Gaulle n'est qu'une copie photographique qu'on a très bien pu truquer, et j'ai exigé un original. Ça c'est un argument valable ! Je ne prendrai de décision que lorsque l'on m'aura remis un O-RI-GI-NAL !

> *La vierge d'Orléans sera pour vous aussi le symbole de l'union. Lorsqu'elle apparaît dans l'histoire, la terre de France est en proie aux factions et aux partis. Lorsque Jeanne est partie au bûcher, il n'y a plus dans notre pays que des Français enfin réconciliés... Comme ces Français du* XVe *siècle solidement ralliés autour de l'étendard de Jeanne, jeunes d'Indochine, rassemblez-vous autour du drapeau que tient le Maréchal...*
>
> (*L'Action*, 11/5/42, discours du gouverneur général à la jeunesse d'Indochine.)

A Saigon, à Hué comme à Hanoi, la fête de Jeanne d'Arc, ce 16 mai 1944, fut célébrée avec plus de somptuosité que jamais.

L'amiral avait voulu que cette fête, si profondément française, devînt le symbole de l'indissociable union de la métropole et de la colonie. Pour cela, il avait ordonné que, partout dans le pays, fût associée à l'image de la fière-petite-bergère-lorraine qui affronta l'Anglais celle des deux sœurs Trung, ces fières-petites-princesses-annamites qui, en l'an 39 de notre ère, brandirent l'épée contre l'envahisseur chinois. Battues – après combien d'héroïques combats – elles avaient préféré la mort à la servitude, se noyant dans les eaux d'un fleuve, tout près de Hanoi.

C'est à la représentation de ces deux épisodes si comparables de l'histoire de la France et de l'Indochine que s'apprêtaient à assister, au Théâtre de la Ville, l'Amiral et le Génésup Mouche, qui faisaient mine de s'ignorer, quoiqu'ils fussent installés dans des loges voisines. Le premier était flanqué de sa Pachatte (une paire de lorgnettes sur le nez) et de plusieurs officiers de marine en blanc ; le second d'une clique d'officiers de la coloniale en kaki, dont Astier et Chaballier (Tortu, le gaullard, avait été « chambré », comme convenu, il avait ordre de ne plus quitter ses appartements dûment surveillés par plusieurs gardes !).

C'est que la situation politique internationale était des plus confuses… Les gaullards d'Alger, dans une fracassante déclaration radio, avaient hautement et fermement réaffirmé les droits « irréfutables » et « imprescriptibles » de la France sur la colonie, nuançant cependant leur propos (pour amadouer le « libéral » Roosevelt) de diverses allusions aux nouveaux « droits » qui seraient accordés aux « indigènes », à « proportion » de leur « degré d'évolution ». Communistes et nationalistes indochinois, de plus en plus actifs, avaient poussé de hauts cris, accusant les gaullards, qui « luttaient contre les nazis », de vouloir maintenir dans la colonie un régime fasciste… Déclarations auxquelles firent écho les Américains qui annoncèrent que les Français ne participeraient pas à la « libération » de leur colonie, qui serait réalisée par les armées de Chine et des États-Unis.

Eh bien, qu'ils essaient ! semblait répondre à tout cela la propagande de l'amiral : ils trouveront pour les repousser des Français et des Indochinois solidement unis.

... Derrière les Japs, s'il le faut.

Après un adorable petit ballet, dansé sur l'avant-scène par des jeunes filles arborant des coiffes lorraines, le rideau rouge se leva sur un magnifique tableau : à gauche du plateau, deux ravissantes lycéennes tonkinoises (filles de M. Phan Ky), habillées de longues robes lamées et le front ceint du turban des princesses d'Annam, étaient assises sur des trônes d'or (elles incarnaient les sœurs Trung) ; à droite, une non moins ravissante lycéenne française, aux longs cheveux d'or jaillissant d'un casque d'acier pointu, et caparaçonnée de l'armure de Jeanne d'Arc, brandissait une bannière blanche fleurdelisée.

Bientôt des enfants indochinois et français sortirent des coulisses, scouts, louveteaux, âmes vaillantes, cœurs vaillants, pupilles de la Nation, enfants de la garde indochinoise, jeannettes, guides, jeunesses d'avant-garde, certains étant vêtus à la façon des anciens guerriers annamites, d'autres en gaulois ou en chevaliers médiévaux empanachés. Ils tenaient dans leurs bras de somptueux bouquets de fleurs qu'ils déposèrent aux pieds des sœurs Trung et de Jeanne d'Arc, tandis que le juvénat des pères rédemptoristes entonnait *Relèvement*, cet hymne magnifique dont la musique fut composée par Camille Parmentier et les paroles par Mme Agard et Jean Lelong : « *C'est la France en mon cœur qui chante/Du grand combat la mâle ardeur/Nous la ferons libre et puissante/Comme jadis dans sa splendeur/Notre vertu notre jeunesse/Triompheront enfin du mal/Nous lutterons sans peur sans cesse/Suivant partout le Maréchal...* »

Une émotion extrême étreignait le parterre où, au milieu d'une majorité de Français, on comptait cette fois nombre d'Annamites, de Japonais et d'Allemands. Mais point d'Italiens : la plupart en effet, avec l'invasion de leur patrie par « le barbare Anglo-Saxon » venu d'Afrique du Nord, avaient déserté le parti de Mussolini, se prononçant pour le gouvernement fantoche de Badoglio, vile marionnette de Washington. La majorité des Italiens d'Indochine, devenus suspects, avaient été mis, à la demande des Japs, en « résidence surveillée ». On avait même fait fermer, « à titre d'exemple », deux restaurants « rital » à Saigon (Tiempo di Napoli et Sole Mio).

Sur un écran géant, au fond de la scène, on projeta bientôt une reproduction du magnifique tableau de Sherer, « Jeanne d'Arc entrant dans Orléans », tandis que l'orchestre entonnait la pathétique *Prière* de Gounod, qui fut suivie de *Filles de Dieu* de Chabot.

L'émotion atteignit son comble quand, quelques instants

plus tard, entrèrent en scène Mlles Aline Dumarcel (fille du directeur de Dumarcel Frères, import-export) et Pierrette Dupuis (fille du directeur de Dupuis Frères, import-export), toutes deux collégiennes au couvent des Oiseaux. Malgré leur humble costume à coiffe, elles étaient absolument ravissantes. Elles interprétèrent une des plus belles scènes du *Domrémy* de Charles Péguy (scène qui, écrirait le lendemain Lasmata dit le Négus, dans *L'Action*, *« revêtait en ces heures douloureuses une actualité poignante »*). Toutes deux marchaient sur le bord d'une rivière que symbolisait, posé sur le sol, un long miroir bordé d'arbres en carton. Jeanne (qui était blonde) et son amie Haubnette (brune) se racontaient *« la grande pitié du royaume de France »*, mais tandis que Haubnette *« trouvait naturel que l'ÉTRANGER gardât la France, pourvu que cessât la guerre, Jeanne, avec son solide et clair bon sens de patriote »* entendait que *« chacun restât chez soi »*, le roi d'Angleterre dans son île et le roi de France *« sur cette belle terre de chez nous »*.

Le Génésup, les yeux furibards derrière ses petites lunettes, regardait tout autant la scène que les spectateurs, et très particulièrement, à sa droite, accoudés à la rambarde de leur loge, le Pacha et la Pachatte qui, main dans la main, amoureusement, dodelinaient de la tête comme bercés par la voix enchanteresse des actrices. Toute la salle, d'ailleurs, dodelinait de la tête : là-bas, par exemple, l'intendant Larsouille qui semblait se consoler avec la jolie Mme Aurillette de la récente rebuffade de Charlotte Toudebout qu'il ne désespérait pas de s'asservir (car il la « tenait ») ; *idem* le général Xénophonius, chef de la Légion étrangère, lequel enlaçait à la taille sa dernière en date, Mme de Froussard-Bizu, en robe de velours noir (malgré la chaleur) qui mettait si bien en évidence son teint diaphane… *Idem* ce gros porc boche à rouflaquettes de von Delinghausen, de l'agence Transocean (à la colle avec Rosine Day) ; *idem* même l'énorme général Mikokuni, assis à côté de Suzanna Praskova… Mikokuni et von Delinghausen avaient eu récemment des mots, les Japs ironisant sur les défaites de l'« allié allemand » et les Allemands sur les premiers insuccès japs.

Ces Boches ne sont que des Blancs.

Ces Japs ne sont que des Jaunes.

Le Génésup était à bout de nerfs. Ce spectacle « à la gomme », et tout ce qu'il sous-entendait, l'irritait au plus haut point. Ses pieds étaient pris d'incoercibles tremblements parkinsoniens… Non, non et non, il n'était pas Jeanne d'Arc, non il n'était pas les sœurs Trung, non il ne ferait pas le coup de feu contre les Anglo-Amerloques ou les Chinetoques !… Et pourtant, au cours de conférences dans lesquelles l'avait piégé l'Amiral, ne s'y était-il point engagé ? Et en présence d'officiers et de diplomates japonais ? N'avait-il pas donné ordre que fût construite, face aux Chineto-Armerloques, sur la frontière du Tonkin, la fameuse Ligne Mouche, un ensemble de fortifications « plus redoutable que la… Ligne Maginot » ! Tout cela, un jour, ne lui vaudrait-il pas le peloton d'exécution !…

Une sueur glaciale dégoulinait sur son crâne que dévorait une croissante calvitie (il avait encore perdu des cheveux ce matin). N'était-il pas temps, plus que temps, avant qu'il ne fût… plus temps, de la sortir, sa « BOTTE SECRÈTE » ?

Jeanne, seule sur scène désormais, marchait mélancoliquement au bord du miroir symbolisant la Meuse. Elle avait pris sa décision. Elle irait libérer Orléans assiégé par les Américains… euh… par les Anglais. Et, comme elle avait pris cette décision, elle disait au fleuve un éternel adieu… *« Adieu, Meuse endormeuse et douce à mon enfance./Qui demeures aux prés où tu coules tout bas/Meuse, adieu, j'ai déjà commencé ma partance/En des pays nouveaux où tu ne coules pas… »*

Lui aussi, Mouche, devait négocier sa… « partance » (ah ah), et affronter l'ENNEMI !

Et sur-le-champ même.

Il allait LUI dire ce qu'il avait à LUI dire à l'Ennemi, l'Ennemi par excellence, l'Ennemi numéro Un de l'Indochine… !

Et illico.

Mouche posa sur son crâne dégarni le casque colonial qu'il tenait sur ses genoux et, à la stupéfaction d'Astier et Chaballier assis à ses côtés, il se leva, leur disant :

– Je vais LUI parler.

Sans attendre de réponse il sortit de sa loge dont la porte, de part et d'autre, était gardée par Yaoundé, son tirailleur sénégalais, et Ali, son goumier marocain. Tous deux sabre au poing.

– Yaoundé !

Yaoundé se mit au garde-à-vous.

– Ali.

Ali salua.

– Suivez-moi !

Il n'allait pas loin pourtant : tout juste à la loge voisine que gardaient deux matelots à pompon rouge, lesquels n'osèrent pas s'opposer au Génésup qui, sans crier gare, en poussa la porte.

– Amiral, lança-t-il aussitôt.

Se tournèrent alors vers lui, éclairés vaguement par la lumière déferlant dans l'entrebâillement de la porte, les visages stupéfaits du Pacha et de la Pachatte qui se découpaient, en demi-ombre, sur l'écran illuminé de la scène en contrebas… Nostalgique, Jeanne-la-pucelle y finissait sa complainte : *« Quand reviendrai-je ici filer encore la laine ?/Quand verrai-je les flots qui passent par chez nous ?/Quand nous reverrons-nous, et nous reverrons-nous ?/Meuse que j'ai encore, ô ma Meuse que j'aime… »*

La face de l'amiral et de son épouse avait l'aspect glauque, aquatique, de quelque gros mérou surpris au fond des abysses par le projecteur d'un bathyscaphe. Ils demeuraient muets, bouche bée. C'était, il est vrai, un spectacle pas peu impressionnant que de voir, dans l'embrasement de la porte tout embrasée de lumières, se découper cette ombre fantomatique, coiffée de l'ombre fantomatique d'un casque colonial et revêtue de l'ombre non moins fantomatique d'un large short, ombre entre toutes reconnaissable : celle du Génésup Mouche.

– Contre les JAUNES, oui, mais pas contre les BLANCS ! clama dans un demi-délire le Génésup.

– Des Jaunes ? Des Blancs ? Qu'est-ce qui vous prend, général, vous débloquez ? dit le Pacha.

Le visage casqué du Génésup, qui se trouvait debout, se pencha sur celui du Pacha (qui était assis), au point que leurs deux nez faillirent s'entrechoquer, le tarin du Génésup restant en surplomb au-dessus de celui de l'amiral, tel un pif de Damoclès.

– Je dois vous parler, souffla Nimbus d'une voix rauque et désespérée.

– Est-ce le lieu ?

– Faites-LA sortir ! poursuivit Mouche, sourd à l'argument de l'amiral et pointant son index vers l'ignominieuse Pachatte.

Puis le pointant vers les ignominieux marins, présents dans la loge, il ajouta :

– Qu'ils sortent aussi !

Cependant on entendait monter de la salle un sourd murmure de protestation et des « chut » répétés qu'on n'eût jamais osé proférer si on se fût douté que le chahut vînt de la loge du gouverneur général.

– Calmez-vous ! dit celui-ci à voix basse.

Puis, se penchant vers la Pachatte :

– Chérie, Nimbus nous fait une crise. Ça doit être son palu ! Veuillez sortir avec les autres, expliquez-leur.

– Meuse que j'ai encore, ô ma Meuse que j'aime ! répéta sur scène la blonde petite bergère qu'on avait interrompue.

Le Génésup et l'amiral étaient seuls désormais, au fond de la loge, assis sur deux tabourets.

– Je vous promets de vous écouter, dit le Pacha, mais... parlez bas.

– Contre les JAUNES, oui ! glapit Mouche d'une voix étranglée par l'angoisse.

– Quoi, contre les Jaunes ?

– Amiral, dit le Génésup d'une voix qu'il essaya de conserver dans les basses tonalités, je ne voudrais pas qu'il fût jamais dit que j'aie accepté un jour de me battre contre aucun autre envahisseur que JAUNE. Je tiens ici, solennellement (il mit sa main sur son cœur), à... solennellement vous dire que si j'ai pu... dire, lors de plusieurs conférences, que je me battrais contre toute armée agressant l'Indochine, il s'agissait dans mon esprit, et uniquement, d'une armée JAUNE, c'est-à-dire – et c'est l'idée que chacun de nos officiers avait en tête – contre les armées chinoises de

Chiang Kai-shek. Il est bien évident que si, à ces armées, se mêlaient des BLANCS – c'est-à-dire des Américains – je ne me battrais pas…

Mouche se leva, croisant les bras comme un qui refuse de prendre les armes.

– Je ne me battrai pas contre les Américains, je ne me battrai pas contre les Anglais, je me battrais encore moins contre les Français gaullistes !

– Vous… désertez ? dit glacialement l'amiral.

– D'ailleurs, ajouta en bredouillant Mouche qui, perdant son assurance, se rassit sur son tabouret, d'ailleurs nos… soldats, comme nos… officiers… leur moral a… bien changé… Il faut voir comment leur visage rayonne à l'annonce des victoires anglo-saxonnes en Italie. Certes ils redoutent les victoires russes mais une chose est sûre, ils veulent, À TORT OU À RAISON, l'écrasement des Boches et des Japs ! Alors, comment voulez-vous les faire se battre (et avec l'ivresse des mots, Mouche, retrouvant son assurance, se releva)… comment voulez-vous les faire se battre aux côtés de nos *alliés* japs (jaunes !) qu'ils considèrent comme leurs *ennemis*, contre nos *ennemis* américains (blancs) qu'ils considèrent comme leurs *alliés* ?… C'est une histoire de fou !

– Vous savez, dit l'amiral, à voix basse mais néanmoins ferme et menaçante, ce que ça peut vous coûter la… DÉSERTION !

– Euh… bredouilla Mouche qui rentra sa tête casquée entre ses épaules.

– La Cour martiale, ajouta l'amiral qui, se levant, domina de sa stature carrée le Génésup lequel s'était rassis. (Ils s'asseyaient et se relevaient, selon que leur enthousiasme ou leur colère s'exaltait et se tassait, de sorte qu'on eût dit qu'ils fussent installés chacun de part et d'autre de quelque métaphysique invisible balançoire valsant au gré de leurs humeurs.) Je vous rappellerai, poursuivit l'amiral, posant le bout de son pif pointu sur le bout rond du pif du Génésup, que vous vous êtes engagés devant témoins à vous battre contre TOUT envahisseur. (Pipaud a pris note de nos conférences, dont je garde le script dans mon coffre-fort !)

– Tout envahisseur JAUNE ! s'exclama, furieux et terrifié, le Génésup qui se releva d'un coup, tandis qu'automatiquement l'Amiral se rasseyait… Je tuerai autant de Chinetoques que vous voudrez mais…

– Et la Cour martiale, pour vous, général Mouche, à votre niveau de responsabilité, savez-vous ce que ça veut dire la Cour martiale : ah ah !… (L'amiral se dressa derechef sur ses pattes obligeant le général à prendre siège.) La Cour martiale, pour vous, ça veut dire le peloton d'exécution ! A tous les coups !

Brandissant l'index et le majeur de sa main droite sur la tempe du Génésup, comme un canon de pistolet, l'amiral fit mine de l'abattre.

– Pan !

– Mais… bredouilla Mouche, qui éleva ses mains jointes vers Toudebout, comment, comment voulez-vous qu'on se batte contre les Yankees ?… On n'a que trois tanks pourris, des autochenilles dont les chenilles se débinent tous les quatre kilomètres, des avions qui font s'esclaffer les pilotes japs à chaque fois qu'on essaie de décoller et… vous savez ce qu'on constate à l'entraînement du tir… sur trois cartouches percutées, y en a qu'une qui marche ! Elles ont dix ans d'âge nos cartouches ! On n'a pas été foutu de se battre correctement contre ces *fourbes de Siamois* et vous voulez qu'on se batte contre les Amerloques qui, dans leurs bases de Chine, disposent de cent bombardiers Liberator et Mitchell, de forteresses volantes B29, de deux cents P40 et XP38, sans compter Chiang Kai-shek qui a plus de deux cents avions ultra-modernes !… Et l'on parle de troupes de choc US qui viendraient tout juste d'arriver de Californie, dix mille *marines* !

– Ces *marines* sont du bobard, vous le savez autant que moi, général, intox ! Nous nageons dans l'intox !… Alors… vous y êtes décidé… vous désertez ?

Mouche se racla la gorge :

– Je me battrai pas contre des BLANCS, c'est mon… devoir (il prononça ce mot en enflant les joues) qui me l'interdit. Et si vous me l'ordonnez je… (et c'est alors qu'il se décida à sortir sa botte secrète)… Je préfère d'ores et déjà vous proposer, puisque j'ai 59 ans, ma MISE À LA RETRAITE.

C'est non sans inquiétude que Mouche entendit un petit rire rusé sortir alors des lèvres de l'amiral, lequel se rassit en face de son protagoniste qui ne se leva pas.

– J'accepte votre… DÉMISSION ! dit le Pacha.

– Je… je démissionne pas, je…

– Je vous mets à la retraite d'office ! acheva l'amiral. Faites-moi par écrit votre demande, j'y répondrai au plus tôt.

– Je… bredouilla Mouche qui, ayant cru la chose plus difficile à obtenir, avait l'impression soudain, avec cette si brusque acceptation de l'amiral, que le sol se dérobait sous ses pieds.

Il se sentait « tout bête »… Avec sa mise à la retraite, il serait à l'abri des sollicitations des services secrets alliés : il n'aurait plus à choisir entre gaullards, vichystes et Amerloques. A son successeur de s'occuper du « bébé »… Telle était sa « botte secrète »… Mais la si facile acceptation de ce renard de Toudebout l'inquiétait.

Il ne put poursuivre sa réflexion. On entendit soudain, en contrebas de la loge, des cris, et tout un fracas. Sur la scène du théâtre, un spectacle non prévu au programme commençait à se dérouler. Des coulisses, les sœurs Trung, encore tout enturbannées, étaient brusquement sorties, à la tête d'une ribambelle de lycéens annamites armés d'épées et de haches en carton qui se jetèrent au cri de « Vietnam libre » sur la jeune bergère lorraine, laquelle, ayant déniché on ne sait où un bouclier et une épée, se mit à ferrailler contre eux en hurlant « Indochine française », combat inégal qu'elle devait perdre infailliblement si l'amiral, se dressant sur ses pieds et se penchant sur la rambarde de sa loge, ne se fût mis à hurler :

– Aux armes ! Sauvez Jeanne d'Arc !

– Aux armes ! crièrent des voix dans la salle.

Et l'amiral de poursuivre :

– ARRÊTEZ LES SŒURS TRUNG !

Rappliquèrent des coulisses une cinquantaine de lycéens déguisés en chevaliers et en gaulois casqués qui se mirent à croiser le fer avec des guerriers annamites de l'an 39 de notre ère. Ce fut une terrible mêlée.

– A moi, la Légion ! cria, dans la salle, un de nos fiers soldats à képi blanc qui sauta sur scène, suivi d'une dizaine d'autres fiers soldats à képi.

La Légion étrangère venait au secours de Jeanne. Cette fois on ne l'emmènerait pas au bûcher. Les sœurs Trung et leurs complices furent rapidement désarmés. Emportées l'une et l'autre par deux légionnaires herculéens, elles quittèrent la scène en agitant désespérément et vainement leurs jambes. On eût dit quelque version asiatique de *L'Enlèvement des Sabines*...

Appuyé des deux mains à la rambarde de sa loge, l'amiral assistait, non sans satisfaction, à cette « reprise en main » de la situation.

Les provocateurs avaient encore frappé... Étaient-ce des prochinois, des projaps ? Des communistes ? La 5e Colonne ? Allez savoir ! Les provocateurs, désormais, étaient partout, multiples, polymorphes, quasi insaisissables. Les provocations se multipliaient dans le pays... La presse essayait d'étouffer ces affaires, mais elles s'ébruitaient quand même... Un matin (première provocation), la police s'était rendu compte qu'on avait peint, pendant la nuit, un casque à pointe prussien sur la tête d'un des immenses portraits du Maréchal dressé en plein Hanoi (on lui avait même rajouté des moustaches à la Guillaume II !)... Le portrait fut immédiatement remplacé. On ne découvrit pas les « fauteurs de trouble ». Nouvelle provocation : des zigotos, de plus en plus nombreux, prenaient l'habitude de coller, tête en bas, sur leur courrier, les timbres postaux à l'effigie du Maréchal !... Pétain les jambes en l'air ! Pétain cul par-dessus tête ! Pétain marchant sur le crâne ! Pétain faisant le poirier ! Pétain... Troisième pro-vo-ca-tion : un soir, quatre énergumènes sont venus boire leur mominette au bar du Métropole avec deux cannes à pêche posées sur l'épaule, deux cannes à pêche c'est-à-dire (nos mouchards furent vite mis au parfum) deux gaules : ah ah, vous me suivez, « deux gaules », ils croyaient ça drôle ! Hop, en taule les deux-gaulistes !... Sans compter (quatrième provocation), la faute d'orthographe infâme autant que vicieuse qui avait été commise – à escient – dans un article relatant l'inauguration à Vichy d'un orphelinat sous les « HOSPICES » du maréchal Pétain !... Le prote, responsable des travaux d'imprimerie – un Tonkinois au regard fourbe –, avait été arrêté sur-le-champ et mis à la question : un bolchevique ! Il avait crevé sous les coups en criant : « Vive Hô Chi Minh, vive le maréchal Staline, vive le Maréchal... » Voilà à quoi ça sert de donner une éducation à ces sauvages, de leur construire des écoles, des universités, des crèches, des... *auspices*, ça n'apprend l'orthographe que pour concocter des fautes subversives !... Les traîtres, la 5e Colonne étaient partout. Et même (songea le Pacha en se tournant vers le Génésup), et même à la tête de nos armées !

– Envoyez-moi par courrier votre demande de mise à la retraite, et vos motivations explicites, lui répéta l'amiral... Nous en reparlerons... Pour l'instant, comme vous voyez (il fit un geste vers la scène), mon devoir m'appelle... Il va falloir que je sévisse contre les... TRAÎTRES ! (En clamant haut et fort ce mot, il plongea son regard dans les yeux effarés de Mouche métamorphosé en dégénéré-kafkaïen-cancrelat.)

– Adieu, monsieur... bonne retraître... euh... retraite !

Tableau III

Soumission ?... C'est un mot purement français...

(Shakespeare, *Henri VI*, acte IV, scène 7.)

Casque colonial sur le crâne, les généraux Mouche et Astier étaient solidement retranchés chacun derrière sa respective moustache, et, tous deux, derrière le même bureau, celui du Génésup, au palais du Commandement supérieur. Ils regardaient le stylé M. Li qui, en gilet noir à rayures jaunes, un plumeau à la main, finissait de dépoussiérer la pièce.

Désignant du doigt un buste de Pétain, Nimbus dit à son domestique :

– Enlevez-moi ça !

Discret et discipliné, Li prit sans mot dire le buste du Maréchal puis, réfléchissant un instant, lui dit :

– Je le mets où ?

– Sous mon lit.

Devant l'air vaguement ahuri du majordome, le Génésup ajouta :

– C'est l'hallali, Li.

Depuis un mois en effet – depuis très précisément le 6 juin 1944, date du débarquement (« la nouvelle inqualifiable agression ») américain en Normandie –, on ne donnait plus cher de la peau du Maréchal. Le Vainqueur de Verdun était vaincu. Il n'était plus que le Vaincu de Vichy.

Radio Saigon avait beau glapir chaque jour que les « envahisseurs » subissaient des « pertes inouïes » et qu'ils ne tarderaient pas à être « rejetés à la mer », personne n'y croyait plus. D'ailleurs, on n'écoutait pas Radio Saigon. On écoutait les radios alliées. Pour fêter l'événement, la « victoire des nôtres », on avait même osé pavoiser les rues Catinat (Saigon) et Paul-Bert (Hanoi) avec des bannières tricolores, à la grande fureur de Herr Doktor North, Frau Anna Luba et von Delinghausen, et à la secrète jubilation des Japs, jamais mécontents de voir un peu humiliés (par ces Blancs-de-Français-versatiles) ces Blancs-de-Boches-arrogants. La Kempetaï, cependant, mettrait bientôt un holà à nos cocoricos.

C'est que les Japs étaient inquiets. Vichy allait tomber. De quelle autorité relèverait alors le gouvernement général d'Indochine. D'où tirerait-il sa légitimité ? Quel serait son statut juridique ? Les Japs ne se trouveraient-ils pas obligés de prendre en main directement le pouvoir, mettant fin à la « fiction » de la « souveraineté française » sur la colonie ?

Pourtant les Japs ne bougeaient pas. Ou du moins ils ne semblaient pas bouger. Ils étaient comme frappés d'apathie. A cause de leurs revers en Nouvelle-Guinée ? Aux îles Marshall ? Aux Mariannes ? Ne croyaient-ils plus en leur victoire ? Ou cherchaient-ils (comme l'affirmait le « réaliste » Belangel) une « porte de sortie » honorable, préférant se concilier la France qui pourrait leur servir d'avocat à la fin de la guerre quand, autour d'un tapis vert, se réglerait l'« addition » ? Les Japs aussi devaient-ils rester corrects avec nous en Indochine ! On ne les voyait d'ailleurs plus, les Japs, ils rasaient les murs.

Mouche n'en était pas moins des plus angoissés. D'autant qu'ayant envoyé au Pacha, depuis longtemps, sa demande écrite de mise-à-la-retraite, il n'avait reçu encore aucune réponse. L'amiral, ce fourbe, le faisait sadiquement « rissoler ». Mouche était donc toujours Génésup et, en tant que chef des armées, il serait le premier frappé en cas de coup de force nippon.

Les services secrets américains, anglais, chinois, giraudistes, gaullistes ne cessaient de le harceler, l'exhortant à « prendre position ». Il jouait les coquettes, se laissant courtiser, et faisant monter les enchères... Il avait reçu une nouvelle copie de la-lettre-de-De-Gaulle, mais il continua de prétendre n'en avoir jamais vu la couleur. Ce fourbe de gaullard Tortu (qui avait pourtant ordre de rester cloîtré chez lui et de ne prendre aucune initiative) avait alors demandé à la mission France libre de Chungking (MMF) d'envoyer par message radio codé ladite-lettre-de-De-Gaulle. Dont la transcription fut immédiatement – et officiellement – remise au Génésup. Celui-ci, furieux, répéta qu'il voulait un O-RI-GI-NAL. C'est alors que, sur une nouvelle initiative du fourbe Tortu, fut annoncé le prochain parachutage d'un émissaire de De Gaulle porteur dudit O-RI-GI-NAL. Mouche fut terrifié. Ainsi on voulait lui « forcer la main », lui mettre « le doigt dans l'engrenage », le « mouiller ». Il s'exclama que c'était une folie, que si les Japs l'apprenaient, que si Toudebout le savait, que si ceci, que si cela ! On lui répliqua que l'émissaire gaullard serait parachuté, qu'il le voulût ou pas !

Et c'était cet émissaire qu'attendaient, à l'aube de ce 5 juillet 1944 (réfugiés chacun derrière les barbelés de leur respective respectable moustache), le général Astier et le général Mouche.

Li quitta le cabinet de travail.

Aussitôt Nimbus se leva de son siège. Se tournant vers le mur, il retourna l'énorme portrait du Maréchal accroché derrière le bureau. Au revers figurait le Ganelon-traître-de-Gaulle que Mouche avait fait peindre à la hâte par ce-jeune-artiste-plein-d'avenir-chouchou-du-Pacha, Nguyen Du (portraitiste spécialisé de Pétain), lequel, sentant le vent virer, avait mis un pied dans le camp de Mouche, en conservant l'autre cependant dans celui de l'amiral. Croqué à partir d'une mauvaise photo, le de Gaulle de Nguyen Du avait on ne sait quel air équin qui évoquait plutôt la mine joviale et sympathique de l'acteur Fernandel dans *Les Petits Riens*, ce charmant chef-d'œuvre du nouveau-cinéma-français.

Mouche se rassit, respira un bon coup, regarda Astier qui lui renvoya son regard en croisant, à son habitude, ses longues jambes dans un mouvement ample et aristocratique.

Tout était fin prêt. L'émissaire, un certain Lucrèce (nom de code), n'allait plus tarder à entrer dans l'antre de… Proserpine et Cupidon – deux ridicules « noms de code » dont les gaullards de Calcutta et Chungking, sans les en aviser, avaient affublé Astier et Mouche.

Cupidon et Proserpine, un sourire moustachu aux lèvres, continuaient de s'entre-regarder, plus que satisfaits. Aucun signe de l'« ancien régime » (ci-devant maréchaliste) ne demeurait plus dans le bureau. Quand soudain (il était 7 heures du matin, heure même du rendez-vous) une lueur d'effroi illumina leurs regards.

– Ta !… souffla Proserpine.

– Ta !… répondit en écho Cupidon.

Se levant d'un coup, ils se jetèrent l'un sur l'autre comme deux satyres en rut, s'arrachant mutuellement ce… cet… insigne qu'ils s'étaient si longtemps habitués à porter à leur boutonnière qu'ils avaient fini par en oublier l'existence, et l'infamante signification.

Leur francisque.

L'un la rendit à l'autre, l'autre à l'un, l'un et l'autre, aussitôt, la dissimulant dans l'une ou l'autre de leurs poches.

– Sommes-nous… dit Cupidon.

– … distraits ! acheva Proserpine.

A ce moment-là, on frappa à la porte. Dans l'entrebâillement surgit la bouddhiste impassible bouille de Li.

– Monsieur Lucrèce ! annonça-t-il.

– Faites entrer, dit Mouche.

Blond, jeune (la trentaine), cheveux courts, l'œil bleu et vif, la démarche souple, Lucrèce traversa le cabinet de travail d'un pas assuré jusqu'au bureau derrière lequel se dressait une double paire de bacchantes surmontées d'une double paire d'yeux attentifs et attentistes qui semblaient l'évaluer, le jauger, le soupeser, le disséquer, comme pour savoir si c'était du lard ou du cochon que ce gaullard-là. Au demeurant, Lucrèce, dès l'abord, et avant qu'aucune le eût été prononcée, avait déjà en sa faveur trois « bons points » : primo, il portait « le short » (un beau short blanc) ; secundo, il portait un casque colonial ; tertio, il portait une moustache. Un moustachu casqué et en short ne pourrait jamais plaire à l'amiral. Un danger d'écarté !

Lucrèce arborait encore à sa boutonnière, assez bizarrement, un bonhomme-bibendum joufflu, insigne-symbole d'une grande firme du caoutchouc, Michounet Frères, qui concentrait verticalement l'ensemble des activités concernant cette matière première, de la production (plantations d'hévéas) à son industrialisation (fabrication de pneus, chambres à air, gants de ménage en tous genres, première qualité, introuables, rustines, élastiques et capotes anglaises bien françaises). Gaulliste de la première heure, Lucrèce était lié aux intérêts des planteurs et industriels du caoutchouc que lésait le dirigisme économique du Pacha, et qui, très au fait de la situation mondiale, savaient fort bien que la toute puissance économique des USA jetée dans la guerre ne pouvait que l'emporter…

Chose apparemment évidente.

Qui ne le fut pas à tous.

Mais les proclamations anticolonialistes « généreuses » de Roosevelt inquiétaient.

Antivichyste, la *Bibendum's band* était aussi très anti-américaine, ne tenant pas à ce qu'on lui « nationalisât », c'est-à-dire lui « indochinoisât », ses hévéas ! Elle était par ailleurs antichinoise (la Chine rêvant d'annexer l'Indo), et anticommuniste bien sûr.

Lucrèce, avant même de saluer les deux généraux, lança un regard au portrait (hybride de De Gaulle et Fernandel), s'exclamant :

– VIVE AGAMEMNON !

Proserpine et Cupidon regardèrent Lucrèce, regardèrent le portrait, et s'entre-regardèrent, l'air gaga.

– Agaga... quoi ? demanda Mouche.

– ... memnon ! trancha sèchement Lucrèce, c'est le nom de code du général de Gaulle, mieux vaut dès à présent s'habituer à l'employer, pour plus de discrétion.

– Vive Agamemnon ! lancèrent en chœur Mouche et Astier, impressionnés.

Ils se levèrent de leur siège et claquèrent des talons.

On s'entresalua.

Mouche avait fermement décidé, antérieurement, de recevoir ce « petit émissaire » du chef « encore contesté » du gouvernement qui n'était que « provisoire » d'une France toujours à demi occupée et plongée dans la guerre, avec une certaine « distance hautaine », mais ce « petit bonhomme », qui ne manquait ni d'allant ni d'assurance, l'avait bluffé et décontenancé avec son « Vive Agamemnon ».

Et Mouche, pour « ce petit bonhomme », s'était levé ! Il lui avait fait l'honneur de se lever !

Tout bluffé qu'il avait été, Mouche comptait bien reprendre à son avantage la situation et faire clairement sentir à son hôte que, bien qu'il eût toute sympathie pour de Gaul... Agamemnon (d'où le portrait) il n'en avait pas moins bien d'autres cordes, et non des moindres, à son arc.

Désormais – tous les Français d'Indo, depuis le débarquement de Normandie, s'en étaient persuadés – il était inévitable que la prochaine opération américaine viserait la colonie, lieu stratégique par excellence, pensait-on. On ne pouvait plus sérieusement croire à de l'intox...

Les gaullistes donc, s'ils voulaient attirer dans leur camp l'état-major français, que les Américains cherchaient à se gagner, avaient tout intérêt à mettre de l'eau, et beaucoup d'eau, dans leur vin, sinon leur vinaigre, les sarcasmes de Radio Londres contre les « cire-pompes-galonnés des Nippons » en ayant agacé plus d'un...

Mouche fit asseoir Lucrèce sur un fauteuil devant son

bureau. Lucrèce posa sur le bureau les quinze feuillets, o-ri-gi-naux cette fois, de la Lettre-d'Agamemnon.

– Il était inutile et imprudent, lança le Génésup sur un ton hautain (après avoir fait semblant de la relire), d'apporter cette lettre, et plus inutile encore de déplacer un émissaire (quoique cela lui fît *chaud au cœur*), car ON doit savoir que, dès le début de la guerre, dès l'appel du 18 juin du moins, des hommes valeureux, en Indochine, se sont consacrés, dans le plus grand secret, et sous-le-masque-d'une-collaboration-de-façade, à *forger-le-fer-de-la-résistance.*

Bibendum toussota :

– Vous voulez dire « les fers », insinua-t-il.

– Que... qu'entendez-vous... par là... bafouilla Mouche qui, tout blême, envoya un regard en coin vers Astier-Proserpine.

– J'entends, poursuivit sèchement ce petit faquin ironique de Lucrèce-à-la-gomme (le mot gomme, ah ah, est de circonstance avec ce *Bibendum's man* !), j'entends que d'aucuns, en Indochine, ont plusieurs fers au feu... et, à ce qu'on dit, autant de cordes à leur arc... On parle de groupements giraudistes proaméricains extrêmement actifs !

– Je... dit Mouche.

« X 27 aurait-elle trop parlé ? » songea-t-il.

– CLYTEMNESTRE, paraît-il, poursuivit Bibendum, serait très sollicité.

– Clytem... quoi ?

– Clytemnestre, c'est le nom de code de l'amiral, expliqua Lucrèce qui ajouta : Son conseiller, Belangel (non de code Ulysse-le-tordu), aurait des liens avec l'OSS en Chine ! Il faut que cela cesse. Aussi ai-je ordre d'Alger de voir au plus tôt Clytemnestre !

– Voir Clytemnestre ? s'exclamèrent de concert, effrayés, Cupidon et Proserpine.

– Oui ! Agamemnon veut que l'amiral choisisse clairement son camp et...

– Clytemnestre est un traître, clama Mouche, dont la bouille vira au vert Véronèse.

(Les gaullards songeaient donc à récupérer le Pacha ?)

De rage il tapa du poing sur son bureau (révélant du coup, sous une pile de papiers qui s'écroula, une petite photo de Roosevelt, alias Zeus, que prestement il recouvrit d'un buvard rouge).

– Clytem… dit-il. Oh, et puis merde avec vos noms de code !… Toudebout est un… un… saligaud ! Toudebout est un… paillasson ! C'est lui qui a mis l'Indo à la botte des Japs, c'est un fasciste, un nazi, un proboche, un suppôt de l'Anti-France ! Ignorez-vous qu'il a voulu lancer avec les Japs, en 1941, une offensive aéronavale contre la Nouvelle-Calédonie passée au gaullisme ? Ignorez-vous que, pour le remercier de cette initiative qui – Dieu soit loué – avorta, il reçut du Mikado l'ordre du Soleil-Levant ? Ignorez-vous combien de gaullistes aujourd'hui croupissent en prison de son fait… Voulez-vous que je vous dise, monsieur… monsieur Lucrèce.

– Appelez-moi Jean, dit familièrement Lucrèce, envoûté par la fougue du Génésup.

– Monsieur Jean, je vous dirai qu'ici, en Indo, l'Ennemi numéro Un, c'est pas le Jap, non, *l'Ennemi numéro Un, c'est Toudebout* ! Il faut virer Toudebout du gouvernement général, il faut y placer un homme sûr, un vrai Français qui pourra redonner espoir et courage à la population et à l'armée, et brandir l'étendard glorieux de la résistance !

Il souffla, reprit son souffle, reprit :

– Or tous les Français, les bons Français, Toudebout les a emprisonnés ou, ce qui revient au même, muselés !

Mouche plaqua ses deux mains sur sa bouche, comme pour matérialiser la métaphore du « muselage ».

– Plus bas, plus bas, souffla Astier. (Mouche hurlait sous son « bâillon ».) Des oreilles ennemies…

Mouche blêmit.

Lucrèce rapprocha, comme Astier, sa chaise du fauteuil du Génésup. Et tous trois se penchèrent l'un vers l'autre, continuant de se parler quasi à l'oreille.

– Si les Japs savent que vous êtes ici… dit Astier.

– Couic ! acheva Mouche, se passant l'index sur la pomme d'Adam.

– Et pire encore si Toudebout le sait, poursuivit-il. Couic et recouic ! (Il refit le geste du doigt tranchant la gorge.)

– Et tout se sait, ici, en Indo, expliqua Astier.

– On ne peut pas péter, même enfermé à triple tour au fond de la plus obscure cave du palais du Commandement supérieur, sans que trente secondes plus tard, à la terrasse du Métropole, les clients fassent à voix haute des commentaires sur vos problèmes de transit intestinal ! s'exclama Mouche.

– J'ai ordre pourtant de voir l'amiral ! dit fermement Lucrèce qui commençait un peu à regarder Cupidon et Proserpine comme deux bonimenteurs se partageant les rôles pour entourlouper un badaud.

– Impossible, rétorqua autoritairement Mouche. D'ailleurs il n'est pas à Hanoi.

Le Pacha et la Pachatte avaient en effet déjà pris leurs « quartiers d'été » (chochotte !) dans leur belle fraîche élégante résidence de Dalat.

– Je puis dès aujourd'hui m'y rendre ! poursuivit Lucrèce, imperturbable.

Mouche se leva, fit le tour de son bureau et, debout, posa sa dextre sur l'épaule musclée de Lucrèce (« un beau gaillard, ce gaillard »), lequel Lucrèce était toujours assis. Mouche lui souffla à l'oreille, dans le flux d'une haleine fleurant le pastis-de-contrebande :

– Comment irez-vous à Dalat ? En avion ? Encore faut-il que la chasse américaine vous laisse décoller ! D'ailleurs il n'y a plus qu'un vol par semaine et vous pensez bien que tous ces vols sont passés au peigne fin par la Kempetaï ! En train ? C'est pareil, on vous repérera ! En voiture ? Les Japs ou les sbires de Toudebout, leur allié, ont posté partout des barrages. C'est pure folie ! Votre seule présence à Hanoi est déjà une folie ! De toute façon, Toudebout ne voudra rien entendre de ce que vous avez à lui dire, c'est un être obtus, un pétainiste fanatique piétinant dans le cercle vicieux de ses ornières comme... euh... les œillères d'un âne... euh... attaché à la roue bornée d'une noria obstinée ! Avec cela – et c'est le pompon ! – c'est un MARIN ! Ah ah, elle est bonne celle-là ! s'exclama-t-il, balançant un coup de coude dans les côtes de Lucrèce. « Un marin… c'est le pompon », ah ah, ça m'est venu comme ça, sans que j'y pense, ah ah, « c'est le pompon » !…

Il rit un bon coup.

Puis reprit un ton grave, solennel même :

– Un marin ! Et vous savez ce que c'est les marins ? Vous connaissez leurs idées, aux marins ? Vous les avez vus, les marins, à Toulon ! Leur cri de guerre aujourd'hui, aux marins, c'est plus, comme jadis, aux temps héroïques de la Royale : « à l'abordage ! » ; non, c'est : « au sabordage ! » leur cri de guerre… Des matafs d'eau trouble ! Des moussaillons d'eau de vaisselle ! Des matelots d'eau de Vichy ?… Ah ah, elle est bonne, celle-là encore !… Les seuls bateaux qu'ils auront jamais coulés, dans cette foutue guerre, les marins, ce sont des bateaux français ! « Au sabordage, au sabordage ! » Elle est belle, la marine !

Mouche fit une brève pause et repartit à l'attaque, poing dressé, comme arborant un invisible sabre… d'abordage :

– Et c'est avec ça, avec des marins, que vous voulez organiser la résistance intérieure ?

– J'ai des ordres, l'EXTÉRIEUR exige…

On commençait alors à appeler, en Indochine, EXTÉRIEUR, le gouvernement provisoire d'Alger, puis de Paris, et INTÉRIEUR, les premières bribes de la résistance de la colonie.

– L'EXTÉRIEUR doit connaître la situation de l'INTÉRIEUR ! affirma Mouche. Ici vous ne pouvez compter fonder la résistance que sur une seule base, l'armée ; et, dans l'armée, que sur un seul pilier, les terriens. La marine et l'aviation sont pourries !

– Et les civils ! dit Lucrèce. L'EXTÉRIEUR exige une résistance civile !

Sans même se regarder, Astier et Mouche explosèrent de rire. Le Génésup, qui était debout, posa une fesse sur son bureau, comme s'il eût craint de tomber en arrière, terrassé par une trombe de terrifiante hilarité.

– Les civils ? Ah, ah !… On voit que l'EXTÉRIEUR voit

les choses du… dehors ! Les avez-vous vus, nos civils, ces bougres pourris par les douceurs coloniales, pervertis par les luxures tropicales, subjugués par les caresses subabdominales, abrutis par les fredaines extra-conjugales ? ! Ah ah !… Les civils ! Tout ça vous livrera combat dans les alcôves, mais dans les rizières, mais dans les jungles ? Avec les moustiques ? le palu ? les sangsues ? les tigres ? les communistes … et j'en passe, des vertes et des moins mûres ! Oh, oh ! Ils résisteront, vos « civils », c'est sûr, tous les midi, au Métropole, soudés à leur Pernod bien glacé, mais faut pas leur en demander plus à vos « civils » ! Soyons sérieux, ces Français-là ne sont plus de vrais Français ! Rien à voir avec la belle trempe des soldats de Valmy ! La malaria, les jolies congaïs, le pastis, tout ça vous en a fait je ne sais quelle sous-race créole sans globules rouges qui n'est plus blanche que de teint ! Gobineau n'y reconnaîtrait plus les siens…

– Et les Indochinois ? demanda Lucrèce. L'EXTÉRIEUR…

– Qu'entendez-vous par là ? demanda Mouche, l'œil sombre, soupçonneux, inquiet.

Il décolla sa fesse posée sur le bureau et, se rapprochant de Lucrèce, lui posa à nouveau sa poigne sur l'épaule, mais à la façon, cette fois, autoritaire, d'un gendarme d'antan arraisonnant un voleur de pommes. Astier, à son tour, se leva de sa chaise, fit le tour du bureau et, comme Mouche, posa sa dextre sur l'épaule restée libre de Lucrèce, lequel, assis toujours, se trouvait donc flanqué par les deux généraux, comme un galérien à son banc, par deux gardes-chiourme. Il tournait ses yeux à droite, à gauche, vers le haut, pour observer l'expression de leur visage :

– L'EXTÉRIEUR exige, dit-il, qu'il y ait dans la colonie, comme c'est le cas en France, un véritable SURSAUT NATIONAL, que toute la population, jaune comme blanche, civile comme militaire, femmes comme hommes… euh… prenne les armes, dans un même mouvement héroïque, et boute à la mer les fascistes japonais afin qu'enfin puisse respirer librement le dernier bastion asservi du libre

Empire de la France libre. C'est l'Indochine ELLE-MÊME et ELLE SEULE qui doit briser ses chaînes !

– Vous voulez, dit Mouche, se penchant sur l'oreille de Lucrèce, qu'on arme des civils indochinois… des *nha quê…* des Jaunes ?

– Pour qu'ils nous tirent dans le dos quand leurs frères de race nippons se fâcheront ? renchérit Astier.

– LES JAUNES SONT ROUGES ! Ce sont tous des communistes ! clama Mouche le poing bolcheviquement brandi au-dessus du crâne de Lucrèce. A Lang Son, en 40, quand les Japs ont forcé la frontière, les trois quarts de nos tirailleurs tonkinois ont déserté ! Idem lors de la guerre contre les *fourbes Siamois* ! Si on n'arrive pas à tenir les tirailleurs, comment tiendra-t-on les civils ? D'ailleurs, si vous voulez mon avis, les Annamites, autant s'en passer, ces gens-là ne sont pas bons pour la guerre, *ils ne feront jamais de bons soldats* !… L'EXTÉRIEUR doit écouter un peu l'INTÉRIEUR ! Que diable, l'Indo c'est pas le Vercors !

– Un… euh… spécialiste de la question est venu avec moi, dit Lucrèce. Il attend dehors. Le verrons-nous ?

Proserpine et Cupidon coururent se rasseoir, côte à côte, derrière le bureau.

Prenant une pose noble, les deux mains appuyées autoritairement sur son buvard, le Génésup dit :

– Faites entrer !

Bientôt apparut, tout au bout de l'immense salle du cabinet de travail, un personnage étrange. Assez grand, mais maigre et voûté. Le visage jaunâtre encadré par un collier de poils noirs clairsemés, miteux. L'homme était plus déguisé que vêtu d'un uniforme kaki de la coloniale, qu'il portait manifestement pour la première fois. Il avait en effet accroché ses décorations postiches du mauvais côté de la poitrine. Pour ajouter à l'étrangeté de son allure, il claudiquait, s'appuyant sur une canne en bambou.

– Priape ! se présenta-t-il, déclinant son nom de code.

(Il faut croire que ceux qui attribuaient les noms de code « décodaient » sur les bords.)

Il s'assit sur un siège de cuir, face à Mouche.

Qu'il cherchât à dissimuler son identité derrière cette barbe toute récente et ce… bizarre pseudonyme était pour le moins puéril. L'homme en effet était bien connu en Indochine, sa photo, avant guerre, ayant souvent paru dans la presse locale. Il était membre de l'illustre École d'Asie extrême. C'était le professeur Pierre Toudon, grand spécialiste de la peinture murale siamoise, à laquelle il avait consacré une trentaine de copieux ouvrages. Il parlait par ailleurs une dizaine de langues de la région. Esprit insigne, il faisait partie de cette fière cohorte de savants qui, abandonnant leur cabinet d'étude poussiéreux, s'étaient engagés dans la grande cause de L'Empire libre de la France libre, archéologues, ethnologues, linguistes, orientalistes et autres « ogues » et « istes » qu'après-guerre les suppôts du marxisme et de l'anarchisme traiteraient de barbouzes ou apparentés.

Eût-on eu les yeux fermés, on eût reconnu Priape sans difficulté : à son étrange façon de parler, des plus précieuses, sinon tarabiscotées ou confuses. Ses phrases gigognes déployaient un infini réseau, un labyrinthe plutôt, de propositions relatives, complétives, oppositives, incises, s'emboîtant l'une dans l'autre, ou naissant l'une de l'autre en rameaux adventices infinis, en proliférants embranchements, qui égaraient l'auditeur vite médusé, l'écrasaient, le terrassaient ou l'endormaient. Exercice *éproustifiant* auquel il se livra d'ailleurs, dès le départ, devant Lucrèce, Mouche et Astier, pour expliquer cette claudication dont il était frappé, résultat d'une mauvaise réception au terme de son saut en parachute sur Lang Son, prouesse à laquelle, ces messieurs devaient s'en douter, il était assez peu habitué, étant plutôt familier des musées et bibliothèques, mais à laquelle il avait bien fallu qu'il se résignât, puisque son devoir de Français exigeait qu'il aidât son gouvernement à remettre dans le droit chemin ces peuples indigènes (qu'il connaissait si bien) et qui, depuis quatre années déjà, avaient été fourvoyés dans les sentiers de perdition du vichysme, sentiers qui ne pouvaient que les amener (paradoxalement) à se voir asservis un jour au joug yankee, ce à quoi leurs élites n'ont nul intérêt car, élevées *dans le giron de la France* et ayant *tété* le lait de notre idiome, elles se verraient incapables (du moins pour les générations dépassant 30 ans) de se mettre à apprendre l'anglais, ou plutôt l'américain, langue qui tend à imposer partout son empire – ce dont il faut conclure que, si-une-résistance-indigène-civile-doit-être-organisée (et elle doit l'être !), c'est-à-partir-des-classes-d'âge-supérieures-à-la-trentaine (les plus jeunes pouvant s'initier sans problème à la langue des Rockefeller, des Morgan and Co), et-parmi-les-élites-de-la-classe-moyenne-francisée !

CQFD.

Ouf !

Ce sur quoi (la tirade avait duré vingt minutes sans interruption) Pierre Toudon, alias Priape, ayant dit ce qu'il avait à dire, croisa les bras, toisant, de derrière ses petites lunettes hallucinées, ses trois interlocuteurs terrassés.

– Vous voulez dire, dit Mouche, croisant lui-même les bras, qu'il faudrait que nous embauchassions (par bizarre mimétisme, il se mettait à parler comme Priape) ces civils indigènes *francisés-évolués* qui sont les plus grands thuriféraires du Pacha… euh… de… de Clytemnestre, je veux dire ! Les Pham Quynh, les Phan Ky, les Pham Huynh, plus maurrassiens que Maurras, plus barrésiens que Barrès et *plus pétainistes que Pétain* !… Quand, du moins, ils ne sont pas communistes !

– L'EXTÉRIEUR a ordonné, dit Priape, que j'organisasse à l'INTÉRIEUR un puissant réseau de résistance autochtone, que j'élusse à sa tête un leader fiable et que, plus tard, je l'envoyasse auprès du général de… d'Agamemnon. Ces *indigènes*, même égarés par Vichy, sont de bons *sujets* français, et ils feront de très mauvais Américains !

– Et… vous allez leur donner des armes ?

– On peut espérer des parachutages d'armes et de munitions dès la fin de cette année, dit Mr Bibendum. Les Anglais de Calcutta nous aideront, pas les Américains bien sûr…

Les Anglishes, colonialistes, sympathisaient (stratégiquement) avec les Français, colonialistes, face aux anticolonialistes amerloques.

Mouche se leva et, bizarrement, il se mit à marcher tout autour de son immense cabinet de travail, d'abord à pas lents, puis de plus en plus rapides, au point qu'après quelques minutes – sous les yeux intrigués des trois autres – il courait presque. Il y avait dans ce manège quelque chose qui tenait de la danse du scalp.

– Vous êtes fous ! répétait Mouche, levant régulièrement ses deux mains suppliantes vers les caissons dorés du plafond, au centre desquels de petits… cupidons grassouillets rose pêche, peints à la fresque, décochaient leurs dards vers des nymphes jaillissant nues des eaux turquoise d'un frais ruisseau, scène mythologique « à la Poussin » réinterprétée par le puissant pinceau de Vollet…

– L'EXTÉRIEUR est fou ! Fou à lier ! poursuivit Mouche.

Il se remit derrière son bureau et continua :

– Vous allez parachuter des armes ? Et les Japs ? Ils sont plus de cinquante mille en Indo, armés jusqu'aux dents !

Pointant son nez en l'air, vers les cupidons du plafond, puis les abaissant vers le sol, Cupidon-Mouche fit mine d'assister à la descente d'un parachute…

– Vous croyez qu'ils ne les verront pas, les Japs, vos parachutes ? Ils vont nous couper en morceaux les Japs, et… Agamemnon ne nous promet des renforts que pour le premier trimestre 1945, comme c'est précis !

Par-devers lui, il songea : seuls les Amerloques seront en position de venir à notre secours !

– Messieurs, ajouta Mouche, veuillez croire que je suis de tout cœur avec la France, c'est-à-dire la France libre… Mais sachez une chose, et, à cet égard, c'est peut-être le seul point sur lequel je tombe d'accord avec le traître, le collabo Toudebout, je pense qu'il ne faut pas provoquer les Japs. Ils se tiennent à carreau en ce moment. Ils sont affaiblis, intimidés par leurs revers, impressionnés par la *belle allure* de nos troupes coloniales. (Il enfla ses joues.) Je ne pense pas, comme en rêve Toudebout, qu'on les tiendra en laisse jusqu'à la fin de la guerre, mais il est d'évidence qu'il n'est pas de saison de leur chatouiller les moustaches… du moins tant que nous ne sommes pas fin prêts !… En attendant, fourbissons le fer de la résistance, aiguisons l'épée de la délivrance, acérons le glaive de… de… de la France… mais… en secret… discrètement… A cet égard, je pense que la seule façon de garder le secret, c'est de ne mettre dans le coup, au début du moins, que l'armée, et, dans l'armée, que les terriens et, parmi les terriens, que les BLANCS !

– Et qui, demanda Lucrèce, si ce n'est l'amiral, prendra la tête de la résistance INTÉRIEURE ?

Mouche blêmit. Il s'était lui-même jeté dans le piège, mais comment faire autrement ? Il fallait barrer la route à Toudebout, empêcher qu'il puisse prendre la tête de la résistance, car son premier acte alors serait de le discréditer, sinon de le liquider ! Le problème c'est que, si on éliminait Toudebout, n'était-ce pas à Mouche, commandant en chef des armées que, très logiquement, devrait revenir la direction de la résistance ? Et Mouche avait-il envie de ce… cadeau ?

Cupidon ou Clytemnestre, n'y avait-il pas d'autre choix ?

Évidemment il pouvait encore sortir sa « botte-secrète » :

– Mon âge est avancé, dit-il, je suis proche de la retraite…

Il se tourna alors machiavéliquement vers Astier qui, ne s'attendant pas à ce coup bas, bleuit, blêmit, virant bientôt à l'écarlate, de sorte qu'en quelques secondes, quasi simultanément, il arbora les trois couleurs de la cocarde.

– Proserpine, demanda Lucrèce à Astier, seriez-vous susceptible de…

Astier croisa et décroisa ses longues jambes, puis, tortillant sa moustache, et se tortillant sur son siège, il fit savoir qu'il n'était pas avare de son sang, dont il savait être généreux et même prodigue, mais que, peu désireux d'entrer dans ces querelles fratricides opposant gaullistes, vichystes et autres giraudistes, il préférait, pour l'instant du moins, s'en laver les mains.

Il mima aussitôt le geste de se les laver.

– Auriez-vous PEUR ! clama furieusement Lucrèce.

– Peur ? dit Astier, cherchant mécaniquement au revers de sa veste sa francisque disparue…

Lucrèce, ne voulant en entendre plus, se retourna vers Mouche :

– Il n'y a donc que vous, monsieur le général commandant supérieur, qui puissiez prendre ce poste enviable, si l'amiral du moins, quand je le verrai…

– Vous ne le verrez pas ! Je l'interdis ! hurla Mouche, frappant du poing sur le bureau. Votre sécurité et la sécurité de l'Indochine sont sous ma responsabilité. J'interdis que vous voyiez l'amiral, j'interdis que vous sortiez de Hanoi…

Lucrèce et Priape se levèrent.

– Nous allons rentrer, dirent-ils.

– Où logez-vous ?

– A la Citadelle, chez le capitaine Tortu.

– Chez Tortu, ce…

(Mouche crut voir battre dans son esprit les foutus maudits charbonneux sourcils de ce fourbe, et sa verrue poilue.)

– Tortu est dans le collimateur des Japs, reprit-il, et plus encore dans celui de Toudebout ! Vous ne pouvez loger chez lui, c'est imprudent. Vous logerez donc ici, chez moi, je vous offre ma chambre. Combien de jours comptez-vous rester en Indochine ?

– Une semaine, dit Lucrèce.

– Eh bien, vous les passerez ici. Viendront vous voir toutes les personnes que vous désirez, dans la mesure où je ne les jugerai pas suspectes.

Mouche appuya, dans un coin de son bureau, sur une sonnette. La silhouette de Li apparut dans l'entrebâillement de la porte du cabinet de travail.

Les deux hommes, stupéfaits, et quelque peu dépassés par des intrigues qu'ils comprenaient mal, s'apprêtaient à sortir, quand Mouche les interpella :

– Nous saurons nous battre, dit-il, l'Indochine saura se battre, et consentir même au sacrifice suprême ! Au demeurant, quand l'EXTÉRIEUR sera en mesure d'intervenir en force, il y a une arme, une arme redoutable, dont il peut nous munir… ! Qu'il nous envoie en renfort des NÈGRES ! Des tirailleurs NÈGRES ! Des Sénégalais ! Les NÈGRES, messieurs, il n'y a que ça pour en foutre plein la vue aux Japs, je les connais, les Japs, je les ai pratiqués, les Japs. Face aux NÈGRES leur complexe d'infériorité jouera, une patrouille de NÈGRES foutra la panique dans trois bataillons de Japs. Si vous m'en croyez, messieurs (il prit un ton doctoral), le PÉRIL JAUNE doit être contré par le PÉRIL NOIR ! Guérissons le mal par le mal ! C'est mon homéopathie à moi, messieurs, des NÈGRES, je vous le dis, et bien noirs !

Lucrèce repartit après une semaine, sans avoir vu Toudebout. Sut-il que l'amiral, pendant son séjour, était venu pour vingt-quatre heures de Dalat à Hanoi ? Le lui cacha-t-on ? Ou refusa-t-il alors de le voir, convaincu par les arguments de Mouche ?

Quant à Priape, il resta en Indo.

Pour *poser les fondements* de la *résistance civile indigène*.

C'est un esprit stérile qui vit d'abjections, de bribes et d'assimilations, et adopte pour mode ce qui a été usé et épuisé par les autres hommes...

(Shakespeare, *Jules César*, acte IV, scène 1.)

Le lieutenant Harry Wahrol, de la 14th US Air Force, était heureux comme un coq en plâtre. Certes, il avait une jambe cassée (la droite), certes il avait un bras cassé (le gauche), certes il était immobilisé dans son lit à l'hôpital Lanessan, ses membres brisés, bandagés, suspendus par des courroies pendant du plafond ; certes, son copilote, le lieutenant Bishop, était mort, grillé vif, dans leur P40 abattu par la DCA franco-japonaise, mais, mais, mais… Fallait voir comme docteurs et infirmières le dorlotaient, le chouchoutaient, le cajolaient. Il était devenu, en peu de temps, la coqueluche du Tout-Hanoi.

La tête enturbannée de pansements, il trônait, sur son lit en ferraille, dans sa petite chambre aux murs blancs, comme quelque Sardanapale, quelque Aroun Al-Rachid anglo-saxon dans la somptuosité de son palais des mille et une nuits meublé de profonds et moelleux divans, et peuplé d'envoûtantes et capiteuses houris.

Tout le monde, tous les jours, voulait savoir comment se portait « notre petit Américain » abattu par ces « sales Japs » et ces « salauds de collabos ». On lui faisait remettre des fleurs, des friandises, des cigarettes et cent autres mignonneries.

C'est que – ultime définitif électrochoc – le débarquement de Normandie, plus que ne l'avait jamais fait celui d'Afrique du Nord, secoua singulièrement les Français d'Indochine, ébranlant la cervelle même des plus bornés partisans du Pacha, sinon du Pacha lui-même. Il n'y en eut plus un qui, sentant le sens du vent, n'eût viré sa cuti, en retournant sa veste pour mieux changer son fusil d'épaule. Quel caméléon se fût avisé de n'arborer pas les couleurs de l'oncle Sam ? Quelle girouette, quel tournesol, de ne pas lorgner côté *Couchant* l'aurore de ce nouveau *Soleil-Levant* :

AMERICA !

– *Unbelievable* (incroyable) ! s'exclamait sans cesse, avec sa belle grosse bouche rose pleine de dents, le lieutenant Harry Wahrol, chaque fois que l'une ou l'autre de ses craquantes petites *french* infirmières, tanguant de la croupe sous sa blouse blanche ajustée et roulant de gros yeux gourmands, lui apportait en douce (« chut, dites-le à personne ! ») quelque nouvelle délicieuse « surprise ». L'infirmière chef, Mme Andréa Patchouli (une Corse de 30 ans, « *quite a pretty girl* », brunette, musquée, fessue), ne lui avait-elle pas « mijoté » un canard à l'orange, sa spécialité, dont « vous me direz des nouvelles » ? Mme Dugranjean, infirmière de seconde classe (mais blonde hors classe, berrichonne, 24 ans, toutes ses dents, pulpeuse et une paire de lolos vraiment *« gorgeous »),* ne lui concocta-t-elle pas un « bœuf-miroton-façon-maison » que « vous n'oublierez pas ! » ; quant à Mme Leraton (une rousse Marseillaise plus flamboyante qu'une demi-vierge gothique IIIe République, avec de ces cuisses, des cuisses à faire pâlir Lana Turner), elle l'avait initié aux secrets de la bouillabaisse « comme on n'en mangeait même pas avant-guerre chez *Marius* » *(« a very good restaurant »)* sur la Canebière !

Toutes choses miraculeuses, car en Indo, vers l'été 44, même les Blancs commençaient à se serrer la ceinture.

Ces dames – qui déjà, par deux fois, avaient fait « un barrage de leur corps » pour protéger leur « protégé » des incroyables prétentions du colonel Kuga de la Kempetaï (lequel insistait lourdement pour lui offrir un séjour gratis dans les sous-sols de la Shell...) – se disputaient les gardes de nuit (elles les jouaient même parfois à la belote), tout empressées qu'elles étaient d'enseigner à ce « dear Harry » – et à l'insu bien sûr de leur mari – des « spécialités françaises » d'un autre type.

Plus d'une fois, on surprit l'une ou l'autre de ces bacchantes américanophiles, sinon américanomaniaques, suspendues, telles de vertigineuses acrobates, aux courroies pendant du plafond, et se balançant, cul nu, jupes troussées, au-dessus du lit du blessé, « visant juste » afin de ne pas l'amocher davantage, et trouvant moyen de s'emmancher au bon endroit, afin de mieux lui faire sans doute comprendre – très pédagogiquement – les subtils sous-entendus d'une expression toute simple comme « branler dans le manche ».

– *You get it ?*

– *But you're married !* lançait régulièrement Harry à l'une ou l'autre de ses partenaires. (Mais vous êtes mariée !)

Harry était un puritain bon teint. Baptiste de religion, natif de l'Ohio, beau, blond, 30 ans, et comptant plus de Zéros abattus, à son palmarès, que de femmes séduites. Et voici qu'elles lui tombaient toutes dans les bras... On eût dit un vol de femelles kamikazes se jetant fanatiquement contre une forteresse volante !

Ces *« Frenchies »* étaient vraiment *« unbelievable »*.
Surtout les frenchettes.
Et totalement *« amoral »*.

Il n'y avait pas que les infirmières, d'ailleurs, qui le cocounaient, des « civiles » aussi venaient lui rendre visite pour voir à quoi ça ressemble – si c'est comme au cinoche – un Amerloque. L'une d'entre elles, une petite-rousse-aux-yeux-verts-de-petit-veau, certaine Arlette Coutrais, qui arborait toujours des lunettes noires, lui avait fait « ça » avec la bouche ! *Unbelievable !* Les Françaises font donc ça avec la bouche ! Et, en faisant ça, elle avait gardé ses lunettes… C'était des *pigs*, vraiment, que ces *Froggies* ! Ils bouffent des escargots *at lunch*, du camembert *at breakfast*, des cuisses de grenouille *for diner* et, *at bed time*, ils *do it*, ils font ça, avec la bouche ! Et on ne sait pas tout… Et c'étaient ces *pigs* qui prétendaient civiliser les indigènes ! Il était temps que l'Amérique intervînt !

De plus les *Frenchs* n'ont aucune hygiène. La plupart de ces tribades en effet dégageaient un parfum puissant, capiteux, captieux, envoûtant, dégoûtant. Quant à leurs « petits plats folkloriques », certes, au début, il les avait appréciés, par curiosité anthropologique disons, ou touristique. Mais, après un mois de séjour à l'hôpital, il commençait à s'en lasser. La *french* cuisine lui causait des maux d'estomac. Déjà il regrettait les femmes américaines fleurant bon le savon à la lavande et le dentifrice mentholé ; il regrettait les hamburgers ; les hot dogs (« ah, un *good* hot dog dégoulinant de *ketchup* ! ») ; il regrettait le corned-beef ; le *spam* ; le Coca-Cola ; le pop-corn et surtout, surtout, son mets préféré, la soupe en boîte Campbell, *chicken with rice* ou *beans with bacon*. Ah, que ne donnerait-il pas pour une bonne assiettée de Campbell nappée de beurre de cacahuète !

Un matin, au petit déjeuner, ce jeune arrogant sultan enturbanné repoussa dédaigneusement les croissants à la farine de riz (délicieux pourtant) qu'on avait eu la délicatesse de lui apporter tout chauds encore, exigeant, tyranniquement, des toasts au beurre de cacahuète.

– *Toasts with peanuts butter !* réclama-t-il, frappant du poing sur son matelas comme un impérial nourrisson trop gâté.

Et pleurant presque.

Bouleversées, trépidantes, comme les abeilles d'une ruche incendiée, les infirmières coururent en tous sens dans l'hôpital, des caves aux greniers, pour dénicher le quidam qui leur expliquerait ce que ça pouvait bien être le beurre de cacahuète, et si ça ne se trouvait pas à Hanoi par hasard.

Bredouilles, honteuses, rougissantes, elles revinrent, épaule basse, vers leur royal patient, lui proposant *« instead »* (à la place) de bonnes tartines avec du bon beurre de lait de vache (rarissime au Tonkin). Le fakir enturbanné croisa les bras, hautain, la mine boudeuse, et, calant ses reins contre ses oreillers, il les menaça d'entamer une *« hunger strike »* (une grève de la faim).

Décidément ces *Vichy-men* et *Vichy-women* l'agaçaient de plus en plus, il ne regrettait pas d'en avoir massacré une quinzaine avant d'être abattu par leur DCA, quand il avait attaqué un train, avec son P40, quelque part du côté de Lao Cai. Les voyageurs, une main posée sur leur canotier en paille jaune *(« like Maurice Chevalier »),* sur leur casque colonial ou leur chapeau à fleurs pour les dames, avaient sauté des wagons en catastrophe et galopé à perdre haleine dans la cambrousse pendant qu'il les assaisonnait de rockets…

C'est que tous les moyens de transport et les voies de communication d'Indo devaient être détruits. Les Japs, qui avaient complètement perdu la maîtrise des mers, comptaient transformer en effet la colonie en une sorte de plaque tournante terrestre, stratégiquement essentielle, entre la Chine d'une part, et d'autre part le Siam et la Malaisie, etc.

Touché par la DCA, alors qu'il avait craché toutes ses munitions (et balancé par le cockpit ouvert sa dernière bouteille de whisky raide vide), Wahrol avait sauté en parachute. Ces foutus *Vichy-men*, qui l'avaient récupéré, au lieu de le fourguer à ses *alliés*, en le remettant à leurs *ennemis* chinois (la frontière était tout à côté), l'avaient placé à l'ombre menaçante de ses *ennemis*, en l'emmenant auprès de leurs *alliés* japs à Hanoi !

… Cependant, *Vichy-men*-et-*women*, depuis un mois (le débarquement en Normandie), étaient devenus tout à fait adorables. Ils lui avaient promis qu'ils ne laisseraient jamais les Japs lui mettre la main dessus. D'ailleurs, lui avait-on assuré, on allait, en douce, le faire passer en Chine (que ne l'avait-on fait un mois plus tôt ?). Ce qui était bizarre, c'était que plusieurs personnes, qui semblaient n'avoir aucune relation entre elles, étaient venues le voir, à tour de rôle, à l'hôpital, pour lui faire part (dans le plus grand secret) de différents plans d'évasion.

Partout, en Indo, on cherchait à acquérir en effet, *in extremis*, quelque brevet de résistance.

Au bar du Métropole (à la table des truands corses, à celle des artilleurs, des commerçants de l'import-export, des planteurs, des marins, etc.), on avait concocté, séparément et concurremment, un plan « imparable » visant à libérer le lieutenant Harry Wahrol. La Sûreté elle-même, sous la coupe de l'intendant Larsouille et de ses sbires Luigi Tomato et autres, avait monté – à l'insu du Pacha – sa propre organisation clandestine (les flics parisiens, si compromis avec les Boches, ne venaient-ils pas de passer à la dissidence à ce qu'en disait Radio San Francisco ? Alors « pourquoi pas nous » ?). Afin d'empêcher que des organisations rivales délivrassent avant lui « ce foutu Amerloque », Larsouille avait placé une quinzaine de ses flics, déguisés en marchands ambulants annamites, tout autour de l'hôpital.

Mouche lui-même (qui ne tarderait pas à recevoir le message radio le nommant officiellement chef de la résistance) mit au point un plan pour libérer Wahrol. Au demeurant, il hésitait à le concrétiser, redoutant la colère des Japs... Cependant, craignant lui-même d'être « doublé », il avait à son tour disposé, aux abords de l'hôpital, ses propres hommes qui, en quelque sorte, « renforçaient » ceux de Larsouille... Vit-on jamais, dans le quartier de la Concession, autant de marchands de soupe, autant de vendeurs de seiches séchées, autant de petits cireurs, autant de débiteurs de cigarettes et de cacahuètes itinérants ? Tous ces gens-là s'épiaient en épiant portes et fenêtres de l'hôpital. Sans compter que les communistes eux-mêmes – cherchant à se faire bien voir des anticolonialistes américains – étaient « sur le coup ».

En fait il n'y avait que la Coutrais qui (émargeant entre autres auprès de l'AGAS, organisme chargé de récupérer les pilotes abattus) travaillât pour un réseau qui n'eût pas pris le train en marche au dernier moment. L'AGAS et le

SACO – fonctionnant en osmose avec le réseau privé Gordon – avaient commencé leur action dès 1941.

C'est ce qu'elle expliqua ce soir-là au lieutenant-sultan Wahrol comme, enfermée avec lui dans sa petite chambre d'hôpital, elle finissait, studieusement, consciencieusement, de lui rouler un *french spring roll* : un rouleau de printemps à la française.

– Oh, *I love to suck you* ! lui dit-elle dans son anglishe tout frais sorti du *dictionary*.

– *Unbelievable !* s'était exclamé Wahrol au moment de l'orgasme.

Se passant sa petite main blanche sur ses lèvres goulues (comme un chat se frotte le mufle de la patte après une lapée de lait), X 27 replaqua sur ses yeux ses lunettes noires en forme de cœur qui, au milieu de l'opération *spring roll*, avaient glissé au bout de son nez.

– *Unbelievable !* répétait sottement l'Anglo-Saxon sultan.

– Dis donc, avec toi, y a pas moyen d'enrichir son *vocabulary*, s'exclama X 27, tu répètes tout le temps les *same words* !

Se mettant à quatre pattes sur le lit, en prenant soin de ne pas heurter les membres emplâtrés du pilote, elle vint l'embrasser voracement sur la bouche.

Bien sûr, elle était « en mission », mais ça ne l'empêchait pas d'avoir le béguin pour Wahrol. Il était *« so sexy »* avec sa belle gueule carrée bronzée, son menton cassé d'une fossette, comme Cary Grant, et son turban en pansements rappelant Michael Powell dans *The Thief of Bagdad* (le voleur de Bagdad) qu'elle avait vu la semaine passée au Majestic. Et puis, il sentait bon le pop-corn chaud…

– C'est pour ce soir ! lui dit-elle.

Harry pouvait avoir toute confiance dans la Coutrais, elle ne l'entraînerait pas dans un guet-apens. Elle lui avait fait en effet le « signe de reconnaissance » qui permettait aux agents de l'AGAS d'être identifiés par les pilotes en détresse : se gratter une fois l'oreille droite avant de se mettre deux doigts dans le nez.

Elle ajouta :

– On va prétexter ton transfert vers l'hôpital Yersin, on te sortira par la grande porte. De faux infirmiers viendront te chercher à 20 heures !

– Mais, s'étonna le voleur de Bagdad, Mme Patchouli m'a dit, elle aussi, que c'était pour ce soir… à 19 h 45 ! On doit me sortir par la fenêtre !

Il était 19 h 30.

A la toquante de X 27 : une Boucheron en platine, avec bracelet chaîne « lézard ».

– … Patchouli ? Cette pute ! s'exclama la Coutrais. Ce naja, ce cobra, cette vipère ? Son mari appartient à la mafia corse qui traficote autant avec les Japs qu'avec les Chinetoques, *the hell* ! Ils te vendront au plus offrant, *my pussy* ! Faut que je te sorte d'ici avant que rappliquent ces gangsters ! Tu te vois pas servir de cobaye à la Kempetaï ?

– Ils viennent à 19 h 45, répéta Harry de Bagdad en pleurnichant.

– Nom d'un hot dog, dit X 27, je dois te sortir de là avant !

Elle le voulait d'autant plus que la 14th Air Force accordait une prime de cinq cents dollars par pilote sauvé.

Selon « le plan », l'ambulance et les faux infirmiers qui devaient venir chercher Harry Wahrol, à 20 heures, devaient être déjà postés à une centaine de mètres de l'hôpital, juste à l'angle du quai Reinhardt, longeant le fleuve Rouge, et la rue du Sergent-Larrivé. Il fallait donc, d'une façon ou d'une autre, sortir Wahrol de l'hôpital avant la venue des truands corses, et l'emporter jusqu'à l'ambulance… Mais comment ?

X 27 enfonça un peu plus le béret noir qu'elle avait sur le crâne, rétablit la bretelle en déroute de sa robe cloche bleue (depuis qu'elle gagnait des dollars, elle s'en était fait tailler de toutes les couleurs, des robes cloche...).

– *I have got an idea !* elle dit. (J'ai une idée.)

Elle sortit de la chambre.

Dix minutes plus tard, elle était de retour, poussant devant elle un énorme brancard à roulettes sur lequel étaient entassés pêle-mêle un chapeau de paille pointu de *nha quê*, quelques fripes indigènes et une cargaison d'épis de maïs, d'ananas, de pastèques, de courges, de salades et autres fruits et légumes.

Comment en avait-elle, et si vite, délesté un marchand posté devant l'hôpital ? Les historiens, plus tard, nous le diront. Fort heureusement, le marchand qui lui avait refilé tout ça était un vrai marchand, pas un sbire de Larsouille, de Mouche ou des bolcheviques.

Bon an mal an, le voleur de Bagdad, aidé de X 27, parvint à se glisser sur le brancard roulant. X 27 recouvrit l'Amerloque, autant qu'elle put, de fruits et légumes. Et pour couronner le tout – c'était la cerise posée sur le gâteau –, elle lui enfonça un poivron rouge dans la bouche. Devant un miroir, elle enfila sa veste de paysan, coiffa le vaste chapeau de paille conique qu'elle noua sous son petit menton avec une faveur, rajusta sur son nez ses lunettes noires en forme de cœur et, se tournant vers Wahrol, lui dit :

– Qu'est-ce que t'en penses, hein ! On dirait pas que j'suis née dans une rizière ?

– Hum, fit-il, le poivron toujours coincé dans la gueule...

Elle poussa alors, hors de la chambre, le brancard et son chargement.

– *Let's go, banzaï !*

Elle fonça, sous les yeux ahuris d'une ou deux infirmières, jusqu'au hall de l'hôpital (fort heureusement la chambre était au rez-de-chaussée). Ni une ni deux elle fut dans le jardin. Trottant à perdre haleine, en poussant devant elle son charroi, elle glissa sous le nez de la trentaine de marchands de soupe ambulants, vrais ou faux, agrégés devant les grilles. Sans leur prêter attention elle lança son char en avant, à fond de train, sur la chaussée du quai Reinhardt.

Les espions de Larsouille et Mouche, fins limiers qu'ils

étaient, trouvèrent à tout le moins bizarre sinon suspect ce marchand de légumes à lunettes noires, portant des bas à coutures sur des guibolles dignes de Marlène Dietrich dans *L'Ange bleu.* Ils s'entreconsultèrent quelques instants, pour confronter leurs opinions, comparer leurs indices, les recouper. Concluant qu'ils avaient bien affaire à un individu louche, ils décidèrent, de concert, de se lancer à ses trousses.

On assista alors, tout au long du fleuve Rouge, à une chevauchée fantastique à faire blêmir John Ford. Les marchands de soupe du 2e Bureau et de la Sûreté talonnaient X 27 laquelle, hors d'haleine, les pans de sa robe cloche se balançant à toute volée autour des battants de ses galopantes gambettes (sans compter qu'elle se tordait sans cesse les chevilles à cause de ses hauts talons qu'elle avait voulu garder : allez comprendre les bonnes femmes !...), laquelle donc, malgré tous ces « handicaps », n'en franchit pas moins la première la ligne d'arrivée, suivie de près par deux étalons pur-sang de la maison Poulagat...

Les faux infirmiers ouvrirent les portes de l'ambulance, au coin de la rue. On y fit entrer le brancard à roulettes. On claqua les portes. Le véhicule démarra.

Sous le museau quasi des poursuivants.

Ceux-ci, bien sûr, eussent pu ouvrir le feu. Mais ils avaient expresse consigne de ne pas le faire. Tout incident qui eût inquiété les Japs devait être évité.

« Pas de vagues, pas de vagues » était l'impérative consigne.

L'ambulance, qui avait déclenché ses sirènes pour faire plus vrai et justifier sa vive allure, passa à tout berzingue boulevard Gambetta, devant les locaux de la Shell où flottait fièrement la bannière sanglante du Soleil-Levant, dépasserait la Régie de l'opium et sortirait bientôt de la ville...

– *My love, we are safe, nearly safe !* souffla-t-elle au voleur de Bagdad... (On est sauvés !)

– *You're a funny girl !* rétorqua l'Amerloque. (T'es une drôle de fille !)

Ils étaient installés, tous deux, à l'arrière de l'ambulance.

La jambe plâtrée du malheureux ne cessait de tressauter au rythme infernal des cahots de la route. La Coutrais serra dans ses petites mains la nuque enturbannée de Harry et, fougueusement, elle l'embrassa, d'un long baiser syncopé par les bringuebalements du véhicule.

– *You are a funny boy !* lui dit-elle, comme en écho… Demain on sera en Chine, libres ! *My love, my* cornichon, mon… *cucumber* ! *Want you marry me ?* (Tu veux pas m'épouser ?) *I'd like to be in America !...* Vivre à San Francisco, le Golden Gate, le Grand Canyon…

– Le Grand Canyon, c'est pas à San Francisco, parvint à murmurer, entre deux gémissements, le *cucumber* Harry Wahrol.

Soudain une Citroën-traction-avant-11cv-berline-familiale-noire les dépassa et, surgissant dans l'écran kinopanoramique du pare-brise de l'ambulance, se mit en travers de leur route dans un effroyable déchirement de freins. L'ambulance stoppa. Des quatre portes, simultanément ouvertes de la Citroën-familiale, surgirent quatre individus en costard et borsalino blancs, armés chacun d'une mitraillette qu'ils braquèrent vers les fuyards.

Se penchant sur une des vitres avant de l'ambulance, un des sbires à borsalino lança, avec un accent fleurant le bon savon de Marseille :

– Ma Ké ! Ici cé lé terminus, mes pitchounets !

Je ne sais pas exactement ce que c'est que la démocratie, pas plus que je ne connais le sens courant du mot « république ». Mais en Chine nous sommes tous tombés d'accord sur un point : nous combattions pour la femme américaine. Pour nous, elle était tout : l'Amérique, la démocratie, le Coca-Cola, les saucisses chaudes, un lit propre, la vie telle que nous la comprenions en Amérique.

(R. C. Scott, de l'escadrille des Flying Tigers, *Dieu est mon copilote*, 1953.)

Qui ne connaît le sens des mots ne peut connaître les hommes.

(Confucius, *Entretiens*, 500 A.C.)

Province après province, Normandie, Bretagne, Provence, Corse, Ile-de-France, notre belle patrie tombait sous le joug de l'envahisseur yankee et de ses mercenaires gaullistes : Leclerc de Hauteclocque, de Lattre de Tassigny et leurs hordes de tirailleurs marocains…

Les *Amérocains* subjuguaient la France ! se lamentait Radio Saigon restée fidèle à l'amiral et au Maréchal. Un soir, le speaker annonça, funèbrement : « Paris même a succombé ! » Bientôt l'Alsace-Lorraine passerait à la casserole ! Leclerc, dans son inexorable marche vers l'est, s'emparerait de Strasbourg… Et l'Allemagne, l'Allemagne qui devait-servir-de-bouclier-aux-éternelles-valeurs-de-l'Occident-chrétien, l'Allemagne garante de la survie de nos traditions européennes, de la quiche lorraine aux saucisses de Francfort-sur-le-Main, était prise en tenaille par les impérialismes bolcheviques et américains conjugués, et soumise aux bombardements des avions d'Albion…

Vaincu, le Vainqueur de Verdun choisit l'exil. Il partit à Belfort, flanqué d'aimables gardes du corps de la Gestapo, puis se réfugia dans le vieux fantomatique château des Hohenzollern, à Sigmaringen, où le suivrait le dernier carré de ses fidèles : le chat Bébert et son maître Louis-Ferdinand Céline. Le calvaire du Maréchal, monseigneur Bastougne, évêque de Saigon, s'en ferait écho dans une pathétique et bouleversante homélie où, devant un public de quatre pelés et trois tondus venus dans la cathédrale Notre-Dame (ingrates, ses ouailles désertaient !), il le compara au *martyre même du Christ sacrifié pour le Rachat de l'Homme* !

Tout s'écroulait.

Mais le Pacha tenait bon la barre.

Bras croisés, il était debout, dans le bureau de sa maison de Dalat, prenant, face à un miroir, la pose impériale du Commandeur : il résistait !

S'appuyant sur une loi de Vichy qui prévoyait la « coupure de communication entre la colonie et la métropole », il s'était attribué « les pleins pouvoirs ».

Le Maréchal avait naufragé.

L'amiral – implacable figure de proue battue des vagues – tiendrait le cap.

Si la France n'était plus la France ! Si la France, livrée à l'anarchie, devenait une « colonie de Washington » ou un « satellite de Moscou », eh bien, ce serait l'Indochine qui reprendrait « le flambeau » ! L'Indochine serait la Vraie France, la seule France, l'authentique métropole où continueraient de survivre les Valeurs éternelles de notre patrie asservie, humiliée, bâtardisée, négroïdée… Une vague immonde de vile démagogie n'avait-elle pas submergé les territoires d'Afrique et d'Europe soi-disant « libérés » par nos soi-disant « alliés » : on rendrait aux Juifs leur citoyenneté, aux francs-maçons leurs postes et, comble de ridicule et de bassesse :

On accorda le droit de vote aux femmes !

Que ne l'accordait-on aussi aux Algériens, aux Indochinois, aux Kanakes ?

En visite en Chine auprès de Chiang Kai-shek, le vice-président des États-Unis, Wallace, n'avait-il pas évoqué, sur Radio Chungking, la Charte atlantique, le droit-des-peuples-à-disposer-de-mes-fesses et promis aux Philippines, colonie US, leur indépendance, dès lors, du moins, qu'en seraient chassés les Japonais ! N'ouvrait-on pas la boîte de Pandore, ne renversait-on pas l'immonde chaudron des sorcières de Macbeth, n'appelait-on pas le monde au désordre, à la dispersion, à la dislocation, à la rébellion ! Partout s'élevait le sourd mugissement de la rébellion. Même sa femme, à l'amiral, se rebellait ! « Ma petite Charlotte ! » Allez savoir pourquoi, Charlotte avait refusé de venir à Dalat ! Qu'est-ce qu'elle fricotait donc, Charlotte, à Hanoi ? Depuis quelques mois, c'est bien simple, il ne la reconnaissait plus, Charlotte…

L'amiral sentait la fièvre monter. Son front, sous la visière de sa casquette immaculée, était emperlé de sueur. Son vieux paludisme qui refaisait des siennes ?

Il cambra les reins devant le miroir. Rajusta sa cravate noire.

Il attendait le Génésup – le nouveau Génésup : le général Astier !

L'« ancien », ce pauvre pitre de Mouche, ah ah, il l'avait en effet flanqué à la retraite : à la demande de Mouche lui-même d'ailleurs, mais une demande que Mouche avait faite dans des temps incertains où on ne savait trop sur quel pied danser, sur quel cheval miser… Le maréchal Pétain –

vu l'antigaullisme des Amerloques – pouvait, il y a peu encore, être considéré comme un « coup jouable ». On l'eût choisi, à la fin de la guerre, comme un sorte de « sage », d'« arbitre », de « réconciliateur ». Mouche avait préféré ne pas se mouiller… ne pas s'engager… Mais maintenant que Pétain était « hors course » et de Gaulle (installé à Paris) en tête de peloton, il devait s'en mordre les doigts, Mouche, d'avoir écrit sa demande de mise à la retraite, ah, ah. C'était une démission, une désertion : au milieu du combat ! Face à tous les dangers !

Perfidement, l'amiral avait salué le départ du Génésup d'un discours solennel, reproduit dans la presse et à la radio, où il avait vanté « son zèle à maintenir de bonnes relations entre les états-majors français et japonais », et « à construire, face à la menace chinoise, la fameuse Ligne Mouche », ah ah… Ah ah… Sûr qu'aujourd'hui, sa demande de mise-à-la-retraite, il eût bien voulu la bouffer, Mouche ! Et la Ligne Mouche, il eût pas voulu la bouffer non plus ? Ah ah !

Face à la menace chinoise !

Notre « allié » chinois ? Ah ah !

Monologuant dans un demi-délire, l'amiral prit une carafe, sur son bureau, se versa un verre d'eau où il jeta un demi-tube de quinine, avalant le tout d'un coup, cul sec. Puis, tremblant, saisi de frissons glacés, il se mit à marcher en long et en large de la haute fenêtre de son bureau qui donnait, là-bas, sur le lac de la Grenouillère (la pétaudière, la ratière, la crabière, la scorpionnière !), au mur du fond où, sur une étagère, était exposé, bien en vue, le chapeau de mandarin à ailettes Thièu-Phuc que lui avait récemment fait remettre l'empereur d'Annam en lui décernant le titre de prince Pha-Qhuôc-Vuong-*protecteur-du-Royaume-et-colonne-de-l'Empire*…

C'est l'amiral lui-même qui, très autoritairement, avait demandé à cet empereur d'opérette qu'il lui attribuât ce titre ! Histoire d'essayer de rehausser ainsi son prestige, et celui de la France – si écorné ! –, auprès des masses indigènes de tous côtés sollicitées par la propagande jap, communiste, amerloque et autres… En lui remettant son brevet d'investiture, le ministre Pham Quynh avait comparé l'amiral – dans un discours fleuri de rhétorique asiatique – à un jade précieux, et à une muraille de dix mille lieues protégeant l'Annam des vagues grondantes de la guerre…

Émouvante cérémonie.

L'amiral épongea son front du revers de sa manche, enleva sa casquette qu'il jeta sur son bureau. Puis il alla prendre le chapeau de mandarin à ailettes, placé au milieu de l'étagère.

Il se le posa sur le crâne.

Et s'en fut s'admirer dans le miroir en pied, près de la fenêtre.

N'avait-il pas bel air ainsi ? En grand-mandarin-prince-protecteur-d'Annam-et-colonne-de-l'Empire, lui, le gouverneur-général-d'Indochine-et-haut-commissaire-aux-Possessions-françaises-d'Inde-et-du-Pacifique ?

Quelques instants – c'était un effet sans doute de la fièvre ? – l'idée le traversa de « renverser-l'empereur-d'Annam-ce-fantoche » et de prendre sa place sur le trône afin d'établir dans la colonie un régime digne d'elle et de la France, un régime pur et dur, une monarchie fondée sur les sains principes de la pensée de Maurras.

Pourquoi ne serait-il pas ROI, lui, Toudebout ?

Toudebout Ier, roi d'Indochine !

Il se reversa un verre d'eau, avec quinine.

Cambra ses reins devant le miroir.

Enfla sa poitrine chamarrée par l'ordre du Soleil-Levant.

Puis se… désenfla.

… Songeries, vaseuses songeries, illusions fumeuses, pantalonnades ! Il fallait être « réaliste », comme disait Belangel, redescendre sur terre, regarder les choses en face, voir le monde, ce pauvre bas monde, *tel qu'il est* !… Ganelon-de-Gaulle était entré dans Paris, ovationné par la population (ô Français ingrats, ô Français versatiles !). Son gouvernement, encore « provisoire », avait été reconnu par toutes les puissances, grandes et petites, Amérique, Angleterre, Union soviétique, Chine… Même le Pérou l'avait reconnu ! Le Pérou ! Qu'est-ce qu'il avait à foutre là-dedans, le Pérou ? Est-ce qu'on lui demandait quelque chose, au Pérou ? C'est où, le Pérou ?… Et si Même-le-Pérou l'avait reconnu, comment, lui, Toudebout, ne le reconnaîtrait-il pas ? Le GPRF gaullien était un fait accompli, c'était le gouvernement *de fait* de la France ! Et la France n'était-elle pas la France, même *dévoyée* ? Ne devait-on pas obéir à la France, aussi *aberrant* fût le gouvernement qu'elle s'était donné ?

Telles étaient les réflexions qui s'affrontaient dans l'âme de l'amiral.

Il se regarda à nouveau dans la glace.

Les deux ailettes du bonnet de mandarin formaient derrière ses oreilles de part et d'autre de sa tête deux plus grandes oreilles : noires… noires comme des… des… oreilles de Mickey ! !

Ah, non, ça n'allait pas recommencer cette histoire d'oreilles !

La fièvre, le palu, c'était ça !

Il s'épongea le front.

Se jetant à nouveau dans la gueule une quinzaine de comprimés de quinine, qu'il croqua goulûment.

Toc, toc.

On frappait à la porte.

L'ordonnance, le lieutenant de Ponthieu, annonça le général commandant supérieur Astier. Celui-ci, par télégramme, avait averti l'amiral qu'il avait une chose « de la plus haute importance » à lui communiquer.

– Qu'il entre, dit le Pacha.

Qui s'en alla s'asseoir derrière son grand bureau en palissandre, sous un portrait de Pétain en pied, brandissant la bannière fleurdelisée de Jeanne d'Arc, légendée de cette phrase : *Pensez au chef qui vous aime.*

Le nouveau Génésup fit alors, dans la pièce, une apparition martiale autant que théâtrale, en grand uniforme kaki de la coloniale, képi beige sur le crâne, arborant cinq étoiles (l'une d'entre elles plus brillante que les autres : il l'avait reçue avec son nouveau poste, tout juste avant la chute de Vichy).

Astier porta sa main droite à son képi, salua énergiquement. L'homme semblait sûr de lui, froid et ferme. Un iceberg !

Ice-cream qui tout soudain fondit.

Se liquéfia.

– Euh… Euh… bredouilla ce sorbet en déroute.

– Qu'est-ce qui vous arrive ? demanda le Pacha.

Voyant que les yeux – les yeux stupéfaits d'Astier – étaient braqués vers son front, le gouverneur général, comprenant tout, fit une mine déconfite et ôta prestement de son crâne le chapeau-de-mandarin-à-oreilles-style-Mickey-Mouse qu'il y avait conservé, sous l'effet de la fièvre, « c'est ça, la fièvre ! ».

– C'est, bredouilla-t-il à son tour, juste… un petit cadeau de ma femme…

Il posa le chapeau à oreilles sur son bureau, à côté de sa casquette, et pria Astier de s'asseoir en face de lui, dans un fauteuil en cuir roux, genre Ruhlmann.

– Eh bien, général, qu'avez-vous donc de si important à m'apprendre ?

Astier, caractère assez emporté, n'y alla pas par quatre chemins. C'est à peine si, en guise de préambule, il croisa, comme c'était son habitude, ses longues jambes, de façon à imposer à son pantalon un joli drapé. Levant son nez pointu vers le plafond, il lança sa bordée, comme il en avait reçu ordre de Mouche :

– AMIRAL, VOUS N'ÊTES PLUS LE CHEF DE L'INDOCHINE !

La bouille du Pacha, qui crut s'étrangler, vira au violâtre.

– Que ?… Quoi ?… Qu'est-ce ?…

Hop, de la quinine encore ! Trois cachets.

– Comment osez-vous ? ajouta-t-il.

Solennel, Astier récita :

– Le-chef-du-gouvernement-provisoire-de-la-République-française (Ganelon-de Gaulle) a mis le général Mouche à la tête de la résistance clandestine. Mouche est le délégué du GPRF, donc le chef légitime de la colonie. Je suis désormais à ses ordres, plus aux vôtres !

– Mouche, cet imbécile ! Mouche, ce plouc !… barrit Toudebout.

Il en bavait, il en écumait, il en dégoulinait de sueur et de rage.

Il croyait l'avoir mis sur la touche, avec sa mise à la retraite, et voici que Nimbus revenait plus fort que jamais : chef de la Résistance !

D'une main affolée, il saisit son tube de quinine. Vide. Il ouvrit un tiroir du bureau. En extirpa un nouveau tube qu'il déglutit tout entier. Puis, se levant, il se mit à tourner en rond dans l'immense pièce, en brandissant son poing rageur au-dessus de son crâne, comme la pierre d'une fronde qu'on s'apprête à jeter.

– Mais de quel droit ? dit-il. Au nom de qui ? Au nom de quoi ?

– Au nom du gouvernement légitime de la France, la vraie France, la seule France !

– Astier, dit l'amiral, se rapprochant du général, oubliez-vous que vous portez la francisque ? Mais… tiens… où elle est votre francisque ? ajouta-t-il, détaillant le col vierge de la veste du Génésup.

– Je… euh… dit celui-ci.

– Je… euh… vois, ironisa le Pacha lequel, reprenant sa tirade lança : Oubliez-vous, Astier, qui vous a nommé Génésup ? Oubliez-vous que c'est à Vichy que vous devez votre cinquième étoile ? Et cependant, en me trahissant, vous avez trahi le Maréchal, vous avez comploté dans mon dos !… Depuis combien de temps, Astier, complotez-vous ? Depuis combien de temps avez-vous établi des liens avec l'EXTÉRIEUR ?… Dans mon dos, Astier, dans mon dos ! Savez-vous, messieurs, ce que vous êtes, tous… Des… conjurés ! De vils conjurés. Des *mutins* ! Oui… des *mutins* !

Et savez-vous, messieurs, comment ça finit, les *mutins* ?... Pendus haut et court à la grand-vergue.

On eût dit que, de ses yeux, levés vers le plafond, l'amiral tout de bon voyait Mouche, Astier and Co gigoter cocassement au bout d'une corde accrochée-à-la-grand-vergue. Brandissant de nouveau son poing, il se remit à tourner dans la pièce, autour du fauteuil du Génésup, suant, ruminant, délirant : les *mutins* étaient à bord ! Les *mutins* voulaient s'emparer de la barre de l'Indochine ! Que voulaient ces imbéciles de *mutins* ? Nous naufrager sur le prochain écueil ? Prétendaient-ils mieux manœuvrer que lui ? Pensaient-ils que les Japs allaient, sans broncher, les laisser concocter leur sale petite mutinerie ?

Ah ah ! Mouche devait jubiler, ce limaçon retors et hargneux, ah ah, il devait s'esbaudir, ce bigorneau tortueux, ce calamar calamiteux, ce scarabée scabreux, ce tréponème teigneux ! Il lui avait damé le pion ! Mais rira bien qui pourrira le dernier, ah ah !

Toujours solennel, Astier poursuivit :

– Nous possédons un émetteur-récepteur surpuissant et des codes secrets qui nous permettent de communiquer avec Paris *via* Calcutta. Il vous est donc possible d'entrer en relation avec l'EXTÉRIEUR, mais *par notre truchement* !

(Il n'était pas question, en effet, de confier au « vichyste Toudebout », au « collabo Toudebout », les codes secrets.)

– Par votre *truchement* ? hurla le Pacha. Je suis donc à votre merci ! (Il avala une nouvelle ration de quinine.) Vous pourrez mettre à votre sauce mes déclarations ! Eh bien, messieurs, si c'est comme ça, si c'est la guerre que vous voulez...

Le Pacha courut se placer derrière le fauteuil d'Astier à l'oreille duquel il hurla :

– Eh bien, la guerre vous l'aurez ; JE DÉ-MIS-SIONNE ! Ah ah ! Débrouillez-vous avec les Japs ! Ah ah ! Vous allez vous régaler ! Bon vent, messieurs !

Et, appuyé des deux mains sur le dossier du fauteuil d'Astier, il se mit à rire, à rire, comme quelque apocalyptique hystérique gargouille secouée par d'incoercibles spasmes.

Astier se leva, se retourna, posant ses mains sur les bras du fauteuil, faisant face ainsi au pacha (leurs visages n'étaient plus séparés que par quelques centimètres, leurs brûlantes haleines se mêlaient).

– Il n'est pas question que vous démissionniez ! Le gouvernement provisoire vous l'interdit ! Les ordres de l'EXTÉRIEUR sont formels.

– L'EXTÉRIEUR ?

L'amiral se tut un instant, les yeux rouges, écarquillés. On eût dit qu'il le ruminait ce mot-là, EXTÉRIEUR, qu'il le mâchait et le remâchait en son âme, comme pour en extraire la quintessentielle quintessence. Puis :

– L'EXTÉRIEUR ! Je m'en bats l'œil, moi, de l'EXTÉRIEUR, lança-t-il, se donnant une claque sur son postérieur. Qui les a fait rois, ces messieurs de l'EXTÉRIEUR ? De qui tiennent-ils leur autorité sinon de l'*étranger* dans les fourgons duquel ils ont débarqué en France ! Je suis le chef lé-gi-time de l'Indochine ! L'Indochine ne peut avoir deux chefs ! Dites à ces messieurs de l'EXTÉRIEUR (il se retapa sur le postérieur) qu'ils choisissent : Moi ou lui ! La blatte ou moi ! Le gnoufanier ou bibi. Nimbus ou mes fesses !

Et il se reclaqua « mes fesses ».

A nouveau la sueur inondait son front. La fièvre faisait battre ses tempes, troublait sa vue, apposait entre lui et le monde une sorte de vitre opaque et déformante à travers quoi les choses, soumises à d'incessantes anamorphoses, se transmuaient en quelque effarante fantasmagorie. Ainsi sembla-t-il au Pacha que le visage du *mutin-Astier*, pris dans ce jeu kaléidoscopique halluciné, se dédoublât, les deux visages issus de cette transmutation se superposant légèrement, l'œil gauche de l'un se confondant à l'œil droit de l'autre, de sorte que cette paire de faciès accolés (semblables à ces masques nègres chéris des dégénérés cubistes) n'avait que trois yeux.

– Pas de dyarchie ! Pas d'anarchie ! Pas de picasseries ! Un navire n'a qu'un capitaine ! Un corps n'a qu'une tête ! Une tête qu'un nez ! Un nez que… deux narines… euh… Je DÉ-MIS-SIONNE !

Délirant, l'amiral attrapa alors Astier par la cravate, tirant dessus violemment, comme si tout de bon il eût voulu pendre ce… *mutin* à la grand-vergue.

– Vous ne démissionnerez pas ! hurla Astier d'une voix… étranglée. Vous devez maintenir la façade vis-à-vis des Japs ! Ce sont les ordres !

– La façade ? Est-ce que j'ai une tête de façade ? hurla le Pacha tirant de plus belle sur la cravate du *mutin*. Pour qui me prend-on à Paris ? Pour un figurant ? Un faux nez ? Une marionnette ? Un paillasse ? Un paillasson ? Un homme de paille ? Un polichinelle ? Un postiche ? Un pastiche ? Un pantin ? Un…

Comme un « pantin » il agitait ses membres désarticulés en tous sens.

– Un *paravent* ! trancha Astier qui fit un saut en arrière. (Sa cravate, toujours maintenue par l'amiral, craqua d'un coup.) Un paravent nécessaire, poursuivit-il, qui dissimulera nos activités de résistance. L'Indochine doit se libérer par elle-même, et par ses armes !

– Un paravent, souffla Toudebout qui, essoufflé soudain, s'assit dans un énorme fauteuil joufflu qui lui tendait ses bras.

– Paravent, paravent, paravent, marmonna-t-il à voix basse, comme frappé soudain de sénilité.

Il eut la vision hallucinatoire d'un vieux *paravent* à fleurs, poussiéreux, déglingué, déchiré, cachant, dans on ne sait quelle sordide chambre de prostituée, un vieux bidet jaunâtre, craquelé, ocellé de fauves taches de rouille et strié de strates superposées de dégoulinures vert cuivre oxydé non identifiables.

Balançant sa tête d'un côté, de l'autre, dans un geste de négation qui ressemblait au mouvement du museau d'un âne au-dessus de sa mangeoire, il répétait ce mot : « paravent ».

Apitoyé, Astier susurra alors d'une voix douce :

– Euh… sinon un paravent, disons, si vous voulez, une… une *couverture*, ou, si vous préférez, une courtepointe, une doudoune, que sais-je ?, un plaid, plaida-t-il.

Sur ce, après un nouveau martial salut, il quitta la pièce : mission accomplie.

L'amiral avait coulé.

Englouti dans son fauteuil, tremblant de fièvre, Toudebout tendit un bras pour récupérer sa casquette, sur le bureau. Troublé par son délire, il ne se rendit pas compte que c'était du chapeau-de-mandarin-à-oreilles qu'il s'était saisi. Il s'en coiffa.

Et c'est dans cet étrange accoutrement que le découvrit son conseiller Belangel qu'il avait fait appeler.

– Ils m'ont humilié ! murmura le Pacha, toujours prostré, les yeux baissés vers le tapis. Me mettre aux ordres d'un Mouche, moi, d'un Nimbus ! Mettre l'Indochine, mon Indochine, aux ordres d'un nabot ! Que veulent-ils ? Que cherchent-ils ? Le carnage ? Et dans quel but, Belangel, veulent-ils le carnage ? Ces… *mutins* !

– Hum, fit Belangel, assis en face de l'amiral.

Le voyant si troublé il n'avait osé lui faire aucune remarque sur son exotique couvre-chef.

– Et moi, Belangel, je devrais porter le chapeau ?

La république des Soviets de Russie... groupe inévitablement autour d'elle... tous les mouvements de libération nationale des colonies...

(Lénine, Première ébauche des thèses sur les questions nationales et coloniales, 1920.)

– Je ne peux pas croire qu'on puisse combattre l'esclavage fasciste sans rien faire pour libérer les peuples, partout dans le monde, d'une politique coloniale périmée...

(Elliott Roosevelt, *Mon père m'a dit*, 1947.)

En Asie aujourd'hui les communistes exploitent les légitimes aspirations d'un nationalisme croissant pour créer un courant anticolonialiste... Il y a là un mortel danger...

(Chiang Kai-shek, *Comment les communistes se sont emparés de mon pays*, 1958.)

Elle était tout de noir vêtue : un joli tailleur cintré inspiré d'un modèle Patou, avec au col et au bas des manches des garnitures en faux astrakan. Elle se tenait à genoux, au premier rang, sur un prie-Dieu, dans le chœur de la cathédrale Saint-Joseph de Hanoi. Immobile, elle fixait, au-dessus de l'autel, un Christ en croix couronné d'épines et versant des larmes de cire écarlate.

Seules ses épaules, sporadiquement, spasmodiquement, s'agitaient parfois. Mouvement que pouvait observer, placé à une dizaine de rangs derrière elle, un individu assez grand, debout, arborant un costard blanc en toile et un borsalino à larges bords, blanc lui aussi. Les yeux de ce louche personnage *au faciès latin* étaient occultés par une paire de lunettes noires.

Il était l'unique client du saint lieu, avec la jeune femme. Par instants, celle-ci sortait de son sac à main un mouchoir qu'elle portait à son nez. Un hoquet, souvent (« un petit cri de biche aux abois », dirait le poétique rapport de police), s'échappait de ses lèvres : un sanglot.

Arlette Coutrais pleurait.

Face à l'image ensanglantée du Fils de Dieu.

Jésus.

Il eût été (sans ces bruyants sanglots) difficile de deviner qu'elle pleurait : non contente en effet d'arborer des lunettes solaires en forme de cœur, elle dissimulait son visage sous une voilette, une fine résille noire, accrochée à un adorable bibi, noir lui aussi, modèle Molyneux 1938.

Agent X 27 était en deuil.

Celle que les mauvaises langues, naguère, appelaient « la veuve joyeuse » l'était vraiment devenue…

Elle l'était même doublement, veuve.

Un mois auparavant, c'était par les sbires de Mouche qu'elle avait été arrêtée, en compagnie de Harry Wahrol, lors de leur fuite de l'hôpital Lanessan. Les fugitifs furent amenés, dans le plus grand secret (à cause des Japs bien sûr), à la caserne Ferrié, sur les bords du fleuve Rouge, au bureau des Transmissions, BSM (une couverture, en fait, qui occultait les services secrets de l'armée de terre commandés par le colonel Chaballier).

On les avait laissés croupir, pendant deux jours, au fond d'un cachot humide où, pour passer le temps, X 27 pratiqua sur le Voleur de Bagdad quelques nouveaux *french spring rolls*. Novice, Wahrol était devenu un fana *(addict)* des *french spring rolls*. Il en pinçait vraiment pour la petite *froggie*, sa jolie frenchette. « *God !* » Elle divorcerait de son mari, Pierre (le Cornichon) et elle l'épouserait, lui, Harry *(the Cucumber)*. A la fin de cette sale guerre, il l'emmènerait dans l'Ohio (« c'est où l'Ohio ? ») où sa famille était propriétaire d'une station-service (qui rapportait plein de dollars) à Hopper City, près de Cincinnati. Il la présenterait à sa maman, qui serait folle, il en était sûr, de X 27, ils auraient une belle maison, avec une belle piscine, un beau jardin, un chien, un Frigidaire, des balançoires, un toaster et ils se feraient plein mais plein de *french spring rolls* et ils auraient des tas mais des tas d'enfants…

Elle n'essaya pas d'expliquer à ce puritain baptiste de *Cucumber* de l'Ohio que les *french spring rolls* c'est pas exactement la bonne manière d'en faire, des *babies*.

C'est au milieu d'un de ces *spring rolls*-là qu'ils furent interrompus par leurs geôliers et emmenés dans le bureau du colonel Chaballier. Deux soldats soulevèrent l'Amerloque par la taille et les aisselles. Avec son pied dans le plâtre il avait du mal à marcher.

Quand les fugitifs entrèrent dans le bureau de l'officier, ils furent accueillis par un quintuple éclat de rire moustachu balancé de dessous les moustaches respectives du colonel Chaballier, du capitaine Tortu et de trois flics, tous en costard et borsalino blancs (c'était sans doute l'uniforme de la Sûreté), la seule chose qui variât dans leur réglementaire tenue étant la couleur de la cravate – cassis à pois moutarde, pour le sieur Luigi Tomato (bras droit de Larsouille, un métis) ; indigo à pois lie-de-vin, pour le sieur Pietro Mozarella, bras droit de Luigi Tomato ; tomate à pois lavande, pour le sieur Paco, dit le Moko, bras droit de Pietro Mozarella. Tous trois récemment ralliés à la résistance, sous la houlette de leur chef suprême, Larsouille.

Pourquoi ce quintuple rire ?

C'est qu'au spectacle inénarrable de la tête enturbannée de bandages du Voleur de Bagdad, le colonel Chaballier (bon vivant couperosé ami de la gaudriole) n'avait pu s'empêcher de décocher une de ces fines blagues dont il avait la spécialité.

– C't'un pilote yankee ou un lancier du Bengale ?

Comment résister à pareil trait ?

A leurs rires, d'ailleurs, fit écho on ne sait quel gloussement jailli semblait-il de derrière une porte close située à droite du meuble-bureau où était installé Chaballier.

Un espion caché là ?

Le commissaire Luigi Tomato, qui parlait vaguement l'anglishe, essaya d'expliquer la plaisanterie au jeune aviateur qui, sans doute insensible à l'esprit français, avait fait de ses belles lèvres roses et épaisses une moue indifférente, ennuyée, méprisante peut-être.

Pour qui ces Yankees se prennent-ils ?

On fit asseoir les nouveaux venus dans des fauteuils. Le colonel Chaballier apprit alors au lieutenant Wahrol qu'il avait été « libéré » par la Résistance française qui, désormais, rassemblée sous la bannière du GPRF, avait « réunifié » l'ensemble, ou quasi, des réseaux existant dans la colonie.

En fait, sous la supervision du commandant Lucrèce, parachuté à nouveau en Indochine, à Diên Biên Phu, cette « réunification » avait surtout consisté à détruire le réseau privé Gordon, proaméricain, premier établi dans le pays et qui, depuis 1941, fournissait à l'US Air Force de Kunming des renseignements concernant les cibles de ses bombardiers. Désormais, si l'US Air Force voulait des tuyaux, c'était aux Français libres de l'Empire libre qu'elle devait s'adresser (réseau Mouche) et c'est aux Français libres de l'Empire libre qu'elle en serait donc redevable. Comment Roosevelt, alors, pourrait-il être assez ingrat pour ne pas reconnaître les « droits imprescriptibles » de la France libre sur son Empire libre ? Les « mercenaires » du réseau Gordon avaient été mis au pas. Ils avaient dû rendre leurs postes émetteurs-récepteurs aux néo-résistants-Mouche, leur argent, leurs armes, etc. Nombreux furent ceux qui se soumirent, passant souvent de bon cœur sous la houlette des néo-gaullistes. Ceux qui se rebellèrent furent, dit-on, liquidés. Les Annamites du moins. Le général Claire Lee Chennault, de l'US Air Force de Kunming, comme on lui bouzillait ses informateurs, finit par concrétiser la menace qu'il avait souvent brandie : il lança un raid d'« avertissement » contre Hanoi.

Nombre de sombres histoires, jamais éclaircies, ont couru autour de ce sombre épisode de cette sombre Seconde Guerre mondiale pas claire.

Devant ces *fucking* explications, Wahrol, de toutes ses saines dents blanches de l'Ohio, explosa de rire. Esprit simpliste, comme tous les Anglo-Saxons, pour qui *a cat is a cat*, il était intellectuellement incapable de saisir les nuances dialectiques si subtiles (que M. de Gobineau qualifierait de sémito-latino-byzantino-normandes) de la politique giraudo-gaullo-pétainiste de la nation française, terre d'antique culture.

Pour Wahrol, les *fucking French* d'Indochine, c'était clair et simple *(« crystal-clear »)*, étaient tous des *fucking Vichy-men* ! Ces *fucking Vichy-men* avaient livré aux Japs nombre de ses copains abattus par leur DCA ; ces *fucking Vichy-men* avaient offert en 40 à ces *fucking* Japs des aéroports à partir desquels les *fucking* Japs avaient lancé des raids contre la Chine, le Siam, la Malaisie, Singapour et le reste ! Ces *fucking Vichy-men* étaient des fascistes-couilles-molles ! Il avait bien flingué, quant à lui, une bonne cinquantaine de *fucking Vichy-men* et *women*, mais ça n'était pas encore assez. Il leur souhaitait, à tous, de crever : sauf à sa petite *Vichy-woman*, la Coutrais, qui n'était même pas tout à fait, quoique *froggie*, une *Vichy-woman*, vu qu'elle émargeait au SACO, à l'AGAS et à l'OSS !

– *Fuck my ass !* lança pour conclure cet Anglo-Saxon à l'esprit étroit.

– Hum ! répondit en écho l'inconnu-espion dissimulé derrière la porte close.

– Qu'est-ce qu'il raconte, l'Amerloque ? demanda le colonel Chaballier, après avoir jeté un œil inquiet vers la susdite porte close.

Luigi Tomato, tâtant les ailes de son borsalino, prit un air bête. Il ne speakait pas assez bien l'anglishe pour comprendre l'argot.

La Coutrais, quant à elle, avait pu faire de nets progrès dans la compagnie de Wahrol. Ébouriffant la mèche de cheveux roux frisottant sur son front, elle balança au colonel un long regard langoureux de ses yeux verts de petit veau avant de lui asséner :

– Il a dit : va te faire enculer !

– Foutu Dieu ! hurla la voix de l'inconnu tapi derrière la porte close.

Exclamation qui fut aussitôt suivie, par un :

– Nom de Diou !

Lequel annonça (qui apparut tout à coup dans l'entrebâillement de la porte soudain ouverte) la bouille bouffie et turgescente du général Mouche qui, écoutant en secret cet entretien, n'avait pu plus longtemps contenir sa bile exacerbée par l'insensée arrogance de cette loque d'Amerloque.

Se précipitant sur celui-ci, et le secouant par les épaules, il poursuivit :

– Nc scricz-vous blcssé, monsicur, bordel de Diou, je vous ferais passer un mauvais quart d'heure ! Est-ce ainsi que vous nous remerciez de vous avoir sauvé, de vous avoir arraché aux griffes cruelles de ces Japs sans aveu, au risque de déclencher contre nous un coup de force sauvage et sans merci ! ? Est-ce ainsi que l'Amérique remercie la France ? Ingrats, ingrats !… Ignorez-vous l'irremboursable dette que votre nation a contractée vis-à-vis de mon pays ? Ignorez-vous votre histoire, monsieur ? Que seriez-vous sans nous, monsieur ? Que seriez-vous sans le marquis Marie-Joseph de La Fayette qui vous libéra du joug de vos maîtres anglais ? Que seriez-vous sans la France, monsieur, sinon la vile colonie d'Albion ? Des esclaves !

– La Fa… *what* ? C'est quoi La Fayette ? demanda Wahrol à la Coutrais vers laquelle il se tourna, ayant vaguement saisi le sens de la tirade de Mouche.

– La Fayette ? répéta-t-elle.

Elle prit son air de petit veau.

Réfléchit.

Ce qui éleva, sous la peau diaphane de son front, une nuée aurorale rosée.

Elle se mit son index droit dans la bouche. Reréfléchit. « Essaya » avec son index gauche, pour voir si ça « marchait » mieux.

– Lafayette, mais oui ! s'exclama-t-elle soudain, tapant du poing dextre dans la paume de sa senestre, bon sang mais c'est bien sûr !… Les Galeries !… *A shop, a big shop with plenty* mais *plenty of goods*. Un grand magasin ! On trouve tout aux Galeries Lafayette !

Mouche, Chaballier, Tortu, et même ces macaronis plus ou moins métissés de *nha quê* Tomato, Mozarella et le Moko, regardèrent, stupéfaits, ce misérable couple d'analphabètes, pur produit de la vulgarité de ce monde moderne, de cette *société de masse* justement dénoncée par Alexis Carrel, Rosenberg, Heidegger, Hitler, Montherlant, Lénine, Morand, Giraudoux et Joseph de Pesquidoux de l'Académie française.

Mouche en fut si scié qu'il s'affala, à côté de ces deux ignares, dans un vaste fauteuil en cuir qui fit « ouf » sous le poids de sa croupe outrée.

– P'tit zèbre, s'exclama-t-il, puis, se reprenant : Madame Coutrais, jusqu'où avez-vous fait vos études ?

– Ben ? dit-elle, gardant grande ouverte sa jolie bouche rouge.

– Oui, je vois ! conclut Mouche, sévère.

Puis, s'adressant à Wahrol :

– Monsieur, je ne vous expliquerai pas qui est La Fayette. J'ai autre chose à faire que des cours de rattrapage !… Au demeurant, ce que nous avons à vous dire ici, avant de vous remettre aux autorités américaines en Chine, à nos risques et périls, c'est ceci : la Résistance française d'Indochine juge inamicaux, et des plus nocifs, les bombardements auxquels l'US Air Force se livre sur la colonie, détruisant routes, ports et voies de chemin de fer et empêchant, de ce fait, la livraison des surplus de riz de Cochinchine au Tonkin menacé de disette ! C'est une catastrophe... Qui incite la population indigène à la rébellion et apporte de l'eau au moulin des communistes, mais il est vrai que...

Il y eut un échange de regards entre Mouche et Tortu, lequel prit la balle au bond :

– Il est vrai, poursuivit celui-ci, onctueusement, que les services secrets américains SACO and Co financeraient et armeraient le Viêt-minh dans le Nord-Tonkin !

Wahrol, à qui on traduisit cette mercuriale, répliqua qu'en Indochine, comme en Chine et en Europe, les forces américaines s'appuyaient sur toutes les forces de résistance locales susceptibles d'abattre les puissances de l'Axe.

– Même les communistes ?

– *Even the comies !* (Même les cocos !) Qu'importe le pont s'il nous amène de l'autre côté de la rivière. N'avons-nous pas utilisé la mafia en Sicile ? *A bridge is a bridge.*

– Pourquoi y cause de *« bridge »* maintenant ? Y veut jouer aux cartes ? demanda Chaballier.

– Les communistes français et italiens nous ont aidés, poursuivit Wahrol, pourquoi pas les chinois et indochinois ? Les communistes chinois d'ailleurs n'ont rien de communistes, ils sont en train de jeter les bases d'une démocratie populaire, certes rustique, certes primitive, mais qui ouvre des perspectives lumineuses sur un avenir radieux plein des rayonnantes promesses d'un futur éblouissant...

L'œil du baptiste de l'Ohio s'éclaira soudain comme d'une surnaturelle aura qui éclipsa en lui son prosaïque pragmatisme anglo-saxon. Il était le profane prophète du rooseveltisme, le chantre du New Deal, le... Il ne parlait plus, il prêchait, comme momentanément investi par l'Esprit Saint.

En ce temps-là, l'Amérique, lectrice d'Edgar Snow, commençait à se piquer de maolâtrie, dédaignant de plus en plus le « corrompu », le « féodal » Chiang Kai-shek accusé de toutes les noirceurs ! N'évitait-il pas, depuis quelque temps, le combat avec les Japs, pour économiser ses troupes ? Les garder en réserve afin de les utiliser, au terme de la guerre mondiale, contre Mao et l'armée Rouge ?...

Puis Wahrol redescendit sur terre :

– ... Quant aux bombardements de vos voies de communication, ils sont nécessaires. Les Japs veulent faire une route terrestre entre la Chine et Singapour, il faut l'empêcher ! Nos bombardements ne sont pas responsables de la disette. C'est vous qui en êtes responsables. Demandez donc à votre *fucking* amiral d'arrêter ses réquisitions de riz destinées aux *fucking* Japs !

Mouche, à qui on avait traduit un résumé de cette déclamation, leva le doigt, tel un potache, pour demander :

– Ça veut dire quoi, *fucking* ?

La Coutrais s'étira, bâilla, croisa ses longues belles jambes dans un long frémissant froissement de soie qui fit frissonner les ailes satinées d'un ange qui passa un silencieux instant, hypnotisant papillon, sous les yeux des sept mâles réunis là, puis elle s'exclama sur un ton ennuyé :

– Ça veut dire « Va t'faire foutre ! », *my pussy* !

– P'tit zèbre, euh, madame, je vous interdis de me causer comme ça.

Mouche se tut.

– Vous ne cherchez rien d'autre, s'exclama alors Chaballier, lançant à son tour sa bordée contre l'Amerloque, qu'à détruire nos infrastructures, qu'à mettre la colonie à genoux, qu'à semer la zizanie et à soulever contre nous les indigènes, amenant de l'eau au moulin de MM. Mao et Staline ! Au nom de quoi, de quelle liberté ? Ou de quels intérêts ?... Balayez devant votre porte, messieurs les Américains, occupez-vous de vos Indiens et laissez-nous nos Indochinois ! On sait ce que vous leur avez fait aux Peaux-Rouges !

Pour se faire mieux comprendre, Chaballier se mit sa main gauche derrière la tête, dressée, comme une plume, et frappant sa bouche de sa main droite, il poussa des youyous de Commanches partis sur le sentier de la guerre…

– Oui, quoi, essaya d'expliquer la Coutrais dans son franglishe, les Peaux-Rouges, quoi ! Les *Red-Skins* ! Les *Indians* ! J'sais pas… C'est vrai, au fond, c'qu'il dit. Combien qu'vous en avez flingué des *Red-Skins* qu'il en reste plus qu'au zoo de New York, hein ? Rien qu'dans *La Chevauchée fantastique*, qu'est passée y a un mois au Majestic, John Wayne il a bien dû en abattre quinze, de *Red-Skins* !

– Tu vois… Tu vois bien que tu es de notre côté ! Tu es une vraie Française ! Les Amerloques t'ont manipulée, pour nous tromper, pour me tromper !

Mouche la serra dans ses bras. Elle était sa fille prodigue. Son petit veau gras.

On congédia bientôt le cow-boy Wahrol. Une caravane d'opium, organisée par les services secrets gaullards, à destination des services secrets américains (on collaborait quand même un peu, entre frères ennemis, sur certaines *matières premières*), devait lui faire passer la frontière de Chine. Il serait renvoyé à ses employeurs : 1) Le responsable américain du théâtre d'opération chinois, un certain général Wedemeyer (allemand d'origine) ; 2) Le responsable de l'OSS, un certain Patti (italien d'origine). Un Boche et un Macaroni ! Des « pays » d'Adolf et de Mussolini ! Et vous voulez que ces Amerloques aiment les Français ! ?

La Coutrais espérait partir avec Wahrol. Mais on l'en empêcha. Son devoir était de « servir la France ». Arrachée aux réseaux US disloqués, elle rentrerait dans le réseau néo-gaulliste-Mouche sous le nom qu'on lui imposa : *agent Q 69*.

– Q 69 ? Z'avez rien d'moins obscène ?

Elle versait des larmes. *Cucumber* lui avait promis qu'ils

se retrouveraient *at the end of that fucking war* et qu'il *will marry her* !

En attendant, avant que X 27 devînt Q 69, il fallait qu'on lavât son cerveau du lavage dont il avait été victime de la part des Yankees (propagande anticoloniale libérale) et la reprogrammer à l'aune de l'idéologie de l'Empire libre de la France libre.

– Tu sais c'que c'est le drapeau des USA ! lança Mouche, commençant sa première leçon dès que l'Amerloque eut quitté la pièce. Le v'là, le drapeau des USA.

Démonstrativement, il brandit sous les yeux verts du petit veau un billet vert, crasseux, qu'il venait de sortir de sa poche :

Un billet de un dollar, frappé à l'effigie de Washington.

– C'est ça ! hurla-t-il, agitant furieusement cet étendard d'infamie.

Elle fit une moue dédaigneuse et, pédagogue :

– C'est pas ça ! C'est ça ! rétorqua-t-elle, sortant de son sac un billet apparemment semblable, mais tout neuf, arraché à une énorme liasse de billets tout semblables.

A son tour, elle l'agita sous le nez de Mouche qui, décontenancé, baissant pavillon, remit le sien dans sa poche.

– C't'autre chose ! conclut-elle,

Les trois officiers et les trois flics de la Sûreté, d'un même mouvement, précipitèrent leur pif vers le vert billet déployé par la jeune femme, manquant s'entrecogner le crâne.

C'était un billet de cent dollars.

– Foutu Dieu, et t'en as combien de ces *fucking* billets ? demanda Mouche, influencé par le parler sinon la délétère-idéologie-yankee-qui-pourrit-tout-ce-qu'elle-approche.

– *Plenty !* Des tas ! *Thousand bucks !*

Les yeux des six hommes s'illuminèrent, frappés chacun par l'espèce de clef de sol symbolisant l'unité de monnaie US ($$$$$$$$$$$$). Puis ils se firent sévères :

– Vous êtes une vendue ! (Chaballier.)
– Une prostituée ! (Tortu.)
– Une mercenaire ! (Tomato.)
– Une collabo ! (Mozarella.)
– Une vénale ! (Le Moko.)
– Une *Wall Street's girl* ! (Mouche.)

Agent Q 69 (ex-X 27) fit un long stage dans les bureaux des services secrets de la caserne Ferrié. On la chambra pendant trois semaines. On lui apprit que l'anticolonialisme des Amerloques n'était qu'un « hypocrite paravent » dissimulant leur « impérialisme économique et culturel » (théorie qu'étrangement n'eût pas reniée feu Lénine). Ils étaient pour l'ouverture des frontières quand ça leur était favorable, ces « libéraux », mais lorsqu'ils avaient affaire à quelque concurrent gênant, ah ah, c'était la levée des boucliers : taxes, quotas, etc. Le vice-président US Wallace, on l'a vu, avait promis à leur ancienne colonie des Philippines l'indépendance, mais, en échange, Washington exigeait d'y conserver des bases militaires, ah ah ! Achetez-nous du Coca, du corned-beef, messieurs les Philippins, grignotez notre carotte et si vous filez pas doux, vlan, un coup de bâton derrière la nuque, ah ah ! C'est ça le « libéralisme » Regardez un peu c'qui font à Cuba et en Amérique centrale, les Amerloques !

Tandis que, nous, Français, notre démarche est purement désintéressée. Nous protégeons nos colonies comme des enfants encore trop jeunes pour voler de leurs propres jambes ; comme des oisillons trop novices pour marcher sur leurs ailes ; comme des petits poissons trop néophytes pour ne pas s'emmêler les nageoires… euh… En résumé : NOUS LES AIMONS !

Et c'est pour ça qu'elles nous aiment !

A la fin de ce stage intensif, X 27 fut *retournée*.

Ça l'avait toute retournée de se faire *retourner* ! Elle en chialait. Elle avait honte d'elle-même la toute neuve Q 69.

Elle avait honte de cette X 27 qui s'était *vendue à l'Étranger* ! Pour de l'argent, des dollars, pouah ! Elle avait honte de Pierre, son mari, le Cornichon, qui n'était qu'un *traître à la Patrie* ! Elle avait honte de s'être donnée au *Cucumber* Harry Wahrol, cet *agent de la Finance internationale* ! « Oh, je suis coupable, je suis coupable ! » pleurnichait-elle, se frappant du poing entre ses deux minuscules nichons.

C'est dans cet état de profonde révolution spirituelle que, tout en larmes, mais le front haut – régénérée – elle sortit de la haute bâtisse de la caserne Ferrié, laissant baller mélancoliquement, autour des battants de ses belles longues jambes, les pans de sa robe cloche bleue. A la porte de la caserne, les gardes, de braves petits tirailleurs tonkinois, la regardèrent de leurs étranges petits yeux inexpressifs de braves petits tirailleurs tonkinois.

Rue de la Concession, elle héla un pousse-pousse. Un pousse-pousse, le plus maigre qu'elle eût jamais vu, trotta vers elle. « Ça doit faire maigrir, la disette… » Elle sauta sur le fauteuil du pousse, indiqua son adresse.

– *Maolen*, vite.

C'était le seul mot qu'elle connût en *nha quê*, *maolen*… Elle allait revoir sa belle baraque normande à colombage. Elle n'y avait plus mis les pieds depuis presque un mois, vu que les services secrets l'avaient chambrée. Elle était sûre que sa boyesse (elle en avait une depuis qu'elle était riche) avait oublié d'arroser le géranium !… A propos de fric, Mouche lui avait raflé sa liasse de billets de cent dollars pour les bonnes œuvres de la résistance. Heureusement, cette tartuffe de Q 69 n'avait pas été *retournée* en faveur des intérêts de la France au point d'en oublier ses propres intérêts : et de parler du coffret plein de *money* enterré dans sa cave, en compagnie des lingots d'or et de deux « blocs » d'opium pur, titre de paiement qui, en Indo, était aussi solide que le dollar.

Le Règne de l'Argent ne s'abat pas en un jour, a dit le Maréchal. C'est du cœur de l'homme d'abord et avant tout qu'il faut l'extirper.

Elle fila un quart de piastre dévaluée au squelettique pousse-pousse et poussa la grille de son jardin. Elle était ouverte. La porte de la maison aussi était ouverte. Pas de boyesse. Envolée ! Comme de bien entendu, le géranium, dans le salon, avait crevé ! Elle poussa la porte de sa chambre. Le buste en plâtre du Maréchal s'y trouvait toujours, sur une petite table, dans un coin, avec son béret noir enfoncé jusqu'aux arcades sourcilières.

– Bonjour, Philippe ! dit-elle.

Une odeur bizarre flottait dans la pièce, écœurante.

Soudain elle sursauta.

A travers la moustiquaire, elle aperçut la forme d'un corps allongé sur le lit. Elle écarta le voile. Le Cornichon était là, gisant sur le dos. Il était revenu de Chine !... Mais c'était un drôle de cornichon. C'était un cornichon à la sauce tomate. Il en avait partout de la sauce tomate, sur le visage, le cou, la poitrine. Et ses deux grands yeux écarquillés la regardaient, tout glauques. Il bougeait pas !

– Arrête, Pierre ! Fais pas le mort ! On joue pas au bridge.

Il n'en bougea pas plus. Sa gorge avait été tranchée d'une oreille à l'autre. La blessure était noirâtre. Le décès devait remonter à plusieurs jours.

Un sabre jap était posé à ses côtés, la lame couverte de sang.

La Coutrais hurla, se mordant le bout des doigts.

– Cornichon !

Elle se jeta hors de la maison, comme une folle, courant, courant, dans la rue Brière-de-l'Isle, tout au long des murs de la Citadelle, pleurant, se tordant les chevilles sur ses talons, courant, courant, sans savoir où elle allait.

En sens inverse, d'énormes camions ocre, hérissés de mitrailleuses, remontaient la rue, bourrés de soldats japs casqués, baïonnette au canon, et portant étrangement, sur la bouche et le nez, un masque de coton blanc, noué derrière la nuque par des lacets, à la façon des masques de chirurgien (les soldats japs ont des petites bronches fragiles qui craignent la poussière). Il y avait bien là cinquante camions roulant à tout berzingue. Où ils allaient ces *fucking* Japs ? Pourquoi ils s'excitaient comme ça ?

Q 69 se releva du prie-Dieu. Frotta ses genoux rougis. Sous sa voilette, les verres noirs de ses lunettes restaient braqués vers le Christ en Croix sanguinolent. Elle se signa. Ou du moins elle essaya de se signer : au nom du Fils, de la Mère, du Père et de tout le Saint Frusquin ! Elle se souvenait plus de l'ordre ! Elle portait sa main droite à son cœur, puis au front, puis à l'épaule gauche... Mais non, fallait commencer par... par le front, mais oui ! Au nom du Père, du...

Elle n'avait plus prié, cette dégénérée, elle n'avait plus fichu les pieds dans une église, cette prostituée-prototype-de-la-femme-moderne (de celles qu'on voit dans les films de Hollywood) depuis sa première communion. Faut dire qu'elle était pas si vieille que ça, sa première communion.

Depuis la découverte du cadavre du Cornichon, une semaine auparavant, elle allait tous les soirs à l'église, se recueillir, allumer un cierge.

Elle avait retrouvé la foi.

Elle marcha vers une statue de saint Joseph. De loin, l'homme au borsalino blanc et aux lunettes noires la suivait des yeux.

Elle alluma son cierge.

Depuis que le 2e Bureau l'avait retournée, elle était en permanence suivie par un sbire de la Sûreté. C'est qu'on n'était pas encore sûr, à la Sûreté, qu'on l'eût bien *retournée*. Avec ces bonnes femmes...

Elle essaya de refaire le signe de croix. Au nom du Saint Esprit, de la Vierge, de... Elle baisa la petite relique qu'elle portait en sautoir sur la poitrine, une authentique dent de sainte Blandine achetée la veille aux Grands Magasins Réunis de la rue Paul-Bert.

Perchée sur ses talons vacillants, elle prit enfin le chemin de la sortie.

Un instant le regard aveugle de ses lunettes noires croisa

le regard aveugle des lunettes noires de l'homme-au-borsalino-blanc. L'homme au borsalino blanc lui emboîta le pas.

Arrivée sous le porche néo-gothique de l'église, elle regarda, devant elle, la grande place, avec, en son centre, sa statue de la Vierge. Elle eut l'impression que quelque chose manquait, sur cette place, quelque chose qui se trouvait là, il y a quelques semaines, et qui ne s'y trouvait plus. Cette absence, qu'elle ne savait définir, créait en elle un malaise…

Elle héla un pousse. Plus de taxi. Même les gazogènes devenaient rares. L'ange gardien, derrière elle, sauta aussi dans un pousse. Le premier pousse suivi du second pousse cavala le long du boulevard Borgnis-Desbordes, tressautant sur les cahots du chemin. Il dépassa les bâtiments de la Sûreté, de la bibliothèque, de la Régie de l'opium… La Coutrais se remit à pleurnicher. De temps à autre, elle portait son mouchoir aux verres noirs de ses lunettes…

… C'était les Japs, avait dit la police, qui lui avaient flingué son Cornichon. La Kempetaï eût découvert qu'il était un espion américain. D'ailleurs n'avait-on pas trouvé à ses côtés, sur le lit, un sabre jap ? C'était signé ! Mais pourquoi Pierre Coutrais était-il revenu à Hanoi ? Pour revoir sa Cornichonne, disait radio bambou. Pour prendre livraison de plans de bases japs qui ne pouvaient être communiqués par radio, disait aussi radio bambou. Pour remettre sur pied le réseau Gordon démantelé, insinuait encore radio bambou. Radio bambou affirmait parfois que ça n'était pas les Japs qui l'avaient flingué. Mais qui alors ? Les Amerloques, parce qu'il eût accepté d'entrer dans la résistance gaulliste ? Les gaullards parce qu'il eût refusé de le faire ? N'avait-il pas été livré aux Japs par un agent double chinetoque, ou aux Chinetoques par un mouchard vichyste ?

Pauvre petit cornichon.

Elle sanglota encore.

Qu'on lui eût croqué son cornichon, c'était une chose. Mais qu'on lui en ait croqué deux, là ça dépassait les bornes. *The Cucumber*, Harry Wahrol, aux dernières nouvelles, avait été en effet assassiné (« par des pirates ! ») au moment où il passait la frontière avec sa caravane d'opium. Plusieurs personnes assuraient l'avoir vu mort.

Là, ils attigeaient.

Deux maris d'un coup.

Son futur et son futur-ex.

Comme si ça se trouvait comme ça deux maris !

Elle ne verrait jamais Hopper City, près de Cincinnati, ni la *gas station* de la famille Wahrol. Elle pleura.

Sa méditation fut interrompue par un épouvantable brouhaha. Face à son pousse surgit une armada d'autochenilles, jeeps et autres, arborant la bannière blanche ensanglantée du Soleil-Levant. Des Japs encore, des Japs toujours. C'était plus des Japs, c'était des bourdons. Depuis une semaine, ils arrêtaient pas de courir dans tous les sens. Radio bambou supposait qu'ils commençaient à quitter le Tonkin pour la Chine. Ils devaient y joindre une autre armée jap, venue de Canton, pour attaquer les Sino-Amerloques du Yunnan et du Kwangsi. S'ils foutaient vraiment le camp, on les regretterait pas les Japs. Bon débarras.

Aux Amerloques de se les taper !

Devant la porte à colonnades du Métropole, les flics de la garde indochinoise chassaient à nutritifs coups de matraque l'armée de crève-la-faim en haillons amassés là, *nha quê* hâves et béquillants, qui tentaient de racketter les clients de l'hôtel.

Avec la disette les « va-nu-pieds » se multipliaient. On eût dit qu'ils « faisaient des petits ». Selon radio bambou, il en venait mourir des dizaines, chaque jour, sur les rives du fleuve Rouge : de faim. Mais on ne les laissait pas entrer dans la ville. Dans les quartiers français, du moins…

Il n'y avait que le jeune marchand annamite de cartes postales, chouchou du patron du Métropole, qui avait droit de stationner devant l'hôtel.

Q 69 sauta de son pousse, refila à celui-ci une demi-piastre (les tarifs grimpaient à mesure que la piastre dégringolait), monta l'escalier, lançant au petit marchand :

– Alors ça se vend toujours, Pétain ?

Le gamin fit une moue :

– C'est plus ça, m'dame !

La pile de cartes postales invendues, à l'effigie du Maréchal, sur son estanco, était en effet impressionnante.

– Le cours chute, ajouta-t-il.

Il lui fit un clin d'œil. Elle s'approcha.

Il lui montra en douce, veillant à ce que les flics ne le voient pas, une carte avec le portrait d'un général asiatique, élégant, boutonné jusqu'au cou, cheveux grisonnants gominés en arrière, moustache.

– Chiang Kai-shek ? dit-il. Deux piastres.

Elle fit la moue.

Le gosse lui montra alors une photo d'Européen aux cheveux presque blancs, très chic :

– Roosevelt ! Quatre piastres.

Elle acheta.

X 27 avait-elle été bien *retournée* ?

Q 69 entra au Métropole.

Le bar était plus comble, plus enfumé, plus bourdonnant de rires étouffés et de chuchotements que jamais. Plus que jamais les pales poussives des ventilateurs plafonniers essayaient, pleines de bonne volonté, de faire leur foutu boulot de pales poussives de ventilateurs plafonniers. Mais personne, vraiment, ne semblait s'intéresser à leur sort, aux ventilateurs plafonniers, à leurs conditions de travail de ventilateurs plafonniers, à leurs revendications salariales de ventilateurs plafonniers.

Les clients, toujours les mêmes, ou presque, papotaient, assis aux tables (dans l'aura des abat-jour) ou arrimés au bar de cuivre, pendant que – dans la générale indifférence – bossaient les ventilateurs plafonniers.

Faudrait qu'un jour eux aussi, les ventilateurs plafonniers, ils fassent entendre leur voix.

La seule qui se fit clairement entendre, dans le sourd bruit de fond des conversations, c'était une longue chanteuse annamite, aux longs cheveux bleus et au teint rose pêche, moulée dans un fourreau de satin blanc lamé, fendu à la cuisse. Appuyée d'une main au piano noir du Fred Astaire asiate, elle se tenait debout, le corps imperceptiblement courbé, comme si, figurine d'ivoire sculptée dans une dent d'éléphant, elle en eût discrètement conservé la secrète incurvation. Elle chantait la vieille éternelle ritournelle des *Roses of Picardy* : « *And the roses will die with the summertime/And our road may be far apart/But there is a rose that dies not in Picardy/... it's the rose that I keep in my heart !* »

En réentendant les paroles de cette vieille scie, comme à chaque fois qu'elle la réentendait, la Coutrais, littéralement, explosa en sanglots.

Elle ôta ses lunettes noires de dessous la voilette noire de son bibi de veuve, essuya ses larmes, qui renaissaient sans cesse : une cascade, un niagara tiède et salé.

Ajoutez à cette chanson la mort de deux maris, c'était le comble : un lacrymal déluge…

C'est à travers le verre déformant des pleurs embuant son regard qu'elle repéra, en entrant, là-bas, dans le coin des Japs *(japanese corner !)* Kikou, Omiya et quelques autres, ainsi que l'écrivain Kawamura, lequel, flanqué de deux militaires, se tenait à une table séparée des premiers. Y avait manifestement de la division, chez les Japs. De noirs nuages obscurcissaient le Soleil-Levant…

Aux Japs, personne ne leur adressait plus la parole. On les regardait même plus. Ils n'existaient pas. Certes, ils nous *occupaient* toujours. Mais, nous, on s'en occupait plus. Leur cote, à la bourse des malheurs de la guerre, s'était singulièrement écroulée : à cause, tout particulièrement, des premiers bombardements US sur Tokyo. Même l'amiral, jusque-là si compréhensif à leur égard, avait commencé de les battre froid. Ils avaient par exemple gentiment demandé l'autorisation de gentiment célébrer, comme chaque année, l'anniversaire de la *victoire* de Pearl Harbor en pavoisant gentiment les rues de Hanoi et en organisant de gentilles manifestations culturelles où ils convieraient gentiment français et indigènes. L'amiral, méchamment, refusa que dorénavant fût commémorée cette *défaite*.

Ils n'avaient plus le droit de s'occuper, nos *occupants*.

Qu'ils se tiennent à carreau.

Pour tout, désormais, on leur passait par-dessus la tête.

Les journalistes, par exemple. Croyez-vous que, là-bas, sur la droite, le Négus, le Glaoui, Coco Grancour et autres Léance Wagner ou La Chèrefeuille, attablés autour de leur paddy-soda, s'inquiétassent désormais de leur avis, aux Japs, quant au contenu de leurs articles ? Ah ah ! La presse maintenant était « libre », oui. Toute la presse avait tourné sa veste : *L'Action*, *L'Entente*, *L'Impartial* et les autres ! On ne consultait plus les Japs de la commission de censure, quant à Fosse et ses « collabos-de-l'IPP », ils ne montraient plus le bout du nez de leurs diktats !

Les « consignes rédactionnelles » de l'amiral, Fosse les passait oralement, par téléphone, refusant de se compromettre par des écrits ! Vous pensez bien qu'on s'en fichait ! Même Radio Saigon – tout récemment – avait changé son micro d'épaule ! Il n'y était plus question du Maréchal, mais du Général !... De Gaulle avait raflé la vedette à Pétain ! Le Général avait déclaré ceci, le Général avait déclaré cela, entendait-on sans cesse. Il avait reçu monsieur untel ou tel autre ! On chantait les *victoires* de nos *alliés* (russes, yankees) contre l'*ennemi* (boche). Nos *ennemis* étant devenus nos *alliés*, n'était-il pas logique que nos *alliés* devinssent nos *ennemis* ?

Les mots changeaient de sens comme on change de chemise.

Le Négus, qui n'en changeait pas souvent (la sienne était plus crasseuse que son costard beige, ce qui n'est pas peu dire), jubilait littéralement en levant des toasts (paddy-soda-quinine) à la santé du Général (sans préciser cependant son nom, fort prudemment). Il bavait, rotait, décochait des coups de coude chaleureux et complices à ses compagnons de table, tournait partout de gros yeux verdâtres écarquillés pleins d'assassine ironie, raillait, à voix haute et tonnante, « tous ces collabos » à qui on allait bientôt « faire leur fête », ah ah !

Il reluquait, plus spécialement, deux d'entre eux qui, en attendant qu'on la leur fît, leur fête, s'étiolaient fatalistement au bar de cuivre, où ils étaient accoudés, comme deux gros camélias poitrinaires, tout de blanc vêtus qu'ils étaient, dans leur somptueux uniforme de fonctionnaires-marins. Ils buvaient eux aussi, démocratiquement, du paddy-soda-quinine (Hanoi connaissait une recrudescence de palu) que le barman indigène, du haut de son nœud papillon, servait à tous et à chacun, d'un geste équanime agrémenté d'un équanime sourire plein d'une équanime professionnelle commisération.

C'était Rouhaut et Ducossard, perchés sur de hauts tabourets, casquette rejetée en arrière, sur la nuque. A eux pas plus qu'aux Japs, on n'adressait trop la parole. Malheur aux chantres vaincus du Vainqueur de Verdun ! Au demeurant, ils n'avaient pas l'air de s'en préoccuper, de leur mise en quarantaine. Il paraissait qu'ils s'adonnaient à toutes sortes de nouveau trafics, très lucratifs ; et qu'avec les anciens membres transfuges de la Légion du Maréchal, gens très organisés, ils étaient en train de mettre sur pied un réseau de résistance, dissident de la néo-résistance-Mouche. Giraudiste, ce réseau était antichinois, anticommuniste, antigaullard et procolonialiste sans être cependant antiaméricain, *of course*.

C'était chose qui se disait du moins. Mais que ne se disait-on pas d'une table à l'autre au Métropole !

Snif !

La Coutrais continuait de pleurnicher, se cherchant une place libre, chose rare apparemment, dans le bar...

– *And she sees the road by the poplars, where they met*

in the bygone years ! continuait de chanter l'Annamite sculptée dans l'ivoire.

Au fond du bar, chose inouïe, Q 69 (ex-X 27) aperçut, en grande (et vive) conversation avec le flic Larsouille, la Pachatte ! Cette grosse vache, sauf lors des soirées officielles, n'eût jamais mis les pieds au Métropole, surtout sans son mari ! Ça n'était pas sa place !... Mais qu'est-ce qui était à sa place, encore, dans ce bas monde tourneboulé par les aléas de la guerre ; dans ce théâtre, plein de bruit et de fureur, où les acteurs, d'une scène à l'autre, changeaient de masque, de personnage, de rôle ; à cette table de jeu où, sans cesse, s'intervertissaient les règles et la valeur des cartes... Ça n'était pas que le sens des mots qui chavirait, la terre tout entière se métamorphosait, balançait sa sale vieille peau comme une sale vieille couleuvre au temps de la mue. Les Amerloques redevenaient des gentils ; les Juifs redevenaient français ; les femmes votaient... Les poules bientôt auraient des dents !

Pouah !

Tout cela dégoûtait la Coutrais !

Cette inconstance, cette versatilité, cette pusillanimité !

Tous ces gens-là n'étaient que des chiffes molles, des loukoums ! Des tournesols !

Parlez-m'en de l'Humanité. Qu'est-ce que c'est, l'homme ? Engeance de Caméléon !

Rouhaut, de loin, à travers l'épaisse fumée du bar, lui décochait des petits sourires. Allait-elle s'afficher avec ce « collabo » ?

Mais, tout là-bas, non loin de la Pachatte, et près d'une fenêtre donnant sur les palmes vertes du beau jardin intérieur de l'hôtel, une blonde belle jeune femme, flanquée d'inconnus (c'est rare à Hanoi les inconnus), lui faisait des signes, agitant en l'air sa main blanche.

C'était qui ?

Elle eut du mal à l'identifier tout de suite, cette belle donzelle aux cheveux d'or frisés, si joliment couronnée de volubilis mauves. Mais oui, c'était Rosine, Rosine Day (de la revue Griserie), mais une Rosine méconnaissable, somptueuse d'élégance, de chic !

Q 69 fit voile vers Rosine…

Suivie par l'homme au costard et au borsalino blanc, qui ne la lâchait pas d'une semelle. La surveillant de loin, il alla s'accouder au bar.

A côté de Rouhaut.

Et du petit Pipaud qui se trouvait là aussi, ivre de paddy-soda-quinine. Il ne dessoûlait plus depuis, depuis… des mois. Ça n'était plus, aussi, qu'une ombre de petit Pipaud que ce petit Pipaud-là. Son costume clair rivalisait de crasse avec celui du Négus ; le col cassé de sa chemise, blessant son maigre cou de poulet, s'étoilait de graisse ; la cravate rouge était médaillée de jaune d'œuf ; son poignet droit était entouré d'un vieux bandage noirâtre, souvenir d'une chute-en-état-d'ivresse ; le bas de son pantalon, jadis blanc, était effrangé et serré, en permanence, par les inamovibles éperons de ses pinces à vélo. L'œil était halluciné, derrière ses petites lunettes rondes dont un verre d'ailleurs était fêlé. N'eût-il porté ces lunettes, il eût ressemblé à Baudelaire, sur le tard, exilé en Belgique et bouffé par l'alcool et la syphilis. Il ne cessait d'ailleurs, à qui voulait l'entendre, de réciter des poèmes, crachant entre deux vers, comme l'auteur des *Fleurs du mal* à la fin de ses jours, de pathétiques « crénom », qu'il entrelardait parfois d'inaudibles « vive de Gaulle », dont personne ne s'offusquait, pas même les Japs.

Pipaud avait rompu avec tout.

Avec le vichysme.

Avec l'amiral.

Avec son boulot de scribe.

De nègre.

Il avait décidé d'être un écrivain, un vrai.

De vivre « à fond » son Destin.

D'aller « au bout du voyage ».

D'assumer sa croix.

D'être… *un Maudit* !

Il passait ses nuits au Métropole, à « boire », et ses journées à méditer dans l'antique temple de la Littérature de Hanoi, devant son vaste bassin cerné des stèles de pierre portant le nom des anciens grands lettrés de l'Annam. Ces « crétins de Français » (oui, il devenait même antifrançais, Pipaud !) avaient appelé le temple de la Littérature, « pagode des Corbeaux », parce que des corbeaux s'y viennent percher. Pourquoi pas appeler le Louvre, « palais des Pigeons », parce que les pigeons chient dessus ? Peut-on être plus con ? Plus ignare ?

Il haïssait les Français.

– Crénom !

– Crénom, dit-il au barbouze à lunettes noires, ange gardien de La Coutrais, quand celui-ci vint s'accouder au bar, à ses côtés.

Et le barbouze de lui répondre :

– Va-té-fé-r'enkouler !

– Dis donc, mais dis donc, lança la Coutrais à Rosine Day, quc t'cs bclle et chic ! Où tu l'as dégotée c'te robe ?

Ex-X 27 s'assit à côté de la jeune femme, sur une banquette de velours grenat, et face à ses compagnons : trois hommes et une fort jolie dame.

Q 69 était si emballée par la robe de Rosine qu'elle ne prêta pas tout d'abord attention aux amis de celle-ci.

C'était une robe à balconnet, très décolletée, qui laissait complètement nues les épaules rondes et blanches. Le haut des bras, cependant, était couvert par de courtes manches ballon reliées simplement au corps de la robe par les aisselles. De gros nœuds de soie explosaient à la taille, rouge vif.

– C'est quoi ce tissu ? Mais où t'as trouvé ça ? dit la Coutrais, tâtant l'étoffe du vêtement, de toutes parts, au corsage, aux cuisses… C'est d'la soie ! ajouta-t-elle. Mais comme j'en ai jamais vu, si souple, si… Bien sûr, y aurait qu'la couleur qui me chagrinerait !

La robe, en effet, était kaki, çà et là ornementée de bizarres zébrures ocre et vert émeraude.

– Bizarre, c'te couleur ! Où t'as déniché ça ? Pas rue de la Soie, j'l'ai arpentée de haut en bas, trottoirs gauche et droite, toute la journée d'hier, ratant pas une boutique !

La rue de la Soie était une des plus actives artères commerçantes du quartier annamite de Hanoi.

Tirant une bouffée de sa cibiche, enfilée au bout argenté d'un immensissime fume-cigarette en onyx, Rosine Day joua les impénétrables sphinges. Papillonnant des faux cils, elle proposa son énigme :

– C'est un produit d'importation !

Les trois hommes et la dame, ses amis, éclatèrent de rire.

– Arrête de te foutre de ma pomme, Rosine, avec tes produits d'importation. Comment veux-tu qu'on importe rien dans ce foutu bled !

Les avions et sous-marins amerloques, de plus en plus efficaces, coulaient en effet jusqu'aux plus humbles jonques abordant la colonie.

– Ça m'est tombé du ciel ! renchérit Rosine.

Nouveau rire de ses amis.

Rosine parla alors à l'oreille du beau jeune homme blond, athlétique, moustachu, vêtu d'une chemise et d'un short blancs, assis à ses côtés. Celui-ci pouffa et, prenant un petit air fiérot, il fit du menton un geste d'acquiescement.

– Bon, il veut bien que j'te cause, dit alors Rosine, tout bas, à la Coutrais, embaumant celle-ci de son haleine mâtinée de paddy-soda. Mais c'est bien parce que c'est toi. Parce que j'ai confiance en toi. Mais garde ça pour toi : c'est « Top Secret » !… Ma robe, elle est en toile à parachute ! C'est même le parachute à mon chéri, il m'l'a offert !

Du nez, elle désigna le beau jeune homme à short blanc qui, sous son regard, se pétrifia dans la pose héroïque d'un poilu en bronze de monument aux morts de 14-18 : front haut, le regard braqué vers la-Ligne-bleue-des-Vosges-jaunes-du-Tonkin !

– N'est-ce pas qu'il est beau mon chéri ? poursuivit Rosine. Il s'appelle Phenix ! C'est son nom de code, top secret, en parle pas, hein !... Mais moi je l'appelle Paulo !

Puis elle désigna un autre de ses compagnons : quadragénaire barbu à lunettes.

– Lui, c'est Priape !

Ce même Priape (nom-de-code-ultra-secret), alias Pierre Toudon de l'École française d'Asie extrême, qui avait rencontré Astier et Mouche quatre mois plus tôt. Il s'était installé au Tonkin, pour mettre en œuvre la *guerre psychologique* et recruter des *résistants indigènes*. Phenix, lui, s'occupait des SA, Services Action, de la résistance civile. Mouche et les siens ayant charge de la résistance militaire...

– Dis donc, il est vraiment mignon, ton parachutiste, dit la Coutrais, t'en aurais pas un pour moi, qui me fourguerait son parachute ? J'en voudrais bien une comme toi, de robe !... Et puis, j'me suis jamais envoyée en l'air avec un parachutiste !

– Il est mignon, ouais, mais y m'a fichu des champignons ! M'en parle pas des parachutistes !

– Des champignons ?

– Pas des champignons de Paris, bien sûr, eh, tarte ! Des champignons pas catholiques, je veux dire, des boutons mal placés !... En plus de ça (elle se pencha sur l'oreille de la Coutrais), j'l'ai sucé, et j'sais pas c'que j'ai pas attrapé à la gorge.

– Tu suces ?

– Oui, je suce ! Tu suces pas, toi ?

La Coutrais réfléchit.

Se suça un pouce.

– Oui, je suce.

– Surtout, j'te répète, répète pas tout ça, répéta Rosine, faudrait pas qu'ceux-là s'en avisent.

Du nez, elle montra, au loin, le « coin-des-Japs ».

– Qu'y s'avisent de quoi ? Qu'tu suces ?

– Mais non, linotte ! Qu'on parachute des résistants !

– J's'rai muette comme une tombe de carpe !

– Les Japs, de toute façon, ils sont cuits ! s'exclama alors un jeune blanc-bec boutonneux, de 18 ans tout juste, un de leurs compagnons de table, qui s'immisça dans la conversation.

C'était Louis, dit Louison, Dumarcel, fils de Frédéric Dumarcel, patron de la firme d'import-export Dumarcel Frères, riz, caoutchouc, objets en tout genre : punaises, casseroles, cidre mousseux, tire-bouchons, pinces à linge… On importait tout de France, en Indo, du moins avant-guerre, même les clous. *C'est qu'ils sont rien foutus de fabriquer les* nha quê *!*

– A l'heure H, du jour J, du mois M, on va en faire du *shashimi*, des Japs, ils vont dérouiller, les Japs, c'est moi qui vous le dis, dit le Dumarcel fils en question. Et ça s'ra pas difficile. Tokyo brûle, les Philippines crament, et dix mille de leurs soldats viennent de se calter du Tonkin. Ils sont allés se battre en Chine où ça barde pour leur cul et matricule. Au Tonkin il en reste plus que cinq mille, de Japs, et la moitié sont des mercenaires chinois et coréens ! Nous, au Tonkin, on a sept mille soldats français-de-souche, vingt-sept mille tirailleurs annamites. Sans compter la résistance civile !

En prononçant ces mots, « résistance civile », il enflait la poitrine, pour montrer qu'il en était, lui, de la résistance civile, et que la résistance civile, c'était le fer de lance de la résistance, en Indo. Les civils méprisaient les militaires, trop mouillés avec le Pacha. Une bande de fachos, ces militaires, des couilles molles qui avaient détalé comme des lapins, en 40, devant les Japs, et qui redétaleraient à la prochaine alerte !…

Les militaires rendaient la politesse aux civils : ces matamores pleins de vent et de pastis péteraient dans leur froc au premier coup de pétard !

– Et on a des armes, et des super ! Des Sten, lança l'adolescent boutonneux.

– C'est quoi une Sten ? demanda la Coutrais.

Le blond parachutiste de Rosine expliqua alors, doctoral :

– Dernier modèle de mitraillette anglaise…

– On va s'les cartonner, poursuivit le boutonneux, comme

à la foire au tir aux pigeons, ah ah ! Et des munitions, on en manque pas.

Armes et munitions, en effet, étaient parachutées régulièrement par des avions anglais décollant des Indes. Les Amerloques, qui ne voulaient plus de nous en Indo, avaient refusé aux avions anglishes de décoller des bases américaines de Chine, bien plus proches de l'Indochine. Ils avaient même interdit ces parachutages, l'Indochine faisant partie du théâtre d'opération sino-américain. C'était pas le « territoire » des sbires de Churchill. Mais les Anglishes avaient violé cet oukaze. En douce la 14th Air Force de Kunming eût descendu plusieurs avions anglishes entrés en effraction dans leur chasse gardée…

Ténébreux épisodes encore, d'une guerre ténébreuse pas claire.

Dumarcel fils, prenant une pose fanfaronnante, tira une bouffée de sa cigarette coincée au coin de sa bouche, virilement, imitant les « poses » du « grand-aventurier » Blaise Cendrars sur certaines photos. Puis il cracha la fumée vers Coutrais.

Snif.

Elle renifla.

Dans le regard de celle-ci, dans le verre vert de ses grands yeux de petit veau que grillageaient, comme l'armature d'un vitrail, les mailles noires de sa voilette, passa un éclair de voluptueuse satisfaction.

Snif.

Rosine, à son tour, tira sur son immense fume-cigarette et recracha la fumée.

Snif, snif, rerenifla la Coutrais.

Qui soudain, n'y tenant plus, s'exclama :

– En mille que j'les reconnaîtrai ! C'est…

Elle se tut un instant.

– C'est des Camel !

Rires de la tablée.

La concupiscence, déclenchant on ne sait quelle secrète

réaction physico-chimique dans le corps de la jeune femme, dessina à celle-ci, sous sa voilette, une luisante moustache constituée par une infinité d'infinitésimales perles de sueur accrochées au fin transparent duvet ornant sa lèvre supérieure. D'un geste de chatte, elle l'essuya avec son poignet.

– File-m'en une, Rosine, dit-elle, suppliante. Ça fait deux ans que j'crève de rêver qu'j'en *smoke* une ! *God*, une Camel ! D'où vous les sortez, vos Camel ?

– Tombées du ciel encore ! ricana le morveux boutonneux, élevant vers le plafond ses yeux, comme s'il eût suivi l'ascension d'une fumée, puis les abaissant vers le sol, comme un qui regarde tomber un parachute. Y a des Camel dans les Rations K que nous parachutent les Anglishes !

Le morveux posa alors sur la table acajou, au milieu d'un profane conclave de verres de paddy-soda, un paquet de Camel, tout scintillant sous son étui de cellophane.

Saisie d'un ravissement esthétique à la vue du pacifique emblématique dromadaire silhouettant sa bosse sur un paysage désertique hérissé de pyramides, elle se mit à sangloter à chaudes larmes.

– J'peux ? demanda-t-elle, approchant sa main blanche aux longs ongles vernissés de rouge, du paquet de cigarettes, consciente de la teneur sacrilège de son geste.

Galant, le morveux poussa vers elle, sur la table, le paquet. Elle piqua une Camel, la coinça entre ses lèvres, après avoir soulevé sa voilette qui, aussitôt, retomba en se cassant au milieu du cylindre blanc de la cigarette.

– Vous devriez enlever votre chapeau, ce serait plus pratique ! crut pouvoir dire le professeur de l'École d'Asie extrême.

– J'peux pas l'enlever, j'suis en deuil !

– Oh pardon ! s'excusa-t-il.

Un nuage de tristesse passa sur l'ensemble des visages de la tablée.

– J'ai perdu mes maris ! ajouta-t-elle.

– Votre mari ! se permit de corriger le professeur.

– Mes ! affirma-t-elle.

– Mon, vous voulez dire !

– Non !

– Plaît-il ?
– Mes !
– Vos ?... Seriez-vous polyandre ?
– Poli quoi ?

Le morveux, qui semblait vouloir lui faire du charme, avait allumé sa Camel avec un briquet gravé aux armes de la Royal Air Force.

Fermant ses grands yeux verts, elle aspira alors une brûlante bouffée, jusqu'au plus profond de ses poumons : aucune « pipe d'op », aucune Cottab opiacée, aucune cigarette de chanvre indien ne l'eût à ce point envoûtée, enveloppée, embaumée, enivrée, extasiée, transfigurée...

La moustache de concupiscente sueur reparut au-dessus de sa lèvre supérieure. Elle la lécha goulûment.

Puis poussa un soupir infini d'infinie toute charnelle, tout érotique jouissance. Quel mâle eût pu, à ce point, la transporter !

– *That's something !* gémit-elle.

La jolie Asiate sculptée dans une dent d'ivoire chantait maintenant, avec son savoureux accent annamite, une toute récente chanson de France, qu'on entendait souvent sur Radio Paris libre : *Un peu d'amour, un peu d'espoir/Et dans mes yeux, dans le ciel noir/La joie se lève... Un peu d'amour, un peu d'espoir un soir/Et puis la vie reprend son cours... la Joie se lève !*

On lui avait tué ses maris : deux de perdus, deux de retrouvés ! N'y avait-il pas bien d'autres cornichons sur terre, et tant d'autres *cucumbers* ! Elle avait 22 ans, toutes ses dents, vingt-deux printemps, tout son temps ! Certes elle ne verrait pas Hopper City, ni Cincinnati ! Mais elle verrait dix fois mieux ! La Californie, Frisco, Los Angeles, Hollywood ! ! Elle dégoterait un producteur ! Darryl Zanuck, celui qu'a fait *Suez* ! Et John Ford ! Claudette Colbert n'avait-elle pas réussi, elle, aux States ? Elle causerait à Gary Cooper ! A Lana Turner ! Elle nagerait dans la piscine en cœur à Rita Hayworth ! Elle redescendrait Sunset

Boulevard jusqu'au Pacifique ! Elle boirait un blue lagoon à Venice ! Elle aurait une Buick rose décapotable avec des sièges en cuir cerise et un tableau de bord en ébène. Son chauffeur, ce serait un Nègre de La Nouvelle-Orléans à livrée blanche, il s'appellerait Armstrong et siffloterait toujours *Old Man's River*, et…

Elle regarda alors du côté de la tablée des Japs au crâne rasé, où Kikou semblait se raser encore plus qu'un crâne rasé de Jap. Kikou lui fit de loin un clin d'œil.

Ça faisait un bail qu'elle n'avait plus revu Kikou, la Coutrais, et elle avait l'impression que Kikou, depuis un bon quart d'heure, essayait d'attirer son attention. Mais l'ivresse de cette Camel était trop forte pour qu'elle s'y intéressât.

Un serveur annamite ramassa sur la table le conclave de verres de paddy-soda vides ; qu'il remplaça par un soviet de verres pleins. La Coutrais remarqua que les yeux du garçon, pendant l'opération, étaient fixés sur le paquet de Camel et le briquet aux armes de la Royal Air Force posés là. C'était malin, aussi, de laisser traîner comme ça, à la vue de tous, des « indices », des « pièces à conviction » ! Ce serait pas un espion, non, ce garçon de café ? La Coutrais s'était toujours demandé ce qu'il pouvait y avoir dans la tête d'un garçon de café : du café ?

Le morveux boutonneux commençait à faire sa cour à Q 69 :

– Si ça vous amuse, les armes à feu, dit-il, j'vous emmènerai essayer nos Sten. On s'entraîne tous les dimanches à Bel-Air (une station de montagne). Vous pouvez pas imaginer le pied que c'est de décharger une rafale de Sten !

« *Fucking* petit con ! » songea la Coutrais.

Rosine lui présenta alors ses deux autres « amis » : une jolie jeune dame blonde, qui avait une rose rouge piquée au-dessus d'une oreille, et un homme châtain, à carrure athlétique, beau gosse, teint frais, bien en chair, habillé d'un souple costume de toile grège un peu fatigué.

– Monsieur Jean Bachelière et son amie, Andrée Bibesco.

– Bachelière, c'est un vrai résistant, un vrai ! s'exclama le morveux boutonneux ! Un gaulliste ! L'intendant Larsouille l'a fichu en tôle début 1942 ! Il vient de s'évader !

Ledit Bachelière jeta un œil amusé du côté du morveux et un coup d'œil méprisant en direction du susdit Larsouille qui, gêné aux entournures et faisant semblant de ne pas voir l'« évadé », causait toujours avec la Pachatte, à une table toute proche. Bachelière épiait leur conversation. Mais il n'en avait attrapé qu'un seul mot, qui y revenait sans cesse, à la façon d'un lancinant grotesque leitmotiv : *Culotte* ceci, *culotte* cela !

Pourquoi ces gens-là causaient-ils de linge de corps ?

L'Indochine, fin 44, était un étrange théâtre où pouvaient ainsi se côtoyer, dans un même bar, un prisonnier fraîchement évadé et celui-là même qui, deux ans plus tôt, l'avait fait arrêter ! Le résistant de la onzième heure et le gaulliste de la première ; le traître d'hier soucieux de se racheter aujourd'hui ; et le héros d'aujourd'hui peu soucieux du traître d'hier.

Le destin de Bachelière était pour le moins épique. Pilote français engagé dans l'armée républicaine espagnole, en 36, il se bat contre les franquistes (ce qui lui a permis de croiser André Malraux qu'il surnommait « capitaine Bidon »). Rempilant en 37 dans les Flying Tigers de Chiang Kai-shek, il fait le coup de feu contre les Japs dans le ciel de Chine ; en 39, au début de la guerre mondiale, il rejoint les forces aériennes françaises d'Indochine. A bord d'un vieux Potez pourri, il affronte les *Curtis P40 ultra-modernes de ces fourbes d'impérialistes siamois* qui, fin 40, profitant de notre déconfiture en Europe, mettent la main sur notre *Alsace-Lorraine d'Asie* (quelques morceaux de Cambodge et de Laos). En 40 encore, Bachelière, non sans répugnance, balance des bombes incendiaires sur les insurgés communistes de Cochinchine... Se trouvant bientôt – vu les Accords de défense commune passés avec les Japs – en position d'avoir à croiser le fer avec ceux-là même aux côtés desquels il s'est battu trois ans plus tôt, les Flying Tigers sino-américains, il choisit d'en finir avec « cette histoire de fou » : il déserte pour rejoindre la France libre. Emportant avec lui, pour aggraver son cas, les plans ultra-secrets de plusieurs bases japonaises.

Arrêté sur la frontière du Tonkin par les sbires de Larsouille-Toudebout, il passe en Cour martiale. Le général Mouche, futur néo-résistant, ou ancien archéo-collabo, ayant fait une insistante-amicale pression sur les juges pour qu'il « prenne un maximum », le « traître » écope de quinze ans.

Dont il n'avait tiré que trois.

– Ça vous a réussi d'être à l'ombre ! lui dit la Coutrais, détaillant l'homme bien en chair et bien bâti.

Le néo-Héros-ex-traître éclata de rire.

– C'est que, depuis six mois, j'ai eu le temps de me remplumer ! Avec le débarquement de Normandie, tous nos geôliers ont tourné leur veste. Notre tôle (il était à la Centrale de Saigon) est devenue un véritable cinq étoiles. C'était à qui, du directeur de la prison jusqu'au plus humble maton, nous concocterait les meilleurs petits plats, nous apporterait les meilleurs cigares ou les meilleures sucreries ! Ah ah ! On m'a même offert des femmes ! Une vraie vie de coq en pâte ! On pouvait se payer tous nos caprices : n'ai-je pas lacéré un portrait du Maréchal, applaudi par mes gardiens, ah ah ! Ce qui n'a pas empêché cependant mon ami le docteur Béchamp, un superbe sinologue, gaulliste de la première heure, de crever des mauvais traitements qu'il avait subis auparavant ! Ni Larsouille, ni Mouche, nos néo-résistants, ne voulaient que je sorte de tôle ! J'en savais trop ! Larsouille peut-être espérait-il me faire flinguer en douce !... C'est le réseau Gordon qui m'a aidé à faire la belle, ou ce qu'il reste de ce réseau...

Mais tout ça est déjà du passé. Tournons la page.

Le vent tourne.

Les vestes se retournent.

La terre ne tourne-t-elle pas ?

– Tout tourne. Mais tourne mal ! ajouta-t-il… J'ai fait le voyage Saigon-Hanoi en voiture. Tout au long de la route, au Nord-Annam, s'entassaient des corps de paysans morts de faim, des centaines et des centaines ! Ils n'ont plus rien à bouffer, même plus de racines ! Cependant le Pacha, aujourd'hui encore, continue de réquisitionner le riz du Tonkin pour les Japs !… Et au même moment le riz de Cochinchine pourrit dans les greniers ou crame comme combustible à la centrale électrique de Saigon ! Plus de bateaux pour en apporter au nord ; nos cargos, les Japs nous les ont raflés quand les Américains ne les ont pas coulés. Le train ? C'est à qui graissera la patte des caciques des chemins de fer pour faire passer ses marchandises avant les autres ! Car la famine enrichit les trafiquants ! La spéculation bat son plein ! Les profits centuplent ! Les marges s'élargissent à l'infini ! Vous n'imaginez pas ce qu'on peut gagner avec quelques mètres de tissu, une tonne de riz ou un tonneau de pinard ! Les prix grimpent, la monnaie dégringole, la valeur de la carne humaine s'écroule ! Aujourd'hui les pucelles de 12 ans se bradent quinze piastres au marché noir !

Bachelière, à mesure qu'il débitait sa tirade, s'échauffait davantage. Irrité et bouleversé à la fois…

– Ah bon, quinze piastres ! dit la Coutrais. Ça fait combien en dollars ?

Elle eut un petit air de veau ennuyé.

Regarda du côté des Japs.

Kikou lui fit un nouveau clin d'œil.

Auquel, cette fois, Q 69 répondit.

S'excusant auprès des siens, Kikou se leva. Elle était vêtue d'un kimono de soie blanche, décoré dans le dos de grandes fleurs rouges. Elle se dirigea vers les toilettes, dans le hall de l'hôtel, où la Coutrais la vit entrer. La Coutrais laissa s'écouler quelques minutes, faisant semblant d'écouter le boutonneux, qui lui chantait toujours les vertus de la mitraillette Sten, à quoi s'ajouta un hymne au 7,67 magnum.

Ex-X 27 se leva à son tour.

– J'vais faire pipi, dit-elle. C'est le paddy-soda.

Elle prit la direction des toilettes.

Son barbouze attitré, à borsalino blanc et lunettes noires, lui emboîta le pas. Un soulagement pour lui vu que Pipaud, depuis une bonne heure, lui avait débité au moins une trentaine de poèmes des *Fleurs du mal*. (Avec une prédilection pour « les Phares » : *Et-c'est-bien-là-seigneur-le-meilleur-témoignage-que...)* Il commençait à lui échauffer les oreilles « cet enkoulé » !

Le barbouze dut s'arrêter devant la porte des toilettes réservées aux femmes. Il s'appuya le dos contre un mur du hall de l'hôtel et se mit « en faction ». Il s'alluma une Lucky Strike.

Camel, Lucky Strike, Chesterfields, etc. commençaient à se répandre en effet partout en Indochine. Certains résistants de fraîche date, ex-mafieux (on disait que Rouhaut lui-même était dans la combine), revendaient au marché noir le contenu des Rations K parachutées.

En entrant dans les toilettes dames, la Coutrais surprit dans un miroir mural, placé au-dessus d'un lavabo, le reflet du visage de Kikou qui s'y regardait. Kikou replaçait des deux mains, à hauteur de sa nuque, dans ses longs cheveux noirs renoués, un grand peigne d'écaille. Ses bras nus, élevés et repliés, formaient aussi, de part et d'autre de l'image de son visage, dans la glace, comme deux ailes blanches, pointues, s'achevant chacune sur l'angle d'un coude. Elle avait l'air ainsi d'on ne sait quel précieux papillon stylisé. Sur son dos, qu'elle présentait aux regards de la Coutrais, s'épanouissaient, sur fond blanc ivoire, les somptueux chrysanthèmes écarlates de son kimono, au milieu desquels un oiseau turquoise, ailes déployées, paraissait pousser un inaudible cri. L'ensemble – jeune femme, lavabo, miroir, kimono – rappelait quelque moderne ironique estampe du peintre-dégénéré Kobayakawa Kiyoshi où la pure tradition du grand art nippon se commet avec l'hyperréelle vulgarité de l'art-occidental-dégénéré-contemporain-moche.

Un instant, hypnotisée par ce fragment d'image arraché à la porcelaine brisée du temps, la Coutrais, dépassée par les événements, bredouilla :

– T'es chou, Kikou !

Le visage même de Kikou se substitua à son reflet quand, se retournant, elle regarda la Coutrais dans les yeux. Kikou pleurait. Sa face blanche et lisse, si mal décryptable, paraissait exprimer, malgré elle, on ne sait quelle peur celée.

Inquiète, la Coutrais prit son air de petit veau :

– Ça va pas Kikou ?

– Fiche le camp, Arlette ! souffla Kikou sur un ton précipité. ILS vont vous couper en rondelles.

– Qui ILS ?

– NOUS.

– NOUS ? Pourquoi qu'on va SE couper en rondelles ?

– Pas vous, nous !… Nous, les Japs, on va vous couper, vous, mes petits choux français, en rondelles ! Fiche le camp !

– Mais je croyais que c'était NOUS qui allions VOUS transformer en chipolatas ?

– Non, c'est nous, ça va plus tarder… T'as pas vu la tronche d'imbécile de Mouche ? Tout le monde sait, même le dernier larbin de la Kempetaï, qu'il est le-chef-secret-de-la-résistance-clandestine-de-mes-fesses ! Kuga va le couper en tranches et vous tous avec ! Tu sais pas ce que c'est que la Kempetaï ! Tu sais pas ce que c'est que Kuga ! Tiens, Kuga, je te le résume en trois mots : *C'est un type qui a voulu dynamiter Charlot !*

– Charlot ?

– Chaplin.

– Celui avec la canne dans *La Ruée vers l'or* ?

– Oui.

Dans les années trente, de jeunes Japs fanatiques, décidés à déclencher un conflit entre le Japon et l'Amérique, avaient eu l'intention de faire sauter Charlot à la dynamite lors d'un séjour qu'il avait prévu à Tokyo. Si Charlot était dynamité, la guerre ne pouvait qu'éclater, pensaient-ils. Mais Charlot décommanda son voyage... La guerre fut – temporairement – évitée.

– Kuga est un illuminé. Et dans l'état-major il y a des centaines de Kuga, Arlette. Et dis-moi un peu, Arlette, ce que vous pouvez faire, vous, contre des Kuga. Contre des types qui-ont-voulu-dynamiter-Charlot ! Contre des types qui-ont-voulu-dynamiter-Charlot, Arlette, y a rien à faire. Sauve-toi !

– Ah bon ?

– Moi aussi je voudrais partir ! Mais ils me retiennent !

– Qui ? Le dynamiteur de Charlot ?

– Et Omiya, mon mari ! Lui aussi, c'est un Kuga ! Même lui, aujourd'hui, serait capable de dynamiter Charlot ! Je vais partir Arlette... dès que possible... J'irai au Japon, chez maman. Elle a une maison, au bord d'un lac, à Hiroshima. Quand y fleurissent les pruniers, il neige des pétales jusque dans ma chambre.

Kikou s'approcha de la Coutrais, l'enlaça aux épaules de ses bras fins.

– Arlette, dit-elle.

Et d'un coup, Kikou écrasa sa bouche sur les lèvres d'Arlette.

Laquelle Arlette se débattit.

– Ben, quoi, Kikou ? Qu'est-ce qui te prend ? T'es pédé ?

– Je sais pas. (Elle la rembrassa.) Tu es chou !

A ce même instant la porte des toilettes dames s'ouvrit sur l'immense stature de la Pachatte magnifiquement moulée dans une robe de satin vert laissant voir ses belles larges épaules rondes de sculpture nationale-réaliste-socialiste.

– Euh ! Pardon ! souffla la Pachatte, confuse.

Elle fit mine de s'en aller. Puis affirma cette question :

– On peut faire ça avec une femme ? J'ai jamais fait ça, moi, avec une femme.

Elle fit un pas vers la porte, se retourna :

– Faudra que j'essaie un jour avec une femme !

Kikou avait regagné sa table. La Coutrais, parce qu'il ne fallait pas qu'elle la suivît de trop près, s'enferma dans les WC. D'ailleurs elle avait vraiment envie de faire pipi.

Elle regarda le papier toilette. On n'en trouvait plus depuis des mois, à Hanoi. Le papier toilette était kaki, comme la robe de Rosine. Elle n'en avait jamais vu, la Coutrais, du papier toilette kaki.

Même le PQ des Rations K circulait sur le marché noir.

3 heures du matin.

Le bar du Métropole était vide. Sur sa banquette, à la même place, la Coutrais trônait tristement devant un énième (le quinzième peut-être) verre de paddy-soda. Régulièrement elle soulevait de sa main gauche sa voilette de veuve et, de sa main droite, portait le verre plein de liquide topaze à ses lèvres rubis.

Toute sa tablée avait déserté, Rosine et les autres...

Elle était dégoûtée, la Coutrais, abattue. Le baiser de Kikou. Ce petit con de Dumarcel boutonneux qui lui avait fait du plat (il lui avait même proposé de lui apprendre à se servir de dynamite : encore un qui pourrait dynamiter Charlot). Tout cela, et bien d'autres choses, l'avait minée, et surtout cette musique, les *Roses of Picardy*, qu'elle avait demandé au Fred Astaire de pianiste de jouer et rejouer sans cesse... et qu'il continuait, Fred Astaire, de jouer, vu qu'il ne pouvait pas quitter le bar, cet Asiate poli, avant que le dernier client n'en fût sorti.

Dodelinant de la tête au rythme de la triste musique, elle revoyait le visage du Cornichon égorgé et de feu le *Cucumber* enturbanné. Et puis elle levait ses beaux grands yeux verts vers le bar où, avachi, à demi endormi, désespéré, le barman tenait bon à son poste avec, à ses côtés, à son poste lui aussi, le barbouze à borsalino blanc qui avait dénoué sa cravate lavande.

Tous trois, le pianiste, le barman, le barbouze, attendaient qu'elle en finît avec son cirque, la Coutrais.

Elle vida son fond de verre de paddy-soda, tira une dernière bouffée de Camel (le petit boutonneux lui avait laissé son paquet maintenant aux trois quarts vide) et se leva.

Elle remarqua alors, au fond de la salle, un autre personnage. Pipaud-Baudelaire, écroulé sous une banquette du bar, ivre mort.

Toutes les chaises du bar étaient posées sur les tables, pieds en l'air. Avant de s'en aller, les serveurs les avaient ainsi disposées, pour donner un coup de balai. Ça avait je ne sais quoi de pathétique, ces chaises, tête en bas, pieds en l'air. Quant aux ventilateurs plafonniers, pales immobiles, ils semblaient aux arrêts.

Elles avaient l'air toutes pâles, leurs pales.

Toutes morfondues.

Et ça lui noircissait son cafard, à La Coutrais.

Alors la Coutrais, elle s'en alla aussi s'accouder au bar, à côté du barbouze et du barman. Elle se percha sur un haut tabouret, croisa ses belles guibolles endeuillées de soie noire.

– T'en as marre, dit-elle au barbouze, tu voudrais te coucher, hein ?

– Ma ké ! Tou l'as di ké j'aimerais mé coucher !

– T'es marié, barbouze, des enfants ?

– Eh ouais ! Trois pitchounés !

– Tu veux encore un verre, barbouze, le dernier ?

Elle secoua au coude le barman qui roupillait la tête sur son bras replié, posé sur le bar, en guise d'oreiller.

– Le dernier, je jure !

Le barman, réveillé, fit ses mélanges, glace, soda, alcool de riz, y avait pas le choix. Il agita son shaker entre son sourire las et ce monde-là si las.

Elle regardait la gueule du barbouze, sa barbe drue. Vu l'heure avancée, elle avait pas mal poussé, sa barbe. Elle formait des barbelés bleuissants sur son menton et ses joues. Il avait le nez fin, crochu, des yeux noirs, très en amande, presque bridés.

– T'as une drôle de gueule de Corse pas catholique.

Elle s'alluma une Camel, la dernière du paquet, avec le briquet de la RAF offert par le boutonneux.

– Tu t'appelles comment ? elle lui demanda.

– On m'appelle Moko.

– Ton vrai nom.

– Lé vrai dé vrai ?

Il hésita, puis dit :

– Nguyen !

– T'es un *nha quê*, alors ?

– Une moitié ou un quart.

– Tu sais pas ?

– Yé jamais vou mon père. C'est le nom à ma mère… Cé oune poutain !

– T'es né ici ?

– Ici.

– Et pourquoi t'as cet accent corse à la gomme ?

– C'est pas l'accent corse, c'est l'accent de Marseille. J'ai été élevé par une famille dé Marseillais, le père était gendarme.

– Ah bon ?

Une lueur ahurie traversa les yeux de la Coutrais. L'Indo était un drôle de shaker, un drôle de cocktail dont il était si difficile de déterminer la composition… Elle lui faisait pitié cette grosse brute de flic balourd. Il avait une gueule de tueur. D'ailleurs un mec de ce gabarit, à la Sûreté, ça pouvait être qu'un tueur ! Il lui faisait pitié ce pauvre con de tueur.

– Tiens, elle lui dit, tu me fais pitié pauvre con de tueur, je t'emmène chez moi.

– C'est coumbien ? Yé souis à sec.

– Pour toi, tueur, c'est gratis.

Elle songea qu'elle n'avait jamais pu baiser qu'avec des mecs qui lui faisaient pitié. Sans doute parce qu'elle se faisait pitié à elle-même. Rouhaut, Larsouille, Mouche et le reste, tous ces porcs, toutes ces crapules, tous ces assassins minables lui faisaient pitié.

Le barman aussi lui faisait pitié… Et le pianiste qui continuait, impassiblement, bouddhistement, équanimement, *ad libitum*, de jouer et rejouer les *Roses of Picardy.* (*« But there is a rose that dies not in Picardy*, songea-t-elle, *it's the rose that I keep in my heart. »)* Elle serra le barbouze au gras du bras et, sautant de son tabouret, elle l'entraîna vers le pianiste.

Elle eût voulu leur faire l'amour à tous, tellement ils la dégoûtaient de pitié. Tellement elle dégouttait, tellement elle mouillait de pitié.

Relevant sa voilette, elle approcha sa bouche de l'oreille du pianiste qui, imperturbable, poursuivait son morceau :

– On s'en va, lui dit-elle… Le piano, t'as qu'à l'emmener. Tu finiras chez toi.

Fred Astaire tourna vers elle un nœud papillon las surmonté d'un sourire las.

Remorquant le barbouze abruti de paddy-soda, elle se glissa hors de l'hôtel.

Le petit marchand de cartes postales était là, toujours, endormi d'un seul œil.

– Eh, m'dame, celle-là, vous l'avez ?

Il lui montra une photo de De Gaulle…

– Cinq piastres !

Elle secoua un pousse-pousse endormi, se casa avec le barbouze sur le siège. Et comme le pousse-pousse commençait à trotter, elle ne put s'empêcher d'enlacer le gros barbouze barbu, d'embrasser sa pitoyable bouche barbelée de barbouze puant l'alcool de riz.

Elle eut souvenir des lèvres de Kikou.

Kikou aussi, lui faisait pitié. Avec Kikou aussi elle eût dû faire l'amour.

La Coutrais avait remplacé le matelas ensanglanté où avait reposé le Cornichon. Mais elle avait gardé le sommier que sa boyesse avait pu « ravoir » avec de la javel.

Complètement abrutie de paddy-soda, elle avait jeté ses fringues de deuil dans tous les sens, dans la chambre, apparaissant toute nue au barbouze qui n'avait pas encore trouvé le temps de s'enlever une chaussure tellement elle était allée vite en la besogne.

Balançant son petit cul blanc maigrichon, elle avait fait quelques pas vers un coin de la pièce où, sur sa table, se tenait toujours le buste du Maréchal, béret enfoncé jusqu'aux yeux.

– Sois sage, Philippe, lui dit-elle, sur un ton d'institutrice fâchée.

Elle le mit « au piquet », tournant sa face enmoustachée vers un coin du mur.

– Et surtout regarde pas c'qu'on va faire ! J'te connais, vieux vicieux !

Elle le planta là.

Écarta les voiles de la moustiquaire.

Le barbouze était toujours debout, dans la pièce, masse de chair et de muscles, énorme. Tout juste s'il avait ôté sa veste blanche. Dans sa ceinture un gros flingue noir était enfoncé.

– T'as pas oune cintre ? demanda-t-il, tenant sa veste à la main, comme la peau d'un lapin qu'il eût tout juste écorché.

– Un cintre ? elle demanda.

– Oui, quoi, bounté ! Un cintre ! J'vais pas la froisser ma veste, y en é ké deux. Tu sais combien ça gagne oune pétit inspecteur métis à la Soûrété ? Quatre cents piastres le mois ! Vou ké ça dévaloue…

Alors, là, elle eut encore plus pitié, et plus elle avait pitié, plus elle avait envie qu'il lui foute dans la chatte sa grosse pitoyable queue.

– Et tu tues pour quatre cents piastres ?

– Yé tou ?

– Tou tou ! répéta-t-elle, influencée par son accent contagieux.

– Quatre cents ! il dit. Mais y a des à-côtés !

Une des ressources des types comme le Moko, c'était le

chantage au communisme. Il menaçait les *nha quê* à peu près solvables de les dénoncer pour communisme. C'était facile de faire passer le premier plouc venu pour communiste ! Il arrivait que, dans certains bleds, des provocateurs suscitent des troubles, pour brandir ensuite la menace de la répression !… Les Moko amélioraient ainsi leur paie. Mais c'était pas le Pérou.

Les bons trafics, sel, opium, etc., qu'on détournait du monopole d'État, sans compter l'immobilier, l'affermage des jeux, c'était pour leurs chefs.

S'asseyant cul nu sur le matelas tout neuf, la Coutrais lui demanda, comme une gamine curieuse :

– T'en as toué combien dé gens ?

– Dé gens ?

– Combien dé gens ?

– Jé sais pas.

– Tou sais pas ?

– Bon y a ceux qu'on toue comme ça, face-à-face, y en é toué dix peut-être. Et puis y a les autres. Quand on tire dans le tas. En Cochinchine, fin 40 par exemple lors de l'insourrection commouniste. On tirait dans le tas. On en a même entassé dans des sampans, sur la mer, et on a coulé les sampans. On peut pas savoir alors combien on en a toué…

Et puis il redemanda :

– Et mon cintre, ça vient ?

Il l'oubliait pas, ce toueur, son cintre.

Elle dut se lever et, tanguant de son petit cul nu, aller dégoter un cintre dans l'armoire de la chambre.

Il lui fallut ensuite, au Moko, des « formes-à-chaussures ». Parce que ses chaussures, c'étaient des bonnes chaussures, des anglaises, des Church et que, là encore, il n'en avait que deux paires et qu'aujourd'hui, à Hanoi, avec la guerre, allez savoir où on peut en trouver, des Church, et combien ça vaut ? Il y tenait à ses Church. Elle dénicha, au fond de l'armoire, des « formes-à-chaussures » en bois, du Cornichon. Pauvre Cornichon, il s'en servirait plus, de toute façon, de ses « formes ». Il en avait plus de formes. Il pourrissait au fond de la terre au cimetière Saint-Joseph, un cimetière chrétien, il est vrai. Elle lui avait fait faire une jolie tombe, en marbre rose, avec gravé dessus : *Ta Cornichonne pour toujours.*

Le barbouze posa son flingue sur la table de nuit, ôta son froc et sa chemise. Il avait un caleçon à rayures bleues lui tombant aux genoux, un tricot de peau blanc, sur son buste sombre, poilu ; des chaussettes vertes avec des porte-chaussettes au large élastique noir se resserrant sur une paire de mollets hypertrophiés de coureur cycliste.

Elle réussit à lui faire ôter son caleçon, quand même, et ses chaussettes, mais, par on ne sait quelle pudeur de toueur, il refusa d'enlever son tricot de peau.

Après ce fut laborieux.

Car le Moko avait son idée très précise sur la façon dont ces choses-là se font. C'était d'une façon, la sienne, et pas d'une autre.

– Faut qu'j'te mette dans l'axe ! il dit.

L'allongeant sur le dos, sur le lit, le cul au bord du matelas, il la mit « dans l'axe », l'agrippant aux deux fesses après avoir posé ses deux jambes minces à elle, élevées et bien écartées, sur ses puissantes épaules à lui. Alors, sans autoriser la Coutrais à la moindre facétie, à la moindre curiosité (elle ne put même pas voir comment c'est, la queue d'un toueur), il la lui plongea, sa grosse queue de toueur (il l'avait très grosse), dans sa chatte rousse de touée.

Et il la touilla, il la lima, la ramona, lourdement, violemment, laborieusement. Écartelant ses cuisses, l'équarrissant, comme la carcasse craquante et gémissante d'un petit veau à l'abattoir. La broyant.

Et ce type-là lui faisait tellement pitié qu'elle jouit comme une sale garce de rousse, comme jamais elle avait joui. Les quatre fers en l'air.

A l'aube elle eut honte.

L'autre, le Moko, dormait…

D'un bond elle sauta du lit et s'en alla voir « Philippe ».

– Philippe, j'suis une salope !

Toujours au piquet, nez au mur, Philippe lui tournait le dos, gardant un silence réprobateur.

Elle eut encore plus honte.

– Tu te tais ?... Tu boudes... Je sais... soupira-t-elle. Je comprends...

Le long de ses cuisses maigrichonnes elle sentait couler la semence, désormais froide, du toueur. Elle ne savait pas combien de giclées il avait pu lui décocher, le toueur.

– Je suis folle.

Elle courut dans la salle d'eau.

S'assit, cuisses écartées, sur le bidet.

Comme dans une toile du dégénéré Bonnard, l'aurore, incendiant la fenêtre, gouachait son corps nu d'or liquide, d'ocre, et d'ombres terre de Sienne.

Elle se lava.

Elle regardait les rinçures savonneuses, blanchâtres, moussant dans le bidet. Combien n'y avait-il pas, mêlés au savon, de milliers et de milliers de petits spermatozoïdes toueurs qui batifolaient là. Elle serait belle, elle, maman d'un petit toueur quarteron de *nha quê* corsico-marseillais.

Elle déclencha l'ouverture du siphon.

D'un coup, la cuvette se vida, dans un gémissement étranglé.

Des milliers de toueurs avaient été liquidés.

Une Saint-Barthélemy de toueurs.

Un massacre des Non-Innocents.

Imaginez qu'au réveil le toueur était devenu sentimental. Il l'appelait ma mimiche. Il voulait encore l'enfiler.

– Tu m'enfileras plus ! cria-t-elle, jetant un œil vers Philippe.

Il voulut du café.

Elle avait de plus en plus honte.

Assise à nouveau au bord du lit elle se signa : au nom de la mère, du fils, de...

– J'veux plus te voir, elle dit au Moko. J'vais à l'église !

Elle repensait au Cornichon.

Dire qu'elle s'était fait foutre sur le lit où on l'avait égorgé. Elle aurait pu faire ça à côté, sur le canapé en velours du salon…

Quelques instants plus tard, un pousse-pousse la déposait devant la cathédrale Saint-Joseph.

Dix mètres derrière, dans un autre pousse-pousse, suivait le toueur Moko.

Quand elle regarda la place, devant l'église, elle fut envahie à nouveau par ce sentiment d'étrangeté qui l'avait frappée la veille.

Il manquait quelque chose sur cette foutue place. Quelque chose qui était là, un mois avant – avant que le 2e Bureau ne la chambre. Quelque chose de très important pour elle…

Elle fit quelques pas incertains, sur ses hauts talons, vers le porche de l'église, quand un cri, soudain, s'arracha à ses lèvres :

– Philippe !

Ils avaient kidnappé Philippe !

L'immense panneau de six mètres sur huit, à l'effigie du Maréchal, qui depuis trois ans trônait face à la cathédrale, avait disparu. Soudain elle en avait pris conscience !

Les Boches avaient kidnappé le vrai Philippe, en France ; on kidnappait son effigie en Indo.

Il fallait en avoir le cœur net.

Elle ressauta sur son pousse-pousse.

Lui fit faire un « tour d'inspection » de Hanoi.

Devant la gare aussi, sur la route Mandarine, Philippe manquait à l'appel ; devant le Théâtre de la Ville aussi ; rue Paul-Bert, Philippe avait déserté.

Tous les portraits de Philippe, pfuiiit, envolés.

La dépétainisation de l'Indochine avait commencé.
« Les ingrats ! »

La colonie est un paradis terrestre où, quelques rarissimes exceptions faites, tous les déchets de la politique, de la finance, du journalisme crachés par la métropole trouvent un champ très favorable à leur développement...

(Nguyên Ai Quôc, alias Hô Chi Minh,
Le Procès de la colonisation française,
1926.)

Et c'est là grandeur de la guerre coloniale ainsi comprise, c'est qu'elle fait la Vie...

(Lyautey,
Le Rôle colonial de l'armée, 1890.)

En Indochine, les gaullistes, surtout les militaires, préparaient la restauration du régime colonial... Il s'agissait, pour le nouveau gouvernement français, de faire rentrer dans le jeu les troupes françaises afin de sauvegarder la « présence française » en Extrême-Orient.

(Nguyen Khac Vien,
Vietnam, une longue histoire, 1993.)

A vrai dire, c'est depuis plus d'un mois qu'elle avait commencé, la dépétainisation, depuis la nomination définitive de Mouche à la tête de la résistance, par Agamemnon et son GPRF. D'abord le mouvement fut assez discret. On réintégra dans l'administration, en catimini, francs-maçons et Juifs « épurés » par les lois d'exception (exception faite bien sûr de quelques-uns d'entre eux qui, ruinés, soumis à d'incessantes vexations, s'étaient suicidés). On fit, peu à peu, le plus discrètement qu'on put, sortir de prison les gaullistes-de-la-première-heure, ceux qui n'y avaient pas crevé du moins, ou ne s'étaient pas évadés déjà. On les « exfiltra » vers la Chine. Les bustes de Marianne, imperceptiblement, reprirent leur place dans les mairies, se substituant à ceux du Maréchal, rangés au rayon des accessoires. Au cinéma, avant le film, on ne projeta plus le portrait du Vaincu de Vichy devant lequel, sur l'air de *Maréchal nous voilà*, le public, silencieux et respectueux, devait se mettre au garde-à-vous. Au fronton des établissements publics, sur les papiers administratifs, la mention République française « détrôna » État français. La Gueuse reprenait du service. Après tout, Agamemnon n'avait-il pas déclaré qu'elle n'avait jamais cessé d'être la seule forme de gouvernement de la France, *la Vraie France* !

Pétain n'existait plus. Avait-il un jour existé ? Poussière, l'État français retournait à la poussière. Rêve, il s'était évaporé. Fantôme, il s'était évanoui. Bateleur, il avait rangé ses instruments et quitté la scène... Ses *victimes* du moins n'étaient plus dans la salle pour siffler, au baisser de rideau, les metteurs en scène de cette nouvelle comédie...

Pétain est mort, vive de Gaulle !

L'amiral, l'amiral-paravent, l'amiral-couverture, acceptait d'endosser officiellement toutes ces mesures (d'« assainissement ») que Mouche, chef clandestin de la résistance, et le nouveau Génésup Astier lui imposaient, au nom de la France nouvelle.

Il jouait son rôle de « façade », sans trop rechigner, ce qui était surprenant pour un esprit aussi vif et emporté.

Il fit de son mieux cependant pour retarder le rétablissement de l'*immonde* devise franc-maçonne : *Liberté, Égalité,*

Fraternité. Ce symbole de la *Déclaration des droits du Sous-Homme* allait trop contre ses plus profondes convictions.

Mais il n'eut pas de scrupule en revanche à supprimer, partout où elle figurait, la francisque gallique. La Légion du Maréchal fut remplacée par une anodine Association des anciens combattants. La presse légionnaire abolie. Fosse, chef de l'IPP, information-presse-propagande, mis à la retraite…

Ah, ah ! L'arrogant amiral filait doux ; le fringant gouverneur général courbait l'échine ; le hautain haut-commissaire-aux-possessions-françaises-de-l'Inde-et-du-Pacifique baissait pavillon.

Elle amenait les couleurs, la marine. Elle la ramenait plus, la marine. Elle rampait même, la marine ; tandis que les rampants relevaient la tête.

L'armée de terre pavoisait.

Mouche triomphait.

Casque colonial vissé sur le crâne, il trônait derrière *son* bureau au palais du Commandement général supérieur, sur les rives du fleuve Rouge. Il y recevait tous ceux, les petits, les aigris, les sans-grade, les dégradés et les rétrogradés, cœurs purs ou aigrefins, socialistes, rad-socs, suppôts de la IIIe République, instits et profs que le règne de l'amiral avait écartés (l'instit, prototype même du « bolchevique » qui avait incité, lors de la Première Guerre mondiale, nos poilus à fraterniser avec l'ennemi, au nom d'on ne sait quel « internationalisme prolétarien », n'avait pas spécialement la cote, sous Vichy : force instits n'avaient-ils pas été fusillés d'ailleurs, en 1917, par le Vainqueur-de-Verdun-vaincu qui ne plaisantait pas avec les refuzniks du casse-pipe, les retranchés de la tranchée, les planqués du masque à gaz et de la baïonnette-au-canon-dans-le-bidon, et autres mauvaises-graines de Bardamu ?).

Prêtant l'oreille, à droite, aux justes plaintes des brimés et aux intrigues des courtisans, Mouche, à gauche, se délectait des suaves déclarations que, *via* sa TSF en permanence posée sur son bureau, lui susurraient Radio Paris, Radio Calcutta, Radio Chungking – et Radio Alger surtout, la plus enragée : L'Indochine (disait l'un ou l'autre speaker), dernière terre française à pâtir sous le régime vichyste et la botte fasciste, n'allait plus tarder à être délivrée ! Déjà les troupes nombreuses et vaillantes de notre Empire libre, Français, Marocains, Algériens, Sénégalais, Kanakes, Guyanais, Antillais, Malgaches, Tahitiens, fourbissaient leurs armes et se préparaient à l'affrontement final ! (… Mouche se frottait les mains : « On les attend ! ») Un nouveau statut, plus libéral, serait offert aux libres colonies, elles ne vivraient plus sous l'exclusif monopole de la métropole – (« ça y est, ils nous refont une nuit-du-quatre-août ! » s'inquiéta Mouche) –, les colonies couperaient le cordon ombilical qui trop étroitement les liait à la France, une certaine liberté économique leur serait offerte, elles s'ouvriraient au monde : ainsi c'est sans entrave aucune que notre bon vin d'Algérie se déverserait désormais, en-veux-tu-pas-en-voilà-quand-même !, au Laos, en Annam, en Cochinchine, au Cambodge, au Tonkin, et, en Chine, dans nos possessions de Kuang Tcheou Wan et Shanghai ! (« A la tienne Étienne ! » soupira Mouche.) Était-ce pure utopie que de rêver qu'un jour notre nectar ferait rouler sous la table l'Empire du Milieu et, pourquoi pas, l'Asie tout entière convertie aux joies de la Dive Bouteille ? Le pot-de-vin ne détrônerait-il pas la tasse de thé ? Et Bacchus, Confucius ? Pourquoi Canton, Hong-Kong, Saigon, Tokyo, Séoul, dans un même geste d'universelle convivialité, ne lèveraient-ils pas joyeusement le coude avec Lyon, Bordeaux, Paris, Roubaix, Tourcoing, Maubeuge, Toulouse et Palavas-les-Flots ? Le Péril rouge, le Péril jaune ne seraient-ils pas, à coups de canon, sinon de ballon, une fois pour toutes engloutis par l'internationale du Gros Rouge ; et les Trusts Pétroliers anglo-saxons à jamais contrés par notre Syndicat des Cafetiers… Tout était envisageable, tout était imaginable. Le monde allait changer de base ! La terre d'estaminet ! Un avenir radieux s'ouvrait aux vignerons ! Un futur faramineux éblouissait les bouilleurs de cru !

… Ivre d'enthousiasme, le speaker concluait :
– Vive la France, vive l'Empire français, vive l'Algérie et l'Indochine françaises ! Vive le pinard !
Mouche rota d'aise.

L'Indo, libérée bientôt, pourrait se rincer le gosier.
Quand ce serait avec du picrate d'Afrique du Nord !
Ça changerait du paddy-soda !

Assis à la droite du père… ou plutôt du général Mouche, le général Astier (à qui était réservée une toute petite table flanquant le vaste bureau de Nimbus) tirait une drôle de sale tronche de mec pas dans sa meilleure humeur.

C'est que le bureau où était assis Mouche n'était pas *son* bureau (à Mouche), puisque c'était, réglementairement, le bureau du Génésup, et qu'il ne l'était plus, Génésup, le Génésup, désormais, étant, comme on sait, le général Astier !… Cependant, puisqu'il était le chef de la Résistance, le délégué suprême, l'Incarnation du gouvernement provisoire, l'alter ego d'Agamemnon donc, en terre d'Indochine, le général Mouche n'était-il pas, c'est une évidence, hié-rar-chi-que-ment supérieur au général supérieur, étant, en fait, sinon en titre, le véridique authentique – mais officieux – général en chef de toutes les armées de la colonie, air, terre et mer ? Son bureau, en toute logique, eût dû être, non pas celui (bien indigne de sa récente *promotion*) du Génésup, c'est-à-dire Astier, mais celui, bien plus gratifiant, de l'amiral Toudebout lui-même, c'est-à-dire du gouverneur général, au palais Puginier à Hanoi. Car si « le chef » c'était lui, Mouche, se pouvait-il qu'il y en eût un autre qui arborât indûment les insignes de son absolu commandement ? Il télégraphia – à ce sujet – au Comité d'action de Paris qui lui rétorqua, par un télégramme pas piqué des vers, que ces rivalités de personne n'étaient point de saison, et que, l'amiral jouant les couvertures, la logique même voulait que cette couverture, afin qu'elle ne fût point « découverte », gardât toutes les apparences de son autorité passée, et donc SON

BUREAU ! Le bureau du Pacha n'étant pas libre, Mouche s'attribua celui d'Astier.

Lequel Astier, que cela n'enchantait guère, s'ingénia le mieux qu'il pouvait à exciter et empoisonner la rivalité déjà exacerbée opposant Mouche à Toudebout, cherchant à pousser Toudebout à bout, et à l'amener à commettre de telles erreurs qu'il serait nécessaire de le blackbouler, de sorte que le bureau de Toudebout, au palais Puginier, se trouvant libre, il deviendrait *le* bureau de Mouche, lequel libérant de ce fait *son* bureau (celui d'Astier, au palais du Commandement supérieur) permettrait à Astier de s'y réinstaller. Implacable, démoniaque tactique, digne de celle du Iago, de l'Anglishe Shakespeare, poussant mathématiquement le négro Othello au meurtre de Desdémone !

... Cependant l'amiral – qui reprenait du poil de la bête, malgré ses croissantes crises de palu – semblait avaler avec la plus surprenante facilité toutes les couleuvres. Voulait-on qu'il dépétainise, il dépétainiserait ! Et il dépétainisa – à tour de bras. Il dépétainisa même plus qu'on ne le lui demandait. Il devenait plus dépétainiste que les dépétainiseurs ! Se lançant dans une folle fuite en avant, il rivaliserait de néo-gaullisme avec ses adversaires dont il avait fort bien saisi (avec son fidèle conseiller, le « réaliste » Belangel) qu'ils voulaient lui faire porter, et à lui seul, le chapeau de la Collaboration – et se refaire, ainsi, sur son dos de vilain bouc émissaire, une virginité de blanches agnelles.

– Le Pacha est un mou ! répétaient, à qui voulait l'entendre, les résistants du Métropole, hargneux, suants, rivetés à leur paddy-soda glacé. L'amiral a du loukoum dans le calbar. Virons le Pacha pour virer les Japs !

Tout le monde résistait. Eh bien, le Pacha, lui aussi, s'y mettrait : c'est lui, par exemple, qui décida qu'en une nuit, une seule et unique nuit de la fin décembre 1944, une véritable nuit de Saint-Barthélemy du maréchalisme, tous les immenses panneaux, de six mètres sur huit, à l'effigie de Pétain, seraient jetés bas, partout dans l'Indochine. Une démente crise d'iconoclastie se saisit de la colonie. Ce fut à qui briserait le plus d'idoles. A qui renierait le plus vite et le plus souvent *Celui* qu'on avait adoré. Entre Mouche et Toudebout tout spécialement – entre le chef occulte et le chef officiel du pays, entre le marin et le biffin – on assista à un effréné marathon, à un frénétique potlatch.

Sous les yeux narquois des fourbes indigènes.

Et, inquiets, des Japonais.

« Judas ! » songea la Coutrais.

Mais l'amiral allait trop loin.

Et c'est ce dont on discutait ferme au banquet offert, ce soir de la Saint-Sylvestre 1944, par le général Mouche au palais du Commandement supérieur.

Trônant au haut bout d'une immensissime table à nappe blanche, illuminée par une multitude de chandeliers d'argent, le délégué en chef de la résistance, la calvitie déjà quelque peu éméchée sous un chapeau de clown pointu *spécial réveillon*, couvait du regard l'ensemble de ses convives, convertis d'hier, d'avant-hier, et d'aujourd'hui à peine, transfuges du vichysme et du giraudisme, patriotes tout frais du jour, piastriotes de toujours ou éternels courtisans, hommes et femmes, jaunes et blancs, civils ou militaires, laïques et ecclésiastiques, commerçants et fonctionnaires, banquiers et policiers, maigres, gros, laids et beaux, ceux qui croyaient au ciel enfin et ceux qui n'y croyaient pas, tous, l'œil émoustillé déjà par l'alcool, et portant sur le crâne, pour cette nuit de fête, couronnes dorées et argentées, bicornes de carton-pâte à plumets versicolores, galurins de paillasse, couvre-chefs napoléoniens et autres cotillons… Boucherou, résident-maire de Lang Son, et sa moitié en étaient. Ex-fidèles-des-fidèles de l'amiral, ils avaient rompu avec lui les amarres et fait voile vers d'autres horizons ; La Chèrefeuille en était aussi, accompagné ce soir-là de sa dernière en date, Mme de Froussard-Bizu ; le colonel Albert en était, accompagné de sa nouvelle conquête, Mme la générale Astier ; le général Astier en était, flanqué de sa dulcinée Mme Boitreau-Troussu ; *item* Chaballier, flanqué de Mme Tortu ; *item* Tortu, flanqué de Mme Porchon ; *item* Porchon, de Mme Leraton (infirmière à Lanessan, qui avait concocté à Harry Wahrol une bouillabaisse) ; *item* Xénophonius, chef de Légion étrangère, et Mme de La Chèrefeuille, etc. Le monde du journalisme s'illustrait tout spécialement par les personnes du Négus, déguisé pour la circonstance en clodo, ce qui ne le changeait guère, qu'accompagnait, pas dégoûtée, Mme Dumarcel, de Dumarcel Frères and Co, import-export, une vieille peau, il est vrai ; du Glaoui, l'ex-proboche de service, asservi aux charmes de Mme Dupuis, de Dupuis Frères and Co, import-export ; et de Alain Gour, dit Azincourt, l'ex-antianglishe de choc, arrimé à Mme Michu, de Michounet Frères, caoutchouc en gros, latex en tout genre… Avec, pour les forces de l'ordre, Mozarella et Tomato de la Sûreté. Pour l'Église, le père Vacherin, des Missions, et monseigneur Bastougne. Les Annamites de service étaient représentés par seulement deux spécimens, mais de choix – seuls « Indochinois évolués » qu'on eût jugés dignes, jusqu'à présent, de participer à la lutte-de-libération de la colonie –, MM. Pham Huynh et Phan Ky, maurrasso-pétainistes convertis au maurrasso-gaullisme.

Citons encore, parmi les nouvelles recrues femelles et célibataires de la néo-résistance Mouche : Mmes Rosine Day (devenue Q 44, nom de code !) ; Suzanna Praskova (alias Q 22) ; la Pasquiette (Q 17) ; Coco Grancour, Q 33, et autres Q !

Sans oublier Q 69, alias petit veau, qui (malgré tous les dégoûts que lui inspiraient « ces judas, ces caméléons, ces tournesols, ces girouettes, qui avaient si lâchement renié Philippe ! ») n'avait pas pu ne pas être de la fête, s'étant amourachée d'un parachutiste, tout frais parachuté sur le Tonkin, parachutiste qu'elle arborait sur son côté droit, ce soir-là, le sieur « Adonis » (nom de code), arborant par ailleurs sur elle le parachute kaki d'icelui savamment taillé par d'habiles petites mains annamites d'après un récent modèle de robe du soir, hyper décolletée, de chez Mainbocher. L'ensemble de ces dames, toutes élégamment vêtues en soie de parachute kaki ou vert olive, semblait constituer un étrange bataillon d'on ne sait quelle armée inconnue destinée à de douteux et ténébreux combats.

La table était somptueusement agrémentée d'une gargantuesque quantité de mets multiples, canards laqués, rouleaux de printemps, pâtés impériaux et soupes aux raviolis chinois, accompagnés de riz, de riz, de riz, et encore de riz, assaisonné, il est vrai, de diverses façons (à la cantonaise, à la saigonnaise, à la shangaïenne), parce que les ingrédients nécessaires manquant désormais à l'appel, il valait mieux, sous peine de se voir servir quelque monstruosité culinaire hybride franco-asiatico-on-ne-sait-quoi, se résigner à la cuisine locale laquelle, cependant, ici et là, sur la table, se trouvait – pour les amateurs seulement – concurrencée par quelques spécialités anglo-saxonnes arrachées aux Rations K (destinées en principe à être conservées dans des caches, au fond des zones de résistance, dans les jungles), comme la fameuse Campbell's soup, *chicken and rice* ou *beans and bacon*, déjà citée ; le *spam*, ou pâté de Chicago, qui, frit dans l'huile de soja, présentait on ne sait quelle apparence verdâtre moirée de chatoyances bleu Vermeer ; et le corned-beef Uncle Sam au Ketchup. Autant de produits amerloques dont les Anglishes se débarrassaient à notre profit. Merci Albion !

Le tout, il est vrai, ayant du moins l'avantage d'être présenté en abondance et arrosé d'abondantes rasades de paddy-soda-quinine (le palu frappant tout le monde, la quinine assaisonnait tous les « *drinks* ») que M. Li et son escouade de zélés domestiques annamites en habits blancs boutonnés d'or servaient avec empressement aux convives dès qu'ils se rendaient compte que leur verre était vide. Ça n'est pas que le champagne manquât en Indochine, mais il fallait y mettre le prix : huit cents piastres la bouteille de veuve-clicquot, aux dernières nouvelles, soit une paie mensuelle de lieutenant quand le coolie, avec vingt piastres par mois et le riz à huit piastres le kilo, au Tonkin affamé (prix 1945), pouvait se mettre au régime.

– N'empêche que… l'amiral est allé trop loin ! répéta Mouche, en tapant sur la table pour se faire entendre. Il a franchi les limites de ma patience en en dépassant toutes les bornes !

Là où Toudebout était allé trop loin, selon le général, c'était dans le discours de nouvel an que venait de diffuser Radio Saigon toujours plus ou moins à ses bottes. Ne s'était-il pas félicité – ce tartuffe qui lui aussi virait sa cuti – de la déroute, partout en Europe, de « l'ennemi » ; du « renouveau de notre armée » ; et de l'« union des Français » qui avait permis « la libération de la patrie », laissant entendre que cette même « union » amènerait tout pareillement la « libération » de la « colonie » qui ne manquerait pas d'être réintégrée bientôt dans « l'Empire français reconstitué » !

Comment les Japs (« ces chers amis de notre amiral ! ») ne pouvaient-ils pas se voir désignés, tout autant que les Allemands, par ce terme d'*ennemi*, et comment n'en prendraient-ils pas ombrage ?…

Ils s'en plaignirent, d'ailleurs, et à qui de droit !

Mais qui s'en souciait, des Japs, aujourd'hui ! Trois pelés et quatre tondus qu'ils étaient au Tonkin ! Les troupes de Mikokuni, parties en force en Chine, y recevaient, aux dernières nouvelles, une copieuse dégelée de la part des Sino-Américains, particulièrement grâce à la 14th Air Force du général Claire Lee Chennault qui les régalait de bombes pas glacées. Ils avaient fort à faire en Chine, les Japs, en Birmanie, aux Philippines, aux Mariannes et ailleurs ! Ils ne reviendraient plus traîner leur sabre de bois dans les rues de Hanoi ! « La possibilité d'un coup de force, avait télégraphié Mouche à Paris, n'est plus, désormais, qu'une *hypothèse d'école*. » Ah ah ! Pauvres singes de Nippons, pauvres babouins, pauvres macaques ! « Vous n'avez pas vu le dernier tract de propagande qu'on a concocté contre eux ? »

On se passa un tract d'une main à l'autre, de haut en bas et de bas en haut de la tablée : il figurait, au zoo du jardin botanique, un officier jap, sabre et crâne rasé comme il se doit, regardant un gorille en cage. Le gorille lui demande : « Dis donc, pourquoi ils t'ont laissé sortir de cage ? » C'était la dernière trouvaille du grand orchestrateur de la *guerre psychologique*, M. Toudon, alias Priape, de l'École française d'Asie extrême ! Comme quoi ça sert pas à rien, les diplômes ! Ah ah ! Le tract avait circulé dans toute la colonie. Les Japs, sous cette joyeuse estocade, n'avaient pas bronché. Sûr qu'ils avaient ri jaune, les Japs, ah ah, mais un Jap qui rit jaune, ah ah, évidemment, ça se voit pas ! Hi, hi !

– Ils sont cuits !

– Recuits !

– Confits !

– Et confoutus !

Se disait-on d'un bout à l'autre de la table, s'envoyant et se renvoyant la balle, comme au ping-pong.

– N'empêche que, n'empêche que… ! continuait de ronchonner Mouche, l'air sombre, sous son chapeau pointu tout doré, et derrière sa noire moustache, retapant sans cesse sur la table de ses poings qui tenaient serré ses couverts, couteau et fourchette, pointes dressées vers le plafond.

– N'empêche que… renchérit Astier, de dessous une sorte de pot de chambre blanc, coiffant son crâne, et de derrière sa moustache poivre et sel…

– N'empêche que… et que que… ! fit écho Chaballier, de dessous sa mitre épiscopale jaune canari, et de derrière sa moustache nicotinisée…

– Et que que ! et que que ! s'exclamèrent en chœur, de derrière leurs respectives moustaches, brunes, blondes, grises ou grisonnantes, et de dessous leurs multiples et divers autant que sympathiquement joyeux galurins, MM. La Chèrefeuille, Dumarcel, Michounet, Adonis (nom de code), Xénophonius, Boitreau-Troussu, etc.

Il n'« y avait que les Q », Mmes Q 69, Q 17, Q 44, Q 33 et Q 22, qui, sans doute parce qu'elles n'avaient pas de moustache, et quoiqu'elles eussent des bibis mignons tout pleins, de fées enrubannées ou de princesses médiévales à la Gustave Moreau, n'éprouvassent pas le besoin de s'exclamer « que, que que » en tapant du poing sur la table.

Différemment des hommes, elles n'avaient pas attaché non plus, à leur cou, les vastes serviettes amidonnées distribuées aux convives, de sorte qu'aucune d'entre elles n'arborait ces espèces d'énormes longues oreilles blanches, formées par les extrémités nouées de ces serviettes, oreilles qui, se dressant derrière la nuque de ces messieurs, de part et d'autre de leur couvre-chef, les faisaient ressembler à quelque conclave de chauds lapins hilares et festifs rassemblés dans un luxueux clapier jailli tout droit de l'imagination débridée de l'Anglishe dégénéré Lewis Carroll !

– N'empêche que quoi, mon Bunny ? demanda la Coutrais à Mouche, assis à sa gauche, dont, d'un revers de main, elle redressa la lapinienne oreille gauche qui, cassée en deux, pendait lamentablement sur les cinq étoiles dorées cousues à son épaulette.

– N'empêche que c'était pas le rôle du Pacha ! rugit le lapin Mouche.

Et d'ajouter :

– Le Pacha devait rester OFFICIELLEMENT sur ses anciennes positions ! Rester fidèle au Maréchal en exil et à la politique de collaboration avec l'Axe, et cela pour rassurer les Japs ! Tels étaient les ordres de Paris ! Il était notre paravent !

– Notre couverture ! renchérit le lapin Astier, oreilles tendues.

– Et voici que, pour se dédouaner, ce tartuffe essaie de tirer à lui toute la couverture ! poursuivit le lapin Tortu, l'oreille attentive.

– Pour nous doubler ! conclut le lapin Astier.

– Et se refaire un pucelage ! reconclut le lapin-de-presse La Chèrefeuille.

– Mais il ne s'en tirera pas à si bon compte ! s'exclama le lapin-en-chef Mouche en brandissant son couteau telle une baïonnette. Depuis quatre ans que je suis en Indo j'ai eu tout loisir d'accumuler sur son compte un épais dossier que je suis en train de finir de ficeler et dont ce monsieur-là aura bien du mal à se dépêtrer quand viendra l'heure du Grand Déballage !

– Du Dépaquetage final ! dit Tortu.

– De l'Épurage terminal, ajouta Astier.

– Je ficelle, messieurs, reprit Mouche, je ficelle, patiemment, mais sûrement, je ficelle, je ficelle, je ficelle, du beau travail, cousu main, de la dentelle ! Je ficelle celui-ci, je ficelle celui-là, et je ficelle cet autre… sans oublier bien sûr M. le capitaine de vaisseau Ducossard que j'ai entournicoté avec une toute particulière attention, ah ah !

– Du Co, Du Con, Ducossard ! clamèrent en chœur une dizaine de lapins de garenne moustachus, sur l'air de *Du Beau, du Bon, Dubonnet* rythmé à coups de pied sous la table, et de poing dessus.

Ducossard, après le Pacha, était, parmi les marins, la cible la plus appréciée de la néo-résistance Mouche. Avec lui, on ne se gênait plus ! C'était la curée ! Pour l'humilier, Nimbus avait récemment organisé une fantasia, digne de Delacroix, avec cavaliers marocains en cape et djellaba, sur la splendide pelouse d'un terrain de football installé à grands frais par le commissaire Sport et Jeunesse à l'intention des Jeunesses d'avant-garde, mouvement *a priori* néo-fasciste qu'avait noyauté, disait-on, le Viêt-minh. Quant à la splendide piste cendrée, tracée autour du stade, Mouche, non sans sadique jouissance, l'avait consciencieusement labourée en la parcourant, lors d'un de ses rituels « tours d'inspection », à bord de sa Viva grand sport six cylindres.

Jamais, à ce jour, on n'avait vu une six cylindres piquer un sprint sur la cendrée.

C'était une première mondiale !

Il n'était pas question non plus de rater le contre-amiral Spadasse, chef des forces navales et héros de la fameuse victoire de Koh-Chang, remportée contre *ces fourbes d'impérialistes siamois* ; ni le capitaine de vaisseau Rouhaut, dont radio bambou ne cessait de réaffirmer (il n'y a pas de fumée sans feu) qu'il organisait son réseau de résistance dissident !

Harcelant Paris de télégrammes, Mouche demandait « la peau » de tous ces individus, c'est-à-dire qu'on les dégommât au plus tôt de leur poste et de leur grade, et qu'on les cassât même de l'armée. Mais Paris, comme toujours, rétorquait que l'heure des règlements de comptes n'était pas encore venue ; que l'union, tout au contraire, et la réconciliation étaient de mise.

Face aux Japs !
… et au Viêt-minh !

Il fallait, pour l'instant, « fourbir » les armes de la résistance. Armes que les Anglishes continuaient de nous parachuter à gogo, et un peu n'importe où, de sorte qu'il en tombait bien souvent chez les Nippons, et dans les régions même tenues par les communistes indigènes. Ces armes étaient destinées en théorie à être placées (comme la Campbell's soup des Rations K susdites…) dans des caches situées dans des zones montagneuses escarpées où, en cas de coup de force, résistants civils et militaires devaient se replier, et tenir le coup, jusqu'à l'envoi de renforts EXTÉRIEURS, cela dans le but, politique plus que militaire, de conserver en Indochine, autour de Diên Biên Phu, qui en serait le cœur, d'indiscutables zones de *Souveraineté française*…

Mais ces armes, contrairement aux directives de Paris, on en fit en général des stocks qu'on disposa, de façon concentrée, dans les casernes du pays, dans les forteresses et les citadelles de Saigon et Hanoi, lesquelles, pourtant, en toute logique, seraient les premières attaquées et prises par l'ennemi s'il se décidait à frapper. C'est que Mouche, pas peu fier d'avoir servi en 14-18 « contre le Boche », en était resté aux conceptions militaires de la Première Guerre mondiale. Qu'était-ce que cette histoire de guérilla à la gomme dont nous serinait Paris ? Ils avaient pêché ça où, la guérilla ? Avait-on jamais vu ça dans le *Guide du gradé* ? Nos hommes d'ailleurs n'accepteraient jamais d'abandonner femmes et enfants à la rage des Japs pour aller se battre contre les moustiques dans la jungle ! La jungle, c'est pas le Massif central ! Non, il fallait faire une guerre de position. Et la position la plus forte – imprenable même – n'était-ce pas la Ligne Mouche (notre *Ligne Maginot d'Asie*) ? Destinée, au départ, à contrer les Chinois, avec l'appui des Japs, elle servirait désormais, à contrer les Japs, avec l'appui de la Chine ! Futé, non ? Renversant ?

Ce renversement…

– De toute façon, les Japs n'attaqueraient pas ! Ou plus ! *Hypothèse d'école ! Hypothèse d'école !* répétait Mouche.

– On n'avait qu'à attendre, pépère, le débarquement US !

– Alors on prendrait la peine de régler leur compte aux malheureux cinq mille Nippons restant au Tonkin. Ou on laisserait les troupes de débarquement leur régler leur compte !

A cet égard, Mouche ne savait pas encore quelle conduite adopter, les télégrammes de Paris étant pour le moins contradictoires : fallait-il ou ne fallait-il pas donner un coup de main aux Amerloques, s'ils passaient à l'offensive ? Ces Amerloques qui ne voulaient plus de nous en Indo. *To be or not to be* neutres ? Telle était la question encore sans réponse…

La Coutrais bâillait.

Sous les fins voiles bleus déferlant en onde légère de son haut chapeau pointu de magicienne du pays d'Oz.

Les discussions de ces foutus lapins en uniforme l'ennuyaient foutument !

Elle piqua dans son assiette – une jolie antique assiette de la Compagnie des Indes, ornée de soldats de Louis XIV – un pâté impérial bien craquant, bien croustillant, bien doré qu'elle enfourna entre ses lèvres peinturlurées de rouge avec une moue de dégoût.

– Ah, c'que j'en ai ma claque de c'te bouffe de niake ! s'exclama-t-elle.

Et d'ajouter, l'œil brillant, après avoir envoyé un coup de coude à Mouche (sur sa gauche), et à son parachutiste, de l'autre côté :

– Vous savez de quoi j'rêve ! D'un bon boudin aux pommes cuites arrosé de pinot d'Alsace bien frais !

Et à l'oreille de lapin de Mouche elle glissa :

– Qu'est-ce t'en dis, hein, mon p'tit lièvre ?

Les oreilles du lièvre, mis en appétit, se mirent en érection.

– Et moi ! de soupirer Coco Grancour, toute proche. Rien ne me dirait plus qu'une paire de saucisses de Toulouse frites arrosées d'une Kronenbourg des familles !

Rosine Day, goulue au possible, évoqua :

– Une bonne grosse grasse saucisse de Montbéliard aux flageolets.

Quant à Mme de La Chèrefeuille, elle se fût bien rassasiée, cette snobinarde, d' :

– Un foie gras du Périgord !

Agitant ses oreilles lapinières, le capitaine Tortu ne voulait rien d'autre, quant à lui, qu' :

– Une rosette de Lyon, une simple rosette de Lyon ! Quoi de plus délicieux qu'une rosette de Lyon quand on n'en a plus mangé depuis… depuis…

– Ah, les rillettes du Mans, soupira l'un.

– Ah, le jambon de Bayonne ! sanglota l'autre.

Et tous, bientôt, exprimant la rage de leurs papilles frustrées en trépignant sous la table (de sorte que le plancher de bois se trouvait soumis, d'un bout à l'autre de l'immense salle, à un tremblement sismique impressionnant), se mirent à réciter, à déclamer plutôt, se passant le relais, la liste infinie des meilleures spécialités de nos belles provinces de France et de Navarre, tandis que M. Li et son escouade de stylés domestiques, muets, immobiles, les observaient respectueusement, et timidement, comme de néophytes enfants de chœur assistant, pour la première fois, à la célébration de quelque rite priapique secret, ou quelque bachique messe.

Potées, aïolis, blanquettes, crêpes, cassoulets, croustades, ragoûts, daubes, gratins, gelinottes, bouillabaisses, omelettes s'accumulaient vertigineusement (comme dans une toile de Frans Hals et autres peintres-flamands-non-dégénérés) moins sur cette frustrante table, d'où ils étaient bien sûr absents, que dans quelque virtuelle Sainte Cène, où leur eucharistique présence se trouvait suscitée par cette pluie de mots, qui, les désignant, semblait non seulement, soudain, abracadabra – comme par magie – les incarner, là, devant nous, tirant du néant leurs couleurs rissolantes et leurs captivants fumets, mais ressusciter encore avec eux les riches et chaleureux terroirs où ils avaient pris naissance : Berry, Provence, Bourgogne, Anjou, Auvergne, Gascogne, Poitou, Normandie, Picardie, Savoie, Dauphiné, Champagne, Bretagne… Et quelles exclamations, soudain – non plus de gastrique nostalgie, mais de patriotique fierté – ne retentissaient pas quand, à l'une ou l'autre de ces provinces, ou à telle ou telle ville qui s'y trouvait, s'associait le souvenir d'une toute récente victoire de nos armes !…

– Les saucisses de Strasbourg, hein ? (Strasbourg que la 2e DB de Leclerc venait de libérer !)

– Et la choucroute alsacienne, hein ? (L'Alsace, en ce même moment presque tout arrachée aux griffes du Boche !)

– Et la quiche lorraine, non ? (La Lorraine de Jeanne d'Arc enfin rendue à la France !)

… « C't'autre chose quand même que Siemréap et Battambang, ces obscurs morceaux du Cambodge que nous ont ravis des *fourbes-d'impérialistes-siamois* : notre *Alsace-Lorraine d'Asie*, tu parles ! songeaient-ils tous par-devers eux. Y a pas de quiche de Siemréap ni de choucroute de Battambang, non ? »

– Et le JAMBON DE PARIS ! s'écrièrent soudain une dizaine de convives exaltés.

Le fameux discours d'Agamemnon, prononcé lors de son entrée dans la capitale, retentit à leurs oreilles : « Paris… Paris libre, Paris libérée, Paris libérée par elle-même ! »

Pas par les Amerloques !

Il y eut un moment de silence ému où chacun, se détournant pudiquement de sa chacune, et chacune de son chacun, écrasa au coin de ses yeux quelques larmes tricolores.

Alors la litanie recommença, mais pareille dès lors, sans doute parce que l'émotion avait déprimé les festoyeurs, à quelque chant grégorien monotone clamé gravement – du fond du cœur de tous où il puisait ses accents poignants – non plus par la précédente bande de joyeux capucins et capucines éméchés, mais par quelque assemblée d'austères bénédictins.

– Les pruneaux d'Agen ! murmurait La Chèrefeuille.

– Le crottin de Chavignol ! soufflait le colonel Albert.

– Et le gratin dauphinois ! coupa alors, agacé, changeant de ton mais point de registre, Alain Gour dit Azincourt, qui était du Dauphiné.

– Et la fondue savoyarde, qu'est-ce que vous en faites, s'excita le général Xénophonius qui était de Chambéry.

– La fondue savoyarde, parlez-m'en ! Parlez-moi plutôt de la fondue bourguignonne ! hurla hors de lui le général Saboté qui était de Mâcon.

– Ma ké ! La bonne bouillabaisse dé Marseille, c'est donc pour vous dé la pâtée pour chien, hein ? rugit Mozarella, né dans la cité phocéenne.

– Et les chipolatas d'Ajaccio ! barrit le métis corso-*nha quê* Luigi Tomato en secouant au collet le précédent.

Chacun ne jurait plus que par son clocher ! Ne militait plus que pour son potager, ne s'escrimait plus que pour son crémier ou son charcutier ! L'atmosphère, si recueillie, devint explosive. Le natif de Caen promettait de crever, « à sa mode », les tripes du pécore de Dijon au pif furieux duquel montait une menaçante moutarde ! Le poivre de Cayenne, le piment de Guyane semaient le trouble dans l'angevine douceur de la douce Indochine française. Capucins et bénédictins viraient aux Savonarole endiablés ! Aux inquisiteurs encuisinés !

– Et le bleu d'Auvergne ! disait le bougnat.

– Le bleu des Causses ! renchérissait le cossard.

– Le bleu de Bresse.

– Le poulet de Bresse !

– La ligne bleue des Vosges !

Ça crachait, ça caquetait, ça crépitait comme mitraille en pleine bataille. On s'envoyait à la gueule des mots, faute de s'envoyer dans le gosier les choses. Mais les coups de gueule valaient des coups de canon. D'un sabord à l'autre de la table, en poupe, en proue, à bâbord et à tribord, insultes et exclamations fusaient. On eût dit moins une salle de banquet qu'un vaisseau soumis à l'abordage de furieux corsaires. Ou peut-être quelque naufrageant Radeau de la Méduse, battu des lames et des vents, brûlé de canicule, dont les passagers affamés, saisis de délire, se fussent entre-déchirés pour d'invisibles jarrets de porc-lentilles, d'inexistants cuissots de poularde et d'hologrammiques rôtis de sanglier jaillis de leurs imaginations malades.

– Et les tripoux d'Auvergne, hein ! soupira l'un, dans un râle qui ressemblait à celui, ultime, d'un moribond.

Ces ripailles, trop terre à terre, avaient fini par couper, même en imagination, l'appétit de la Coutrais qui, de ses yeux verts de petit veau écœuré, jetait un regard méprisant sur l'ensemble de ces porcins lapins, dont les blanches oreilles d'ailleurs, terrassés qu'ils étaient par le supplice tantalien de leur impossible banquet, retombaient lamentablement sur leurs épaules comme celles, dérisoires, de tristes cockers. C'était après des nourritures plus spirituelles qu'elle aspirait. Son âme s'enfla d'une romantique tristesse :

– Et les roses de Picardie ! souffla-t-elle dans l'indifférence générale, les yeux rougis de larmes.

La vieille rengaine anglishe lui revenait en mémoire. Sans doute songeait-elle à son Cucumber à la crème, à qui on avait fait des salades, et à son Cornichon sauce tomate, mis *ad mortem æternam* en bocal dans son sinistre cercueil de plomb.

– Telle est la vie ! Elle finit !

Histoire de mettre de l'eau dans le vin, sinon le vinaigre – ou plutôt le paddy-soda-quinine –, de ses hôtes prêts à s'étriper pour leur respective paroisse, le général Mouche choisit, non sans finesse tacticienne, d'évoquer nos bons pinards de France, à nul autre comparables – et surtout pas aux picrates de Californie !

– Ah, l'Anjou, l'Anjou de notre rosé, déclama-t-il, comme on déclame un poème de Du Bellay.

– Et la Provence de notre rosé ? protesta, vaguement offensé, le Provençal Porchon.

– Et le rosé de Sancerre alors ? lança le Sancerrois le Glaoui qui commençait presque à se fâcher.

Le ton montait… Encore !

Onctueux, tout couperosé, au milieu de sa barbe blonde, le père Vacherin dit alors, pour apaiser les esprits :

– Mais il y a le blanc de Sancerre aussi.

– Et le blanc de Sauvignon ! renchérit, non moins apaisant, monseigneur Bastougne.

– Et le blanc d'Espagne ! s'égara à dire un officier plongé dans les brumes de Bacchus.

Ce grossier soûlard, ignorant l'art de boire, fut fusillé du regard par la trentaine d'œnologues qu'il avait stupidement dérangés dans leur délectable linguistique dégustation. On mâchait les mots, comme on tente de laper au fond d'un verre vide une ultime infinitésimale goutte de nectar qui y fût restée, on mastiquait les appellations contrôlées comme pour extraire des grains juteux de leurs phonèmes la substantifique essence de leur parfum et de leur goût, on passait au pressoir les voyelles et les consonnes velouteuses, capiteuses, gouleyantes des château-lafite, château-margaux, château-latour, finissant par se persuader tout de bon qu'on ressentait contre son palais et ses papilles le corps capiteux du premier ; la robe riche en tanin du second ; ou la bizarre acidité du troisième « peut-être encore trop jeune ! ».

– Et le saint-estèphe !

– Le saint-émilion.

– Et saint-lazare ! gouailla désabusée Rosine Day, qui avait une telle envie (« ça m'fourmille ! ») de revoir son Paname, même si les Boches l'occupaient plus.

D'ailleurs Paname, à c'kon disait, était bourré d'Amerloques bourrés aux as qu'avaient réquisitionné le Ritz et avec qui on s'ennuyait pas non plus, même s'ils picolent que c'te cochonnerie qui z'appellent whiské.

– Bourgogne ! cria l'un, reprenant les hostilités.

– Bordeaux ! rétorqua l'autre.

– Gascogne !

– Anjou !

– Champagne !

– Loire !

Mettant ces messieurs au régime sec, Mouche assura que même nos eaux, nos bonnes eaux de France, étaient à nulle autre comparables. Trouvera-t-on jamais ailleurs aussi pétillant, aussi délicieux, aussi spirituel qu'un Perrier !

– Et un Vittel ! dit un malade du foie.

– Et un Vichy ! balança, sans chercher à mal, un esprit distrait.

A ce mot sacré, sacral, de Vichy, l'officier ivre, celui qui nous avait sorti son « blanc d'Espagne », se leva brusquement, pavloviquement, claqua des talons, fit le salut fasciste et hurla d'une voix tonnante :

– Vive le Maréchal, vive la France ! Heil Hitler !

Là, ça jeta un froid.

Au-dessous de la ligne de flottaison de la table, les mocassins, les brodequins, les godillots, les escarpins, les talons hauts des dames, les semelles de cuir ou de crêpe des messieurs, les chaussettes, les porte-chaussettes, les guêtres, les fins bas de soie à couture s'immobilisèrent, comme pétrifiés.

Au-dessus du niveau de flottaison, les regards de l'ensemble des convives se braquèrent vers le *fauteur de troubles*. Mais les lèvres restaient closes, les bouches muettes. Les anges passaient et repassaient sans qu'on entendît voler l'ombre d'une mouche. Le *fauteur de troubles*, le perturbateur, le provocateur peut-être (dont nous cachons le nom, par discrétion) jeta des yeux hébétés sur l'assemblée, puis – se rendant compte sans doute, vaguement dégrisé, qu'il ne les avait plus tout à fait en face des trous, ses yeux, qu'il n'était plus « dans le coup », « dans l'vent », qu'il marchait à côté de la plaque et qu'il fallait remettre sa montre à l'heure – il se rassit, face à son assiette emplie à ras bords de blanchâtre Campbell's soup *chicken and rice* sur laquelle il passa ses nerfs à copieux coups de cuillère, tandis que ses deux pieds, chaussés de mocassins noirs, se rangèrent dans l'alignement de tous les autres pieds qui, sous la table, se faisaient face, sur deux rangées opposées, pareils à des chevaux disposés côte à côte ou naseaux à naseaux, de part et d'autre d'une mangeoire à double ratelier traversant par le milieu une immense écurie.

Il avait mis ses pieds dans le plat.

Ses pieds rentraient « dans le rang ».

Mouche toussota, se leva, leva son verre et dit d'une voix mal assurée :

– Messieurs, oublions ces querelles et ces sombres heures de notre Histoire. La Plaie est proche. Ne tournons pas le couteau dans la Paix… euh… J'veux dire… vous m'entendez… Bientôt reviendra, dans notre patrie rendue à elle-même, son éternelle abondance, et nous pourrons alors à nouveau nous en mettre jusque-là ! (Il posa son index sur sa pomme d'Adam.) Je vous propose en attendant, pour nous faire chaud au ventre – et puisqu'on dit que ventre affamé n'a pas d'oreilles –, d'entonner tous en chœur une bonne vieille chanson gaillarde de notre belle patrie.

… Ah ah, avec le règne du Pacha, s'était abolie la tyrannie plus ignoble encore de la Pachatte, cette snob anglishisée avec qui y avait pas moyen de se marrer ! On était enfin entre nous, entre vrais Français. On pouvait respirer à nouveau le bon air de France et chanter ses vieux airs. (« Quand la Pachatte est pas là, les souris chantent ! » songea-t-il.) La tête toute framboisée par l'alcool, la chaleur et le palu, il chanta donc :

– *Chevaliers de la table ronde, goûtons voir si le vin est bon !*

D'un coup, il vida sa coupe de paddy-soda-quinine.

Et tous, simultanément, comme dans quelque truculente mise en scène des Maîtres Chanteurs, levèrent leur coupe de paddy-soda-quinine, oreilles de lapin dressées, et poursuivirent la rengaine :

– Goûtons voir, oui, oui, oui, goûtons voir, non non non, goûtons voir si le vin est bon !

Ils entrelaçaient leurs bras et, dans un même mouvement, la double enfilade des convives, de part et d'autre de la table, oscillait en chœur, telle une chiourme à la rame, tantôt vers la droite, tantôt vers la gauche,

Et le paddy-soda-quinine coulait, coulait amèrement dans les insatiables et amers gosiers de ces insatiables amères Danaïdes. Et d'amères larmes coulaient sur les joues surchauffées de fièvre paludéenne et d'ivresse.

Sous l'œil des Barbares.

De M. Li et de ses domestiques qui, debout, muets, observaient, incapables, semble-t-il, de rien comprendre à l'émotion si profonde qui étreignait l'âme de cette tablée. *(L'Annamite est brave, mais con. Il lui faut un bon coup de pied au cul de temps en temps, ça lui fait du bien. Et il vous dira merci.)*

M. Phan Ky, seul indigène à connaître un peu les mœurs des allogènes, pour avoir vécu des années en France, reprit alors, parce qu'il ne voulait pas être en reste, de sa voix fluette d'autochtone le savoureux refrain de ce chant hétérochtone :

– Si je meurs je veux qu'on m'enterre...
– Dans une cave où y a du bon vin !
– Dans une cave ? Oui, oui, oui...
– Dans une cave ? Non, non, non...
– Dans une cave où y a du bon vin...

Et coulaient, coulaient, des torrents, des Mississippi, des Amazone, des Niagara de paddy-soda...

Notons qu'on eut droit, pendant cette remarquable soirée, à quelques devinettes-calembours mémorables. « Pourquoi, avait demandé le colonel Chaballier à la quinquagénaire Mme de Froussard-Bizu, ne faut-il pas mettre de vin nouveau dans une vieille outre ? » Au public attentif et sans réponse, il avait alors donné le mot de l'énigme :

– Pour pas l'outrager !

(Entendre : l'*outre-âgée* ! ah ah !)

Et cependant, sous la table, comme mus par une vie autonome et secrète, les pieds, anonymes, auxquels s'ajoutèrent bientôt d'anonymes mains, commençaient à s'entre-renifler, s'entrefrôler, s'entrecaresser. Les chevilles étouffaient dans leurs guêtres, les orteils dans leurs chaussettes, les cuisses dans leurs bas de soie ! Un brodequin mâle en peau de vache s'attaqua à une sandale en suède rouge modèle Salvatore Ferragama ; une minaudante espadrille Perugia fit de l'œil à une grosse botte bourrue d'officier de la coloniale ; un capricant escarpin Cedric en chevreau rouge faisait semblant de résister aux assauts de godillots virils ; la bottine à boutons, collet monté, snobait le plouc pataugas ; des snow-boots anglishes pactisaient avec de levantines babouches ! Les souliers emmêlaient leurs talons, accolaient leurs semelles, déchiraient leurs lacets. Déjà, n'y tenant plus, les pieds, d'un coup, se déchaussaient, se déculottaient de leurs chaussettes, entrelaçaient sauvagement leurs orteils lubriques. Des mains se glissaient sous des jupes troussées jusqu'au haut des cuisses, dégrafaient les jarretelles. Tandis que la subversion, la *mutinerie* passant des cales, des sentines, des entreponts de ce bateau ivre, de ce fantomatique priapique vaisseau, jusqu'au pont, à la dunette, aux mâtures et aux gréements, on voyait, sur la table, et à l'air libre, des mains plonger dans un décolleté, presser un soutien-gorge – en extirpant ici un gros sein, comme d'une pêche comprimée son juteux noyau, ou là-bas la double amande immaculée d'une paire de menus nichons. Les bouches s'accolaient en d'anthropophages voraces baisers ; les chevelures se dépaquetaient comme des voiles déferlées ; les cordages des bras enlaçaient la bitte d'amarrage des tailles ; les grappins des ongles arrachaient le satin des combinaisons. Déjà ces corps sans nom, sans visage – exacerbés par le désir, la fièvre – chaviraient de leur chaise, s'écroulaient sur le sol où, frénétiquement ils se dévêtaient et s'accouplaient. Mme de La Chèrefeuille était la proie de Porchon et Chaballier ; Coco Grancour, de Saboté et Tortu ; la Pasquiette et Rosine Day épluchaient de sa chemise le jeune Adonis, comme on pèle une banane, et, tirant sur le bas de son pantalon, l'en vidaient, comme on vide d'un sac son contenu de cascadantes pommes de terre.

La Coutrais, cul nu déjà, fuyait à quatre pattes une meute de chauds lapins de garenne en rut qui, à quatre pattes aussi, oreilles en érection, la traquaient partout, dans l'immense salle à manger, la dénichant derrière un divan, ou la faisant détaler de dessous un fauteuil où elle avait cru pouvoir se réfugier : Mouche, Astier, Dumarcel frères, Dupuis frères, and Co., reniflant le musc de sa fugitive croupe, aboyaient à ses trousses « ouah ouah » (ce qui peut paraître étrange venant de lapins).

Mais ça n'étonnait pas M. Li qui, bon professionnel, avait, par discrétion, fait sortir les autres domestiques. M. Li en avait vu d'autres. Il avait même vu des lapins qui aboyaient. M. Li avait tout vu.

Il observait ce charmant crébillonesque spectacle avec l'impassible visage du Bouddha méditant sur le destin de l'homme asservi, par ses bestiaux désirs, à l'infernal cycle des réincarnations : l'homme à jamais détourné du Chemin de la Vérité.

C'était la curée : La Coutrais, entièrement nue bientôt, se résignait déjà à servir de civet à ses lapins-chasseurs quand on entendit retentir un cri.

Un oiseau de malheur, soudain, forçant tous les barrages, avait fait irruption dans cette salle à manger métamorphosée en bachique clapier.

C'était M. de Ponthieu, l'ordonnance de l'amiral, qui – les cheveux hérissés, les yeux écarquillés, haletant, la gueule congestionnée... arborant enfin tous les stigmates à lui habituels quand il portait des mauvaises nouvelles – s'écriait « général, général », cherchant partout Mouche, dans cette générale copulation, cette totale fornication, ce global agrégat de cuisses, de panses, de poitrines suturées par la sueur et le stupre, cette grappe de croupes rebondies brandies, ce tourbillonnant kaléidoscope de tessons d'humaine chair blanche, rose, brune, enclavés, engrenés, emboîtés l'un dans l'autre, conglomérés, rivetés, mais que de soudains soubresauts faisaient régulièrement exploser en mille parcelles qui ne restaient jamais bien longtemps éparpillées, les bris de cette grenade de carne éclatée, les pièces de ce puzzle dispersé, les steaks, les jarrets, les filets, les aloyaux, les contre-filets, les barons, les hampes, les râbles, les cuissots, les croupions, les rognons, les tripes, les aiguillettes et les amourettes de cette carcasse équarrie, de cette énorme volaille découpée, disséquée, se rejoignant bientôt, telle de la vivante limaille attirée par l'aimant, pour constituer une nouvelle étrange composition, une nouvelle monumentale sculpture de chaude trépidante viande qu'on eût dit faite des membres brisés, ressoudés dans le désordre, d'une armée de statues, réduite en mille miettes par le plus épouvantable bombardement – à moins qu'on eût affaire à quelque rubensienne résurrection (sinon insurrection) de la chair, comme on en voit à la pinacothèque de Munich (épargnée espérons-le par les bombes), soumise aux fantaisies de quelque artiste cubisto-dégénéré, déchiquetée, *déconstruite*, et reconstruite enfin à sa guise.

Pour tout dire, c'était un *Guernica* du foutre...

S'étant mis lui-même à quatre pattes, comme un épagneul de chasse, l'ordonnance Ponthieu réussit à découvrir le lapin-général-en-chef Mouche sous un tas de bidoche hoquetante constitué d'une dizaine de bacchantes emmanchées par autant de satyres.

– Les JAPS ! jappa Ponthieu, effaré.

Ce seul jappement-là suffit, « JAP ! JAP ! JAP ! », pour mettre fin à la fête.

D'un coup l'épagneul, assis au sol sur son fondement, à la manière des épagneuls, fut entouré par un cercle d'une trentaine de lapins mâles, assis eux aussi par terre, à la manière des lapins – et oreilles dressées et attentives. Ils étaient tout ouïe :

– Oui ! Les Japs sont de retour ! rejappa l'épagneul. L'amiral Toudebout vient à l'instant d'apprendre, par ses informateurs de la frontière à Moncaï, que Mikokuni, à la tête de toute sa division, s'apprête à nous redébarquer sur la gueule. Ils rappliquent de Chine où ils ont pris une trempe. Ils se replient : dix mille hommes, des automitrailleuses, des tanks. Ils sont sur le point de franchir la frontière ! Et pire ! Deux brigades de la 37e division du Kwangsi, du général Nagona, se sont jointes aux Japs de Mikokuni, avec toute une armada de canons ! Ça en fait deux mille en plus. On n'en a pas encore fait le compte !

Dans sa tête de lapin agile, Mouche l'eut vite fait, le compte, et c'était pas un compte de fées : 5 000 Japs déjà présents au Tonkin + 10 000 de la division Mikokuni + 2 000 au moins des bataillons Nagona, ça faisait 17 000 réguliers, sans compter les innombrables, et non dénombrés, partisans indochinois recrutés en secret par la Kempetaï et qui pourraient constituer une sale surprise… Nous, au Tonkin, nous n'étions que 7 000 soldats blancs ! Dans l'ensemble de l'Indochine, nous n'avions que 12 000 soldats blancs sur 50 000 civils blancs !… Face à 60 000 Japs ! Le tout noyé au milieu de 25 millions d'autochtones !… Certes, avec les tirailleurs indochinois, on était 90 000, sans compter la garde indigène ! Mais comment s'y fier, aux Indochinois ? Pouvait-on compter dessus ?…

Les comptes étaient clairs.

Notre compte était bon.

Les oreilles des lapins se mirent en berne.

M. Li, arborant élégamment devant lui un plateau chargé de verres et de bouteilles, servait aux uns et autres des cocktails de paddy-soda-quinine-aspirine, pour passer les maux de tête.

– On est cuits, rôtis, farcis, finis ! dit le civet de lapin-à-la-moutarde Mouche !

– Buvez donc un coup, ça vous remettra, dit Li, se penchant pour mettre son plateau à la hauteur du général, toujours assis au sol sur son râble.

Mouche but d'un trait son paddy-soda-aspirine.

– C'est la chienlit, Li ! dit-il.

Il soupira. Et ajouta :

– On est foutus. Comment imaginer un seul instant qu'on puisse se battre contre les Nippons. C'est la lutte du pot de fer contre le pot de… le pot de…

Se penchant, Li souffla :

– Contre le pot de chambre !

Depuis cinq ans ils vivaient près des Japonais et ils ne les regardaient pas. Ils connaissaient leur force, certes, puisqu'ils avaient subi leur présence, mais ils n'avaient jamais consenti à reconnaître dans ces Asiatiques des égaux. Par une sorte de vanité mesquine, ils les avaient côtoyés sans daigner les considérer comme des soldats...

(Marcel Gaultier, *Prisons japonaises.*)

Lorsqu'on s'aperçut que les Nippons n'avaient pas réellement profité de leur écrasante supériorité ou ne s'étaient pas réellement rendu compte de celle-ci, cela fit croire qu'une sorte de puissance morale s'attachait aux forces coloniales par ailleurs si ridiculement faibles en comparaison. A part quelques rares exceptions, les Européens, tant était profonde la conviction de la supériorité innée de la race blanche, n'avaient pas conscience d'avoir été battus par les Nippons qu'ils considéraient avec une certaine condescendance...

(Georges Condominas,
L'exotique est quotidien.)

Sur les étagères du bar du Métropole, de bien réelles bouteilles de whisky ou de bourbon, Black and White (avec les deux caniches, noir et blanc), Johnny Walker (avec le bonhomme en redingote rouge et haut-de-forme), White Horse (avec le cheval blanc), Four Roses, J & B, Chivas Regal, Long John, William Lawson, Haig, William Grant's, etc., avaient remplacé les bouteilles factices de Marie-Brizard, Suze, Pernod, Grand-Marnier, etc.

C'est que ces incapables de Japs – revenus de Chine depuis deux mois déjà – avaient eu la très bonne idée, avant de se faire botter le cul, de razzier l'intendance de toutes les bases américaines qu'ils avaient momentanément conquises.

Ces rapines s'étant vite retrouvées sur le marché noir de Hanoi. Évidemment, vu l'origine des produits, il ne fallait pas trop compter acheter du pastis ou du Martini, mais, à côté du whisky et du bourbon, figuraient – « à des prix vraiment abordables » – gin et Piperminth.

L'annonce du retour de Mikokuni et de sa division avait d'abord, c'est naturel, fichu les chocottes aux Français ; mais ces braves samouraïs s'étaient montrés bon enfant. Ils avaient repris leurs quartiers, gentiment, au Tonkin, et partout en Indo… la routine aidant, le traintrain, on avait bientôt oublié leur existence…

Au Métropole on trouvait aussi du champagne (*made in California*, bien sûr). « A des tarifs raisonnables » là encore.

Il y en avait une bouteille, d'ailleurs, qui trônait, tout embuée de fraîcheur, dans un seau à… *champaign*, posé sur le bar de cuivre.

Les capitaines de vaisseau Rouhaut et Ducossard, perchés sur des tabourets, se trouvaient affalés juste devant… en cale pas sèche.

Un cigare (Uppman pur Habana) au bec, les pans de leurs larges pantalons blancs formant un pli élégant sur leurs jambes croisées, ils avaient ou se donnaient des airs de nababs fin de siècle, vaguement désabusés, bouffés de « spleen » et buvant « un *drink on the rocks* » dans le salon aux murs marquetés d'acajou de leur yacht luxueux ancré à Frisco, Macao, Monte-Carlo… ou dans les décors déjà désuets de quelque nanard hollywoodien d'avant-guerre.

Ils crachaient de bleues volutes de fumée vers les ventilateurs plafonniers qui, par esprit de contradiction sans doute, par prosaïque prolétarienne aigreur, s'acharnaient à en hacher menu les beaux nuages éthérés.

Rouhaut portait une veste croisée, cintrée à la taille, largissime aux épaules, couleur pistache à rayures émeraude ; Ducossard une veste de même coupe, mais rose pâle à rayures cerise. L'un arborait une pochette dorée, l'autre argentée. Tous deux avaient les cheveux tirés en arrière et copieusement gominés. On les eût dit en tout point tombés d'une gravure de mode de *Harper's Bazaar* ou du Fashion Institute of Technology.

« En civil », ils se sentaient « nus ».

Mais ils n'avaient pas le choix. Plus question pour eux d'enfiler leur bel uniforme remisé à tout jamais au placard, avec moult naphtaline. Ce foutu Mouche, à force de bombarder Paris de télégrammes incendiaires les dénonçant comme les pires pourris (« des matafs d'eaux saumâtres ! »), avait réussi à leur faire la peau. On les avait « cassés ». Briser les reins de ses ennemis (ou les « ficeler »), goinfrer ses partisans de postes, de galons, de prébendes, de primes, de décorations itou, était une des principales activités de résistance du délégué général, lequel avait d'ailleurs, pour son propre matricule, obtenu un triplement de sa solde par le GPRF (quatre mille piastres, mensuelles avec « rappel » sur les cinq mois précédents, en plus de ses deux mille piastres, traitement de général de corps d'armée, sans compter les frais : autant que le Pacha !).

Tout « nus » qu'ils fussent, sans uniforme, les ex-capitaines de vaisseau avaient les poches pleines.

Le big business marchait bien en effet. En Indo, les crève-la-faim vendaient tout pour rien, et les nantis achetaient n'importe quoi hors de prix !… Garées devant l'hôtel les attendaient leurs nouvelles voitures : une Hispano Suiza crème à fauteuils de cuir rouge, pour Rouhaut ; une Viva grand sport moutarde à fauteuils de cuir ketchup pour Ducossard.

Tant que les Japs seraient là, ça roulerait…

Mais les Japs, avons-nous dit, on les voyait plus.

On les voyait d'autant moins d'ailleurs qu'ils étaient plus nombreux : soixante-cinq mille aux dernières nouvelles (six mille venaient de débarquer à Cam Ranh !), et il en rappliquait tous les jours, de Chine bien sûr, mais aussi des Philippines où MacArthur, non sans mal il est vrai, les avait écrabouillés. Le généralissime Terauchi, chef de l'ensemble des armées du Sud, avait transféré « momentanément » son QG de Manille à Saigon…

Au Tonkin les Japs étaient dix-sept mille !

A Hanoi, deux mille.

Au Métropole, zéro.

Ce soir du 9 mars 1945 du moins.

Or ça ne s'était jamais vu qu'on ne vît pas de Japs au Métropole. Bizarre. C'était leur heure pourtant, c'était l'heure de Kuga.

Au cadran de l'énorme tocante de Rouhaut (une Piaget en or massif sertie de rubis), il était 18 heures.

Et à 18 heures précises, chaque jour, sans exception, on voyait la porte à tambour tourbillonnante du Métropole cracher en direction du bar le corps trapu, rustaud, épais, de l'effrayant colonel Kuga, avec un ou deux de ses sbires de la Kempetaï, un bras ceinturé du brassard blanc à idéogrammes sanglants. Kuga, qui n'était pas parti en Chine avec Mikokuni, occupait « sa table » d'*occupant* tous les soirs, pendant un bon moment ; avant de passer « à table », au restaurant de l'hôtel, puis de regagner les locaux voisins de la Shell où il mettait « à table » les quidams que ses services jugeaient suspects : communistes, trotskistes, et autres indépendantistes qui faisaient concurrence au parti indigène qu'il soutenait. A cet égard – naguère du moins –, il avait souvent collaboré avec la Sûreté de l'intendant Larsouille. Les ennemis de nos amis ne sont-ils pas nos ennemis ? On s'entrefilait les opposants d'une salle de torture l'autre…

Le Métro, donc, c'était une annexe de la Shell.

N'importe quel biffin de l'armée nipponne, même gradé, ne pouvait s'y rendre. C'est que la Kempetaï était un corps d'élite. Ses membres se permettaient nombre de privautés interdites aux autres : fréquenter les endroits chics, porter les cheveux longs, des bijoux, etc. Au demeurant, on n'avait pas l'impression que c'était par plaisir que Kuga allait au Métro. Il venait y renifler l'air du temps, étudier la mine, joviale ou déconfite, selon les aléas de la guerre, des Français ; capter des bribes de conversations ; interroger, en douce, les garçons de café mouchards ! Comment l'homme-qui-avait-voulu-dynamiter-Charlot aurait-il pu faire quelque chose par plaisir ? Quand cette aventure (Charlot !), *via* radio bambou, avait été connue du Tout-Hanoi, on vit des gamins français qui, pour le titiller, s'amusèrent à lui tourner autour en arborant chapeau melon, canne, petite moustache et pantalon trop large.

Vous croyez que ça l'aurait fait sourire ?

Il verdit. C'est paraît-il leur façon de jaunir, aux Jaunes.

Depuis lors on le surnomma King-Kong-Kuga.

– Les Japs me foutent plus les jetons quand j'les vois pas que quand j'les vois ! dit Ducossard qui avait aussi jeté un œil à sa montre (une énorme Rollex en platine, cadran serti d'émeraudes) marquant les fatidiques « 18 heures de Kuga ».

– Ouais, tout ça mé rassoure pas ! lança alors, à son adresse, un individu à lunettes noires et borsalino blanc qui, laissant glisser son coude sur le toboggan de cuivre du bar, dériva vers les deux ex-marins.

C'était le Moko, qui n'avait rien perdu de leur conversation. Tout le monde épiait tout le monde au Métro.

Le Moko était « en service ».

Ou « de garde », si on veut.

Il « baby-sittait » la Coutrais qui, assise à une table du fond avec Rosine Day et Suzanna Praskova, lui tournait le dos ostensiblement. Elle ne voulait plus en entendre parler, du Moko, « ce toueur ». Mais, lui, c'était pas son affaire.

Il avait toujours charge de la pister. Les trois femmes étaient vêtues en soie kaki de parachute. Les parachutages se multipliant, c'était devenu désormais une mode, dans toute l'Indochine…

Même la chanteuse *nha quê*, celle taillée dans la dent d'éléphant, en portait, de la soie de parachute. Accoudée au piano, imperceptiblement voûtée, elle susurrait l'air de Trenet : *Que reste-t-il, de nos amours, que reste-t-il, de nos beaux jours…*

Que ce fût la fin de nos beaux jours, c'était l'idée du Moko.

Et que ce 9 mars 1945 pût être le premier jour de la fin de nos beaux jours, c'était son idée encore. Ça lui plaisait vraiment pas, expliquait-il aux collabos Rouhaut et Ducossard, qu'il n'y ait pas de Japs ce soir au Métro. Ça inquiétait même tout le service de la Sûreté ; et son chef, le commissaire Luigi Tomato, qui, il y a moins d'une heure, avait fait part de ses craintes à Mouche et Astier : « Pas l'ombre d'un Jap visible, non seulement au Métro, mais dans aucune rue de Hanoi ! » leur avait-il dit. Les deux officiers supérieurs avaient haussé les épaules. Depuis des mois, les flics de la Sûreté, qui « perdaient les pédales », ne cessaient de leur crier « au loup, au loup ! », jurant, croix de bois, croix de fer, que le grand soir, c'était pour ce soir, le grand massacre, la tripotée finale ! Mais, sœur Anne, on ne voyait rien venir… « Ah ah… *Que le soleil qui poudroie et l'herbe qui verdoie* », ironisait le délégué général de la résistance. D'ailleurs…

– D'ailleurs, dit Rouhaut au Moko, les Japs ne frapperont jamais. Mouche a rencontré Mikokuni et le généralissime Terauchi lui-même ! Au dire de tous, il aurait reçu, à cet égard, les plus fermes assurances !… Les Japs lui auraient donné *leur parole de samouraï* !

Désormais même les pires extrémistes parmi les Japs – radio bambou l'affirmait – ne pouvaient plus ignorer que la guerre pour eux était perdue. Vaincus, ils étaient convaincus – comprenant mieux que les Anglo-Saxons bornés la subtile dialectique gaullo-pétaino-giraudiste – que les Français (vainqueurs, quoique vaincus) auraient, à la fin de la guerre, leur mot à dire sur le sort des vaincus, à la table des vainqueurs. La théorie du « réaliste » Belangel était donc devenue parole d'évangile : les Japs auront trop besoin de nous demain – afin qu'on leur négocie des conditions d'armistice honorables – pour nous faire aujourd'hui aucun mal.

Regardant, au plafond, les pales du ventilateur qui, sans pitié, empalaient, sabraient, déchiquetaient, égorgeaient le fin filet fluet de la fumée de son cigare, Ducossard, quelque peu angoissé, exposa à « l'optimiste » Rouhaut ses craintes sur « l'arrivée en nombre, quand même !, des renforts nippons ».

– C'est pas pour nous qu'ils amènent leur tronche, rétorqua Rouhaut, tirant sur son propre cigare avec l'assurance d'un docte politicien... C'est pour les Amerloques ! Ils pensent qu'après les Philippines MacArthur va se lancer sur l'Indo ! Qu'il va débarquer ! Qu'ça va pas rater ! Et ils veulent pas le rater ! Ils rappliquent pour le rejeter à la mer ! C'est c'qu'ils pensent, les Japs ! Moi, ce que j'en pense...

Les troupes japs, en effet, s'étaient installées tout au long de la côte qu'elles truffaient de blockhaus. Elles avaient planté aussi leurs tentes à la frontière chinoise, *doublant* en quelque sorte les forces françaises qui y campaient depuis 1940, et *renforçant ainsi* les fortifications de la fameuse Ligne Mouche. On se demandait d'ailleurs si les Japs avaient investi la frontière tonkinoise pour consolider nos défenses contre l'*ennemi* sino-américain ou pour nous surveiller. En fait, partout où nous avions des hommes, ils postaient des leurs. Comme au football, leurs joueurs *marquaient* les nôtres. Pas un de nos biffins qui n'eût dans le dos un biffin jap, sabre au poing. Nos troupes étaient littéralement *sandwichées* par les Japs !... Instaurait-on (en secret !) un poste de guérilla sur quelque pic, au creux de quelque vallée, deux heures plus tard, une escouade de nos *alliés* japs (prévenue par des espions) venait rôder autour...

Pour quoi faire ? Cherchaient-ils des champignons ? Chassaient-ils le lapin de garenne ? Qu'est-ce qu'ils foutaient là, à crapahuter dans les montagnes du Laos, de Cochinchine et autres ? De l'alpinisme ! S'ils attendaient un débarquement amerloque, c'était sur les côtes qu'ils auraient dû être ou, à la rigueur, sur les frontières du Tonkin !

Mais les *alliés* français, qu'est-ce qu'ils fichaient, eux aussi, dans ces montagnes ? Du pique-nique ? Ne devraient-ils pas construire plutôt, avec les Japs, des châteaux de sable sur les plages de Haiphong ou Cap-Saint-Jacques, en attendant l'ennemi amerloque ?

Pique-niqueurs et alpinistes, lorsqu'ils se rencontraient, au coin d'un bois, au détour d'une sente de jungle, se regardaient en chiens de faïence, sinon en chiens de fusil, le doigt sur la gâchette.

Mais pourquoi s'entre-tueraient-ils ? N'étions-nous pas « amis-amis » ?

Dans leurs jumelles Patterson *(made in America)*, une mitraillette Thomson *(made in America)* posée sur les genoux, les viêt-minh, flanqués souvent de conseillers (OSS, *hundred per-cent American* !), observaient, de loin, mais comme aux premières loges, cette étrange tragicomédie, ce jeu du chat et de la souris, attendant le moment où, « fascistes français et fascistes japs » s'entre-massacrant, ils pourraient retirer les marrons du feu !

– Tout se passera pour le mieux ! En douceur ! Vaseline itou ! dit l'optimiste Rouhaut en conclusion de son raisonnement. Les Japs resteront tranquilles si on les laisse tranquilles ! Les Amerloques, s'ils débarquent, leur mettront une pile ! S'ils ne débarquent pas (et c'est mon opinion !), on n'aura plus qu'à attendre ici, pépères, la fin de la guerre, en faisant des affaires, Chinois, Japs, Indochinois, copains comme cochons, ah ah !… Les Japs rendront les armes, et nous récupérerons le bébé…

– Tchin, messieurs ! *Kempaï* ! comme disent ces braves Japs.

Les deux ex-marins et le Moko entrechoquèrent leurs coupes.

… Washington, avec Moscou, serait le grand gagnant du conflit mondial. Ces messieurs Staline et Roosevelt, lors de la toute récente conférence de Yalta (la conférence des « Grands », où le « petit » Agamemnon n'avait pas été invité), ne s'étaient-ils pas partagé le monde comme une tarte aux pommes… ou aux bonnes poires, ah ah : « *Uncle Sam*, reprendrez-vous une tranche d'Indochine ? – *Uncle Jo*, je vous file en échange une miette de Chine ! »… Les chiens gaullards auraient beau aboyer, la caravane US passerait, le big business s'instaurerait !…

– On n'a pas à se méfier des Japs, dit Rouhaut, ni intérêt à leur exciter la moustache. Le général Mouche lui-même n'y tient pas, à ce qu'on la leur excite.

Il cracha une bouffée de fumée de cigare.

– Toudebout n'y tient pas non plus ! ajouta Ducossard.

Lequel Toudebout, en ce même moment d'ailleurs, se chargeait de les apaiser, les Japs. A Saigon, où il venait de se rendre pour rencontrer le nouvel ambassadeur Matsumoto, il s'apprêtait à faire de nouvelles concessions : la Banque d'Indochine offrirait des fonds supplémentaires à l'armée nipponne d'occupation, et le Comptoir du riz, malgré la disette, des stocks importants de cette céréale.

La France respectait les accords signés avec le Japon.

Que le Japon les respecte : en respectant notre… *Souveraineté* !

Passant à cet instant près du bar, M. de La Chèrefeuille, fort élégant dans son costume blanc à pochette rouge, avait entendu quelques bribes des propos euphoriques de Rouhaut.

Il le prit aussitôt à partie, se joignant à leur groupe… (Bien sûr La Chèrefeuille était un néo-résistant et Rouhaut et Ducossard des archéo-collabos – le Moko étant un minable indéterminable – mais, dans ces « heures sombres », on avait, entre Français, à quelque bord qu'on appartînt, envie de se tenir chaud, de se serrer les coudes !)

– Vous prenez vos désirs pour des réalités, monsieur l'ex-capitaine, lança, non sans hauteur cependant, le directeur de *L'Action*, je tiens de *source sûre* que les Japs vont frapper, et très bientôt, ce soir même peut-être !

– Du flan ! cracha Rouhaut, lui crachant au visage la fumée de son cigare.

– Du vent ! lança alors un nouveau venu, qui, entendant leur propos, s'était agrégé, lui aussi, à leur groupe.

M. Parth, ex-chef de l'ex-Légion du Maréchal section Tonkin, ex-directeur du journal désormais dissous *Le Légionnaire du Tonkin*, et directeur toujours de la firme Dumarcel Frères, import-export. Un gros bonhomme ventru, étroitement saucissonné dans un costard étriqué.

Commandant une nouvelle bouteille (à six cents piastres), Rouhaut les régala tous d'une tournée de *« californian champaign »*...

Les coupes entrechoquées recliquetèrent.

– Je bois à la victoire ! s'exclama-t-il.

– Et moi à nos déboires ! souffla La Chèrefeuille en sourdine.

– Notré dernièré coupe peut-être ! renchérit funèbrement le Moko qui, suant de trouille, tirait une tronche de croque-mort. Yé vous dis qué ça va barder. Depuis deux semaines, à la Soûreté, on les observe, les Japs ! Et yé vous dis que c'est louche tout ce qu'ils peuvent pas trafiquer : dans lé camp de Gialam tous leurs hommes sont consignés, ils s'entraînent au combat de rue, au corps à corps à la baïonnette ! Faut voir les cris qu'ils poussent à l'exercice ! Y en ai encore froid dans lé dos... Y s'amusent à étriper des mannequins, en attendant mieux !... Tous portent des chaussures à semelle crêpe, et pourquoi, hein, des semelles crêpe, hein ? Pour agir en silence ! Ils ont raflé aussi toutes les torches électriques disponibles sur le marché de Hanoi et pourquoi, hein ? Pour attaquer la nuit ! Ils ont fait fabriquer dans des ateliers de couture de la rue de la Soie on ne sait combien de brassards frappés du Soleil-Levant. Et pourquoi, hein ? Pour qu'au moment du coup leurs mercenaires indigènes les arborent, comme ça ils se reconnaîtront...

– Racontars ! dit Parth.

– Manips ! dit Rouhaut.

– « Manips » ? C'est ce que Mouche dit à la Soûreté ! jeta Moko.

Frémissant de toute sa crinière argentée et montant sur ses grands chevaux, La Chèrefeuille balança :

– Je sais *de source sûre*, dit-il (il en pinçait, ce soir-là, pour l'expression « de source sûre » qu'il prononçait avec un petit air mystérieux et hautain), que les Japs veulent en finir avec les Français avant que les Américains débarquent !

– Et moi, dit Rouhaut, imitant ironiquement le ton de La Chèrefeuille, je sais *de source sûre* que tout ça c'est de l'intox ! Même ce débarquement US est de l'intox ! Ils débarqueront pas les Amerloques, si vous voulez ma vraie opinion ! Ils ont jamais eu l'intention de débarquer. Après les Philippines, c'est au Japon directement qu'ils vont s'attaquer ! Cependant leurs services de désinformation essaient de nous persuader qu'ils vont débarquer, et d'en persuader aussi les Japs ! Pour que les Japs nous égorgent par mesure, dirais-je... prophylactique ! Les Japs craignent qu'on fasse comme en Normandie ! Qu'on déclenche un mouvement de résistance pour appuyer le débarquement US ! Qu'on les poignarde dans le dos ! Roosevelt ne veut plus des Français ici... et il incite les Japs à nous virer, pour n'avoir pas à le faire lui-même ! Il pourra alors ramener tranquillement ses *pompes*, à la fin de la guerre... ses pompes à essence, j'entends : Texaco, Gulf, Mobil Oil and Co. Ah ah ! ! Manipe, traquenard, intox !

– C'est vous qui faites de l'intox ! ragea La Chèrefeuille. Ça vous suffit pas déjà de nous intoxiquer avec ce picrate de mousseux californien !

Il avala sa coupe cul sec, en grimaçant.

– Intox, intox, intox ! répétèrent en chœur les uns et les autres, chacun prêtant au mot un sens différent, recouvrant les plus divers, les plus sombres sous-entendus.

C'est avec un air sombre qu'ils s'entre-regardaient d'ailleurs !… N'auraient-ils pas parlé trop fort ? Ils rapprochèrent leurs visages d'un invisible centre de gravité flottant à peu près au milieu du long comptoir de cuivre du bar, et se mirent à chuchoter afin que leurs propos, si confidentiels, top secret, ne fussent pas entendus par des « oreilles ennemies ». Elles étaient partout, les oreilles ennemies. Les chaises, les fauteuils, les ventilateurs (coup d'œil général au plafond !), le paddy-soda lui-même, avaient des oreilles. Même les murs avaient des oreilles ! Et ce foutu barman, là, avec sa gueule bridée de *nha quê* à la mords-moi-le-nœud, n'en avait-il pas… des oreilles ? Même les *nha quê* ont des oreilles !

– Les Amerloques veulent nous faire le coup des Russes aux insurgés polacks de Varsovie qui ont pris les armes trop tôt, dit Rouhaut.

– Les Boches les ont liquidés, tandis que l'armée Rouge, tout à côté, attendait que ça se passe en buvant de la vodka sur des airs de balalaïka ! renchérit Parth.

– Et Staline a retiré ensuite les marrons du feu, conclut Rouhaut. Roosevelt veut faire pareil : nous anéantir par Japs interposés ! Tout ça s'est réglé dans notre dos, à Yalta !… Mais nous, on n'est pas des Polacks !

Et prenant un petit air supérieur à-la-La-Chèrefeuille, il ajouta, en toisant celui-ci du regard :

– Croyez-moi, je tiens ça *de source sûre* !

Furieux de voir ce jean-foutre-de-collabo lui piquer son expression, La Chèrefeuille lui postillonna de rage :

– Et de quelle *source sûre*, monsieur l'*apprenti-sourcier*, la tenez-vous, votre information ?

– De *haut lieu* ! dit en enflant la poitrine Rouhaut.

– De très *haut lieu*, renchérit Ducossard en levant les yeux au plafond où le ventilateur, imperturbable, tel un galérien à la rame, pagayait, pagayait, pagayait l'air enfumé, poisseux…

– Et c'est quoi, votre *haut lieu* ? demanda La Chèrefeuille, assez séduit par ce synonyme de son expression chérie.

– Je le tiens, indirectement, du Pacha, par le secrétaire de Belangel qui l'a confié au secrétaire d'Aurillette qui l'a confié à une domestique de la Pachatte dont j'ai la confidence, dit Rouhaut qui, depuis sa disgrâce, n'avait bien sûr plus aucun lien avec le gouverneur général.

– Le Pacha est un traître ! s'exclama La Chèrefeuille qui avait un lourd contentieux de ce côté-là. On ne peut croire un mot de ce qu'il dit. Il sera fusillé à la fin de la guerre ! Sachez-le bien ! Et j'y veillerai !

A ces mots, un éclair de méfiance illumina les yeux des discutailleurs qui se mirent à s'entr'observer (« n'ai-je point trop parlé ? »), se demandant si tel ou tel de leurs interlocuteurs n'était pas en train d'intriguer (de « ficeler » quelque dossier) afin de les envoyer au peloton d'exécution.

– Le Pacha n'est pas un traître ! s'exclama Rouhaut, prenant paradoxalement la défense de l'homme qui l'avait dégommé. (… Il est des heures où les ennemis d'hier doivent faire front face à un ennemi commun plus redoutable : Rouhaut s'était mouillé avec l'amiral, si on coulait l'amiral il coulerait avec…) Le Pacha a joué double jeu.

– On a tous joué double jeu, dit Parth, ex-légionnaire, en clignant de l'œil, à la manière un peu du Pacha.

Ducossard, à son tour, cligna de l'œil, à la façon du Pacha, disant, avec un sourire entendu :

– C'est bien évident… Moi-même, j'ai joué le…

– Tenez, dit Parth, ma femme… hein, ma femme… Suzy… vous la connaissez tous Suzy… eh bien, Suzy… je vous le donne en mille… (Il croisa les bras, jouant celui qui attend une réponse.) En mille… Devinez ? Eh bien… je l'ai toujours caché : elle est canadienne, ouais, anglo-saxonne, et – en plus de ça, je vous le donne en mille –, hein, devinez : elle a une ascendance juive !… (Il décroisa et recroisa les bras, avec l'air de celui qui a estomaqué son interlocuteur.) Ouais, juive ! Comment pourrais-je être un fasciste ?… Double jeu !… (Il recligna de l'œil à-la-manière-du-Pacha.) Et si vous m'en croyez, si on ne veut pas se faire… doubler, le jeu à ne pas jouer maintenant, c'est de jouer les cons avec les Japs ! Les Japs sont sur la touche ! Ils comptent plus que pour du beurre ! Foutons-leur la paix jusqu'à l'armistice !... L'ennemi principal désormais, c'est les communistes, et les crypto-communistes amerloques qui les soutiennent ! Il faut pas que la France se laisse virer d'Indo... Il faut dénoncer les fauteurs de troubles ! Bâillonner les semeurs de rumeurs mensongères ! Les écrabouiller !

Il fit le geste de couper des têtes du tranchant de sa main...

Se sentant visé, le Moko plongea sa grosse poigne poilue dans une poche de sa veste et en sortit, comme un lièvre d'un chapeau de magicien, un morceau de tissu blanc : un brassard emblémé du Soleil-Levant :

– Et ça, c'est quoi ? demanda-t-il, oune fausse roumeur ? Z'é vous ai dit, les Japs en ont fait confectionner, rue de la Soie, dans les ateliers, cinq mille, cinq mille tout pareil pour les filer à leurs partisans indigènes ! Vous imaginez cé qu'ils vont pas nous faire, les cinq mille Annamites projaps, si on leur donne des armes ? Y en a qui sont méchants, y z'ont des raisons ! Et les Japs, c'est des très méchants... Vous savez cé qui fount quand y se fâchent ?

Il replongea sa poigne dans sa poche-haut-de-forme, en ressortant, en guise de lapin, une photo. Elle représentait une femme asiatique, nue, seins et nez coupés, un sabre enfoncé dans le vagin, entre ses jambes écartées !

– C'est ça qu'ils vont faire à nos femmes. C'est c'qu'ils font en Chine tous les jours ! Z'appellent ça des brochettes à la nipponne !

Rouhaut et Ducossard regardèrent le Moko avec un air méfiant soudain. C'était quoi c'te photo ? Un truquage ? Et d'où elle venait d'ailleurs ? Et de quand elle datait ? Ce Moko-là, ce métis ou quarteron de *nha quê*, n'était-il pas un agent chinetoque ou amerloque ? Une marionnette des communistes ? Quelque traître stalino-rooseveltien payé par Wall Street pour jeter de l'huile sur le feu...

D'un coup ils lui tournèrent le dos. Si bien que le Moko fut confronté à « deux dos », l'un drapé d'une veste pistache à rayures émeraude, l'autre rose pâle à rayures cerise, deux énormes dos, des murs, des frontons-de-pelote-basque-de-dos ! Des murailles de Chine de dos ! La Chèrefeuille qui assistait au même spectacle que le Moko balança aux deux dos :

– Vous ne voulez pas regarder la vérité en face ! Vous êtes comme deux autruches qui font le gros dos en plongeant leur tête dans le sable pour ne pas ouvrir les yeux. Vous êtes des poules mouillées ! Des vendus. Il faut frapper les Japs avant qu'ils nous frappent ! Frapper !

Et, ce disant, il brandissait son poing, un poing prolétarien – sous le ventilateur plafonnier qui, prolétariennement, continuait son job quotidien, son incessant turbin, sans même une pause café, une pause cigarette. Un jour, il faudrait que les ventilos réagissent, songeait le ventilo, qu'ils lancent une grève générale, une insurrection : ces *damnés du courant d'air*.

« Ventilos de tous les pays, unissez-vous ! »

Le Moko, lui, en était revenu à son job. Il baby-sittait du regard la Coutrais qui, là-bas, continuait de papoter ferme avec ses compagnes…

– Tu connais pas l'histoire de Rintintin ? disait la Coutrais à Rosine Day et Suzanna Praskova.

– Rintintin chien fidèle ? dit Rosine.

– Non, pas le film ! Le vrai Rintintin ?

– Le vrai ?

– Je veux dire l'acteur ?

– L'acteur ?

– L'acteur qui joue Rintintin ! dit la Coutrais, exaspérée par tant de pesanteur mentale. L'acteur-chien ! Il s'appelle pas Rintintin en fait, ça c'est son nom à l'écran (comme toi, Rosine, Rosine Day, c'est ton nom de scène, tu piges, ton vrai nom c'est Pierrette Dupont, tout le monde le sait !). Bon, eh bien… Tu m'fais toute m'embrouiller… Donc le vrai nom à Rintintin, c'est Wolf ! Un nom allemand. Parce que Rintintin, c'est un berger allemand ! Mais un berger allemand allemand, tu piges. Je veux dire qu'il est né en Allemagne. C'est un soldat américain qui, en 1918, à la fin de la guerre (l'autre, la première), a adopté Rintintin… non Wolf, alors que Wolf était qu'un tout petit chiot… Il l'a trouvé dans une ferme de la Ruhr détruite par les bombardements… Ses propriétaires, dans la dèche, le lui ont offert… Alors l'Américain, il a emmené le petit chiot berger allemand allemand en Amérique, de sorte que c'est devenu un berger allemand américain ! Tu piges !

– J'te suis. On est en Amérique…

– Eh bien, imagine que Wolf s'est révélé un chien extrêmement intelligent et brillant ! Un producteur de Hollywood qui l'a rencontré par hasard dans un chenil a été séduit ! Il l'a engagé ! Wolf a brûlé les planches !… Il est devenu une star ! Une star chien : Rintintin !… Tu vois, en Amérique, même les chiens réussissent dans le cinéma. Y a pas que Claudette Colbert !… Paraît qu'il a une niche, mais une niche ! Le palais Puginier à côté, c'est… une niche ! Sa niche, elle a dix pièces, sur Sunset Boulevard, avec une de ces piscines ! Et juste à côté de la baraque à Jean Harlow !

– Et t'as appris ça où ?

– Radio San Francisco !

Dans *son* bureau, au palais du Commandement supérieur, le général Mouche, qui avait caché ses oreilles de lapin sous son casque colonial étroitement vissé sur son crâne, buvait un apéritif, un *ouiské* (Johnny Walker de provenance inconnue), installé dans un confortable fauteuil de cuir, face à Pierre Toudon, alias Priape, de l'École d'Asie extrême, lequel n'en finissait pas d'essayer de le persuader de ce dont il était persuadé déjà, comme tout l'état-major, à savoir que ce prétendu-prochain-coup-de-force-jap, dont tout le monde parlait, n'était qu'un coup d'intox monté par les Amerloques, en vue de nous flanquer un coup de poignard dans le dos… « On » essayait de nous effrayer, de nous faire prendre des mesures de sécurité, pour inquiéter et exciter les Japs, et les inciter à frapper… Mais il fallait voir les cicérono-proustiennes périodes qu'il utilisait, Priape, grand orchestrateur de la *guerre psychologique*, pour nous expliquer ça : qu'les Yankees cherchaient à ce que les Nippons nous cherchassent des poux dans le casque colonial !

Profitant d'une parenthèse dans l'étouffant discours de Priape, Mouche avala une gorgée de *ouiské*… Quand le commissaire Luigi Tomato, introduit par M. Li, leur débarqua dessus (pour la troisième fois de la journée), la gueule tout affolée.

Mouche, d'emblée, avait reconnu Tomato, quoique ça ne fût pas *a priori* évident, vu que les sbires de la Sûreté arboraient tous, « pour passer inaperçus », des lunettes noires, un borsalino blanc et un costard blanc cintré (uniforme dans lequel le général avait demandé – et c'est ce qui lui avait permis d'identifier son homme – qu'on introduisît, pour chaque individu, une variante distinctive, en l'espèce de la couleur de la cravate : irrémédiablement cassis à pois moutarde pour Tomato).

Mouche ne pria pas ce Tomato-là de s'asseoir, car ce Tomato-là depuis 8 heures du matin lui courait sur le haricot ! Il ne savait que trop bien ce que ce Tomato-là allait lui dire, et qu'il lui dit en effet :

– C'est pour ce soir !

– C'est depuis ce matin que c'est pour ce soir ! ragea Mouche.

– J'ai de nouveaux éléments, ir-ré-fou-tables !

On les connaissait, ces éléments (toujours « irréfoutables ») qui permettaient d'envisager un coup de force (ceux que le Moko avait exposés à Rouhaut, à quoi s'ajoutait que les civils japs avaient ordonné à leurs domestiques annamites de faire des provisions d'eau et de vivres, et qu'un grand nombre de femmes japonaises, le matin même, avaient quitté les villes, pour se replier on ne sait où… N'était-ce pas louche ?).

Foutaise ! Élucubrations !

Si tant est que les Japs fissent quelques préparatifs de

défense, pensait Mouche, ça n'était pas contre les Français, mais parce qu'ils croyaient (à tort !) à un prochain… débarquement US ! Il ne fallait pas bouger, pas de vagues, pas de provoc… C'était d'ailleurs les consignes de Paris : *L'évolution de la situation militaire et même certains conseils des Alliés pourraient encourager l'action prématurée de la résistance*, lui avait-on télégraphié.

Profil bas donc.

Tout le reste est littérature !

Les poulets lisent trop de polars !

Les tout nouveaux « éléments nouveaux », tout frais pêchés, de la « dernière marée » qu'apportait maintenant Tomato, étaient, à ses dires, plus « irréfoutables que les plus irréfoutables ».

Se penchant sur l'oreille de Mouche, il lui souffla :

– Diêm, Nguyên Duc et leurs acolytes sont en ce moment même dans les locaux de la Kempetaï !

C'étaient les leaders annamites projaps du mouvement Daï-Viet, consciencieusement fichés par la Sûreté. L'absence de King-Kong-Kuga au Métropole s'expliquait donc ! Et que les leaders nationalistes, sans vergogne ni précaution, se radinent dans les locaux de la Shell, révélait qu'ils n'avaient plus peur de rien, qu'ils s'apprêtaient donc à frapper !

– C'est archi-soûr que c'est pour ce soir ! répéta Tomato.

Mouche lui lança un œil noir. Ses propres services de renseignements, ceux de l'armée de terre (BSM de Chaballier !), des vrais « pro », ne lui avaient rien signalé de tout ça ! (Entre services de renseignements, une vive rivalité existait. Le BSM méprisait la Sûreté qui le méprisait !) Si le BSM n'avait rien à signaler, c'est qu'il n'y avait rien à signaler : Quels micmacs donc ne nous fricotait pas ce demi-niak de Tomato ? N'était-il pas un agent provocateur amerloque ? (« 5ᵉ Colonne, 5ᵉ Colonne ! » murmura Mouche par-devers soi.) Pourquoi les Japs frapperaient-ils ! Ils avaient trop intérêt au *statu quo* ! Ils les avaient à zéro, les Japs ! Ils étaient à nos bottes, les Japs ! Bientôt ils nous les cireraient, nos bottes ! D'ailleurs (ce que Mouche ne pouvait confier à ces imbéciles de Priape et Tomato) ils étaient à ce point à nos bottes, les Japs, que leurs Japs d'épouses commençaient à changer... de camp, ah ah ! Ces tristes vaincus s'apprêtaient à devenir de triomphants cocus ! Ah ah !... Omiya en particulier, le chef de la Mission dite culturelle : Kikou, sa femme, la veille – lors d'un amical dîner franco-nippon –, avait filé à Mouche, par le biais de M. Li, un rendez-vous galant pour ce soir même, à 18 heures !

... Sa mousmé, sa geisha, son petit cerisier en fleur du mont Fuji-Yama, son pétale de prunier, sa Mme Butterfly adorée, la Mme Chrysanthème de tous ses rêves les plus fous, sa friponne Nipponne qu'il brûlait en vain de se soumettre depuis... depuis plus de deux ans ! lui avait fait savoir qu'elle allait, ce soir, oui ce soir, être à lui !... Mouche était sur des charbons ardents, il avait d'ardents chardons plein le caleçon : dans sa chambre – sa chère chambre coquine ! – il avait fait dresser, par M. Li, à côté du lit, une petite table, avec chandelier. Il avait fait mettre au frais du champagne, pas du « paign », non, du « pagne », du veuve-clicquot authentique acheté hors de prix à un commerçant chinois de l'avenue Maréchal-Pétain, il avait même mis de côté, pour ces agapes, deux boîtes de son *cassoulet stratégique* jusque-là précieusement conservé en réserve ! Tout était fin prêt pour accueillir la belle adultérine mousmé...

Qui était certes un peu en retard.

Le cadran blanc de la Cyma de Mouche indiquait 18 h 20.

Vingt minutes de trop !

Mouche, sans cesse, y jetait un regard inquiet. Il en lançait un, ensuite, plein d'angoisse à M. Li qui, debout, en veste blanche boutonnée jusqu'au cou, se tenait dans le bureau, en face du général, et derrière Priape, aux ordres.

Seul Li « savait ».

– Que les femmes sont volages ! lui lança Mouche, avec un clin d'œil.

Sans dire mot le domestique sourit. Et Mouche d'ajouter :
– Oui, mais qu'elles sont jolies, Li.

Kikou, au troisième étage de l'immeuble de la Mission… culturelle, rue Paul-Bert (face à la Shell), venait de jeter un œil à sa Seiko bracelet : elle indiquait 17 heures. Elle avait donc encore plus d'une heure avant son rendez-vous, son tragique rendez-vous, son héroïque rendez-vous, avec le chef (occulte) des organisations clandestines de la résistance française.

Sa gorge se serrait.

Kikou avait été chargée d'une mission-kamikaze-ultra-secrète-au-nom-du-Mikado-etc. par son époux Omiya, parti lui-même à Lang Son pour une autre mission tout aussi secrète : elle devait – se-sacrifiant-aux-intérêts-supérieurs-du-Soleil-Levant (pouvait-elle refuser ? D'ailleurs on ne lui donnait pas le choix… sinon… « couic ! ») –, elle devait donc se donner, se prostituer au général Mouche. Jouant de tous ses charmes, elle avait « ordre exprès », pour-la-plus-grande-gloire-du-Japon-éternel, de le déboussoler autant qu'elle pouvait. Cependant se déclencherait le coup de force qui mettrait fin à la « fiction » de la *Souveraineté française* sur l'Indochine. Armés jusqu'aux dents, l'ensemble des soldats japonais de la colonie s'apprêtaient à se ruer sur les troupes françaises pour les couper en morceaux… Nombre de jeunes femmes, nipponnes ou annamites, avaient pris rendez-vous, comme Kikou, avec des officiers supérieurs. Nombre de dîners aussi, ce même soir, avaient été offerts par les Japs aux « amis français » un peu partout en Indo (ainsi Omiya donnait-il une réception à Lang Son, lieu stratégique d'importance !). Nombre d'amicales parties de cartes, de fesses, de basket-ball ou de mah-jong franco-nipponnes avaient été prévues… Pauvres petits Français, si gentils, si rigolos, ils allaient prendre une trempe !

Pauvre petit Mouche !

Pauvre chou !

Elle lui voulait pas de mal, à ce pauvre chou, pas plus de mal qu'à ce petit insecte roussâtre qui, cahin-caha, marchait en cahotant sur la vitre de cette fenêtre où elle appuyait son front pâle et bombé, Kikou.

Un tout petit insecte avec deux toutes minuscules ailes et un gros derrière rond sur lequel étaient fixées, de part et d'autre, quatre grosses pattes noires velues. Elle avait lu toute l'œuvre de Fabre, l'entomologue, traduite en japonais, mais elle n'était pas capable de déterminer ce que c'était cette bestiole…

Les cheveux de Kikou, ses lourds cheveux bleu sombre, mal retenus en chignon par le peigne planté dans sa nuque, formaient comme deux pans de rideau lâches, de part et d'autre de son visage vernissé de mauve par le soir tombant.

Elle était debout, en kimono bleu (elle avait mis un habit traditionnel, pour mieux enchanter Mouche), appuyée contre la fenêtre donc, rêveusement, et tenant d'une main incertaine, au bout d'un bras ballant, un livre, dont elle ne serrait que par un volet la couverture déployée, de sorte que, se balançant vaguement dans le vide, il pendait pages grandes ouvertes, en éventail, comme on ne sait quelle volaille morte, qu'une fermière distraite, se rendant à quelque prosaïque marché, n'eût portée que d'une seule aile…

Qui eût su transcrire les idéogrammes du titre de cet ouvrage eût lu, en gros caractères gras, noirs sur fond blanc : *Guide pratique de la geisha*, et le sous-titre expliquait : *Vingt leçons d'amour, avec soixante croquis détaillés expliquant les diverses positions envisageables dans la copulation.*

Kikou était épuisée. Elle potassait ce bouquin depuis l'aube, penchée studieusement sur les feuillets dorés que, de son index droit humidifié d'un régulier coup de langue, elle tournait lentement. Elle prenait des notes, cochant les pages les plus intéressantes, soulignant les paragraphes d'importance à l'encre rouge, à la façon d'une lycéenne anxieuse de rater son oral du bac… Elle révisait ! C'est qu'elle ne se sentait pas sûre d'elle. Serait-elle à la hauteur ?

Mouche avait la réputation d'être un ogre du sexe, une bête. On lui disait un braquemart énorme ! Plus on en parlait, plus il grossissait d'ailleurs ! Un zeppelin !... Dans le *Guide de la geisha*, il y avait un chapitre entier sur la façon d'apprivoiser les courges de gros gabarit. Mais enfin...

Les ordres de l'état-major indiquaient (au-nom-du-Grand-Nippon) qu'elle devait « occuper l'ennemi » pendant « une heure trente » au minimum afin qu'il prêtât le moins possible attention aux bruits qui pourraient lui parvenir – malgré le plus grand secret qu'on y mettait – des préparatifs du coup de force. « Une heure trente ! » J'voudrais les y voir, moi, se taper pendant une heure trente un morceau comme Mouche qu'aurait en plus un braquemart de gorille ! Un quart d'heure, encore, je dis pas !

L'attaque serait déclenchée à 20 h 15 précises !

Pauvres Français ! Pauvres petits choux ! Mais ces petits choux-là étaient aussi allés trop loin ! C'était normal qu'on veuille leur rentrer dans le chou ! Ça suffisait pas, déjà, qu'ils se fassent parachuter des stocks de Camel, de Campbell's soup et de mitrailleuses (il en était tombé même en plein milieu de la cour de l'état-major jap de Hanoi, un soir de grand vent !) ; ça suffisait pas qu'ils organisent des excursions avec pique-nique dans toutes les montagnes du Tonkin pour faire prendre l'air aux troupes coloniales trop confinées dans l'atmosphère malsaine des casernes ; ça suffisait pas qu'ils fassent distribuer ces tracts vraiment pas gentils où on compare les Nippons à des gorilles poilus, alors que les Nippons sont beaucoup moins poilus que les Blancs ; ça suffisait pas tous ces discours de l'amiral à la gloire des Alliés, alors que ces Alliés-là, deux ans auparavant, c'était pas ses alliés du tout ; ça suffisait pas que la DCA française, y a deux mois, lors du bombardement de Saigon, tire au flanc au lieu de tirer sur les B29 US ; il a fallu qu'ils mettent Vivien Leigh dans le coup ! Avec Laurence Olivier en plus !

Au Majestic de Hanoi passait en effet *Lady Hamilton*, un film de propagande anglaise à peine déguisée, où le bon

Nelson, qui symbolise Churchill, règle son compte à Napoléon, qui symbolise Hitler ! Alors ça a servi à quoi que nos Zéros coulent la marine british et rasent Singapour ! C'est comme ça que les Français nous remercient d'avoir ratatiné leur *ennemi* anglais ?... Vivien Leigh, vraiment, c'était trop ! Le saké était monté au nez des Japs !

A Omiya, le mari de Kikou, ça lui en avait mis un coup, ce coup de Vivien Leigh ! C'est ça qui l'avait décidé à sacrifier la vertu de Kikou-Iphigénie sur l'autel de la Patrie ! A Kikou, d'ailleurs, il lui avait pas demandé son avis ! Et Kikou, elle n'avait pas cherché à le donner. Ces types capables de dynamiter Charlot ne plaisantaient pas ! On lui avait promis par ailleurs qu'après son... sacrifice, elle pourrait retourner au Japon cultiver ses pruniers à Hiroshima.

Eh bien, elle se sacrifierait donc ! Oui ! Entendu ! Elle coucherait avec Mouche ! Mais – ensuite... – elle se vengerait, elle vengerait son honneur bafoué ! Elle le trancherait en morceaux, Mouche, ce pauvre chou, elle lui trancherait la tête et, la tenant par les poils de la calvitie, cette tête (telle la *Judith* de Klimt ou du Bronzino brandissant le crâne d'Holopherne), elle irait la jeter aux pieds de son cocu d'époux, ce dégénéré qui l'avait prostituée. Montrant, au sol, le chef sanglant du général en chef franco-assyrien Holopherne-Mouche, elle lancerait à son mari :

– Le voilà, cocu, celui auquel tu livras ta femme !

Scène sublime qu'immortaliserait un jour (elle en était sûre) le pinceau de son ami Fujita (qui avait quitté l'Indo un an auparavant).

Après avoir craché ces insultes à la gueule immonde d'Omiya, elle ouvrirait son kimono et, devant lui, elle se ferait hara-kiri, se *perçant le sein* en perçant son joli ventre nu du fer vengeur de son glaive outragé.

N'était-ce point beau ? Digne de l'antique !

Peut-être en ferait-on un opéra : un autre *Salomé* !

Évidemment y avait un hic. Comment elle raconterait tout ça, après guerre, à ses amis de la Closerie des Lilas à

Paris si elle se faisait hara-kiri-en-se-perçant-le-sein-dans-le-ventre ? Et comment poserait-elle, poitrine nue, offerte en holocauste, sabre au clair, pour le tableau de Fujita ?

La petite bestiole roussâtre, clopin-clopant, escaladait la vitre, semblant marcher sur la tête des gens qui, en contrebas de la fenêtre, allaient et venaient en foule nombreuse dans la rue Paul-Bert que bleuissait d'ombres la nuit tombante. Le 9 mars était un vendredi…

Les Japs avaient choisi tout exprès un vendredi soir pour donner le « coup de balai », sachant que pour les Blancs en général, et les Français en particulier, le vendredi soir c'est le début du oui-kend, et que le oui-kend, pour eux, c'est sacré. Ainsi, pour l'attaque de Pearl Harbor, avaient-ils choisi un dimanche. Dans l'armée jap, on dit qu'il n'y a que le lundi, le mardi, le mercredi, le jeudi, le jeudi, le jeudi et le jeudi – pour signifier qu'y a pas de semaine des quatre… jeudis, dans l'armée jap, que, dans l'armée jap, on bosse, même le oui-kend ! Ça rigole pas, les Japs ! Les Japs, ça trime ! C'est pas cigale pour un sou les *fourmis japs* !

Et tous ces petits Français, sur la tête desquels marchait la petite bête roussâtre, tandis qu'ils marchaient, là, en bas, dans la rue envahie d'ombres bleues, ils ne se doutaient pas – tout heureux qu'ils étaient d'être en oui-kend – de ce qui allait leur tomber dessus. Ils marchaient innocemment, insoucieux, les hommes dans leurs fiers uniformes, blancs pour les marins, bruns pour les biffins, les femmes dans leurs robes légères aux teintes chatoyantes ; flanqués de leurs enfants souvent, et de leur chien parfois (les Français aiment les chiens) ! Allaient-ils dîner ce soir dans les frais restaurants, au bord du Grand Lac ; allaient-il danser à la Taverne, à l'Étrier, au Lotus rouge, à La Pagode ? Iraient-ils au Théâtre de la Ville où on jouait *La Fille de Madame Angot* de Lecocq ? A moins que ce fût *Pasteur* de Sacha Guitry ? Elle ne savait plus, Kikou, elle ne se rappelait plus les programmes ! A moins qu'ils allassent au cinéma où se donnait *Brumes sur le port*, à l'Éden, avec Ida Lupino ; ou *Broadway Melody*, au Palace, avec Fred Astaire et Eleanor

Powell ; ou *Lady Hamilton* au Majestic ?... La rue Paul-Bert, à mesure que le soir tombait, s'emplissait davantage. Les trottoirs, les terrasses de café grouillaient de monde, hommes, femmes, Français et Tonkinois, civils et militaires...

C'est que le général Astier, avec l'aval de Mouche, venait de déconsigner les trois quarts des soldats de la Citadelle !

Ils avaient été « consignés » en effet, « collés » pour tout dire, comme des potaches coupables – mais de quoi ? – par un « hurluberlu paniquard », un « péteux irresponsable » qui, affolé par les bruits menaçants que faisaient courir des « provocateurs », avait, le matin même, donné « ordre » aux troupes de la Citadelle de n'en pas bouger ! Tous les hommes devaient rester « en alerte » : un week-end ! Vous pensez ! Toute une caserne, « en retenue », « au piquet », pour ainsi dire, « de garde » !... et un week-end ! Merci !... Ça grognait dans les chambrées, on peut imaginer ! Le paniquard en question, d'ailleurs – nommons-le, c'est le général Saboté, chef de la division du Tonkin –, non content de se faire complice des agents provocateurs, à la solde sans doute dcs Amcrloqucs, avait, dc son fait, décidé dc rejoindre lc poste qui lui était assigné, en cas d'hostilités, dans sa zone de résistance : à Tuyen Quang, en pleine montagne, au nord de Hanoi. Ce Saboté était louche ! Ne le disait-on pas en relation avec l'OSS, qui l'eût préféré à Mouche comme chef de la résistance ? De quoi elle se mêle, l'OSS ? Est-ce qu'on lui demande de muter MacArthur ? Fort heureusement, ce Saboté-là n'avait pas pouvoir de donner l'alerte générale (nom de code : Saint-Barthélemy), ni l'alerte partielle (Sarajevo), sinon il vous eût mis le feu, d'un coup, sans crier gare, à toute l'Indochine, cet imbécile ! Seul Mouche pouvait déclencher le combat... avec l'aval de Paris, cependant !

La hiérarchie, c'est la hiérarchie !

Les troupes, donc, furent déconsignées. Quartier libre ! La quille, bon Dieu ! Elles purent s'en aller batifoler en famille... et s'empiffrer de paddy-soda.

De tout ça, les Japs, heure par heure, étaient informés. Ils avaient leurs espions, qui avaient leur nez partout, et surtout où il ne faut pas. Ils auraient disposé par ailleurs des codes radio secrets des Français…

Pauvres choux ! Allait-on en tuer beaucoup ? Ne pouvait-on pas tuer que pour rire, comme au théâtre, où, à la fin de la pièce, les morts se relèvent et saluent le public ? Fallait-il qu'on fût ou ne fût pas mort, comme une porte est ou n'est pas fermée ? Ne se pouvait-il qu'on pût ne mourir qu'un peu ? Une porte ne s'entrebâille-t-elle pas ?

Kikou, entre le pouce et l'index de sa main droite, saisit délicatement sur la vitre le petit insecte au gros derrière roussâtre qui agita désespérément ses pattes velues. Elle ouvrit la fenêtre, le jeta dans le vide… Puis elle s'en retourna s'asseoir à son bureau où elle posa son livre, son *Guide de la geisha.* Dans l'aura ambrée d'une lampe en papier, elle continua de le lire, mouillant son doigt et tournant les feuillets. Elle potassait son « exam ».

– Comment enchanter, comment subjuguer un général en chef ?

N'était-ce pas plutôt Crébillon, *La Nuit et le Moment*, qu'elle eût dû étudier, pour séduire Mouche ? Elle le ferait boire d'abord, oui, c'est ça. Judith avait enivré Holopherne… C'est la Bible qui le dit… Soûlé de vins et de baisers l'Assyrien, comme si de rien n'était, s'était assoupi. Alors… Couic !

Kikou, fatiguée, jeta un œil distrait à sa Seiko-bracelet. Les aiguilles indiquaient 17 heures.

Encore ?

Elle pâlit.

Comment pouvait-il être 17 heures puisqu'il y a deux heures, plus peut-être, il était déjà 17 heures ? Le temps eût-il « suspendu son vol » comme avait écrit… elle ne savait plus quel poète français ? D'ailleurs il faisait nuit déjà, et le jour a beau tomber tôt sous les tropiques...

Recroquevillant son bras et rehaussant son poignet, elle approcha le cadran de la montre de la conque nacrée de son oreille...

– Merde !

C'te foutue merde de Seiko à la gomme s'était encore arrêtée ! Ça faisait la dixième foutue Seiko à la gomme qu'elle balançait cette année ! Qu'est-ce qu'il foutait l'état-major japonais ! Il faisait construire des Zéros qui méritaient dix sur dix ; des porte-avions qui valaient vingt sur vingt ; des sous-marins à cent pour cent efficaces ; mais alors, les tocantes : zéro ! Tocardes pas possible ! « Avec ça j'ai raté mon rendez-vous ! Il doit en tirer une tronche, Mouche. Mais ça vaut mieux pour sa tronche... hi hi ! (Elle ricana.) Mais pour ma tronche à moi... Couic ! On va m'accuser de trahison, de... »

Un premier coup de feu retentit. Suivi de l'infernal vacarme des rafales de mitrailleuse. Les canons se mirent à tonner. Les avions à cribler le ciel. Il était 20 h 15 ! L'opération *Meïgo Sakusen* commençait : Lune brillante. Quelle idée de l'appeler comme ça ? Elle était à son dernier quartier, la lune. La nuit était noire. Hanoi s'engloutissait dans les ténèbres.

LANG SON

Dans la vaste salle à manger de l'hôtel Taiwa, à Lang Son, le colonel-cocu Omiya (époux de Kikou) trônait au haut bout d'une immense table, couverte à profusion de bouteilles de champagne-pagne (du vrai) dans des seaux à champagne-pagne, et d'une multitude de récipients emplis de *sushi, shashimi, chabu-chabu, sukiyaki, agemono, teriyaki, negi toro* et autres petits-plats-nippons bien-de-chez-eux. Ses invités français avaient été avertis (peut-être n'y faut-il voir aucune ironie) qu'on allait les régaler des plus surprenantes « spécialités » de l'empire du Soleil-Levant. Aucun d'entre eux ne s'était trop demandé si le *hachis-Pearl Harbor à la Jap* faisait partie desdites surprenantes « spécialités ».

A la droite d'Omiya se trouvait Boucherou, résident-maire de Lang Son, avec sa maigrasse d'épouse Alberte (« S'taper encore un séjour à Lang Son, quelle corvée, quand on jouait à Hanoi *Lady Hamilton* avec Vivien Leigh !) ; à sa gauche, le colonel Albert, chef de la zone militaire. Tout au long de la table, sandwichés, pourrait-on dire, par des officiers japonais qui, selon leur coutume, avaient posé devant eux leur sabre, tangentiellement à leur assiette (pour mieux découper la bidoche peut-être ?), étaient assis des fonctionnaires français en tenue blanche, ou des officiers en kaki.

Au début, l'atmosphère, sous les caissons dorés du plafond, avait été plutôt tendue et pincée.

C'est que les Japs avaient insisté, mais vraiment vraiment insisté, pour que ce dîner se fît et que, plus ils insistaient, plus les Français s'étaient méfiés, vu les bruits bizarres qui couraient partout dans la colonie sur un possible coup de force.

C'était de la désinformation, bien sûr ! Mais enfin…

D'aucuns avaient fortement déconseillé à Boucherou et au colonel Albert de se rendre à cette invitation. Mais pouvait-on se faire porter pâle ? Cela n'eût-il pas assombri ces fiers samouraïs qui s'offensent pour rien ? D'ailleurs ces nobles samouraïs étaient des nobles samouraïs et ils ne sauraient, nobles samouraïs qu'ils étaient, se livrer, vis-à-vis de leurs « amis français », à un acte de traîtrise indigne de nobles samouraïs.

Des liens, sinon de camaraderie, du moins de *« chevaleresque respect »*, entre soldats, entre *« nobles samouraïs »* et *« nobles guerriers »*, ne s'étaient-ils pas noués d'un état-major à l'autre ?

Le malaise n'en était pas moins pesant. Pas une dame française ou jap d'ailleurs n'était du dîner. Sauf la Boucherou qui avait insisté pour en être. Elle avait fait le déplacement, merde alors, elle l'aurait pas fait pour rien ! J'y suis, j'y vais ! En, plus, il paraît qu'y a du champagne, et du vrai !

Le champagne, d'ailleurs, parvint à débrider quelque peu l'atmosphère. On lança force *Kempaï* (santé) en entrechoquant les coupes… Et puis Omiya et quelques-uns de ses collègues y mettaient du leur aussi ! Pendant toute la semaine qui avait précédé le coup de force, ils s'y étaient préparés en potassant, comme Kikou, des bouquins : mais pas le *Guide de la geisha* ou du *geishon*, bien sûr ! Non : des manuels sur les us et coutumes des Français, leurs manières de table ; des carnets de blagues ; et autres recueils de chansons à boire. Omiya, avec toute la conviction qu'il put, entonna par exemple : *Il est des nôtres, il a bu comme les autres*, que reprirent en chœur, sans conviction, mais vraiment sans conviction, la voix tout étranglée, leurs invités qui voulaient rester polis avec leurs *nobles samourais* d'hôtes…

– *Kempaï !*

– Santé !

– *Kempaï !*

Le champagne-pagne coulait.

Omiya regardait régulièrement sa Seiko-bracelet. N'eût-il pas, sans cesse, regardé comme ça sa Seiko-bracelet, l'atmosphère, sans doute, se fût beaucoup plus détendue. Pourquoi donc la regardait-il ainsi, sa Seiko-bracelet ? A un moment même, c'est comme stupéfait, hypnotisé, qu'il tint ses yeux braqués, pendant au moins une bonne minute, sur sa Seiko-bracelet. Il n'en avait jamais vu, de Seiko-bracelet ? Elle indiquait 18 h 45. Mais… ça faisait une demi-heure au moins qu'elle indiquait 18 h 45, c'te merde de Seiko-bracelet !

Humilié dans son orgueil national, le colonel Omiya se trouva du coup obligé de s'adresser à la technologie occidentale… en demandant honteusement l'heure à son voisin de table, le colonel Albert. Qui, jetant un œil à sa Lip, lui indiqua :

– 19 h 30 !

Ce sur quoi, blêmissant et rougissant simultanément, Omiya se leva et, brandissant son sabre, en lieu de sa coupe, et criant *« Benzaï »* en lieu de *« Kempaï »*, posa, vlan, plus vif que l'éclair, le tranchant de son arme sur la nuque du colonel Albert. L'ensemble des convives japs agirent de même, brandissant leur sabre en hurlant, tel le chœur des démons dans *La Damnation de Faust. « Dai Nippon Banzaï »*, vive le plus grand Japon !

Simultanément, les trois portes de la salle à manger s'ouvrirent : et l'on vit surgir, poussant de non moins épouvantables cris, une horde de cinquante gendarmes de la Kempetaï, les yeux écarquillés, rouge sang, arborant pistolets et mitraillettes. On les eût crus brutalement arrachés à la prison bidimensionnelle de quelque estampe guerrière de Usamao Kaufaï, et tombés dans les quatre profanes-prosaïques dimensions spatio-temporelles de ce vendredi 9 mars 1945 à Lang Son, nord Tonkin, aux approches des 20 heures.

L'ensemble des Français, surpris, furent ligotés sans résistance. On devine les piaillements de la Boucherou. « J'avais dit qu'j'voulais pas foutre les pieds à Lang Son, c'te bled de pécores ! Ça devait mal finir ! »

Ordre fut donné sur-le-champ au colonel Albert, auquel on laissa les mains libres, de rédiger un texte par lequel il commandait à ses mille soldats répartis dans les quinze forts – fort Brière-de-l'Isle, fort Négrier, etc. – constituant la fameuse Ligne Mouche (notre Ligne Maginot d'Asie) de rendre les armes. Pouvait-il ne pas se déculotter ? Tous les Français ne se déculottent-ils pas ? Pourquoi voulait-on que, ce jour-là, comme en 40, ils ne se déculotassent point ?

Mais Albert était de la race des Cambronne.

– Merde ! cracha-t-il, la tête sous le couperet.

Il est à noter, pour la petite histoire, que les Japs jetant tous, rageusement, leur Seiko dépouillèrent les Français de leur Lip, Jaeger, Cartier et autres Cymex, qu'ils se passèrent aux poignets !

SAIGON

Quelques instants auparavant, à Saigon, dans son bureau du palais Norodom, annexe cochinchinoise du gouvernement général de Hanoi, l'amiral Louis Toudebout (dont la paupière droite clignotait nerveusement) croisait et décroisait ses jambes, comme si, angoissé, il n'eût plus su où les mettre. Il était assis, dans un large fauteuil, face au nouvel ambassadeur du Japon, M. Matsumoto, qui avait revêtu, pour cette première rencontre, un drôle de frac noir cintré, et un pantalon gris à rayures blanches. « Quel goût !... M. Yoshizawa – le précédent ambassadeur – avait une autre classe ! D'où il sort ce Matsumoto ? »

Le bureau de l'amiral, à Saigon, était immense, les murs s'ornaient de boiseries de palissandre, le plafond était haut, les fenêtres très larges. Tout dans cet édifice de fer, de brique et de stuc, bâti sous Napoléon III aux heures glorieuses de la conquête de la Cochinchine, respirait « la *grandeur épique*, la *majesté*, la *générosité*, le *goût des espaces inconnus, l'ivresse du grand large* ! La somptuosité enfin d'un règne qui avait voulu *repousser les frontières de la France* jusqu'à l'Afrique, jusqu'à l'Asie et au Mexique même » ! Bien sûr, certaines ornementations, certaines corniches, certaines cariatides, ici ou là, n'étaient pas du meilleur goût, mais l'ensemble n'en avait pas moins – et comment ! – *de la gueule*. C'était autre chose que le palais Puginier de Hanoi, « si étriqué, si mesquin – tout vaste qu'il fût –, si *petit* dans sa conception, si misérable par ce qu'il exprimait de la spiritualité de ceux qui en avaient inspiré la construction : *la IIIe République et sa pléiade de médiocres, de ratés, de parlementaires corrompus, de ministres prévaricateurs, de boutiquiers mesurant le monde à l'aune de leur comptoir !* »... Un des fonctionnaires de ce *régime pourri* avait d'ailleurs, quelques années auparavant, fait enlever du vestibule du palais de Saigon les bustes en marbre de Rigault de Genouilly et de Charner, ces deux grands amiraux à qui la Cochinchine devait tant ! On avait mis ces bustes *en quarantaine* au musée où, pendant des décennies, ils avaient noirci sous la poussière. Arrivé au pouvoir, Toudebout les avait arrachés à cet *indigne exil* et rendus à leur place *légitime*, dans leur niche de marbre, à l'entrée du palais. Peut-être un jour le Pacha – gardien fidèle des intérêts de la France, molosse dévoué, cerbère attentionné – y aurait-il aussi sa *niche* !... Moins spacieuse sans doute que celle de Wolf-Rintintin-chien-fidèle sur Sunset Boulevard !

L'Indochine doit tout aux amiraux.

Que serait-elle sans la marine !

L'horloge du bureau de Toudebout – une vieille horloge en bois, à balancier, datant elle aussi du Second Empire – indiquait 18 h 56, heure non-Seiko.

– *Vous être sûr horloge avoir bonne heure ?* avait demandé, dans son mauvais français, débité de façon saccadée, l'ambassadeur Matsumoto...

Sa Seiko, expliqua-t-il, indiquait 18 h 30.

L'amiral, qui était superbe dans son uniforme blanc chamarré de multicolores médailles (dont l'ordre, au ruban écarlate, du Soleil-Levant), toisa, l'air méprisant, la bouille carrée de ce-petit-crapaud-de-Matsumoto. Et, plus par sa mine, pleine de hauteur, que par les quelques phrases explicatives qu'il daigna proférer, il fit comprendre à ce-macaque-déguisé-en-Occidental qu'une horloge qui marquait les heures depuis Napoléon III, c'est-à-dire près de quatre-vingts ans, ne pouvait être, sérieusement, comparée (« voulait-il rire ?) à cette espèce de truc que vous appelez Seiko-quoi ? (Une tocante de la IIIe République, je dis pas ! »)

– Ah bon ? fit, conciliant, Matsumoto qui, semblant avoir des fourmis dans les jambes, ne cessait de tapoter nerveusement le sol de l'un ou l'autre de ses pieds, se frottant quelquefois de la paume des mains les genoux.

… Après avoir, un quart d'heure plus tôt, réglé, avec l'amiral et ses collaborateurs la question des nouvelles fournitures de riz destinées à l'armée japonaise, Matsumoto lui avait demandé de poursuivre en tête à tête cet entretien – et seul à seul. Or, depuis ces quinze foutues minutes qu'ils étaient en tête (d'amiral) à tête (« de macaque »), le macaque en question n'avait fait qu'enfiler des truismes, les uns après les autres, comme on enfile des perles sur un collier, faisant allusion à la profonde fraternité des peuples français et nippon, si proches au fond culturellement et même linguistiquement (? ? ? ? ?), avec, ici et là, plusieurs allusions « au temps qu'il fait » et à cette chaleur « vraiment insupportable à Saigon », le tout étant d'autant plus pénible à écouter que le français de Matsumoto était pour le moins primaire. Et ne voilà-t-il pas qu'après cette brève parenthèse – sur l'heure qu'il était – il reprit son monologue, où il fut question cette fois des technologies horlogères comparées de l'Orient et de l'Occident, etc.

« Il délire ou quoi, ce macaque ? »

L'amiral sentait la fièvre lui monter. Reprise par son tic, sa paupière droite se mit à clignoter frénétiquement : il croqua, en douce, un cachet de quinine.

Et le monologue de Matsumoto s'éternisait…

… Jusqu'au moment où un petit ange joufflu sortant de sa niche en bois, au haut de l'horloge Napoléon III, se mit à battre de sa massue de bronze dorée les sept coups annonçant 19 heures. La voix de Matsumoto soudain devint sèche, métallique, sa bouille carrée et couperosée par l'abus de saké vira au blême. Il se leva – face à l'amiral englouti dans son fauteuil de cuir –, fit claquer ses talons, sortit de sa poche un papier qu'il déplia d'un geste emphatique, arrogant et, à la façon d'un mauvais acteur, il en récita, à voix haute et tonnante, le contenu, bouffant la moitié des mots de son accent cahotique :

– *Vu-le-développement-de-la-situation-générale-et-en-particulier-le-fait-des-attaques-répétées-par-les-forces-américaines-contre-la-terre-de-l'Indochine, ainsi-que-la-possibilité-de-l'invasion-imminente-des-forces-ennemies...* ... ...
... ...

Ce discours, qui dura vingt pénibles minutes – pendant lesquelles la face de l'amiral, au gré des insanités qu'il entendait, prit toutes les teintes de l'arc-en-ciel, du blanc au violâtre foncé, en passant par le carmin, le vermillon et le kaki –, annonçait que Tokyo, pour faire face au prochain débarquement US dans la colonie, exigeait que l'ensemble des forces armées françaises, que l'ensemble des moyens de communication du pays, que toute l'administration indochinoise passent sous commandement japonais, et cela *conformément à l'esprit des Accords de défense commune* signés par Vichy.

Vichy n'existait plus, mais les Japs en maintenaient la nécessaire fiction.

L'amiral faillit en avaler de travers le plein tube de quinine qu'il venait de s'envoyer d'un coup dans la gueule...

Il suait, il bavait, il tremblait de fièvre et de rage...

Bondissant hors de son fauteuil, il se mit debout, face au « macaque », et, approchant sa gueule du mufle dudit macaque, il aboya :

– Par les foutues bordel de couilles de mes testicules, pour qui nous prenez-vous ? Pour des chiures de chinchilla dysentériques ? Des merdes de marmottes diarrhéeuses ? Des étrons coliqueux d'ornithorynques mal bouchés ?

Mercuriale superbement imagée que, fort heureusement, la pauvre connaissance que Matsumoto avait de notre belle langue rabelaiso-scarro-célinienne ne lui permit pas de goûter dans toute sa gouleyante saveur.

L'amiral, postillonnant des cachets de quinine, acheva sa tirade en hurlant :

– Belangel ici !

Et :

– Pipaud, Pipaud, Pipaud !

Belangel aussitôt fut dans le cabinet de travail.

Mais point Pipaud pour sûr, qui devait être quelque part à Hanoi, aux trois quarts ivre, à méditer devant les bassins de la *pagode-des-Corbeaux-alias-temple-de-la-Littérature-*avec-les-mânes-des-Grands-Lettrés-d'Annam. L'amiral n'avait plus vu Pipaud depuis un mois, mais il était si habitué, depuis des années, à sa nécessaire ancillaire présence qu'il ne pouvait s'empêcher, mécaniquement, de l'appeler, dans les moments de crise.

– Hum ? fit Belangel.

– Ah, non, pas « hum », c'est pas le moment ! hurla Toudebout.

Il l'enquininait, çui-là, euh… il l'enquiquinait, avec ses « hum » !

Matsumoto, hautain et méprisant, avait donné, entre-temps, à Toudebout un document à signer, par lequel le Pacha, mettant ses troupes et ses fonctionnaires au service de Tokyo, renonçait à la *Souveraineté française*.

Pouvait-il signer ?

Rayer d'un trait tout ce pour quoi il s'était battu ? Laisser naufrager le vaisseau Indochine que… « tous ces imbéciles de néo-gaullards », ces « mutins irresponsables », ces biffins grossiers et grotesques, avec leur « résistance à la gomme » – leurs parachutages à-la-mords-moi-le-nœud, leurs guérillas-pique-nique dans les montagnes du Tonkin, leurs excursions armées dans les vertes rizières du Delta, leurs martiales randonnées, leurs exercices d'alpinisme et autres chasses aux champignons –, avaient précipité stupidement sur de bien prévisibles récifs !… Ah ah, ils peuvent être fiers ! Ils l'ont voulu, ils l'ont eu !

– Empêchez les gaullards de rien faire, rien, ils ont commis déjà assez de conneries ! Pas de vagues ! Prévenez

Hanoi, murmura l'amiral à l'oreille de Belangel. Il faut gagner du temps, lanternons ces Japs, je les roulerai encore une fois !

– Hum… refit Belangel. Il faut être réa…

Il n'acheva pas sa phrase, préférant, à son habitude, s'absorber dans la contemplation d'un intéressant coin de tapis qu'il n'avait jusqu'à présent jamais étudié.

L'amiral, enfin, reprenait la barre !

L'avait-il vraiment lâchée, lui, le Pacha-paravent ?

(Dans sa fièvre lui revenait à l'esprit cette vision effrayante et dérisoire qu'il avait eue, d'un vieux paravent à fleurs occultant, dans une chambre de pute, un sordide bidet faillé et craquelé…)

Il allait leur montrer quel type de paravent il était, à ces raclures-de-bidet !… Que pouvaient-ils faire sans lui, maintenant ?… Maintenant que s'annonçait un grain, et quel grain ! Une tornade, un typhon ?… Étaient-ce ces ridicules terriens, ces lamentables rampants qui sauraient manœuvrer le navire ? ! Qu'on le laisse aux commandes, lui ! Barre à tribord toute ! Fermez les écoutilles ! Hissez le grand cacatois ! Abattez le foc ! Feu !

Crépitaient les bordées ! Crachaient leur poudre tous les sabords !…

Le Pacha était dans son élément.

… C'était par son prestige, sa grandeur, sa gloire, que la France avait intimidé les Japs et les avait obligés à respecter sa souveraineté sur l'Indo. Les Japs pouvaient-ils respecter un Mouche ! Ce nabot ! Seul, lui, Toudebout, incarnait ce prestige et seul, par ce prestige, il pourrait museler encore une fois les Japs !

L'amiral, enflant la poitrine, montant sur ses grands chevaux, fit savoir, sur un ton hautain et méprisant, à ce… Matsumoto, qu'avant de prendre aucune décision et de signer quoi que ce soit il lui fallait « consulter son état-major ».

Il était 20 heures.

Laconique, Matsumoto signifia son ultimatum : réponse devait lui être donnée à 21 heures, ou les armes parleraient. Sur ce, il quitta le palais…

En fait, les jeux étaient faits. Tout cela – cet entretien avec l'amiral – n'avait été que comédie, une façon de « maintenir les formes, de garder les apparences ». Les Japs, depuis plus d'un mois, avaient décidé, à Tokyo, de virer les Français d'Indochine… Le palais de Saigon était surveillé en secret par l'armée nipponne et ses *yasubataïs* (partisans indochinois arborant le brassard frappé du Soleil-Levant). Bientôt – avant même que fût donnée la réponse de l'amiral et de son état-major – le gouvernement général fut cerné par les tanks… Toutes les villes de toute l'Indochine l'étaient déjà, cernées : Hanoi, Hué, Saigon, Phnom Penh, Vientiane, Lang Son et les autres. Les principaux chefs français de l'armée, de l'administration, de la police, dûment espionnés, furent simultanément arrêtés dans tout le pays… On remettait le coup de Jarnac de Pearl Harbor ! De tous côtés surgissaient des soldats nippons, sabre au clair, baïonnette au canon, des forts, des maquis, des rizières, où ils se tenaient aux aguets, cachés dans les taillis, leur casque hérissé de feuillage, dissimulés dans les lacs même, les rivières où, respirant par un bambou évidé, nombre d'entre eux se tenaient tapis, engloutis dans des eaux boueuses. Ils sortaient de partout ! On ne savait pas d'où ils sortaient. (Il servait à quoi notre 2e Bureau ?) On les eût dits engendrés par la nuit… Tanks, automitrailleuses déferlèrent… Bientôt les mitrailleuses crépitèrent, les premiers obus explosèrent.

L'amiral, cependant, ivre de présomption ou de palu, ne désespérait pas de « reprendre en main » les choses, s'accrochant des deux mains à l'ombre impalpable du bastingage de son cuirassé fantôme !

Une escouade de Japs et de *yasubataïs* forcèrent les portes du palais, balayant les gardes. Au moment où ils s'apprêtaient à le prendre au collet pour le jeter dans un camp de concentration, l'amiral s'était écrié :

– J'ai les choses en main, Belangel !

Il tenait bon la barre.

Mais l'Indochine n'avait plus de gouvernail...

HANOI

– Tiens, y a un feu d'artifice ce soir ! murmura la Coutrais.

Effrayée par l'explosion qui venait de déchirer le silence de la nuit, elle se serra contre Rouhaut.

Ils dansaient.

A son Ingersoll (une montre yankee de contrebande), les deux mains d'un Mickey Mouse, qui tenaient lieu d'aiguilles, indiquaient 20 h 15.

– C'pas une heure pour un feu d'artifice !

Un gramophone, momentanément frappé d'un accent sud-américain-moustachu-suant-l'huile-d'olive-et-la-brillantine, débitait un tango graisseux : *Lé-plous-beau-dé-tous-les-tangos-dou-mondé...*

Ducossard et Rosine Day dansaient à leur côté. Ils dansaient comme ça, tous les quatre, depuis vingt bonnes fastidieuses minutes, les jeunes femmes tenant dans la main droite, au bout de leur bras brandi, un pan de leur robe parachute, pour qu'il ne traîne pas au sol.

– ... *Cé céloui, qué jé dansé dans vous bras ! Lé plous beau...*

Danser, c'était une façon de s'occuper... « C'qu'on s'emmerde faut dire ! »

... Après avoir mariné de longues heures dans l'étouffant bain-marie du bar du Métropole (ce même 9 mars 1945), ils avaient fini par échouer chez Rouhaut, près du Grand Lac de Hanoi, dans l'espèce d'énorme pâtisserie début de siècle – construite, sinon cuisinée, naguère, par un planteur d'hévéas – qui lui tenait lieu d'habitation. Un palais à la crème, pourrait-on dire, un baba de briques affublé de colonnades meringuées et de frontons hardis sculptés dans le biscuit. Comme quoi l'hévéa, question biscuit, ça rapporte.

Rosine et la Coutrais, depuis qu'ils avaient commencé à danser, les voyaient venir, ces deux ex-matafs néo-gangsters en rupture d'uniforme. Fallait voir les regards « par en dessous » (« lubriques comme c'est pas possible ! ») dont ils les mitraillaient.

Les yeux mi-clos, entraînées par le rythme sirupeux du tango *(Lé plous beau dé tous...)*, elles avaient pris le parti d'ignorer le manège de ces « satyres ».

... Tout cela (« encore »), comme d'habitude (« la galère ! »), n'allait-il pas finir dans une inévitable (« la poisse ») partie carrée ? C'qu'elle en avait sa claque, la Coutrais, de toutes ces parties, triangulaires, rectangulaires, poly-angulaires, tellement hexagonales au fond. C'était bon pour les vieilles vaches quadragénaires ou presque comme la Pachatte – si ça peut les exciter ces demi-bourges coincées. Mais, vraiment, sincèrement, croix de bois croix-de-va-te-faire-foutre, tout cela l'ennuyait, la Coutrais, mais l'ennuyait jusqu'à épuisement ! Elle, elle rêvait d'un beau, d'un vrai, d'un grand amour : quelque chose qui la transcende, qui la transporte ailleurs que dans ce bas monde vulgaire plein de baraques qui ressemblent à des tartes à la crème au latex. La passion de Scarlett et Clark Gable dans *Gone with the wind*, c'était autrement excitant qu'une partie de pattes en l'air en quadrille, autrement bouleversant !

Trois secondes à peine après la première explosion – qui ne leur avait pas vraiment laissé le temps de réagir – une série de pétarades déchira le silence de la nuit. Au-delà des grandes baies vitrées du salon où ils dansaient, une somptueuse floculation de lumières blanches neigea du ciel étoilé sur les eaux du lac tout enténébré, à quelques lampions près, çà et là, désignant un restaurant riverain à pilotis où se pressaient de joyeux dîneurs.

– Oh, la belle bleue ! cria la Coutrais…

Poussant une porte-fenêtre, elle se précipita vers la véranda.

Suivie par les trois autres…

– Foutu Dieu ! s'écria Rouhaut, regardant le ciel illuminé comme par des fusées.

– Des balles traçantes ! s'exclama Ducossard.

Les deux hommes s'accroupirent, prudemment, derrière la balustrade de pierre de la véranda, face au lac, regardant la voûte céleste que traversaient de nouvelles fusées…

– Foutu Dieu…

Ils se sentaient écrasés soudain, annihilés, résignés. Ils ressemblaient à deux espèces d'Atlas, ployant sous le poids, devenu trop lourd, du globe terrestre ; à deux atlantes qu'eût pétrifiés le spectacle de la nuit incendiée… Deux étranges atlantes néo-objectivistes, baroquement vêtus d'une veste pistache à rayures émeraude, et rose pâle à rayures cerise.

– Oh, la belle rouge ! s'exclama Rosine Day.

La tirant par la main, Rouhaut la fit s'agenouiller à côté de lui, derrière la rambarde :

– Ta belle rouge, explosa-t-il, c'est notre DCA de la Citadelle qui crache sur les avions japs ! Ils attaquent !

Ils avaient quand même attaqué !

Toutes les théories de Rouhaut (et du « réaliste » Belangel) tombaient à l'eau.

– Qui attaque ? demanda la Coutrais, venue s'accroupir à leurs côtés. Et pourquoi faut se mettre à genoux ? Z'avez vu une apparition ?

– Les Japs attaquent, andouille !

– Il faut se tirer ! dit Ducossard. Avec le grisbi ! Foutu Dieu, faut récupérer le magot…

– Les Japs attaquent ? redemanda d'une voix pathétique la Coutrais.

Écarquillant ses yeux verts enténébrés, où s'émulsionnaient les éblouissances déchirant la nuit, elle poussa ce cri :

– Et Philippe que j'ai laissé tout seul à la maison !

HANOI TOUJOURS

Quelques minutes avant le « feu d'artifice », dans un jardin, au bord du Grand Lac – et non loin du palais-à-la-crème de Rouhaut –, une belle femme sculpturale, arborant sur le nez, malgré l'obscurité, des lunettes noires, se trouvait assise sur un banc public, au bord d'une allée gravillonnée. Elle était flanquée de deux hommes, à borsalino beige, qui, portant eux aussi des verres solaires, se tenaient debout derrière elle, une main glissée sous leur veste claire, à hauteur de la poche revolver.

Elle jeta un œil au cadran de sa Mellerio en or, rehaussée de rubis cabochons : 20 h 11...

Bientôt surgiraient des coulisses de la nuit, trois hommes, dont un tout petit qui marchait devant, en costard blanc, borsalino blanc et lunettes noires. D'un pas décidé, ils s'avancèrent vers la femme sculpturale assise sur le banc.

C'était manifestement un rendez-vous secret.

– Vous l'avez ? lança sèchement la Pachatte au petit homme ensaucissonné de tussor.

– Je l'ai, ô mon ange ! dit l'intendant Larsouille en s'agenouillant devant le banc. Toi qui telle la mésange/Excite de ton chant étrange/Ce désir fou qui me démange !

– Pas de poésie, donne-la !

– La voici ta petite culotte, dit-il, tendant vers elle une grande enveloppe, c'est mon cœur qu'ainsi tu m'ôtes !

– Ah ah ! ricana-t-elle. Je savais que tu te déculotterais. T'as rien dans le caleçon, poulet !… Oh, pardon : chapon !

Elle jeta un œil dans l'enveloppe. Y trouva le pieux sous-vêtement brodé d'une francisque tricolore – amoureusement fixé sur un carton par du ruban adhésif.

Elle se tourna alors vers un de ses gardes du corps en borsalino beige et dit :

– Donne-lui ce que tu sais.

L'homme tendit à Larsouille une enveloppe en kraft toute semblable.

Elle contenait des papiers ultra-secrets que la Pachatte avait réussi à dérober dans le coffre du palais Puginier où l'amiral gardait tous les dossiers compromettants concernant tel ou tel de ses collaborateurs qu'il pouvait ainsi mieux « tenir » (lui aussi « ficelait »). En l'occurrence, les papiers qu'elle avait volés étaient des doubles d'un ordre par lequel l'intendant de police Larsouille exhortait ses sbires de la Sûreté à utiliser *tous les moyens*, même *les plus extrêmes*, pour faire parler un agent gaullard arrêté en 1942 alors qu'il s'était introduit clandestinement dans la colonie… Le jour de la libération, et de l'épuration, pareil document pouvait coûter cher à Larsouille.

Soumis à son tour au chantage, le maître chanteur dut accepter, la mort dans l'âme, de rendre la culotte.

– Quel culot tu as ! dit-il à la Pachatte. Quelle femme !… Quelle trempe !

Il renonçait, certes, à ce troublant contenant de tulle et de dentelle, mais pouvait-il pour autant en oublier son charnel charnu contenu ?

Il pressa contre son cœur l'enveloppe que venait de lui donner le sbire de la Pachatte et, à genoux toujours aux pieds de celle-ci, il se mit à déclamer :

– Ô créature de tous mes rêves/Ne comprends-tu pas/que si je suis descendu si bas/en me livrant à ce coup bas/c'est que d'amour pour toi je crève !…

C'est à cet instant, à 20 h 15 non-Seiko, que le ciel se cribla de balles traçantes. La Pachatte et Larsouille n'eurent le temps d'entendre qu'un effrayant sifflement déchirant l'air de la nuit. Et puis ce fut un bouquet de flammes, un souffle brûlant qui les lécha : un obus venait de tomber à leurs pieds quasi…

La veste blanche de Larsouille vira au rouge sang maculé de boue brune. Il n'était plus qu'une espèce de grosse méduse flasque, couverte de blessures béantes. Mais ces blessures béantes étaient autant de bouches qui, à la Pachatte, à genoux à ses côtés et miraculeusement épargnée (alors que tous les gardes du corps étaient morts), clamaient leur amour :

– Je t'ai aimée, ô Charlotte !/Pourras-tu désormais douter/de ces mots jaillis des lèvres d'un condamné.

Serrant le moribond au poignet, elle lui dit, émue soudain :

– Vous m'aimiez… et vous mourez !

– Et vous pleurez, dit-il, devinant des larmes dans ses beaux yeux clairs, malgré… ces foutues lunettes solaires à la gomme qu'elle portait encore.

– Vous mourez, resusurra-t-elle, pressant le corps ensanglanté contre le balcon de ses seins blancs généreux.

– Vous pleurez ! larmoya-t-il.

Séparés dans la vie ; ainsi se trouvaient-ils réunis par la mort.

Qu'advint-il de la Pachatte ?… Fut-elle assaillie ensuite par une horde de soudards japonais, ivres de sang et de stupre ?

Le fait est que, le lendemain, à l'aube mauve, on trouva son corps ensanglanté, non loin de celui de Larsouille, allongé sur le ventre, jambes écartées, la jupe troussée sur sa croupe à l'air, les bas tire-bouchonnés au bas de ses chevilles, et les talons de ses chaussures pointés vers la nue, imitant la pose désarticulée de quelque nu sorti du pinceau macabre-dégénéré du teuton Rudolf Schlichter… Son ventre était percé d'un coup de baïonnette. Mais elle respirait encore, faiblement. Entre les doigts crispés de sa main droite, on découvrit sa culotte brodée de la tricolore francisque qu'elle semblait brandir ainsi, héroïquement, tel un étendard glorieux, aux frontières mêmes de la mort !

LANG SON

A Lang Son, le colonel Omiya était bien embêté. Le colonel Albert, donc, avait refusé de donner ordre à ses hommes de rendre les armes ! Les Japs avaient dû prendre d'assaut la Ligne Mouche. Quoique les blockhaus de cette fameuse ligne n'eussent pas été construits autour d'une armature d'acier (l'acier manquait) et qu'ils ne fussent pas entourés de barbelés (les barbelés manquaient), les soldats français, pris là-dedans comme des rats, voyant, sous les bombes, crouler sur eux l'« abri » qui eût dû, comme son nom semblait l'indiquer, les abriter, et se voyant passés au barbecue par les lance-flammes, défendirent héroïquement leur peau : le combat, au demeurant, selon les forts, ne dura pas plus d'une nuit ou deux. On hisserait bientôt le drapeau blanc : sur 700 Français, 544 périrent, dont 387 après reddition, exécutés au sabre au bord de leur tombe. Couic ! On compta aussi 1 832 morts parmi les Indochinois « restés fidèles à la France »…

Mais qu'allait-on faire maintenant du colonel Albert ? Ce héros ? *That is the question*. Omiya n'avait d'autre solution que « couic ».

Il avait d'ailleurs fait couper le cou déjà, en guise de « dessert », à l'ensemble des hôtes de son dîner, après leur avoir fait préalablement, cependant, creuser leur tombe. Seule la Boucherou y avait échappé. Elle faisait partie du butin : putain dans les bordels de l'armée…

Omiya tournait en rond dans son bureau, posant de temps à autre sa main sur la poignée de son sabre, comme un chauffeur sur le levier de son changement de vitesse. C'était sa façon à lui de réfléchir… Selon le *Hagakuré*, son « code de la route » de l'honneur samouraï, il n'était pas possible d'exécuter un héros comme on tue un cochon. Or Albert était un héros. En plus de ça, lors du dîner, ils avaient évoqué ensemble Paris et la Closerie des Lilas, et ça avait suscité dans l'âme d'Omiya de vieux souvenirs du « bon temps ».

Conformément au *Hagakuré*, paragraphe trois de l'article quatre, du chapitre six, addenda deux, il n'y avait qu'une seule solution pour Albert !

– Y a qu'une chose à faire ! lança-t-il soudain à son bras droit, le capitaine Séiichi, installé avec lui dans le bureau. Une seule !…

On fit entrer le colonel Albert. Les mains liées dans le dos.

– Colonel, dit Omiya, l'état-major nippon, respectueux de votre attitude héroïque, vous offre le très grand honneur de vous donner la possibilité, en vertu de l'article quatre du *Hagakuré*, de vous faire hara-kiri, vous épargnant ainsi la honte d'avoir le cou coupé.

Albert, les yeux écarquillés, le regarda :

– Hara-kiri ? dit-il.

Omiya posa sur son bureau son sabre :

– C'est le sabre de mon père, et celui de mes ancêtres. Il fut forgé au XVIe siècle. Son propriétaire d'alors, mon valeureux ancêtre le samouraï Hayashi, s'en servit pour liquider l'insurrection catholique ourdie par les jésuites portugais qui voulaient asservir mon pays ! Ce sera pour moi un honneur insigne que vous en teigniez la lame de votre sang généreux !

A ces mots, un garde délia les mains d'Albert.

Un autre garde, gras et rougeaud, transpirant comme un phoque dans son costume olive, apporta dans la pièce un seau d'eau savonneuse et une serpillière. C'était très certainement le matériel destiné à nettoyer le sol qui *post festum* ne pouvait être que tout cochonné.

Les Japs sortirent enfin, laissant l'officier français, seul, face-à-face, ou plutôt face à lame, avec le sabre d'Omiya.

Lequel Omiya, tout comme le capitaine Séiichi, plaqua son oreille de l'autre côté de la porte, fermée à clef, guettant le moment où Albert se ferait l'honneur de se faire la peau.

Un bon quart d'heure…

… puis une bonne demi-heure s'écoulèrent.

Rien.

Ils rerentrèrent dans la pièce.

Albert était toujours assis, face au sabre.

– Vous ne voulez donc pas vous faire l'honneur de vous faire hara-kiri conformément au *Hagakuré* ? demanda Omiya.

– Merde ! répondit le cambronnien Albert, dont le vocabulaire était restreint. Le hara-kiri, c'est pas un plat français. Je digère pas les sabres, surtout les sabres japs !… Coupez-moi le cou si vous voulez !

Il croisa les bras, se tut.

– Dans ces conditions, dit Omiya, nous vous ferons l'injure de vous couper le cou !

Se tournant vers Séiichi, il ajouta :

– Séiichi, coupe-lui le cou !

Séiichi regarda Omiya, effaré.

Séiichi aussi l'avait à la bonne, cet Albert.

Croyant que « tout était accompli », le gros garde rougeaud et suant entra dans la pièce, pour « nettoyer ». Mais « ça traînait toujours », il ressortit. « Ces samouraïs d'aujourd'hui n'ont rien dans le kimono… C'est plus comme dans le temps ! Mais où sont les samouraïs d'antan ? »

Séiichi dégaina son sabre, demanda à Albert d'ôter sa chemise. (« Vaut mieux pas que la lame glisse sur le col, vous comprenez, ces foutus cols de chemise ça se met souvent où il faut pas », expliqua-t-il dans son mauvais français.)

Albert, qui préférait qu'on en finisse vite, ôta sa chemise, se mit à genoux, comme on le lui dit, et tendit son cou.

Séiichi brandit son sabre, pâlit, dit :

– J'peux pas !

Il passa l'arme à Omiya.

Omiya leva le sabre, prenant de l'élan, pâlit… puis dit :

– Je peux pas.

On confia à un sous-lieutenant, un spécialiste, l'honneur de couper le cou du colonel Albert.

Qui n'y coupa pas…

HANOI

Debout sur la muraille de la Citadelle de Hanoi (disons plutôt un muret, elle n'avait que trois mètres de haut), le général Mouche, flanqué de Yaoundé, en chéchia rouge, et de Ali, en turban blanc, haranguait les 1 600 soldats (dont 600 français et 1 000 indochinois) qui, à la hâte, dans le désordre, sinon la panique, s'étaient repliés là, aux premiers coups de feu qui les avaient surpris à la terrasse des cafés et des restaurants…

– Soldats, hurla Mouche, du haut de ces murs plus de soixante ans de colonialisme français vous contemplent !

… Au pied de l'enceinte du fort, expliquerait-il ensuite, « percé de mille coups », était mort, au siècle dernier, Francis Garnier, héros de la conquête ; au pied de ces murs, au siècle dernier encore, s'était battu Henri Rivière ! Ces murs portaient encore – cicatrices combien glorieuses – l'impact des obus crachés en 1882 par les canonnières la *Fanfare* et la *Surprise*, venues subjuguer le Tonkin. Chaque pierre de ces murs, « si elle avait une bouche », pourrait nous parler d'un épisode insigne de l'histoire magnifique de l'Empire. Puissent-elles vous exhorter à ne point faillir !

Mouche n'était arrivé à la Citadelle qu'une demi-heure auparavant tout juste. Chaballier, chef du BSM (prévenu par message radio de Saigon, vers 19 h 45, de l'ultimatum lancé au Pacha), avait annoncé la nouvelle au général, par téléphone. Celui-ci – qui n'espérait plus voir Kikou ce soir-là – était encore en train de prendre son apéro avec Pierre Toudon, alias Priape, grand chef de la *guerre psychologique*.

– Ainsi, les Japs ont quand même rompu le *statu quo* ! s'exclama-t-il, incrédule encore…

Priape ne se le fit pas dire deux fois…

… Hop, il sauta dans un sampan, à quai sur le fleuve Rouge, et fila héroïquement tout droit vers la Chine ; Mouche se rendit à la Citadelle : pour apporter aux soldats « le réconfort de la présence du chef ». Ça n'est qu'après avoir brûlé tous les papiers ultra-secrets contenus dans un coffre (les télégrammes, entre autres, où il était désigné comme la tête de la résistance) qu'il vint s'adresser à ses troupes… Il eût bien voulu aussi brûler tous ces foutus dossiers que l'amiral avait « ficelés », et qui croupissaient dans un coffre au palais Puginier. Mais le palais Puginier était déjà aux mains des Japs !… Qu'est-ce qu'il n'avait pas pu « ficeler » contre lui, le Pacha ?

D'aucuns prétendirent qu'un incendie, déclenché par un obus tombé dans la rue, s'était brusquement allumé derrière Mouche, au moment où, sur son muret de la Citadelle, il finissait de haranguer ses soldats. Cet incendie, élevant ses flammes crépitantes dans son dos, aurait projeté à l'intérieur du fort, et sur la foule des militaires massés là, son ombre démesurée. Le général, voyant qu'au bout de cette ombre s'érigeait l'ombre surdimensionnée de deux horribles, deux épouvantables, deux terrifiantes oreilles de lapin, aurait été pris de panique…

Ainsi ne fut-ce pas, à proprement parler, « de son ombre » qu'il eût eu peur (comme le dirent plus tard des témoins désobligeants), mais de l'ombre d'un ignoble animal qui s'y était substitué !

Le fait est que – prétextant un malaise (sa vessie ne se vidait plus… à moins qu'elle se vidât trop !) – il quitta soudain ses troupes qu'il était venu « réconforter ».

D'ailleurs son rôle de chef était-il de mourir ici, héroïquement mais stupidement ? Ne devait-il pas plutôt rejoindre le cœur du système de résistance ? Diên Biên Phu, à quatre cents kilomètres de là ? Toutes les portes de la Citadelle étant bloquées par des barricades, il sauta de la muraille, abandonnant derrière lui Ali et Yaoundé (qui devraient faire « leur devoir » en mourant pour que vive la France ; ou en vivant pour qu'elle ne meure pas !)…

Se ramassant mal en arrivant au sol, il se foula la cheville. Et c'est en boitillant, comme une autre martiale Cendrillon, qu'il s'en alla, non point à Diên Biên Phu à quatre cents kilomètres – car, trop confiant, il n'avait rien prévu pour s'y rendre – mais, trois rues plus loin, dans la maison de son médecin particulier M. Boitreau-Troussu où, repliant ses oreilles, il se terra. Après s'être fait bandager la cheville, il passa là une nuit angoissée. C'est que ça cogita ferme dans sa tête, cela tempêta fort : n'avait-il pas été manipulé par Agamemnon et ses barbouzes ? Toutes ces conneries… qu'on lui avait fait faire, ces parachutages… à la gomme, et le reste, était-ce dans le but de constituer une résistance ou pour provoquer les Japs ? Les gaullards ne voulaient-ils pas du sang ? Ne les avait-on pas envoyés, lui et ses hommes, au carnage exprès ? N'avaient-ils pas servi de chair à canon, de bêtes de boucherie, de « tirailleurs sénégalais », de victimes expiatoires, d'agneaux propitiatoires, d'Iphigénie… nécessaires à la politique du GPRF ? Ne fallait-il pas qu'en Indo « le sang français coulât » ? Ne fallait-il pas qu'à Paris on pût prétendre que l'Indochine, cette fois, s'était battue ?… Pour que d'aucuns remettent la main dessus !… Et pour clouer le bec aux Amerloques !… Manips, manips, et lui, lui, Mouche, l'imbécile-de-service, quel rôle avait-il joué là-dedans, lui, le chef-suprême-de-la-résistance ? Le dindon de la farce ? Et il faudrait, clou du « spectacle », que… « couic »… !

Ça ferait un beau titre en manchette des journaux parisiens…

A l'aube de cette nuit de sabbat, il décida de jeter l'éponge en faisant connaître au général Mikokuni son lieu de résidence afin que, avec les honneurs et dans le plus grand secret (il ne fallait pas que les indigènes assistent à la chose !), les Japs vinssent l'arrêter. « Je décidai d'offrir ma tête au sabre japonais », écrirait-il plus tard. Les Japonais d'ailleurs ne voulurent pas de sa tête. Ils l'autorisèrent même à emmener, dans les locaux de la Sûreté qu'ils avaient réquisitionnés pour y parquer les officiers prisonniers, sa cantine pleine de « cassoulet stratégique ». Pendant les quelques mois que durerait la captivité du général, ses codétenus, régulièrement, entendraient, sous son lit (où il avait caché cette cantine, à l'abri des appétits adverses) de régulières puissantes pétarades. Était-il sujet à des ballonnements intestinaux ?… Ses conserves l'étaient ! Trop vieilles, elles explosaient régulièrement, en dégageant des gaz nauséabonds.

Leur propriétaire datait aussi…

En cette nuit du 9 mars 45, dans tout Hanoi, les soldats japs, jaillis d'on ne sait où et flanqués de leurs auxiliaires annamites, sillonnaient les rues, à pied, à cheval, en autochenille, dressaient des barrages, arrêtaient tous les Blancs… L'écrivain Kawamura, admirateur de Malraux, à la tête de bandes d'étudiants indochinois, exhortait les hommes de la garde indigène et autres tirailleurs tonkinois, savamment isolés et cernés dans leurs casernes, à rendre leurs armes, et à ne pas se battre pour les « esclavagistes français »… Le canon tonnait, les grenades explosaient, les mitrailleuses crépitaient. Cependant, d'étranges scènes se déroulaient dans la ville : tandis qu'un bon millier de « patriotes », français et « indigènes », coincés comme des rats dans la citadelle assiégée, faisaient vaillamment le coup de feu contre les vagues incessantes et innombrables des Nippons qui les assaillaient, baïonnette au canon, et poussant des cris terrifiants (on crut reconnaître parmi eux M. Li, en habit militaire jap…), une cinquantaine de « piastriotes », où figuraient quelques officiers supérieurs français, jetèrent aux orties leur uniforme, enfilèrent une tenue civile et, emportant avec eux de lourdes valises chargées d'or, d'opium ou de US dollars, essayèrent, à pied, en voiture ou en sampan, de se faire la belle vers la Chine !

La Chine, la Chine, la Chine ! L'ennemie d'hier ! Le royaume de tous les Attila, de tous les Gengis Khan, de tous les Chiang Kai-shek et autres « mercenaires amerloques », était devenu l'espoir, le rêve impossible, l'asile de toutes les espérances, pour nos *Vichy-men* ou *ex-Vichy-men* déconfits !... Bientôt des colonnes de soldats, auxquelles se mêlaient des civils, femmes et enfants, tous ceux qui n'avaient pas été piégés dans la Citadelle et autres fortins de la fameuse Ligne Mouche s'ébranlèrent, par milliers, le long des vallées du fleuve Rouge et de la rivière Noire. La Chine, la Chine ! Ce fut une fabuleuse débâcle, un « héroïque sauve-qui-peut », une valeureuse charge du 23e lancier à rebours ; une débine généralisée ; une diarrhée carabinée... Qui durerait deux semaines tout juste. Tannée au cul par les Japs lancés à ses trousses, l'armée coloniale « en repli stratégique » s'écroula en moins de quinze jours ; et, pour ce qui est des troupes cernées dans les villes, en une nuit. Des stocks d'armes et de munitions énormes, qu'on n'avait même pas pris la peine de détruire, dans la panique, furent saisis par « l'ennemi »... En fait, à l'aube du 10 mars, le drapeau ensanglanté du Soleil-Levant flottait à peu près partout sur la colonie exsangue !

A Hanoi, le général Astier, surpris dans « son » bureau du palais du Commandement supérieur quelques minutes seulement après le déclenchement de l'attaque, s'était rendu sans résistance et, loin d'imiter l'héroïsme du colonel Albert, de Lang Son, il accepta de signer un acte demandant aux soldats de la Citadelle de se rendre : ce qu'ils feraient, dans la matinée du 10 mars, après avoir laissé trois cents morts, dont deux cents Indochinois-restés-fidèles-à-la-France, sur le terrain. A Saigon, le problème fut résolu en quelques heures ; plus rapidement encore à Vientiane et Phnom Penh... Quant à la résistance civile, on n'en vit pas la couleur, ou presque...

Cependant à Paris, à la nouvelle du « coup de force », on s'excita fort. *Via* Calcutta, on dépêcha messages radio sur messages radio pour inviter nos pioupious en déroute à « résister » aux « fascistes nippons », à défendre pied à pied notre France d'Asie ! On parachuta des commandos en armes, pour susciter dans la population indochinoise un « réflexe national ». (Nombre de tirailleurs indigènes avaient déserté, certes, d'aucuns même étaient passés dans le camp adverse, mais la plupart n'étaient-ils pas restés fidèles à la *Patrie*, se battant « jusqu'à la mort » ?)

Certains parachutistes France libre, tout « frais émoulus » des champs de bataille européens, se retrouvèrent… « parachutés » dans des zones où pataugeant dans la boue des rizières, ne parlant pas la langue du cru, ils découvrirent une population affamée par les réquisitions de riz, moins prête à mourir pour la France qu'à faire la peau à tout ce qui la symbolisait. Nos parachutés étaient aussi paumés, insinuerait un esprit malveillant, « que des Congolais chez les Lapons » ou, dira-t-on plus tard, qu'un politicien parigot fourvoyé dans des élections municipales à Bécon-les-Genêts quelque part en Basse-Bretagne. D'autres « parachutés » voulurent haranguer, en *french*, les populations montagnardes, Méos et autres (grandes productrices de pavot), qui ne comprenaient ni le *french* ni même l'annamite. Il fallait qu'elles se rangeassent, leur disait-on, derrière les « plis » de la « bannière tricolore », et qu'elles soutinssent les efforts héroïques de la résistance en lui fournissant des hommes et des vivres. Ces montagnards, dépourvus « de fibre nationale » (dirait un rapport subséquent), exigèrent non seulement d'être payés pour le mauvais riz qu'ils consentirent à céder (certaines régions en disposaient), mais d'être payés en or ou en métal-argent, refusant toute monnaie papier, à l'exception cependant du billet vert !… Des sauvages ! Eux aussi, au fond de leur jungle, et tout primitifs qu'ils parussent (ils avaient des anneaux dans les oreilles), étaient pourris déjà par l'idéologie yankee du Fric-Roi ! Le Maréchal n'a-t-il pas dit… euh…

Vers Diên Biên Phu, sur la frontière du Laos et la route de la Chine, convergeaient les vaillantes colonnes des généraux Xénophonius et Saboté, près de sept mille hommes, qui luttaient héroïquement contre leurs poursuivants japs en leur servant de preste avant-garde. En cours de route, nombre d'officiers supérieurs, qui se réservaient d'ailleurs les meilleurs parts des Rations K, abandonnèrent, sous prétexte que les vivres des troupes étaient insuffisants, des milliers de tirailleurs indochinois qui, « fidèles aux plis du drapeau français », s'étaient vaillamment battus contre les Japs. Désarmés par leurs officiers français, ces tirailleurs furent lâchés lâchement dans la nature, comme des chiens de garde désormais inutiles…

Capturés par les Nippons pour certains d'entre eux, ils furent humiliés toujours, passés par les armes souvent. Beaucoup rejoignirent les rangs du Viêt-minh…

A Diên Biên Phu, où il avait été « parachuté », le capitaine Lucrèce (de la *Bibendum's band*), chef de la résistance indochinoise de l'EXTÉRIEUR, accueillit, vers le 23 mars, les avant-gardes des colonnes en débâcle des généraux Xénophonius et Saboté : troupeau de pauvres hères plus que de soldats, hâves, épuisés par ces centaines de kilomètres de marche, blessés souvent, paludéens, dysentériques, squelettiques, tremblants de fièvre, désespérés. Il fallait se battre, exigeait Lucrèce, l'EXTÉRIEUR exigeait qu'on se battît ! Qu'on défendît la terre de France ! Une tête de pont, « coûte que coûte », devait y être maintenue !… De quoi se mêlait cette tête de con avec sa tête de pont ! On se battait, fallait pas se fier aux apparences ! On fuyait pas, on se livrait à des « combats de décrochage », c'est pas pareil ! C'était pas une débâcle, c'était une « manœuvre ». Nuance !

… Les speakers unanimes de Radio Paris et Radio Alger chantèrent « la-superbe-résistance-de-Mouche », dans la Citadelle, et « la-vaillante-retraite » de Xénophonius et

Saboté « digne de celle des Dix Mille ». Bientôt, assuraient-ils, … au terme de cette « manœuvre », de ce « repli stratégique », nos troupes, repartant à l'assaut, balaieraient les Nippons… et, sur Saigon et Hanoi reconquises, flotteraient, comme sur Metz et Strasbourg, nos trois couleurs… L'hymne national retentissait alors, en fin d'émission : *« Allons z'enfants de la Piastrie ! »*

C'est qu'en Amérique, à Washington, au même moment, nos diplomates agitaient leur sébile, quêtaient de l'argent, des armes, des munitions pour aider nos vaillants résistants, qui « défendaient centimètre à centimètre le sol de l'Indochine » ! Mais les USA, ils étaient durs de la feuille, et du billet vert plus encore ! Il fallait les persuader que tout de bon nous nous battions contre les Japs ! Ce qui les intéressait, ces pragmatiques Amerloques qui poursuivaient *leur* guerre dans le Pacifique (à Iwo-Jima, Okinawa, etc.), c'était qu'on tue des Japs, pas qu'on garde un bout d'Indo !

Radio, presse et informations cinématographiques françaises furent mobilisées par les services de propagande de la *barbouze's band*, alias DGER, pour imposer dans les esprits l'idée, sinon le mythe, de l'héroïque résistance de l'Indochine où « Français et indigènes, dans un coude à coude fraternel », faisaient le coup de feu pour « garder la colonie à la France ». De droite et de gauche, gaullistes et communistes, les journaux entonnèrent cet hymne unanime. Là où les faits manquaient, les mots suppléeraient. Speakers et scribouillards aux ordres se substituaient aux fantassins. Les machines à écrire mercenarisées crépitaient plus que les mitraillettes ; les phrases faisaient mouche plus que les balles !

N'était-ce pas pour la bonne cause ?

La piastrie était en danger.

Ça ne sembla pas convaincre les Amerloques : Vous croyez que leurs avions, leurs escadrilles de Kunming, en

Chine, tout à côté donc, nous eussent donné le moindre coup de main, pour pilonner les Nippons lancés à nos trousses ! Tu parles ! Ils préféraient bombarder Tokyo, leurs B29 ! Trois cent trente-quatre B29 chargés de bombes incendiaires, ce même 9 mars, avaient arrosé la capitale nipponne grillant raides morts cent trente mille civils…

Et cependant l'irrémédiable débâcle se poursuivait. Et déjà les premières vagues de cette misérable marée commençaient à déferler sur la Chine ! Et ces Chinetoques à la gomme vous croyez qu'ils nous auraient bien accueillis ! Qu'ils nous auraient joué *Nuit de Chine, nuit câline* à notre arrivée, qu'ils nous auraient régalé de steaks-frites et de jolies poulettes ! Non, les Chinetoques, ils nous ont regardé en chien de faïence ! Car, pour ces Chinetoques à la gomme, faut comprendre une chose, on était encore des *ennemis* ! Vous comprenez pas ?… Eux, ils en étaient restés – ces arriérés, ces ringards – à cet épisode malheureux de la guerre où la *France vaincue*, se déculottant devant les Japs, leur avait offert bases et aéroports au Tonkin, bases d'où, entre autres, ils pourraient bombarder les Chinetoques qui, eux, depuis près de dix ans, depuis 1937, se battaient, contre les Japs, sans se déculotter. Mais ce qu'ils ne comprenaient pas, ces Chinetoques, c'est que cette *France vaincue* n'existait plus (pfuiiit, fumée !). Elle avait été *vaincue* en effet, anéantie, par la France *vainqueur* ! Pétain s'était enseveli sous de Gaulle ! Aussi cette débâcle de soldats perdus, fuyant les Japs, la queue entre les jambes, jusqu'en Chine, était en fait composée de soldats *vainqueurs*, puisqu'ils appartenaient désormais au camp des *vainqueurs*. Alliés aux Amerloques, qui étaient alliés aux Chinois, les Français n'étaient-ils pas eux-mêmes alliés des Chinois ? *Ergo*…

Mais ces Chinetoques, dépourvus de tout cartésianisme (pourtant plusieurs de leurs officiers, qui nous accueillirent, avaient fait Saint-Cyr et parlaient français), ne voulurent rien entendre à nos raisonnements. Vous savez ce qu'ils exigèrent : que nous leur donnions nos armes ! Pas question !… Et on nous a parqués, dans des camps, sur la frontière chinetoque. A deux pas de la terre de France d'Indochine livrée aux fascistes nippons !

Comment ne pas croire que c'était là des vexations que dictaient aux Chinois les innombrables agents de l'OSS qui, à cette époque, pullulaient partout en Chine ! Roosevelt-le-rouge, ce *Red-Skin*, eut beau mourir début avril 45, son successeur Truman semblait tenir le cap : les Français ne doivent pas revenir en Indo. Désarmez les Frenchies, humiliez les Froggies.

Bottés au cul en Indo par les Japs (des Jaunes !), sous les yeux des indigènes (des Jaunes !), nous arrivions dans l'Empire du Milieu pour nous faire botter le cul par les Chinois (des Jaunes encore !). Avec les sournois discrets applaudissements des services secrets américains (des-salauds-de-Blancs-indignes-de-l'être !).

Les rapports de l'OSS nous traitaient de « colonialistes arriérés », de « pourris » ! Pas foutus de se battre contre les « fascistes japs », mais désireux seulement de retourner bientôt pépère en Indo, à l'ombre des cocotiers, pour y palper les congaïs, les piastres, et faire retrimer les *nha quê* : Telle quelle la prose de l'OSS !

Arrivé à Paris, après son crochet par la Chine, Priape, chef insigne de la *guerre psychologique*, expliqua aux autorités françaises que le combat idéologique le plus pressant à mener auprès des « masses indigènes » (qui, « se fiant aux apparences », étaient convaincues que les Français étaient vaincus), c'était – en leur « ouvrant les yeux » – de les persuader du contraire ! A Hanoi et Saigon en effet, les « indigènes » affichaient leur dédain pour Paris et ne juraient plus que par Washington ! Les USA – dès que les Japs en déroute auraient déposé les armes – allaient donner sa liberté à l'Indochine, comme ils l'avaient donnée aux Philippines. Au nom de la Charte atlantique : du droit-des-peuples-à-disposer-de-mes-fesses !... Les Français feraient leurs malles ! Les Annamites, les Khmers, les Laotiens seraient indépendants, comme ces fourbes de Siamois-Thaïlandais, leurs voisins, qui, ces fourbes, avaient échappé depuis des siècles (comment ils ont fait ?) aux avantages pourtant si indéniables de la colonisation : ses curés raffinés, ses églises néo-gothiques, ses hôtels-de-ville-IIIe République, ses élégants légionnaires fleurant la violette, ses agents de la Sûreté parfumés au patchouli, ses ronds-de-cuir, sa Régie de l'opium, ses rues Lyautey, ses statues de Jeanne d'Arc, ses kiosques à musique, ses bagnes avec vue sur la mer, ses opéras, ses chalets savoyards, ses corvées obligatoires gratuites, ses pastis glacés à midi à la terrasse du Métropole, ses petites tonkinoises-ma-tonkiki-ma-tonki-noi-se…

Les yeux des Indochinois pétillaient de toutes les constellations de la bannière étoilée ! L'Amérique était dans tous les cœurs… Même Moscou s'en inquiétait ! Et les chefs viêt-minh plus encore ! Ils en devenaient presque profrançais, les viêt-minh. Le colonialisme, on peut se battre contre. Allez vous battre contre le Coca-Cola !

Et comment – expliquait Priape aux gaullards de Paris – persuader les Indochinois que la France n'était pas vaincue ? En stoppant d'abord cette débâcle vers la Chine, qui la foutait mal !… Puis en envoyant, dès que possible, des renforts, comportant un « éventail » de toutes les nations de l'Empire libre de la France libre, arabes, noires, jaunes, dirigées par un chef prestigieux, blanc de toute souillure vichyste, et incarnant sans faille aucune cette *France vainqueur* dressée de tous ses ergots gaulois sur la dépouille de la *France vaincue* :

Le général Leclerc, par exemple.

De Hauteclocque !

FRONTIÈRE DE CHINE

– Merde, merde, merde, j'en ai marre de c'te foutu d'pays, de c'te cambrousse de merde à la gomme !

Brandissant dans sa main droite un coupe-coupe, dont elle taillait lianes et branchages dressés devant elle, et tirant, de sa main gauche, par la bride, une espèce de mulet rosâtre plus-têtu-y a-pas, la Coutrais pataugeait vaillamment dans la gadoue, où s'enchâssaient les hauts talons de ses chaussures, et ses fins mollets gainés de bas noirs à couture tout lacérés. Sa robe kaki en soie-parachute n'était plus qu'un haillon dont les déchirures, par intermittence, laissaient deviner l'esquisse furtive d'un petit-nichon-blanc-de-rien-du-tout, ou les vagues friselures cuivre d'une toison. Ses cheveux roux en débâcle pendaient lamentablement en mèches trempées de sueur, de part et d'autre d'un visage boursouflé par les baisers ardents d'une ruche en rut de moustiques bourdonnant sans cesse autour d'elle… Au milieu de ce désastre de chairs sanglantes vampirisées, ses grands yeux verts écarquillés ressemblaient à deux tasses de porcelaine où toute la végétation de l'immense jungle, autour d'elle, paraissait s'infuser comme pour y concocter une fiévreuse tisane…

Au bout du rouleau, elle était ! Elle n'en voyait pas moins le bout du tunnel : là-bas, par-delà ces collines hérissées de luxuriantes frondaisons, tout près déjà, se trouvait la délivrance, la terre promise, le paradis terrestre : la Chine, l'immense Chine, la Chine éternelle, « où y a pas d'Japs maniaques à la con qui veulent à tout prix vous couper en rondelles ! »…

– T'es sûr que c'est là-d'vant, la Chine ?

– Sûr ! répliqua Rouhaut qui, sanglé dans sa veste pistache à rayures émeraude, toute déchirée, la précédait, un coupe-coupe à la main, lui aussi, et tirant lui aussi sur un baudet surchargé d'énormes sacs…

Une brigade de tenaces morpions nippons les tannaient au cul.

… Leur caravane, par ailleurs, était composée, tous à la queue leu leu entre les jambes, de Ducossard (dans sa veste rose à rayures cerise), suivi de Rosine Day et d'une cinquantaine de Blancs, métis et Indochinois, civils et militaires confondus, épuisés, suants, tremblants de fièvre, qui s'étaient joints à eux dans leur fuite éperdue. Dans leurs rangs, Coco Grancour, La Chèrefeuille, Le Glaoui, Alain Gour, Dupuis, de Dupuis Frères, import-export (pinces à linge, entonnoirs, tuyaux d'arrosage, dés à coudre...) ; Michounet, de Michounet Frères, caoutchouc et latex en tout genre ; le peintre-métis-plein-d'avenir Nguyen Du (avec son œuvre maîtresse sous le bras, le portrait du Maréchal, qu'il avait raflé *in extremis* dans le bureau de l'amiral, le soir du coup) ; Fred Astaire (qui tirait derrière lui, péniblement, sur un vieux cheval mélomane épuisé, son piano à queue), et sa troublante captivante chanteuse annamite taillée dans une dent d'éléphant, dont la longue robe shangaïenne, désormais tout en lambeaux, révélait à chacun de ses pas gracieux l'ivoire précieux d'une curviligne cuisse !

– J'ai ma boussole de marine, ajouta Rouhaut. Pas d'problème : le nord, c'est là-devant. Donc, là-devant, c'est la Chine !

– Une boussole de marine ? s'étonna la Coutrais (flanquant de droite, de gauche, de furieux coups de coupe-coupe pour trancher les ailes à ces foutus moustiques qui se prenaient pour des kamikazes piquant sur un porte-avions yankee), t'es sûr que ça marche pour la terre ferme, les boussoles de marine ?

Rouhaut, Ducossard, Rosine et la Coutrais, comme la plupart des autres, arboraient encore, en loques bien sûr, après deux semaines de marche, les habits qu'ils portaient au soir du 9 mars. Vu qu'ils n'avaient pas pris le temps de se changer, ni de se surcharger avec une garde-robe, vu qu'ils avaient à se charger de choses plus importantes – dollars, or, opium – que les uns et les autres planquaient dans leurs caves, sans compter quelques œuvres d'art, vu que, vu la situation militaire, ils étaient sûrs, c'était tout vu, qu'ils reverraient plus de sitôt leurs pénates hanoiens... Tous ces trésors emplissaient les sacs surjoufflus portés par leurs baudets ! Seule fantaisie que se fut permise la Coutrais : ce buste en plâtre dont la tête blanche moustachue – quelque peu étiolée peut-être par l'insalubrité du climat, et plutôt déglinguée à cause des aléas du voyage – surgissait d'un des sacs se balançant sur la croupe de sa bête de somme :

– Ça va, Philippe, t'as pas trop l'mal de mer ?

Elle y tenait, à Philippe, plus qu'à la prunelle de ses-yeux-verts-de-petit-veau, la Coutrais. Le Maréchal, c'était son « capital le plus précieux », c'était plus que son père, le Maréchal, c'était… Et c'était à lui, et à lui avant tout qu'elle avait songé, quand les Japs avaient commencé à tirer leur *feu d'artifice*, le soir du 9 mars.

Philippe était tout seul ! Philippe était en danger !

… Elle s'était ruée chez elle. Du moins elle avait obligé Rouhaut (« Allez, on discute pas, c'est une question de vie ou de mort ! ») à l'y conduire, à bord de son Hispano Suiza, quoique dans les rues déjà s'échangeassent force coups de feu de combats sporadiques.

Elle vous avait fichu Philippe, qu'il le veuille ou pas (« Et cesse de grogner comme ça ! »), dans un sac en toile, et c'est alors seulement qu'elle avait songé à rafler aussi son or, ses dollars, ses bijoux et ses blocs d'opium. Toutes ces *choses matérielles* !

Philippe était passé AVANT.

Elle n'était pas une vendue, elle.

Elle était fidèle, elle.

Maréchal, les vlà plus !… Mais me vlà toujours, moi !

Y en a pas beaucoup qui peuvent dire la même chose, suivez mon regard, hein ? Ingrats !…

A fond de train, foutant en l'air un barrage de barbelés que bricolaient des Nippons, essuyant même plusieurs rafales de mitraillette, ils avaient bondi alors, à bord de l'Hispano Suiza, jusqu'au fleuve Rouge, à hauteur du pont Paul-Doumer (« cette magnifique réalisation de la France ! »), où Rouhaut (homme plus prévoyant que Mouche) avait un sampan à moteur de réserve (au cas où…). Ils y avaient retrouvé Ducossard et Rosine Day, chargés eux aussi de leurs trésors.

Quelques débris de la résistance civile, paniqués, errant le long du fleuve pour dénicher une embarcation salvatrice, avaient essayé de monter à leur bord. Le Négus entre autres, qui, harnaché de cinq ou six énormes cartouchières et coiffé d'on ne sait quel galurin aux larges ailes, ressemblait, avec sa moustache noire et sa mitraillette, à quelque martial pistolero mexicain échappé des coulisses de l'opéra-comique. Dumarcel fils (le boutonneux) en était aussi. Sa Sten, il l'avait pas : son père la lui avait « confisquée » dès les premiers coups de feu. « Jeune con, lui avait-il balancé, avec une paire de gifles, si les Japs trouvent ça *à la maison*, on est bon ! » (Couic !…) Ledit père, voulant aller jeter la compromettante Sten dans les abysses du Petit Lac de Hanoi (où disparurent frileusement nombre d'armes destinées à lutte !), fut arrêté par les Japs, « les armes à la main », et abattu. On lui attribuerait, plus tard, à titre posthume, la croix de la résistance…

Rouhaut et Ducossard butèrent, affalé au bord du fleuve, sur le cadavre de Pipaud, cou coupé, mais n'en puant pas moins le paddy-soda. Sans doute avait-il été liquidé en pleine ivresse poétique : il tenait à la main encore le manuscrit, tout ensanglanté, du premier chapitre de son futur roman. Le titre en était : *Souffrance*.

On ne voulut pas à bord de Dumarcel fils, « ce capitan », ni du Négus, « ce matamore ».

Chacun pour soi !

Et le bon Dieu pour personne !

Autant qu'on le put, on remonta le fleuve Rouge… Jusqu'aux abords de Yen Baï. On débarqua alors, car ça fourmillait de Japs et d'Indochinois projaps prêts à tailler en tranches les Visages pâles !… Ils se prenaient tous pour Geronimo, Crazy Horse ou Sitting Bull, ces *Yellow-Skins* sanguinaires. Ils nous rejouaient un western version eastern ! On n'avait pas envie de décorer leurs tipis avec nos scalps !

On marcha à pied, dans le sillage des troupes en débâcle du général Xénophonius, du moins pendant un ou deux jours… A prix d'or, on put acheter des mulets (ceux que les *nha quê* affamés n'avaient pas bouffés… Ils étaient tous affamés, les *nha quê*, les seuls qui ne l'étaient point, c'étaient les cadavres squelettiques qui, par centaines, jonchaient certaines routes…). Et ainsi, se fiant à la boussole de marine de Rouhaut (« T'es vraiment-vraiment sûr qu'ça marche pour la terre ? »), on fit voile vers Cathay…

La Chine !

Dans son sac, Philippe avait l'air de moins en moins dans son assiette… Était-ce le tangage de la croupe du mulet ? Il semblait tout « chaviré », tout nauséeux. Il était pâle comme plâtre, c'est tout dire… Pourtant on reconnaissait bien là le Vainqueur de Verdun, il bronchait pas, il endurait, stoïque, héroïque…

La Coutrais n'en était pas moins inquiète. Entre deux coups de coupe-coupe, contre la broussaille ou les moustiques, elle lui jetait des coups d'œil angoissés, à Philippe… Il allait pas, quand même, lui claquer maintenant dans les pattes, là, à deux doigts de la terre promise : comme Moïse ? Ce serait trop bête, trop injuste !

– Philippe t'es quand même mieux ici qu'à Sigmaringen sous les bombes anglishes, non ? Tu vas pas te plaindre, non ? Du cran ! On arrive, on y est !

Le cœur oppressé, elle demanda pour une millième fois à Rouhaut :

– Capitaine, c'est encore loin la Chine ?

Tableau IV

J'ai vu des Européens vaincus, mais c'était en Europe : Italiens et Allemands. Ici ça prenait une autre tournure. Brisés par les Japs, ils mendiaient aux portes de la Chine. Les Français, symboles de la culture et de la force militaire européennes en Asie, avaient été brisés par une puissance orientale et se trouvaient très inconfortablement à la merci d'une autre puissance orientale...

(Patti, Archimedes L.A., de l'OSS,
Why Vietnam ?, 1980.)

Pourquoi ces troubles [en Indochine]... c'est parce que la France a été et est encore considérée comme VAINCUE. Vaincue en 40 et vaincue en mars 45. Comment faire disparaître cette conviction, condition sine qua non *de notre rétablissement dans le pays ? EN MONTRANT NOTRE FORCE... Les indigènes tonkinois résisteront. Mais la question sera vite résolue.*

(Rapport du général Leclerc
au général de Gaulle, 13/10/45.)

Franchement, ils s'y croyaient, ces ventilos, ils tournaient, ils tournaient, à tout berzingue, comme s'ils n'avaient jamais tourné, comme si c'était la première fois qu'ils tournaient : joyeux, primesautiers. On eût dit des oisillons étrennant leurs ailes toutes neuves : leurs pales.

C'est que désormais ils étaient « libres »... L'Annam était indépendant, ou quasi. Ils ne tournaient plus que pour eux-mêmes, les ventilos : pour le pays, pour la patrie. Ils pouvaient tourner en rond, tout leur soûl !

– Ils ont pas le tournis à tourner comme ça ! râla la Coutrais, assise au fond du bar du Métropole, en robe cloche rouge, devant une bouteille de Coca. (Ce disant, elle appuyait, « métaphysiquement », son petit menton pointu sur son poing droit.) Ils te donnent pas le tournis, à toi, Philippe ?

Le buste du Maréchal, posé sur la table, à côté du Coca-Cola, braquait sa moustache en plâtre vers la salle du bar, plus enfumé, plus murmurant et plus bondé que jamais. Mais bondé d'une foule pour le moins bizarre et cosmopolite : on trouvait là, en habits jaunes ou bleus, bardés de médailles multicolores, des officiers chinois de la 93e armée yunnanaise de Chiang Kai-shek ; des officiers de liaison japonais en uniforme vert, avec leur étrange petite casquette posée sur leur crâne rasé ; des officiers de l'armée US, et autres agents des services secrets, en tenue beige, souple, confortable et élégante, qu'accompagnaient des « WAC » – femmes soldats amerloques joliment sanglées dans le kaki ; des responsables viêt-minh, leur veste « à la chinoise » haut boutonnée jusqu'à la pomme d'Adam ; des gradés français, arborant képis ou bérets, flanqués de diverses catégories de barbouzes : ethnologues, sinologues, archéologues et autres logues !

Sans compter nombre de civils de toutes races, de toutes origines, surtout les plus douteuses. Dont l'« agent d'assurances » Solovieff, représentant officieux de Staline...

Philippe semblait regarder cette foule « cosmopolite », « interlope », « métisse », avec un air de dédain « entendu »... Tout cela, cette « chienlit », ce « melting pot » international, ce « bouillon de culture », ce « pastis racial », ce « désordre », il l'avait prévu, il en avait prévenu les Français, mais les Français, les Français n'étaient que des linottes… Les Français l'avaient déçu !

Il n'avait pas le moral, Philippe. Il tirait une sale tronche. Cependant personne ne pouvait s'en apercevoir vu qu'il arborait sur le crâne un panama et sur les yeux une paire de lunettes noires, dont, pour « dissimuler son identité », la Coutrais l'avait affublé. Il se cachait… Il n'était plus en odeur de sainteté, le Maréchal ! En Indo comme ailleurs, tout le monde l'avait renié ! En France on l'avait même jugé et condamné à mort !… C'était un réprouvé, un *outlaw*, un proscrit ! Pauvre vieux : à 90 ans ! Son socle était tout craquelé, rogné, ébréché, ses joues jaunies se grêlaient de taches de rouille et de vert-de-gris, comme s'il eût été frappé d'une maladie honteuse. Et son front, son noble front – fendu en deux –, était enturbanné d'une large bande de ruban adhésif marron dont des mains attentives et maternelles l'avaient rafistolé. C'était un grand blessé de guerre, le Maréchal : *une gueule cassée !*

C'est que, lors de leur fuite-en-Chine, il avait été sérieusement secoué, particulièrement au moment fatidique où, croyant franchir la frontière, ils avaient été harponnés, *in extremis*, par les Japs : Rosine Day, Rouhaut, Ducossard et les autres… Si tant est qu'ils eussent été vraiment sur le point de la franchir « c'te frontière ». La Coutrais en doutait. Elle était même persuadée que Rouhaut, avec sa boussole de marine, les avait égarés dans la jungle et qu'il n'avait pas voulu l'avouer : « Une boussole de marine, ça marche pas sur la terre ferme, je répète ! »

Il était là, d'ailleurs, Rouhaut, flanqué de son appendice Ducossard, et, comme de bien entendu, arrimé au comptoir de cuivre du bar devant un Four Roses, *on the rocks*, cette fois.

Du bourbon et du whisky, on en trouvait maintenant à

gogo, au Métropole, et pour rien : une cinquantaine de marques aux étiquettes chatoyantes, emblémées de toutes sortes de sigles et encadrées d'or ou d'argent, qui montaient la garde, en rangs impeccables, derrière l'équanime barman indigène qui, avec son équanime sourire perché au-dessus de son nœud pap, servait équanimement, d'un geste hiératique plein d'éternité, les chalands venant s'échouer là, quels qu'ils fussent, sans discrimination aucune. Ils n'avaient ni bonne mine ni bel air, Rouhaut et Ducossard, dans l'espèce d'uniforme, n'appartenant à aucune armée, dont ils étaient revêtus, chaque pièce provenant d'un stock différent : la veste des stocks US ; le pantalon des stocks anglais ; la chemise, chinois ; les chaussures, français peut-être… Seuls le panama sur leur tête et une pochette rose sur la poitrine essayaient de donner un peu de piquant à l'ensemble. Ils étaient fort maigres aussi, et fort jaunes de teint. De grands échalas efflanqués. C'est qu'après leur arrestation par les Japs, ils avaient passé six mois en camp. La Coutrais, elle, avait été cloîtrée dans un boxon à soldats. De cela elle ne voulait pas parler. « L'humanité, m'en parlez pas, de l'humanité ! » Ils lui avaient pris tout son magot aussi, les Japs, ne lui laissant que Philippe.

Du Maréchal ils n'en avaient plus besoin.

Il leur avait été pourtant utile en 1941, pour bénir les Accords de défense commune !

Les Japs aussi sont des ingrats !

Combien de mètres cubes d'air les ventilos plafonniers n'avaient-ils pas brassés, depuis le coup de force jap, frappant et refrappant de leurs pales la masse amorphe du Temps ? Combien de mètres cubes d'eau n'avaient pas coulé sous le pont Paul-Doumer, entre les rives immuables du fleuve Rouge ? Un an avait passé : l'Allemagne avait jeté l'éponge ; Adolf s'était suicidé ; Mussolini, on l'avait pendu par les pieds, comme un cochon ; l'empereur Hiro-Hito – après la bombe d'Hiroshima, si gentiment surnommée Little Boy, et celle de Nagasaki, Fatman – avait accepté de signer la paix, et – pour faire mentir encore le « réaliste »

Belangel – non pas une « paix de compromis », mais sans conditions. On disait qu'au cœur d'Hiroshima il ne restait plus rien, pas même une ruine, ni même l'ombre d'une ruine, rien. Pas un os, pas un pissenlit, pas un pétale de prunier, pas une pierre, pas l'esquisse d'une ligne dessinant le contour de quelque chose ou de quelqu'un : qu'une vaste plage de sable, un *carré blanc* – une pure abstraction : qu'avait en son temps pressentie le peintre-nihiliste-bolchevique-dégénéré-Malevitch.

Les Japs en Indo avaient baissé les armes. Les accords de Potsdam (d'où Agamemnon-le-petit serait encore absent !) avaient décidé (nouveau camouflet pour la France !) que les Japs feraient leur reddition à des officiers anglais, en Cochinchine, et chinois, au Tonkin. On libéra des camps les prisonniers français. Mais aussi les viêt-minh et autres nationalistes : qui en profitèrent pour se déclarer indépendants sous le nom de Vietnamiens.

Mais c'était une indépendance précaire…

Le général Leclerc, à la tête des blindés de sa 2e DB, non content de libérer Metz et Strasbourg, avait poursuivi plus à l'est sa marche triomphale d'Alexandre victorieux… jusqu'en Asie.

Mais il arrivait trop tard.

La pièce était jouée.

Les Nippons vaincus.

Ne pouvant plus libérer l'Indo des Japs, il la libérerait des Indochinois ! A Saigon, et bientôt à Thay Ninh, à Nha Trang, à Tourane, la bannière rouge étoilée d'or du front viêt-minh serait arrachée et remplacée par la bannière tricolore. La Cochinchine presque entière serait – à coups de canon – *pacifiée*… Déjà une puissante flotte française, menée par le croiseur *Triomphant* (… ce qu'il nous restait après Toulon !), avait débarqué nos soldats à Haiphong, le port de Hanoi. Ces troupes françaises – forçant la main au gouvernement « indépendant » vietnamien – venaient, assuraient-elles, prendre la relève des troupes de l'« allié » chinois pour « finir de désarmer » les Japs du Tonkin, pourtant désarmés depuis longtemps ! Qui croyait à cette foutaise ? Une affiche, placardée partout sur les murs de Hanoi, annonçait : *L'armée française, qui a battu la puissance allemande, aux côtés de ses alliés d'Europe et d'Amérique, revient parmi vous pour sceller SA VICTOIRE COMMUNE AVEC LA CHINE SUR LA TYRANNIE JAPONAISE...*

... Leclerc et ses chars, déjà, remontaient de Haiphong vers Hanoi. Leur arrivée était imminente, c'était une question d'heures, de minutes peut-être...

Au Métropole aussi l'atmosphère était électrique, ce 18 mars 1946...

A la table des officiers chinois, on faisait la gueule. Certes la France, en échange de l'Indo, avait rendu à Chiang Kaishek ses concessions de Shanghai, Canton et Kwang Chéou Wan, mais les seigneurs de la guerre de l'Empire du Milieu rechignaient à refiler le bébé aux Français qui, le moins qu'on puisse dire – et quoi qu'ils en dissent surtout –, ne s'étaient pas couverts de gloire face aux Nippons. Et puis ne considéraient-ils pas l'Indochine comme une province de la Chine ?

A la table des Amerloques, on ne tirait pas une meilleure gueule : Roosevelt, puis Truman, avaient songé à placer l'Indo sous mandat international, comptant par après lui accorder l'indépendance. Déjà des businessmen yankees avaient débarqué, attaché-case en main. Et voici que Leclerc rappliquait, mitraillette au poing...

Côté vietnamien, on ne pavoisait pas non plus : les communistes, qui avaient fini leur lune de miel avec les Sino-Amerloques, avaient joué – tout en le redoutant – sur le retour au Tonkin des Français. Ils les considéraient comme un ennemi plus facile à vaincre que les Chinois ou les Américains (la masse chinoise les noierait ; le dollar US les engloutirait !). Mais encore fallait-il être assez fort pour virer les Français, une fois les Chinois partis !... Quant aux nationalistes vietnamiens, prochinois, proaméricains – et projaps pour certains –, ils voyaient s'écrouler leur rêve de sauter par-dessus la tête des communistes en se rangeant avec les Philippines et la Thaïlande dans la sphère économico-militaire US ! Pour eux, les colonialistes français, condamnés à court terme, étaient, paradoxalement, les alliés objectifs des communistes...

Communistes et nationalistes avaient déjà commencé de s'entre-massacrer, égorgeant ici et là quelques derniers Mohicans trotskistes...

Vaquant d'une table à l'autre, les officiers de liaison japs, représentant l'armée nipponne mise en quarantaine dans des camps, traînaient plus que jamais leur sabre :

Vainqueurs arrogants hier.

Arrogants vaincus aujourd'hui !

Dans cette fumante étouffante pétaudière du bar du Métropole où, d'une table à l'autre, on s'entre-décochait de noirs soupçonneux assassins regards, il n'y avait que les Français bien sûr pour applaudir à l'arrivée de Leclerc : encore qu'ils se divisassent en deux catégories, dont les signes de reconnaissance étaient, pour les hommes, la moustache ou l'absence de moustache : moustachus étaient les Français à l'ancienne, dits « Français 1940 », c'est-à-dire les vieux-de-la-vieille de l'Indo (les Français *vaincus*). Ces moustachus étaient plus ou moins angoissés, craignant – quoiqu'ils se fussent entréchangés des « brevets de résistance » – une possible épuration. Glabres étaient les nouveaux Français, ou « Français 1945 » (les Français *vainqueurs*), récemment « parachutés » en Indo, les « vrais Français » : qui guignaient déjà les postes lucratifs en tout genre, résidents-maires, préfets, secrétaires de cabinet, secrétaires de secrétaires de cabinet, dactylos de secrétaires de secrétaires de cabinet, employés aux Chemins de fer ou aux PTT (« avec prime d'expatriation » !), qu'ils pourraient décrocher bientôt pour eux et leurs copains, cousins et petits-neveux d'Ajaccio, de Quimper ou Jouy-en-Josas, dès que la colonie serait dûment revenue dans le « giron de la mère patrie ». (La IIIe République est morte, vive la IVe !) On appelait ces non-moustachus, basés auparavant aux Indes, les « gerfauts de Calcutta ». Les vautoursà-bacchantes de Hanoi et de Saïgon les… voyaient venir : et d'un sale œil !

Les Japs en tenaient pour la lutte des races ; les viêt-minh pour la lutte des classes ; les Français importaient la lutte des places.

– Dis donc ? s'inquiétait Rosine Day, assise, cibiche au bec, à côté de la Coutrais. Tu crois que ça m'irait les cheveux courts ?

– Tu veux les couper ?

– Non, mais, au cas où… Leclerc a peut-être des merlans dans sa 2e DB ! Paraît qu'à Paris on rase les collaboratrices !

Dans ce panier de crabes jubilants ou soucieux, il n'y avait que le barman qui, en bon professionnel, paraissait de glace. Et Fred Astaire aussi. Rescapé des camps, comme son piano, et comme son accompagnatrice, la jeune chanteuse annamite. Il interprétait en ce moment les immortelles *Roses of Picardy* : *But there is a rose that dies not in Picardy/It's the rose that lies in my heart !*

La Coutrais, le menton toujours sur son poing droit et aspirant par une paille son Coca, regardait Fred Astaire en écoutant la mélodie. Elle avait des larmes plein ses yeux verts… Elle resongeait à ses deux maris défunts, au Cornichon et à *the Cucumber.* Elle ne verrait donc jamais l'Ohio, ni Hopper City, près de Cincinnati, ni la *gas station* de la famille Wahrol. Elle regardait aussi la jeune chanteuse…

S'adaptant aux « nouveaux canons » de la précaire République indépendante du Vietnam, fortement dominée par les communistes, la chanteuse portait, mais coquettement, un habit de paysanne au large pantalon de toile bleue et un chapeau de paille conique joliment noué sous son menton par une faveur rose. Fidèle à son habitude, elle se tenait debout, une main appuyée sur le piano, mais – chose nouvelle – son échine était bien droite : roide comme un « i » ! On eût dit qu'elle avait perdu, dans les moments si bouleversants que venait de vivre la colonie, cette troublante et quasi imperceptible incurvation de son corps d'ivoire qui évoquait la courbure de la dent d'éléphant où il eût été taillé... Était-ce fierté d'appartenir à un peuple désormais indépendant ? Ou qu'on lui eût fait faire, à la sortie des camps japs, un stage de « rééducation » dans un camp viêt-minh ? Qu'on eût « rectifié » sa « ligne » ? Dans le Vietnam libre, désormais, même les dents d'éléphant seraient droites...

Tout le pays, d'ailleurs, avait été organisé en soviets. Il y avait des soviets de paysans, des soviets d'ouvriers, des soviets de soldats, des soviets de coolies, des soviets de pousse-pousse... Même les boys du Métropole avaient formé le leur. Sans oublier les ventilos : certes, ils tournaient toujours en rond, mais c'était parce qu'ils le voulaient bien.

Avec l'annonce de la venue de Leclerc, cependant, les « Verminiens » (c'est comme ça qu'on les appelait, depuis qu'ils s'étaient eux-mêmes baptisés Vietnamiens) commençaient à déchanter, ah ah !

– Ils la ramènent beaucoup moins, maintenant, ces babouins ! s'exclamait M. Jean Dupuis, de Dupuis Frères, import-export, ex-membre de la Légion du Maréchal, qui se tenait à la table de la Coutrais, à côté de Rosine Day, du père Vacherin, de Luigi Tomato, du Négus, du Glaoui, de La Chèrefeuille et de Coco Grancour, son monocle toujours vissé dans l'œil...

La plupart étaicnt aussi rescapés des camps. Ceux qui n'y avaient pas été parqués avaient croupi dans une « zone réservée » une sorte de « réserve d'Indiens pour Blancs », autour de la rue Paul-Bert...

– Leclerc va leur montrer de quel bois la France se chauffe, glousa le père Vacherin, tout rubicond dans le cadre de sa barbe blonde. Ils ont déjà sacrément dérouillé à Saigon, ah ah !... Ça va saigner !

– Ils ont cru que les Blancs étaient cuits ! s'exclama La Chèrefeuille. On va voir quelle gueule ils feront quand nos Sénégalais et nos Marocains vont rappliquer, ah ah ! Il faut virer d'Indo les Jaunes !

Pensait-il aux vingt-cinq millions d'Indochinois ? Ou aux

trente-cinq mille Japs prisonniers ? Ou aux deux mille Japs qui, changeant d'uniforme, avaient rejoint les rangs de la guérilla viêt-minh affrontant la 2e DB (« les Blancs ») en Cochinchine ? Ou aux cent quatre-vingts mille soldats Chinois de la 93e armée yunnanaise et de la 62e armée cantonaise qui semblaient peu pressés de laisser la place aux Français venus les « relever »... D'autant que les pavots, dans la région de Diên Biên Phu, n'étaient pas encore mûrs, et que la récolte d'opium promettait d'être somptueuse ! Allaient-ils abandonner ça aux barbouzes français de la DGER ? Aux agents de l'OSS ? A la mafia corse ? A la Triade ? A qui appartiendrait la manne ?

D'une table à l'autre, Américains, Chinois, Français, moustachus ou non, des divers Poppy's clubs, s'entre-bombardaient de noirs regards.

– On va leur mettre leur nez dans leur caca, aux Verminiens ! poursuivit le Glaoui.

– Ils n'avaient qu'à se comporter décemment avec les Français quand les Japs nous sont tombés dessus, dit le Négus. Vous vous souvenez des sourires qu'ils arboraient le 9 mars ! Ah, ah ! Ils sourient jaune maintenant !

– On va leur faire remettre en place le Monument aux morts de 14-18 qu'ils ont déboulonné !

– Et la statue de Paul Bert ?

– Et celle de Francis Garnier !

– Et le Monument à la France protectrice de l'Indochine.

– Et la statue de Lyautey ?

– Et la statue de Jeanne d'Arc ?

– Et la statue du Maréchal... euh... dit un gaffeur.

Dans une sorte de jubilatoire orgie antifrançaise, les Indochinois en effet, au lendemain du 9 mars, avaient détruit, partout dans la colonie, les symboles de la France. Plaques de rues, enseignes de magasins en français, statues, monuments, peintures. Et les bustes de Marianne qui venaient tout juste de détrôner ceux du Maréchal. La défrancisation suivait de près la dépétainisation ! Du moins se débarrassa-t-on des symboles incarnant une certaine France. Dès après la reddition japonaise, on vit fleurir en effet, un peu partout, trait d'ironie vietnamienne (il n'y a pas plus fourbe que les Viets sauf les Siamois), une pléiade de rues aux noms subversifs : rue de la Commune-de-Paris ; rue 1789. On trouva même une rue Voltaire !

– Ah ah ! Voltaire ! s'exclama le père Vacherin. Ça n'est pas signé, ça, Voltaire ! Ça ne nous montre pas quelle main se cache derrière tout ça, Voltaire ? L'Encyclopédie, d'Holbach, Rousseau, mais Locke aussi, et surtout Hume, Swift : ALBION !… L'éternelle clique judéo-anglo-maçonne qui a servi de fourrier à la Révolution française et d'exemple à la Révolution russe.

Une avenue URSS avait en effet remplacé, à Hanoi, le boulevard Pétain.

– Quand on pense à tout ce qu'on a fait pour eux… souffla le père Vacherin. Toutes ces universités, ces écoles, ces églises, ces hôpitaux, ces prisons qu'on a construits, ce mal qu'on s'est donné, cette sueur de coolies qu'on a versée, et voilà le remerciement : *avenue URSS* !

– On aurait mieux fait de ne leur réserver que des coups de pied au cul !

– Et quand les Amerloques sont arrivés à Hanoi, pour la reddition jap, vous vous souvenez leurs manifs devant le Métropole, vous vous souvenez les banderoles qu'ils arboraient, et des banderoles en anglishe !…

Luigi Tomato, qui speakait un peu l'anglishe, les récita alors, les slogans des Verminiens, en zézayant étrangement. C'était un tic qu'il avait pris après avoir passé deux semaines dans les salles de torture de la Shell. Agent de la Sûreté, il était spécialement dans la mire des Japs. Les sbires de la Kempetaï s'en étaient servis comme mannequin-cobaye pour s'entraîner au judo. Essayant toutes sortes de prises, ils le balançaient en l'air, à charge pour lui de se ramasser comme il pouvait. Avec son zézaiement, il avait « gagné » encore un boitillement de la jambe gauche…

– *Vietnam to the Vietnamese*, zézaya-t-il donc, en récitant les slogans. *Kick the French out of Vietnam ; Independance or death ; Freedom !*

Ils avaient même accroché, à l'époque, les Verminiens, à l'intention des Amerloques toujours, d'un côté à l'autre de la rue Paul-Bert, une grande banderole où était inscrit : *Two millions people starved to death !* Parce qu'ils prétendaient, ces fourbes, que les Français étaient responsables de la famine du Tonkin et d'Annam et qu'il était mort deux millions de paysans !

... Des armées de morts vivants, au printemps 45, avaient convergé en effet vers Hanoi, bataillons de corps décharnés, de squelettes somnambules, véritable résurrection de cadavres ambulants qui, par milliers, hommes, femmes, enfants, étaient venus crever sur les trottoirs. Ils pouvaient pas mourir ailleurs ? Par énormes charretées, les flics les avaient fait ramasser. Et puis on leur avait interdit l'accès à la ville : ces morts pourraient ainsi mourir entre eux, en famille. Dans les oubliettes de l'Histoire.

– S'il en est mort un million, c'est tout juste, dit Dupuis frère.

– Et vu l'allure à laquelle ils se reproduisent, conclut le Glaoui.

Toutes les plaies de l'Indochine, désormais, c'étaient les Français qui en étaient *responsables ET coupables*.

– Si vous voulez que je vous dise, lança le père Vacherin en enflant les joues, ces gens-là sont des INGRATS. Ils ignorent ce sentiment si primaire qu'on appelle la *reconnaissance* ! Même les chiens, pourtant, ont de la reconnaissance : Vous ne savez pas qu'à Yen Baï les lépreux de la léproserie ont formé un soviet ? Oui, y a même des soviets de lépreux ! Eh bien, ces foutus lépreux, ils ont eu l'ingratitude d'expulser les bonnes sœurs qui, charitablement, les ont soignés depuis vingt ans ! Voilà ce qu'ils en font, de notre *Amour* !

– Même les lépreux ! s'exclamèrent, de concert, outrés, Coco Grancour, le Glaoui et La Chèrefeuille.

Et le père Vacherin de conclure :

– Pour moi, si vous voulez que je vous dise, l'Indochine, c'est terminé, Leclerc ou pas, qu'on la récupère ou non !

La France en veut, j'en veux plus ! Je rends mon tablier, je dépose ma soutane ! Je vais poursuivre ma Mission en Afrique, chez les Nègres, parce que les Nègres, eux, ils savent ce que c'est, la reconnaissance !

– La France en a trop fait ici, dit Dupuis frère, ça leur est monté à la tête. On leur donne un peu, ils veulent tout, et si on ne veut pas leur donner tout, on est des racistes ! Racistes, nous ? Moi ? (Il porta ses deux grosses mains boudinées à sa poitrine.) Moi qui n'ai jamais épousé que des femmes indigènes !

La Coutrais, qui avait repris sa « pose métaphysique », le menton appuyé sur son poing droit, lui demanda :

– Z'en avez épousé combien de congaïs ?

– Dix, dit Dupuis frère, en enflant sa poitrine, et, en tout, elles m'ont donné vingt-cinq enfants, vingt-cinq adorables pitchounés, alors qu'on dise pas…

– Vingt-cinq… souffla la Coutrais. Alors y a pas à dire, c'est vraiment des ingrats. Si vous voulez que je vous dise, l'ingratitude, c'est le péché, la tare la plus solidement rivée dans le fond de l'âme humaine.

Ce disant elle jeta un regard dérobé vers Philippe, qui montait toujours la garde à côté du verre de Coca, incognito derrière ses lunettes noires. Personne ne l'avait reconnu.

L'ingratitude, Philippe, il sait ce que c'est. Il a pu en éprouver les effets, Philippe.

Soudain, déchirant les murmures du bar et le ronronnement du piano qui interprétait (car il fallait complaire aux différentes parties de la clientèle) une version jazzée de l'*Internationale (« C'est la lu-u-tte-fi-na-a-le… »)*, on entendit retentir un trompettant éclat de rire, un éclat de rire sauvage, primaire, primitif, comme seul quelque garçon vacher du fin fond d'un ranch paumé de l'Arizona peut en accoucher. Le rire venait en effet d'une tablée d'Américains. De quoi il ricanait, ce cow-boy ? Il pouvait pas être plus discret ? Il se croyait dans un *saloon* ?

Tous les regards des *Frenchs* se tournèrent vers les Amerloques. L'un d'eux – le ricaneur – un de ces immenses Anglo-Saxons blonds, herculéens, aux cheveux ras (ils sont tous taillés sur le même modèle, comme les hot dogs !), se balançait sur les pieds arrière de sa chaise, appuyant les siens, de pieds (chaussés de *rangers*), sur le bord de sa table. Mâchant du bubble-gum, il lisait un exemplaire de… *L'Action du Tonkin*, dont les pages déployées, comme de grandes ailes blanches, frissonnaient sous le souffle d'un ventilo plafonnier perché juste au-dessus.

– *Look at that, unbelievable !* lança le grand cow-boy, fraîchement débarqué en Indo, à la *squaw* (une WAC, soldat femelle, assise à ses côtés), à qui il montra le journal, laquelle *squaw* le parcourut des yeux, jeta un cri hystérique de *squaw* (suivi du mot *« unbelievable »*) avant de passer à son tour le journal à un autre grand hot dog de cow-boy blond, sur sa droite, qui lut, rit, cria *« unbelievable »*, et fit suivre le relais à une deuxième *squaw* hystérique qui lut, rit, cria *« unbelievable »*, et refila le bébé à un troisième hot dog de cow-boy, et ainsi de suite, tout autour de la table, où était assemblée une dizaine de personnes – et sous le regard mi-énigmatique mi-ironique d'un Verminien-en-uniforme-viêt-minh-vert qui était assis avec eux. Le Verminien ne chercha pas à regarder le journal, vu qu'il en connaissait fort bien le contenu : *L'Action*, depuis un an, était entre les mains de communistes qui en avaient fait une feuille de chou révolutionnaire.

Le Négus, Coco Grancour, le Glaoui, Alain Gour, La Chèrefeuille piquèrent chacun du nez dans leur bourbon ou leur Coca-Cola respectif.

Eux aussi, et mieux que ce niake – et pour cause – ils en connaissaient le contenu de ce canard. Tout comme Rouhaut là-bas, au bar, qui comme eux, avait piqué du nez – tel un Stuka lançant ses bombes – dans son Four Roses *on the rocks*…

Ces fourbes de Verminiens, en effet, depuis le 9 mars 45, s'amusaient, régulièrement, à republier dans *L'Action* un choix d'articles qui avaient paru, en 1941 et 1942, dans divers organes de presse français (*Le Légionnaire*,

L'Entente, *La Gazette de Hué* et *L'Action* elle-même), où étaient glorifiés la politique vichyste de collaboration avec l'Allemagne, les combats héroïques des Japs dans le Pacifique, les dégelées qu'ils fichaient aux Anglais et aux Amerloques. Ce jour-là, l'article qu'ils avaient élu parmi tous était un éloge de la vaillante opération des samouraïs de l'aéronavale nipponne contre Pearl Harbor, qui s'achevait par cette formule *« les Japonais peuvent être fiers »* et, fin du fin, par cette signature : *Capitaine de vaisseau Jean Rouhaut*.

Rouhaut, en équilibre sur son haut tabouret du bar, finissait de sombrer, vieille épave rouillée imbibée de trouille, dans les insondables abysses de son *drink*. Quel sort n'allaient pas lui réserver les gaullards et les Alliés ? Il était, en ce moment, en « résidence surveillée ». Le traînerait-on devant un tribunal ?... Il eût pu essayer de fuir peut-être... s'il avait eu de l'argent. Mais son magot les Japs le lui avaient razzié...

– *Unbelievable !* clama de nouveau le chœur de ces pauvres *squaws* et *cow-boys* dont le *vocabulary* est pauvrissime.

– *But you must believe it !* leur dit le Verminien (mais il faut le croire !). Sur sa bouille impassible d'imberbe Bouddha glissa le fin liseré d'un sourire.

– Et il cause l'anglishe, ce Verminien, s'étonnait la Coutrais qui, depuis quelques instants, le fixait à travers l'épaisse fumée en suspension dans le bar.

La bouille de ce Verminien lui disait quelque chose. Elle le connaissait, ce Verminien... Mais la chose était si... si *unbelievable* qu'elle n'arrivait pas à la *believer* ! C'était M. Li ! M. Li soi-même qui avait troqué son gilet à rayures jaunes et noires de majordome contre un uniforme viêtminh. Ce fourbe !... C'était un espion donc !... On apprendrait bientôt que, formé naguère à Moscou, il avait été infiltré dans les services secrets japs qui l'avaient infiltré auprès du général Mouche. « Eh bien, c'est du joli, Li, songea la Coutrais. Si le général savait ça ! » Mais Mouche n'était plus à Hanoi ! Libéré en août 45 par les Japs vaincus qui, pour l'honorer, lui avaient rendu sa splendide Viva grand sport six cylindres, il était resté juste assez longtemps en Indo pour se la voir réquisitionner par les Chinois qui, coup de poignard final, avaient fait sauter les derniers forts restés debout de la fameuse Ligne Mouche. *Sa Ligne ! Son Œuvre ! Son Arc-de-Triomphe romain ! Son Parthénon !...* Rapatrié à Paris, il passerait devant une commission d'enquête réservée aux collabos. Les gaullards, en effet, avaient remis en doute les qualités de résistant de l'homme qu'ils avaient placé... à la tête de la résistance. Quant à l'amiral Toudebout, malade, paludéen, il avait été lui aussi rapatrié. C'est la *Haute Cour de justice* qu'on lui réserverait : comme au Maréchal[1].

« Ingratitude ! » songea la Coutrais.

Le monde n'est qu'un vaste théâtre où se joue une éternelle pièce sur le thème de l'ingratitude, un éternel *Roi Lear*.

– T'es pas de mon avis, Philippe ? murmura-t-elle à l'oreille du Maréchal. (Elle lui remit d'aplomb sur le nez ses lunettes noires qui avaient glissé.) C'est pas le moment de te faire repérer !

– Ils peuvent rire, ces Amerloques, dit le Glaoui (exproboche de service). Mais de quoi ils rient ? ! Qu'est-ce qu'ils viennent faire ici ? En Indo ? Chez nous ? Comment peuvent-ils se permettre de nous donner des leçons, de jouer les parangons de vertu, les modèles de libéralisme, les professeurs d'anticolonialisme : et l'Arizona, hein, c'en est pas une, de colonie ? Et le Texas, hein ? Et le Nouveau-Mexique ? Ils les ont pas piqués, un peu, aux Mexicains, hein ? Et l'Amérique elle-même, hein ? Ils l'auraient pas piquée par hasard aux Sioux, aux Commanches, aux Apaches ?

Il braqua ses yeux, comme la double gueule béante d'un canon, vers un des hot dogs de cow-boys blonds – le « rica-

1. En 1949, l'amiral, inculpé d'atteinte à la sécurité intérieure et extérieure de l'État, obtiendrait un « non-lieu » pour « faits de résistance » : ex-vichystes, gaullistes et socialistes, soutenus par les Américains, se serraient désormais les coudes, face au Viêt-minh soutenu par la Chine devenue communiste.

neur » – qui, se balançant toujours sur sa chaise, en mastiquant du bubble-gum, était justement en train de faire un commentaire sarcastique sur un des vieux articles du Glaoui, un bel article bochifiant !

– Et leurs Nègres, poursuivit celui-ci, faut voir comme ils les traitent, leurs Nègres ! Vous savez pas que leurs Nègres ils peuvent pas entrer dans les bars et les hôtels pour Blancs ! Vous savez pas qu'à New York et ailleurs, à l'ombre de leur statue de la Liberté, y a des bus pour Nègres, des piscines pour Nègres, des cinémas pour Nègres, des quartiers entiers rien que pour Nègres !

Toute la tablée des Frenchs tourna vers le Glaoui des oreilles attentives.

Particulièrement le père Vacherin, lequel, semblant découvrir soudain l'Amérique, écarquillait de gros yeux bleus outrés au milieu de sa gueule turgescente.

– Et ces négriers, explosa-t-il, osent nous traiter de jauniers ?

La Coutrais, sirotant du bout de sa paille son Coca-Cola, pensivement, comme d'autres tirent sur le bambou d'une pipe d'op, s'enquit, d'une voix enfantine d'écolière curieuse :

– Même Luis Armstrong, même Mahalia Jackson, ils peuvent pas aller dans un restaurant blanc ?

– C'est quoi ça, Armstrong ? demanda sèchement le Glaoui. Et Mahalia chose ?…

– Des musiciens.

– Nègres ?

– Des musiciens nègres.

– Musicien ou pas, un Nègre c'est un Nègre ! Et ça entre pas chez les Blancs, un Nègre… sauf pour servir à table ou cirer les pompes !

– Qu'ils nous laissent nos Jaunes, on leur laissera leurs Nègres ! conclut Coco Grancour, le monocle tout pétillant d'irritation.

La Coutrais suça longuement, « métaphysiquement », sa paille à Coca-Cola, de ses lèvres luisantes de rouge-baiser.

– J'croyais, dit-elle, qu'aux États-Unis même les chiens pouvaient réussir. Regardez Rintintin !

– Les chiens peut-être, dit le Glaoui, mais les chiens blancs !

On ironisa alors sur ces Amerloques, « tous-taillés-sur-le-même-modèle », comme l'écrivaient Alexis Carrel et Joseph de Pesquidoux de l'Académie française, ces Américains interchangeables (d'ailleurs Rosine Day, Coco Grancour et la Coutrais les avaient souvent interchangés dans leurs lits, au Métropole), ces Américains qui affirmaient – comme l'avait fait à Rosine ce John je-ne-sais-quoi, ou Jack peut-être, ou Tony (elle les confondait tous !) – que le monde désormais était mondial, l'univers universel et la planète planétaire, que les Français devaient s'arracher à leur hexaconnerie, qu'il n'y avait pas que la rosette de Lyon ou le tripoux d'Auvergne ! (« Ah bon, y a quoi encore alors ? » avait ironisé Rosine), qu'il y avait par exemple les harengs de la Baltique (« J'accorde », avait dit Rosine), le caviar d'Iran (« Je veux bien ! » avait dit Rosine), les figues de Barbarie (« pouah ! »), le rhum de la Jamaïque (« beuhhhh ! »), les saucisses de Francfort (« Merde aux Boches ! »), les spaghetti bolognèse (« C'est ça ! Vive Mussolini alors ! »), le *shashimi* et le *chabu-chabu* (« Bonjour le Mikado ! »), le couscous, la paella, le tajine, le potage pékinois, la morue portugaise…

– Et vous savez avec quoi il a conclu c'te liste de cochonneries ? conclut Rosine. Avec le hamburger de Chicago. Paraît que c'est là-bas qu'ils sont les meilleurs.

– Et dans l'Ohio, demanda la Coutrais, y en a pas de bons, de hamburgers ?

– … *L'inter-na-tio-na-a-le sera-a le genre hu-u-main…* continuait de chanter, appuyée sur le piano, la dent d'éléphant rectifiée.

Soudain la porte à tambour du Métropole, qui, depuis près d'un demi-siècle, avalait et recrachait les clients de l'hôtel, balança vers le bar, comme la roue d'une roulette balance sa bille d'ivoire, une grande belle femme sculpturale dont la vaste chevelure blonde retombait en ondes cascadantes sur ses épaules. Elle était vêtue d'une robe tunique noire brodée d'or, façon Schiaparelli, et arborait – théâtralissime – un boa de plumes, noires encore, autour du cou et, aux lèvres, un immense fume-cigarette d'ébène. Ses chaussures, à hauts talons, étaient noires, ses bas de fine soie noirs toujours.

Elle s'avança, d'une souple démarche hanchée de goélette sous le vent, vers la tablée des Frenchs, au fond du bar. On eût dit quelque illustre tragédienne, quelque Sarah Bernhardt subtropicale faisant son entrée sur la scène du Châtelet. C'était la Pachatte – qui avait survécu à ses blessures. Elle était en grand deuil. Le deuil de celui dont elle avait décidé qu'il était le-grand-amour-impossible-de-sa-vie : feu l'intendant Larsouille. Le deuil aussi de son mariage avec l'amiral. Elle avait rompu avec lui, elle avait fait une demande de divorce, elle s'était mutinée. Elle voulait « vivre libre », elle qui avait frôlé la mort, elle voulait « brûler sa vie », s'en mettre « jusque-là », mener où elle le voulait sa barque, prendre à son tour la barre… cette mutine ! Les Viets voulaient l'indépendance ! Les Syriens la voulaient, les Irakiens la voulaient, les Algériens, les Marocains, les Khmers, les Congolais, pourquoi pas elle ?

C'était aussi le deuil du vieux monde qu'elle arborait. Radio bambou disait que même ses culottes, désormais, étaient noires…

Elle vint s'asseoir près de la Coutrais, précédée par les capiteux effluves d'un Chanel « Cuir de Russie » qu'un officier US lui avait galamment offert. Elle les avait tous « essayés » les Amerloques du Métropole, ces beaux « grands garçons » sentant bon le savon, les Amerloques et les Amerloquaines aussi, les WAC, ces « grandes filles ». Elle avait « essayé » encore les officiers supérieurs chinois ; les officiers supérieurs viêt-minh ; des Anglais, des Hollandais, des Japs. Jaunes et Blancs, femmes et hommes. Il n'y avait que les Noirs qu'elle n'avait pas « essayés ». Or, et c'est ce qu'elle clama, toute rosissante d'émotion, en laissant choir son cul sur la banquette entre la Coutrais et Rosine Day, il y avait, là, là-bas, sur l'autre rive du fleuve Rouge, oui, à l'entrée du pont Paul-Doumer (« cette belle réalisation de la France ! ») plusieurs divisions de tirailleurs sénégalais qui venaient tout juste d'arriver…

– Ils sont là, ils sont là ! hurla-t-elle, la poitrine haletante.

Tous les clients du bar se tournèrent vers elle.

– Qui est là ? s'enquit, inquiet, le père Vacherin.

– Leclerc, la 2e DB et les Sénégalais… paraît qu'il y en a trois cent mille, trois cent mille tirailleurs sénégalais !

– Trois cent mille ? Mais d'où ils en ont sorti trois cent mille ? s'exclama Dupuis frère. C'est pas possible… Ils ont dû razzier toutes les jungles de l'Afrique occidentale, de Dakar à Bamako !

– Trois cent mille, je vous dis, tout le monde le dit !

Et l'idée de ces trois cent mille Nègres, tout frais sortis de leurs jungles, avec un os dans le nez peut-être encore, tout sauvages, tout tatoués, tout emplumés, et bien anthropophages, la bouleversait, de la tête aux tripes !

– Ah ah ! ricana le père Vacherin, ils vont bouffer du Jaune, nos Nègres. Le Viêt-minh doit paniquer !

Bientôt, comme la nouvelle, à la façon d'une traînée de poudre, faisait le tour du bar, on n'entendit plus qu'un même cri, comme poussé par un chœur bien réglé :

– Leclerc est là, Leclerc est là : la 2e DB arrive !

Derrière ses lunettes noires, Philippe faisait une sale gueule : les gaullards arrivaient. Allaient-ils l'arrêter, comme l'autre, en France, le Philippe en chair et en os ?

Allaient-ils l'enchaîner, le jeter dans un cul-de-basse-fosse, le fusiller ?

– T'en fais pas, j'suis là, lui souffla la Coutrais.

Déjà, se pressant devant le goulot d'étranglement de la porte à tambour, qui n'avait jamais vu pareille brusque affluence, les clients du Métropole essayaient de se frayer un chemin vers la rue : « pour voir Leclerc ».

La rue ex-Henri-Rivière, la rue ex-Paul-Bert, la place du Théâtre, la rue ex-Amiral-Courbet, le boulevard ex-Rollandes étaient tendus de banderoles tricolores où étaient inscrits *Vive Leclerc ! Vive la France !* Tous les balcons des immeubles étaient pavoisés de bleu, de blanc et de rouge, des milliers et des milliers de Français, rassemblés dans la ville, s'agglutinaient en masse hurlante, gesticulante, applaudissante, suante, sur les trottoirs, clamant leur joie en agitant de petits drapeaux, tandis que passait devant eux, en jeep, képi sur le crâne, le héros de Douala, de Koufra, de Fort-Lamy, de Mourzouk, du Fezzan, de Tripoli, de Tunis, le libérateur de Paris, le libérateur de Strasbourg, le vainqueur de Berchtesgaden ! Symboliquement d'ailleurs il était suivi d'une ambulance qui arborait sur son toit un panneau routier, arraché au sol allemand vaincu, indiquant *Berchtesgaden 3 km.* Et puis ce furent les chars, ultra modernes, effrayants, de la 3e division d'infanterie coloniale ; puis la brigade Madagascar ; le régiment de marche des spahis marocains ; les tirailleurs sénégalais à chéchia écarlate (... la Pachatte serait déçue, il n'y en avait qu'une trentaine, de Sénégalais... radio bambou avait encore exagéré !), le régiment de marche du Tchad, le 2e chasseur, le 12e cuir, le 53e régiment d'infanterie coloniale de la 9e DIC ; ce fut un fleuve de camions, d'autos, de jeeps, de chars d'assaut, de half-tracks hérissés de têtes à calots, képis, casques coloniaux, bérets noirs et rouges, turbans et chèches ; et puis, frappés de la croix de Lorraine, ce furent – qui obtinrent les plus puissants et bouleversants applaudissements et tant de hourras arrachés à nos françaises poitrines – les chars légers du commandant Dronne, ce même fier commandant Dronne qui, le premier, un 28 octobre de l'année 1944, était entré dans Paris :

La 2e DB.

L'ivresse de la foule était à son comble. Les jeunes femmes, les petites filles jetaient des fleurs, des confettis, des serpentins à nos fiers soldats criant : *« Vive la France ! Vive la France ! »* Prenant modèle sur certaines photos de la Libération de Paris qu'elles avaient vues dans les journaux, nombre d'entre elles se ruèrent quasi à l'abordage des automitrailleuses qui avançaient au pas, et s'accrochaient au cou des militaires, les couvrant de tricolores baisers.

Jamais on n'avait vu pareille fête, à Hanoi, pareille folie, pareil incendiaire enthousiasme. « C'est encore mieux qu'à Paris en 1944 », confia à une jeune fille un héros de la 2e DB – qui avait libéré la capitale de la métropole avant de « libérer » la capitale de la colonie. Ce fut une grande messe, un grand sursaut national. On compta près de vingt mille Français agglutinés là, concentrés tout au long des rues ex-Paul-Bert, ex-Henri-Rivière et ex-quelques-autres pour acclamer Leclerc.

Mais pas un Indochinois.

A quelques officiels près.

Ces ingrats n'ont aucune fibre nationale.

Ils boudaient.

Dix jours plus tôt, ils avaient tous quitté la ville, en masse.

En signe de deuil, les drapeaux du gouvernement indépendant du Vietnam avaient été retirés de tous les bâtiments administratifs.

En signe de deuil, dans le bar du Métropole, vide de clients, les ventilos avaient cessé de tourner. Ils faisaient la grève. Ils croisaient les bras. Ils se tournaient les pouces. Ils ne se tournaient plus les pales. Il y avait encore deux officiers de liaisons japs, dans un coin, qui « boudaient », eux aussi, en finissant une quatrième bouteille de whisky.

Et puis il y avait la « dent d'éléphant », appuyée des deux coudes sur le piano, regardant Fred Astaire, lequel, du haut de son nœud pap, tapait du bout d'un seul doigt, en sourdine, et comme pour soi seul, un petit air mélancolique : *« Ma Ton-ki ki, ma ton-ki-ki, ma Tonkinoise... »*

La dent d'éléphant rejeta en arrière, sur ses épaules, son chapeau conique, retenu à son cou gracile par une faveur rose. Puis elle commença à chanter tout bas, d'une voix étrangement envoûtante : *« Mais tout passe/et tout casse./En France je dus rentrer... Ne pleure pas/Si j'te quitte/Ma p'tite Annana/Ma p'tite Annamite/Dans mon cœur j'garderai toujours/le souv'nir de nos amours. »*

Cependant, dans la rue, la houle de la foule grondait. Cafetiers et limonadiers distribuaient gratis à qui en voulait des jus de fruit, du paddy-soda, de la bière Hommel dont les bouteilles s'entassaient sur des estancos. Des orchestres improvisés d'accordéon entonnaient *« Viens poupoule, allez viens poupoule, allez viens... »*. Certains couples, tout récents souvent, s'enlaçaient et commençaient à danser... Rare indigène à frayer dans le coin, on vit courir entre les jambes des uns et des autres le petit vendeur de cartes postales du Métropole qui brandissait des photos à l'effigie du Vainqueur de Koufra : Leclerc. D'où il les sortait, ces photos ? Étaient-ce les services de propagande des barbouzes de la DGER qui lui en avaient confié un stock à écouler ?

– Leclerc, Leclerc, dix piastres ! hurlait-il joyeusement.

La piastre, il est vrai, avait perdu les trois quarts de sa valeur.

Et puis, quittant le défilé des blindés, la jeep de Leclerc, flanquée de deux automitrailleuses, s'en alla se garer devant le vaste perron du Théâtre de la Ville, juste au-dessous de ses majestueuses colonnades stuquées ionico-doriques. La foule afflua alors sur la place, s'y compressa en une masse à la densité toujours plus forte, hurlant, applaudissant et agitant plus que jamais ses petits drapeaux. Mais quelle ne fut pas l'ovation quand, au balcon de la loggia du théâtre, où pendait encore (oubliée sans doute par la campagne de défrancisation) une vieille affiche annonçant une opérette, *Les Cloches de Corneville*, on vit apparaître le général Leclerc, accompagné de deux officiers, encore obscurs, qui s'illustreraient plus tard dans la défense de notre terre de France algérienne : Massu et Salan.

– Vive Leclerc ! Vive la France ! Vive l'Indochine française ! hurla la foule folle de joie.

C'était un infernal tintamarre, un feu d'artifice sonore où les « Vive Leclerc » et les « Vive le Général » crépitaient, explosaient, comme autant d'obus de joie. Évidemment, comme d'habitude, il se trouva encore un couillon distrait qui ne manqua pas de beugler : « Vive le Maréchal ! »

Au premier rang de la foule, tout juste sous le balcon de la loggia où se tenait Leclerc, figurait la Coutrais. A ses côtés s'alignait toute sa tablée du Métropole : Coco Grancour, Dupuis frère, la Pachatte and Co., à quoi s'ajoutaient Rouhaut et Ducossard. Sans compter toute une armée de jeunes filles qui, pour accueillir la 2e DB, arboraient des coiffes bretonnes, boulonnaises, lorraines, alsaciennes, charentaises, roussillonnaises. Il y avait des Auvergnats en chapeau noir, des Bretons à chapeau rond, armés d'un biniou, et puis tout un escadron de bonnes sœurs cornaquées par le père Vacherin et monseigneur Bastougne : des clarisses, des colettines, des sœurs de Saint-Paul-de-Chartres, des sœurs de la Charité-de-Sainte-Jeanne, des carmélites (c'étaient celles qu'avait chassées le « soviet de lépreux » !).

Dans ses bras, comme on tient un gros bébé, la Coutrais serrait le buste en plâtre du Maréchal qui, l'imbécile, avait perdu ses lunettes noires. Comme si c'était le moment ! Elle lui rabattit sur les yeux son borsalino : « Tu vois pas qu'on te reconnaisse ! lui souffla-t-elle. Ils t'étriperaient, tous ces gaullards ! » Elle le secoua un peu, grondeuse mais tendre, dans l'encorbellement de ses bras.

Brandissant sa fameuse canne, sa légendaire canne, le général Leclerc se pencha au balcon du théâtre et jeta ce cri à la foule de Hanoi, comme on jette aux chiens un os :

– Vive la France !

– Indochine française ! Indochine française ! rétorqua la foule.

Le général esquissa, vers l'intérieur du théâtre, un mouvement de repli. On eût dit qu'il s'en allait, qu'il fuyait. Mais il sembla se raviser. Il s'appuya à nouveau au balcon, jetant à la foule un os plus moelleux :

– *HANOI, DERNIÈRE ÉTAPE DE LA LIBÉRATION !*

Ainsi apprit-il au monde entier, qui jusque-là ne s'en était pas avisé, que la Seconde Guerre mondiale ne s'était pas achevée en 1945, avec Hiroshima, mais ce 18 mars 1946, le jour de la... « libération » de Hanoi.

La France invaincue finissait ainsi de vaincre la France vaincue.

La guerre du Vietnam pouvait commencer...

– Vive la France, vive la France ! hurla la foule, qui entonna une vibrante *Marseillaise* tandis que des Bretons, voisins de la Coutrais, clamèrent, de leur côté, un air de chez eux, qui, soutenu par les binious, rivalisa avec l'hymne national : *« Ô Breiz, ma Bro ; ma gar ma bro/Tra ma vo mor vel mur... »* (Ce qui se traduit à peu près par : ô Bretagne, mon pays, j'aime mon pays, tant que sera la mer comme un mur autour de lui, que soit libre mon pays.) Et les clarisses, et les sœurs de la Charité-de-Sainte-Jeanne, et les moines trappistes et bénédictins, hurlaient, quant à eux, des cantiques. Et les Auvergnats, un peu plus loin, et les Corses, et les Basques, et les Normands, et les Poitevins, les Angevins s'y mirent aussi, de sorte que *La Marseillaise* l'emportant cependant sur l'ensemble de ces chants qui sur elle se greffaient, on eût dit que notre hymne national avait été révisé, remanié, réorchestré par quelque musicien-dégénéré-dodécacophonard-judéo-teuton-type-Arnold-Schönberg.

Le Maréchal en oubliait ses craintes. Il semblait emporté par cette vibrante vague de national enthousiasme… au point que la Coutrais crut voir, sur ses joues de plâtre, couler de véridiques larmes. Il n'avait perdu qu'une bataille, Philippe, mais il n'avait pas perdu la guerre ! songeait-il peut-être… tandis qu'à ses oreilles piaillait la discordance des chants, des cantiques, des binious, des vielles, des accordéons, des orgues de Barbarie, des fanfares… se mixant, se concurrençant, s'entre-débordant, s'entre-exterminant…

La Coutrais, qui avait mal dans les bras à force de se le porter, le buste de Philippe, en cala le socle sur son ventre, un bon petit ventre rebondi qui enflait sa robe cloche rouge. Un ventre bien étrangement proéminent.

– Tu sais, Philippe, murmura-t-elle, approchant ses lèvres vermillon de l'oreille du Maréchal. J'vais te dire un secret : JE SUIS ENCEINTE !

… Stupéfaite – écarquillant ses grands yeux verts de petit veau qui s'illuminèrent comme le regard d'une vierge d'annonciation au moment où elle apprend de l'ange Gabriel la nouvelle de sa divine maternité – elle s'entendit répondre (non, non, non, elle ne rêvait pas !), elle s'entendit tout de bon répondre par le Maréchal, ce vieux vicieux qui, tout empourpré de joie, cligna de l'œil :

– Et bien sûr : c'est moi le père !

Hanoi, Bangkok, Elzière, 1993-1995.

Annexes

... Or hélas, au lieu de cela, nous avons connu la plus longue et la plus meurtrière des guerres pour rien, ou plutôt si, pour faire la fortune de quelques piastriotes...

(Viet Tran,
Vietnam, j'ai choisi l'exil, 1979.)

Ce livre est une pure fiction, un roman, une comédie. Aucun de ses personnages n'existe. Mais aucune des passions qu'il met en scène n'est imaginaire. L'étrange déplacement, dans une Indochine vichyste, occupée par l'armée japonaise, des oppositions politiques qui ont déchiré la France en 39-45, m'avait séduit... Collabos, résistants, liberté, honneur, droits de l'homme, gaullisme, etc., prennent un tout autre sens, et on ne sait quelle saveur d'amère ironie, transplantés à l'ombre des flamboyants de Hanoi ou Saigon... *Sous l'œil des barbares*. Pour m'imprégner de ces passions, j'ai compulsé quantité de livres et d'archives, mais surtout j'ai rencontré nombre de témoins de cette époque, en France et au Vietnam. Certains – pour diverses raisons – ne souhaiteraient sans doute pas être cités, au tomber de rideau de cette comédie. Aussi, non sans regret, n'en citerai-je aucun. Qu'ils soient assurés, au demeurant, de ma chaleureuse reconnaissance...

BIBLIOGRAPHIE CRITIQUE SUCCINCTE

Sources non publiées

1. Archives nationales, Paris.

Instruction de la procédure menée contre l'amiral Decoux en Haute Cour de justice, 3W149 à 162. Ce dossier de quelque 5 000 pages, non encore exploité par les historiens, rassemble des centaines de témoignages contradictoires, des documents et autres éléments permettant d'analyser le fonctionnement du système vichyste en Indochine : propagande, police, camps de concentration, etc. On y trouvera aussi tous les éléments permettant de relativiser le mythe de l'« héroïque résistance » des Français et des Indochinois « unis » contre les Japonais, le 9 mars 1945. On y trouvera encore un document, des plus tristement comiques, sur l'extrême confusion mentale qui régnait dans la tête du haut état-major français qui, fin 1943, s'interrogeait sur les mesures défensives à prendre, en accord avec les Japonais, contre une possible attaque sur le Tonkin par l'« ennemi » sino-américain… (3W150, « Procès-verbal de la conférence restreinte tenue au palais du Gouvernement général le 27/10/43 ».)

2. Centre des Archives d'outre-mer, Aix-en-Provence : Indochine nouveau fonds ; Conseiller politique du haut-commissaire en Indochine.

Où l'on trouvera des documents accablants sur la répression des mouvements nationalistes indochinois, en 1940-1945 ; et les responsabilités de l'administration française dans la famine du Tonkin.

3. Archives du ministère des Affaires étrangères : fonds États associés.

Où l'on trouvera matière à analyser le fonctionnement de la propagande gaulliste sur la question indochinoise : Scripts d'émissions de radio, consignes envoyées aux médias, etc.

4. Archives du service historique de l'Armée de terre, château de Vincennes.

Où l'on trouvera télégrammes et rapports concernant l'organisation de la « résistance » en Indochine.

5. Archives personnelles.

– *Journal du lieutenant Eugène Robert*. Confié à l'auteur par

M. Eugène Robert lui-même, qui passa plus de deux ans dans les prisons vichystes de Hanoi et Saigon pour avoir voulu rejoindre en Chine la France libre. On appréciera particulièrement le témoignage qu'il nous donne sur le grand mouvement de retournement de veste, en Indochine, en 1943-1944.

– Papiers divers, confiés par M. R. J. Poujade.

Sources publiées

Angladette, A., *La Vie quotidienne en Indochine de 1939 à 1946*, C.R.A.S.O.M.XXXIX, n° 3, 1979.

Boisanger, Cl. de, *On pouvait éviter la guerre d'Indochine. Souvenirs 1941-1945*, Maisonneuve, Paris, 1977.

Boulle, P., *Aux sources de la rivière Kwaï*, Julliard, Paris, 1966.

Catroux, général, *Deux Actes du drame indochinois*, Plon, Paris, 1959.

Chennault, général C. L., *Way of a Fighter*, G.P. Putnam's Sons, New York, 1949.

Decoux, amiral, *A la barre de l'Indochine*, Plon, Paris, 1949.

Gautier, G., *La Fin de l'Indochine française*, S.P.L., Paris, 1978.

Hertrich, J.-M., *DOC-LAP ! L'indépendance ou la mort*, Jean Vigneau, Paris, 1946. (Un des rares témoins français du temps à peu près clair-voyant.)

Le Bourgeois J., *Saigon sans la france*, Plon, Paris, 1949 ;

–, *Ici Radio Saigon*, France-Empire, Paris, 1985.

Martin, F., *Heures tragiques au Tonkin*. Berger-Levrault, Paris, 1948. (Où l'auteur nous révèle, sans s'en rendre compte, l'état d'esprit du petit Blanc de base, en Indochine.)

Legrand, J., *L'Indochine à l'heure japonaise*, Paris, 1963.

Miles, vice-amiral M. E., *A Different Kind of War*. Doubleday & Company, New York, 1967.

Mordant, général, *Au service de la France en Indochine, 1941 1945*, Éditions I.F.O.M., Saigon, 1950.

Patti, A., *Why Vietnam ? Prelude to America's Albatross*, University of California Press, Berkeley, 1980. (Ce livre, écrit par un membre de l'OSS posté en Chine, n'a, et pour cause, pas encore été traduit en français, il fiche par terre en effet nombre de petites... très grosses, et bien françaises, falsifications de l'Histoire en ce qui concerne l'Indochine.)

Sabattier, général, *Le Destin de l'Indochine*, Plon, Paris, 1952.

Viet Tran, *Vietnam, j'ai choisi l'exil*, Le Seuil, Paris, 1979.

Vo Nguyen Giap, général, *Des journées inoubliables*, Éditions en langues étrangères, Hanoi, 1986.

Messages et Causeries, Légion des combattants et volontaires de la Révolution nationale, Saigon, 1942.
Témoignages et Documents français relatifs à la colonisation française au Vietnam, Hanoi, 1945.

Presse, années 1940-1945

L'Action
L'Entente
France-Annam
La Gazette de Hué
L'Impartial
Indochine
Le Légionnaire de Cochinchine
Le Légionnaire du Tonkin
Le Soir d'Asie
La Tribune indochinoise
La Volonté indochinoise

Ouvrages généraux

Chen, K.C., *Vietnam and China, 1938-1958*, Princeton University Press, Princeton, 1969.
David, G., *Chroniques secrètes d'Indochine*, L'Harmattan, Paris, 1994.
Devillers, P., *Histoire du Vietnam, de 1940 à 1952*, Seuil, Paris, 1952.
Franchini, P., *Les Guerres d'Indochine*, Pygmalion, Paris, 1988.
Gaudel, A., *L'Indochine française en face du Japon*, Susse, 1947.
Hesse d'Alzon, Cl., *La Présence militaire française en Indochine, 1940-1945*, thèse de troisième cycle, Montpellier, 1980.
Isoart, P., *L'Indochine française*, PUF, Paris, 1982.
Nguyen Khac Vien, *Vietnam,une longue histoire*, The GIOI, Hanoi, 1993.
Tonnesson, S., *The Vietnamese Revolution of 1945, Roosevelt, Ho Chi Minh and de Gaulle in a world at war*, Prio, Londres, 1991. (Un texte fort « décapant », non encore traduit.)
Valette, J., *Indochine 1940-1945*, SEDES, Paris, 1993.

Articles

Kiyoko Kurusi Nitz, « Japanese military policy towards French Indochina during the Second World War : The road to the Meigo Sakusen (9 mars 1945) », *Journal of Southeast Asian Studies 14,2* (septembre 1983).
Masaya Shiraishi, « La présence japonaise en Indochine », *L'Indochine française, 1940-45*, PUF, Paris, 1982.

COMPOSITION : IGS CHARENTE-PHOTOGRAVURE À L'ISLE-D'ESPAGNAC
IMPRESSION : **BUSSIÈRE CAMEDAN IMPRIMERIES** À SAINT-AMAND (CHER)
DÉPÔT LÉGAL : FÉVRIER 1997. N° 31188 (4/98)

Collection Points

DERNIERS TITRES PARUS

P210. Une jeune fille, *par Dan Franck*
P211. Nativités, *par Michèle Gazier*
P212. L'Enlèvement d'Hortense, *par Jacques Roubaud*
P213. Les Secrets de Jeffrey Aspern, *par Henry James*
P214. Annam, *par Christophe Bataille*
P215. Jimi Hendrix. Vie et légende, *par Charles Shaar Murray*
P216. Docile, *par Didier Decoin*
P217. Le Dernier des Justes, *par André Schwarz-Bart*
P218. Aden Arabie, *par Paul Nizan*
P219. Dialogues des Carmélites, *par Georges Bernanos*
P220. Gaston Gallimard, *par Pierre Assouline*
P221. John l'Enfer, *par Didier Decoin*
P222. Trente Mille Jours, *par Maurice Genevoix*
P223. Cent Ans de chanson française
par Chantal Brunschwig, Jean-Louis Calvet et Jean-Claude Klein
P224. L'Exil d'Hortense, *par Jacques Roubaud*
P225. La Grande Maison, *par Mohammed Dib*
P226. Une mort en rouge, *par Walter Mosley*
P227. N'en faites pas une histoire, *par Raymond Carver*
P228. Les Quatre Faces d'une histoire, *par John Updike*
P229. Moustiques, *par William Faulkner*
P230. Mortelle, *par Christopher Frank*
P231. Ceux de 14, *par Maurice Genevoix*
P232. Le Baron perché, *par Italo Calvino*
P233. Le Tueur et son ombre, *par Herbert Lieberman*
P234. La Nuit du solstice, *par Herbert Lieberman*
P235. L'Après-Midi bleu, *par William Boyd*
P236. Le Sémaphore d'Alexandrie, *par Robert Solé*
P237. Un nom de torero, *par Luis Sepúlveda*
P238. Halloween, *par Lesley Glaister*
P239. Un bonheur mortel, *par Anne Fine*
P240. Mésalliance, *par Anita Brookner*
P241. Le Vingt-Septième Royaume, *par Alice Thomas Ellis*
P242. Le Sucre et autres récits, *par Antonia S.Byatt*
P243. Le Dernier Tramway, *par Nedim Gürsel*
P244. Une enquête philosophique, *par Philippe Ken*
P245. Un homme peut en cacher un autre, *par Andreu Martín*
P246. A l'ouest d'Allah, *par Gilles Kepel*
P247. Nedjma, *par Kateb Yacine*
P248. Le Prochain sur la liste, *par Dan Greenburg*

P249. Les Chambres de bois, *par Anne Hébert*
P250. La Nuit du décret, *par Michel del Castillo*
P251. Malraux, une vie dans le siècle, *par Jean Lacouture*
P252. Une année en Provence, *par Peter Mayle*
P253. Cap Horn, *par Francisco Coloane*
P254. Eldorado 51, *par Marc Trillard*
P255. Juan sans terre, *par Juan Goytisolo*
P256. La Dynastie des Rothschild, *par Herbert Lottman*
P257. La Trahison des Lumières, *par Jean-Claude Guillebaud*
P258. Je suis vivant et vous êtes morts, *par Emmanuel Carrère*
P259. Minuit passé, *par David Laing Dawson*
P260. Le Guépard, *par Giuseppe Tomasi di Lampedusa*
P261. Remise de peine, *par Patrick Modiano*
P262. L'Honneur perdu de Katharina Blum, *par Heinrich Böll*
P263. Un loup est un loup, *par Michel Folco*
P264. Daddy's Girl, *par Janet Inglis*
P265. Une liaison dangereuse, *par Hella S.Haasse*
P266. Sombre Sentier, *par Dominique Manotti*
P267. Ténèbres sur Jacksonville, *par Brigitte Aubert*
P268. Blackburn, *par Bradley Denton*
P269. La Glace noire, *par Michael Connelly*
P270. La Couette, *par Camille Todd*
P271. Le Petit Mitterrand illustré, *par Plantu*
P272. Le Train vert, *par Herbert Lieberman*
P273. Les Villes invisibles, *par Italo Calvino*
P274. Le Passage, *par Jean Reverzy*
P275. La Couleur du destin, *par Franco Lucentini et Carlo Fruttero*
P276. Gérard Philipe, *par Gérard Bonal*
P277. Petit Dictionnaire pour lutter contre l'extrême droite *par Martine Aubry et Olivier Duhamel*
P278. Le premier amour est toujours le dernier *par Tahar Ben Jelloun*
P279. La Plage noire, *par François Maspero*
P280. Dixie, *par Julien Green*
P281. L'Occasion, *par Juan José Saer*
P282. Le diable t'attend, *par Lawrence Block*
P283. Les cancres n'existent pas, *par Anny Cordié*
P284. Tous les fleuves vont à la mer, *par Elie Wiesel*
P285. Parias, *par Pascal Bruckner*
P286. Le Baiser de la femme-araignée, *par Manuel Puig*
P287. Gargantua, *par François Rabelais*
P288. Pantagruel, *par François Rabelais*
P289. La Cocadrille, *par John Berger*
P290. Senilità, *par Italo Svevo*
P291. Le Bon Vieux et la Belle Enfant, *par Italo Svevo*

P292. Carla's Song, *par Ken Loach*
P293. Hier, *par Agota Kristof*
P294. L'Orgue de Barbarie, *par Bernard Chambaz*
P295. La Jurée, *par George Dawes Green*
P296. Siam, *par Morgan Sportès*
P297. Une saison dans la vie d'Emmanuel, *par Marie-Claire Blais*
P298. Smilla et l'Amour de la neige, *par Peter Høeg*
P299. Mal et Modernité, *par Jorge Semprún*
P300. Vidal et les Siens, *par Edgar Morin*
P301. Dieu et nous seuls pouvons, *par Michel Folco*
P302. La Mulâtresse Solitude, *par André Schwarz-Bart*
P303. Les Lycéens, *par François Dubet*
P304. L'Arbre à soleils, *par Henri Gougaud*
P305. L'Homme à la vie inexplicable, *par Henri Gougaud*
P306. Bélibaste, *par Henri Gougaud*
P307. Joue-moi quelque chose, *par John Berger*
P308. Flamme et Lilas, *par John Berger*
P309. Histoires du Bon Dieu, *par Rainer Maria Rilke*
P310. In extremis *suivi de* La Condition, *par Henri James*
P311. Héros et Tombes, *par Ernesto Sábato*
P312. L'Ange des ténèbres, *par Ernesto Sábato*
P313. Acid Test, *par Tom Wolfe*
P314. Un plat de porc aux bananes vertes
par Simone et André Schwarz-Bart
P315. Prends soin de moi, *par Jean-Paul Dubois*
P316. La Puissance des mouches, *par Lydie Salvayre*
P317. Le Tiers Livre, *par François Rabelais*
P318. Le Quart Livre, *par François Rabelais*
P319. Un enfant de la balle, *par John Irving*
P320. A la merci d'un courant violent, *par Henry Roth*
P321. Tony et Susan, *par Austin Wright*
P322. La Foi du charbonnier, *par Marguerite Gentzbittel*
P323. Les Armes de la nuit et la Puissance du jour, *par Vercors*
P324. Voltaire le Conquérant, *par Pierre Lepape*
P325. Frère François, *par Julien Green*
P326. Manhattan terminus, *par Michel Rio*
P327. En Russie, *par Olivier Rolin*
P328. Tonkinoise..., *par Morgan Sportès*
P329. Peau de lapin, *par Nicolas Kieffer*
P330. Notre Jeu, *par John le Carré*
P331. Brésil, *par John Updike*
P332. Fantômes et Cie, *par Robertson Davies*
P333. Sofka, *par Anita Brookner*
P334. Chienne d'année, *par Françoise Giroud*
P335. Nos Hommes, *par Denise Bombardier*
P336. Parlez-moi de la France, *par Michel Winock*

[illegible]

Une saison dans la vie d'Emmanuel, par Marie-Claire Blais

[illegible]